MINGUO TONGSU XIAOSHUO
DIANCANG WENKU

民国通俗小说典藏文库·程瞻庐卷

镜中人影

李涵秋　程瞻庐 ◎ 著

中国文史出版社

"滑稽之雄" 程瞻庐

萧　遥

　　民国初年的文坛上，小说的创作呈现出欣欣向荣之气象，一时间，不同题材、不同风格、不同旨趣的作品层出不穷、洋洋大观。正统的文学史教材里，往往将旧派小说即章回体小说置于次之又次的地位，一笔带过而已，然而在当时的社会，这类小说的受众群体是相当广大的，其畅销程度远远超过了如今被奉为正朔的新文学。

　　旧派小说被排挤，有其自身的原因，也有时势的原因。一方面是因为旧派小说家大多依靠市场存身，为迎合世俗口味，作品中不可避免地会出现低俗下品的情节，加之这一作家群体水平参差、良莠不齐，时日愈久，而"内容愈杂，流品愈下，仅就文字而言，到后来也是庸俗浅陋，没有早先的'哀感顽艳''情文并茂'了。这也是旧派小说历史过程中必然产生的现象，预示着它的日趋没落，不能自拔"（范烟桥《民国旧派小说史略·概说》）；另一方面，"五四"新思潮挟风雷之势而起，要求以新的文学风貌来迎接新的文明，扬新必要抑旧，特别是旧风尚依然有相当数量的拥趸，为着警醒世人，必须予旧派以猛烈的打击，矫枉的同时未免过正。

　　事实上，有相当一部分旧派小说家是自尊自重，并且要求进步的，他们借着章回体小说的壳子，同样创作出号召民主共和、自由平等的作品。特别是以写世情世风、人间百态为主旨的社会小说，更是用或写实或讽喻的手法，活画出清末民初新旧思想激烈冲突下的一幕幕社会悲喜剧。其中的一位代表人物就是程瞻庐。

　　程瞻庐，名文棪，字观钦，又字瞻庐，号望云居士。苏州人。出生于1879 年，即光绪五年，1943 年因病去世，享寿六十四岁。如以 1911 年辛亥革命胜利、民国政府成立为界，其三十二岁之前身在晚清，之后三十二年身在民国，新旧两个时代刚好各占一半。关于程瞻庐的生平，于今所见资料甚稀，仅能从周瘦鹃、郑逸梅、严芙孙、赵苕狂等好友为其所作之小传或序言中窥见一二。程瞻庐生于光绪初年，其时仍以科举八股取士，程幼时即厌弃八股，喜读古文，旧学功底深厚。二十岁左右，程瞻庐考入官学。不久，清政府废除八股文，改考策论。比起僵化刻板的八股，策论更注重考生议论时政、建言献策的能力，程氏"每应书院试，辄前列"，"年二十四，入苏省高等学校，屡试第一，遂拔充该校中文学长"（赵苕狂《程瞻庐君传》），可见其与时俱进之能。毕业之后，曾执教于多所学校，兼课甚多。程瞻庐脾气随和，性格优容，国学功底深厚，又能为白话小说，加之他住在苏州十全街，因此大家赠他一个雅号曰"十全老人"。"十全老人"诸般皆善，唯不堪案牍阅卷之劳形，"每周删改之中文课卷，叠案可尺许"。恰值此时，其小说作品刊行于世，广受好评。先有《孝女蔡蕙弹词》刊于《小说月报》，其后又作《茶寮小史》正续编，迅速奠定了他在文坛的地位。说到《孝女蔡蕙弹词》，还有一则趣事。当年《小说月报》倡导新体弹词，程遂将《孝女蔡蕙弹词》寄去，主编恽铁樵粗读之后，便予以刊发，并寄去稿费。等到刊物出来，恽重读之后，"觉得情文并茂，大有箴风易俗的功用，认为前付的稿酬太菲薄了，于是亲写一信向瞻庐道歉，并补送稿酬数十元"（郑逸梅《民国旧派文艺期刊丛话》）。此事传为佳话，亦可见程氏文笔在当时是很受赞赏的。赵苕狂为其所作小传中也曾提及："恽铁樵君主任《小说月报》时，不轻赞许，独心折君所著之《孝女蔡蕙弹词》，谓为不朽之作。"有此谋生手段，程瞻庐遂弃教职，专职著文。应当说，程瞻庐为师还是很合格的，不然当其辞职之时，也不会有"校长挽留，诸生至有涕泣以尼其行者"之情状。此后他陆续在《红玫瑰》等杂志连载多部长篇小说，并发表短篇小说及小品随笔数百篇。值得一提的是，程瞻庐亦如张恨水、向恺然（平江不肖生）等一样，是被《红杂志》《红玫瑰》等刊物包下文章的。所谓包下文章，就是凡程瞻庐所写文章，均在该杂志发表，而杂志则为其提供丰厚的稿酬，足见当时程氏文章之风靡程度，以及杂志对程瞻庐的信任和推崇。须知包圆作品是有一定风险的，倘若作家不能保证质量，劣作频出，对于杂志的销量和声誉是有相当影响的。但是程瞻庐对得起这份信任，时人称其有"疾才"，不仅速度快、文笔佳，而且"字体端正，稿成，逐句加以朱圈，偶误，必细心挖补，故君稿非常清晰，终篇无涂改处也"（严芙孙《程瞻庐小传》），可见其创作态度。民国著名"补白大王"郑逸梅曾拟《花品》撰《稗品》，分别予四十八位小说家以二字考语，曰"或证其著作，或言其为人"，如"娇婉"之于周瘦鹃、"侠烈"之于向恺然、"名贵"之于袁克文等，对程瞻庐则以"洁净"二字相赠。

程瞻庐的写作风格，总体而言，为"幽默滑稽"四字，时人以"幽默笑匠""滑稽之雄"号之。周瘦鹃曾为其《众醉独醒》作序曰："吾友程子瞻庐，今之淳于、东方也。其所为文，多突梯滑稽之作，虽一极平凡事，而得君灵笔为之抒写，便觉诙谐入妙，读者每笑极至于泪泚，殆与卓别灵、罗克同其神话焉。"幽默与滑稽看似同义，其实是有差别的。有人曾这样解释："所谓幽默，乃是内容大于形式；所谓滑稽，则是形式大于内容。"形式大于内容，一般是指以反常规的夸张的行为、语言、做事方式，令人们当即意识到故事和人物的荒诞可笑，瞬间爆发出笑声；内容大于形式，则是将褒贬夹带于正常的叙事逻辑中，通过细节的描述对某一人物或现象进行戏谑或反讽，令人细品之后，心中了然，会心一笑，余味悠长。这两点，都要做到已属不易，都能做好更是难上加难，而程瞻庐恰好是其中的翘楚。

例如程瞻庐有一套仿《镜花缘》风格的小说作品，包括《滑头国》《健忘国》《小器国》等，写的是兄弟三人外出游历，一路之上的所见所闻。"滑头国"中无人不奸，无人不狡，店铺中挂了"童叟无欺"的牌匾，却是狠狠宰客，客人诘问之下，店家居然毫不讳言，并表示是客人读反了牌匾，其实是"欺无叟童"，无论老人儿童，一律欺之骗之。"健忘国"中人人记性极差，姓甚名谁、家乡何处、家中几口，等等等等，通通不记得，因此要将所有的信息记录下来，甚至包括妻子的身材相貌、穿着打扮乃至情夫是谁，都贴在身上，招摇过市，毫无顾忌。由于这几部作品规模较小，结构上虽不显其高明，其主旨也一目了然，在于讽刺当时社会见利忘义、不顾廉耻的种种怪现象，但其中情节的怪诞、语言的机变，足以令人捧腹。

茶寮，是程瞻庐作品中经常出现的一个重要场所，也是程瞻庐创作灵感的重要来源。"君得暇，啜茗于肆，闻茶博士之野谈，辄笔之于簿，君之细心又如此。"（严芙孙《程瞻庐小传》）颇有几分蒲松龄著《聊斋》的风范。茶寮酒肆是各色人等聚集之地，也是各类消息八卦的集散地。程瞻庐日常喜好到茶寮听书，并借机观风望俗，将世间百态、人情冷暖作为素材，一一写入小说。他的《茶寮小史》开篇第一句就是："小小一个茶寮，倒是人海的照妖镜、社会的写真箱。"书中借茶博士之口，将一众悭吝卑琐、有辱斯文的读书人刻画得穷形尽相。"提起那个老头儿，真恨得人牙痒痒的。他去年在这里喝了六十碗茶，临算账时，他只给我小洋四角。我说：'差得甚远，每碗茶三十文，六十碗茶该钱一千八百文。'他把脸儿一沉，说道：'我只喝你十六碗茶，哪里有六十碗茶？'我揭账簿给他看，他说：'你把十六两字写颠倒了，却来硬要人家茶钱。'我与他理论，他竟摆出乡绅架子，把我狗血喷人般地一顿毒骂。……他昨天提起嗓子，喊算茶账，纯是装腔作势，叫作缺嘴咬蚤虱——有名无实。他把手插入袋内，假作摸钱钞的模样，直待人家全会了钞，他才把手伸出。要是人家不会钞，他便永远不会也不肯把手伸出，要他破费一文半文，比割他的头颅还要加倍痛苦。"程瞻庐脾气好，作文虽然尽多讽刺，但是语气并不峻切，而是不急不躁，不温不火，令人莞尔，不忍弃掷。

程瞻庐的另一代表作《唐祝文周四杰传》，以民间传说的"江南四大才子"为主角，至今仍为人津津乐道，据说很多影视作品也是以此书为底本进行改编的。四大才子虽然在历史上各有坎坷，周文宾甚至是杜撰出的人物，但传说中他们各自的风流韵事显然更是老百姓们喜闻乐见的。程瞻庐的这部小说摒弃了以往话本中明显不合逻辑的粗鄙段落，用自己特有的"绘声绘形""呼之欲出"的笔墨，将四大才子风流超逸又各具面貌的形象跃然纸上。唐伯虎的倜傥，祝枝山的老辣，文徵明的俊雅，周文宾的潇洒，栩栩如生，如在眼前。民国时期的《珊瑚》杂志曾刊登过一位读者的评论："长篇小说，总不离喜怒哀乐、悲欢离合，唯有程瞻庐的《唐祝文周四杰传》，却是一部纯粹的喜剧的小说。……瞻庐的小说，原是长于滑稽，这部纯粹的喜剧的小说，当然是他的拿手。全书一百回，处处都充满着幽默的笑料。"

程瞻庐的一生横跨清末与民国两个时期，亲身经历了辛亥革命这一重大历史变迁。新旧思潮的激烈冲突在他身上作用得非常明显。他自幼接受的是旧文化教育，一方面恪守传统道德，另一方面也见证了八股等糟粕对国家和知识分子的戕害，他的思想中有对变革的渴望和肯定。同时，晚清之后大力倡导的"西化"又令他恐慌并困惑，民国政府成立之后，各种蜂拥而起的新思潮、新现象令包括他在内的许多旧知识分子不由自主地抗拒，因此他的思想是十分矛盾的。以女子解放这一思潮为例，程瞻庐不赞成"女子无才便是德"这一说法，他认同男女都应该读书，都应该接受良好的教育，并且学有所成，报效国家；但是他并不支持女子接受西式教育，甚至对出洋的男子也颇有微词。他的作品中时常有对没有文化的老妈子的讽刺，对阻止女子读书的腐儒的不满，但也常见对留洋归来"怪模怪样"的男女的讽刺。他认同婚姻自由，反对包办，对于旧时姑表联姻等陋俗更是强烈不满，但同时又对过于自由浪漫的恋爱大加批判。他并不赞成妻子为去世的丈夫殉节，但又对真去殉节的女子啧啧赞叹。他鼓励女子放足，却又反对女子剪发……凡此种种，

4

可见在那个特殊的过渡时期，从晚清走入民国的旧式知识分子的复杂心态。

　　总而言之，程瞻庐的小说在当时既有其进步性，也有一定的局限性；既体现了知识分子面对外忧内患的忧虑和担当，也表现出旧文人的保守和怯懦。这是由时代决定的，并不只是他个人的原因。从文学的角度，他的小说思路开阔，情节生动，可读性非常强，在"鸳鸯蝴蝶派"言情题材为主的作品中别具一格，在当时赢得了众多读者的青睐，在今天也依然有可供参考和借鉴的意义。

目　录

严　　序

涵秋以长篇小说雄于时，《广陵潮》一书脍炙人口，固已。其为新闻报所著，如《侠凤奇缘》，如《战地莺花录》，亦既风行海内，而《镜中人影》，则尤为最近精心结撰之作。

此书甫属稿时，涵秋方在沪，语予曰："我曩者执教鞭于江都师范，课余执笔为小说，迫于晷刻，甚矣其惫。今而后息影寓楼，殆可专心著述矣。且年来观察社会形形色色，颇多新材料，为吾以前诸书所未经记述、未经描写者，将更著为长篇以贻君。"予闻而诺之。

涵秋为《新闻报》撰小说，恒三五日一寄稿，其在沪时，则走伻赍送。当《镜中人影》之付刊也，稿来，辄滕以短简，于其所作有得意处，恒为予述之。予读其稿，则其所谓得意者，诚足令人见而心折，予以此知《镜中人影》实为涵秋最近精心结撰之作也。先是，涵秋拟名此书为《镜中人》，而意有未惬，商诸予。予谓"镜中人"三字，似太空泛，且类言情之作，不如增一"影"字，则照妖铸怪，别有寓意矣。涵秋颇韪予言。予与涵秋订交近十年，平日商量文字，辄互引为知己，由今思之，益增切怛耳。

涵秋于今春三月，遽归道山，而《镜中人影》之作则正值重要关键，于是阅者纷纷以书来，谓愿得予或瞻庐为续成之。时全书版权已由新闻报馆让诸钮君福五，福五闻涵秋死，亦甚以全书未成为虑，予乃示以阅者来书，且语之曰："予事冗，且自维拙陋，不敢贻续貂之诮。瞻庐才大心细，生平著述至富，一编既出，文坛传诵，苟允续作，实足与涵秋媲美。"福五因丐予致书瞻庐，征同意。瞻庐初以事辞，固请而后可，今续稿成矣，其精心结撰，固无异于涵秋。合两人之作以观之，可谓美具而难并矣。此不特钮君之所引以为幸，抑亦阅者之所欣慰者也。岂唯阅者，九京可作，吾知涵秋亦当深喜有瞻庐之笔，乃令此书得成完璧，而足以弥其遗憾也。

　　虽然破镜圆，人影双，而涵秋一去，终不可复，此又令人有无穷之感喟已。

严独鹤序

癸亥仲夏

程　　序

　　《镜中人影》凡二十回，前十五回，为江都李涵秋先生手笔，后五回，不佞抽绎是书之旨趣，研索是书之脉络，不辞谫陋而足成之者也。

　　涵秋著作等身，《广陵潮》一书，早负盛名，而最后之杰著，则尤以《镜中人影》十五回为脍炙人口之作。以是书例《广陵潮》则特点有三：《广陵潮》描写风情，栩栩欲活，然有稍露色相之嫌。是书写情，悉出以蕴藉之笔，书中主要人物为葛玉痕，其心地之高尚纯洁，《广陵潮》中罕有其人，一也。《广陵潮》中所写之淑女，所遇率多缺憾，云绣春之竟嫁恶伦，伍淑仪之偏磨好事，类足使人感受不快。是书写一葛玉痕所遇极酷，而涵秋出以护惜之笔，不认置之于绝地，虽辍笔于十五回，而玉痕之救星已布置于数卷以前，草蛇灰线，实可按迹以求，二也。《广陵潮》所写之冬烘派，半系过时人物，如何其甫、严大成辈，昔固有之，今见亦罕。是书所写之新冬烘派，贪鄙如小报记者连幻佛，无赖如小说家孙大福，意志薄弱如投稿家黄蕉影，此类人物，今世中往往有之，三也。

　　是书十五回，分刊于《新闻报》，欢喜赞叹，遍于海内，一朝辍笔，咸以未睹全部结束为憾。余因校勘其未竟之稿，遇有笔误及先后抵触者，为之补苴罅漏，凡如千条。十五回下，复本涵秋劝善惩恶之旨，续成五回，作一圆满之结束。虎贲中郎，未敢遽云神似，唯于涵秋救世之本意，庶几不相背谬，此则不佞赓续之余，差堪自信者也。

　　嗟夫，魑魅朋兴，妖孽群起，社会之怪象，日新月异而未有已，涵秋掷笔去人间，而牛渚亡其犀，秦宫失其镜矣。此则读《镜中人影》者，所当同声一喟也夫。

吴县程瞻庐序于望云居之北窗
中华民国十二年六月

第一回

谈家常香温玉软
悲身世雨冷风凄

汉口歆生路有一所五楼五底的高大洋房，锦茵绣毯，画栋明窗，收拾得十分灿丽。这屋里一例地使唤着男女仆从，一呼百诺，气象堂皇。不问而知，这一家的主人若不是居奇计赢的富商，一定是附凤攀鳞的政客了。哈哈，谁知却又不然。

诸君若不嫌絮烦，且待在下拿这支秃笔，将我这部书中事迹——照实叙述出来，包管诸君读了，哭一会儿，笑一会儿，还得叹息一会儿。正是置身局外，看他末劫残棋，放眼寰中，谁是狂流砥柱？只落得智者智，愚者愚，贤者贤，不肖者不肖，形形色色，点缀着大好河山，扰扰纷纷，消遣这无聊岁月而已。我这几句开场白已经说完，渐渐要提到正传上来了。

再说正中一间楼上是那主人宴息的所在，炉香静袅，帘幕深沉，靠窗口搁着一盆水仙、一瓶红梅，那红梅好像也嫌屋里闷气似的，将一干长枝探头探脑伸出窗外，要吸收得一点新鲜空气。

斜风半映，和风徐来，在这正月底的天气，那春光已是浓浓郁郁地布满室内，像这样时候，那兽炭银炉当然是成功者退，不消用得的了。然而这主人的身体却是非常宝贵，依旧把那玲珑剔透铜环银顶的一座大熏笼放在炕旁边取暖。他懒洋洋地躺在左边，身旁陈设着精致烟具，年纪约莫有五十来岁，生成一副天官脸，胡须虽然不多，却根根露肉，疏眉长目，鼻直口方，再配上他狐裘貂帽、锦袄缎靴，真算得生就了一种福相，寻常人是及不来的。他其时整整抽了二十多口乌烟，端起银茶壶，套着嘴咕嘟咕嘟喝了一个畅快，然后望着右边坐的那个妇人，叹了一口气，说道："你瞧，这不怪吗？我的那封快信从元宵节前就寄往北京，至迟落灯后，他也该接到了，为何这早晚还不见他回来？孩子们年纪轻，哪里会知道好歹，单就我们这份人家而论，任

1

是肚腹里黑漆皮灯笼、冬瓜撞木钟，道个不认识字，也不会饿死。朝也闹求学，暮也闹求学，我请问你，难道那些声光化电，寒可以当衣穿，饿可以当饭吃吗？我的话说出来，他是全然不肯相信。咳！天生这样逆子，真真叫我无法可施。我常常躺在烟炕上思前想后，凭我这一生，办了无限无限的慈善事业，若是天老爷果然生着眼睛，善有善报，也不该叫我生这一对冤男孽女。雷儿也罢了，他毕竟是个男孩子，儿大不由人，我捺着一肚皮愤气，由他去东飘西荡。锦儿呢，她可算是三绺梳头、两截穿衣的没脚蟹了，怎么你也不叫她在闺房里坐着，眨眨眼就跑出大门去逛马路，这还成个什么家教？"

那妇人吃他这一顿絮聒，不由脸上红了一红，歪着身子笑说道："如今就是这样一种时势，你叫我怎生去管束？你的身体又不大结实，各事还是瞧开些吧，没的为他们怄这闲气。你若是嫌冷清没有消遣，我命玉痕来唱歌段弹词给你听，可好不好？"

他蓦地将烟枪向盘里一掼，冷笑说道："你提起这丫头，可又叫我心里不大快活。死讨厌的老鬼，你们伸了腿也罢了，何苦白丢下这丫头来累人？瞧见她那寒薄样儿，我身上兀自把不住地寒噤，莫说比我家锦儿不上，恐怕春红和阿梅生得还比这丫头富厚些，你何苦又玉痕长玉痕短地在这里啰唆？"

妇人忙笑道："罢，罢，算我不懂眼色，又在你跟前提起那丫头来了。你要发脾气，哪件不好砸？偏生又砸这哑巴烟枪，将这些烟枪假使一根一根地砸完了，瞧你拿什么来止你这鼻涕眼泪。"

这句话才把那老头子引得笑起来，重行搭讪说道："你也不用拿我开心，我们且讲几句正经话吧。转是雷儿这番回来，我们想个什么好法子将他笼络得坐在家里，不必三心两意，又是读什么书呀求什么学。我本来打了一个主意，在这里说给你听，不知你还赞成不赞成？"

妇人笑道："老爷在外边不知道办了许多大事，想出来的主意一定是好的，我焉有个不赞成的道理？"

老头子听见这几句奉承，登时眉飞色舞，拍了拍大腿，才待开口，不防楼梯底下走上一个油头粉脸的女仆来，手里拿着一封大红束帖，将头一扭，笑嘻嘻地说道："我说老爷一定在楼上呢，他们只是不信，如今可是应了我的话了，稍停他们又该拿我取笑，说我是葛公馆里的家主婆。"

妇人笑道："你瞧蔡妈终是这样不癫不痴。好，好，你既爱做家主婆，我将来便将这位分让你，只怕你家那个蔡二不肯答应。"

那女仆故意将脸皮红了红，轻轻啐了一口，然后将那帖子递入妇人手里，对面上分明写着"葛镜清大人"几个工楷。妇人抽出来一看，笑道："呸！我还当哪处局所里下的请帖，原来是归元寺里的大和尚，请你明天十二点钟春厄。"

镜清此时正望着那女仆傻笑，好像没有听见。妇人袁氏又接着笑道："你去不去，也须得回人家一声，怎么装出这鬼脸？哎哟！你平时的玩意儿也够人受的了，打量我不知道呢！"

蔡妈此时早羞得背转脸，尽拿手在那熏笼上捺"卍"字花纹的指印。镜清忙笑着说道："你道这春厄好吃吗？这秃厮去年便央求我出名替他向各处写捐，要将庙里五百尊罗汉重行装金。我因为兵荒马乱，大家正忙着灾民的赈济，哪里还有这笔闲钱来干没要紧的事？所以只随口答应了几句。谁知他们拾到红枣儿，便当火吹起来。你道请春厄是好意吗？这其中一定另有作用。"

袁氏笑道："阿弥陀佛，菩萨身上的事，你多少替他们出一点力，包管保佑你无灾无痛、多子多孙。"

镜清趁势涎皮赖脸地笑道："你也知道叫我多子多孙呢，怎么我要将那个素兰买得进门，你又拦在头里，不吃酱油，转要吃醋？"

蔡妈见他们老夫妻俩只顾调起情来，不由心里发怒，急着说道："娶姨太太是一件事，扰和尚春厄又是一件事，老爷快快发落一句吧，免得来请老爷的人站在门房里老等。"

镜清笑望着袁氏说道："你瞧蔡妈只是火性暴躁，又该她数数落落批驳我的不是了。蔡妈，这来请我的是谁？请你便去告诉他，我明天十二点钟准到。"蔡妈听毕，这才提起她那双又干净又俏丽的天足，叽咯叽咯正待下楼，镜清忽又喊道："蔡妈转来，蔡妈转来！"

蔡妈正没好气，不得已重行踅至炕边，板着面孔说道："老爷，还有什么吩咐？"

镜清想了想，一句话也想不出，尽对着她瞅了一会儿，良久笑道："明天再说吧，我这会子也懒得开口。"

蔡妈也忍不住扑哧一笑，随即转身去了。

袁氏顺手将那帖子向烟盘底下一压，笑道："我们正在这里谈谈家常，凭空吃这和尚闹了一阵，你适才说有什么好主意，何妨便说出来给我听听。"

镜清这时举起他的那根翡翠嘴的烟枪，指给袁氏瞧道："别人家提起来，都说我们吸烟的人没有长进，然而不然。我以为这种东西若是成了瘾癖，别的什么吃喝嫖赌他自然而然地再懒得去沾染，收束身心的法子再没有它效验了。我想雷儿今年已经二十一岁了，亲事还不曾放聘，照他们这样的血气未定，倘若交结着匪人，难保不做出什么不规则的举动。他这一次回家，我打算劝他……"

他刚说到这里，忽听见一阵喧笑的声音，登时一大堆的仆婢你推我搡地闹得上楼。袁氏吃了一吓，连忙站起身子，笑问道："怎么？怎么？你们为何这样高兴？敢又是听出什么笑话来了？"

大家抢着说道："太太，你老人家简直蒙在鼓里，大少爷已经打从北京回来，浑身簇新地换了洋装，我们一头瞧见，几乎认不出他是谁。后来从口气里，才知道便是我们家里大少爷。"

袁氏笑道："才说曹操，曹操就到，老爷正想着他呢，你们尽管疯疯傻傻则甚，还不快到厨房去命曹屠子预备点心。"

众人听了，这才一哄而散。

果不其然，没多一会儿工夫，那个大少爷手里拿着司狄克，鼻准头上撑着托力克蓝色眼镜，嘀嗒嘀嗒跨入室内，见了他的父母，兀自弯了弯腰，仿佛是个招呼的意思。

袁氏笑道："不见了半年多光景，脸皮子倒稍微黑了些，我知道你身体单弱，禁不得路途上的辛苦，大新年里，你还不曾和你爹爹见过面呢，怎么不快替你爹爹磕头拜年？"

原来这大少爷名唤葛雷，表字象文，在本地中等学校里毕业，毕业之后，便闹着到北京去投考大学，不料又不曾录取，他便害羞不肯回家。无奈他父亲一封一封的信去催逼他，他不得已才回来走一趟，满肚皮不大高兴，忽又听见他母亲说这一番话，他虽然不敢驳回，却只冷笑了笑，说道："这年早经过去了，我记得是腊月初四，如今眼看看离三月不远，怎么妈还叫我拜年？"

袁氏未及答应，镜清早欠着身子发话道："雷儿，你可是中国人不是？中国数千年的习惯，谁不是全用的阴历？偏生到了你们嘴里，便闹出这许多新鲜花样。你不相信，照你们说的那个元旦，照这汉口通商大埠，除得循例挂几面五色国旗，哪里有丝毫的热闹？转是我们过年，鞭炮呀、蜡烛呀、果盒呀、锣鼓呀，财神圣诞、元宵佳节，哪一夜不是通宵达旦？实在是种堂皇气象。若说阴历不好，如何许多上了岁数的人都把这日子当作一件重要的事体。小孩子有多大的见识，凭你难道就拗得过大众不成？拜年不拜年，我却不敢当你这样大礼，只不过说出话来不要叫我怄气，就算你是个孝子。"

袁氏见这情形，深恐他们父子又冲突起来，连忙解释着说道："罢，罢，公说公有理，婆说婆有理，他过他的年，你过你的年，千不好万不好，都怪这阴历里夹着阳历的不好。俗语常说，被这日子闹昏了。我当这八九个年头，不是被阴历阳历的日子闹昏了吗？比如在这一天时，时髦的人说它是初一，我们老顽固又说它是十五，老实马马虎虎，得过且过。若都像你们爹儿俩这样认起真来，简直不必干别的事，道好天天扒起来瞎嚷乱吵。雷儿刚才下了火车，还不曾好好儿地休息……"

说到这里，背转脸望镜清挤了挤眼，故意笑说道："来呀，你就烧两口，让雷儿先提一提精神。"

镜清这时早已躺下去，在那枪上装好了橄榄大的一口烟泡，然后向象文招招手，含着笑容向他说道："罢咧，算我做老子的不会讲话，以致叫你心里不大舒齐。这口烟权当是我替你赔罪，你便上来抽了吧，这东西抽下肚腹，包管你不快活也要快活。"

袁氏格外机灵，听见这话，忙不迭地跳下炕沿，好让象文去坐地。只见象文板着一副面皮，把个脑袋摇得像拨浪鼓似的，侃然说道："那可不行，这些流毒无穷的东西也不是人吃的，我偶见了它便生气，久经劝爹戒了，到今日如何还不曾戒脱？"

袁氏知道镜清的脾气，最恼恨人提着"戒烟"二字，这会子见象文忽然发出这不近人情的议论，要拦阻他已拦阻不及。偏生那象文不知就里，说到高兴时候，重行站起身子，挺胸凸肚，放沉了声音说道："人之所以异于禽兽者，以其稍有知觉耳。戒烟这件事，关乎我们中国的体面，法律何等森严，爹何苦以身尝试？鄙人从京津一路而来，见那一带地方种者自种、吸者自吸，已是痛心疾首，恨不得将这一班全无心肝儿的狗彘一个一个执行枪毙，方才泄鄙人胸中的愤怒。"

他说一句，镜清气得抖一抖，良久良久，他才对着袁氏冷笑道："你的耳朵听见吗？这畜生王八蛋简直和我们演说来了。"

说着，又望了望象文道："你们这些玩意儿，只该等开那什么牢会，指手画脚地跑去骗人，怎么对着老子娘也使出你的威风来，岂不是天大的笑话？"

袁氏见不是头路，忙使劲将象文推得下楼，说道："你们也不知哪世里的冤家对头，见了面就这样生姜皂荚。快下去吧，叫春红他们弄饭给你吃。"

象文走后，镜清呆了一会儿，不觉滴下几点眼泪来，对袁氏说道："唉！世界上儿子还养得吗？我们老两口子当初造了孽因，今日应得结这样孽果。他开口闭口说吃鸦片烟的人都该枪毙，难保将来他不取了我的性命，我越想越是害怕。"

袁氏也叹着说道："老爷这么大的年岁，何必同他们小孩子一般见识？最好权且当他是放屁。"

镜清摇头说道："然而不然，我已经心灰意懒了。这份家私幸亏还是我自己挣的呢，你仔细想想，我若是穷困下来，万一去和儿子要钱使用，怕他不但没钱给我，一定还要声讨我吃鸦片烟的重罪。好，好，趁我的筋力还挣扎得起，等待过了这个正月，我不把这畜生驱逐出门，我便是他的儿子，他便是我的老子。"

他们刚在炕上说话，忽见楼门口那条暖帘轻轻一揭，走上一个十五六龄的女孩子，躔着一双高跟底的小皮鞋，袅袅地走进来，丝毫没有声响。绿发齐肩，后边松松拖着一条油光水滑的大辫子，玫瑰紫的毛缠披风，裤脚吊得老高，露出半截丝袜，手上套着全头整尾的大狐狸。她从外边回家，便听见仆妇们告诉她老爷和大少爷斗气，她是个聪明孩子，深恐触着他们的霉头，所以鬼张鬼致地跑得上楼，要来瞧一瞧风声。袁氏此时正苦没有法子来劝慰镜清，却好瞧见她这女儿阿锦，便趁势一把扯入怀里，笑道："心肝儿，你到哪搭儿去逛的？你爹正没高兴，快爬上炕来，好好地替爹烧两口烟，不要学你哥哥硬头硬脑。"

镜清冷笑道："不敢劳动，你还是让他们自由的好。"

阿锦一面坐在袁氏膝上只是揉搓，一面笑道："爹何苦又拿女儿开心，哥哥得罪你，女儿不曾得罪你，我是经一个女朋友约了去瞧戏，戏场才散，我心里便记挂着爹，兀自赶回来陪爹消遣。"

袁氏笑道："好一个孝顺孩子，不怪你爹只是喜欢你。你爹适才说的，他要赶逐你那哥哥，将来他的这份家私还怕不一古拢儿拿出来给你陪嫁？"

阿锦笑得咯咯的，拿手摸着袁氏的下颏，忍笑说道："妈再瞎说，瞧我来拧你这张嘴。爹不待娶新姨娘呢，怕不多生几个小弟小妹，这家私我也摊派得有限。"

镜清见她提到娶新姨娘这句话，不由从心坎里痒将起来，方才换了一副笑容，指着阿锦说道："天生这妮子是我的开心宝贝，但凡我有什么愤怒，一见了她，便都送入东洋大海。来来来，你怎么会猜到我要娶新姨娘，这新姨娘又是谁？"

其时阿锦已躺在镜清身边，将烟烧好，直递过来。镜清衔入嘴里，呜呜地笑说道："你说，你说。"

阿锦扑哧一笑，说道："给个榧子给爹吃吃呢，这件事你除得瞒了妈，外边的人谁也没有个不知道的。我只是不说罢咧，说出来怕妈不叫你罚跪。赵二房里的那个素兰，我不是也曾见过的，她比我的年纪大不了一两岁，生得倒还肥肥胖胖，唱出两支曲子来，煞是好听。爹不信，我也买了两个京戏小本子，没事时候唱着耍子，只及不来她那按腔合拍。"

袁氏笑着呵斥道："女孩儿家又来不疯不癫的了，你是人家一个千金小姐，转巴巴地学这弹唱则甚？"

镜清刚才把一口烟从嘴里喷出来，喷得干干净净，随手将阿锦一把搂入怀里，对着袁氏笑道："我家这锦儿真是聪明绝顶，她学一件玩意儿，是再没有不会的。罢咧，小姐是个人，妓女也是一个人，五官百骸，究竟有哪一点分别？到了你们嘴里，偏要这样分清皂白。"

袁氏微微带着怒意，笑说道："你哪里是祖护女儿？只怪我不会说话，得罪了你那心坎上的人，你当然要借题发挥，好批驳我一个不是，菩萨在头顶上呢。"

这一句话未完，猛听得楼外起了一阵狂风，将窗子吹得砰砰作响，黄豆大的雨点子霎时打将进来。阿锦喊声"不好"，跳下炕便去下那窗上幔子。才走近窗口，只见东南角上堆满了黑云，流星也似的一道闪电，赫咯咯，接着响了极大的大雷，几乎将阿锦吓得哭起来，掉转身躲入她妈的怀里，把一双手只顾握着耳朵，死也不放。袁氏一面搂着阿锦，一面惊奇诧怪地说道："哎呀！这还在正月里呢，如何便会响雷？我切记得老年人常说，二月里响雷白米堆，正月里响雷死人堆。照这样光景，怕今年这人灾可是不小。"

她刚在这里自言自语，不防镜清坐在炕沿上，笑得只是打趺，夹杂着风声雨声雷声，里面只不住地喊好。袁氏含笑，正待问他喊的缘故，却好蔡妈已带着丫头们上来，替他们开设晚饭，将舌头伸了伸，望着袁氏笑道："太太你瞧可奇吗？怎么不在时节上便响起大雷来了？我因为这是响雷的头一次，适才已经替太太拍了拍床边，好叫六月里的虫蚁百脚不得上太太的床。"

袁氏哭丧脸说道："你还提什么五月六月呢，照这样的天时不正，我们若能够太太平平地过到五月六月，便是造化。我同你赌拍个手掌，今年若不闹着水灾旱灾，或是刀兵的灾……"

她才说到这里，再瞧瞧镜清，益发笑得厉害了，翘须咧嘴，任是一等一的绘画名手，怕也形容不出他那得意的样儿。引得袁氏发起急来，狠狠地说道："你这人为甚一点不近人情？人家心上正在这里害怕，偏生你就高兴了不得。一个雷天下响，万一真个闹起灾荒来，不见得你便不是中国的百姓，还怕不是有罪一齐受？"

这当儿，风雨稍稍停息，雷也止住了，只有一片一片的电光，还不住地在那黑云里穿来穿去。厨房里送上饭菜，由蔡妈和丫头们将桌椅调排齐整，大家随意入了座。镜清靠近袁氏，扭着脖子笑说道："横竖这里也没有外人，我实告诉你吧，你们听这雷吃惊，我听这雷好像是送银子来给我的，如何叫我不欢喜呢？我也知道这雷很蹊跷，今年这灾荒是一定不免，你须知道我们办慈善的人，如果碰着天下太平，外间简直没有什么变动，可是没的干了哇。赈济呀，筹捐呀，一古拢儿都要在这灾荒上面寻点事去做，做好再弄出钱来，都是给你们一家子享用。我究不知你安着什么心，好像和我反对似的，你怕钱烫手？"

袁氏听了，这才恍然大悟，见蔡妈她们都站在面前，却也不便再说什么，只低头笑了一笑，拿起箸子来，拣那肉圆儿只顾往嘴里送。蔡妈在椅子背后凑趣说道："你瞧我们老爷真是热心，听见办慈善的事，一点辛苦都不护惜。记得去年下江那次水荒，可怜老爷冒着那样大风大雨，连夜地搭了下水轮船，把那成千成万的捐款刻不待缓送过去，救济灾民。世界上的人倘若都像我们老爷热心，莫说这一处地方点点水灾，便是将半个中国都倒塌下来，有他老人家挺身抵着，什么事都不必怕。"

镜清刚刚扒了一口饭，连忙咽得下肚，正色说道："蔡妈，你们只知其一，不知其二。在世界上做了一个人，全靠着这颗良心度活，不怕你笑我，老爷在二三十岁的时候，还是一个精穷的光蛋，和你太太住在一处三间小屋子里，衣不中身，食不中口，每逢过年，哪里是过年？只比如过着难关。也是一年河南的旱灾，一千里多的地方，想一根青草瞧瞧都没有。我有一位老世伯，他在那里候补，谋着一件赈务局的差使，因为我认识几个字，特地写信来叫我去充当文牍。哈哈哈，运气来了，也好玩呢，就这么一帆风顺。"

袁氏见他说得有声有色，忍不住好笑，忙向他丢了一个眼色，懒懒地说道："老爷，你适才吃了几杯酒，怎么说起话来转这样不疯不癫？像这些辰年卯年的老话，巴巴地在这会子提它则甚？总而言之，人在世上不怕穷，只要做出事来规规矩矩，那天老爷没有个不看顾他的。我从去年发了一条心愿，打算在我这家用款子里，按月提出一成，放在一边不动，但凡遇着尼姑和尚有来同我们募化的，我们或是折钱，或是给米，做点布施，让他们好在各寺院里替我们老两口子多念几声佛。"

阿锦此时正猴在桌子上，拿一柄自斟壶在那里倒玫瑰酒，仰着脖子喝了好两杯下肚，她听见她妈说这样话，忙笑道："迷信，迷信，这些天行淘汰的僧道，妈何必去理会他？我劝你不如拣那贫苦子弟没有钱入学校求学的，妈便拿出钱来资助他们的学费。"

袁氏笑道："你瞧这丫头又喝醉了，说出来全是些疯话。春红，快替她将酒壶拿将过去，还不赶快吃两碗饭，进房去睡觉？玉痕这孩子不晓得可曾替你预备汤壶？"

镜清笑道："孩子喜欢吃酒，你又该拦在头里，叫她心里不快活。锦儿，你不用理会你妈，等我来敬你一杯。"

阿锦笑着将酒壶一推，说着："当真我不能再吃了，头倒有些晕起来，不料这玫瑰酒竟这般厉害。"

大家吃了晚饭，镜清烧烟，袁氏和阿锦又在旁边闲话了一会儿，阿锦两只小眼皮儿只顾要蒙眬地往下闭。袁氏忙命春红挽她下楼，好生地送她进房。春红答应了，两人跟跄走入左首一进屋子。其时雷雨虽住，至于檐前的余溜尚有些萧萧沥沥。

春红揭开猩红门帘笑喊道："大小姐，我们小姐进来睡觉了，太太问小姐的汤壶，你可曾替她预备了没有？"春红说完这话，转身就走。

只见袅袅婷婷地迎出一个十八九岁的女郎，瞧她虽是淡妆素服，却生得风韵天然，贫而不觉其寒，愁而不损其媚。这女郎我虽不必再表白她的名姓，阅者诸君定然会知道，她便是袁氏嘴里说的那个玉痕了。

原来镜清有个胞兄，表字镜雅，是个不第秀才，为人性情却很迂执，举动都不合时宜，所以他一生也不曾发达过。祖宗既没留着遗产，弟兄们当然是各立门户，一个是富拥千金，一个是家徒四壁。尚幸镜清深恐他这阿兄向他啰唆，频年以来，仰赖他的声势，倒还坐了好些阔馆，束脩所入，夫妇两口带着一个女儿，也可以将就度活。说了可笑，只怪那镜雅读书太多，时时刻刻常把孟老二那句"不孝有三，无后为大"的话当作金科玉律，不时和他东家刘浩田提议到此事。浩田是前清的实缺知县，光复以后，被同乡公举他做了蓝田县的知事，为人却很豁达，又佩服镜雅的学问，当时便慨然赠了他一个侍婢，不上两年，居然生了一个男孩子，取名叫作葛霆。便因为这件事，镜清很不以他阿兄为然，提起来都骂他不知死活，说："有钱的人恐怕家私没人承受，想养儿子，这也罢了。比如镜雅已经穷得要死，为甚要造这样的孽？哼哼！多根头发多根结。我看他将来有基本领能够提携这孩子成立？"

9

他说这话的当儿，不无又在袁氏面前卖弄他一身清白，到今日并不曾娶着姨太太进门。袁氏听了，自然感入骨髓，少不得也要拿几句话来奉承他，因此镜清虽想娶那素兰，却轻易有些不好意思启齿。咳！穷措大本来不能消受艳福，不曾隔了两年，刘浩田因为不善逢迎，兀自丢了官职，镜雅教的学生要应时势潮流，又相率入了学校，自是以后，镜雅便无所事事。生齿既繁，平时又无积蓄，再想和他老弟来要求资助，镜清哪里肯答应？再加上近来的生活程度日渐增高，没有分文进项，一家子如何度活？先前还靠着东挪西补，坐在屋里教给女儿玉痕和儿子霆儿读书写字，聊资消遣，后来当尽卖绝，看看要坐以待毙，镜雅一口气上不来，便在去年春间溘然长逝。他妻子俞氏要博个节烈的名誉，也就仰药自尽。可怜剩下了那个陶姨，没脚蟹似的毫无主见，霆儿刚刚六岁，却还是天真烂漫。唯有玉痕哀哀欲绝，央求几家亲戚跑去和镜清说项。毕竟镜清是个办慈善的人，到了这步田地，却也不忍置身事外，随即和那些亲戚提议，侃然说道："玉痕确系家兄嫡亲骨肉，那一年嫂嫂生她的时候，我还在那边赴汤饼宴会，这个侄女儿我当然义不容辞，她既没有父母，由我领带回来抚养。若讲到霆儿，不怕诸位笑话，这其中就未免不实不尽了。论家兄年已垂暮，他哪里有这精力还能生子？陶姨出身微贱，难保她在外面不有所沾染，我们姓葛的门里却不能容留这样杂种，悉凭他们自行过活。若想我认他作阿侄，除非水向西流，日由东落。诸位若果然照我这样办呢，兄嫂身后一切，由我拿出来料理，否则就不必怪我视约同陌路。"

众人见他这样斩钉截铁，料想他的主意已定，劝说也是无益，好在这一班亲戚大半是泄上水的，与其替死鬼帮忙，白白地得罪这般财主，世界上也没有这种呆鹅，遂异口同声笑说道："老姻翁真是明见万里，我们谁不这样想？只是不好说出口来罢了。他家那个小官官，虽说模样倒还和镜雅有些仿佛，但是一定要说是他的儿子，我们却也不敢来具这一纸甘结。老姻翁这时公然肯掏着腰包替死者料理殡葬，真个仁至义尽，晚辈们从心坎里钦佩。不过稍停将这话去告诉陶姨，她如果打一句哑声儿，晚辈们也没有别的方法，只得买她一柄毛刷子，替他们母子刷一刷霉。"

镜清经这些没脑子的一顿奉承，方才转怒为喜，勉强说了几句谦逊的话，转身送客出门。没脑子的也不怠慢，随即跑去和陶姨斟酌。陶姨听见这话，直吓得牙齿打战，望了望霆儿，重行抱着镜雅夫妇的尸身放声大哭。转是玉痕拭了拭眼泪，近前安慰她说道："姨娘，你尽哭也不中用，难得叔叔肯发这样善心，便算是我们的天大造化。至于随后的事情，只好做到哪里再说到

10

哪里。"

陶姨哭着说道："大小姐，你道好扒上高枝儿去了，当然说这风凉话，只苦了我们母子。二老爷既然不肯承认，我们横竖也是个死，不如由我和他拼了这条性命，免得将来在世界上受这活罪。"

说完，便揎拳掳袖，想去和镜清厮闹。玉痕一把扯着她哭道："你若是这么一闹，触恼了二叔，别的不打紧，我们忍心望着爹妈白挺在床上，衣衾棺椁向何处寻讨？可怜我爹清苦一世，难不成到这时候连累他老人家死无葬身之地？"

劝了又哭，哭了又劝，好容易才把陶姨按捺住了。众亲友在旁边一面议论玉痕，一面嘲笑陶姨，总共也没有一句好好的话。幸喜当天镜清打发了一个家人送来二百块洋钱，由那一班没脑子的帮着料理丧务。不是在下说句刻薄话，他们在这当儿，多里捞摸，还着实沾染了好些油水。

镜清的妻子袁氏也曾来过一次，她对着陶姨和霆儿却是不瞅不睬，她见玉痕模样生得怪可爱的，觉得很欢喜她，扯着她的手腕，笑嘻嘻地道："你几时到我们那边去？你叔叔很不放心的，瞧这破烂不堪的三间矮屋，风飕飕地直往里刮，亏你们怎生挨得这寒冷。我劝你不如今晚随着我轿子走吧。"

玉痕怔了一怔，忙道："爹妈还不曾挨过百日哩，侄女儿打算再等些时前去伺候婶母。"

袁氏冷笑道："好个孝顺女儿！好，好，到底是人家的骨肉，我也不能强自做主。"她说完这话，径自走了。

这晚，陶姨便和玉痕又开了一场谈判，嗔责她不应该听从二老爷的意思，撇下我们母子不来理会。玉痕又羞又急，哭道："姨娘，你不用糊涂，天下事除得死法，要想活法。今日难得叔婶肯怜恤我，也是我的一条生机。比如你就留我在家里，弟弟又小，我又是女孩子，与其死在一处，不如各自去寻道路，便是爹妈在地下也还放心。"

陶姨忙道："你这话倒说得好听呢。既是这样，你在那边，须索按月津贴我们一笔款项，好给你弟弟到学校里去上学。"

玉痕正色说道："这个万万不可，我的叔婶虽是有钱，他们夫妇既不肯承认养活你们，我何敢和姨娘私相授受？"

陶姨哭道："然则大小姐你的心肠也变过了。"

说时，便扯过霆儿，向玉痕怀里一推，哭着说道："你去问问你的姊姊，她忍心望着你这没有父亲的孩子受罪？"

霆儿也不明白她们说的是什么，只呆呆伏在玉痕膝上，一言不发。玉痕拿手抚着他的脖子，止不住泪如雨下。

果然不曾隔了多少日子，袁氏派了轿夫来接玉痕过去。玉痕咬着牙齿上轿，直把个陶姨哭得一佛出世、二佛涅槃，眼睁睁地望着玉痕走了。

镜清初意却还防着玉痕拿他的钱去津贴陶姨，早吩咐他妻子袁氏背地里留心玉痕的举动，除得给她三餐茶饭，其余的衣服、首饰一概不许替她添置。幸喜玉痕的为人，性情温婉，动作纯正，叔婶这边的一丝一粟，她兀自不去沾染，偷得些闲暇工夫，替外边织织丝袜，编编毛缏衣褂，积蓄起来的款子，按月命人送给陶姨母子去度活。

起先镜清听见这事还竖眉怒目，批驳玉痕做这样手工，玷辱了他葛公馆的身份，后来还是袁氏劝说道："罢咧，不痴不聋，不做家翁。她又不要你给钱，她自己辛苦，凭她爱怎样用便怎样用好了。你再去斤斤计较，不叫孩子们听了难受？"

镜清听了，只冷笑几声，方才不再开口。这是以前的事迹。

玉痕当晚坐在房里，忽见春红将阿锦送将进来。原来袁氏因为阿锦年纪幼小，交代给丫头们伺候，总觉得不大放心，于是想出个法子来，便叫玉痕陪她住在一所房间里，以便随时照应。玉痕这时听了春红的言语，答应了一句，随即站起身子，上前迎接。只见阿锦一副面庞红得和玫瑰花相似，星眼微饧，语言艰涩，开口便笑问道："姊姊还不曾睡觉吗？适才那个响雷好生厉害，姊姊可曾听见没有？"

玉痕也笑道："怎么没有听见？我刚在这里写字，手里一支笔吓得直掼下来。"

阿锦笑问道："你敢是又写信给那过先生？我包管一猜便着。"

玉痕冷笑道："好端端的，我又写信给他则甚？我因为闲着没事，在这里瞧那《茶花女》的小说，有好的地方，我便用笔记着。"

阿锦向她啐了一口说道："这劳什子小说有什么趣儿？我此时觉得心跳得很，你替我在胸口摩一摩。"说着，便扭股糖似的躺入玉痕怀里，一股酒气冲入鼻观。

玉痕没法，只得轻捻慢拢地替她一下一下摩那胸口，摩了好半晌，忽地劈啪一声，吃阿锦在她嘴巴上打个正着，还被她手上戒指脚儿刮了一下，香腮刮出一条血印，喃喃地骂道："你想要我的命吗？我这小心坎子禁得起你下死劲地揉搓？我知道你对了我都不肯安着好心。"

玉痕觉得腮颊半边火辣辣地疼痛，心里一酸，忍不住要哭，却又不敢淌下泪来，眼皮里汪汪地含着一包清水，依旧替她摩着。阿锦一时又不耐烦起来，跳起身子，细眯着双眼说道："我真看不下你这蝎蝎螫螫的样子，我渴睡得很，你不如服侍我上床吧。"

她一面说，一面便扯抹首饰，脱卸衣服，俏伶伶地向被窝里一钻，脖子才搁上绣花枕，兀自鼾呼不醒。

玉痕叹了一口气，移步走近镜台旁边，展开镜袱，向镜子里照了照，只见眼梢底下还微微浸出猩红的血来，禁不住泪落如雨。呆望了一会儿，又想起阿锦的衣服、首饰都还不曾掳掇干净，于是重走到炕边，一件一件地替她折叠好了，又将她的钗环簪珥藏入平时一个小皮箱里，然后坐在电灯底下，双手抱膝，想起自家身世。我因为没了父母，今日依傍在叔婶门户底下，不知挨了他们多少羞辱。阿锦性情更是暴躁，动不动使出她小姐身份，开口便骂，举手就打，我待和她较量呢，吃仆妇和丫头瞧见，免不得还要在背后议论我不知好歹。人死则气散，断乎是没有知觉的了，如果还有知觉，我爹妈见我处这凄凉境况，不知要怎生轻怜痛惜。做儿女的平时享着父母慈爱的幸福，他们丝毫不觉得好处，必定到了这步田地方想起爹妈来，后悔已是不及，孑然一身，茫茫后顾，我葛玉痕将来还不知做何结局。她想到沉痛去处，真个抽抽噎噎。好在合宅的人这时全都安睡，也没有人来理会她，唯有窗外的檐溜一声一声的，好像是有意和她唱和。凉雨初过，猛从窗隙里透入一阵寒风，玉痕穿的衣裳又非常单薄，吹得毛骨里都抖将起来。她的一张短榻本来离阿锦的大床不远，自己拿手帕拭净了泪痕，便也和衣躺下，拖过一幅薄被，轻轻搭伏着下半截，翻来覆去，亘耐只是睡不沉重。好容易挨到三更时分，辛苦极了，刚合上双眼，不防阿锦又醒了，嚷着嘴干要茶吃，嚷了两声不见玉痕答应，她使起性子，双手抱着一方小枕头，对准玉痕身上直掼过来。玉痕吃了一吓，慌忙趿着鞋子走得近前，阿锦笑道："你睡死了？快倒一杯茶来给我喝。"玉痕哪里敢怠慢，便从茶箱里倒了一钟酽茶，捧着递过来。阿锦就她手里喝了几口，摇摇头说不喝了，又说道："你等着，恐怕我再要喝，不得喊你。"

玉痕点了点头，自己此时也觉得口干眼涩，便也拿那茶钟漱了漱牙齿，虽然听见阿锦又微微起了鼾声，然而自己却不敢再睡，便将日间不曾做完的女工一古拢儿捧在桌上，借此消遣。一边拿着钢针，又想起她的姨娘和霆儿弟弟，近来不知怎生挨这苦日子。去年年底，把我所积蓄的十几块洋钱送给他们买柴买米，眼见这几天霆儿又该到学校里去了，书籍用品虽然不多，总得有这一笔钱才可以入学。虽说过先生看待他不错，但是过先生也是一个寒士，无辜地也不能叫人家替我们出这学费。想到这里，一颗芳心越发有些焦烦，手里的钢针不觉掉落在地上，她竟毫不省得。再侧耳一听，那马路上的乌鸦早在那古树枝上呀呀地叫个不住，电灯熄灭，窗纸上已透入鱼颜色。

玉痕知道天快发亮了，双目炯炯，两片颧骨烧得血也似鲜红，不由呛咳了两声，揭开阿锦帐子，只见她鼻息如雷，却丝毫不曾醒转。肚腹里寻思也不及再睡了，便将自己一个藏钱的抽屉检点一下子，见里面尚存得五张一元钞票，内中有两张是婶母给我的压岁钱，其余三张便是正月里手工上的进款。当时便打定主意，预备今天回去看看陶姨，顺便将这款子交给她，将就敷衍这一月的家用。于是便将这钞票一齐揣入怀里，打开梳头的家具，对着镜子解开头发，在那里一把一把地梳发。

又隔了好一会儿，春红早进房来替她们扫地，一眼瞧见玉痕，不觉笑问道："大小姐今日起身得恁早。"玉痕向她摇摇手，意思叫她不要惊醒了阿锦。谁知春红说话的声气很高，阿锦当真一骨碌翻身坐起，双手不住地揉搓眼睛，笑得咯咯地说道："哎哟！酒是万万吃不得，昨天夜里醉得我好生难受。我记得还要茶吃的，不知道可是做梦不是？"

春红弯着腰扫地，笑道："大清早起，小姐也不图个忌讳，怎么开口来就是做梦？"说得玉痕也笑起来。

阿锦倚在枕上发了一会儿怔，忽地笑道："噢，不如起来吧，我还不像老母鸡在这里孵蛋。"

玉痕忙将衣服递过来，她穿着齐整，随即跳得下床。春红便到外间去替她端整脸水，不多一会儿，梳头娘姨也赶得进房，替阿锦一绺一绺地打那辫子。阿锦催着说道："快着点，今天还有人约着我去打扑克呢！"

春红在旁边插嘴说道："小姐既要出去赌钱，适才为何说那样不吉利的话？"

阿锦对她脸上啐了一口，笑骂道："谁要你嚼这舌头？我们文明人，哪里讲这样迷信？"

春红笑道："文明也好，迷信也好，大小姐把她的首饰取出来吧，没的耽搁了她的时候。"

玉痕忙端过那个首饰匣子，阿锦一件一件地插戴齐整，重行在里边翻腾了一会儿，忽地望着玉痕说道："我那个钻石戒指呢？为何只剩了这四枚

14

金的？"

玉痕吃了一惊，果然将那匣子翻遍了也不见那个钻石戒指。那个娘姨和春红都帮着向四下里寻觅，哪里有个影响？急得阿锦双脚齐跳，嚷道："我昨晚喝醉了，你须不曾醉，你不赔偿我的损失，我死了也不依你。"

玉痕吓得战战兢兢地说道："匆遽当儿，我哪里记得这样清楚？这不是坑死了人！"

她们正在房里乱嚷乱吵，早有人报给了袁氏。袁氏已走至房外，颤着声气说道："好呀，这东西不止一百八十，还是武昌郑公馆姨太太去年赌输了，没钱弥补，央出人来和你爹说项，将这戒指押了一千银子，若照时值估价，便拿出三千两来，也买不到这样光彩、这样颜色的钻石。"她说着已走入房门。

阿锦见了她妈，把不住哇地哭出声来，拿手指着玉痕说道："妈替我问她，究竟吃她藏在哪里去了？"

袁氏忙安慰着阿锦说道："乖乖，你不用害怕，失物数来人，她和你住在一间房里，失了物件，不问她问谁？"

春红对着众人忙伸了伸舌头，笑道："你们听听，幸喜我们不陪小姐在房里睡觉，不然跳入黄河里也洗不干净这身子。"

众人这时候都面面相觑，各自作声不得。

袁氏望着玉痕冷笑道："好孩子，我知道你也是个穷困极了，想不出别的方法，当然见了这样宝贝，悄悄地藏起来也是有的。你放心，你乖乖地将这戒指送还给我，我不但不去替你告诉叔叔，还得多赏你百十块钱，听你买衣服穿也好，听你送给陶姨他们去使用也好。"

玉痕听见这番话，不觉扑地直跪下来，哭道："婶娘，你是最明白的，侄女儿的为人，婶娘也该知道。莫说一枚戒指，便是比这戒指再贵些的首饰，侄女儿也不敢拿正眼去偷觑。因为这盗窃的罪名是很重要的，我难道不怕辱没了我死去的爹妈体面？"

袁氏冷笑了一笑，掉转脸望着众人说道："啧啧啧！你们听她这口气好大，几千两的钻石戒指本来不在你的眼下，但是我们失掉这物事，就该轻轻罢手不成？好，好！我们先来仔细寻一寻，若是寻着，便不至于白冤枉了你；如果寻不出来，我也没有法想，只得将你先交给警察署羁押起来。官法如炉，到那时候也不怕你狡赖。"

众人听了这句话，登时扠扒笤扫，但凡墙根壁底、床榻衣橱，没有一处地方不进行搜觅。内中尤以春红来得起劲，烘烘地点上一支蜡烛提在手里，向各处照察，差不多把一间房子都翻转过来，也没见这戒指影子。阿锦只是搓手顿脚，嘴里乱嚷乱骂。

玉痕含着眼泪向阿锦说道："妹妹昨夜从外边进房，这戒指不知可在手上没有？或者在下楼的时候便失落了，也未可定。妹妹细想一想，可算救了我的性命。"

阿锦听她说这样话，早使起性子，下死劲地将她一推，跌出有好几步远，幸亏板壁挡着，不曾跌倒，然而那颗头已撞在一张玻璃照片上，把那玻璃震得粉碎。阿锦顺势又举起她一只小天足，对准玉痕的奶上踢去，啪的一声，踢个正着。可怜玉痕已是痛彻心肺，只咬着牙齿，不敢嘶唤，那眼泪忍不住直滴下来。

阿锦嘴里喃喃地骂道："死不了的娼妇，你闯下祸来，还要赖我。我问你，你说这戒指不在我的手上，怎么那包钻石的金脚子会将你脸上刮破一道血痕？"

袁氏深恐她这爱女受了气恼，忙一把将她搂入怀里，轻轻拍着她说道："好孩子，你何必同她较量呢？闪了你的手，倒值多了。要打她也索叫蔡妈她们拿竹板子，剥脱她的衣服，一下一下子打着细细拷问。"

春红此时早将烛台向桌子上一搁，笑说道："这就奇了，吃我们这一顿寻觅，怎么连影子也没有？"

那个梳头娘姨又插嘴说道："这个说不得，依我的意思，必须在大小姐身上搜她一搜。"

玉痕听见这话，忍着悲痛，她也不消人来动手，早一件一件地解开自家的纽扣，差不多连个肚兜都要解放开来。蔡妈站在旁边，瞧见她这个模样，便冷笑望那娘姨说道："鲍奶奶，你真是有口无心，再也老实不过。她既居心偷这件东西，难道还巴巴地藏在身上？贼有贼主意，早就悄悄搁置到别处去了。俗语说得好，一人藏物，百人难寻。大小姐，你还好好地穿起衣服来吧，没的冻坏了身体，你下半截还有底衣呢，我们总没有这样大胆，能够叫你解脱下来查验查验。"

玉痕哭着说道："蔡奶奶，你平时看待我是不错的，这倒不妨事，就请你将我带入僻静去处，我情愿给你查验，看有没有，也好表明我的冤枉。"

蔡妈冷笑道："就这一句话，我便猜出你大小姐这时候断不会将这东西藏在身上，查验也不中用。我劝你倒是直截了当告诉太太，好在一个人谁没有

16

做错了的事，我能替你求求太太，断断不来再责备你偷盗的罪。若光是这样嘴犟舌辩，恐怕老爷一经知道，他的性子是你晓得的，仿佛一根爆仗等不及点上硫黄，那时你吃了苦就要懊悔了。"

玉痕见众人也没有一个肯帮着她说话的，一颗芳心急得碎裂，只是俯着脖子，哀哀地哭。袁氏好生愤怒，一迭连声地喊着："打打打！"众人见太太下了这道动员令，谁不兴高采烈，登时七手八脚，扯的扯、拖的拖，已将玉痕按伏在一张凳上。春红手里高高举起竹板子，认准玉痕下半截，就待动手。

说时迟，那时快，大家正在这里捣乱，却好这事已吃葛象文知道。他正待出门，顺道也赶入这边来瞧看热闹，问了问大略情形，他便放下脸色说道："人家失落物件也是常有的事，道不得赖这人。便是这人，像这样野蛮举动，我委实不大耐得下去。"

他说话的当儿，便劈手将春红拿着的竹板子夺将过来，使劲向地下一掼，扯了扯玉痕，问道："玉妹妹，你果然拿这戒指不曾？"

玉痕哭道："好哥哥，我真不曾拿，我再穷些，也断不肯做这样没廉耻的勾当。"

象文便回头望袁氏说道："妈可听见，你们何苦来白冤赖她？"

袁氏急道："世界上做贼的人，谁肯自认是做贼？你不要白拦在这里面多管闲事。"

象文将眼睛珠子一翻，冲着袁氏说道："我倒要疑惑你做贼呢，你可承认不承认？"

袁氏其时已气破了胸脯，无奈平时又纵容他这儿子惯了的，又不敢和他辩驳。

阿锦急道："你一味卫护她，她是你的嫡亲妹妹？"

象文冷笑道："呸！没的活见鬼吧！嫡亲妹妹怎样，不是嫡亲妹妹又怎样？你们既容不得她，不如老实还让她回家去好了。玉妹妹，你随我走也罢。"

玉痕巴不得这一句，便在匣子里轻轻取出她的钞票，向怀里塞。象文一把夺过来，给她们大家望了望，笑道："你们须索瞧清楚了，这是她的钞票，并不是戒指。"

说完这话，顺手将玉痕一扯，说道："走吧，走吧！"两个人一齐走出大门。

这里众人白望着，谁也不敢上前拦阻。袁氏呆了半晌，恨道："你们瞧这小砍头的，不知道他是安的什么心！人家打折膀子朝里弯，唯有这畜生转帮着外人来欺负他娘和老子。"说着，又安慰阿锦道，"这事好在不与你相干，你不是寻找几个朋友开开玩笑，没的为这个叫你来担惊受怕。这死娼妇，她总有个牢呢，今日逃跑了，不见得明日撞不着她。再不然，我们将那个赛天罡请到屋里来圆光。"

阿锦只不开口，转是春红笑着说道："这圆光又有甚灵验？太太还是拷打大小姐的好，她也不是铜浇铁铸，包管结结实实给她几下子，她不招也得要招。"袁氏听了也不理会。

这一顿闹已闹到午饭辰光，知道这时候葛镜清也该起床了，暗想：这事也不能瞒着他，少不得要和他去斟酌，对这玉痕该怎样办便怎样办。想定主意，她便轻轻地步上楼梯，侧着耳朵，听了听镜清可曾醒转。不防镜清已在床上和人讲话，她吃了一吓，揭起门帘，早见蔡妈斜着身子坐在镜清床沿上，镜清拿手握着她的手腕。蔡妈猛见袁氏走得进来，不觉满脸通红，将袖子一碰，站起身子，佯笑说道："太太来得正好，你瞧老爷在这里生气哩。"

袁氏那副脸好像冬瓜成了精似的，冷笑道："有了你，他该气的也不气了。"

蔡妈见她这口气不大对，却也不敢耽搁，故意望地下啐了一口，洒脱身子，便往外走。

这里镜清翻起眼珠，冲着袁氏问道："怎么锦儿的戒指会丢掉了？哎哟！这不是一百八十的价值，我瞧你枉做了一个家主婆，屋里跑出贼来，你通不知道？"

袁氏怒吽吽地说道："我原知道我不配做家主婆，你不妨撤去我的这道头衔，再换上一个家主婆，也稀松平常得很。"

镜清咧着嘴笑道："喏喏，同你讲正经，你又七搭八搭闹起笑话来了。我下床这几口烟是你知道的，抽得不舒服，便有一个整天受罪。平时都是你在我身边伺候，今天我醒的当儿，唤你又不应，还是蔡妈耳朵伶俐，巴巴地赶来替我弄了几口，你休得瞎疑心。我们靠良心吃饭的人，难不成还造这样的孽？"

袁氏冷笑道："好，好，将来我死了，你再不消伤心，横竖有会伺候你的人。"说着，就拎起衣角来揩拭眼泪，喉咙里早有些抽抽噎噎。

镜清好生惶恐，忙穿好衣服，跳下了床，搭讪说道："这些闲话且搁在半边，倒是戒指的事，究竟可是那玉痕丫头偷了不是？"

袁氏道："怎么会不是她偷的呢？锦儿房里也没有第二个人，叵耐我拷问她，她只是不说。"

镜清双脚齐跳，急道："这个还了得！她不说就由得她吗？像这种不顾廉耻的畜生，便是打死也不为过。"

袁氏冷笑道："谁不要打死她哩？无如半路上跳出你那儿子来打抱不平，硬在我手里将她劫夺了去。这个蔡妈想还不曾晓得。"

镜清听见这话，益发暴跳如雷，嚷着："反了反了！毕竟是你糊涂，他们小姊妹一定有了什么畜生的心，他们原有句老话是恋爱自由，包管自由到一家去了。"

袁氏摇头笑道："这却怕不见得。他们虽说不是一个娘老子生的，然而名分所关，终究是嫡堂兄妹，你倒不用这样赤口白舌地冤枉他们。"

镜清怒道："我但凡批驳到雷儿的不是，你都一味袒护在头里，你又不明白外间的时事，什么叫作纲常名教，如今是一古拢儿都取消的了。你不信，尽管往下去瞧，包你将来会闹出这样奇怪把戏。我此时也没有别的方法，便派你前去和那陶姨讲一讲，这戒指再贵重不过，凭他们卖人卖出钱来，都要赔偿我的。好在那个丫头脸蛋儿还生得不恶，限他们一月工夫，将这丫头卖掉，尽多尽少先交给我，其余的数目随后再说。老实告诉她，这还是我们办慈善的人手段不肯过辣，否则他们便不要怪我。"

袁氏沉吟了一会儿，觉得她丈夫的话说出来果然很有道理，除得这样办，真个再没有比它好的了。当下便吩咐备轿，径自来和陶姨讨论这事。

欲知后事，且阅下文。

第二回

大冲突穷士发穷威
小殷勤书生闹书气

袁氏刚刚才走得下楼，那个蔡妈再机灵不过，早就蹑手蹑脚，悄悄地揭起那幅秋香色的门帘，望着镜清扑哧一笑，又拿指头在鼻子上刮着羞他。镜清望她努了努嘴，故意提高喉咙说道："蔡妈，你还不好生帮我系这腰带？咳！筋骨硬了，别转这只手很不方便。"

蔡妈使劲将门帘一搡，拱着嘴冷笑道："我也想伺候老爷呢，只是太太容不得，左一个家主婆，右一个家主婆，刺入我耳朵里，好生难听。"

她嘴里虽这样说，至于那一双脚早跫入里面，轻轻挨至镜清身侧。镜清趁势握住她的玉腕，笑说道："臭嘴婆娘，说出话来都是叫人讨厌。我爱你，休得理她。好了，她今这一出去，倒好也有大半天耽搁，不瞒我爱说，这也是我用的一条调虎离山的妙计。哈哈！不怕她再泼赖些，左右狡猾不过我。"

蔡妈扭头扭颈地说道："这也不过是个眼前计，你若是为长远打算，总觉得这一山不能存着两虎，外边小房子也很多，你不如打发我出去，我也落得耳目清净。况且你又不是没钱的人，何苦累我在这里受这样闲气。"说着，眼眶子一红，登时便落下泪来，拿着镜清的手，在自己脸皮上擦了两下。

镜清笑道："我哪里是舍不得用钱？老实说了吧，凭你这副脸蛋儿，老远将你住在外边，我委实有些放心不下，万一再吃小白脸将你勾搭上手，我这不是给苦头给自己吃？"

蔡妈听他这话，忍不住又气又笑，顺手扭着他髭须往怀里直扯，疼得镜清似杀猪般喊叫，哀告着说道："好人，饶了我吧，你怎地忍心使这样毒手。"

两人正在这里调情打趣，再也说不出他们心里的快活，猛不防门帘一掀，冰厮鬼冷地走进一个人来，发话道："哎呀！这怪样子叫人够受的了，你也不知道今年多大年纪，还闹这样把戏，你们不肉麻，我委实觉得肉麻呢！我替你们打主意，这小房子还不大好，现成的鸦片烟，不如你们大家齐起心来，扭着我的耳朵，灌他一碗半碗，眼一闭，脚一直，耳目又清净了，打算又长远了，也不消调虎离山了，小白脸也没处来勾搭你那我爱了。何苦来？我也知道我这臭咸菜白占着你这景泰蓝的花坛子，嘴里的花胡哨倒闹得好听哩。大爷娶姨奶奶，你通不曾娶姨奶奶，大爷的姨奶奶是彰明较著的，叫人还心服，不像你的姨奶奶，一味价是鬼鬼祟祟。"

袁氏的伶牙俐齿好比撒豆般地直往外迸。蔡妈这时候真是做梦也想不到太太会在这当儿活跳出来，羞得一溜烟飞跑大吉。

镜清也是惊慌失措，望着袁氏笑问道："喏喏，你为何不到陶姨那里去？你……你……你为何还赖在屋里？你……你……你……"

袁氏见他这可怜的模样，也不忍往下再说，转冷冷地说道："我想陶姨那边不去也罢，叫花子也打不出三碗冷饭，这几千两银子叫他们如何拿得出来？"

镜清听见这话，不由暴跳如雷，指着袁氏脸上骂道："好大口气！你瞧这几千两银子是轻描淡写，不晓得你的丈夫在外间辛辛苦苦，所有的钱都打从血汗里挣得来的。我出的主意至少有几分把握，将玉丫头卖一卖，虽然捞不到三千，一千八百总还靠得住。你若和我迟迟疑疑，我当真便同你拼了这老命！"

镜清正在这里跳上跳下，一半是着急，一半是遮饰他适才的丑态。恰好阿梅又蹿进来，说："老爷快走吧，和尚那里打发人催请过好几次了。"

袁氏也接着说道："你此时着什么急呢？等你吃过春卮回来，我还有话待和你细讲。"

镜清哪里肯听，格外使起性子喊道："不行！不行！不赔偿我的戒指，那是不行！"

这个当儿，接二连三的，春红也赶得来了，冲着镜清说道："老爷，去年那个刘瞎子又来求见老爷，坐在厅上等候着呢。"

镜清正没好气，劈脸向春红啐了一口，骂道："死没中用的东西！刘瞎子他是什么好人？你若是个灵巧的，早该回他说我不在家，难为你还巴巴地跑上楼来说给我听。"

春红哭丧脸说道："谁不是这样说的？要他肯相信呢！这活鬼死也不肯走，猴在炕上老等。我恐怕老爷出门，总得打从厅上经过，被他瞧出来，又该骂我们说谎掉歪。"

袁氏冷笑道："你心里不舒服，又拿丫头们出气则甚？你又不少欠他的，他向你告帮，你能借给他就借给他，不能呢，好好打发他走也不要紧。没的藏头露尾，好像是躲债似的，我真真替你可惜。"

镜清又嚷道："刘瞎子不刘瞎子还在其次，我只和你研究戒指的问题，你以为和我瞎三话四，我兀自饶了那玉丫头不成？"

这时，袁氏向四下里望了望，见阿梅和春红都下楼去了，方才笑了笑，从怀里掏出那一枚宝光灿烂的钻石戒子，送至镜清面前给他瞧看。镜清大惊，正待追问它的缘故，猛不防那蔡妈重行走上楼来，怪声怪气地说道："我的好老爷，你可放爽快些吧，外边流星探马也似的请你老人家去赴席，没的这样迟哼慢步，叫那些等得不耐烦的客批驳你吃鸦片的人丝毫火气也没。又不是年轻的夫妇，碰着便癞鹰抓住鹞子腿，实在叫人瞧不上眼。"

袁氏也就趁势说道："走吧！走吧！你听听，好厉害的家主婆，可是连我都批驳下来了。晚间躺在烟床上，有多少话不好和你细谈？巴巴赶在这时候寻根究底。况且这戒指的事，其中却也很有个曲折，回来告诉你，包管你也觉得很有趣味。"

这当儿镜清虽是放心不下，然而总却不过这爱妻和妍妇的催促，好在衣服已穿得齐整，兀自下楼走到厅上，被刘瞎子一眼瞧见，好像碰着财神一般，登时抢近几步，笑呵呵地说道："如何？我说镜翁这会子断乎不曾出门，管家们还拿话来哄骗我，果不其然，竟自被我一猜正着。我也知道镜翁这时要到汉阳赴宴，决意不敢多所耽搁，只借十分钟谈一句心，一经得手，兄弟立刻离这地方，滚其大蛋。"

著书的，你又错了，既说这刘大哥是个瞎子，如何会瞧得见镜清，和他这般嬉皮赖脸？哈哈，世界上的瞎子原是总名，瞎两只眼的也叫瞎子，瞎一只眼的也叫瞎子。刘大哥名叫刘昉，表字晓初，祖上也很有一笔家私交代给他，无如晓初不善居积，在壮年时候，动不动要博一个孟尝君的头衔，镇日地座上客常满，樽中酒不空，闹得胡天胡地，不上十个年头，早就落花流水，目前穷得非常可爱。家中还有一个老妻、一个幼子，他的尊寓离葛公馆却没多远，平时倚仗着邻居情分，常常来和镜清告贷，镜清有时也帮助他几文。无如欲壑难填，瞎先生转把镜清当作一位慷慨好施的大善士，不无屡屡跑来蘑菇。去年年底，已经借过五元给他过年，不料时隔未久，瞎先生倒又来光顾了，你想镜清如何会不生气？再看见他穿的那件破棉袍子，袖底下露出来的棉絮累累宕宕，深秋的栗子也没有他那样乌光漆黑。裤子是有裆无腰，本来是白大布置就的，因为年深日久，却变得和玄色绸子一样，刮得下来的腻垢，一屁股坐在他那大红绣花库缎椅垫上，幸亏那椅垫子不懂得人事罢了，不然早就该捧起他那尊臀，轰的一声，至少也要跌出十几步以外。

镜清见他这副神气，已经把脑门都气破了，只得权且忍耐，放沉脸色说道："我出门不出门，与你有什么相干，要你来打听我？便是吃你猜着，我也不犯什么罪。你替我放明白些，好多着呢。你若再这样无赖，我叫人去唤巡捕，那时吃不了还兜着走。"

刘瞎子不慌不忙，复行唱了了不起一个肥喏，笑道："言重了！言重了！割鸡焉用牛刀哉？'里仁为美，择不处仁，焉得知。'兄弟此来非为别故，只求老先生博施济众，拯拔寒儒，他日有生之年，皆是戴德之日。"

镜清怒极，回头望着家人们冷笑道："你们瞧这厮，还和我赌背文章呢，我怕外间一班文人都吃你丢尽脸面了，无耻已极！无耻已极！"接连说了一二声，又将那个脑袋摇个不住。

家人们最善看主人风色，晓得这样不见得肯拿出钱来借给他了，于是大家齐声吆喝，说道："这是什么地方，容得你在这里咬文嚼字，休得讨不好看。"

刘瞎子烈烈狂笑，说道："恻隐之心，人皆有之。兄弟此来，实是出于无奈。况且所求又不过巨，老先生能够再假我一二尊番佛，回去买点柴米，在先生所费不多，而在兄弟却是感恩匪浅，万一将来侥幸，定当如数归还。"

镜清冷笑道："话倒说得好听呢，借钱的时候都是这样口气，及至和你们讨债，你们倒又换了一副脸色，两只眼睛翻起来，比讨债的还凶。"

刘瞎子笑道："老先生放一千二百心，兄弟绝非其人，若不见信，兄弟情愿立一纸借据。"

镜清哪里肯理会他，刚待要走，又吃他当面拦着，你左他也向左，你右他也向右，和孩子们捉迷藏似的。把个葛镜清委实弄得没法，跌着脚跟恨地说道："该死！该死！像你这样年纪，有多少事业不好去干，成年成日和人家告帮，也不是个长久之计。"

刘瞎子叹着说道："老先生诚哉是金石之论。但是水能载舟，舟亦须借重那水。兄弟是既无血本，又少股东，赤手空拳，凭你再精练些，也无济于事。"

镜清气呼呼地说道："胡说！没本钱难道就没有别的法子想吗？社会上混光蛋的也很多，也不曾见他们都活活地饿死。"

刘瞎子又道："照老先生这样讲，兄弟除非回去卖人，又苦老妻……"

镜清陡然听见这"卖人"两字，不由心里动了一动，忽然换了一副脸色，先向家人们瞟了一眼，似乎叫他们回避的意思，然后转让刘瞎子在上首坐地，自己侧身相陪，低低笑说道："提起卖人来，你那令阃当然不会有主顾的了。我来替你打个主意，你依着我办，多没得，至少从中也得捞摸几十块雪白的洋钱，不比和我挪借的好？"

刘瞎子吃了一惊，忙问道："然则老先生有什么人要卖吗？能够作成兄弟，兄弟当然感恩不尽。我怕老先生是拿我取笑，像你们这份门户，只有买人的道理，断断没有卖人的道理，何妨就请老先生明白宣布。倘若能够替老先生出力，虽赴汤蹈火，亦所不辞。"

镜清见他这义形于色的样儿，心里快活极了，忙附着他耳朵说道："兄弟有个侄女儿，你在先不是瞧见过她的体态，富丽虽然及不来我家阿锦，然而身材苗条，姿容秀媚，在今日社会上，却也算得数一数二的人物。我知道老哥像这种路数，定然是手到擒拿，不费吹灰之力，果然替兄弟干得妥协，在这身价款里取出一份来，重重酬谢。"

刘瞎子不觉吃了一吓，睁开一只眼睛，仔细向镜清脸上望一望，似乎不很相信，随即故意笑问道："玉姑娘是老先生的嫡亲骨肉，这句卖她的话怕是说得玩的，不然其中或者另有别的缘故。"

镜清见他往下追问，只得把他妻子寻出戒指的事权且瞒过，便说："因为玉痕闯下这样大祸，她又赔偿不起，所以想出这个法子。又苦我是个有体面的人，不好意思去和人家接洽，难得碰着你和我借钱的机会，才一切奉托在老哥身上。既是借花献佛，我的损失又可以借此赔偿。"

他正低着脖子和刘瞎子絮絮聒聒，不防刘瞎子忽地提起一只右手，对准他的嘴巴，飞也似的向他打来。镜清见势头不好，连忙将脸一侧，虽然不曾吃他捞着，至于额角上戴的那玳瑁框眼镜，哗啦一声，登时打落在地。接连听见刘瞎子破口骂道："我把你这老狗养的！你腔子里毕竟安的是一颗什么狼心？你在这汉口地方也算得是个小小财主，怎么侄女儿遗失了一个钻石戒指，你都饶她不得，还要卖她的身子来赔偿你？像你们这样刻薄王八蛋，简直不顾人情，不畏天理，不怕王法！我刘瞎子穷则穷，你几曾见过我替人家卖女孩子的？你休得着忙，你要卖侄女儿，我怕你那嫡亲女儿将来偷卖给人家，你还蒙在鼓里呢！"

刘瞎子正在这里六窍生烟地乱跳乱骂，把个镜清气得活抖，一句话都回答不出。依刘瞎子的性子，还待来和他厮拼，幸喜那班家人见里面声息不好，大家赶进来齐声吆喝。

镜清喘了一口气，方才战战地说道："你们瞧这厮，敢是失心疯了不成？他跑来和我借钱，还要发这样穷脾气，怪道世界上那些穷人，他们当然有致穷的缘故。这么一来，我可灰了心了，无论外边再闹什么水灾旱灾，再不挺身出来替这些畜生捐募赈济。"

刘瞎子益发骂得起劲，喊道："你不要在这里扬威耀武吧，打量你们这班慈善家做的那些把戏我不明白？开口闭口是赈济人，其实骨子里头都是赈济你们这班老狗！"

家人们见他说得太不成样子，只得推推搡搡，硬将他赶出大门。刘瞎子哪里肯服这口鸟气，兀自在大路上指手画脚，宣布镜清要卖佢女儿的罪状。走路的人都站立下来，围着一个大拷栳圈子，在那里瞧看热闹。镜清又羞又急，由家人们拾起眼镜，冷不防坐上他的包车，跟随着四五个家人，风驰电掣地早奔襄河口而去。

马路上有个小孩子认得刘晓初，他也摸不着什么头脑，转高高兴兴地跑向他屋子里去报信。晓初的堂客田氏正捧着一碗糙米粥候在阶沿底下，一面喝粥，一面晒那太阳。小孩子冲着他说道："刘奶奶，你家先生在葛公馆门首和人打架呢。"田氏听这消息，忙将这粥碗放在地上，自言自语地说道："这就奇了，他说向葛老爷去借钱回来买米，一定是洋钱到了手，他便摆起架子，不肯把人放在眼睛里了。等我去瞧瞧光景。"她说着这话，便跟随那孩子走向马路上，推开众人插身而入，把刘瞎子所说的事迹都一一听得清楚。

原来刘瞎子生性最怕他这位家主婆，先前不曾看见她，只管在那里张牙舞爪，及至田氏走近身侧，他早吓得魂飞天外，把个头向腔子里一缩，响也不敢再响。田氏冷笑说道："好，好，我叫你出来求求财主，你转和财主打起擂台来。你这穷骨头，应该穷得一世。这里也不是谈心之所，你乖乖跟我走吧，我们有话回家再讲。"

说也好笑，田氏不过这样轻描淡写地说了几句，不知为什么，将刘瞎子八面威风一齐扫得干干净净，哭丧着一副冬瓜成精的脸，像哈巴施展的那种威武，真像是神差鬼使，简直自己和自己作对。当下垂着头，闭着嘴，也没有言语分辩。

田氏又接着冷笑道："我却瞧不出你的胆子真大，你竟敢举起拳来去打财主，我问你打着没有？"

刘瞎子忙摇头说道："吃他躲闪得快，一下子也不曾打着。"

田氏叹了一口气说道："这还算是侥幸，万一竟打着他，哼哼！不到十个日子，我这瘟手爪要不害上老大疗疮，你可把我的名字倒转过来写，我不怪你。"

刘瞎子吃她这句话提醒，再低头将那只手望了望，果不其然，觉得渐渐有些疼痛起来。

田氏白埋怨了一会儿，也没有话再说，良久良久，又说道："事已做错，你老在这里干什么呢？趁这时候还早，你快将我这件布褂子和一条布裙拿向当铺里去押一押，稍停你儿子回来，他该嚷着闹着要午饭吃。"

刘瞎子咕哝着说道："大清早起，他又赶向哪里去撞魂去了？这牢屋子他再也坐不住。"

田氏冷笑道："没用的奴才，你又牵涉儿子身上去了。少年人谁没有个三朋四友，你到葛公馆去的时候，那个过先生因为今天是个礼拜日子，将他约出去逛什么晴川阁去了。"

刘瞎子从鼻子里哼了一声，腋下夹着两件衣服，匆匆地往外就走，不防迎面碰着他儿子进门。他儿子名叫克仁，生得又肥又矮，脸皮比漆还黑，镇日价堆着满脸的笑容，从不知什么叫作贫困，倒是一个天真烂漫的孩子，年纪也有二十一岁。去年刘瞎子央着人将他介绍到一家交易所里充当书记，不幸时运不济，交易所又亏折倒闭，克仁依旧转回家中，父子娘儿们在一处挨命。跟着克仁一齐进来的还有一个清清秀秀的少年，穿的衣服虽然不过华丽，却比克仁褴褛得好些，一见刘瞎子，忙鞠了鞠躬，口里喊着他老伯。刘瞎子此时憋着一肚皮闷气，哪里有好嘴脸给他们瞧看，只把脑袋微点了点，依旧走他的大路。

这少年便是田氏称他作过先生的了，他名字叫过爱，表字病蝉，和克仁却是同庚，现今在一处国民学校里教授国文，生性极其聪明，无论你这人有什么心事，他都瞧料得出。刘瞎子家里，他平时却也常常走动，此刻见刘瞎子这样垂头丧气，他早悄悄对着克仁笑道："老弟，你这尊大人一定又吃你那令堂教训过了，你可看见他兀是不大高兴？"

克仁笑嘻嘻说道："我们家里这一对亡人，生是冤家，死是对头，见了面就得瞎嚷乱吵，我也没肚皮装他们的闲气。我常听见别人说，未做夫妻以前，都得合一合婚，我怕我家这一对亡人当初定然将这婚合错了。过大哥，我说的这道理，你可相信不相信？"

病蝉知道克仁素来有些傻头傻脑，便向他笑说道："可不是嘛，这也怪老弟不好，他们合婚的当儿，你也该在其中参赞参赞，如果你不肯答应，今日也不至累你这样后悔。"

克仁拍手笑道："该死！该死！这原是我错。过大哥，你一向知道我的为人非常爽直，这件事并不是我有意给苦头给他们吃。"

他们一面说话，一面早走入一座小破屋里，仿佛是个书房模样，只是朽败不堪，几张破桌凳一例地东歪西倒。病蝉听到这里，把不住扑哧一笑，笑得克仁有些疑心起来，想了想重行笑道："不错！不错！那时候我还不曾出世呢，他们合婚，我当然不好来干预。"

病蝉伸出大拇指头对着他一竖，啧啧地笑道："老弟，你如何这般明白透亮？像你这非常伶俐，恐怕寿数断不会大，随后还得寄给人家做个干儿子才好。"

克仁吃他这一顿称赞，登时眉飞色舞，黑脸皮里益发灼灼地闪出光来，跳着说道："等我来做一个福尔簸屎，侦探侦探我妈怎么和我爹淘气。"

病蝉听他说的话，自己不大懂得，忙一把扯着他袖子笑道："我请问你，这福尔簸屎是个什么玩意儿？"

克仁笑道："只配你们看侦探小说，难道我连个福尔簸屎都不知道？我老实告诉你吧，这福尔簸屎便是外国的一个大侦探家。"

他说着话，早就歪了身子，仿佛一个斜公鸡模样，连蹿带跳，抢入里面去了。没多会儿工夫，出来望着病蝉，摇手说道："没相干，没相干，姓葛的要卖侄女儿，我爹不许他卖，我妈又怪着我爹，两口子打了一顿架，如今已和好了，且自由他去吧。我们这时候倒是想个什么消遣才好。"

病蝉骤然听见这事，不由吓得脸上变了颜色，忙问道："这卖侄女儿是哪个姓葛的？"

克仁啐了一口，笑道："枉给你竖着两片耳朵了，离此不远那所高大的洋房，谁不知道他是有名的葛财主。"

病蝉这才恍然大悟，立刻站起身子，就待往外走，嘴里嚼念着说道："哎哟，这还了得？玉痕姑娘可是苦了，事不宜迟，我且去打听打听。"

克仁扯着他的袖子，失惊地问道："难道你认识他家这侄女儿不成？"

病蝉脸上一红，微笑说道："我们怎会不认识？起先这玉痕姑娘住在她自己屋里时候，我们常常厮见，论她这为人，再好不过。如今既得了这样噩耗，你叫我如何可以置身事外？"

27

克仁又笑道："这姑娘面孔可标致不标致？"

病蝉将个头略点了点。克仁接着说道："好好好，你这厮一定安着不好的心，敢是想她做你的堂客？"

病蝉正色说道："大凡一句话，到了你嘴里便说得不尴不尬。你又不是我肚腹里的蛔虫，怎么会猜到我的用意？不过世界上的青年男女，大家都要讲个互助的精神。况且她兄弟又是我的学生，我便前去探问一声儿，也不见得就安着什么的歹心。"

克仁见他这样正颜厉色，却不敢再和他取笑，转拱着一张大嘴，自言自语说道："罢咧，你既是愿意帮助她，如何不拿出银子来将她买转回去？这也稀松平常得紧，犯不着同我闹这摽劲。"

病蝉此时已是心慌意乱，也不暇再去辩驳，当真洒脱了手，飞也似的跑出克仁家里那座破门。走没多远，那葛公馆的房屋已露在自己面前，转又停住了脚步，暗笑道："我这才冒失呢，这位葛先生平素我们又不曾会过，他有这事没事，我如何可以启口问他？好在他便是要卖玉痕，也不是一朝一夕就能够定局的。为今之计，只有先踅到陶姨那里询问一个详细。况且这刘小呆子的话也不可尽信，以葛老先生这份门户，断断没有卖他侄女儿的道理。"

他想到此处，转将心上一块石头轻轻放落，懒洋洋地掉转身子，向陶姨这边走去。他只顾踌躇这事，低着头皮做理会，不防迎面来了一个少年喊道："病蝉，病蝉！我们倒好有半年多不见了，你近来想还得意？"

病蝉觉得这人声音很是厮熟，忙从人丛中凝神望了去，原来不是别人，正是当初在一处同学的那个葛象文。登时心里动了一动，随即上前和他握了握手，也就笑问道："我去年听见你向京里走了一趟，我们在小学校里挨命，有什么得意呢？这得意的不是你是谁？"

象文叹了口气，说道："不怕你笑，我是白吃了这趟辛苦。本拟在北边再耽搁些时，偏生我们那个老顽固雪片也似的信死命催逼我回来。昨晚才算到家，所以众朋友他们那里我一共还不曾去拜访。"

病蝉正待询问他玉痕的消息，终觉得羞答答的，不大好意思开口，只得搭讪着说道："照这样讲，可想你是很忙的了，这当儿如何有这工夫在马路上闲逛？"

象文是个直心汉子，当下更忍耐不住，将手里那根司狄克在地上使劲磕了磕，气冲冲地说道："这也是专制家庭的变状。我们大伯身故以后，本有个阿妹在舍间过活，她又不曾偷着钻石戒指，偏生家母要冤赖她，依他们那样愈懒，简直要恢复前清礼罚的恶习。兄弟如何容得下去？是我硬将舍妹抢夺出来，适才依旧送她到姨娘那里去暂避一避。"

病蝉不觉失声说道："然则要卖令妹的话是确有其事了？"

象文笑道："这又是传闻异辞了，我在舍间却不曾听见他们说起。"

病蝉追问了一句，说道："假如尊大人他们竟有这种举动，老哥你又待如何呢？"

象文放下脸色，冷笑道："笑谈！笑谈！断乎没有此事。他们如果大悖人道，擅自卖人，兄弟一定是高揭义旗，实行讨父。"

病蝉听毕，这才非常高兴，忙笑着说道："大丈夫一言既出，驷马难追，万一你真有这讨父的本领，这篇檄文，兄弟情愿替你效劳。"

两人说笑了一会儿，方才各自分散。

病蝉一面走一面想着，说道："原来刘小呆子竟不是编谎，世界上又打哪里去瞧人？像葛老先生担负慈善家的大名，谁知他们家庭之间竟有这不可思议的惨毒？难得象文有此热心，我却替玉痕欢喜，好在我也闲着没事，不如径自去会会她，能安慰她的地方，也好安慰她几句。咳！天既付与玉痕这副丽质，偏又想出法子来苦恼她，难道女孩子命宫磨蝎，竟成了天然公例不成吗？"

他心里越是这样想，越要赶着去会玉痕，此时只恨两只肩头上没生着翅膀，不然早要飞得去了。陶姨住的地方本来离着病蝉家里没多远，因为提起玉痕来，他忽又想着在去年除夕那一夜，闲着没事作了两首新体诗，题目是"怀意中人"四个小字，诗中寓意却暗暗指着玉痕。原想从邮局里寄给她，后来忙着学校里开课，也就忘了，如今还搁在书桌抽屉里。此番既去和意中人厮见，这东西一定要趁便带了给她，叫她瞧着，一定感激我这人用情浓厚，虽在过年的当儿，还把她亲亲热热地躺在心坎上。这等举动，原是我们青年交结女友的好法子。他踌躇到这里，便顺道先到家里一走。再说他家里本没有多人，一个姊姊打从去年已经嫁得出去，目下只剩着一个寡母，手里积蓄得有两百块钱，平时靠着放放利债度活。寡妇的钱，谁借了她，丝毫是不敢短欠，稍不遂意，他母亲便会披头散发闹到这份人家去拼命。所以病蝉的薪水虽然不多，然而家中过的日子却还从从容容，不大露出窘状。

病蝉此时刚踏进门，忽然瞧见他母亲气呼呼地站在堂屋里破口大骂。他猜到这情状，定然又和什么欠债的翻了脸了，却也不去介意。谁知他母亲见了病蝉，忽地掉转脸，对着一个少妇喊道："这老乞婆不把你放在眼里，她难道不晓得你的兄弟现充着堂堂的学校教员？还是警察厅他走不进去呢，还是县里头和他没有交情？只消拿你兄弟一张小名片，向县大老爷捣个鬼，包管这老乞婆一家子吃不了兜着走。蝉儿快来，你姊姊又和那老乞婆淘气回家了，你有什么主意好替你姊姊出这一口鸟气？"

病蝉再向房里一望，果然见他姊姊金兰坐在床沿上淌眼泪哩，心里老大不很高兴。他也不来理会，忙忙地开了那抽屉，取出那一幅诗笺向怀里一揣，转身就走。叵耐吃他母亲迎面拦着嚷道："怎么我说的话，你一共还不曾听见？等我来详细告诉你。你姊姊昨晚煮了两条小鱼，悄悄放在橱柜里，吃早膳的时间，她便取出来搭搭稀饭，这也是人情之常。不料那老乞婆偏好记性，问你姊姊这鱼可曾吃了没有。你姊姊她是个心高气傲的孩子，如何肯去承认？随口说了一句，是被猫偷吃去了。老乞婆不肯相信，便一直絮絮叨叨告诉你的姊夫。你的姊夫又是个不讲人情的王八蛋，听见这话，像失火似的顺手就给你姊姊一个嘴巴。你姊姊当然哭得回来，一长一短，诉说她这冤枉。好儿子，你瞧这事该怎样办？"

病蝉这时正记挂着玉痕，心里着急得了不得，哪里肯好生答应，早放沉了脸色，冷笑道："这个还叫什么冤枉呢？鱼是她偷吃的，像这样嘴馋，便再吃一个巴掌，也不为过。别人家心里有事呢，没有这工夫来管这样闲账。"

他母亲听他说出这样话，脸都气青了，指着他骂道："我把你这不孝畜生，老娘是白养了你了。起先姓葛的那个丫头稍微有点儿三长两短，你就没命地护在里头，深恐她受了委屈。怎么她是你嫡亲姊姊，你转把她当作路人看待？这是个什么道理？"

他母亲话还未完，早从房里飞出一小痰盒子，扑的一声打在病蝉脑前后，打个正着，接连便见他姊姊像个疯虎似的抢过来要揪病蝉的衣领。病蝉吓得魂飞天外，幸亏脚步来得快，一口气窜出大门，指着门里喃喃地嚼念道："自反而忠矣，自反而有礼矣，其横逆犹是也，则与禽兽奚择哉，与禽兽又何难焉？"

说话的当儿，已跑出有一箭多远，拿手摸摸颈项，觉得非常疼痛，只好硬着那副头皮，咬了咬牙齿，气急败坏地赶入陶姨住的那所屋子。却见霆儿在天井里踢毽，一眼瞧见先生，早喊起来说："妈妈和姊姊不用尽哭吧，过先生来瞧你们了。"

陶姨听见这声息，便拭抹净了眼泪，迎得出房，让病蝉在上首坐地，又拿出一个小纸包儿递在他面前，含笑说道："残年承先生的情，替霆儿垫的书籍费，今天却好他姊姊回来，叫我亲自还给先生。"

病蝉正颜厉色地说道："区区款子，又累小姐放在心上则甚？你们要用，尽管拿去花用，我是不介意的。"

陶姨笑道："先生这个却不必客气，倒是令堂太太那个利息，如今还不曾凑得齐整，想累先生替我们说缓款些，一经钱到了手，便叫霆儿送过来，绝不误事。"

病蝉皱着眉头说道："并不是学生不肯尽心，只是家母脾气，你们是知道的。她一个鹅眼轻易也不肯让人。罢！罢！我便先在这款子里替你们缴纳，随后由你们再算还我，也不妨事。"

陶姨见他说一句，那脖子便抖一抖，心中很是纳罕，随即笑问道："先生今天想是不大舒齐，难得逢着星期，在府上休息休息好了，又累先生老远跑得来，叫我们很觉得过意不去。"

病蝉一手摸着颈项，一面摇头说道："没要紧，敢是昨夜睡觉落了枕，扭着筋骨，遂觉脖子不大灵便。我原想休息呢，又因为打听得你们大小姐在那边受了气苦，我这心里老觉有些悬念，所以挨命也得挨到这里来探视探视。"

陶姨接着说道："原是呀，世界上冤枉的事很多，先生似也知道我们这大小姐的为人，她再手里拮据些，倒不会偷了人家的戒指。"

病蝉冷笑道："光是冤枉她就算了吗？葛先生已打定主意，托刘瞎子将你们大小姐卖掉，好赔偿他这戒指损失。我和刘瞎子的少爷是至好朋友，打听得这信息真是千真万确。刘瞎子这时已寻那潘媒婆去斟酌价目去了，说不定一日半日便打发轿子来抬人。"

他只顾说得高兴，不防陶姨听见这话兀自碰头撞脑，叫起撞天屈来，一面喃喃地哭着说道："他老子再不济些，毕竟是个读书秀才，可怜在世时候，穷得没有饭吃都不肯打这样主意。难道这番转便宜我们小叔，让他享受这笔身价不成？早知如此，不如起先在我们手里卖了，何等干净！"

玉痕先前在房里，本来抽抽噎噎，伤心到了极顶，此刻忽然又得着病蝉说的这不祥消息，她转不慌不忙，掀着门帘探身而出，望着陶姨冷笑道："姨娘，你闹什么呢？卖不卖由他，去不去在我，果然到了那挽回不来的时候，还有一条死路呢。我今年虽然活到十几岁，至于社会上这些魑魅魍魉早就灰了我的心了。恨杀我是个女孩儿家，凡事又不能自由，料想以后也建不出什么功业，白混在这世上也没得大趣儿，不如寻着我那苦命父母，倒还安心乐意。"

病蝉一眼瞧见玉痕，只见她泪光满面，楚楚可怜，仿佛一枝带雨梨花一般，又听她这死呀活的发生出这消极的观念，登时觉得有一把一把的刀子剜着自己心坎，情不自禁趋近玉痕身旁，殷殷勤勤地安慰着她，说道："大小姐，你千万别从死路上着想，你别的不瞧，还瞧我这病蝉一时一刻都把你放在心里，你若是不肯相信，我这里还有诗为证。"他说着，早从怀里掏出那幅诗笺，没命地直递过来。

玉痕虽不大愿意，然而为他兄弟霆儿分上，却不肯轻易得罪这学校老师，也就接到手里，却不曾拿眼去瞧看。病蝉急得了不得，说道："请你念一遍给我听听，这几首诗里，大小姐最赏识哪几句？说出来也叫学生放心。"

陶姨是个爽直妇人，她见这模样，不由冲着病蝉说道："哎哟！这是什么时候？我们的性命还不知怎生交代，谁有这工夫和过先生诗云子曰地在这里胡闹？"

又回头望着玉痕，哭道："大小姐，你休得自寻短见，蚂蚁尚且贪生呢，家私多大祸多大，好在不过一枚钻石戒指。为今之计，先须将你藏躲起来，拼着我和他们斗一斗，要杀要剐，我毫不畏惧，只是急切将你送到哪里去才好呢？"

这句话却好提醒了病蝉，忙插嘴说道："有了有了，舍间离这里又不远，大小姐便悄悄地随我回去，任是他们寻遍了也寻不着。"

陶姨觉得这办法很是妥当，又有些迟迟疑疑的，未及答应。病蝉又道："姨娘，你不消踌躇，我家既有我的母亲，又有我的姊姊，她们都是女眷，再没有男女的嫌疑可以遭人指摘。事不宜迟，大小姐便跟我走吧。"

陶姨见他说得这样慷慨，便点了点头说道："事急无君子，大小姐你就委屈一点，只是打扰过先生的府上，我们总觉得心里不安。"

病蝉没口子答道："姨娘说的是什么话？莫说我和大小姐耳鬓厮磨，不是一日二日的情谊，便算我们陌路相逢，既遇着这样危急情形，也没个袖手旁观的道理。不瞒姨娘说，凉血动物，我过病蝉是万万做不到的。"

他说这话的当儿，忍不住义形于色，抢近一步，便来握玉痕的纤腕。玉痕吓得倒退了两步，正色说道："过先生用情实在令人可感，但是拿过先生和家叔比较，亲疏毕竟有点儿分别。家叔不仁，虽然打这主意，然而事之有无，尚在未定。即使他们果然实行，也得容我玉痕分辩一句。万一此时冒冒失失，竟随着一个陌生的人不尴不尬地躲避起来，转要予人口实。况我们做女孩子的，不知道尊重自己的人格……"

病蝉跺脚嚷道："还真是兵临城下，戎服而讲经书，昧乎事理极了。要知道常则守经，变则达权。大小姐若不听从我的计划，自堕令名则不孝，不能全身则不智，你快别要错会我的意思，以为乘人于危，将有不利孺子之心。你若讲到人格，如果吃他们将你卖给人家去做婢妾，这人格又怎么样呢？"

病蝉越说越急，依他性子，恨不得将玉痕背起来就走。陶姨也在旁边劝说，无奈玉痕只是含羞饮泣，低着脖子不来理会。

大家正在闹着，已见大门外面飞也似的赶过两名仆妇进来，陶姨认得她们是葛镜清那边的，不由吓得小鹿在心头只管乱撞。病蝉也搓手咂舌说道："完了完了，只因一着错，满盘俱是输，你瞧他们跑得七喘八吼的形状，可想不是佳兆。大小姐，你还不快躲藏起来，等我在前面挡着，你休得吃他们瞧见。"

玉痕哪里肯信，只是站着不动。果不其然，前头走的是个中年妇人，装着一副板板六十四的面孔。后面却是一个少妇，打扮得花枝般的轻盈袅娜，光是嘴唇皮上那一搭胭脂，仿佛吃她咬死一只大老鼠，扭头扭颈，先向陶姨福了福，笑道："只因公馆里事情穷忙，一共不曾过来替姨娘拜年呢，我便朝上将个头磕了吧。"

陶姨慌忙一把扯住她笑道："不敢当，不敢当，黄奶奶今年越发出落得标致了。贵人脚步是轻易不踏贱地，二太太打发黄奶奶过来，定然别有缘故。"

黄妈从腰里掏出一方手帕，将牙齿掩着笑道："姨娘一猜便着，太太不放心大小姐，特地叫我们来接大小姐回去的。"

陶姨冷笑道："承你们太太照应，理当遵她的吩咐。不过大小姐还是去年在家的，难得新年新岁，我想留她过得几天。"

那个中年妇人听见这话，早放下脸色，喊着说道："黄奶奶，你们不同她讲什么客气。我们只知道上命差遣，身不由己，好只好，不好便牵着她走。"

她们一软一硬，正在那里要把戏，其时只把个病蝉急得要死，暗暗对着玉痕挤眉弄眼。玉痕一手推过陶姨，挺身出来，侃侃地说道："我知道了，可是太太叫喊回去，好在我身上追问那钻石戒指？"

黄妈忙道："哎哟！天在头顶上呢，我若是讲谎，叫我吃前天那个大雷劈得脑浆迸裂。老实说，那枚戒指已经寻得出来了，好端端地还套在太太手指上，这是我们大家亲眼看见的。"

中年妇人撇着嘴冷冷地说道："你又何必提这个呢？说出来他们也不相信。"

这番话却把个陶姨说得似信不信，掉转脸来望着玉痕。玉痕便追问一句道："这戒指是哪里寻出来的呢？请黄奶奶明白告诉我，也让我替太太欢喜。"

黄妈笑道："我们只知道戒指寻出来是千真万确，至于怎样失落、怎样又到太太手里，太太不曾和我们讲，我们做下人的也不敢寻根究底。"

中年妇人笑道："我说可是嘛，太太还不曾审问她，她倒转来审问太太了。大小姐，不是我敢责备你，譬如像这件事，只要你洗脱了干净身子，便是天大的造化。你一定要问，难不成太太便交代你一个窃贼？"

病蝉这时越听越有些疑心，忙附着玉痕耳朵说道："你千万别用理她们，币重而言甘，殆诱我也。万一再中了她们的圈套，那时再想出来可就难了。"

那中年妇人将病蝉瞧了一眼，见他浑身衣服不像是个阔公子哥儿，随即厉声说道："陶姨娘，这位是你们府上的什么人，要他拦在头里百般地挑剔？我们只消回去告诉了大人，怕我们大人不见得肯容他这样放肆。"

病蝉见那妇人简直申斥到自己身上来，哪里按捺得下这口鸟气，立刻施展出他做教员的威风，吆喝道："哪里跑来的这样蛮婆，你也不打听打听我姓过的是谁，开口便来伤人。你们大人是个什么东西？只不过是个善棍罢咧。我过病蝉只消将学校里的朋友一声号召，不叫你们那个善棍吓得龟走鳖爬，我们还敢在学校里厮混？"

那中年妇人听他这口气，虽不敢和他分辩，却尽管把眼睃着他冷笑。病蝉还待往下再说，转是玉痕拦着说道："过先生，你们是斯文君子，何必同她们仆人较量长短？你看待我这番好意，我很知道感激。请你让我到那边去一趟，至于他们的话，虽未可凭信，然而难保便没有这事。我假如不肯相信，这戒指想必是我偷的了，我既不曾偷，安见得她们便不会寻得出来？托天侥幸，将这祸事无形消灭，我们相见总有日子。"

病蝉听她这一番委婉的论调，忍不住滴下泪来，只低低说了一句："小姐此去保重，如果戒指无恙，请你便中寄一封信给我，好让我放心。"

玉痕点了点头，又道："舍弟葛霆，一切总望先生加意照拂，有什么不肯率教的地方，尽管告诉我们姨娘，姨娘也知道好歹的。"

她说完这话，便别了陶姨，大踏步出门。黄妈笑道："大小姐再缓一步，待我来替你雇一辆黄包车，这条道路很远的呢。"

玉痕连连摇手说："我是个贫人家的女儿，生着两只脚，为什么不能走路？早间和象文哥哥不是一路走着来的，也没觉辛苦。"

一面说，一面也不停步。陶姨含泪将她送出门外，病蝉也呆呆地在那里望，一直等那望不见她的身影，方才回身。刚跨入堂屋里，一阵心酸，那眼泪和雨也似的扑簌簌落满襟袖。陶姨接着跟进来，叹了一口气说道："咳！玉痕这一去，还不知他们是好意呢、歹意呢？我这身子虽然不能跟她一路走，至于我这颗心，悠悠荡荡，和她一齐到她公馆里去了。"

陶姨这句话不打紧，不防病蝉听入耳朵里，好像从他心坎儿上爬剔出来的一般，他顾不得吃陶姨笑话，登时哇的一声忍不住掩面痛哭，嘴里还喃喃讷讷的，听不清楚他说甚。陶姨很觉得诧异，忙劝慰他说道："罢咧，过先生，你也别用这样伤心。论你们的情谊，不过是个朋友交际，你不晓得我这心里像刀剜得难受呢。大小姐虽然不是我亲生养的，论起理来，她也只少打我肚皮里走一遭。若讲她这为人，委实叫人怜爱，先前我还疑惑她一旦扒上高枝，准定将我们母子撇向脑后了。谁知她身子虽陷在那边，心交给我们使用，便是儿子也不过这样。碰着个不孝顺的，恐怕还不如她这女孩子意软心热。"

病蝉听她说一句，自己只哽咽一句，半晌才忍泪说道："玉姑娘和我也算得是同病相怜，她只有一个母亲，我也只有一个母亲，我比她多了一个姊姊，她比我多了一个弟弟。"

刚说到这里，霆儿忽地哭得进来说："别人孩子欺负了我，他们输了毽子，不叫我打，反在我头顶上凿个暴栗。"

陶姨忙将霆儿搂入怀里，乖乖儿子地不住叫喊，又拎起衣角来，替他在额角上揉搓，一面又恐怕冷落了病蝉，笑道："先生你说呀，我在这里听着呢。哎，她比你多了弟弟怎样呢？"

病蝉好生没意思，更不往下再说，随即别了陶姨，一步一步地踱回家，心里还记挂他姊姊金兰，恐怕见了面还得和自己厮闹，转靠在门首，迟迟疑疑地不敢进去。

一抬头，忽见他姊姊笑嘻嘻从大路上走来，左手拎着一柄洋铁小酒壶，右臂上挂着元宝竹篮子，里面葱蒜也有，酱醋也有，另外还用荷叶包了一大包猪头肉。看见病蝉，对他含笑点了点头，说道："你老蹲在这里则甚？还不快进去趁热喝一杯烧酒。你瞧天上黑云咕嘟咕嘟直冒起来，保不定一夜还要落一场春雪。"

病蝉见他姊姊没提起前事，才将心上一块石头放落，便跟着她身后走入室内。一眼瞧见他母亲猴在厨灶旁边烧火，锅里热气腾腾的，不知煮的是些什么东西。金兰这时手慌脚乱，将桌椅调排得齐整，凑近一步，向病蝉的脸上望了望，不由失惊问道："哎哟！你好端端为什么哭了？夫妻们打架是常事，今天许他刷我的嘴巴，明天也许我扭他的耳朵，你何苦白舍不得我，转跑向西北风里去伤心？你瞧我就不计较这个。人生在世，只要把这张嘴吃得油光水滑，别的什么事都假的。老实告诉你吧，不怕我家那个老乞婆再厉害些，她有她的关门计，我有我的跳墙法，落得扰了她那一条新鲜的大鳊鱼，任凭她追究，我只给她一个不理会，她也奈何我不得。"

说罢，哈哈大笑，顺手便在那荷叶包里拈了一大块猪舌头，直往嘴里一送，上下牙齿别了几别，连一点儿渣儿都没有了。病蝉见了，又是好气又是好笑，懒懒地说道："谁还及得来姊姊这般旷达呢？说得透，瞧得破，好像世上的人再没有委屈的境遇。我何尝替姊姊淌眼泪？我不过为我一个知心女朋友伤心。"当下便将玉痕的事告诉了金兰一遍。

金兰早放下脸色，向他啐了一口，冷笑说道："只怕你这女朋友是个呆子，她如不呆，为什么这样好戒指不悄悄地偷来放在身边？莫说还值得几千两银子，便值不了这许多，留着向担子上换它几大块梨膏糖，放在嘴里咀嚼，有多少不好？不瞒你说，我们那个紧间壁的王大妈，她常常将褂和裤子晾在院落里，猛不防我总得捞她一块两块洗脚布，少算不着，积得多了，怕不能换出两个青花的大公碗？她也骂呢，我只当不曾听见，只叫作癞蛤蟆骂天，越骂越鲜，一个锅里煮饭，两个烟筒里冒烟。"

金兰越说越是高兴，只见她将肩头耸得高高的，鼻子往上凑了凑，笑得点头拨脑。这时候转把病蝉一腔心事消释得没有踪迹，母子三人，大家团坐下来吃烟吃饭，享受他们家庭的乐趣。

第三回

媚权贵设计到孤儿
敞琼筵狂言惊小妹

正月底二月初的时候，那日子渐渐长起来了，唯有公馆里那一班丫头仆妇，午饭吃毕，大家都闲着没有事做，一个一个地差不多都溜入门房里来，赶着那些大爷们油嘴打花开开心。这门房好像便是这些没脚蟹的一座俱乐部。

其时蔡妈因为老爷刚吃过春厄回来，躺在楼上烟炕中间，和他太太袁氏秘密谈话，容不得她在那里插脚。她便也逛入门房里，劈头见轿夫小三子正和春红搂打在一处，旁边的人都拍手哗笑。小三见了蔡妈，这才将春红放落下来，嬉皮笑脸抢近一步，望着蔡妈笑道："哎哟！老干娘来了，请坐请坐。老干娘你瞧，这春红好不倔强，我在这里正要求她自由结婚呢，她只是笑，不肯答应，弄到末了，怕倒要请出老干娘替我们做媒。"

蔡妈含笑夹脸给他一口唾沫，骂道："小鬼灵精，休得在这里快活！你大不过是个抬轿子的小子，也学起文明朋友来了，满嘴的闹什么自由结婚？我请问你，我今年是七十八十了？怎么干娘就干娘罢咧，没来由又加上我一个老字？我打量你也是活得不耐烦，几时撞在我手里，将你这许多头发揪得一个干净。"

众人听了，又是一阵哈哈大笑。这时候，春红早含羞带笑趱近蔡妈身旁。蔡妈将她的手一扯，并肩坐在一张板凳上，低低向她笑道："呆丫头，你也是害人不利己，要叫我就扰了他们的，也不为罪过。在你以为献这样殷勤，借这题目可以打发那个歪辣货出门，谁知天下事再也不是人料得到的。告诉你要把你怄死了呢，不但损不动她的一根汗毛，而且我听老爷那口气，从今以后，转要将那歪辣货当作无价至宝，另眼看待起来了，我问你可气不气？"

春红鼓着两片腮颊，冷冷地说道："我们是实心眼的人，只知道吃主人的饭，帮着主人打主意。谁不知道老爷和太太平时都多嫌着她，我所以趁这巧当儿，给她一个迅雷不及掩耳。干娘适才的话，你打哪里打听得来的？早知道这样……"

才说到这里，大门外面忽见黄妈和玉痕一干人都走入来。别的人对着玉痕都是不瞅不睬，唯有蔡妈笑嘻嘻地迎得上前，寻出话来和玉痕寒暄，看待她的情形，较早间大不相同。玉痕略略周旋了她两句，蔡妈又忙不迭地掇着屁股，一路陪她们上楼。才走上梯子，玉痕随意问了一句说："老爷不知可曾回家来没有？"

蔡妈还未及答应，只听见袁氏接着笑道："好心肝儿，乖儿子，你的叔叔正在这里提着你呢，你快上来吧！可怜我们夫妇俩，但凡有一时一刻不瞧见我的心肝儿，心里便好像失落了一件宝贝一般。"

玉痕此时忽然听见这样口气，不觉吓得发抖，暗想：自从进了这公馆以后，也不曾有一次经过这样的温语拊循，受宠若惊，两条小腿转把不住软了半截，一步移动不得。说时迟，那时快，袁氏早走过来，一把扯着她的纤腕，亲亲热热将她搂入怀里，一眼瞧见黄妈她们站在半边，兀自问道："大小姐还是坐马车回来的，还是坐的我新制的那顶蓝呢锡顶大轿？"

黄妈忙笑回道："谁不是要替大小姐雇车子的？大小姐只不肯，她说是穷人家的女儿，这腿很可以走个三里五里。"

话还未毕，镜清忽地跳下烟炕，手里举着那根翡翠嘴的烟枪，劈头劈脸只顾对着黄妈打将过来，嘴里还喃喃地骂道："我把你们这些没用的婆娘活活地都该打死！大小姐她是我的亲嫡嫡的侄女儿，凡有个风吹草动，我都打心坎里舍不得她，这蛮长蛮长的道路，亏你们有这样忍心，硬逼她一步一步地挨命，我和太太的轿马又不曾烧掉。"

他只顾骂得高兴，黄妈虽然瞧科几分，不大害怕，只笑着往后退了几步。转是蔡妈使劲将镜清向炕上一推，笑道："越说越说出好的来了，死人咽气才烧轿马呢。不想你这老糊涂，新年头里也不图个忌讳。"

玉痕见这模样，老大有些过意不去，忙解释说道："叔叔休得错怪黄奶奶，实是侄女儿不肯雇车子，与她们没有相干。"

镜清叹了一口气说道："话虽如此，只是叫我心里如何过意得去？我不瞧你，还得瞧我那死过去的哥哥。"说着，便提起袖子擦抹眼泪。

袁氏劝道："老爷，你这么大年纪也禁不起伤心，难得你这侄小姐站在你的面前，有什么话便和她开诚布公地讲几句吧。她是个乖巧的孩子，没有个不知道好歹的。"

玉痕此时也摸不着他们的头脑，心里只是放那戒指不下，便趁势问了一句。袁氏将她肩膊拍了两拍，又伸出自家第四个小指，凑近玉痕粉颊，笑说道："心肝儿，你瞧这是什么东西？可怜竟将心肝儿吓成那个模样，把你婶娘心都疼死了。戒指能值多少？心肝儿的身子值多少？莫说不曾丢掉，便是丢掉了，与我家心肝儿也没相干，断断不会难为心肝儿的。"

　　玉痕这才相信黄妈她们说的不是假话，重行笑问道："没丢掉真是万幸，不然侄女儿之名誉便是跳入黄河里也洗不干净。"

　　袁氏正色说道："谁有这般胆敢污蔑我的心肝儿？心肝儿，以后若有婆子们瞎三话四，你尽跑来告诉我，瞧我有这本领将她们打得稀烂。"

　　镜清抽了几口烟，笑着向袁氏发话道："正经话你不同大小姐攀谈，转啰啰唆唆讲这些不要紧的闲事。我恐怕你真有些倒三不着两的了。"

　　袁氏笑道："大小姐在你面前呢，我早就叫你告诉她这天大的喜事，你又只顾抽那劳什子，通共还不曾和她开口，这时候偏来怪我。"

　　镜清笑道："你说了不是一样？"

　　袁氏摇头笑道："我又不曾到归元寺里吃春卮，你们席上生风，到了我嘴里，便是学说出来，怕也不大详细，还是由你再说一遍的好。"

　　镜清这才将烟枪放落，又提起银茶壶润了润口吻，笑嘻嘻地望着玉痕说道："论理像你们女孩儿这婚姻的事，应该便由我做叔叔的做主。你又没有父母，做叔叔的做了主就完了，难道还怕你不肯答应，巴巴地当面锣对面鼓地和你开这谈判？但是目前的时势与当初古时代大不相同，你叔叔又是个文明透顶的人，什么人权呀、自由呀，肚皮里都灌得满了。"

　　他才说到这里，袁氏早忍不住哈哈大笑，竖起大拇指笑道："啧啧啧！八十岁学吹鼓手，又充起时髦来了，吹得来这样大牛皮，把我浑身吹得汗毛直竖。"玉痕听了也是好笑，不过听见镜清提到她的婚事，转羞得抬不起头来，将身子挪了挪，忙背转过脸去。

　　镜清也扑哧笑了一声，指着袁氏说道："嗒嗒，别人在这里讲正经，你又闹起小花脸来，我倒有些不好意思往下说了。"说着又躺下身子，斜倚在枕头上，拿起烟签子挑那烟膏。

　　袁氏趁势将玉痕扯了扯，笑道："让我来告诉你吧，你叔叔今天在归元寺里，同席的有位征收局的局长……"

　　才说到此，转又想了想，复行望着镜清，笑问道："这局长姓什么的？"

　　镜清笑道："你这人多好记性，我刚才说得明明白白，这局长姓鲁，外号国香，年纪轻得很哩，今年才六十二岁。"

袁氏拍手笑道："不错！不错！我先前听了还和你闹笑话的，卤肉香，难道咸肉不香不成？鲁大人再阔不过的了，先是像这样差事，他身上还兼着好几处，家私是不用说的，拿算盘替他算一算，怕摆下七八面算盘来，兀自算不清楚。可惜像他这样福气，偏生膝下没有生着一个儿子，小姐一抹头倒是九个，大小姐今年四十三，没来由白替别人家倒生了五个男娃娃。这鲁大人尽望着叹气，所以和你叔叔谈起来，都想在那一班姨太太之外再娶一房正室，照样红帖做事，另外租房子住在外面，俗说就是两头大。也是你叔叔福至心灵，当时便想起你这宝贝心肝儿，打算送你到那边去享福。鲁大人听见这话，欢喜得打躬作揖，流水般地允许你叔叔，经心肝儿过了门，他拣一处极好极有出息的捐卡，交代你叔叔去承办，将来还可以在国务院里替你叔叔运动个荐任职务。"

镜清忙欠起身子，接着说道："侄女儿，你不要错会了意，疑惑我拿你去卖人情。你休听婶娘的话，什么捐卡和荐任职务，那都不在我的心上。我只想女儿过到一百岁，这嫁人的事却是免不掉的。与其冒冒失失嫁给穷人家去做媳妇，如何及得来这样的荣耀威武？你心里好说你妹妹阿锦，我为何不把她送给鲁大人呢？一者阿锦年纪太小，二者她那副猴子脸，也不配有这样的造化。天日在上，我们办慈善的人全凭了颗良心吃饭，有好处不给我的侄女儿，转给我的女儿，显见得无私也有弊。你们那个陶姨，她是个什么东西，我断不屑去和她商议。一言为定，择个好日子，便由我这里用轿子送你过去。一年半能够替鲁大人生个肥头白脸的小少爷，不但是你的光彩，而且我们愚夫妇也托福不浅。"

袁氏笑嘻嘻地说道："心肝儿，你怎么还不谢谢叔叔？这样的幸福，提着灯笼火把也没处去寻觅哩。哎哟！为什么好端端又滴下眼泪来？"

镜清笑道："咳！她原是个实心孩子，以为平素我们看待她这样好，一经提起出嫁两字，当然是要伤心了。侄女儿，你放乖乖的，虽说不能常常接你回来，逢时遇节，我都要打发婶娘到你那里去探看探看。"

这时，玉痕吃他们夫妇俩一吹一唱，弄得六神无主，忙按定了心，细细咀嚼她叔叔婶娘的语气，不由从心坎上感激起来，暗暗想道：毕竟是自己的骨肉，才得这样关切，若依那过先生的议论，似乎不近情理。莫说我叔叔不是个没钱的人，道不得个卖侄女儿过活，况且一笔写不出两个葛字，他同我爹爹是嫡亲手足，把我卖给人家去做奴婢，他们这面皮上也不见得有什么光辉。虽说这姓鲁的年纪大了一点，然而只要他将我叔叔当作岳丈看待，能竭力去提拔他，我便拼了这身子也还值得。不过做女儿的得了这样好处，爹妈死在阴司里，一些都不知道，想起来委实叫人伤心。

袁氏瞧她这神情，并没有一点反对的表示，早已猜着个九分，兀自挤眉弄眼，和镜清在那里打无线电话。镜清也非常欢喜，又认真说了一句："大小姐，我们便这样办好了。"

玉痕未及答应，忽地房门外面有人接着笑道："好呀，办什么呢？也不告诉告诉我。"

袁氏见是阿锦，笑呵呵地说道："鬼丫头，进房来也不声响，阴恻恻地把人吓一跳。瞧你今年也不小了，如何还这般孩子气？就在这上面及不来你姊姊老成持重。你姊姊有了婆婆家了，还不快进来替姊姊道喜？"

玉痕听见这话，羞得夹耳根子通红，又怕阿锦当真来打趣自己，三脚两步趁势便走得下楼，引得镜清夫妇都笑起来。

阿锦一时解不来他们的话，刚待追问，只见袁氏已从手上褪下那枚戒指，递给阿锦。阿锦笑问道："咦！早间那样搜寻遍了，也没见这东西的影子，如何此刻竟活跳出来？敢是玉痕怕吃妈的责罚，所以巴巴送到这里？我猜得一定不错。"

袁氏笑得咯咯地说道："孩子家，休得信口冤枉了人，你姊姊她焉肯做这没顾脸面的事？这是那春红实心眼，冷不防从地上捡起，当时她便不肯说破，想借这名目和玉痕姊姊作对。起初我原称赞她这主意很好，谁知你爹爹很想在她身上发迹，不但不去驱逐她，而且要将她送给那鲁大人去做姨太太。"

阿锦一面将戒指套上，一面放沉了脸色，对着她爹妈侃然说道："哎哟！这个如何使得？我们方在这里伸张女权，把从前那些买卖式的那婚姻制度一概要铲除得干净。一个女孩儿家，不但不能给人家做妾，而且不许男子一夫多妻，为什么叫这样恶习偏生发现在我们家里？爹，你休得胡闹，便算你肯，我也不肯。"

她说着，随即掉转了身子，要跑去阻拦玉痕，吓得袁氏死命将她扯住。镜清这时候气得脸上铁青，拿烟枪指着她说道："死畜生！你难道不想饭吃？"

阿锦停下脚步，问道："奇呀，这又与吃饭什么相干？"

镜清气吁吁地说道："你爹辛苦一世，算起来都为的你们这些孽障。目前的时势，米珠薪桂，各人顾全各人的性命恐怕还来不及，若再叫他们捞出腰包来给我去做慈善事业，好比登天还难。眼见得我们这碗饭渐渐有些靠不住了。比如去年北边灾区也很广阔，几十万穷百姓在那里嗷嗷待哺，我趁这个当儿，也寄了好些捐册到上海一带地方，乞求他们资助。哼哼！除得收来了些小数目，其余倒有一大半付之不瞅不睬。残年里我们开发，就有些开发不出，坐吃山空，我能有多少财产？再不赶紧变换方法，你仔细去想想，将来你出嫁这份赔奁，第一件就没有指望……"

阿锦听到这里，果然再不开口，不由而然地将个粉颈低垂下去，响也不响。镜清忙趁势说道："平时呢，你还得要添这样衣服、制那样首饰，这些钱难道打从半空里掉下来不成？我也是没法，才低声下气去求求那个鲁大人，请他助我一臂之力。你也该知道，这一班官场，若是想运动他们，只有两条道路，一是金钱，一是女色。你爹的金钱是捧不出来的了，难得有这巧宗儿，他肯赏脸给我，收你姊姊去做第九房姨太太，这是千载难逢的机会。我好容易和你妈斟酌妥帖，瞒得玉丫头水泄不通，不料你转呆出屎来，巴巴地还待跑去告诉她，破坏我们这样好事。"

阿锦已是从心底下觉悟过来，扑哧一笑，说道："爹，你便拦得住我这张嘴，恐怕雷哥一经知道，他是个暴躁性子，一定要闹将起来，那时依旧将这事弄得决裂。"

一句话提醒了镜清夫妇，彼此面面相觑，兀自作声不得。阿锦笑道："我倒有个好法子，横竖这事都得守着秘密，爹何妨传个命令出去，吩咐家中大小人等，不但要瞒着玉姊姊，便连大少爷面前，一句口风也破露不得。等到有了喜期，给他们一个迅雷不及掩耳，悄悄将玉姊姊送入鲁大人公馆，便是过后雷哥埋怨，那时生米已成熟饭，也不怕他还能将玉姊姊夺得回来。"

袁氏点头，望着镜清笑道："你莫要瞧不起孩子年轻，想出来的法子竟比我们还来得周到细密。"

镜清大笑说道："我平时喜欢阿锦，便在这些上面。你动不动都批驳我纵容了她，其实我还明白得很呢。女孩子不怕文明，文明在个谱儿上，这便是通权达变的才调，寻常女孩子是千百中挑不出一个来的。"

说了这话，当下便一迭连声先将蔡妈唤得上楼，将这件事详详细细告诉了她一遍，便派她下去传达命令，无论男女仆从，但凡在大少爷面前提起这件事，一经查出来，不但砸碎饭碗，而且还要送入警厅里，监禁一年零一个月。众人舌头一伸，春雷也似的答应不迭，所以象文这一晚在外面喳得烂醉，回来也没有一个人敢在他面前提起大小姐的话。

象文这时候也将早间的事情忘却，踏入自己房间里鼾呼大睡。睡到第二天早晨，方才想起玉痕，不晓得戒指那个案件后来怎生发落。正待到他母亲面前去打探，却好身旁伺候他的那个小厮笑着告诉他，说大小姐已经由太太将她接回公馆，不但不曾难为她，而且看待她十分亲热。象文心里非常纳罕，后来又打听出那戒指已经寻出来，方才恍然大悟，暗暗笑道："哦，原来为的这个，就不怪了，总还算玉妹妹的造化。"

再说象文打从北京回来以后，终日闲着没有一点事做。他本来交结的那一班朋友很是不少，年纪又都同他差不多，性情又合得来，大家替他忙着接风洗尘，轮流着做东道，单就这件事而论，那汉口一带的妓馆几乎没有一天没有象文的足迹。足足忙了一个多月，方才略事休息。他的父亲也没有这本领来管束他，只在背地里和袁氏啰唆，说："雷儿没长进，终日嬉戏，也不成个道理。你做母亲的也该对他劝说劝说，叫他把心定一定。以前学的科学，没事当儿都得温习着，免得将来要用着它，临时抱佛脚，那可就嫌迟了。"

袁氏觉得他的话也还有理，便将他的意思转达象文。象文笑了一笑，说道："他懂得什么？我们的学问放在肚皮里，是再也不会忘记的。你叫他拿出银子来给我升学，包管一考便取。"

袁氏笑道："你又来夸嘴了，去年你在北京的当儿，为什么又写信回来，告诉他学校里不曾把你名字取出呢？好儿子，你爹爹的言语都是望你学好，只要你肯巴结上进，过一两年替你娶一房媳妇，和和气气地在家里享福，不比较和那一班烂污婊子厮混在一处的好？"

象文早将两只耳朵拿手掩得紧紧的，冷笑说道："去吧，去吧，休得引我着恼。提起娶媳妇来，我兀自生气，依你们又得将姑母家的那个粉珠聘给我，我死也不干。"

袁氏笑道："粉珠哪一件又配不上你？大前天你姑父还有信给你爹，巴巴地提起这婚约。"

象文见他母亲的话越说越不大对，登时跳下了楼，跑入他自己书房里纳闷。刚刚躺下一张睡椅上，小厮金牛早将一叠报纸放在椅子旁边给他瞧看。他没精打采地翻了几张，觉得也没有什么新闻，只顾拣那小报消遣，瞧见一家小报上载着一段哀情小说，下边注的人名是"蕉影"两个小字。他忽地笑起来，对着金牛问道："哎哟！这不是黄蕉影吗？"

金牛不懂得，只摇了摇头。象文急道："你的记性真不好，以前和我同学，不是常常到我们公馆里来谈天？咳！这件事约莫也隔了一年多了，一副清秀脸蛋子，朋友会见他，都拿他取笑，说他是西门庆转世。"

金牛这才想起来，笑道："哦！就是那个黄大少爷，你说明白是黄大少爷好了，怎么又称呼他作焦挺？"

象文想了想，又笑道："奇怪，怎么这些时都不曾见他来访我？难道他不知道我回了汉口不成？"

金牛忙道："不是不是。这黄大少爷近来穷得很是可怜，在去年腊月底里，我有一次在路上碰着他，像那样下雪天气，他瑟瑟抖抖的，他身上穿着一件夹衫，鼻准头冻得比樱桃还红，左手提着一个豆油瓶子，怀里倒抱上两株水仙花。我正待上前厮唤，也不晓得他不认识我呢，也不晓得装作不曾听见，一双破鞋子在泥水里踢得漆乌麻黑，眨眨眼，从人丛里跑得不知去向。大少爷，像这样人不来也罢，若是来了，还怕不和我们那位贤邻刘瞎子一般无二。"

象文惊问道："哪个刘瞎子？"

金牛便将那一回刘瞎子闹的笑话把来告诉了象文。象文叹了一口气说道："原来就是刘晓初，他起先并不是没钱的人，如今落寞下来，能周济他的地方，便周济他几文也不为过。我们老爷，他就是这样坏脾气，你的境况比他好呢，他捧出一千八百去巴结人家，他都情愿，万一你不如他，他便将这人放在脚底下踏了又踏。"

他一面说，一面从怀里取出一个极精致的皮夹子，打开来取出四张钞票，每张五元，递向金牛手里，说道："好在刘家离这里也不远，便累你替我跑一趟，说这是我送给刘先生零用的，叫他不用嫌少，随后他如果拮据，尽管跑来会我，不必去和那老牛纠缠。"

金牛接得那钞票，欢天喜地，掉转身子跑向外边。打了一个磨陀，匆匆地跑回来，望着象文说道："刘先生叫我谢谢少爷，他感激少爷得了不得。"

象文问道："收条在哪里呢？拿出来给我瞧一瞧。"

金牛怔了一怔，笑道："我也待向他要收条的，只是想着少爷赏他的钱和借给他不同，巴巴地叫他写个笔据，反觉得少爷小气，似乎怕刘先生赖了一般，这也不妨事。少爷若是一定要这东西，我便再跑去告诉他，也不为难。"

象文忙拦着说道："这又何苦来呢？左右不过这几块钱，没的叫人家心里不快活。这些事倒是你想得周到，且自由他去吧。我又闲着没事，不如和你去访访那个黄蕉影。"

金牛笑道："又不知道他的住处，没的跑去撞这冤枉路。"

象文放下脸色说道："你又来偷懒了，他既然投这稿子，那报馆里的人必

44

然和他厮熟。我们此时先顺拢那报馆，问出住址来，然后再去寻他，一定是不错的。"

当下计议已定，主仆两个便出了门口，劈头撞见阿锦也在那里上车。象文笑问道："妹妹这时候往哪里去走动？"

阿锦将个脖子一扭，笑道："要你来查问我则甚？各干各的事，我爱到哪里就到哪里，全然与你没有相干。"

她说完这话，只见车夫将丝缰一抖，那匹马展开四蹄，翻钹也似的，眨眨眼已瞧不见她的身影。金牛咕哝着嘴说道："马车又被小姐坐得去了，白累我们苦了这四条腿。"

象文一面走，一面笑向他说道："你休得这般眼热，老实说，便是有马车，我也不坐的。"

金牛笑道："可又来，往常但凡少爷出门，好像和自家的腿有不共戴天之仇似的，都放它在马路上挨命，这是什么缘故？"

象文叹了一口气说道："咳！人喊你作金牛，我要喊你作蠢牛。你也不知道世界上新潮流，畜生和人都要讲究个平等，你有几个臭钱，便该那马拉着你走，万一没有钱呢？"

金牛接着说道："照少爷这样讲，若是没有钱，然则便该将马坐在车子上，少爷拉着它走了。"

象文扑哧一笑，正色说道："人拉着马走，这也算不得平等。平等者，我即是马，马即是我，一而二，二而一者也。"

金牛笑得咯咯地说道："好，好，随后我便不喊你作少爷，只喊你作马，你可依不依呢？到那时候，怕少爷又要使起性子来，骂我这蠢牛不懂规矩了。"

象文吃他这一驳，一时倒想不起言语来和他辩论，幸喜自家要去访问的那个报馆已在目前，他便将手里司狄克向前一指，笑道："休得在这里瞎三话四吧，还不快拿我的卡片进去问一声，或者这黄蕉影便在他们报馆里办事，也未可知。"

金牛不敢怠慢，真个取出片子，递给门口一个管门的，管门的便一步一步地踱上楼。不多一会儿，早见楼上匆匆地跑下一个少年，高撑着金丝眼镜，向象文拱了拱手说："原来是葛象翁，久仰久仰，幸会幸会！若不嫌弃，便请到兄弟编辑室里少坐一坐。"

象文仔细将那少年一望，却从来不曾会过，因为他异常地殷勤，却不好拂他这盛意，便笑道："兄弟本拟来造访，只恐先生笔政冗忙，不便造次，所以打发小价问一问蕉影的住址好了。"

那少年笑道："不妨事，不妨事，兄弟今天的稿子全都发齐了。象翁虽然认不得兄弟，至于兄弟却久闻象翁的大名，提起来都要算是斯文骨肉，断没有个过门不入的道理。"

他说着便举起手来，邀象文进去。象文不好再行推却，只得随着他上楼，四面望了望，只见那个房间破败得很，一张桌子上堆满了字纸，还有一叠一叠的旧报，摆设得乱七八糟。桌面前一面破砚台，汪着些半红不红的清水，唯有那一柄剪子倒磨得通明透亮。那少年忙着让象文在椅子上坐地，他又从抽屉里翻了一会儿，拣出他自己的名片，递给象文瞧看。象文见上面印着"连幻佛"三个小字，其余还有某某记者、某某编辑的字样，匆促间也不大看得清楚，暗想：这个姓倒生动得很，恰好再配上这幻佛，益发生动了。

他刚自沉吟，早听见那连幻佛笑说道："不怕象翁笑，敝馆的经济很苦艰窘，所以至今还不能扩张。快了，一经款子到手，便少不得要重张旗鼓。象翁如有什么大著，尽管送到敝馆来，由兄弟替你发表。"

象文点头笑道："贵报记载花丛里的事倒很多很多，兄弟没有别的本领，这吃酒打茶围是兄弟颠扑不破的例行公事，改天倒可以替贵报效劳。但不知贵报近来销数如何？"

幻佛放沉了脸色说道："小报办到兄弟这样分际，在汉口这地方要算得破天荒了。每日里除得赠送各机关，本埠外埠通共算起来，足足有一百多份。"

象文听到这里，不由将个舌头伸了伸，笑道："哎呀！这个所入也很有限，如何可以够得开销呢？"

幻佛笑了笑，说道："报馆里若是全靠着卖报的进款，谁也没有这些婆娘来折呀。敝报馆销路很广，这告白费倒是一笔大宗，其余便向各家妓馆里敲敲竹杠。还有特别拿出钱来托兄弟替他鼓吹的，那尤其不可预算，多也没有，每月至少也捞摸他们七八百元。好在事权统一，经理也是我，编辑也是我，校对也是我，发行也是我，以外开支也很有限。"

象文笑道："印刷呢？手民呢？薪水饭食……"

幻佛忙接着笑道："象翁又来拿兄弟取笑了，像我们这小报，还能够在家里印刷吗？一部机器要多少价目？或者你象翁高兴，将来替兄弟添本，我们当然就大办而特办起来。"

说着，又低低向象文附耳道："我们可算是一见如故了，兄弟不敢相欺，做别的买卖，发达不发达，都拿不把稳。若是仅仅办一份小报，包在兄弟身上，你拿一千块钱进门，不消半年，足足有五万银子送到公馆里来，买茶食小吃小吃。"

象文听到这里，不觉心里动了一动，便向下追问道："难道外面寄来的稿费也不要钱？"

幻佛哈哈大笑说道："足见象翁是个外行，兄弟教你一个乖吧，本报所有的新闻，帮忙的却另有个朋友。"一面说，一面拿手向桌上那柄剪子一指。

象文点了点头，重行问道："新闻或者可以雷同，但是贵报末页还印着一篇小说，怕这小说和人家雷同，就要遭外间的指摘了哇！"

幻佛放沉了脸色说道："这也有个办法。目下的小说家你道还少吗？他们初初拿笔学作小说，巴不得有人替他登载，酬资不酬资倒也不一定计较。兄弟手段再稳健不过，他们只顾寄了稿子来，我便马马虎虎地替他登出，随后他们若是提到钱呢，始则给他们一个不瞅不睬，若是讨急了，我便说：'你寄稿的时候为何不预先声明？早可知道你的要钱，我早就退还你了。'"

象文笑道："一个人上当，难道人人都上你的老当？"

幻佛笑道："作小说的人又没有团体，上当的不见得会跑去告诉不曾上当的，我只消捞到一篇，还可以敷衍三五个月。"

象文忙道："然则这蕉影也堕入你的计中了，那可不行，他是我的一个好朋友。和先生闲谈，早把正经事忘掉，我正因为没处寻他的住址，所以特来奉问。"

幻佛忙将象文脸上望了望，不由笑说道："这蕉影女士原来和象翁认识，笔墨很好，要算是当今数一数二的才女。然则象翁这艳福真个不浅。"

象文觉得他这话说得有些驴头不对马嘴，脸上一红，忙分辩道："岂有此理！这蕉影和我同过学的，哪里是什么女子？你不用拿这话糟蹋我。"

幻佛笑道："奇谈！奇谈！象翁未免太讳莫如深了。这人兄弟虽然不曾会过，然而她寄我的信也不止一次，总叙说她嫁了一个夫婿没有长进，以致累她卖文为活，语气之间沉痛得很。兄弟一者羡慕她是个女郎，二者怜惜她十分寒素，特地破了一个例，把她这稿子按每千字五角计算，寄过了八九块钱给她。世界上同名同姓的也多，象翁的朋友或者另是一人，也未可知。"

象文想了想，这话怕也不错，便随口说道："照这样讲，我这蕉影的住址又没处查考了，无辜地倒白来吵闹，改一天我们再行畅叙。"说毕便待起身下楼。

原来这连幻佛是个少年滑头，他久慕象文的大名，这句话却并非说谎，久想过来笼络他，因为他家资富厚，倘若和他做了一个相识，无论如何都可以得着他的好处。这些时打听得他从北京回来，正四下里寻觅象文的熟人，好请他们替自己介绍介绍。不料天从人愿，好端端地忽然见他访寻得来，所以一经瞧见他的那张卡片，欢喜得和拾到宝贝似的，好容易絮絮聒聒，攀谈了这好半会儿。眼见得入港了，叵耐象文这当儿又待告别，他心里哪里割舍得下，登时打了一个主意，忙拦着说道："兄弟有句斗胆的话，象翁若不嫌冒昧，今晚由兄弟做个东道，奉请象翁在一处地方去吃酒。象翁若是慨然答应，不消说得，如有半字拒绝，我便一头碰死在这桌角上，让象翁去吃人命官司。"

他说到这里，一手早提下那顶博士帽子，光着头眼睁睁地望那桌角，似乎要拼命的意思。引得象文哈哈大笑，说："先生真可算得是霸王请客了，快别要如此，兄弟一定奉扰就是。但是此刻才吃过午饭，离着吃花酒还早，稍停我们再会，想先生不致疑惑我是假话。"

幻佛抬头向壁上挂的那座旧式自鸣钟望了望，见那长针才指到未正，委实时候离得还远，他却心生一计，便笑嘻嘻地说道："我们来想个法子消遣消遣，省得象翁徒劳往返。"

象文笑道："有什么法子消遣呢？打牌是兄弟最恼的，没的将这好好时光白在那麻雀扑克上消磨得干净。"

幻佛忙接口说道："兄弟久知道象翁是新学界里的人物，何敢以这些俗事相溷？依兄弟愚见，这蕉影女士定然也是一个文明的妇人，我们似乎不可当面错过。这几天工夫，敝报上又替她登了一千多字，我这里带了一元钞票，不如陪象翁去访她一访，顺便将这款子送给她做薪水之资。我想这办法，象翁或许可以赞成的。"

象文笑道："这女士住的地方可远不远？"

幻佛忙道："不远，不远，她每次信上都注得明明白白，在后城马路一千一百一十一号门牌。"

象文道："你这屋里气息很是恶劣，我们老实到那空阔所在吸点新鲜空气吧。"说着早站起身，提过那根司狄克。

幻佛慌慌忙忙地收拾了零星什物，便也取了一根司狄克过来，故意将关捩扭了扭，提起半截，却是一柄亮晶晶的利刃，在他的意思，以为要卖弄这东西给象文看。谁知象文觉得毫不为奇，转冷冷地说道："仔细些，这东西是

48

违禁的，没的叫巡捕瞧见要来干涉。"

幻佛故意皱眉说道："我也叫作没奈何，不幸当了这报馆主笔，镇日价主张清议，难保不为政党嫉忌，所以拿这司狄克做个防身之具。"

象文哈哈笑说道："先生休得肉麻吧，你这贵报乱七八糟的，不知堆砌得些什么屁话，政党哪里有工夫来和你作对？你放心，世界上的人暗杀完了，也暗杀不到你这连幻佛。"

幻佛却也毫不介意，出了报馆，会了金牛，一直奔那后城马路而来。

三个人挨着那门牌数起，好容易数到一处最偏僻的地方，那房子也不成模样了，东倒西歪，两边墙壁都用木桩死命抵着，一扇板门下半截倒露了好几个大洞。门里却是个空空院落，有几株春梅，花瓣已都落尽了，树枝上歇了几只八哥，见人来早，已忒棱棱飞起。他们刚跨得进去，却好阶沿底下立着一个妇人，背着脸在那里晒晾裤子。说也奇怪，那裤子上的洞简直和她尊府的大门一般无二，若是你仔细数去，那洞断断不只一处。他们故意咳嗽了一声，那妇人惊得掉转身躯，象文见这妇人面黄肌瘦，头发又蓬松着，像是还不曾梳洗，年纪约莫有二十来岁，不觉十分怜悯，想见她终日呕心挖胆作那小说，以至弄得这样憔悴可怜的形状，卖文为活，也不是一件快活的事。他虽是这般想，幻佛更机灵不过，早抢近两步，向那妇人鞠了鞠躬，含笑说道："久仰女士的大名，今天特地过来奉访，所有大著的酬款，特由鄙人亲自送上，望乞笑纳。"

那妇人不幸生得是一副近视眼，她一手拿着竹竿，便凑近来向他们脸上望了又望，似乎不懂他的说话。象文早有些不耐烦起来，喊着说道："蕉影女士是你不是？这是报馆里的连先生，专诚和我来奉访的。"

那妇人这才满脸堆下笑来说："请坐，请坐！"

她说着这话，立时摔下那条破裤，便留他们到屋里去坐地。象文一眼瞧见那屋里灰尘狼藉，着实不成模样，恐怕将自己西装玷污了，老立着不肯移步。唯有那幻佛见这妇人生得倒还有几分姿色，意思想和她结个文字之交，便趁势跨将进去，使劲地望着象文招手。象文未及答应，忽地从那三间房子背后跳出一个人来，并没穿着长衫，手里提着裤腰，笑得哈哈地喊道："原来是雷哥，我听见你在北京做了官了，为甚这时候还在汉口？难得你肯光降，真是蓬荜生辉。"

象文吃了一吓，仔细望了去，也把不住诧异笑道："你不是黄蕉影，我原是要来访你的，被这女士两个字闹昏了，我说怎地哩，世上同名的人也不会这样巧。"

幻佛一时摸不着头脑，转呆呆地站在那里发怔。蕉影将他邀入里面，又命那妇人到厨房下去烧茶，又告诉他们这就是拙荆情霞，她也是从中学校里毕过业的。象文笑道："好呀！我们正在这里同尊夫人纠缠，你为甚躲在后面老不出来？真是该罚。"

蕉影其时将裤带子系好，笑道："我刚在后面出恭，忽听见院落里有人讲话，不怕你们笑，我总疑又是张侉子来索印子钱了，吓得我哪里敢出来张望？早知是雷哥亲自到来，我又何必这样鬼张鬼智？笑话，笑话！"

说毕，又向幻佛问了名姓，重行笑道："我们文字神交不止一天了，只缘兄弟疏懒得很，一共还不曾到贵馆去拜谒。"

象文接着笑问道："该死，该死，你投稿罢了，怎么又闹这样玄虚，好端端地在名字底下安上'女士'两字？我猜你也是做男人做得不耐烦了，颠倒要插入裙钗队里去做走狗。"

说话的当儿，情霞早端出两杯茶来，听见象文说这样话，她也不觉扑哧一笑。蕉影笑道："谁说不愿意做男人呢？你不知道近来那些报馆主笔，大半都是些色鬼，你规规矩矩去投稿，他会把你搁在半边，也不来理会。但凡写上那女士字样，他们便特别欢迎，文字便推班些，也可以另眼相看。兄弟自知作的这笔墨及不来那一班小说大家，为金钱打算，所以不得不弄点儿狡猾，这也是迎合普通编辑家的心理。"

说着，又望幻佛笑道："连先生，你休得见气。去年我也向贵馆投过稿的，只因为用不了真名真姓，不但没见你刊载出来，而且叠次写信去索还原稿，先生只是付之不理。今番却着了我的道儿了，你要认识蕉影女士，便请同兄弟接洽，千万不要误会到内人身上去，内人她只会念念几句爱比西底，至于小说，我能替她发誓，不会捣这样的鬼。"说罢，他便拊掌大笑。

此时只把个幻佛脸都气青了，没来由跑来吃他这一顿冷嘲热讽，又碍着象文情面，不好得罪他这同学，只得吞声忍气，从怀里掏出那张钞票，使劲向桌上一搁，冷冷地说道："真女士也罢，假女士也罢，你把来骗我，我也把来骗那些瞧小说的人。好在是营业性质，只要能借重大笔，叫本报销场好，难不成还在这上面究研什么道德？这是一大元稿费，请你收了。老实说，下次你这尊稿只好卖一角钱一千字，多了便请你不必再寄。"

象文笑道："这当儿也不是你们议论稿价的时候，难得我和蕉影在这里意外碰见，我们还有许多的话要谈。连先生，你若是请我，可肯挈带他同去？

否则便由我来做东道，也是一样。"

　　幻佛忙道："这有什么不可以？耽搁的时候已久了，我们就此走吧。"

　　再说蕉影见了那张钞票，忙不迭地拿过来向口袋里一塞，笑道："这是辛苦挣来的钱，一个须当两个使用。以后的稿子，只要连先生再加点儿，兄弟再让点儿，我们斯文骨肉，断断不在这上面争多竞少的。"

　　幻佛刚待回答，转是象文笑说道："蕉影，你休得这样蝎蝎螫螫的，我真要替那些作小说的放声一哭了，再休提这话，我罚连先生请你去吃花酒。"

　　蕉影笑说道："哎哟！这玩意儿我倒有好多年不闹了，既承你们盛爱，兄弟少不得要来奉陪。"

　　他说着这话，便从一个木桶上提过那件旧敝不堪的棉袍，向身上一披，三个人参伍错综地向院落里行去。

　　其时金牛正猴在他家土墙上，伸手向洞里掏摸麻雀子蛋，见主人出来，他才跳落下地。象文对他瞅了一眼，正待骂他，不防那个许情霞忽地从屋里赶近象文身边，将他的手腕一扯，低低附着他的耳朵骂道："死不要脸的东西，你还高兴去吃花酒，我保佑你在道路上被马车碾踏得粉身碎骨。"

　　象文听见这话，不由气冲牛斗，暗想：这妇人敢是疯了，我吃花酒不吃花酒，与你有什么相干？要你骂得这样狠毒？正要回她的话，还未出口，偏生那妇人又伸过手来，没命地在他腰胯里捞摸，摸得象文浑身都发起痒来，又是好笑，又是好气。正猜不出她是什么用意，幸喜蕉影眼快，瞧见他妻子在这里胡闹，忙喊着说道："我在这里呢，你休错认了人，他是葛大少爷，你要钞票，等我拿出来给你，放心！"

　　那妇人听见蕉影的声气，再凑过眼睛仔细将象文认了认，把不住羞得两颊通红，钞票也不要了，提起一双天足，咕咚咕咚地跑入屋里去了。象文这才悟会其意，笑得弯下腰，只管揉肚子。幻佛也是哈哈大笑。蕉影回到里面，把一元钞票授给情霞，出门时跺脚说道："你既知道你的毛病，便该随时留点心，怎样好端端地把摸人家当着你的丈夫？"

　　象文笑道："这也难怪，做女学生的，她们蓝皮子书本上用功用得狠了，所以弄成这副近视眼。像当初的美人都讲究个秋水双瞳，何至闹出这样笑话？今天这事都不关紧要，倒是随后嫂夫人在绣房里支颐独坐，万一跑进一个冒失鬼来，她再当作是你，那就了不得了。我替你想，娶了这般女学生，着实危险得很。"

　　他们一面说，一面已走了一截子路。蕉影笑道："好哥哥，你休得再拿我开心吧。她嫁过来的时候，原有一副托力克眼镜戴的，后来吃一个女朋友借得去，到今日一共也不曾还来，她错认了人也是情非得已。"

幻佛从鼻子里哼了一声，冷笑说道："这眼镜子怕永远不见得还你了。"

蕉影扭头问道："连先生，你这话怎讲？还不还，你如何竟会知道？"

幻佛笑道："这有什么猜不出呢？华景街荒货摊上，人家拿这些东西去押钥的也不计其数。尊夫人这眼镜怕不是和他们入了大伙。"说毕，将个头向腔子里一缩，只顾要笑。

象文拿自家那根司狄克在地戳了戳，笑说道："连先生，你这想头，未免太咄咄逼人了。凡事也须瞧兄弟分上，为蕉影留个余地。"

蕉影脸上一红，冷笑说道："说还不是由他去说，我有这事没这事，只有天老爷知道罢了。"

象文见他这局促神态，心里老大有些不忍，忙搭讪向幻佛问道："我们尽管在这里东碰西撞，你请我们的地方究竟是哪一家？"

幻佛将嘴努了努，说："不远了，左右不过在沙家巷那一带地方。"

象文竟摇着头笑道："该死！该死！沙家巷龌龊极了，如何去得？还是依我到廖二房去吧。"

幻佛忙道："兄弟既是主人，象翁还得依我。孙大娘屋里新近从长沙接来一个雏妓，芳名叫作黑翠，和我打得火热。这一次固然是奉请，而且我也要去替她捧一捧场面。"

象文违拗他不得，三个人只好迤逦前进，走至一条街道上。眼看得离沙家巷不远，有一家钱铺子，敞着黑漆大门，门墙上用朱红笺纸贴着他的店号，是"福兴润"三个大字，静悄悄门口蹲着一个褴褛老头子，胳肢窝里夹了一柄笤帚，在那里点头拨脑地打瞌睡。幻佛忽然嚷着说道："走差了，走差了！"说毕，掉转身子，重行折回原路。

金牛听见他说这话，实在不服，忙分辩道："这个怎么会走差呢？穿过这条街便是沙家巷，我最认得清楚的。"

幻佛也不答应，只远远地望着象文他们招手。象文也猜不出他葫芦里卖什么药，无奈和蕉影重走回来，急得金牛跳上跳下。象文吆喝道："怎么一点儿规矩也没有？照你这口气，敢莫不是在这些混账地方常常走动？"

金牛吃他骂得白眉瞪眼，拱着嘴再不敢开口。转弯抹角又绕了好一截路，才走入那巷里的一条甬道，金牛跺脚急道："这不活活见鬼吗？依我早就到了，何苦白冤枉我们这八条驴腿？"

说得象文和蕉影都笑起来。其时各家门首的电灯已都照得通光透亮，幻佛在前引着道儿，走到一处，他仰头望了望，然后笑着让他们先走。象文笑道："这里我不熟悉，还请你带领引见吧。"

幻佛忙道："可以，可以。"

他才跨得进门，门堂里坐的那几个龟爪子直着喉咙，望楼上招呼了一句说："有客来了，你们招呼一下子。"

象文一听，不觉皱起双眉，对蕉影摇头不住。蕉影悄悄问道："你这是为什么？难道他们招呼你倒反不好？"

象文笑了笑，刚待回答，不防已到了楼梯，吩咐金牛在外间稍等，他们便都陆续上楼。接着便有一个鸨妇将幻佛引入一座房间，笑着说道："连少爷，你家来得可是不巧，我们家翠姑娘不幸昨晚撞着柳树精，滚烫泡热，病得很是厉害，你家最好到别处去坐坐，也是一样。"

幻佛急道："这是打哪里说起？今天我特地为你们请了这位阔客，偏生她又病起来，岂不叫人扫兴？"

说着，便将象文指给鸨妇看，说："这是葛大少爷，汉口堂子里也没有一处不知道他的大名。"

那鸨妇将象文浑身上下细细打量一番，不由笑逐颜开，忙道："你家且请坐一会儿，我们再……"

这一句还未说完，蓦见门帘一掀，连跳带跃地抢入一个女孩子，进来指着幻佛笑骂道："我疑惑你掉落襄河里，给癞头鼋吃下肚腹去了。怎么好些时也不曾见你的魂灵？"

她一面说，一面只顾飞过眼光来，不住地向象文吊膀子，又取出一方桃红手帕掩着嘴，笑向象文问道："你家贵姓？"

象文笑道："你问我吗？我便姓狗不识。"

那女子将眼一睃，笑得咯咯地说道："好呀，我们是初次见面，你家好意思就拿人开心。"

幻佛冷笑说道："黑翠，你的病怎样好得这般飞快？"

黑翠讪讪地故意揉着小肚子说道："这两天很觉得有些头疼，原没有什么大病。"

象文见这模样，不由拍手笑道："你家头疼，与小肚子有什么相干？你便下死劲揉它也没中用。"

黑翠笑道："葛大少好一张厉害的嘴，人都道我们当姑娘的会说，不料你家比我们还会说得许多。"

蕉影点头笑道："雷哥，这句话你可吃她讨了便宜去了。"

象文也只笑了一笑。这时候鸨妇已经忙得不得开交，流水般的手巾只顾叠叠送来，又拿出几柄折扇请他们点戏。幻佛摇头说道："你们这时忙什么？停会子吃酒再唱不迟。"

黑翠听见这话，好像十分诧异似的，一摔身便倒入幻佛怀里，拿手摸着他下颏子，笑道："你今天当真在这里吃酒？"

幻佛正色说道："说谎的便叫他变作癞头鼋。你且跟我来，我有话和你讲。"

两人手携着手，转入后边一所套房里，叽叽哝哝地也不知道他们说的是什么。鸨妇也抢出房，吩咐人去预备筵席，只剩下几个梳辫子的小丫头，猴在一边交头接耳地说笑。蕉影将象文袖子扯了扯，低说道："进门时候，你为甚望着我摇头？"

象文也笑道："呆鹅，你难道瞧不出他们这神气？连先生在花界里一定是个臭货，说姑娘害病，分明拒绝他，若不是因为我这葛大少，她的病断然一时还不会好，那可格外叫人难受了。"

蕉影点点头笑道："这个我也理会得，这些吃把式饭的，一副眼睛还不厉害？这一次连先生幸喜请的是你，若光是请的我是黄蕉影，哼哼，怕这当儿我们也该回家去嚼醋咸菜的了。我不奇怪则个，只奇怪你一进门，如何便猜到他们的意思，咂嘴咂舌，好生不快活似的，这又为什么缘故呢？"

象文叹了一口气，说道："蕉影，我不是当面奚落你，你虽然也是一个滑头，只不过近来为境遇所累，哪里还有这笔闲钱在他们门户里厮混？老实说，堂子里的玩意儿瞒得住别人，却万万瞒不过我。我来教给你一个乖吧。他们但凡遇着嫖客进门，那嘴里的招呼都是藏着暗号的，你平时若肯用钱，他们见了你，便喊着你们快来招呼客。楼上听见这话，当然忙不迭地竭力欢迎。万一遇见什么滑光大帝以及流氓军士，他们口号便又换了，你不听见他们那几个龟爪子，见了幻佛，忽地喊着：'有客来了，你们招呼一下子。'楼上的人听入耳朵里，便知道是那话来了，随即做手脚的做手脚，藏姑娘的藏姑娘，敷衍得你一刻是一刻，他们这个便叫作退鬼。"蕉影听了，方才恍然大悟。

他们刚谈到这里，早见那个黑翠重行换上了一身新衣服，脸上的脂粉又加劲涂抹了好些，手挽手地和幻佛挽着进来。她撇了幻佛，便坐在象文身旁，和他有一搭没一搭地攀谈，恨不得把全身的本领都施展出来敷衍象文。象文却碍着幻佛面皮，不好意思轻薄，只随口应酬她几句。另外还有好几房姑娘，长的矮的，村的俏的，都哄到房里，叠得和肉屏风一般。说也奇怪，都没有人肯来陪蕉影打话。蕉影好生没兴，转掉转身子，随手在桌上取了一本小书到手里，望了望，却是半新不旧的《牙牌神数》，他懒懒地揭开来，在电灯底下瞧着消遣，一任他们在那里打情骂趣。

偏生人丛里忽然走过一个又矮又胖的小丫头，笑嘻嘻地倚在蕉影大腿旁边，蕉影这才欢喜，忙搁下书本，想来握她的纤腕。不防那个丫头忽地揭开他的那件棉袍，用手摸着笑道："哎哟！你家不怕冷吗？别的人一例都穿着大毛，怎么你家倒换上这个？"

蕉影未及答应，旁边又有一个丫头冷笑说道："这位老爷大毛原是有的，只不过送到别的地方，替他老人家晾晒去了，说不定他这件棉袍子是丝绵的。"

众人听见这话，都把个头掉回来，向蕉影瞧看，没有一个不拿手帕子掩着嘴笑。此时蕉影直羞得那副嘴脸红得像猴子屁股似的，愤火都打头顶上冒出来，刚待发作，忽听见楼底下请他们去坐酒席，不由分说，大家都一哄下楼。便有老鸨将他们迎到一座小小饭厅上，不消说是象文坐了首席，蕉影二席，幻佛在主席上相陪。在先象文已写了条子，叫了他的老相好桂云，幻佛因为蕉影没有姑娘，便想这里荐一个给他，无如蕉影适才受了他们的奚落，死也不肯承认，只把脑袋摇得像拨浪鼓似的。象文知道他的意思，便笑说道："你有什么心上人，不妨叫一个来谈谈，没的清汤寡水，坐在这里太不成个模样。"

鸨妇听见这，忙凑趣说道："葛大少这话真说得不错，你家愿意叫什么女孩子，只消吩咐我，我都可以想法。"

蕉影愤愤地说道："我生性是不喜欢这一班促狭嘴，你们尽管拣那私门户里有什么不大出局的女儿，替我叫一个来也罢。"

鸨妇笑道："可以，可以。不怕诸位少爷生气，如今世界上大大开通了，什么姨太太、少奶奶、大小姐，七搭八刮子，凭我们这副手段，包管手到擒拿，不费吹灰之力。"她说完这话，立刻便向外飞跑。

象文望着蕉影，笑道："倒瞧不起你，真是个妙人儿，别有会心。我固然在花丛里混过了好多年，并不曾想到这一着子。"

蕉影叹了一口气，说道："兄弟也是逢场作戏罢咧。论我这时的境遇，哪里会配上吃'花酒'两字？没的白跑得来给她们取笑。还是那些寻常门户，不曾沾染这一班妓女习气，见了人腼腼腆腆的，倒还有趣。"

幻佛笑了笑说道："只是一层，他们这局账是不兴赊欠的。那一元钞票已经吃嫂夫人捞得去了，蕉翁还是在腰包里摸一摸，可还有现款没有？"

象文恐怕蕉影羞愧，忙搭讪头说道："连先生，这不消你替他担心，兄弟这里有的是洋钱，稍停由我借给他。"大家说话的当儿，偏生象文叫的那个桂云还不见到。

没多一会儿，只见那个鸨妇果然领了一个女孩子进来，只见那女孩子丰姿态度却迥与寻常妓女不同。娇小身材，年纪约莫有十五六岁左右，头梳着风凉鬆髻，薄施脂粉，雅洁天然。外着哔叽呢的短袄，下曳摹本短裙，将一双小腿露出半截，脚上穿的革履走起路来咯噔咯噔价响，香风送处，花枝似的走近席旁，略抬眼波向座中一干人打了个无线电报。那些妓女齐打伙儿都掉脸向她瞧看。鸨妇将她推至蕉影身边，又告诉她说道："这便是黄大少。"

说时迟，那时快，那女孩子不禁和象文打了一个照面，登时花容失色，两片粉嫩的腮颊绯红得叫人可爱，连"哎哟"两字都叫不迭，随即从热闹当里就想避得出去。

欲知后事，且阅下文。

第四回

识英雄裙钗巨眼
论时局学究高谈

再说蕉影，一见了那女孩子进门，觉得她风韵翩跹、姿容秀媚，心里高兴得了不得，要拿她和黑翠这一班人比一比，真是鸦随彩凤，哪里及得这女郎万一？登时趾高气扬地仿佛卖弄他这意中人要压倒一切模样。不料才一掉头，忽见那女郎触了电气似的，转身要走，连坐都不肯一坐，急得他恨不得上前来将她扯转。幻佛一时也摸不着头脑，只管呆呆地坐在那里发怔，猜不出是个什么缘故。

说时迟，那时快，那女郎刚刚走出筵外，蓦不防象文从座上早跳过来，双手将那女郎一拦，哈哈大笑地说道："这又算什么呢？同是追欢取乐，这内里没有分着男女界限，你这么一走，岂非我做哥哥的倒转来大煞风景。好好都是一家人，他们又系我的至好朋友，你既来到这里，便坐下来大家谈谈，原没要紧。"

他说完这话，方才对着大众侃侃地宣布道："这事不经兄弟表白出来，料想连先生和蕉影都不得明白。不瞒诸君说，这女郎却是舍妹，她的芳名叫作阿锦。"

他这句话出来却不打紧，早把那个鸨妇和在座的人都吓得面面相觑，正不知怎生发落才好。及至见他这般宽宏大量，文明到了绝顶，心里又着实异常佩服。阿锦虽然听见象文说得这样慷慨，毕竟她年纪轻，一时拿不下这副脸来，羞得走又不是、站又不是、坐又不是，只拿手帕子咬在嘴唇里，似笑非笑，那个脚步却停住不动。

席间，那些妓女又指手画脚地在旁边望着她发笑，连幻佛到此，却不得不凑个趣儿，趁势站起来笑说道："既是葛象翁的令妹公然下降，我们再荣幸不过。假如不是蕉影叫这个局，令妹藏在屋子里，我们便用大红柬帖去请她，

57

她也未必伶伶俐俐地跑来和我们会面。"

说着，又望鸨妇说道："你们快叫厨房里另外再添几样菜上来，便请这位小姐入席。我们可以畅谈畅谈，消遣良夜，料想小姐不至毅然拒绝。"

象文也笑道："这等特别优待，出自连先生的意思则可，至于兄弟却不敢做主，这是什么缘故呢？因为舍妹是蕉影约得来的，凡事须得他的指挥，我们绝对不能武断。蕉影听我这议论，还赞成不赞成呢？"一面说，一面拿眼睛瞧着蕉影微笑。

蕉影当这个时候，着实有些局促不安，忙欠着身子说道："雷哥言重了，兄弟实在荒唐已极，累令妹跋涉这一趟，非常罪过。但乞雷哥恕我是无心之过，不嗔怪我，便算造化，如何还敢拿这些话来妄相唐突？"

那个鸨妇这才知道，无意之中会闯下这样乱子，连忙噘着嘴分辩道："我们如何知道她是葛小姐呢？离我们这地方没有多远有一家公馆，住的是一位买办的姨太太。因为她们老爷轻易不到她这里走动，曾经吩咐过我们，但凡有客人要叫局，她情愿出来酬应酬应。我们遵照她这话办理，这几个月以来，替她扯的皮条儿已不止一次了。今天因为这位黄大少特别地想在这些私门户里寻觅女人，所以我便跑去和这位姨太太商议，真真不巧，她老人家正和一班女客在那里打扑克打得十分起劲，却好这位小姐也在其内。那个姨太太听见我这话，自己又不能分身，便向大众问了问，是谁愿意去逛逛？这位小姐是一时高兴，早挺身出来答应。老妇斗胆，兀自将她请得到此。好在不过是逢场作戏，务求葛大少不要怪老妇鲁莽。"

象文笑道："谁又巴巴来怪你？男女平等，我做哥哥的尚且花天酒地胡闹，难不成硬派我妹妹躲在闺房里，不许她出来走动走动？我便是顽固，也顽固不到这步田地。我最痛恨那一班老年人，将自家亲生女儿恨不得拿一座铁柜子将她锁在里面，轻易不许她们与男子相见。其实当初伤风败俗的事，也不见得因这样办法便可以扫除得干净。舍妹她也是个读书明理的女子，只要她持躬如玉，任是偶然和蕉影会在一处，谈谈说说，这又有什么妨碍？"说时，便望着阿锦噘了噘嘴，叫她向蕉影身边坐了过去。

这当儿，转弄得蕉影不好推却，又不知说什么才好。

他们正在这里嚷闹着，却好象文叫的那个桂云也姗姗地走得进来，轻轻向象文肩头上一拍，含笑问道："你们为何这样高兴？何妨告诉我来听听。"

象文笑道："你来得正好，平时你不是常常问我家锦妹妹是个什么形状？今番你可细细去赏鉴赏鉴吧。"说毕，便拿手向阿锦一指。

桂云很觉得诧异，不由尽瞅着阿锦望了又望，良久含笑说道："原来这就是葛小姐。好嘛，我们这碗把式饭可吃得不能长久了。说起来大家都要闹禁娟，偏生小姐们还来夺我们的饭碗，做小姐的名誉又好、身份又高，从今以后还有我们过的日子吗？"

她说了这话，便盈盈地掩口而笑，侧着身子坐近象文身边，又用小指头蘸着酒，在桌上画了一个大乌龟，指给象文瞧看。可怜阿锦被他们你一句我一句地嘲笑，忍不住芳心里一急，那眼泪扑簌簌地落下来，虽然也坐在席上，只是低着头，一声儿也没言语。象文深恐她害羞，故意拿话和她搭讪，说道："今天午后，我不是瞧见妹妹坐马车出门的，怎么会知道我在这里，巴巴地跑来会在一处？"

阿锦将眼泪拭了拭，愤愤地答道："谁知他们弄这样玄虚呢！原是潘姨太太约我打牌，不料我的手气不好，输得有百十多块洋钱，我便没高兴再赌，懒懒地在那里发怔。却好这老婆子赶得进门，附着潘姨太太的耳朵，不知嚼了些什么舌头。潘姨太太随即笑着问我，说有几个女朋友在一处地方等她，她是没有这闲工夫出来了，便央求我替她代表，我想这代表名义也很正大，当时便承认下来。她们便逼我跟着这老婆子一齐到这里。好哥哥，停会子回去，请你千万不要告诉阿爹和妈。"

象文笑道："妹妹，你放心，我难道不知他们的顽固脾气？一经吃他们晓得，早该啰啰唆唆，批驳我们兄妹的不是。这里有现成的热酒，你且放开怀抱，着实多吃一杯，你喜欢什么菜便吃什么，拘束了倒反不好。而且这件事是由我们这位同学黄大哥发起的，无意之中倒替妹妹介绍一个好友。那些三生有幸的话，在我们文明家嘴里也不消说得。然而这其中却也有点缘法，倒不可以不相信。"

阿锦听到这里，方才展放开她两道愁眉，又见蕉影刚刚和自家并坐在一处，免不得拿眼睛瞟了一下。只见他衣服虽然褴褛，至于神清骨秀，眉目之间隐隐含着一种英挺姿势，比较坐中那个连幻佛却是高得几倍，一缕情丝不由得也就牵绕到蕉影身上。好在她和小家儿女不同，平时撞着男子家尽管有谈有笑，从来不晓得什么叫作羞涩，再加上她哥哥开导她这一篇议论，她立刻春生眼角，喜上眉梢，对着蕉影温温存存地叙起寒暄来，又一长一短问他的家世。蕉影在这时候又是感激又是快活，当然是有问必答，恨不得把肺腑的话都掏出来告诉阿锦。

霎时之间，带来的那些妓女一递一个唱起戏曲，笙歌如沸，闹得一塌糊涂。阿锦毕竟是个闺女，瞧见她们那种轻狂样儿，着实有些不很入眼，坐了坐，便站起身子向她哥哥告别。象文也不便再行坚留，只说了句："你到那个姨太太屋里，再耽搁一会儿便回去吧，免得母亲要盼望你。"

阿锦含笑点了点头，又转脸向蕉影笑道："黄先生，你再坐坐，我不能陪你了。你几时抽个闲空，或是到舍间来访我，我还有话要和你细谈。"

蕉影流水般地答应不迭，又亲自送她走到那厅外面，叮嘱鸨妇好好地将小姐送至原处，路途上车马多，不可大意。还是阿锦向他摇了摇手，笑说："你还入席去吧，免得他们要罚你吃酒。"

蕉影虽然止了脚步，却眼睁睁地等到望不见阿锦的身影，方才转身入席。

其时直把个连幻佛妒羡得要死，再望了望那个黑翠，若是比起阿锦来，简直相悬霄壤，我早知道有这际遇，也不该白替黑翠来捧场面，转不如向外边叫局，或者碰见像阿锦这种人物也未可知。他越想越恼，勉强终了席。桂云便逼着象文到她那里去坐地，象文不忍推却，于是向幻佛道了多扰，便和桂云手携手地出门去了。金牛因为在那些娘姨房里鬼混，所以他们小姐到这里来了一趟，他一共也不省得，此时见象文出来，方才赶着一齐上路。

再说幻佛见那壁上挂的自鸣钟长针已指到子正，觉得时候已经不早，痴痴地在黑翠房里坐了一会儿，见黑翠衣襟底下扣着一方桃红手帕，他便涎皮赖脸地和她讨索。

黑翠笑道："这帕子送你也使得，只是刚才的一切费用，请你改一天早些打发人送来，免得我们这里去讨。"

幻佛没口子地答应说："包不误事。不瞒你说，我早已作了好几篇得意文字，送入各报馆里去了，一经发表，你们这点点款项也不愁没有着落。"

黑翠嫣然一笑，便解下那手帕子，拿手团了团，啪的一声，直对幻佛脸上打得过来。幻佛接到手里，送在鼻子上闻得个不亦乐乎，然后跑出这沙家巷。抬头一望，见各家店铺大半是闭了市，他兀自心慌意乱，拣在一家小米铺子，将手在门上拍了拍，内里便有人问道："是谁？"

幻佛忙答应道："快快开门，我是来买米的。"

不多一会儿，里面走出一个小官，嘴里叽咕说道："这是什么辰光了，如何还来买米？请问先生，你的米要买多少？"

幻佛伸出二个指头说："二升。"

那小官益发不大高兴，勉强拿起升子，向他问道："这米盛放在哪里？"

幻佛想了想，随即将黑翠那方手帕轻轻向柜台上一铺，只闻得那股兰花香水气味一阵一阵地扑入人家鼻管。那个小官嘴里倒又叽咕说道："阿弥陀佛，把这样好东西拿来做盛米的用，真是可惜。"

他虽这样说，不防柜台里面还坐着一个小伙计，放下脸色，吆喝他说道："好好做生意罢咧，偏生有这些蛆嚼。"

幻佛瞧见这小伙计刚伏在柜台上写账，一笔字写得清清秀秀，随即搭讪向他问道："你家贵姓？"

那伙计将笔夹在耳朵旁边，笑着说道："不敢，贱姓是孙先生，你呢？"

幻佛将个头扬了扬，似乎诧异似的忙说道："哎哟！你们如何会不认识我？"

那伙计又仔细在他脸上端详了一会儿，重行赔笑说道："不怕你家生气，我能发得誓，委实认不得你这先生。"

幻佛这当儿在怀里摸了几摸，却好有一张报纸包着几个小银角子，他一面拿了三角钱交代那小官的米钱，一面便向报上寻出自家的名字，指给那小伙计看。小伙计登时笑得站起身来，对他拱手说道："失敬，失敬！原来你家便是运先生运幼佛。"

幻佛扑哧一笑，说道："呸！我不姓运，你倒好发晕呢。可惜你写的字倒还不错，若能够再和我们办报的人学习学习，包管你将来可以在我们报纸上投稿。"

那小伙计听了这话，笑逐颜开，忙道："我平时也这般想，只是轻易不敢去献丑。难得先生是报馆里的大主笔，又肯提拔我，如若不见弃，我便拜给你做个学生如何？"

幻佛笑道："做学生吗？这也不是三言两句的事。你此刻若是能够请我到一处地方去坐坐，我们来从长计议。"

两人越谈越是入港，那小伙计慌慌地跑出柜台外面，将耳朵上的那支笔掼过一边，望着那小官说道："稍停再关这两扇牢门，我和这位先生去去就来。"

随手又替幻佛将那米手帕包好，自家提在手里，出了门，便引他走入一家小烟馆里。幻佛因为今晚的酒灌多了几杯，正想吸口烟解解醉意，故意向两边望了望，低低说道："这里没有熟人吗？"

小伙计笑道："没有没有，便是有，也不怕他，既到这里来，谁还不是和我们一路。"

幻佛大喜，拣了一张洁净些床铺，彼此横身躺下。小伙计便烧好了泡捧来敬他，他也不客气，一连呼了七八口，又问他叫什么名字。小伙计笑道："我上学的名字叫作孙大福，我的爹爹是前清的秀才，本想叫我去读书，因为民国不兴考试了，所以只在小学校里混了两年。十八岁上，便送入这家米铺子学生意，如今已学了三年多了。我平时也喜欢弄弄笔头，只苦作出来都不大对。好先生，你家若是肯作成我，我便辞掉这生意不干，到你这报馆里来效劳。"

幻佛点头笑道："可以，可以，做一辈子生意也没有出息。我将你教导出来，将来不愁不做到我这地步，便是评评戏、作作小说，也可以混得一碗饭吃，不比较穿上这木头围裙又光辉又冠冕？好在我那报馆的住址离这里也没有多远，明天你便来见我。只是要多带些赞敬来，我才欢喜。"

孙大福连连答应，快活得什么似的，吃完了烟，由大福会了一块多钱的烟账，才各自分散。

幻佛提了那二升米，跌跌撞撞走回他自家的住宅。其时已有三更天气，他的尊府那两扇板门还虚虚掩着，他顺手推得进去，早见他母亲丝丝抖抖地拥着一床破被，在那里唉声叹气。一见了幻佛，便咬牙切齿地说道："你这没魂的畜生，这是什么时候了？可怜我饿得头昏眼花，还是早间吃的两块烧饼，到这时候还没有一颗米粒下肚。说起来你是孝顺儿子，若是不孝顺的，我早该饿死了，留着骨头打鼓。"

幻佛听见这话，一肚皮的没好气，使劲将那米向桌上一掼，将双手叉得七八尺远，愤愤地说道："你只是依靠在我一个人身上，也不凭一凭良心。老头子哩？他便该连一个婆娘都养不活？我们中国是怎生衰弱的，便都坏在各人不能自立，生成这依赖的性质。米在这里，请你老人家下床去烧一烧吧，没的我做儿子的还派来替你煮粥。"

他母亲孔氏听到这里，不觉直滴下眼泪来，哽咽说道："也只怪你那死鬼老子不争气，一生一世也没有大用，他不过替人家守守大门、扫扫街道，你能逼他有多少进项？你再不济些，毕竟办着报馆，你不养我，叫谁来养我？"

幻佛跺脚说道："请你再休提着他吧，提起来活活要把人怄死。今天我同几个朋友在一处走路，几乎和他撞着，幸是我眼快，掉转身子重行绕了两条街道，方才免得出这样大丑。我千不恨万不恨，只恨投胎投到你们这屋里，叫我一世也没有脸面见人。"

他说了这句，不由也就伤起心来，将米倒在桌上，拿过黑翠那方手帕，轻轻地揩抹眼泪。他母亲见他这模样，倒也不忍心往下说了，只得挣命下床，摸入厨房里去煮粥吃。

幻佛倒身在自家床上，早就鼾呼大睡。次日依旧到他的那个报馆办事。当晚便接着葛象文的请帖，请他在南城公所桂云那边吃酒，帖子上并标明了有黄蕉影、过病蝉一班人在座。病蝉也是幻佛的熟朋友，常常在他报馆里投稿。幻佛当然不消客气，一直挨到上灯时分，高高兴兴地跑来和象文厮见。蕉影已经到了，座中却不见病蝉到来。幻佛问了一句，象文皱着眉头说道："这也奇怪，我打发金牛去请他，谁知他病在家里，连学校里的课都不能去上。本来他的身子疲弱，平时说话都有些上气不接下气，哪里还禁得害病？恐怕我们这班同志将来要弱一个了。"

幻佛笑道："你又何苦枉口赤舌地骂他，他原来生就这样性情，动不动要学做那多愁多病的林黛玉。你不瞧他办的那个小学校，统共不过豆瓣子大的地方，他还在那小院落里种上几竿瘦生生的竹子，告诉我们这地方便叫作潇湘别墅，可不把人牙齿都要笑掉。"

蕉影接着笑道："他这名字就起得不好，怎么不伦不类叫作病蝉？你们去想想，这蝉已经是个不能耐久的东西，再叫他害起病来，那还了得？人家说是言谶，我怕他便是名谶，包管他今年活不到重阳，一定是要蜕化的。"

象文笑道："你比我更骂得厉害。总而言之，大凡一个少年人，这情字万万沾染不得。我瞧他着实有些闲愁绮恨，这也不是人生幸福。像我们这样混混沌沌吃吃花酒、嫖嫖姑娘，倒也罢了。"

蕉影笑道："谁还及得你快活呢？又有钱，又有势，若把你编入《红楼梦》，你便是个富贵闲人的贾宝玉。"

象文答道："呸！你休得乱嚼舌头。若是给病蝉听见，岂不要疑惑我讨他的老大便宜。"

幻佛拍手笑道："你休理会蕉影，他这句话是要讨你老大便宜，叫你做贾宝玉，他必然是想做中山狼。"

象文扭头笑问道："这话怎讲？"

幻佛未及答应，其时早把个蕉影羞得面红耳赤，忙拿话岔着说道："雷哥，你休听他的挑拨，料想狗嘴里也吐不出什么象牙。"说着，又向幻佛丢了丢眼色，似乎叫他不要再往下说。

象文揣度他们的神气，忽然想到昨天他妹妹阿锦的事，也就装作不大理会，不肯再行追问。

没多一会儿，好在酒席齐备，花枝般的女郎围在一处，嘻天哈地，却好把他们的话头剪断。至于他们今夜的情事，左右不过是豁拳的豁拳、唱曲的唱曲，我也不消再替他们叙述。

自是以后，各人都还打得火热，整整热闹了好多日子。

这一天，幻佛坐在报馆里，忽然想起那个米铺子里孙大福，暗自嚼念道："怎么这厮说来拜给我做学生，如何至今也不曾见他的影子？可想这些孩子说话全没把握。好在每天晚上我都要向别的铺子里去买米的，老实今晚还由我到他们那边去走一趟，再和这厮认真问一句，他如若能够实行，至少也得捞摸他几元赞敬。"

主意已定，便喊那个当差的上楼，问他门口的报纸卖了几多洋钱。当差的从袖子里掏出有三百多文，向桌上一掼。幻佛皱眉说道："还有吗？"

当差的哭丧着脸说道："通共卖了十多份，哪里还有什么纸锞儿？先生如若不相信，我便发个毒誓你家听听。"

幻佛摇头笑道："罢罢，我很相信你的，又发誓则甚？"

这时候，幻佛将铜角子拿手帕包好，转弯抹角，依旧向那座小米铺子走来，伸头一望，见柜台上哪里有个什么孙大福，只坐着一位老者，将双手抄入袖子里，垂头闭目，在那里养神。幻佛和那小官买好了米，低低笑问道："你们店里的那个孙伙计到哪里去了？"

小官抬头将他望了望，早有些不大认识，说道："这事我不清楚，先生要问他，最好问我们的老板。"

他们讲话的当儿，那老者业已惊醒，见有人来照顾他的生意，随即笑容可掬地跑出来打招呼。小官忙道："这位先生米已买了，米钱放在柜上。"

那老者将那钱数了数，兀自不大高兴，再也不来理会连幻佛了。幻佛抢近一步，笑问道："借问你家一声，孙大福几时回店？我是特来访他的。"

那老者对着幻佛脸上仔细望了一会儿，然后叹了一口气说道："哦，你又是访他来了。不瞒你先生说，在这好几天头里，不知从哪里跑来一个狗养的，和他鬼鬼祟祟，跑入西街那个王大癞子家吃鸦片烟。吃吃烟罢了，那个狗养的不知怎生怂恿着他，叫他辞掉生意不干。孩子们不识轻重，第二天便告诉我这事，我留他也不肯。谁知转回他的府上，吃他阿爹知道了，狗血喷头一顿乱骂，如今却打听这厮吃他阿爹用铁索子锁起来，关在一所空房里。哼哼，虽然没有性命之忧，怕这罪也够他受的了。咳！如今世界上的人心益发险恶了，那个狗养的不知如何用意，白白地跑来骗这孩子。我只是不认识这狗养的，万一认识，凭我这一双拳头，不把这狗养的打得骨折筋酥，我在这汉镇上也称不起个王海栋。"

幻佛心里发笑，暗暗说道："好骂，好骂！这才是冤枉呢。如果他知道是我，还可以和他回骂两句。唯撮弄人这葫芦套，兀是吃了骂，叫我辩他不得。大丈夫见机而作，我若再在这里耽搁，岂不是糊涂到底？"

想到此处，口也不开，提了那个米包儿就走。一路走着，一路想着，这孙大福硬生生说得我害了他了，世界上竟有这样不情的老子，他又不曾为非作歹，你锁他起来是个什么道理？巴结上进的孩子便该锁，那些一味下流的当真该杀该剐了。像这种专制家庭，要是我早就革了命，杀一两个老子不见得便是死罪。可怜大福这时不知怎生受罪呢。拼着连幻佛这一腔热血，明天须得跑去和他老子会一会，能够劝化了他们，解除大福的束缚，也不失为英雄作用。

这一天，幻佛也不曾好生睡觉，在床上只是翻来覆去，打就了肚腹里的稿子，准备去救孙大福。

再说大福，当他降生的时候，他母亲彭氏便得了一个异兆，梦见一个人递给她一支五色彩笔，醒来告诉她的丈夫孙集成。集成便欢喜得了不得，说这孩子将来一定不凡，恐怕是江淹转世。于是替他起了一个乳名，便叫江官，自幼便随侍在集成膝下读书。好在他家里本设立着私塾，添了一张书桌，也稀松平常。大福还有个哥哥大祐，集成因为他资质鲁钝，早年送入一家绸缎铺子里习学生意。大福也瞧这哥哥不起，在书房里读了好几本幼学句解，满腹里的古典那是着实装得不少，每逢作作诗、对对对子，别的小学生有弄不来的地方，都来请大福捉刀。大福因此在书房里便做了一个群雄之长，处处敲他们的竹杠。他们也就成大捧的糖果食品把来孝敬这位大福。在集成的意思，原想将自家的学问通同教给这心爱的儿子，希望他将来或是进一个学，中一名举人，光大光大孙氏门庭。无如时运不济，政体忽然改革，集成不由倒抽了一口冷气。加之每年束脩所入渐渐减少，为分饭减口打算，少不得和他妻子彭氏商议，要将大福改儒习贾。彭氏素来是最讲究三从四德的妇人，到此地步，自然是唯唯答应。其时大福已经长成十七八岁了，由他父亲集成开了一次小小茶话会，大福唤至面前，告诉他自家这番用意。大福又是一个聪明伶俐的孩子，有什么不能体贴，不过抱着满肚皮的委屈，一时也说不出口，转倏然对他父亲说道："咳！青春不再，老大徒伤，孩儿是击楫有心，樊龙无望。悉凭阿爹怎生吩咐，儿子无不顺从。"

集成听见大福掉了这大篇文言，鼻子眼睛都要笑出声来，连忙拿手指在空中画了几个大圈子，没口称赞道："好个孝顺孩儿，单讲你这运典入化，为父的非常佩服。我们就这样办吧。"

没隔多少日子，便托出人来向王海栋那里介绍一下子，自此以后，大福便在这米店里做了一个小官。除得勤勤恳恳地做事，偷得闲空，依旧躲在账桌上看看书、写写字，轻易不肯将他的学业抛荒。可怜他一身爱好，在做小官的当儿，别的不打紧，唯是每天清早起来，循例替他这位老板倒尿壶，可真弄得他哭笑不得，一面别别别地往下倒，一面拿手握着鼻子，连呼吸都不敢呼吸。偏生那个老板内热很重，尿壶里的尿没有一次不是又黄又臭，平时受这瘟罪也罢了，但凡遇到四五月的天气，老板和老板奶奶不是吃蒜苗烧肉，便是吃大蒜瓣烧黄鱼。诸位想想，这时的尿壶可叫人闻得闻不得呢？大福在背地里也不知流了多少眼泪。好容易挨过了三个年头，这尿壶的差使方才脱卸在那个小官身上，他侥幸升作了伙计。虽这样说，毕竟他的抱负始终也不以这商界为然，都想在文学界里占一个位置。

无巧不巧，那天晚上碰着连幻佛，触动他的心事，又见这连先生殷殷地要提拔他出这苦海，他一时也说不出来的感激。两人在烟铺上计议已定，更不怠慢，他真个便和老板将生意辞掉，跑回去禀明他的父亲。集成听见这话，觉得很出自意外，又恨他这位令郎没有长进，眼见把这每月一千五百文薪水白白抛弃，当时便泼头泼脸地给他一顿臭骂。依他性子，还要硬逼着大福依旧回店，无如大福死也不肯答应，含着满眶眼泪说道："爹休得逼人太甚，儿子既然打定了这主意，除死方休。万一爹逼得我紧了，我情愿去礼拜空王，皈依三宝。"

父子两个当天闹得翻江搅海，吓得彭氏只有抖的份儿。后来由彭氏做好做歹，将他关在一座小房间里，既不逼他到店，也不许到报馆里去会连幻佛。大福没奈何，只得闷坐在里面，望云浩叹，对月长吁。无聊的当儿，便翻翻以前的书籍和那陈年古代的旧报纸，借此消遣消遣。瞧到得意的去处，不由点头晃脑地笑道："原来报纸上的材料左右不过如此，凭我这份聪明，道不得个便学他不会？"因此大福倒长了许多见识，这且不在话下。

再说幻佛凭着满腔义愤，这一天忙忙地来会孙集成，刚走近他那书塾门首，只见有一所宽阔草地，集成正率领着七八个小学生在那搭二三四地教他们体操。老头子也跟在里面伸拳缩脚，演习那《易筋经》上的八段锦。幻佛心中甚是诧异，暗想：这厮并不顽固呀，怎么看待他的儿子转施展出那样野蛮手段呢？或者是大福忤逆了他也未知。他其时好容易等集成将体操教完，然后才抢步上前，问了一声说："老先生大号可是集成？鄙人特来奉访。"说着便将自己名片直递过来。

集成先前见了他倒还表示一种欢迎的神气，及至瞧见名片上这三个字，便满脸堆下怒容，恶狠狠地问道："原来这连幻佛就是阁下，你来访我，有什么话说？"

幻佛笑嘻嘻地答道："老先生请自方便，这地方也不是谈心之所。我们且到府上去坐一坐。"

集成没法，只得对众学生说了一句放学。那些学生巴不得听见这话，早鸦飞雀乱地一哄而散，连一个影子都瞧不见了。

两人分宾主坐下，先由幻佛开口问道："久仰老先生的大名，如雷贯耳。"

集成正色道："瞧不起阁下一启齿便是说谎，雷是个什么东西，耳朵又是个什么东西，如何拉拢来在一处？好好，你且往下再说。"

幻佛怔了怔，只得重行笑说道："鄙人不才，现充当着报馆里经理和编辑。"

集成冷笑道："了不得！又是经理，又是编辑，可算得多才多艺。但是这些话说出来与我又有什么相干？老夫一生坦白，却不怕阁下在报纸上咬我一口。"

幻佛笑道："那个怎敢？只不过前几天头里，曾经和令郎大福会过一面。"

集成点头说道："不错，这是老夫知道的。承你盛爱，白白地叫他将生意辞掉，寒舍的进项每月足足短少了一千五百多文。不知阁下和小犬有仇呢，还是和老夫有仇？"

幻佛听到这里，忍不住扑哧一笑。集成怒道："你笑我则甚？像阁下这点点年纪，哪里会知道生活程度日渐增高？同光时代，米卖三块钱一担，如今加上三四倍。小儿大福若是安安稳稳地在那边充当伙计，除得身去口去，不要在舍间嚼吃，便是老夫一时收不齐束脩，还好向王海翁赊欠赊欠。不料阁下一句话，弄得我们陋恭箪瓢，人不改其乐者，老夫却不堪其忧。古书上说得好，唯口出好兴戎，你阁下的这张嘴，还算得是兴戎不算呢？"说罢，便长长地叹了一口怨气。

幻佛听见他发的这些议论，左右不过是患得患失，倒没有别的什么恶意，心里也着实替他扼腕，便趁势说道："老先生的胸襟何以这样狭窄呢？因为这点点薪水，便误了令郎的终身，似乎很不合算。"

集成吐出舌头说道："阁下好大口气，小儿除掉这份薪水，难不成别有生财之道？"

幻佛将胸脯一拍，大声说道："老先生放心，你若肯叫令郎到我那报馆里，只消帮着我弄弄笔头，我包他一个月至少有二三十元进项。"

集成这时吓得直跳起来，指着幻佛脸上问道："你敢是在这里说梦话？"

幻佛笑道："青天白日，鄙人丝毫不曾做梦。莫说令郎还有这样聪明，便是不如他的，也可乱七八糟骗骗人家的酬赠。"

集成哈哈大笑说道："这句话就瞧出先生糊涂，别人我不得而知，至于小儿，却是知子莫若父了。他的聪明究竟在哪里？我告诉你，要把你牙齿都笑掉了呢。你这大名连幻佛，通通不过三个字，他倒认错了两个字，这是他亲口告诉我的，我发誓不能冤枉他。世界上岂有个字都认识不得，你还叫他去卖文为活？"

幻佛此时也不禁笑了笑，忙解释说道："偶然之间，谁没有个大意？若都像你老先生这样吹毛求疵，那一班……"

刚说到这里，不防后面早走出一个花白头发的妇人，笑盈盈地向集成说道："我适才在门背后听了好一会儿了，难得这位连先生看待你儿子有这样热心，你便让大福跟随连先生去吧。你们是嫡亲父子，何苦和他打这冤结？"

幻佛忙起身问道："这位老太太是谁？"

那妇人向幻佛福了福，笑道："大福便是小儿，他这几天正和他老子淘气哩。等我去唤他出来拜见先生。"集成此时也没有什么可说。

不多一会儿，孙大福早随着他母亲走入堂屋，他一见了幻佛，喜欢得什么似的，正待上前厮唤，却吃他父亲吆喝道："福儿，你如果肯巴结上进，我也不来阻拦你。但是你凡事都要知道点轻重，你的学问你自家心里明白，不是偶然得意，便高视阔步、妄自尊大起来。连先生在这里，你可当我的面，好好地拜给连先生做个学生，无论什么都要听他的教训。"

幻佛还没口子说不敢不敢，至于大福这时却是打心眼赞成，随即趴在地上，哄咚哄咚对着幻佛磕了几个响头。集成也就站起身子，对着幻佛深深地作了一个揖，很恳切地说道："小儿此后，或成或败，全行仰仗在先生身上。"

幻佛一面还礼，一面赔笑说道："我们青年互助，本属分所当然，这也不消老先生叮嘱。但是这个……那个……这这个……"

说到这里，喉咙里却再也说不明白，似乎拿手对他们父子做那哑谜。集成死也猜不出他的用意，尽管瞅着幻佛发怔，良久又问道："先生，这个那个是些什么？"

68

幻佛跺脚说道："咳！你们难道连这个那个都不晓得不成？"

集成也急起来说道："先生若是有什么话吩咐，便请明白宣布。像这样含含糊糊的，转叫我们听了难受。"

幻佛刚待直说出来，毕竟又觉得有些碍口，涨得脸皮红了红，竟被他想出一个主意，笑着说道："这拜门生也不是白拜的，比如老先生在府上设帐，那一班学生初次谒见，是否可有这个……那个物事？"

他说到这里，便用两手指轻轻一圈，随即又缩向袖子里，听候他们的发落。集成方才悟会他的意思，只是哪里舍得出这款子，转将个头掉过来，望着他的妻子彭氏冷笑，似乎说："你们要闹这样把戏呢，如今可闹出花样儿来了。"

彭氏深恐将这事又闹决裂，忙忙地向裙带旁边摸了又摸，摸出两枚小银角子，笑嘻嘻地直递过来，低声下气地说道："论规矩，小儿既蒙收留门下，这赞敬原是少不得的，无奈他父亲贫寒，一时措办不及，这点点菲敬，伏求先生笑纳。从今以后，我们便是通家至好，所以我们也不客气，连红封套儿都不消预备得了。"

幻佛拿眼睛一瞧，哪里肯轻易去接，摇头说道："这个未免太少了，连喝一杯清茶都还不够。来来来，你们也添一点，鄙人再少让一点，我也因为奖掖后进的心过于恳切，是以不肯斤斤计较。"

彭氏没法，又添了二角小洋。幻佛叹了一口气，不得已才向袋里一塞，随即对着大福说道："我们走吧。"

大福点了点头。集成又将幻佛送至门外，幻佛见天色还早，心里动了一动，觉得收着得意门徒，不可不告诉葛象文知道，便含笑向大福说道："我有一个好朋友，住得离此不远，我们且向他公馆里去歇一歇脚。他那三层楼的新式洋房，你也可以借此见见世面。"

大福笑问道："先生，这位朋友是谁？"

幻佛忙道："他姓葛，是北京一个堂堂留学生。"

大福笑得咯咯地说道："这个我如何会不认识？那位葛老爷去年不是办过寿张大会？"

幻佛听见他这句话，却有些蒙住了，在嘴里嚼念着说道："寿张大会，这名字倒很新鲜有趣，且不管它。不瞒你说，他的父亲我们却不曾会过。"

两人一路讲着闲话，看看走近那葛公馆的门首。幻佛伸头望了去，不由吓了一跳，只见那门房外面站着许多家人。没多一刻工夫，从大路上呼么喝六抬来一口黑漆大棺材，由家人指点着押着那班夫子，将这棺材直往里抬。

大福眼快，大声说道："哎哟！不好，多管是办寿张的葛大老爷翘了辫子了，我们来得真真不巧。"

幻佛对他啐了一口，说道："你这话何以见得？如果死了他们家主，这大门便该糊白，照这样光景，多管还是个幼丧。"

大福接着说道："难不成死的是先生朋友？"

幻佛扭着脖子说道："怎么也不曾听见象文有病，便死得这般飞快？"

他们正站在路旁边沉吟，接二连三地又见许多和尚陆续进去。一会子便听见铙钹叮当，还隐隐夹着许多妇女哭的声音。幻佛把不住心头上突突地乱跳，失声长叹道："唉！天有不测风云，人有旦夕祸福，我不料象文这点点年纪，兀自化作北邙乡鬼，真是悲惨极了。"

说毕便望大福招招手，怀里掏出一张小名片，叫大福拿着，又叮嘱他充作自己的小厮，说道："事有凑巧，我不曾接着他们报丧条子，却好跑来候殓，死的这大少爷是我二十年的老盟弟，我何能不到里面去行个礼？你替我将这片子高高举在手里，走到他们门房，须使劲地喊一声接帖。"

大福当下也不敢违拗，真个抢先走了几步，将那片子递给一个家人手里。家人知道他们是候殓来的，便上前引导。幻佛假意含着一包眼泪，哽咽问道："你们大少爷是几时死的？怎么也不到我那报馆里去给个信？"

家人忙答道："死的不是大少爷，是我们家里的小姐。"

幻佛听见这话，这一惊比象文死了还加几倍，暗想道：哎哟！好一个花枝般的女孩子，那一次在黑翠屋里和她厮见，活跳得和生龙活虎一样，怎么只隔了半个多月光景，竟自香消玉殒？

幻佛越想越悲，也不消再去装假，那眼泪便扑簌簌地直坠下来。早掏出那方扑鼻香的手帕，把来向眼角旁边揩拭。家人将他引入一座小客厅里，只见丧中诸事业已办得停当。柩面前垂着一大片淡青湖绉帷幕，灵桌上香花果供，一对蜡烛点得绿阴阴的，天蓝颜色的灵牌通幅勾着赤金龙凤，只苦字迹太小，中间一行称呼远远地瞧得不大清楚。他上了台阶的当儿，分明见有一个老头子捧着水烟袋，在屋里踱来踱去。一见了幻佛，转忙不迭地藏入灵牌后面，并不曾出来招待。接连听见里面女人的哭声，一声儿一声肉地哭得甚是凄惨，仿佛还有些女仆们赶在那里解劝。但是除掉自己，却没有别的生客在这边施礼。

幻佛既到此处，少不得对着灵前恭恭敬敬地鞠了三鞠躬，刚自转身，蓦见象文已经站在他背后，含笑弯着腰，似乎赔礼的意思。幻佛这时便拿出他慰唁的神气，放沉了声音，冲着象文问道："令妹是几时仙逝的？兄弟在先通不知道，恰巧今天来奉访，从管家们口里才得着这样消息。可怜！可怜！象翁是手足情深，定然是呼天抢地。不过死者不可复生，还望象翁节哀顺变，勉襄大事，所谓生则尽其养，死则尽其礼，也可以告无罪于在天之灵的了。"

象文忙笑说道："承蒙枉驾，感激无似，此处不大方便，还请到书房里去坐地。"

幻佛唯唯答应，一面走，一面又问道："小徒呢，他躲向哪里去了？"

象文笑道："不错，不错，我说这孩子生得很是清秀，不像厮仆模样，小价们不知好歹，一定说他是替老兄送帖子进来的，委屈他在门房里伺候。幸喜兄弟还有主张，已经派人将他带入书房那边去吃茶。"

幻佛此时方才懊悔自己的话又说得大意，只得老着面孔扑哧一笑。彼此坐定，象文偏不和他提起那丧事，转搭讪着问他几时收了这得意门生。幻佛便将这前后事迹告诉了象文。象文将大拇指头对他一伸，笑道："啧啧啧，这才是君子成人之美呢。可惜连先生是厕身报界，万一再在学校里尽些义务，还怕不能因材施教？"

他刚说到这里，孙大福坐在旁边，忍不住笑出声来。象文很觉得诧异，便正色说道："你笑我则甚？难道我的话竟是说错了不成？"

大福连连摇头，说："我不是笑你，我笑我们这老师信嘴说谎也不要本钱。他先前疑惑是少爷死了，便告诉我说少爷是他二十年的老盟弟，怎么你们会了面，也不像盟兄盟弟的称呼？我待要不揭破呢，我又怕我们老师责备我愚笨。"

这句话只把个象文引得哈哈大笑，忙道："你休听你这老师瞎嚼舌头，我今年通不过二十岁，道不得在那吃奶的时候便和他拜盟换帖。至于我和你老师会面，这算是第三次了。盟弟我不敢当，便是这结交的年限，也还须求连先生减少一点儿才好。"

他们虽然在这里说话，不防把个连幻佛气得半死，指着大福骂道："好好，我刚刚收你做学生，你不帮我吹牛也罢，如何还死命地和我捣蛋？你将四角小洋赆敬快快拿回去吧，我命中注定不该发财，这也勉强不得。"

大福吃他这顿数说，方闭了鸟嘴，死也不敢开口。象文故意从中劝解着道："连先生，你这么一来，转叫我面子难下。你要鸣鼓而攻，随后尽多商量余地，也不犯在兄弟这里施展你的老师威风。"

幻佛叹了一口气道："象翁的议论，兄弟极是赞成，只不过这些年轻的孩子全然不知道人情世故。不怕象翁见笑，大凡在外间混世的朋友，谁没个搭架子捧场面的地步，全望大家不戳破这层纸老虎。杀死人要偿命，哄死人没有偿命的道理。要像他这样笨头笨脑，动不动便驳起我的谎来，那还了得？我不是自己驮了一只老虎进门来咬自己？"

象文点了一点头，重行望着大福说道："你们老师这话却很有见地，你随后留心好了。聪明人必须掺点浑厚，若是一味刻薄，于你寿数上大有妨碍。比如舍妹阿锦，便因为聪明不过，所以当这二八年华，便尔溘然长逝。"

幻佛听到这里，方才回嗔作喜，便抢着问道："正是的呢，我原待问一问令妹死的缘故，究竟得的什么病症，偏生遇见这样蠢材，平白地和我们打岔，如何不叫人生气？来来来，象翁，你这令妹那一晚不是活跳新鲜跑入黑翠那边，应黄蕉影的局票，怎么会眨眨眼便老成凋谢，福寿全归？真算得是哲人其萎，典型犹在，叫我们有情人听了，怎能够不泣血椎心，百身莫赎呢？"

大福这叴正在凝神静听，他倒又忍不住要开他的话篓了，忙忙地说道："先生底下还有几句呢，我替你老人家益发说了吧。你老人家何不就说，只因奄岁未安，不得不苟延残喘，苦块昏迷，语无伦次，伏维矜鉴。老实些再把你老人家名字上面加上'束人'两个小字，这个有多么不好？"

象文拍手大笑说道："妙极，妙极！瞧不起你这位高徒，却这样伶牙俐齿，将来若叫他承受你的小说心法，一定是语妙天下。"

大福经象文这一顿恭维，脸上登时加了许多光彩，两道眉毛差不多渐渐要移上额角去了，坐在椅子上只是点头晃脑，一刻也不得安静。幻佛气得话都说不出，良久良久，瞪了他一眼，冷笑道："老实说，我若是有这花枝般的女孩子做我的娘，我便替她披麻戴孝也都情愿，但是你处处拿话来挖苦我，究竟未免有些恩将仇报。去吧，去吧，我们也不在这里再行耽搁，耽搁久了，怕你还有别的舌头嚼出来。"象文也不坚留，趁势便将他们送出门外。

幻佛在这一路上，死呀活呀地整整将大福骂了一顿。大福只是抿着嘴笑，哪里敢行分辩。自是以后，大福便跟随幻佛在报馆里校校清样、发发稿件，直乐得他手舞足蹈，觉得比做小伙计光荣得许多。有时候也乱七八糟地自己编了些玩意儿，死拉活扯，要刊登在那张小报上。幻佛始则决计不肯，继而被他缠绕不过，好在他这报上的文字也不太讲究，有一次两次也就允许了他。大福这一快活，当然不消说得，出版之后，他便偷偷地拿裁纸小刀，将他大著一段一段地裁得下来，和宝贝似的藏在棉袍子袋里。他渐渐地觉得他这孙

72

大福三字不很雅观，买印了好些名片，改称孙江公，又号笔花词人，又字绿痕外史，又署小江，又叫悟空和尚。通共一张小名片，再加他编辑职衔，黑压压的几乎再寻不出那片子上的空白。

这一天也是心血来潮，见幻佛也不在报馆，他忽然想起他当初那一班朋友，暗念我此番可算是得意极了，一向不曾向他们面前卖弄，岂不着实可惜，左右闲着没事，不如跑去和他们玩玩，也可以借此消遣消遣日子。主意已定，伸手向怀里摸了摸他的大作，却好好地纹风不动，又取了一叠名片，嘀笃嘀笃地直向一处走来。

这地方却是一所流氓俱乐部，是三间小楼，内里多半是些赌局，以外便安着几张烟铺。大福在先也曾常常向这里来走动走动，内中的人有一大半和他认识。大家见了面，便嗔怪他这些时不来光顾，还有伸手和他要赌账的。大福左顾右盼，真是应酬不暇，也不知向谁招呼才好，他少不得先将近来的际遇向大家诉说明白。众人兀自不肯相信，大福没法，只得故意去脱他那件袍子，吧嗒一声，将那叠报纸都坠落在地板上，众人要拾起来瞧看，他便指着上面名字，做他在报馆里编辑的凭证。有个年纪大些的人伸长了舌头，望着大福说道："哎哟！你作的文章，居然刻出来了，这是哪里来的造化？若不是太阳晒在屋里，我还只当在这里做梦。"

大福冷笑道："一个人能瞧得到底吗？我从小儿就喜欢弄弄笔墨，老天爷再不肯辜负人的。果不其然，我这鼎鼎大名也就洋溢乎中国，便是外国报上，还将兄弟的文字翻译出来，用电报打入他们那个华盛顿，叫大家小户的捧着当《大学》《中庸》嚼念。"

他越说越是起劲，那声音十分洪亮，有些输了钱的光棍便不约而同地躺到烟铺上来听他谈天。他又趁势向每人面前，将他的名片和散传单似的一个人都不肯漏落。别人望了望，顺手搁向一旁，内中有一个鲜黑眼睛的汉子，额角上一边贴了一张膏药，横眉竖目，笑望大福说道："怪道呢，孙大福，你如今是扒上高枝儿去了，哪里还记得我们这些穷光蛋？你这人再没有良心，通记不得起先你在王老板铺里，一时手头不济，也曾向我借过钱，我兄弟从不曾打过一句哑声儿。不怕你笑，兄弟近来输得累了，你此刻在报馆里进款一定不少，何妨便分一点给兄弟花费花费，加一赘二认你的利钱，都还使得。"

大福拍着胸脯子说道："这个不难，郭大哥，你要用多少，尽管到敝馆里来搬，钞票是没得有的，全是洋钱。马路上葛公馆，你们通同知道的，他家大少爷便和兄弟至好，前天还买了敝馆的股票，五百块钱一张，他整整买去十张。好大哥，你近来可干你那生意不干？"

原来这汉子姓郭，诨名叫作郭雀，他飞檐走壁上很有些本领，白日便在热闹场里剪绺，黑夜向各处去偷窃。郭雀忙叹了一口气说道："目下世道是越过越坏了，有几文劳什子，谁也不敢大意，恨不得都把来藏入铁柜里。警察虽然没有大用，然而平白撞见你便要查问，所以兄弟近来改邪归正，除得在这里觅些头钱，轻易也不出去干那宗没本钱的生意。"

大福笑道："也蛮好，像你这样英雄，等兄弟有了闲工夫，总想替你作一篇笔记装点装点，将来你郭大哥便可名垂不朽。"

郭雀掩着耳朵笑道："罢罢罢，做贼的瞒人还怕瞒不及呢，这一来可不要了我性命？"

大福笑道："我不过说着玩玩罢了，谁还当真替你办这笔墨。外面那班向我求文求诗的，我始终也分拨不开。比如葛小姐死得还不曾久，她的哥哥又淌眼抹泪地请我替他作一篇极艳丽的祭文。"

郭雀笑道："什么鸟叫作祭文？"

大福忙指手画脚地说道："祭文者，记事之文也。"

他们刚在这里高谈阔论，先前那个老者可巧将嘴里一口烟喷净，便接着笑问道："可不是的嘛。这葛小姐的父亲平时和我也有一面，他膝下拢共只有这么两个小姐，如何转先死掉一个？我原想叫人送去一份尊仪，又恐孩子们年纪轻，禁当不起，所以便懒得下来。名目上虽说是紧邻，却不曾去抚棺一恸。"说着，便将那一只不曾瞎得掉的眼睛微微挤了一挤，能替他发得誓，却丝毫不曾挤得出眼泪。

大福瞧这神情，知道座中却没有一个凭证，他登时又发起话来，侃侃地向众人说道："葛小姐死的那天怎么样子热闹，怎么样子华丽，你们来问问我这笔花词人好了。"

别人听他这话却不大注意，唯有那个郭雀，好像在耳门子旁边碰了一下，歪着帽檐，追问说道："是的啦，像他们这份人家，死个把小姐，那发送的衣衾首饰是再也不会吝啬的。好在大家闲着没事，小孙你便说出来给我们长长见识。"

大福想了想，说道："不提这葛小姐也罢，提起来我还伤心得很呢。有一天，我和家师在沙家巷里吃花酒，不知道怎么神差鬼使，带带局罢了，偏生将这位小姐带得进门。"

他说到这里，众人都不很相信，都说这是小孙编谎，世界上没有个堂堂的小姐会出来应局的道理。那个老者却放沉了脸色，冲着大家冷笑道："像老葛那样为人，再刻薄不过，一定会有这报应，你们却休得打断他的话头，我越听越是欢喜。小孙，然则这葛小姐难道和你有些首尾不成？"

大福故意叹了一口气，说道："席上的人也很多着呢，她偏生赶着我亲热。天老爷派定的姻缘，你便拿棒子打她也打不开。"

郭雀急道："你又来啰啰唆唆地讲这些闲话了，你只说她入殓的光景也罢。"

大福又接着说道："可怜她的娘和老子都哭昏了，她哥哥又是个假文明，中看不中吃的东西，只远远地站在一旁淌眼泪。我是记念着她的生前情分，少不得揎拳捋袖，亲自抱着她的尸骸，往棺材里捵了又捵。光是那一身外盖衣服，是打从苏浙两省定制的，全是上等的华丝葛和湖绉，一幅玄色摹本裙子，足足值八百块洋钱。这还不算，她小指头上还套着一枚光怪陆离的钻石戒指。当时我便提议，说这东西替小姐褪下来吧，免得葬到土里也是白糟蹋了。哈哈，我说这句话可就小气极了。她妈哪里肯答应，一定要拿这宝贝殉葬，仿佛和我赌气似的。偏生又在这当儿取出四颗肥圆大珍珠，樱桃小嘴里纳了一颗，两个耳朵里纳了两颗。"他一面说，一面便拿手比作给他们看。

郭雀笑道："小孙，你不用比吧，我们瞧见你这情状，很是害怕。"

引得众人也都一齐笑起来。郭雀又趁势问道："这小姐可曾葬了不曾？这葬的地方，想你也一定知道。"

这句话大福却不曾预备，登时白眉瞪眼，编谎又编不及，支支吾吾地不知怎样回答才好。可巧那个老者却替他帮了个忙，因为他知道得比大福详细，便笑说道："这下半截的事迹，你们请教请教我刘瞎子好了。不瞒你们说，像这种幼殇，本来是人家不肯久搁在屋子里的。我记得他们也不曾隔了两三个日子，早吃五喝六地将这牢瘟棺材寄放在后城马路一座尼姑庵里。"

郭雀忽然笑道："哦，一定是那个莲慧庵了。他庵里牡丹花开得最多，三四月里无论什么人，都赶到那里去赏玩。那条路径，我是再熟悉不过。"

大福扑哧笑了一声，说道："瞧你说得多么堂皇冠冕，要不是这样，我一定疑惑你在他们墙上挖过一个大洞。"说得郭雀脸上通红，下死劲地瞅了大福一眼，也不和人告别，径自大踏步走了。

刘瞎子便埋怨大福道："骂人不揭短处，你们这些年轻孩子丝毫不知道轻重。郭雀他不是个好惹的。"

大福将个脖子一伸，恶狠狠地说道："郭雀不好惹，我们在报馆里的朋友也不好惹，他敢和我作对，叫他试试我的手段。"

众人见大福吹得这老大的牛，各各心里不大愿意，互相使了一个眼色，任凭他在这里瞎三话四，却没有人再来理会。大福老大地觉得没趣，便躺向炕上，装作吃烟，磨陀了一会儿，重行将他那件棉袍子穿扎齐整，大摇大摆依旧转回他那报馆。

只是他刚才在这俱乐部里说了一番话不打紧，不料这一天晚上，张美之巷里，有这么一处小小的三间瓦屋，器具陈设却极敝陋不堪，点了一架冷清清的煤油灯，内中并没有女眷，一张白木长桌，四围倒坐了三五个粗鲁汉子，桌子中间也放着些大鱼大肉，一柄洋铁酒壶，成大碗地在那里筛酒。吃到半醉的当儿，由主席上一个鲜黑眼睛的汉子向大众提议说道："诸位兄弟们，可知道兄弟今天奉请的意思吗？"

众人见他问到这句，一齐搁下酒碗，开口笑道："这个有什么理会不得？左右不过是大哥要驱遣我们。像这样的玩意儿也不止一次了。我们这一腔热血不卖给大哥还卖给谁？大哥注意哪一家店铺，或是哪一家富户，只管吩咐下来，我们情愿执鞭随镫，纵然砍了这脑袋，誓不喊一声疼痛。"

诸君若问提议的这汉子是谁，便是我先叙的那个郭雀。郭雀见大众这样义气，心中欢喜不尽，随即将一只大腿高高地跷起来，向怀里一抱，一手又拎起酒壶，替众人斟了一通酒，然后笑说道："自从改了民国，我们这大摆队的名目渐渐有些衰落了，轮船码头上所捞摸的油水也很有限，明火执仗呢，那些警察更比我们厉害，牢瘟的警笛向嘴边上一吹，他们便四围兜拿起来，轻易也逃脱不得。我们又没那许多本钱，或是买他妈一辆汽车，这两条肉做的腿动不动就吓软了，赤手空拳，这种苦日子如何挨法？前几天，我们偷的那几件衣服和铜锡烛台，这是弟兄们晓得的，不过质押了十几块洋钱，还不够我们这党里两三天的盘搅，眼见越过下去越不济了。"

内中有个汉子不由从丹田里叹了一口气，说道："如今的世界真可算得是暗无天日，那些文明朋友口口声声都提倡平均，这不知道几时才能实行。"

郭雀笑道："我们也只好口头讲讲罢了，叫作远水也救不得近火。兄弟倒得了一个机会，不必忙着和活人平均，转先要和死人平一平均，不知弟兄们可赞成不赞成？"

他才说到这里，登时那一班人都高高地举起手来："赞成！赞成！"好比春雷似的尽喊，还有夹杂着在里面喝彩的。接着便问郭雀和死人平均是个什么办法，郭雀不慌不忙，便将孙大福说的那葛小姐死后棺柩停放在莲慧庵里的话详细告诉了他们。又说："这死尸身上光是珍珠钻石还不计其数，若是弄到手，足够我们半年的享用。老实说，和活人打劫，还止不住他嘴里叫喊，死鬼她是不中用的了，怕不是由我们摆布，打不起官司，告不起状。得手之后，依旧将那棺盖掩好，神不知鬼不觉的。兄弟为首只提个四六，其余都掳给你们三七二十一地平分。"

众人听见这样快活的事，没有一个不兴高采烈，只见那大碗里的酒更筛得快，也没有半刻工夫，鱼肉吃得精光，连碗底上的青花都显露出来。大家立刻纷纷议论，说："这样嚼吃，真切畅快，我们何不再凑拢些钱，再添些酒菜，落得舒服。好在停会子有葛小姐替我们会账。"一面说，一面便七手八脚，你掏出些铜角，他掏出些小洋，没有钱便去剥脱衣服，跑向小押铺子里去质当，闹得乌烟瘴气。

内中又有人发话道："只是一件可惜，葛小姐虽然不敢和我们抵抗，至于庵里那些尼姑，不见得和葛小姐一样，也不可不预为防备。"

郭雀笑道："呸！我久经筹划到这里了，若不是因为尼姑们讨厌，兄弟早一个人悄悄地跑去干事，还结合你们则甚？停会子我们是分头办理，一半去开棺，一半便去把守着尼姑房门。她们不叫喊则已，若是叫喊，弟兄们便拿这开棺的斧头，向她们脑袋上排头砍了去，闯下祸来，各人便搭那下水轮船，安安稳稳地到上海去享福，不比较在这汉口地方提心吊胆的好？"

郭雀说毕，大家又拍了一顿手掌，狼吞虎咽，将肚皮吃得和癞蛤蟆仿佛。眼看地到了三更时分，郭雀催着他们赶紧结束，耽搁久了，怕露别人耳目。当时一声吆喝，各人结束停当，刺刀和手枪都带在身边，锁了大门，参伍错综地直向后城马路行来。

其时正是二月下旬，残月满天，夜风如水，众人趁着酒兴，扬扬得意，只见那树荫里已隐隐地露出那座莲慧尼庵。好在他们都是积年的老贼，陆续翻着后院子的墙，纷纷进去。也是阿锦死该晦气，碰着这一班没脑子的来替她翻尸倒骨，你道可惨不惨？

欲知后事，且阅下文。

第五回

大劈棺强徒失望
小破钞善士送亲

　　这一班没脑子的翻入那座院墙的当儿，少不得还有些手脚要做。并不是著书的故意腾挪，却须趁这工夫，将这几个没脑子的出身略叙一叙，才见得这社会上的普及教育是万万不可少的，否则像这样混过去，十足为人心世道之忧哩。

　　原来这其中除得郭雀而外，还有一个名字叫作卢瑞运，年纪也不过三十来岁，中年失了业，他觉得别的生意本重利微，要想发财，只有贩运私土。果不其然，被他在这私土上竟捞摸得油水不少，无如像这样的人，从来不知道什么叫作勤俭，于是便大吃大用，左手刚寻到五百，右手倒花费得一千。不幸又遇见冤对，有一次被警察捉获，除得将他的货物充公，还白白地在狱里坐了三年零六个月。一经释放，他憋着一口鸟气，便投向大摆队里来入伙。

　　还有一个呢，他比较起卢瑞运可是又高得多了。幼年在父兄面前也读了好几年书，叵耐时运不济，光复以后，只教着几个小学生糊口。据他告诉人是前清的秀才，其实在这民国里，你是秀才也罢，不是秀才也罢，也没有人来查考你。穷得饭都不能吃饱，他偏生还要讲个私情密约，不知怎生和一个学生家里的女婢勾搭上了，漏了风到东家耳朵里。东家便告了他一状，他吓得屁滚尿流，连夜地带着那女婢逃往上海。两下都没带多钱，到了不得已的时候，便将那女婢卖给野鸡堂子里充当野鸡，他又跑到了汉口来摆了测字摊子度日。他的真名真姓久经和他脱离关系，他自称是小神仙，人也唤他作小神仙。

　　小神仙有个表弟，诨名呆狗。诸君就他这等诨名上着想，可见得定是一个没用材料，哪里晓得他一百件事没用，单单对他这张嘴却是再馋不过，偷偷摸摸，无论怎样，他瞧见什么，偷吃什么。先前在上海一家酒馆子里担任

78

打杂的职务，有时候老板命他挑着酒席担子向东家西家支送，这可是他的造化了，老实将担子往僻静弄堂里一歇，揭开盒盖，拣那好吃可口的东西只顾拿手抓着往嘴里送。也是活该吃这酒席的人晦气，那些碗碟里面光是呆二哥哥的口涎，也不知淋淋漓漓地滴了多少，剩下的鸡猪鱼鸭更不消说得。呆二哥哥一路走一路吃，及至转回店铺，早已净盘大将军，想剩一点儿瞧瞧也不会有。老板还扬扬得意，总以为我们这菜办得口味太好，所以吃得人连骨头都装下肚腹里了，哪里会猜到这装的不是主顾，全是呆二哥哥呢。世上的事要得人莫知，除得己莫为，后来吃老板查出形迹，登时大发雷霆，将呆狗轰得出门。可怜呆狗向哪里去寻事做呢？也是他福至心灵，忽然打听得小神仙在汉口得意，他便搭着下水轮船，赶到小神仙这里来厮混。小神仙见他很有点膂力，便荐给郭雀。郭雀是佛门广大，九流三教，无所不包，因此就留他在身边做个小卒，每逢出去偷盗，凡有粗笨的勾当，却支使呆狗前去冲锋应敌，事成之后，只消请他吃些大鱼大肉，他便快活得了不得。这一次盗葛小姐的棺材，不消说得，呆狗自然是奋勇当先。

大家跳落在院子里，听郭雀的命令。郭雀将板斧先交给呆狗，吩咐他如此如此，但凡捞着珍珠钻石，无论是尖的圆的，你只顾取出来递给我们，随后由我们公公道道地分派。又着遣小神仙和卢瑞运向各处巡逻察视，防备惊动尼姑出来叫喊。大家低声答应。

郭雀其时便悄悄地先将庵门开放，一经得手，好从大门外面逃走。

星光底下，大家寻觅了一遍，果见东首有三间厢房，那个葛小姐灵柩停停当当地搁在里边纹风不动，蓝绸子的帷幕被风吹得窸窣有声，一柄纸幡倒垂在灵牌旁边。大家见这种模样，不由战战兢兢，一根一根的寒毛都直竖起来，远远地站着不敢近前，只望着呆狗努一努嘴，叫他钻入灵帏里去动手。呆狗却丝毫不知道害怕，肩头上扛起那柄大斧，雄赳赳地好像程咬金上阵，大踏步直撞进去。只听见咯噔一声，想是棺材盖吃他撬开来了，又苦那棺盖很重，使劲推它也推不过去。呆狗一面撬，一面喃喃讷讷地骂。外边的人见他这神气，又是着急，又是好笑，便告诉他盖不消开得，你只拿手进去捞摸好了。呆狗点了点头，忙将斧搁在半边，刚刚伸进一只手，笑得嘴都拢不起来，自言自语地说道："妈的巴子，这宝贝真多着呢。"

众人听见这话，连肚脐眼里都笑得咯咯的，忙催着他说道："快点，快点拿出来递给我们。"

这时候不约而同地一齐伸手去等候。呆狗不问青红皂白，摸着硬东西便一粒一粒只管递过来。他们三只手接个不迭，黑沉沉地瞧不清，好像都是那些钻石块儿和一粒粒的珍珠，接了好半会儿，越接越都差不多，把几个人腰包都塞满了。这几个没脑子的心里暗暗纳罕，毕竟葛公馆里的豪富名不虚传，死了一个小姐，赔上这许多宝贝，通中国里也没有他家这样阔气。

诸君莫要疑惑呆狗真呆，他一面递给他们，一面只顾往怀里塞，把一件破棉袄塞得和大肚罗汉一般，腰都直不起了。还是郭雀见时候不早，东北角上已渐渐透露出鱼白颜色，恐怕耽搁久了尼姑要起来敲钟擂鼓，上她们的早课。好在腰包已足，不如赶快走吧。主意已定，随即从嘴里呼哨了一声。众人听见这暗号，不敢怠慢，掉转身子，如飞跑去。唯有呆狗这狼抗肚皮，只好双手死劲地捧着，向前挨命，斧也不要了，出了庵门，安安稳稳地依旧遄返他们的那处房屋。

郭雀见那晓日已照入屋里，于是不由分说，各各将那些珍珠钻石全行把来，放在一张桌上，再一凝神细看，只叫得一声苦，哪里是什么珍珠钻石？大的小的、尖的圆的、整的碎的，一古拢儿都变作砖头瓦砾，吓得他们这一干人面面相觑，差不多都要呆了，再猜也猜不出这其中的缘故。唯有那个呆狗好生得意，他只躲在半边，非常好笑，暗想：这是他们没福，至于我这棉袄里藏放的一定和他们不同，合该是我的造化，对不起，这样偏手我是打定了，万万不能再拿出来和你们平分。

呆狗虽这般想，我知道读者诸君断断不会相信，以为世界上哪里会有这样的事。哈哈！呆狗呆罢了，偏生那一干没脑子的，其呆和呆狗一般无二，呆狗想到哪里，他们也想到哪里，登时气冲牛斗，不问青红皂白，由郭雀领头扑到呆狗身边，兜他屁股桩上，吧嗒一下子踢倒在地，嘴里骂道："我把你这死囚娘养的，你把宝贝藏起，转拿这砖头瓦砾来搪塞我们，论大摆队的家法，你便算得是欺心卖友。"

说着，那拳头如雨点儿一样乒乒乓乓，只顾向呆狗浑身打去。呆狗听郭雀骂的这话，益发相信他的想头不错，吃几下打，倒不叫喊，只下死劲地拿双手护着胸脯，深恐他们来抢夺。后来打得格外厉害了，他才娘天娘地地趴在地上乱骂。郭雀一时性起，举起右脚对准他的脊骨，轰的一声，好比泰山之重，可怜那个呆狗，有一块三角棱的石头正硌在他的心坎上，里外夹攻，一口气回转不来，早就响也不响，真个死了。郭雀搜他身上，也只有些砖头瓦砾，才晓得打错了，懊悔不迭。毕竟小神仙和他是表兄弟，见这模样，不由泪落如雨。

郭雀和卢瑞运见已闯下这祸，哪里还敢耽搁，拔起步来，溜之大吉。小神仙哭了一会儿，也随着他们一齐逃走。这巷里原有几家邻居，先前听见他们屋子里打架，大家缩着头也不敢过问。因为知道郭雀不是好人，平时像这样的吵闹也不止一次，不算什么奇怪的事。及至到了午饭光景，见那大门两扇都好好地开着，不见郭雀这一干人出入，方才有些疑心。那胆子壮些的便静悄悄跑进去张望，一眼瞧见那阶沿底下躺着一个死尸，当下便大惊小怪，一传十，十传百，闹得惊天动地。街上警士得着这个消息，报了区长，然后由区长率领多人进来查验，查验得死尸身旁并无别物，只有大小石头若干块。屋里一张方桌，也堆着大小砖头瓦砾若干块。

　　其时把众人都蒙住了，猜不出这件案子的情由。因为杀人的只有谋财害命，没有个谋砖头瓦砾来害人性命的道理。老实循例招人认领死尸。请问这位呆二哥哥又有谁来认领呢？少不得将将就就，由官中发了一口薄皮棺材，草草收殓。又循例发出公事，向各处缉拿凶手。至于拿得到拿不到，我这时候且没有这闲工夫来替他们调查，转要叙一叙那座莲慧庵里的老师太。

　　这师太法名圆净，手底下有两个徒弟。一个名叫月因，二十五岁，嫁过丈夫才出家的。一个名叫月喜，才十五岁，却还是个童女，算命的说她命犯华盖，她老子娘才硬生生地将她送入庵里来修行念佛。她是一个糊涂孩子，替她发得誓不知道什么叫作修行。师父教给她那揭谛波罗揭谛，她又有些咬舌子，左念也念不会，右念也念不会，那个光头上也不知道吃了多少木鱼槌儿。她却有桩好处，吃木鱼槌儿的时候，她拼命假啼哭，一经她师父将木鱼槌儿放下，她又嘻天哈地，不是爬上屋去掏麻雀，便拿根长竹竿儿捣那燕子的窝。怄得圆净束手无策，是粗笨的事都逼她去干。

　　庵后面除得有七八亩菜园，其余却没多田产，平时只靠着几家施主布施她们的油盐柴米。像葛公馆里那位葛太太，要算得她们这庵里一位女菩萨呢，所以阿锦小姐死后，这棺柩不停放别处，必须停放在这莲慧庵里，也是这个缘故。圆净哪里敢怠慢，真是朝烧香、晚换水，把那一张灵桌上收拾得干干净净，遇着有什么鲜花果供，不去孝敬观音菩萨，却先来孝敬阿锦小姐。并不是观音菩萨不如阿锦，因为孝敬观音不见得便有好处，孝敬葛小姐，那位葛太太的银子自然会成大把地送将过来。尼姑和尚向来是八法圆通，像这点点诀窍，他们焉有个不明白的道理？

　　这一天早晨，圆净还不曾下床，便直着喉咙喊她的大徒弟月因，说道："阿因阿因，你们也该是起身的时候了，佛菩萨面前烧一炷香，换一盂清水，这些老规矩，推扳点倒不要紧。唯有西廊上厢房里，你须赶快去打扫打扫，院子里开的那白桃花，趁露水折一枝下来，插入我房里那个雨过天青的胆瓶，好好地把来捧至葛小姐灵前，便是公馆里有人过来，也见得我们师徒不曾拿小姐搁放在脑后。"

圆净只顾啰啰唆唆地在床上嚼舌根，月因听了不大耐烦，况且春暖花香，正是困人天气，夜间不免又做了些好梦，可怜她两只甜蜜蜜的俏眼兀自有些饧涩，勉强伸了伸懒腰，重行把光头向绣枕上一搁，却好见月喜拿着笤帚在屋里扫地，她便望她努了努嘴，将师父这差遣转行支使她前去办理。月喜笑着点了点头，将笤帚远远掼在半边，真个爬上枝去折了一枝桃花。又匆匆地取了那花瓶，插得端端整整，一步一步踅入阿锦停柩的那所厢房。刚刚跨进橛子，忽见纸幡倒在地下，灵牌子也翻了筋斗，头朝下脚朝上。玻璃罩灯和瓷香炉搬了家了，颠颠倒倒，迥异平时的位置，一幅孝帏掠得高高的，那个金漆大棺材光滑滑地露在眼前。月喜十分惊讶，自己叽咕着嘴说道："你瞧我们这师父，当真越老越糊涂了。昨天晚上她还坐在这里替葛小姐念了七七四十九遍《心经》，怎么不曾留神，把这些东西弄得乱七八糟？若是我们徒弟做错了，这脑袋上不又该吃木鱼槌子，这算是哪里来的冤枉？"

她一面说，一面早走近那棺材旁边，脚底下被那斧头柄子一绊，把不住向前仰了仰。咦！不好了，棺材盖子又歪过一边，她再一凝神，好像葛小姐睡在里面还望她翻白眼睛。月喜这一吓，魂都打头顶上冒去了，呀呀！呜呜！呀呀！要叫喊也叫喊不及。又听见啪的一声响，把她师父圆净心爱的那个雨过天青的花瓶跌落在地上，直跌得稀烂，花也谢了，水也流了，两只手抱着光头，飞也似的直叫入大殿后面。

月因正在神思迷离、似睡非睡的当儿，见她这模样，便问她为什么缘故。月喜一句话也回来不出，尽管在那里又手舞脚，哭又不像哭，笑又不像笑。

圆净听见这声息不好，一骨碌跳了下床，先劈脸刷了她两个耳光子，意思是想替她退退鬼，怕她在这大清早起撞见什么邪祟。果然这耳光子再灵验不过，一打便把月喜的话打了出来，嚷道："师父！你不信快去望望，葛小姐活转来了，躺在棺材里，还向着我招手。"

圆净哪里肯信，重行啐了她一口吐沫，骂道："死丫头，这不是活活见鬼？你想编这样的谎就不赔偿我那花瓶，我有得饶你呢。我就将你身上的肉剜它几个大洞，留着将来一个洞里插牡丹，一个洞里又插芍药。"

月因见她们在这搭儿蛮闹，万不能再好生睡觉，随即掩好了小紧身袄子，鹅黄色的汗巾拿手向腰间束了一束，趿着一双蓝地白花的拖鞋，欣欣地说道："师父何必和她生气？是真是假，我们跑去看看便知分晓。这都怪我懒了一懒，支使这混账行子的不好。"

圆净见她这话也很有理，当下便扭着月喜的耳朵，三个人一齐迤逦行来。才跨入门槛，谁说是谎哩，分明棺材和盖子两下已分了家。月因是最爱洁净的，拿鼻子嗅了嗅，幸喜还好，一点儿闻不见尸臭。至于那个圆净，直吓得手足冰冷，自然而然地放下月喜。月喜此时却胆子壮起来了，只摸着自家耳朵喊了一声"南无阿弥陀佛"，说："观音菩萨在屋子里呢，无缘无故地还来打我。"

圆净也不暇来理会她的话，急得哭道："哎哟！这一定是什么瘟强盗来盗了尸去了，葛太太把小姐交代给我，我拿什么脸面去和他们厮见？"越想越恨，一屁股瘫在地上，叫起撞天屈来。

后院子里还住着一个老道婆，得了这样消息哪敢怠慢，也挂着一支龙头拐杖，一拐一拐地赶到圆净面前，嚷道："师太，你尽哭也没中用，这事体太闹得大了，还不赶快去到葛公馆给信，叫他们禀了官，赶快捉拿强盗要紧。这一定是那瘟强盗，打听得葛老爷是个富户，随着小姐入殓的定少不了珍珠宝贝，所以忍心害理，下这样的毒手，保不定小姐身上的衣服都吃他们剥脱干净。可怜她是一个黄花闺女，出娘胎胞的时候赤条条地来罢咧，难不成死后还要逼着她赤条条地去？"

一句话提醒了圆净，还未及回答，偏生那个月喜异常地淘气，这当儿她早趴伏在棺材旁边，好像瞧着西洋景似的，在那里细细赏鉴哩，蓦地叫唤起来，不住地向她们招手说："你们来瞧瞧吧，葛小姐的尸首都吃瘟强盗扛得跑走了。"

圆净更是吓得魂不附体，暗想：这祸可是闯大了，葛太太将小姐付托我们，如今弄出这样变故，叫我拿什么脸面去见太太？老道婆也失惊打怪，当下不约而同地和圆净一齐赶至棺材旁边，叵耐那个盖子挡住半边，里面又是黑洞洞的，有尸首没尸首，谁也辨不清楚。圆净好生着急，带哭带喊，叫月因进来帮个忙。这时，月因早躲出厢房，她深怕沾染着这死人的秽气，转伏向一座假山石上瞧看那些含苞未吐的芍药，听见她师父叫唤，没奈何重行踅得进来。三四个人使出吃乳的气力，月喜又拾起地下的斧头，将那一边不曾离开的盖子，使劲砍了几下，好容易那棺盖才砉然脱落。可怜圆净的脖子此时伸得有一二尺长，从头至尾瞧了一遍。说也奇怪，一个棺材倒装了半棺材

83

的鹅卵石子，只有一幅薄薄的大红锦被吃强盗掳掇在半边，其余所有死人殡殓的什物，想寻出一点儿都没有。莫说强盗不应该扛去死尸，便算葛小姐真个死了，这半棺材的石子又打从哪里来的呢？圆净想到此处，心里早有些明白，不似先前的慌张模样，便和老道婆丢了一个眼色，大家都退出房外，吩咐月因、月喜："休得将这事张扬出去。我们出家人，哪里不存点儿方便？应该替葛太太守着秘密。"老道婆咬着嘴唇，冷笑道："过到老学不了，这是打哪搭儿说起？幸亏是我亲眼看见的，若是别人跑来告诉我，我还得兜脸给他一勺冷水。世界上的人，谁不嫌个忌讳？道不得个不曾死人，转抬着个棺材进门，玩出这异样的新鲜把戏。"

圆净摇着手笑道："老太婆，你省一句吧，没得人怪你是哑巴。不过我只有一件事不服，我在各处公馆里，但凡撞着那一班少爷、小姐，开口闭口都说换了朝代，大家讲究一个文明了，什么偷情呀、密约呀，谁不是明公正气？便算千金小姐偷偷地跟人家跑了，也没有人敢去笑话他们。比如葛家锦姑，万一就是有点儿文明行动，他们老爷太太当然不至像这样地掩人耳目，况且锦姑还不曾有婆婆家，做出这把戏来又给谁看？这真叫人难猜难解。"

圆净一面说一面盥洗，又吃了一杯牛奶、几枚素点心，舒舒齐齐地换上她出门的那件杏黄法衣，脚上一双黄鞋，白袜筒子一直套到膝盖上面，手里捻着那串一百零八颗油光水滑的乌木佛珠，嘱咐老道婆照应门户，然后一拐一拐向葛公馆这边行来。

走进门首，已有午饭光景，众多仆婢都笑喊道："圆师太，什么风儿将你老人家吹得到此？离五月节还远哩，敢莫不是又来化缘？"

圆净合掌当胸，笑道："阿弥陀佛，不当人花拉子，小尼特地来替老爷太太请安，难不成必定化缘才跑来走动？奶奶姑娘们也太小觑我了。"

众人又笑道："好好，我们总以为你无事不登三宝殿，既这样说，等我们上楼去替师太通报。"

圆净笑道："一个月里也不知要跑多少次数，还巴巴地累你们通报则甚？"

她说着这话，便蹑手蹑脚，悄悄地踏上楼梯。忽听见葛老爷好像对着他太太在楼上讲话呢："做一件事，你都得拦在头里，弄到末了，不由而然地就归失败。如今已是跑了一个了，若是这一个得了消息，再不知不觉地溜之大吉，那时候叫我拿什么女孩子去送给鲁大人？"

圆净心里一动，深恐冒冒失失地撞进去，吃他们夫妇嗔怪，她转又缩回身子，跨下了几步楼梯，重行放重了脚步，扑通扑通地往上边走，便听见袁氏问道："是谁呀？"

圆净忙笑答道："葛太太，是小尼，特地来替太太请安的。"

镜清见是圆净，忙望袁氏丢了一个眼色，自家便躲入套房里去吸他的烟。这里袁氏站起身子，笑道："原来是圆师太，请进来坐吧，今天你怎么有工夫来随喜随喜？"

圆净向四下里望了望，笑问道："老爷呢？"

袁氏笑道："他大清早起便出去了，听说是督军衙门里请他去议论什么公事。"

圆净笑道："太太，老爷近来身体倒很康健，居然能够起早，那话想是不吸了。"

袁氏笑道："师太一猜便着，老爷是有功名的人，这东西于法律上很有妨碍，他在一月前头便立意戒绝，目下养得又白又胖。"

圆净不便再往下追问，便和袁氏在一张炕上并坐下来，转低低地说道："有一件事，小尼特来禀告太太，太太却不可着急。小姐的灵柩，昨夜不晓得被什么瘟强盗翻尸倒骨……"

袁氏不等她的话说完，登时急得脸上雪白。圆净心里却暗暗发笑，知道她急的缘故并不是原为阿锦，却因为破了他们的秘密，所以偷瞧袁氏的脸色，苦恼的少，惊慌的多，益发了然这其中的情节。谁知镜清在套房里听见这话，不由大踏步直抢出来，手里还紧紧地拿着那柄烟枪，冲着圆净问道："怎么？怎么？你们可瞧见那棺材里面的内容不曾？"

圆净笑得咯咯地说道："老爷原来还躲在屋子里呢，出门出得快，回来也回来得快。比如吸这鸦片烟一般，戒也戒得快，重行反瘾也反得快。"

原来葛镜清年纪虽老，平素对这些女色上却很用心。其实圆净这一副黄脸皮也不见得有什么趣味，然而有时到公馆来，镜清都得和她嬉皮笑脸，说几句玩话寻寻开心，所以圆净对这葛大老爷能够当面调侃，丝毫不讲究一点儿规矩。引得镜清举起那根烟枪，对准圆净光头上试了一下子，嘴里还笑骂道："不能依我性子，依我性子，便叫你这秃驴头上开花。"

圆净忙合掌笑道："阿弥陀佛，小尼是有菩萨保佑的，老爷若不相信，你果然打下来，包管有一枝莲花托着你这枪柄。"

两人正在这里磕牙耍，袁氏委实有些瞧不下去，正然说道："放着正经事不讲，转在这里瞎三话四，女儿难不成光是我养的，你听了便不该着急？"

圆净笑道："可不是的嘛，小尼也是这样想。我老实说了吧，小姐的棺材里别的东西倒不曾瞧见，光是那鹅卵石子扒了扒，倒有二三十斗。"

镜清夫妻听到这里，那脸上忍不住和猪血似的飞红起来。袁氏急道："这还了得？夏厅长和老爷是至好的朋友，还不赶快去报案？"

镜清叹了一口气，冷冷地说道："好奶奶，你休得闹这样的摆劲吧。这等事瞒人还瞒不及，难道巴巴地去惊师动众不成？好在圆师太也不是外人，你将这内里的情由略略告诉她，请师太回去，虾不跳水不响地轻轻将那棺材盖子依旧盖好。我请问你，这里面你究竟搁了多少宝贝？那些牢瘟强盗白吃了这样大亏，他不来问你的罪便算万幸。亏你还跑去报官，这也未免太不讲良心了吧。"他说完话，兀自回身进房，依旧去抽他的大烟。

这里袁氏和圆净并坐在一处，歇了半晌，忍不住欷歔地流下好些眼泪来。圆净赶忙拿起大袖子替她揩拭，劝着说道："太太也瞧破些吧，是财不散，是儿不死，锦小姐既不派做太太的女儿，佛菩萨当然收她回去做善财神女。你便哭死了也不中用，她们在莲池会上哪里听得见呢？"

袁氏对她瞅了一眼，低低说道："如果是真死，倒也罢了。"

圆净故意惊问道："太太这话怎讲？难不成死活还有个真假？"

袁氏道："师太你当真还不明白？我们是嫡亲姊妹一样，说出来你也不见得笑话我。"

圆净忙说道："哎哟！太太平素看待小尼是何等的恩典，便算有什么委屈，就和小尼受了委屈一般无二，莫说没有敢笑的道理，怕哭还哭不及呢。"她一面说，一面早用手在嘴里蘸了一些吐沫，轻轻向眼角旁边一抹，那声气登时就呜咽起来。

袁氏点头叹道："出家人真个大慈大悲，就这一点上，便瞧出师太忠厚老实。师太且不用伤心，我益发告诉你吧，锦小姐自幼便千伶百俐，这是师太知道的。"

圆净接着笑道："不错呀，光是那一对小眼珠儿和秋水一般地亮，两道乌溜溜的眉毛差不多都会说起话来。"

袁氏又道："便因为这样，她爹和我偏爱她些也是有的。她要捉月亮，道好替她搭梯，她要上天，爹和妈情愿替她变作飞艇，骄纵惯了，免不得各事都顺从她的意思。一天倒有大半天和她姊姊妹妹在各处厮混，不知为什么在这一天，她房里忽然搁下一封字帖，上面写得明明白白，说是跟随一个男人家向日本去游学去了。可怜我得着这等消息，哭得死去活来，到底她爹有些见识，疑惑她说的都是假话，便悄悄地打发她哥哥向各处去寻觅。她哥子才说得好呢，说：'民国时代，男女社交文明达于极点，这般举动原不足为奇。只不过他认识得这人，可惜娶过堂客，不能实行再和阿锦结婚，这一着未免是个失败。至于日本不日本，却是捉摸不定，但要寻觅他们，一时恐怕也寻觅不出。不瞒爹妈说，我这朋友近来也不知去向，他妻子哭得和泪人似的，将来不晓得闹得一个什么结局呢。好师太，你替我们想想，她爹是个有体面的人，生平做的慈善事业记得数不得了，便算老天爷瞎了眼睛，不给好处给他，也不该叫他的儿女闹出这样乱子，给人家听见笑话。照这样瞧起来，以后还有人肯去干好事吗？千思万想，为保全体面打算，不得已才想出这方法，不如买一口棺材进门，假说是阿锦死了，遮掩遮掩外间耳目。"

圆净不住地将脑袋点了几点，微微笑着道："怪道呢，我说道怎么不曾听见锦小姐有病，如何便伸腿去了？罢啦，留得青山在，不愁没柴烧，吉人自有天相，包管团圆的日子在后头呢。"

袁氏点点头说道："女儿原是替别人家养的，三年乳哺，十月怀胎，巴巴地才养到十七八岁，你不给她嫁人，她自然而然地在家里会兴风作浪，必定要倒赔妆奁，把来送给人家去，她的这颗小心眼才安静。我和我们老爷便由这件事业已冷了半截了。现在屋里还放着一个呢，论她的年纪，比锦小姐还长得一二岁，所以我们拿定主意替她拣一份人家。"

圆净笑道："太太既有这意思，小尼倒好来替太太做件事，武昌城里有一个……"

袁氏忙道："她的叔叔已替她拣定了，是个什么鲁局长，新近租得一所房屋，局长和她在外面单住。"

圆净从鼻子里哼了一声，复行望着袁氏，笑说道："哦！这位鲁大人另外有家眷没有？"

袁氏笑道："有是有的，听说他的这位太太是个补房，娶了还不曾有两年。"

圆净诧异道："然则大小姐嫁过去是个什么名目呢？"

袁氏道："难道我们这份人家，还肯将女孩子给人做妾不成？这名目俗说是两头大，喜期也不过在四月里，她叔叔为这事正有些烦心，至少须得拿出几千银子给她做个陪送。"

圆净不便再往下追问，趁势站起来笑吟吟地说道："改一天再来扰太太的喜酒，小尼须要赶快回去，将那件事料理妥帖，万一走漏了风声，小尼怎么对得起老爷太太。"

袁氏这时也不便坚留，随即提起袖子来福了一福，说："一切拜托师太，越是秘密越好。"

圆净忙道："太太放心，这个小尼自理会得。"

且不表圆净回庵的话，再说到玉痕的婚事，照袁氏适才的口气瞧起来，似乎镜清在她这嫁妆上一定是铺张扬厉，喜期又近，公馆里少不得有一番热闹。其实哪里有这种事呢？一者镜清已向那边说明，这侄女儿原是送给鲁大人做妾；二者这内中的黑幕，里面瞒着玉痕，外面瞒着象文，秘密还秘密不及，当然不能大张旗鼓。象文平时又不常在屋里坐地，他起先原很恼恨赌博，近来因为闲得无聊，偶然和几个朋友打打扑克，觉得这玩意儿倒很有趣味，转成日成夜地在赌局里厮混。有一次撞着那个连幻佛，重又谈到病蝉，说："他的病还不曾好，我瞧他那光景，延久下来，怕要变成弱症。"

象文叹气说道："充当个小学教员，这肺病原是免不掉的，别的且不讲，光是每天用那劳什子粉笔，他的喉管里便得大受影响。再加上学款不足，爬起来愁柴愁米，你叫他如何会得康健？"

幻佛摇头笑道："象翁你是但知其一，不知其二。我怕他这病的缘故，其中另有情节。"

象文扭头笑道："这又奇了，我们和病蝉都系至好，何不前去探问探问？"

幻佛笑道："象翁如若高兴，兄弟一定奉陪。"

象文便道："走走走。"

两人一口气跑至病蝉家里，却好他母亲蹲在天井角上，洗刷那猪肚肺。象文问了一声，他母亲忙站起来，举着一只水淋淋的手，向外边指了指，说道："我家过先生今天觉得身体硬朗些，捱到校里上课去了，少爷若是要访他，好在学校离这里也不很远。"

幻佛将象文一扭说："这学校我认得，我引着你去。"

果然不曾走了一截路，旷地上有一处房屋，却是朽败不堪，四围拿竹笆子拦着，门口也挂了一片学校的招牌，却好那一队一队的小学生都下了课要回去的了。两人踱到那个校长室，早见病蝉躺在一张睡椅上，在那里闭目养神。象文轻轻唤着道："病蝉，病蝉，好生瞌睡呀！"

病蝉抬眼见他们进来，忙用手捺着椅背，使劲地站起来迎接，面上虽然也装出笑容，只是苦眉皱脸的，觉得他很是吃力。论天气将近初夏了，偏生他身上还穿上一件又粗又厚的布棉袍子，一顶瓜皮小帽压覆在额角底下，勉强笑说道："请坐，请坐，恕我身子不大爽快，不能招待。"

象文和幻佛一齐说道："大家都是至好，不用客气，我们随意坐一坐好了。你既有病，何苦还赶来同这些活猴狲厮缠？不如在府上静养些时，益发等健旺，再替他们补课也不为迟。"

病蝉刚待答话，又微微喘了一歇，然后含笑说道："我也打算这样呢，听说省里又派了人来查学，万一关门闭户，这饭碗老实便靠不住了。所以想了几想，还是跑来挨命的好。"

他说一句，都得喘一句，说到"挨命"这两字，他这颧骨头上的红光格外烧得异样光彩，接连地咳嗽起来。那咳嗽的声气又不清亮，老闷在喉咙底下哮喽哮喽，好容易将胸脯子抬了抬，啪的一声吐出一口粉红稠痰，他也觉得羞愧，忙用脚底板踏着，似笑非笑地说道："两兄休得增嫌，这痰还是流质，没有微生虫的，须得等待它干燥，混入空气，然后才能够传染呢。"

这时却好用的那个小童忙忙地端上两盏酽茶，每人座前放了一盏。象文和幻佛瞧这光景，哪里敢去触那茶碗，不时地拿袖子掩了鼻口，也不敢大意呼吸。

停了一歇，幻佛便笑问道："过先生你这病势很深了，我怕你不一定是由于外感，我们都算得是至好的朋友，若是有什么心事，何妨说出来给大家听听，我们能够帮助你的地方，说不定总可以替你出力。"

病蝉听到这里，不由苦脸笑了笑，像是露着很感激的意思，只是碍着象文在座，无意中向他瞟了一眼，又把个头羞得低下去，一共不曾开口。象文年少气盛，转替他着急，登时接着说道："可又来，老实说，像你这病，左右不过是打从爱情上来的，所欲未遂，成日成夜郁闷在肚里，当然是吃了饭不能消化，睡了觉不能沉着。万一误了你这条小命，不但对不住你自己，而且也对不住你那多年守节的母亲。"

病蝉觉得他这话很是沉挚，止不住扑簌簌流下满脸的枯泪，只有哽咽的份儿。象文益发猜着他的意思了，忙笑说道："你心坎上若是躺着什么女郎，或由于父母的阻挠，或由于金钱的关系，凭我葛象文帮着你出主意，包管可以遂了你的心愿。"

幻佛也拍手笑道："这话一点儿不错，好哥哥，你就对我们倾一倾肺腑吧，没的累我们打这样闷葫芦，委实难受。"

病蝉到此，真是忍无可忍，沉吟了半响，只好硬着头皮，将象文望了望，喘着说道："咳！我这病怕难有起色了，既然去死不远，与其一抔黄土赍恨千秋，转不如在象翁面前直说出来，你骂我也好，打我也好，我都不怨。我致病的缘由，实在的是令妹……"

把这一句话不打紧，幻佛听了，固然是出自意外，便是象文也觉得十分扼腕，轻轻将脚跟在地板上踩了踩，叹了一口气说道："哎呀！你为何不早告诉我？可惜已是迟了，舍妹不幸在这半月前已经亡故。"

病蝉听入耳朵里，他的神魂已经向头顶上飞越出去，心中还有些似信不信，恐怕象文故意拿这话来搪塞他，遂又追问了一句："这事可真吗？好哥哥，可怜我再禁不住恐吓了。"

象文急道："我无故恐吓你则甚？你不信，她的棺柩现今还停放在那座莲慧庵。"

幻佛也说道："这是的确的事，不久敝报上还替他刊登一条新闻，因为有几个强盗到庵里去盗取棺里的财物，侥幸不曾偷了去，他们党羽里还闹了一条人命哩。你镇日价光是睡在屋里，外面的玩意儿你如何会知道详细？"

病蝉见他们说得这样正颜厉色，又想起当初和玉痕那番缠绻的光景，不谓阔别以来，幽明路隔，他也不怕笑话，随即双手蒙着脸，抽抽噎噎大哭起来。幻佛瞧他这样，好在自己也是一个多情人物，在旁边也就陪着他落泪。转是象文站起身子，急得在屋里团团地乱转，暗想：阿锦若不是逃走，凭我这本领，倒可以替他们撮合成了好事，也救了过病蝉的一条性命。

这时候，幻佛将病蝉劝住了哭，又问他在先和象翁的令妹是个什么样的情好。病蝉因为死无对证，他一面哭，一面数数落落，又装点了许多谎话，似乎他们两人已经在一处停眠整宿、誓海盟山的光景。后来又说："打听得她不久要嫁给一个姓鲁的局长，侯门似海，陌路萧郎，我这病体所以格外没有生望。"

象文忙分辩说道："这是断断没有的事，你休得误听人言，她如真个有嫁人的消息，我做哥哥的难道会不晓得吗？你这一场病不是白冤枉害了？"

病蝉哭道："冤枉也罢，不冤枉也罢，死还不同嫁一样，象翁你如有这情义，能够带领我到莲慧庵里去痛哭一场，我死了也得瞑目。"

象文急道："这个有什么使不得？不过返魂无术，哭了又有什么益处？"

说着，又望幻佛笑道："连先生你还有兴致吗？大家同去走一趟可好不好？"

幻佛点头笑道："使得，使得，那庵里有个月因小尼姑，生得很是漂亮，我愿意借这名目，跑去瞻仰瞻仰那个月因。"

病蝉见他们都答应去，立刻振刷精神，不像前番萎靡不振的形状了。走出校门，便雇了三辆人力车，一路风驰电掣，径向莲慧庵里走来。

那个圆净老师太见是葛大少爷来了，像是拾到宝贝一般，欢天喜地带着她两个徒弟上前迎接。幻佛和那月因以前也曾见过一面，此时彼此碰在一处，那个幻佛浑身都有些瘫化起来，脚步格外走得又轻又俏。月因对着他也是轻勾媚眼，只碍着她师父站在面前，不好过露轻薄，将个粉颈抬了抬，复行垂得下去。唯有病蝉抱着满腔悲愤，目不旁瞩，只顾问葛小姐的灵柩停在什么地方。象文又告诉了圆净，说："这位过先生特地来祭奠我们家小姐的，请你引带我们去吧。"圆净将病蝉上下打量了一番，也猜不出他们耍的是什么把戏，只笑说道："诸位少爷们，何不先到小尼净室里坐坐吃茶。"

病蝉哪里肯答应，只是不住地摇头。象文也笑道："老师太，我们不是来逛庵的。"

一面说，一面就带领病蝉和幻佛，也一齐踏步走近廊下那座厢房，三个尼姑一齐跟随在后面。病蝉抢身入内，只见灵帏前搁着一张放大的影片，风鬟雾鬓，奕奕如生，再一凝神，却不是玉痕的容貌，当下吃了一吓，掉转头望着象文说道："我们敢是走错了，这柩里恐怕不是令妹。"

象文觉得他这语气中很有些讥刺，莫不是病蝉知道阿锦是假死不成？忙说道："这可是笑话了，别的事还可以误认，断没有误认人家女孩子做妹妹的道理。你要哭，尽管痛痛快快地哭一场吧，把心里的悲痛发漏得干净，你那病包管痊愈得快。"

病蝉经他提到这一句，果然有些栖栖惶惶地起来。不妨这当儿，他的两道眼光忽然闪到那座灵牌子上面，见清清楚楚地写着"故女锦姑"几个字，不由失声说道："哎呀！原来死的不是玉痕！"

象文惊问道："怎么？怎么和你有感情的难道不是阿锦，转是我那堂妹妹玉痕不成？这才是弄到岔枝儿上去了，玉痕好端端地住在舍间，何苦白咒她死哩？"

他虽然这样说，此时却把个病蝉说得眉开眼笑，轻轻将象文袖子一扯说："我们还是到师太屋子里歇歇去吧，没的在这里见神见鬼，我的脑壳子都被你们闹得发昏了。"

象文也是笑不可抑。圆净心下止不住地诧异，见他们一顿哭一顿笑的，正猜不出是什么缘故。幻佛虽然有些明白，一时也料不到有这样的变幻。大家一齐哄入那座静室，由月因她们忙着送上茶来，转是象文望着病蝉笑说道："这是打哪里说起？好哥哥，这一来你可放心吧，死者不能复生，那是我不能为力的。至于玉痕妹妹，她原在闺中待字，你们平时如果有什么恋爱，我能够替你们做主，叫她嫁给你也不为难。"说着，他便拿手在胸脯上拍得咕咚咕咚价响。

病蝉见他这般慷慨，自然是感激到十二分，转把个头低了下去，半晌开不得口。过了一会子，方才搭讪问道："你的这位令妹，怎么好端端会死的？适才不是从那灵牌子上瞧见她的芳名，几乎累我弄成一个张冠李戴。"

象文叹了一口气，重行笑说道："这个你又追问它则甚？我们还是谈你切己的事是正经。"

幻佛又插嘴说道："象翁，你休替病蝉欢喜，你的这位令妹，死虽没曾死，然而你在先不听见病蝉说的，她已经有了婆婆家了。不怕象翁生气，你虽然是文明极顶，至于令尊令堂，他们毕竟带着几分顽固习气，不见得便容他们自由结婚。"

象文恍然说道："不错，不错，但是玉妹妹出嫁这件事，我丝毫不曾知道，病蝉究竟打从哪里探听得来的呢？"

病蝉听到这里，又触起他自家的心事，两个眼眶里又汪汪地流下泪来，哽咽说道："这件事是千真万确，好哥哥，你待我这样义气，我如何还忍心瞒你，不但我爱玉痕，玉痕也十分爱我，她在先未曾住到府上去的时候，我们几乎朝夕相见，并着肩谈话，促着膝吟诗，倒成了我们一种日常的功课。后来吃你们尊大人接她去过活，那彼此踪迹就未免稍稍隔阂。我从这上面便得了一种日间咳嗽，夜间潮热的症候。然而若是碰在一处，依旧是轻怜蜜爱，只差我和她开口乞婚了。咳！好事多磨，迟为鬼妒，怎么尊大人忽然慕着那个鲁局长有钱有势，不惜将她这花枝般的侄女儿双手送给白发苍苍的老翁，论她的芳心里，哪里愿意呢？少不得悄悄地告诉了她的姨娘，她的姨娘自然又悄悄告诉了我。我说出来，众位不要见笑，可怜我过病蝉得了这样噩耗，登时吓得晕倒在地，勉强经人救起，那病势随即加到一百二十分，所以如今弄成得这狼狈形状，眼见得是不能久延人世了。像我们这样青年，能够为情而死原也值得，只不过玉痕姑娘的身世将来就未免可怜了。我恐怕她与其遇人不淑，偷息世间，还不如像你那个令妹死了倒还干净。"

象文跺脚急道："岂有此理，为何我镇日在家里，也不曾听见这等消息？妹子嫁人原是泛常的事，爹妈又何必对我守着秘密？病蝉，你休着急，这样以讹传讹的话，还待我回去细细打听。"

病蝉还待和他分辩，谁知那个圆净师太这时在旁边静静地听他们谈论，

92

她的心坎上差不多要笑出声来，暗想：葛公馆的小姐耍出来的花样，真个愈出愈奇。阿锦呢，是跟着男人家逃跑。如今这个玉痕呢，又和过先生在背地里打起这秘密交涉。难不成这慈善事业是办不得的？葛老爷出了好心，却没收着好报，好好的门风，吃这两位小姐太闹得不成模样了。她想到这里，更不待病蝉开口，她转插嘴说道："葛少爷，你也不须回去打听，这是太太亲口告诉我的。大小姐当真给那鲁局长放聘了，喜期还不过远，我还有一句话，想来报告少爷。我听见那些奶奶大姐们的口气，怕大小姐还是给人家做妾，故意瞒着大少爷，或者还有这种缘故。"

象文不听则已，听到这句话，真个暴跳如雷，把身边那张桌子擂得和敲鼓似的，望着外面破口大骂，把月因和月喜都吓得呆了。圆净也慌了手脚，忙在自己嘴巴上拍了几下，喃喃地骂道："这个怪小尼多嘴的不是。好少爷，你休得动怒，小尼的话也不能算作凭据。"

象文其时跳上跳下，嘴里不住嚷着说道："凭据不凭据，丝毫没与你师太相干，你也不用在我面前洗这干净身子。知父莫若子，像这样的把戏，那个老畜生一定做得出来。大凡中国的官僚，只要在这名利上面能够巴结到一点半点好处，你叫他出妻献女他都情愿，何况这不关痛痒的葛玉痕呢？老畜生虽然离官僚的资格还远，然而他托名办这公益事业，差不多也与这一班没面孔的奴才接近了。我葛象文不幸生在这份人家，若常像这样延挨下去，不把我恨死，也要把我气死。"

圆净见他畜生长畜生短地乱骂，吓得舌头都缩不进去，不由而然地替他念南无阿弥陀佛。唯有病蝉说不出心里的感激，转劝着他说道："凡事总得从长计较，为兄弟的事，累象翁这样着急，叫我如何过意得去？"

他们刚在这里闹得乌烟瘴气，再望望那个连幻佛，不但不来插嘴，而且阴扎骨地坐在旁边冷笑。象文怒咻咻地说道："这有什么可笑呢？毕竟你们这一班办报的人，没有一个不是幸灾乐祸。大家都是至好的朋友，你不帮着我们说句公道话，还在这里隔山观火似的，简直一点儿良心都没有。"

病蝉也有些不大愿意，接着说道："事不干己，当然在这里瞧我们的笑话。"

幻佛笑着望病蝉说道："奇呀，你也来批驳我的，不是我因为象翁仿佛发了疯病一般，还不曾吃酒，他早学着鲁智深醉打山门起来，我倒要问问他，光是这等乱蹦乱跳，究竟有什么益处？他再不济些，毕竟是你的生身老父，你又不曾捉着他们的把柄，做妾不做妾，一共没有凭证。你能够因为令妹和病蝉相好，便不许你父亲将侄女儿嫁人？"

象文还未及答应，圆净早拍手笑起来，摇头晃脑地说道："这位少爷说的话的的确确有一种见地，葛大少爷第一件需要回去探听探听，不怕这件事没有个水落石出。"

幻佛又笑道："师太这主意又未免绕了道儿。老实说，他们既有意瞒着象文紧腾腾的，任你再会打听也没中用。我们这葛大少只会白埋怨人，其实他若是肯虚心来求教我，我却有个最妙的办法。"

病蝉听到这里，从昏瞪之中生出无穷希望，他先颤巍巍地站起身来，待和幻佛行礼。幻佛将他捺着，故意笑道："你和我行礼则甚？像那一种粗心浮气，我只不佩服象文……"

病蝉见他有意留难，又因为他这锦囊里妙计想必很有效验，急得只管望象文挤眼，似乎要求象文去赔句话，好转移这番危局。象文也猜到他的用意，勉强向幻佛笑道："连先生，你当真有什么好法子，何妨教导教导我们。于我原没有益，只是该可怜可怜病蝉，这叫作救人一命，胜造九级浮屠。"说着，又望圆净笑道："师太，你觉得我说的这话，可是不是？"

圆净忙合掌说道："阿弥陀佛，成就了人家婚姻，比做什么别的功德还有利益。少爷瞧殿上那位观世音菩萨，一年到头地欢天喜地，怀里抱着一个肥头大脸的小娃娃，她老人家还巴巴地替别人送儿子呢。何况拢合他们做了夫妇，可想这是格外要紧的了。"

幻佛吃他们你一言我一语地说得十分高兴，他这才侃然说道："象翁，这件事，假如你尽和你们老太爷交涉，那是再没有中用的，依我的愚见，第一要想个法子，来釜底抽薪……"

他刚说到这里，那个病蝉早竖起两只耳朵和猎狗似的在旁边凝神一志地静听，一只手还不住向空中乱画，口中嚼念道："圈而又圈，大圈而特圈。好个釜底抽薪，这一句话便已探骊得珠，以下还怕不迎刃而解吗？"

象文歪着脖子，冷冷地问道："这薪究竟怎样抽法呢？"

幻佛笑道："等我来告诉你呀！这鲁局长贪财好色，自从他大太太死后，他益发肆无忌惮，光是如夫人，至少也须得有七八位。目下他娶的那位太太，据人说起来是个补房，其实内容仍是打从欺诈上骗得来的罢哩。那一次办法简直和娶令妹一样，这位太太懊恨得了不得，无奈生米已成熟饭，只好怨自己的命薄。照这样看，鲁局长当然自天不怕地不怕了。说出来谁也不肯相信，偏生他最畏惧的却是膝前第五个小姐。这小姐芳名绮秋，是他太太临死的那一年所生，今年已长成十九岁了，目下尚在一家女学校里求学。”

象文咂嘴咂舌地接着笑道：“这话却有些不大相信，姓鲁的说他怕姨太太，或者还在情理，至于他自家的小姐，又无故地畏惧她则甚？”

幻佛急道：“我原说你们听了不肯相信，但是其中却有个缘故，等我说出来，你再批驳不迟。”

病蝉忙拦着象文说道：“好哥哥，你可悉凭连先生吩咐吧，没的批驳他，叫他听了不大高兴。”

象文不得已，冷冷地说道：“你说，你说，我总听着就是。”

幻佛又道：“他的女儿虽多，只有大小姐绮苹和这五小姐绮秋算得顶呱呱叫的嫡出。绮苹业已嫁出去，我们也不谈了。绮秋出世三个月，她母亲已是病故，临危的时候，当然嘱咐那鲁大人好生瞧看她这一块肉。你们想姓鲁的那样为人，当真还有什么伉俪之爱？过后早就将这位大太太的话搁置脑后了。说也奇怪，那绮秋小姐长成三岁，便生就得粉妆玉琢的可爱，一个小女孩子常常寻着淘气也是有的。不知道怎么有一次，好像是五六月里的光景，鲁大人的六姨太太刚刚娶得进门，他是个怜新弃旧的脾气，少不得将这六姨太太捧成像凤凰似的，轻易也离她不得。也是合当有事，这一天晚上，六姨太太坐在院子里和鲁大人纳凉，她衣襟上扣上一个茉莉花球，偏碰着那个不解事的绮秋姑娘，猴在她身上将花球抢入手里，扯得稀呼歹烂。六姨太太登时变了脸，虽然不敢呵斥这位小姐，然而神气之间就大大露出不快活的意思。鲁大人善承色笑，便揭起手来，将绮秋拍了一个脑瓜子，又骂奶娘为什么不把这贱丫头抱到别处去，偏生在这里现形。绮秋吃她爹爹这一打，当然哇的一声哭出来，鲁大人又待发作，不防这院子东南角上忽有个女人厉声喝道：‘谁打我的女孩子？’鲁大人和姨太太先前还疑惑是奶娘在那里放肆，勃然大怒，谁知再回头一望，只见那墙阴里几竿疏竹、一棵高大的梧桐随风摇曳，黑沉沉的云里边露着几颗明星，想觅一个人影子也没有。两人登时吓得面如土色，没命地向屋子里躲避。据鲁大人说，那说话的声音，简直和他大太太生前一般无二……”

幻佛刚说得活灵活现，座中把那几个尼姑和过病蝉都听得呆了，只管啧啧地感叹不置。再望望象文，一手搭在桌上，一手扶着额角，仿佛睡着了一般，及至听他说到这里，他不由冷笑道：“连先生，你可省一句吧，这些迷信的话可配是你们报界里的人说的？办报原是要开通风气，不防你转来提倡神权，我很替你可惜。”

幻佛见他这样冷嘲热讽，急得满头大汗，跳起身子，恶狠狠地说道："天下事宁可信其有，不可信其无。况且目下还有许多人专一研究灵学，这鬼神也不能一定说它没有。我若是编谎，叫我将来做你孙子的老子。益发告诉你们吧，鲁大人这一夜越想越怕，也不曾睡好，蒙眬之间，还梦见他的大太太对他数数落落，着实批驳了一顿。自是以后，那个鲁大人对这绮秋小姐真是爱如拱璧，莫说不敢去打她，便连大气儿也不肯呵她一下。偏生这绮秋小姐，不但容貌生得好，而且性情学问也比平常人要加得十倍八倍，家庭中无论有什么事，只要经这小姐评断一句，都叫人听得心悦诚服。有爱她的，有敬她的，也有畏惧她的。鲁大人因为有这女孩子时常替他补偏救弊，近来的举动还觉得稍稍敛迹些，不知怎生又会闹出要娶令妹来。我怕那绮秋小姐一定还不曾知道，你们对这件事若要拔本塞源，除得运动这位女元龙，以外再没有别法可想。"

咦！葛象文先前听着他讲话，还有些似信不信，不知为什么听到绮秋小姐是这么一个出类拔萃的人物，他兀自也就出神起来。后来又恐怕他们瞧见笑话，良久良久，故意搭讪问道："奇呀！幻佛先生，你家姓连，他家姓鲁，和你既非亲非故，怎么他们家里这些琐屑的事，转吃你侦探得这般清清楚楚？"

幻佛正待拿话来支吾，他哪里想到过病蝉这时候比什么还快活，早精神抖擞地插嘴说道："这个我很相信幻佛。葛大哥，你还不晓得，那座福兴润钱铺，大人原是那铺子的股东，幻佛的老人家便在福兴润那边看大门，另外还替他们打扫街道。"

这几句话刚说出口，只见幻佛登时涨红了脸，恨不得和病蝉挥拳，转念一想，他这瘦弱的鸡肋固然禁不得我的拳头，况且他这话已经说出来了，便同他负气，也无济于事，还只怪我多事的不好，早知道病蝉没有良心，我何苦白替他出这样主意？想到此处，不由叹了口气，一声儿也不响，气愤愤地拿起自家司狄克，并不向众人告别，如飞地跑出庵门去了。病蝉这才惶恐起来，懊悔自己的话说得大意，转把个脖子低得下去。象文拍手笑道："这么一凑合起来，委实一点儿都不错了。怪道那一天我们去吃花酒，幻佛走近那座福兴润钱铺，看见一个褴褛老头子坐在那边打盹，他掉转头来就走，白累我们陪他多跑了一截路。我至今对他这样举动还有些委决不下，不料内中还藏着如此如此这般这般的情节呢。"

病蝉连连摇手道："你再休得取笑吧。我很懊悔呢，不该当面揭出他的短处。"

象文急道："这算得是什么短处？他父亲自食其力，看门扫街，何尝不是一份职业？和他办报馆也不差上下。他若误会其意，以为办报是荣耀的，看门扫街便是卑贱的，他简直就糊涂到底。你回家去且好好养息，无论如何，我此番回去，当然有个办法，总不至叫你失望。万一真个到了那没有挽救的地步，说不得那一定是要釜底抽薪，照依幻佛的主意去进行了。"

病蝉到此，已是说不出他心里一种愉快，随即谢了又谢，然后才别过圆净老师太，两个各自分散。

单表象文转回自家公馆，他便留心去瞧看他爹妈的举动，竟被他打听出玉痕的嫁期在这月半以后。他好生焦急，恐怕玉痕还不知道这内中情节，不如先去和她商议商议，又苦于耳目太众，没处去寻这巧当儿和玉痕讲话。好容易一直等到夜深人静，他蹑着脚步子，悄悄地来会玉痕。

再说玉痕自从阿锦失踪以后，心里虽然割舍她不下，然而她自己住的那所绣房，少一个阿锦和她纠缠，倒很觉得十分清静，而且叔父叔母对着她又非常亲爱，但凡阿锦留贻下的衣裳首饰，都交给她，听她穿戴。无奈玉痕的性情素来恬淡，很不喜欢打扮得花枝招展，婶母虽然这样吩咐，至于她自己依旧是荆钗布裙，轻易也不出大门一步。袁氏好生过意不去，常常地跑来和她絮话，却告诉她："这一次嫁给鲁大人之后，一生便吃着不尽，这都是你叔叔疼顾你的地方，你将来总不可忘掉他，能在鲁大人面前随机应变，替你叔叔说几句好话。只要鲁大人能够另眼看待你的叔叔，你报答我们的好处便在这个上面了。至于我们又没有第二个女儿，这份财产还不是要拨出一大半来给你做陪奁。锦儿没福，她逃得走了，合该是你的造化。"

玉痕听她这些不伦不类的谈吐，着实有些听不入耳，又因为没口子鲁大人长鲁大人短地只管嚼念，转又羞得抬不起头来，只低垂下脖子，理会也不理会。袁氏讨了这样老大没趣，却又奈何她不得，停了半歇，遂也搭讪着上楼去了。玉痕吃她这一顿絮聒，转弄得心头好像小鹿在里面顶撞一般，思前想后，禁不住泪落如雨，在灯底下闷坐了好一会儿，收拾收拾，方才解衣上床，模模糊糊地似睡非睡。不知隔了有多少时候，蓦听得房门外边有人轻轻地拿指头在那里敲了几下，玉痕吃了一吓，连忙问了一声道："是谁在这里打门？"

外面又低低答应道："妹妹，是我。"

玉痕听这声气，分明便是象文，格外疑惑不定，忙说道："可是雷哥？"

象文道："是我呀，一点儿不错，妹妹赶快让我进来，耽搁久了，恐怕吃别人瞧见。"

玉痕十分惊惧，又觉得他这口气很是不尴不尬，随即厉声说道："雷哥，有什么话说，明天请得来吧，这时候已经不早了。"

象文踌脚说道："原是因为时候不早，才跑来和妹妹厮会的，青天白日干这样秘密的勾当，那如何方便呢？"

玉痕越听越不成话了，又气又急，愤愤地说道："妹子早经睡了，此时万不能下床，请雷哥不用见怪。我们虽说是兄妹，然而这男女界限不可没有点儿防范。"

象文接着央告道："可又来了，自家兄妹，难道还避什么嫌疑不成？我挟着一片热心，全关系着妹妹的终身大事，你若竟这样拒绝，岂不叫我葛象文灰心？"说时，那声气便有些哽咽。

玉痕想了想，觉得象文平素为人和那些轻薄子弟截然不同，道不得便有什么邪念，万一错冤枉了他，不独将他的身份看轻，便连我的身份也未免看轻了，好在他既这样讲，我便放他进房相机行事。主意已定，只得趿着鞋子走过来，轻轻地将门开放。只见象文侧身而入，笑说道："妹妹睡得好早，这当儿也不过十二点多钟呀！"

玉痕见他这等嬉皮笑脸，心里倒又有些惶恐起来，勉强正色说道："因为婶母在这里谈了一会儿，她老人家刚才上楼，我觉得异常困倦，所以赶紧入寝。不料雷哥又惠然降临，有什么便请说了吧，妹子却不能奉陪久坐。"

象文笑道："不久听见妹妹要出阁了，特地过来贺喜。"

玉痕怒道："雷哥忽然和我提这话则甚？未免太欺负妹子了。你如容不得妹子在这里久住，妹子当然禀明婶母，明日便搬回舍间。"

象文冷笑道："怎么我白提了一句，便算欺负妹妹，他们真个欺负妹妹的，妹妹转将他们当作好人。然则这一件婚事是出于妹妹自己情愿，我此番来报告，倒转觉得饶舌了。"

玉痕的为人本来心地玲珑，背地里察看他叔叔婶母的情形，似乎藏着什么哑谜似的。一者因为自家腼腆，不便过于追问；二者不肯以不肖之心待人，料想做叔婶的断然没有给苦头给侄女儿吃的道理。此刻忽然听见象文的这番口气，明知这其中定有变故，登时浑身有些不寒而栗，颤巍巍地问道："谁欺负妹子？妹子实在还不明白，既承雷哥关切，便请直截了当地告诉妹子，妹子当然感激。"

象文叹道："感激不感激呢，我和妹妹原不用这样客气。不过妹妹可晓得这门亲事，他们是个什么办法？"

玉痕道："这个还不是听凭叔婶处置。"

象文听了，很为怫然，怒道："然则这事是出于妹妹情愿的了？"

玉痕叹道："曙后孤星，漂流无定，久远像这样也非定局。承叔叔怜爱，替我觅了这安身之所，万一将来托上帝庇佑，能于挈领霆弟成立，妹子便可以告无罪于亡过的父母。"

象文觉得她这样侃侃辩论，简直自己愿意去做人家小星的了，他不怪自己不曾把话说得明白，反气愤愤地逼紧问了一句道："妹妹这打算原也不错，但是怎么对得住病蝉？"

玉痕诧异说道："雷哥又牵涉到过先生身上则甚？你的意思，妹妹丝毫不能了解，夜深了，便请雷哥回去安寝吧。"

象文怒不可遏，冷笑说道："这转是我来多话的不好了，早知道妹妹是这等人，不白负我们一片苦心。"说着，他也再不流连，真个大踏步走回他的卧室，咬牙切齿，足足恨了一夜。

约莫隔了有一天工夫，他径自跑来告诉病蝉，又说那个玉痕如何薄幸，如何甘心做妾。其时病蝉症状已经格外厉害了，还勉强向象文叮咛嘱咐，命他去和鲁绮秋去厮见，务必不能让玉痕堕落这样火坑。至于象文可否依他的话，怎生与绮秋接洽，我且按下缓表。

再说葛镜清见喜期已近，他也是个老奸巨猾，一定要见兔放鹰，当时由介绍的两个朋友向鲁局长要求，须得先行派镜清一个差委，国香情不可却，便下了一封委札，命镜清充当一处捐卡的委员。镜清知道这卡子很有出息，夫妻俩说不出的欢喜，自然高高兴兴，也拿出百十多块洋钱，替玉痕添置了些小衣褂裤。到了喜期这一天，硬逼着玉痕坐入那一乘小轿，兀自抬入鲁公馆去了。

鲁国香在先早瞧过玉痕一张照片，觉玉痕生得风姿绝艳，秾纤合宜，比较他以前的那几个姬妾，也没有一个及得玉痕的颜色。他在背地里暗暗叫声惭愧，瞒得合家上下紧腾腾的，只派遣了他身边几个心腹家人，替他在马路上租好了一所洋房，陈设器具不消说得，自有那一班在官场里拍马屁的小人迎合意旨，你送这样，我送那样，争奇斗胜，把个新房里收拾得非常华丽。当晚鲁国香又请了这一干人来吃喜酒，花团锦簇地热闹得不亦乐乎。他自己是鲜衣华服，活该是那一部兜腮胡子晦气，虽然不曾全行剃掉，然而左修右修，差不多所剩已是无几了。那班没脑子的宾客，又你一言我一语地奉承得鲁大人天花乱坠，似乎说他年逾六十，远远望去也不过像三十许的少年。鲁国香坐在席上，不觉哈哈大笑，一会子由女仆将玉痕搀入新房，国香又让众人去赏鉴他这位如夫人，众人无不啧啧称羡。可怜玉痕到此方才恍然大悟，芳心里一阵焦急，正打算不出一个方法，说也奇怪，这当儿不防外面接连又蹿入一个女郎进来。

欲知后事，且阅下文。

第六回

闹新房有心拆鸾凤
游胜地无意遇鸳鸯

再说喜期那一天，葛公馆里虽然没大热闹，然而也有几处亲戚的内眷跑来凑个上水儿，替葛老爷、葛太太贺喜。镜清也很忙得高兴，掏出腰包来办了好几桌酒席。吉时一到，袁氏便亲自进房替侄女儿上头，好在这时候做新娘的都是便装，把个玉痕打扮得和美人儿似的，众多女眷见了，无不啧啧叹羡，夸赞她是个有福气的模样。玉痕羞得抬不起头，只是呆呆地坐在那里等候喜轿。

不多一会儿，也没听见什么爆竹鼓乐，只有一顶青布小轿子搁在堂屋里面，玉痕不免有些狐疑起来。偏生袁氏口齿伶俐，早对着她解说道："如今的嫁娶却不比往常了，第一讲究个文明仪式，尽有新娘和新郎手挽着手，大踏步走了去结婚的，再阔些也不过坐个马车罢咧。益发告诉你，这地方是鲁大人服官的省份，他又是个续弦，深恐过于铺张扬厉，吃百姓们在背地议论，所以久经和你叔叔交代明白，一概繁文末节全行删除得干净。到了那边，横竖是双双交拜，那一班姨太太以及小姐们都跑来替你磕头行礼。这轿子便推扳一点，也不成个问题。倒是不要误了时辰，你便快快坐上去吧。"她说到这里，忽然抽抽噎噎地哭将起来，似乎舍不得离开玉痕的样子。

玉痕见她将自己家的心事和盘托出，又说得入情入理，想起这许多日子承叔叔婶娘豢养，一眨眼便睽违色笑，此恩此德，将来不知道如何报答。想到沉痛的去处，也就放声哭了。好容易经大家劝住，重行替她抹了脂粉，然后催着她坐入轿里，四个轿夫抬起来，如飞而走。及至到了鲁公馆门首，由喜娘迎上来，将她扶入那座喜房。玉痕向四下里打量一番，只见陈设得倒非常华丽，却不曾见着那新郎的身影，至于什么结婚仪节，更是一概没有的了，心中老大吃惊，却又碍口识羞，不好意思将这话去询问别人。再听听外边宾客哗笑，说出来的话大半夹杂着什么如夫人如夫人的论调，玉痕生性又不糊涂，再将前后事迹细细从心坎里面筹算了一遍，只才恍然大悟，知道给她这不良的叔婶所卖，登时气涌如山，恨不得一头撞向床柱上，寻个死路。叵耐那些不识时务的宾客还只管跑进房来评头论足。

在这当儿，方才瞻仰着这位姓鲁的老王八蛋，生得獐头鼠目，骨瘦如柴，几根焦黄的胡须，连牙齿都包藏不住。玉痕姑娘这一怒非同小可，正待发话，不料他们一窝蜂又跑出去了。身边伺候的那个喜娘原是鲁国香新从外边雇得来服侍玉痕的，一眼瞧见玉痕坐在那里发怔，深恐她受了委屈，兀自近前来问长问短。玉痕哪里理会，低着头左思右想，正筹划不出一种办法。

事有凑巧，忽见那门帘一揭，跳钻钻地走入一个女郎进来，浑身文明装束，钻石辉煌，电灯底下，劈口向玉痕问道："姊姊，你可认识我吗？"

玉痕吃了一惊，只见那女郎生得花嫣玉润，人说自己标致，觉这女郎从标致之中还带着几分英武气概，但是生平却未和她见过一面，又不好拿话出去和她酬答。那女郎重行冷笑说道："今天这喜事，还是姊姊愿意的呢，还是为人所逼？姊姊若不见弃，便请姊姊吐一吐肺腑，妹子虽然不肖，凭我这本领，却可以替姊姊解决一切。"

玉痕其时抱着满腔冤愤，巴不得有个人来问她，当下便也毫不客气，滚滚滔滔地将前后事迹说了一遍。又说："这时候姓鲁的如若见逼，我已准备一死，绝不含耻忍垢，遗羞先人。"

那女郎听一句，只点一点头，她的眼角眉梢不由而然地露一种拔刀相助的意思，正苦没有发作，却好那个喜娘她也认不得这个女郎是谁，听她们的议论，深恐将这场好事闹得决裂，赶忙抢得近前，望那女郎笑说道："小姐休得在此啰唣，不要吃我们大人听见，有许多不便。"

那女郎猛地将手一扬，啪的一声，可笑那喜娘左颊上已打出五条红印。喜娘摸着嘴巴子嚷道："这是打哪里跑得来的野人？怎么连王法都不晓得，白白地举手打人？"

一言未毕，右颊上又添了一下子，这叫作成双捉对，打得那喜娘和抱头狮子似的，只大嚷着："反了！反了！"

新房里正闹得乌烟瘴气，一班吃酒的宾客通通摸不着头脑，你望着我，我望着你，只猜不出为什么缘故。再拿眼瞧瞧那个鲁大人，只见他躺在椅子上，脸庞和白纸一般无二，闭着眼睛，叹气说道："糟了，糟了！为甚耳风这样长，不早不迟，偏赶在这要紧的当儿跑来和老夫作对？"

座中有两个和鲁国香最密切的朋友，便追问他这跑来的女郎是谁。国香咬着牙齿说道："还有谁呢？这便是第五个小女绮秋，别的人撞破了这事，我还不怕，唯有绮秋这妮子不大好缠。"说着，便向身边那个家人吆喝道："你还不快去请五小姐出来，有话说话，通通一架牢瘟房间，也禁不起她拳打脚踢。"

众人答应了一句，立刻赶入房间，先将那个喜娘骂了一顿，说："瞎了眼睛的奴才，这是我们公馆里的五小姐，你有这样大胆，和小姐拗嘴，打你几下子，你还不服。"

那喜娘方才明白，缩着脖子躲过一边，只暗暗叫不迭的晦气。家人这才换了副笑容，向绮秋笑道："小姐怎么知道这里办喜事的？老爷有请。"

绮秋放下脸色，冷笑道："都是你们这一班奴才怂恿老爷办的好事。停会子再和你们算账，老爷便不请我，我也得来寻老爷的，你快滚出去等候着吧！"

说过这话，她又附着玉痕耳朵叽里咕噜说了几句，玉痕听了，只喜得眉开眼笑，低低说道："一切悉听姊姊调度，妹子只求能够保全这清白身体，以外也别无奢望。"

绮秋点了点头，随即大踏步走到客厅上面，对着她父亲深深行了一鞠躬的大礼。国香只得苦笑着一副苦脸，有气无力地说道："谁又递了这消息给姑太太的？又累姑太太白跑来这一趟，老夫心里委实过意不去。你可曾用过晚膳没有？如若未曾吃过，这里有现成的喜酒，我吩咐田妈替你去预备。"

绮秋将脸一沉，冷笑说道："这是什么喜酒？女儿却不愿意来叨扰。倒是有一件事，我要问一问爹爹。瞧这葛小姐的年纪，和女儿也差不多，至于比较我们那位大姐姐，大姐姐都可以做得她的母亲，爹忍心白糟蹋人家，好端端地骗葛小姐来做妾？"

这时候，众多宾客都鸦雀无声地坐在那里听他们父女讲话，又觉得这位小姐口齿很是厉害，下的字眼着实有些斤两，不约而同地都替老鲁捏一把汗，深恐他们决裂起来，不晓得袒护谁的好。其时又不便插嘴，只得面面相觑，连大声儿都不敢咳嗽。鲁国香没奈何，只得分辩说道："可又来，姑太太你埋怨我则甚？这是她的叔叔葛镜清央出人来向老夫说合的，我推辞不得，所以就马马虎虎地答应了。我的脾气，别人不明白，你姑太太是通同明白。公馆里现放着好几位姨娘，我都有些应酬不及，稍微偏袒一点儿，就闹得鸡争鹅斗，我难道还寻着事做，又巴巴地娶这葛小姐进门？"

绮秋得着他这样口气，随即将双手一拍，笑道："我说的嘛，这绝不是爹的意思。论爹的年纪，眼见得离七十岁不远了，好好地颐养还恐怕有些风吹草动，叫我们做儿女的悬心。他姓葛的只知道巴结贵人，贵人的生命和名誉都是不放在他心坎儿上的。爹既觉得懊悔，今晚这件事，爹打算怎生办法？"

国香一面听绮秋说，一面拿眼偷瞧绮秋的脸色，因为瞧见她欢天喜地，并没有一点儿怒意，这才将心上一块石头放落，重行涎着脸，捻着胡子笑道："这也没有别的办法了，生米已成熟饭，难不成将她退还娘家？不独她叔叔要吃人家笑话，便是你爹的面子也难得下。好孩子，你且宽恕你爹这一次，少不得将错就错。自是以后，你爹发一个毒誓给你听，若再有娶小老婆的行动，叫我粉身碎骨，立刻报应给姑太太看看。"

他才说到这里，那些没脑子的朋友，大家凑趣打个哈哈，一齐抢着说道："大人这句话爽快极了，真是有这样的福泽，才有这样的度量，若在别人，断断不肯这等刀斩斧截。如今话已说得明白，小姐不如也就请回公馆，便是我们也须见机而作，好让大人度这千金一刻的良夜，不要吃那新房里的如夫人抱怨我们这班人不识情趣。"说罢，哗然大笑，舌尖上像迸春雷一般，登时满室里不似先前安静。

这当儿把个绮秋小姐脑门子都气破了，又不好去禁止他们，陡然心生一计，顺手将他们坐的那个席面豁琅一声推翻在地。众人吃这一吓，响民不响。国香见这势头不好，慌忙站起身子，望着绮秋赔笑说道："喏喏喏，姑太太又发起性子来了。这些瓷器家伙原不打紧，不过在这喜期中间，你也要替我取个吉利。"

绮秋忍不住杏眼圆睁，指着她父亲冲口说道："怎么还不曾死心？葛小姐她也是个书香后裔，你同她叔叔串通一气，以良作贱，民国上可有这条法律没有？我也没有别的方法，此刻先向督军署里去告一告，随后再向大理院提起诉讼。"她说到这里，又向房内高声叫唤道："玉痕姊姊，你还赖在屋里做什么呢？快出来跟我一道儿走，男女平权，也好叫他们这一班臭男子知道，我辈纤纤弱质，却是不容轻易欺负。"

国香见事体已经弄得决裂，他素来知道这位令爱说到哪里，当真就能做到哪里，万一闹到这种地步，不但功名有碍，而且将来这副老脸可要不要？他也顾不得众人耻笑，只好扮出一种花脸儿，向绮秋打躬作揖地说道："凡事总怪我糊涂，姑太太你还瞧我们父女情分，千万不用小题大做。你既说我这办法不好，你有什么好办法，尽管教导我，老夫无有不依。"

绮秋见他这阉茸情状，心里着实好笑，故意留难说道："我有什么办法呢，也禁不住你过后翻悔。还是诉讼的好，悉凭法律解决，法律上如许你娶她做妾，我做女儿的难不成还敢来干预？"

　　众客瞧这光景，知道鲁国香一定是要失败的了，他们也就将计就计，拍着胸脯子说："小姐吩咐下来的话，大人断没有翻悔，我们情愿在这里做个见证。"

　　国香急得双脚齐跳，嚷道："姑太太，你若是防着我翻悔，好在葛小姐的身体依旧是一块无瑕白璧，当你姑太太面前，拿轿子送她回府，可好不好？总算我没福，白做这一场春梦。"说着，别过脸去，也不知道他是赌气呢，也不知道他是背着人流那酸泪。

　　却听见他的女儿又冷笑说道："爹说得好轻巧话，葛小姐也不是粉面捏就的人儿，由得你们要抬得来便抬得来，要退了去便退了去。"

　　国香急道："我也想待不退她回去呢，只是你又不肯，叫我怎生办法？"

　　绮秋又笑道："爹，你仔细想想，葛小姐的这位叔父，简直比畜生少了一身毛。他既忍心葬送他侄女儿，一经给爹爹将她送回，他不知道爹是深明大义，一定还要疑惑葛小姐不能和他一鼻孔出气，不会逢迎你这鲁大人，从此以后，他如何还肯拿出好嘴脸来对待这位葛小姐？这一层还在其次。再讲到他既然这样没有良心，爹爹不收葛小姐做妾，他依旧会将葛小姐送给别人做妾，我替爹打算，做人做彻，凡事都得成全到底，倘若为善不终，将来更有谁体贴爹今夜看待葛小姐的一番美意？"

　　国香听到这里，连忙将两个耳朵用手握得紧紧的，冷笑说道："我不要你姑太太奉承，我是个极恶的恶人，世界上的恶事一共还不曾做完，哪里便会做到善事？"

　　绮秋笑道："爹何苦和我赌气呢？为今之计，你善也罢，恶也罢，我们也不来干涉。只是要求爹将新买的这屋子送出来让给葛小姐安安稳稳地住在里面，随后的衣食费用由爹那里打发人按月送将过来。葛小姐哪一天嫁了人，哪一天算是爹卸了这责任。不怕爹生气，像这样通融办法，也算不得是乐善好施，左右不过是将功折罪罢了。"

　　国香将舌头伸得多长，慌慌张张地说道："哎呀！你这条件也太严酷了，我究竟犯了多大的罪，要姑太太这样严刑惩罚。"

　　这当儿，众人都暗暗佩服绮秋的手段厉害，背地里有些咂嘴咂舌。谁知内中有个使促狭的朋友，他原同鲁国香是至好，国香提拔他的地方也很不少，一面侧耳静听，一面在心里筹划，得着绮秋小姐这样语气，他忽地望着国香撮了撮眉头，挤了挤眼睛，忙不迭地上前插嘴说道："我听小姐适才讲的这办法很好，大人务必承认下来。以大人这身份，拿出银子多养活几个人，毫不为奇。况且大人既这样看待葛小姐，人非木石，将来葛小姐断不会辜负大人恩典的，比较退到镜清那边，彼此面皮都还好看。"

国香恍然大悟，随即点头笑说道："好好好，姑太太的吩咐，老夫谨当坚守条约。只是简慢葛小姐些，叫她不用见怪。因为这一来，我们都算是一家子的人了，随茶便茶，随饭便饭，我不时地还得常来看望看望她，那时候岂不益发觉得亲热？"鲁国香说这话的时候，眉飞色舞，差不多胡子都要笑出声来。

再说绮秋小姐，她是水晶做的心肝儿，察言观色，他们那一种鬼心眼早就吃她瞧得清清楚楚，暗想：这法子倒还不错，他们还以为线儿放得长，鱼儿钓得大呢，哈哈！若是换上别一个，或者上你们的圈套，至于我这鲁绮秋，却容不得你们要这样把戏，大家休得做梦，益发让我来点醒了他们这糊涂见解吧。所以绮秋声色不动地只管听她父亲在这里侃侃而谈。及至谈到末了，她放下一种沉毅的颜色，冲着国香说道："毕竟爹爹度量宏大，能够勉如女儿所请。这个不独做女儿的感激，便是葛小姐也应该感入骨髓哩。但有一层，葛小姐住在这边，非鸦非凤，在知道的呢，谁不敬佩爹爹的怜恤孤弱？然而在那不知道的，难保不飞短流长，横加诬蔑，彼此的名誉岂不要断送在这上面？"

国香怔了怔，忙笑说道："这可就难了，哪里会有两全之法呢？"说着，便故意使劲地搓他自己的手。

绮秋接着说道："这事一点儿不难，女儿和葛小姐已经结成异姓姊妹，论起名分，她便也算得是爹的女儿。今夜女儿固然陪她在一床上睡觉，稍停几日，这房屋既为我这姊姊所有，她还有一位姨娘、一个弱弟，少不得都要接过来同住，彼此有个照应。便是女儿也得和她常来常往。爹爹钟爱她的地方，一切交代在女儿身上，包不误事。"绮秋说到这句，她又高声向房里吆喝道："玉痕姊姊，你尽躲在房里则甚？还不快出来和我爹爹厮见？这里有现成的红毡条，姊姊便来磕几个头，认我爹爹做个义父，也不见得辱没了你。"

玉痕见大功业已告成，说不出心里的欢喜，听见这话，便也不肯耽搁，遂命那个田妈替自己铺下红毡，分花拂柳地对着鲁国香整整拜了四拜，嘴里还低低叫了几声父亲。直把个鲁国香弄得目瞪口呆，茫无所措，又因为这事是自己已经允许的，要翻悔也翻悔不得，白望着这一双小儿女，手携手地转入那座花团锦簇的洞房。这许多宾客白扰了这一桌残破不完的喜酒，到这当儿，连想一句话来安慰安慰鲁大人，一时都想不出来，只得做好做歹，将鲁大人劝得出门，乘坐他自己的马车，料想是依旧转回他自家公馆，和他原有的几位如夫人温理温理旧书去了。

这里绮秋和玉痕走入房间，又恐怕玉痕饥饿，便命田妈到厨下拣那干净的菜饭送上几样。两人对面坐下，先由玉痕向她道了谢，重行笑吟吟地问道："小妹不幸，遭此磨劫，若非姊姊慨然挺身犯难，恐怕妹子不免出于一死。但是妹子有一件解不来的地方，尊大人既严守秘密，可想你们公馆里是不会知道有这事了，怎么姊姊打听得这样清楚，不迟不早却好赶在这时间救了妹子一命？"

绮秋摇手笑道："这话很长，一时也说不详细，好在姊姊随后自会知道。为今之计，明日必须将陶姨和霆儿一齐接得过来，姊姊住在这边，才可以不至别生枝节。妹子在学校里住的时候多，在势不能日日到来和姊姊做伴。姊姊千万不要客气，住在这里，尽管和在家中一样，若是缺少什么物件，只消告诉我一句，我可以替姊姊料理。"

说话之间，饭已完毕，由田妈收拾干净，另行送上水来，给她们盥沐。玉痕对着绮秋，说不尽心中的感激，又详细问了他们公馆里的景况，绮秋一一告诉了她。夜色已深，两人便相偕上床，簇新的衾枕，真是温香软玉，玉痕一生还不曾尝过这样风味。

绮秋将她的衾角扯了扯，笑着问道："若照普通人的心理讲起来，妹子这番多事，未免太煞风景。究竟不知姊姊这颗芳心里，还是感激我呢，还是埋怨我呢？"说着，笑得咯咯的，对着玉痕脸庞尽瞅。

玉痕含羞带笑地说道："原来姊姊不是好人，你转拿这样话来和我开心。妹子不幸，孤苦伶仃，凡事不能由我做主。叔婶不仁，伪说嫁到这边来主持中馈，不料他们是心藏鬼蜮，居然拿妹子来做谄媚贵人的礼物。论妹子身世，虽然不曾受过文明教育，至于要说到备位小星，那是死也不肯承认的。"

绮秋点头笑道："可又来了，我们不幸做了女子，已是堕落的了。在这婚姻上面，若再不能自主，悉凭别人搬弄，那么如何保全我们这人格？承姊姊不弃，对着我既这样倾心吐胆，我敢说一句狂妄的话，不但这样事肯代姊姊出力，姊姊如若心里还蕴着别的委屈，不妨全行告诉我，再由我来做个黄衫侠客。"

玉痕不觉怔了怔，忙分辩道："妹妹此时已将姊姊当作骨肉看待，再没有瞒着姊姊的事迹，你叫我打哪搭儿说起呢？"

绮秋笑道："你这话就未免欺负妹子了。老实说，男女情爱，在这文明时代，尽可各行各的自由，算不得是什么龌龊的举动。比如令兄象文，我们虽然是初认识，然而两下的性情却是针芥投合。一时纵然提不到婚姻，如果半途上不发生什么障碍，不但旁人做不了妹子的主，便是我那老父，也只好白望着，没有他参赞的余地。"

玉痕听到这里，方才恍然大悟，知道今夜的变局全是出自象文的调度。回想他那一夜在我房间里所说的话，处处都是卫护着我，偏遇着我一时糊涂，非但不能体贴他的意思，而且还百般地和他冲突，想起来真该懊悔。随即又望着绮秋说道："家兄象文，虽是叔父所生，至于他的举止动静，却和叔父截然不同，真要算得能够干父之蛊的了。"说时，又将起先为那钻石戒指，象文如何不服气，替自己辩诉的事迹告诉了绮秋一遍。

绮秋接着笑道："便因为这一层，他和我乞婚，我不肯径自承认呢。像这样的万恶家庭，他做儿子的是以天合，叫作没有法想。我做媳妇的，是以人合，若不慎重一下子，冒冒失失嫁过去，受他们的蹂躏，我鲁绮秋头可杀，志不可屈，一天也不能存活的呀。"

玉痕笑道："这个姊姊尽可放心，我平时窥探家兄的宗旨，在家庭里纵然不能革命，那独立是一定独立的了，我劝姊姊不如俯允了也罢。"

绮秋笑道："这事放着且缓议论，好在我们尚在求学时代，年纪又轻，道不得个便忙着干这没要紧的勾当。我的心事，是被姊姊侦探得去了。怎么我问姊姊的话，你转瞒着不肯告诉我？未免也太不公平吧。"

玉痕急道："我当真没有事瞒着姊姊，姊姊待我这番的情义，我若不拿出真心来待你，简直禽兽都不如了。"

绮秋急得将脖子一扭，自言自语地说道："奇呀，难道象文是哄骗我不成？然而像这样事，他又何苦来白冤枉姊姊？"

绮秋这番话，转将玉痕听得有些狐疑起来。其时触动象文那一夜在房里也提及这事，遂掉转脸向绮秋问道："姊姊敢莫不是又说的那个过先生？"

绮秋把纤掌一拍，笑道："一丝儿也不错，你也未免太忍心了。人家因为你病成那个模样，怎么你转安心乐意地肯嫁过来？"

玉痕咬着嘴唇，冷笑说道："这是打哪里说起？我和那姓过的，从来不曾发生过什么爱情。起先因为他是我家霆弟的老师，彼此碰着的时候，不无拜

108

托拜托他照料霆弟，这是有的。承他的盛情，对于霆弟倒也另眼看待。至于他心里蕴着什么别的意思，妹子发得誓，一点儿都不明白。今年他又送给我几首诗，我看了便搁过半边，好在我对于作诗这一层又是个门外汉，他作得好也罢、歹也罢，与我也没有相干。我那象文哥哥，或者便因这些玩意儿错会其意，只是他又何必把来告诉姊姊？"

绮秋笑得咯咯地说道："哦，这就葫芦扯入瓜田里去了。我尝笑近来的这一班男人家，对着我们女孩子，动不动有些武断。你无意望他笑一笑，或是搭讪着说一句话，他们登时张牙舞爪，仿佛脸上贴了飞金似的，硬派我们这样的举动差不多都是爱中了他们。他们就不曾拿面镜子去照一照，可配不配？比如姊姊对待这姓过的，何等光明正大，怎么他竟糊里糊涂，公然为姊姊害起病来？照这样龌龊的人，莫说害病，便是害死了，也不足惜。"

两人谈谈说说，不觉已近四更时分，大家都有些困倦，不由而然地厮偎着沉没睡熟。

再说葛镜清夫妇，自从打发玉痕轿子出门之后，觉得这件事做得十分圆满，将来升官发财，飞黄腾达，怕不牢牢稳稳握在手掌里。所以这一夜他的鸦片烟格外晦气，比较平时要多吸上好几倍。袁氏催他睡觉，镜清笑着说道："今夜还能够睡觉吗？不如辛苦些，多坐一会儿，明天大早，我还得穿起礼服，来到鲁大人那边贺喜，顺便将碍卡上的情形当面禀告。你素来是知道的，我万一在这当儿睡下去，不到太阳斜了西也不能起身，那个岂不误了大事？"

袁氏也笑道："你说出来的话才多么聪明。请问你，鲁大人他已经上了几岁年纪，晚间不无有些宾客要他老人家亲自应酬，及至和你侄女儿上床，他们恩恩爱爱，如何舍得赶在大清早起便自下床？你越是去得早，越不中用。不如躺一会儿，到那时候，我自然会叫唤你，再忙着去贺喜不迟。"

镜清点头笑道："这话不错，毕竟你们女人家心细，想出来的主意比我周到。可怜我是个不曾娶过小老婆的人，等待发了财，和你商议，也得让我学学那鲁大人买她一个女孩子，讨个下半世的快活。"

袁氏下死劲盯了他一眼，便不开口。镜清将脖子一缩，依旧去抽他的大烟。不知不觉，那日光已透入窗子，伸手向烟盘里取了那只手表一望，长针已离巳刻不远，镜清一骨碌跳起身来，打发仆妇们拎水上楼来盥洗，盥洗已毕，又去抽烟，抽得神精满足，然后吩咐套车。临出门的当儿，袁氏还向他说了一句："倘若瞧见玉痕，请你告诉她，我不久总得来看望看望，叫她好好伺候大人，不要想家。"

镜清笑道："这个我自理会得，你可不必操心。"说着，跳上马车，马夫加上一鞭，直奔鲁国香住的那所新屋而来。

他一面下车，一面命家人拿着自己的名帖，抢近门侧。说也奇怪，镜清抬头一望，蓦见屋里跳出一个少年，笑呵呵地直顾向前走来。镜清好生诧异，认得这少年正是他儿子象文，不由暗暗好笑，想道：这畜生素来倔强，无论什么阔人，他都不肯去巴结，怎么这一件事他转和我的心理一样，替鲁大人道喜，竟比我还来得早？

他想到这里，便放下一副笑容，冲着象文问道："你是来干什么的？"

象文见是他的父亲，心里又觉得好气，又觉得好笑，猜他还不曾知道昨夜的变故，不便说话，只冷冷地说道："你问我干什么则甚？难道只许你干不许我干？"

说过这话，也不再耽搁，从斜刺里溜之大吉。镜清吃他这一顿抢白，只骂了几声畜生王八蛋，象文一句也不曾听见。其时那个小门房只剩得一个打杂的名叫鲁德，他的职务一半是看守大门，一半是烧茶煮饭，浑头浑脑，比较鲁大人眼前那些阔爷们，好比天渊之隔了。镜清不知就里，连忙抢在自己那个家人头里，弯腰屈背地笑问道："请问你家一声，大人这时候可曾起身不曾？"

鲁德将他上下打量了一遍，却认不得他是谁，便冲口回答道："我们这里却没有大人。"

镜清吃了一惊，重行问道："这话怎讲？鲁大人不是昨夜在这里娶姨太太的？"

鲁德点头说道："娶是娶得来了，可惜我们大人却不曾在这里过夜。你家若要会我们大人，还是到他老公馆里去吧。"

镜清听见这话很是诧异，便又追问了一句说："难不成你们姨太太是一个人睡在新房里？"

鲁德冷笑道："横竖有我们五小姐陪着她，一个人当然变作两个人了。"

镜清也风闻得这绮秋五小姐，在家庭里很能够独断独行，听见鲁德这番口气，早猜到事体已有变卦，不由倒抽了一口冷气，呆呆地站在门房外边发怔。

说时迟，那时快，在这当儿，蓦见从屋里走出一位袅袅婷婷文明女子出来。镜清哪里还敢耽搁，望自己那个家人挤了挤眼，登时跳上马车，紧加一鞭，连脖子都不敢掉转来望一望。这件事我且按下不表。

再说昨天晚上，葛玉痕虽然是锦簇花团，过病蝉却是凄风苦雨，你道为什么缘故呢？可怜他的病已经深入膏肓，平时上床时多，下床时少。这一晚他知道是玉痕出嫁的喜期，像这样虚痨的人，他的心理上越发是变幻百出。一会儿想的那玉痕怎样和鲁大人交拜，怎样陪鲁大人入寝，怎样你恩我爱。想到浓厚的去处，他的两片颧骨上烧得和火炭一般，接连咳嗽了一顿，加上气喘如牛，额角旁边的冷汗一直淋到鼻准上面，两颗黑眼珠子不由得反插上去。他的老母余氏瞧这情形大是不对，吓得手足冰冷，又深恐病蝉一经咽了气，家里一个帮忙的人都没有，这便如何是好？忽然想起她女儿金兰，须得将她唤回来，在这夜里做伴儿，也得壮壮胆子。好容易摸到门外，央告一家邻居，请他们到女婿家里去唤女儿。吩咐过了，又索索抖抖地进来，提着病蝉名字叫唤。谁知任你再喊破喉咙，病蝉只是不醒。房里的灯光又绿隐隐的，越发叫人害怕，眼见得这时候已离二更不远了。

原来她女儿金兰其时已经和她丈夫上床睡觉，及至得了她兄弟病危的消息，忙使劲推了推她的丈夫，叫他送自己回来。无奈她丈夫素来和他丈母舅子不睦，依旧把头向被窝里一缩，装作不曾听见。金兰没法，只得穿起衣服，顺手在橱柜里抓了一大把花生，塞得袖笼子满满的，喊醒别人，替她关门。她一路走，一路便剥着那花生消遣，直是再写意不过。及至走到自家门口，那一线灯光从门缝里透露出来，远远地却好有一担卖汤圆的歇在半边。金兰高兴得什么似的，从腰包里掏出几十文铜钞，便站在担子旁边，狼吞虎咽地吃了一个畅快。她又防着半夜里饥饿，顺便藏了两枚小汤圆，夹在舌头底下，准备停会子慢慢享受，这才大踏步推门而入。

她母亲余氏见了金兰，早哭着说着告诉她病蝉危急的形状。金兰摇摇头，抢近病蝉床侧，果不其然，觉得他已是入气少，出气多了。想起平时姊弟的情分，止不住眼泪簌簌地往下直淌。她母亲余氏含泪问道："好孩子，你瞧你这兄弟，可有救没有？"

金兰这时已忘却汤圆还衔在嘴里，正待开口答话，不防她的嘴刚一启，哗哒一声响，那汤圆已从舌头底下直窜出来，不偏不斜，正打中病蝉的脸庞。说出来谁也不肯相信，病蝉经这汤圆一下子，居然将他的灵魂从鬼门关上打得回阳，将一双眼睛微微展开，从丹田里叹出一口气，便低低地嚷着要米汤吃。余氏大喜，念了一声佛，随即问金兰适才掉下来的是一件什么东西，竟有这样效验。金兰这时早向病蝉脸上拿回那枚汤圆，依旧送入自家嘴里去了，笑道："妈不用啰唆吧，兄弟敢是闻见这汤圆香味，顿时胃口大开，妈快拿出

111

钱来，给我到外边去买，包管他吃下去会起死回生。"

余氏不敢怠慢，便依这样办。金兰提起脚来，跑得再快没有，一会儿工夫，热腾腾地端进一大碗汤圆，足足有二十多个。两个人将病蝉扶起，拿筷子挑起来往他嘴里去送。其实病蝉哪里能够下咽，不过只呷了几口汤汁，摇摇头说："不吃了。"

这等事早已在金兰算中，喜得眉开眼笑，连汤带水，呼里呼啦吃得一个干干净净，然后拿手抹了抹胸脯，便一长一短问她母亲，为甚在这晚上兄弟的病忽然厉害起来。余氏哭道："这也有个缘故，他因为那个葛小姐今天嫁人，他从早起便失魂落魄，好像掉落了一件什么宝贝一般。他如果能够痛哭一场，倒也罢了，叵耐他也要哭呢，只恨哭不出一点儿眼泪。不知不觉挨到这当儿，忽地就不省人事了。将来瞧这样延挨下去，他没有命，我难道还想有命不成？"

金兰冷笑道："这也是兄弟的书读得太多了，所以越读越觉得迂腐。别人嫁不嫁，与你有什么相干？世界上的女孩子不计其数，只要你硬朗起来，包在你姊姊身上，替你拣选一个标标致致的，把来给你做堂客。"说着，又挤眉弄眼地望着余氏笑道："我家那个小姑子，妈不是瞧见过的，生得肥头大脸，不过嘴唇子缺了一点儿，这也没有什么关系。倘若妈看中了意，等我回家和他姊夫商议，包管一说可以成功。他姊夫提起她来，也恨得牙痒痒的呢，巴不得打发这冤家离了眼前。"

病蝉刚倚在枕头上养神，听见她这番话，不觉引得扑哧一笑。金兰拍手笑道："好呀！我的话一下子便打入兄弟心坎上，从今以后，你只消好好养息吧，想吃什么便吃什么。人生在世，一万件总是假的，唯有这五脏神庙，能够叫它收拾得光光净净，那才算得是受着实惠。"

她母亲余氏也点头晃脑，称赞她女儿的见解一丝儿不错。大家说说话，天色已经大亮，余氏烧出些水来，大家梳洗梳洗。再瞧那病蝉的神气，虽然仍是恹恹不振，然而比较昨天夜里，已经觉得恢复了许多。金兰借着服侍兄弟的名目，少不得逼着她母亲拿出钱来买鱼买肉，足足快乐了有五六天的光景。金兰坐在病蝉床边上，又百般地替他想这样想那样，及至买得来又不能下咽，依旧把来供应金兰嚼吃。

若讲到病蝉的肺痨病，原是三日阴天两日晴的变局，合该他有了转机。

这一天，玉痕的姨娘陶氏忽然笑容可掬地带着霆儿，跑来和他母亲余氏厮会。余氏不知就里，忙将她邀入内室。陶氏先问起过先生的病势，余氏叹气说道："还不是这个样儿，服了药下去，当时还见点儿效验，及至隔了一日，倒又依然如故了，弄得我委实没法，所有积蓄的牢锞子，早就在他身上花费得干净。姨太太即使不来，我也想过去和你商议，上次借的那笔款项，连本连利，积算起来，差不多离五六十块洋钱不远了，姨太太总得替我想个法儿。"

她才说到这里，病蝉在旁听得清楚，不由面红耳赤，叹着说道："葛小姐哪里便会短你的银子？怎么开口闭口向人家都提起这个？妈的手段太辣了。"

余氏瞪圆了眼睛说道："好孩子，你的脾气真是和别人不同，怎么我每逢提到这笔债务，你都拦在头里？你只晓得帮护姨太太和葛小姐，至于我们日常使用出在哪里，你就不替我想一想了？你的薪水倒好有三四个月拿不到了。好人要吃饭，病人要吃药，可惜你妈上了几岁年纪，不能拿这身体去骗人家的钱。"

陶姨见这势头不好，母子俩几乎要冲突起来，急不待缓，颤巍巍地忙打开自己带来的那个手巾，一、五、一十、十五、二十，数出十二张钞票，每张五元，恭恭敬敬送至余氏面前，含笑说道："真是千万对不起，时候耽搁太久了，承太师母的情，丝毫不肯催促，心里感激万状。如今将这本利一齐归还，请太师母点清了数目，另外再写一张收条给我。"

余氏见桌上花花绿绿地堆满了一大叠钞票，她做梦也不相信，像陶姨这样一个精穷的穷人，平时叫她拿六百文出来还恐有些吃力，怎么这会子轻跌巧翻，把以前所欠的数目通同理楚？难道她这几天夜里挖着窖不成？一面拿手在那里点数，一面笑着说道："姨太太，你忙的什么事呢？我虽然需款，也需不了许多。我常笑和我家病蝉说，将款子放给姨太太去使用，比放在铁箱子里还稳妥得十倍，所以你瞧我是从不肯和姨太太提起这事。"

她只顾在这里一味敷衍，病蝉近来肝火大旺，早吆喝着说道："妈，我劝你不用这样假惺惺吧，人前背后提起姨太太来，都是咂嘴咂舌，好像这款子永远没有指望似的。人家如今可是送得来了，瞧你以后还有什么舌头可嚼！"

余氏到此，真是忍无可忍了，将桌子使劲一拍，指着病蝉骂道："好呀！我做妈的一生一世倒不曾吃人家批驳过，不料过到老了，你做儿子的却放我不过。我不是因为你病得三分不像人，七分不像鬼，瞧我耳刮子，只顾老大刷将过来，道不得个你去告我忤逆不孝。"

病蝉气得痰堵喉咙，要辩驳也辩驳不出，只是双手乱抖，嘴里喃喃讷讷的，仿佛在那里谵语。其时金兰正躲在房门背后，拿着一大块牛皮糖往嘴里直送，到这当儿，又不能不出来搭讪，心里一急，便蹿出堂屋，呜里呜啦笑说道："自家娘儿们，为这些小的事也犯不着翻脸呀！姨太太也不是外人，既然将钞票送来，妈也只好权且收下。倒是我有一句闲话须要问一问姨太太，你老人家近来的境况，我们是通明白的，真个吃着上愁着晚上。像这许多票子，究竟打从哪里弄得来的？其实姨太太有钱也不该我们查问，不过通家至好，请姨太太说出来，好让我们欢喜欢喜。"

瞧不起这馋痨鬼的妇人，这几句话倒很有意思，霎时间将他们母子气愤都压下去了，转侧起耳朵，要听陶姨说出缘故。不过陶姨还未及开口，余氏转笑说道："这个有什么解不来呢？她的那位大小姐如今不是爬上高枝儿去了，她有这么一个鲁大人做了女婿，那成千上万的银子还愁不成大捧地送出来给她老人家享用？"

病蝉觉得他母亲这样话很是刺心，只长叹了一口气，把个脑袋垂下来，在那里发怔。

陶姨忙笑答道："太师母这一猜，委实是猜错了。我们那个大小姐，虽说勉强嫁过去，哪里能够和鲁大人成亲的？白担着一个虚名儿，提起来真叫人意想不到。"

陶姨这几句话不打紧，不防病蝉听入耳朵里，比吃了什么仙丹灵药还有效验，登时挣扎着坐起，颤巍巍地向陶姨追问道："哎哟！姨太太，你这话怎讲？世界上竟有这等怪事，请你老实说出来吧，可不用骗我，可怜我病得这一丝半气，是再也禁不起你们骗的了。"

陶姨正色说道："先生这话真是发笑呢，我们是随便谈着耍的，白白地跑来骗你则甚？"

陶姨说到这里，便将玉痕那一晚嫁过去的情形滔滔滚滚说得一个畅快。刚说到玉痕坐在新房里思前想后，拿定主意要去寻觅一死，余氏和金兰都替她捏一把汗，唯有那个病蝉转没有惊慌的样儿，忽地冲着陶姨叹气说道："好呀，我知道你们大小姐芳心里深深地嵌着一个情人呢，你们硬逼着出嫁，她自然没有第二个法子，除得拿一死报答他，一死之外，她委实是不暇计较的。好姨太太，她过后在背地里可曾告诉你那个情人的名字不曾？"

陶姨听见这话，早把个脑袋使劲摇得像拨浪鼓似的，笑道："这却没曾听见她提起。我揣度她的情形，怕不见得有这事吧。"

病蝉怒吽吽地说道："该像你们这样愚蠢，如何猜得出她的心事？而且玉痕姑娘的为人，素来何等心细，她也断不肯将她心里的秘密没来由向你们提起，当然你们不会知道。"又自言自语地说道："可怜！可怜！她也算对得住我这个病蝉了。好在既留得这清白之躯，将来我们这婚事，一定会有指望。你们通不见古今来那些佳人才子，不知道经几许风波，历多少艰险，及至到了团圆，才格外觉得有趣。"

金兰望着他笑道："你嘴里呢呢喃喃说的是些什么？叫我们一句也听不清楚。况且葛小姐的情人未必见得就是你，你又何苦白急成这个模样？瞧你夹耳根子都红起来了，稍停又该嚷着气喘。"

余氏又接着问道："以后怎么样呢？鲁大人如何容得她这样倔强？"

陶姨笑道："凡事也料不定，这当儿竟会跳出他们一位五小姐来，硬拦着不许她父亲成亲，当晚便由五小姐陪玉痕睡了一夜。说也好笑，我家玉痕本是嫁去做新媳妇的，偏生改做了鲁大人的女儿。"

余氏和金兰听了，都免不得摇头咋舌，至于病蝉这时候已说不出他心里的快活，转嬉皮赖脸，掉头望着他姊姊金兰笑道："你伸长了耳朵听听，如今可不用你替我做媒了，我与其做你那婆婆的女婿，为什么不去做鲁大人的女婿？又威风又阔气。"

他一面说，一面便嚷着肚皮里饥饿，逼着他母亲去喂粥给他吃。余氏也欢喜非常，暗想：陶姨太太这一席话竟胜过那些不济事的医生，这又从哪一处说起呢？于是赶至厨下，劈柴烧火，没多一会儿，热腾腾地捧上一碗粥来。病蝉连抓带喝，眨眨眼，吃得一光二净，精神比较以前便爽健了许多，依旧有一搭没一搭地和那陶姨谈论玉痕的琐事。

陶姨笑道："这么一来，不独玉痕得了好处，便连我和霆儿也一齐享起福来了。不曾隔了几天，他便打发仆人来接我们母子到那新屋里，和玉痕大小姐在一块儿同住，真是穿也有，吃也有，服侍的男女仆从也有。鲁大人又按月送银子过来，给他这位干女儿使用。五小姐和玉痕虽是异姓姊妹，然而论她们彼此的情谊，恐怕便是嫡亲姊妹也及不来那样亲密。有时候姊妹俩出去逛逛马路，游游公园，据说不久还要替玉痕介绍进哪个学校。玉痕处这等境遇，出落得比以前格外丰艳了，腮颈上两个小酒窝儿，从前哪里会有这样的深？"

病蝉越听越高兴，丝毫不觉得困倦，恨不得便留陶姨在屋里谈一天一夜才好。叵耐陶姨觉得时候已是不早，打算要起身告别，她忽地又从怀里掏出一张五元的钞票，笑嘻嘻地送给余氏说："承先生教导孩子的情分，我们没有什么补报，这点点薄敬，留给先生随意买点儿爱吃的东西，调理调理这病体。

我们暂且别过，改一天再来替太师母和先生请安。"

余氏接到手里，当然谦逊了几句，唯有病蝉却又发生了一种呆想，连忙向陶姨追问道："我知道这洋钱一定是你们大小姐送给我的，可是不是？她分明舍不得我为她害这一场重病，钱虽不多，却可以表出她的爱情。"

陶姨笑道："先生这却猜错了，大小姐发得誓，并不知道。"

病蝉登时又急得面红耳赤起来，怒道："姨太太，你休得瞒我，一定是她的意思，一定是她的意思。好姨太太，你若是真个体贴我，就该告诉我是她的意思，包管我这病格外好得快。"

陶姨被他弄得茫无所措，白翻着眼不好开口，转是金兰向她丢了一个眼色，微笑说道："姨太太，你就这样说吧，横竖我和妈都知道感激。"

陶姨没法，勉强答应说道："好好，就算是她的意思，难道大小姐和我还分家不成？"

病蝉听见这话，方欢天喜地，伸手拿过那张钞票，笑嘻嘻地向怀里一塞。陶姨见他这般情状，委实猜不出他是什么用意，又是好气，又是好笑，当下别了余氏，重行携着霆儿回去。

到家之后，便将这事告诉了玉痕，又说："过先生这一场病，差不多瘦成三根筋绊着一个脑袋了。他口口声声提起你大小姐，好像有一百二十分亲密似的。我有一句斗胆的话，倒要向大小姐问一问，起先大小姐对着过先生究竟有什么感情没有？人病到这步田地，你也该可怜可怜他。"

玉痕将脖子摇了几摇，一声儿也没言语，转将个粉颈低垂下来，在那里纳闷。良久良久，方才慢吞吞地说了一句："无论怎样，总得先将这病医治复原了方好。"

玉痕说这话的当儿，陶姨已经出了房外，替她儿子阿霆穿换衣服去了。玉痕见没有别人在侧，又在她新近搬过来的衣箱里面，拣出病蝉赠给她那一幅诗笺，在电灯底下反复看了两遍，随即拿手托着腮颊，仿佛在那里思量什么心事。忽听见门房外皮鞋声响，她知道是绮秋来了，忙不迭将诗笺藏过一边，抬身迎接。

绮秋笑问道："姊姊，你那姆母总该到姊姊这边来薅恼的吧，临时抱佛脚，他们少不得有这种作用。"

玉痕笑道："又是什么事发作了？她来却不曾来，难道又打算第二次卖我不成？"

绮秋拍掌笑道："这个她敢？我也是打听得家父因为姊姊不能遂他的心

116

愿，平白地又迁怒到你那叔叔身上，逢着人都骂葛镜清浑蛋，拿侄女儿来同他开这玩笑，以前派给他的那个差使决意取消，另行派人去接办。不料这消息传入你那叔叔耳朵里，吓得屁滚尿流，巴巴地又买了许多贵重礼物，亲自押着送给我们老人家。哪里知道老人家不但不肯赏收，而且将礼物扫得满地，劈头劈脸给你叔叔一顿臭骂。"

玉痕听到这里，又羞又急，满脸娇嗔地说道："活该触这样霉头，究竟这捐卡上的收入有多大好处？要是我不干就不干好了，转这样出乖露丑，我真猜不出他们是一种什么心理。"

绮秋笑道："姊姊在官场里，真要算得是个门外汉，做官的若都像姊姊这样负气，怕民国的政界一定跑得精光，再也寻不出办事的人员了，那还成个什么局面呢？大凡做官的人，别的本领没有，唯有这忍辱含垢，是天给他们的一副度量。令叔虽经了这场呵斥，他却声色不动，家父骂一句，他便答应一个是字，骂两句，他便答应两个是字。等得家父将他掼下来，他才收拾了那些礼物，悄悄地存在家人门房里，拜托他们等候大人息了怒，仍请他们替自己送呈上去。这也罢了，不曾想过了几天，怎么又打发你那婶母来走内线，带来的礼物比送家父的格外丰厚。最好笑的我那继母的年纪比令婶母要小得许多，亏令婶竟想得出，跪在继母面前，要拜给她做干女儿。许多姨娘躲在旁边，都笑得揉肚肠。继母被她缠得没法，瞧那些礼物的情面，不便过于拒绝，转教导令婶母一个好法子，说姊姊和我最好，这件事只要我许可，不怕大人不肯承认。若是求我，又必须先来求姊姊。我打听得这玩意儿，所以来向姊姊问一声。"

玉痕从丹田里叹了一口气，说道："他们也还不至于没有饭吃哩，为甚要这样地卑鄙龌龊？若是那些忍饿的人，大约格外顾不得什么叫作人格了。"

绮秋笑道："这话却又不然，果然能够忍饿，他断断做不出这事。姊姊瞧近来那些伟大人物，谁不是成千成万的家私？至于贪心不足，盘踞要津，依旧是……"

玉痕不等她的话说完，笑拦着道："这时也不是姊姊发牢骚的时候，何苦说出来叫人听着讨厌。若是传扬到了外面，又该编派你是个女革命。为今之计，如果我那婶母到来，究竟我该怎生对付？老实说，便是姊姊肯承认，我也不肯承认。"

绮秋笑道："姊姊这又未免固执了，我已经打算在这里，万一他们竟走我这条门路，我少不得也来敲他们一下竹杠。我替姊姊想，住在这里，日用饮食是不消愁得的了，但暑假过后，我不是要替姊姊介绍入我们那个学校？但是每年这学费很重，不如便着落在令叔身上，他一天在差使上，叫他一天承认你的学费。其实论他们和姊姊的亲谊，便没有这件事，这区区款子，原应该出在他们身上。不过与虎谋皮，没有挟制他们的地方，他们绝不肯破这悭囊，这也叫作变通的办法。"

玉痕见她这样替自己出力，想起自家畸零身世，不觉悲从中来，转呜呜咽咽地掉下几行眼泪。绮秋握着她的手笑说道："姊姊，这个又伤心做甚呢？快别要如此。我和你到外边逛逛去，我瞧你遇事便愁眉泪眼，大非卫生之道，而且也不像我们活泼的青年女子。"

玉痕勉强笑道："到哪里去逛才好？所有的那些游戏场也逛得腻烦了。"

绮秋笑道："我有好多的同学姊妹都很仰慕你，久已逼着我替他们介绍。我知道你的性情，又很孤僻，不大愿意和人家周旋，是以耽搁下来。如今学校里在暑假期间，所剩的姊妹们人数不多，内中尽有好几个品学兼优的，不久姊姊也得同她们在一处求学，趁这时候去联络联络，正不妨事。"

玉痕一时高兴，便点头笑道："既这样说，我就陪姊姊去走一趟。"说到这里，她站起身来就走。

绮秋望着她笑道："你这家常衣服也太朴素了些，何不将前天新制的那一身褂裤穿起来？"

玉痕笑道："委屈些罢了，谁又耐烦去料理这样那样？"

绮秋一定不肯，硬替她从衣橱里将衣服取出，又命那个田妈拿水进来，重行梳洗。磨延了好一会儿工夫，那日色已渐渐西落，晚风习习，姊妹俩然后出门，径自向马路上行去。

其时人烟稠密，车水马龙，络绎不绝。玉痕走了没多一截路，刚刚从人丛里挤出，抬头一望，忽然瞧不见绮秋的身影，心里正自着急，只得站在马路旁边，呆呆地盼望绮秋。等了好半歇，才见绮秋匆匆从后面赶来，玉痕问她到哪里去的，绮秋指手画脚笑道："宝昌洋行门前水门汀上，有一个少年妇人伏在地下拿粉笔在那里写字，大约是和人家告帮的意思。我瞧她写的字倒很齐整，站在那边望了一会儿。近来像这样的玩意儿也是常有的，怕脱不了是骗钱主意。"

玉痕笑道："这话也难说，社会上的事，大都是坏人带累好人。有骗钱的，便连那不是骗钱的都吃人疑惑了。这妇人在哪里呢，等我也去瞧瞧。"

绮秋指给她看道："喏喏，离此不远，那洋行墙上拿电灯编的几个大字不是照耀在我们眼睛里呢?"

说着,两人都直挤过来。果不其然,只见那妇人蓬头垢面,一件草葛布的褂子,袖口旁边都绽了几个大洞,皮肤虽然白净,只是枯瘦了没有什么血泽。论她的年纪,看去大约也不过二十来岁。玉痕已禁不住有些伤感,一面伸手在小提包里去取银角子,一面拿眼瞧她写的粉字,仿佛是几首诗歌,末了还缀着一行,是"难妇许倩霞鞠躬"。玉痕因为瞧见这许倩霞名字,不觉触起一件心事,转将银角子依旧放入提包,走近一步,很恳切地问道:"哎呀!你是有丈夫的,为何出乖露丑,跑向这马路上来乞人家帮助?"

那妇人此时本来蹲在阶沿石上,拿双手遮着粉脸,无如周围看她的人虽多,却没有一个肯拿出钱来施舍。这会子忽然听见有人向她询问,她这才将手放下,对着玉痕望了望,叹气说道:"你这位先生是谁,何以知道我的家世?其实我虽然嫁过丈夫,却和不曾嫁过一样。先生若是可怜我伶仃孤苦,便乞慨然施舍,好让我挨过这几天性命。要晓得我许倩霞也从学校里受过教育的,情非得已,才在这里腼颜向人家求乞,先生不要见笑。"

众人见她对着玉痕左一声先生,右一声先生,叫得非常热闹,登时哄然大笑。

绮秋也笑着说道:"怎么你是瞎子不成?这是我的姊姊。"

那妇人听到这里,重行站起身子,仔细对着她们瞅了又瞅,方才认出她们是两位小姐,重行笑逐颜开地说道:"不瞒小姐们说,我这眼睛本来苦于近视,近日加上没日没夜地哭泣,所以越发不济事,还不曾请问两位小姐的芳名。"

绮秋见时候已是不早,便望玉痕说道:"我们给她几块钱走吧,何必白在这里耽搁?"

玉痕摇头说道:"姊姊且缓忙着,我还有话要和她询问。"

当下又向妇人问道:"你丈夫可是姓黄不是?"

那妇人忙答应道:"一点儿不错,他的名字叫黄蕉影,可恨他将我抛弃下来,不知道他逃往哪里去了。"说着,早提起破袖子,掩面呜咽。

玉痕到此,便踅近绮秋身旁,向她附耳说了几句,又说:"今天且不必到学校里去吧,救人救彻,我们既然遇着这妇人,也算是她的造化。"

绮秋原是无可不可的,也就竭力赞成。当时便由玉痕向那妇人笑道:"照你这样光景,天天跑出来求乞,也非久计。这时候我且带你到舍间那边去歇一歇,随后好来替你设法。你不认识我们,这位姊姊叫鲁绮秋,我叫葛玉痕。

119

我的哥哥葛象文，本来和你的丈夫至好，大家提起来都不是陌路的人，你能够相信我们，请你不必推却。"

许倩霞听见这话，从心坎上说不出来的感激，好在一身以外别无长物，那支粉笔抛在地上也不要了，就急忙忙地随着玉痕和绮秋身后，一路转回玉痕住的那所屋子。绮秋觉得这事很是奇怪，便也不肯回去，一齐随同过来，好探问探问蕉影他们的踪迹。又觉得倩霞身上甚是龌龊，一到屋里，便叫田妈将她带入浴室，叫她洗一回澡。玉痕又取去几件粗旧衣服，给她穿换。论她生的模样，经这一番调理出来，倒还着实看得过去。玉痕恐怕她饥饿，随即吩咐田妈到厨房里去催饭。天气炎热，绮秋一定要将桌子移向天井里。大家挨次坐下，陶姨见她们人多，便将霆儿携带在另一处去吃。倩霞倒有好多时没吃饱饭了，在这当儿，却也毫不客气，一面用膳，一面闲话。玉痕便一长一短地向她询问，意思想从她口里探听阿锦的踪迹。先问她几时嫁给黄蕉影的，可生过儿女没有。倩霞答道："像我们这份人家，还能够生着儿女吗？我嫁给他倒有五年，也没有一天过着好日子。"

玉痕叹道："黄先生既不能自立，他便不该娶你，你既知道黄先生不能自立，当初便不该嫁他。小家庭的结合，其贫弱原因，怕总离不掉这样缘故。"

绮秋笑道："姊姊也不用白埋怨她，我早明白了，他们的嫁娶，一定是用的那旧时代买卖制度。老实说，埋怨她也是冤枉。"

说到这里，又掉转脖子望着倩霞笑道："你觉得我这议论可是不是？哼哼！若不是自幼指腹为婚的呢，包管在半路上听了那些媒人乱嚼舌头。不曾种着好因，哪里会结得来的好果？"

倩霞不觉扑哧一笑，绮秋急道："你笑我则甚？敢是笑我不该批驳你们的错处？你心里大约还拿着旧道德当作金科玉律呢。"

倩霞摇头说道："鲁小姐你不要自以为文明，我那时的文明，何尝不和小姐们一鼻孔出气。益发告诉你们吧，你们听我的口音，应该知道我不是生长湖北，我原是芜湖县的人呀。当初一般地在女校里上学，女朋友而外，男朋友也不计其数。黄蕉影在那时候便和我认识，两人的情好再亲密不过，也没有一天不聚在一处。后来他和我乞婚，我当然不肯拒绝。叵耐我家里也有父兄，通同不以蕉影为然，便想破坏我们的婚约。我打听出这噩耗，以为婚姻是我们应该自由的，如何能叫别人来干预？当下遂同蕉影商酌，要避危险，非得脱离了家庭的关系不可。蕉影没口子地赞成，计议已定，我便悄悄地打叠了些衣服、首饰，和他搭轮西驶，便在这汉口地方，一住住了几个年头。

两人都没有生业，全靠着我带来的什物变换使用，自然一天一天地支持不去。他也有时卖文为活，只是所入有限，以至弄成这样的局面。我哥哥他们很阔呢，有的做着议员，有的做着科长，不过我是弃家而逃的女孩子，他们不肯承认我这妹妹罢了。"

倩霞说着，早呜呜咽咽地流下泪来。玉痕也很替她扼腕。只是绮秋有些不服，诧异说道："这就怪了，论你看待黄先生的情分，很算不薄，便是贫苦，也该两家头在一处同福共命，怎么他这会子竟甘心抛弃了你，不顾你的死活？这种男子，简直是狗彘不如了。"

倩霞流泪说道："如今我也瞧透了，男子的心肠，谁保得百年不变？比如我这副眼睛，也不是近来才近视的了。当初他爱我的时候，百般夸赞我，说我这眼睛越是近视，越显得天然妩媚，好比一泓秋水，盈盈地凹在山涧里，比较在那平原旷野觉得好看得许多，我便认错了人，他都体谅我。不料几年的工夫，他口口声声骂我是瞎子。可怜我幼年在家里充当小姐，谁曾做过粗重生活？近年替他缝纫洗浣，稍微有点儿不到的地方，他竟能对我拳打脚踢，我只有忍气吞声，因为没有一个娘家，吃了苦也没人替我申诉。便是他这次背我逃走，也误在我这近视眼上。在这前几月里，他常常和一个少年朋友到屋里来坐地，有谈有笑，把我冷清清地撂在一旁，也不容我到房里去窥探。我有时问他这少年是谁，他哄骗我说是当初的一个同学。我记得还有好两夜，他逼我让出床来，他和那少年在一处睡觉。我是个实心眼的人，以为做朋友的联床同宿也是常事，我再会吃醋些也不能禁止他和男子交涉。我的天呀，及至他逃走之后，才有人告诉我，说这朋友是个女郎。他们两下里打得火热，碍着我在屋里不大方便，所以他们躲向别处过活去了，至今也寻不出他们一个下落。"

绮秋越听越是好笑，望着玉痕说道："哎呀！瞧这样讲，人的五官简直是一件缺少不得。像许女士不能不算是伶俐的了，然而便因为生着这副近视眼，竟自吃了人家的亏苦。"

玉痕也是嫣然一笑，又向倩霞说道："你可打听得那女郎是谁？"

倩霞道："这个我如何会知道她是谁呢？据人说，也是一位小姐。我想这小姐也太糊涂，平白地将她这身子赠给这有妇之夫，讲起来也很不值得。况且黄蕉影又是一贫如洗，他一个妻子还不能养活，难道再加上你一个，倒还能够养活不成？我今日才知道，世上的女孩子，只要撞着一个知心贴意的男人，便好比苍蝇见血。"

倩霞只顾说得高兴，把个绮秋引得只是哈哈地笑，望着玉痕做鬼脸。玉痕好生羞愧，鬓角边早瀿起一朵一朵的红云，幸亏倩霞却瞧不出来。

绮秋又忍着笑问道："你说了这半会儿，究竟这小姐你可打听出她是谁？"

倩霞咬着嘴唇说道："我要打听出她是谁，早就闹到她屋子里，问她一个霸占良家男子的罪名。便是黄蕉影，他也不能不承认我是他的妻子，何至于流落到这步田地呢？"

玉痕嫣然一笑，将舌头伸了伸说道："瞧你这口气，然则黄先生和这小姐躲避在什么地方，你当然也茫无头绪了。"倩霞把自己脖子连点了几点，又长长叹了一口怨气。

她们正在这里闲话，不防外边革履声响，葛象文已匆匆进来，抬头瞧见倩霞，不由吃了一吓，忙失声问道："哎呀！这不是蕉影的夫人许女士？如何会同你们碰在一处？"

倩霞一古拢儿也辨不出来说话的是什么人，拿眼细细去打量一番，依旧坐在半边，尽瞅着象文发怔。

象文笑道："嫂子如何连我都不认识了？上次到府上奉访，荷蒙嫂嫂不弃，曾经拿一只纤纤玉手向鄙人身上掏摸钞票。至今想起来，犹觉得嫂嫂那种憨媚神情，叫鄙人一时一刻都忘记不掉。"

倩霞听到这里，这才知道他便是玉痕的哥子象文，想起前事，真是叫人又觉得可羞，又觉得可气，没奈何，也只好还他一笑。绮秋心里老实有些不大愿意，回转头对着象文下死劲地瞅了一眼。象文怕她误会，随即将那一次倩霞误认自己当作蕉影的事迹，详细地告诉了他们一遍。绮秋和玉痕方才笑得弯下了腰。

倩霞忍笑说道："这些旧事，亏葛先生记得这样清楚。"一面说，一面双目莹然，不免盈盈欲涕。

毕竟玉痕忠厚，深恐她着恼，忙拿别的话岔开，便将在路上怎生会见倩霞，怎生要想法子安置他的话，把来和象文商议。象文冷笑道："奇呀，这么一来，我们不是转弄成个以德报怨吗？"

说得玉痕也笑起来，解释着说道："这也叫作罪人不孥，我们倒好各行其是罢了。"

倩霞虽然听入耳朵里，却解不来他们是什么用意。象文想了想，又向玉痕说道："这屋里房间不多，却万万不能安插，我倒有个计较，不如将她送入那座莲慧庵里，让她去带发修行。至于饭食的款子，拼着由我们承认，料想那庵里的师太一定不能推拒的。"

玉痕大喜说："这样办是再妥当不过，事不宜迟，便打发鲁德送她过去吧。"

象文笑道："最好再请绮妹写一封信，那更万无一失。那老尼姑好不势利，要晓得是鲁大人这边派去的，她越发不敢怠慢。"

玉痕便望着绮秋说道："救人救彻，便累姊姊的大笔。"

绮秋笑道："那秃厮再讨厌不过，没时没节常向我们公馆里去走动，我怕那几个姨娘吃她骗去银钱着实不少。唯有我是个天不怕地不怕的野人，什么叫作佛，什么叫作菩萨，我是一概不懂，你何苦又叫我来赏给那秃厮的脸？有你们贤兄妹介绍，还怕那秃厮敢将这许女士赶出庵门不成？"

玉痕见她一定不肯，也只索罢休。登时命田妈将倩霞带出去，吩咐鲁德照依着去办理。倩霞向她们谢了又谢。

倩霞走后，唯有绮秋心里有些老大不以为然，转冷冷地望着象文他们笑道："啧啧啧，到底慈善家的子女，见解与我们寻常人不同。这件事在你们以为做得十分圆满，其实还不是和蓄养游民一般，根本上不能替她筹划自立的法子，徒然安坐而食，养成她一种懒惰的习惯。不是我说一句刻薄话，像这种没长进的妇人，先前既误识匪徒，过后又甘为乞丐，若论优胜劣败的公理，许倩霞便当在淘汰之列，留她活在世上干什么呢？"

玉痕见她发出一种议论，觉得闻所未闻，不由吓得有些战战的，半晌也没言语。转是象文搭讪笑道："绮妹，你可猜到我今日来奉访有什么意思？"

绮秋笑道："你心里的事，我们如何会猜得出？该说便说好了，我最恼的是但凡有一句话，必要这样藏头露尾。"

象文笑道："又怪我说得不好。"说着，又伸出两个指头，向绮秋笑道，"今天碰你的钉子，倒好有两次了。我因为你们都在暑假当儿，天气越过下去越是炎热，这汉口地方，人烟稠密，最易传染瘟疫，我打算请你们两位到庐山去避暑。刚发生这个念头，却好我有一个朋友，名字叫作熊仲奇，不久在那里和一位常女士结婚，有请帖来约我去观礼。绮妹如若高兴，我们早晚便可动身，等到有了开学日子，再回来不迟。"

绮秋原是好动不好静的女郎，听见这话，早乐得眉飞色舞，没口子赞成说道："为甚不去？一定要去的。我也久慕那匡庐的风景，平白地让外国人在那里避暑，我们自有的名山胜迹，转不许我去逛逛不成？玉姊姊你尽今夜收拾收拾，明天大早，我便过来约你。"

玉痕笑道："你们两人同去好了，又将我牵涉在里面则甚？我轻易又不大出门，没的因为我转添上你们一个累赘。"

绮秋急道："姊姊这是什么用意？我和象文都是青年男女，两个人同行，究竟有些不大方便。他便不约姊姊，我也逼着姊姊做一个伴侣的。快不要拿腔作势，阻挠别人的兴致。但是有一条问题我是要预先声明，这一次旅行费用，当然由我们做一个东道，不过我不大耐烦管这出入的账目，这一张会计员的委任状，悉凭你们兄妹俩去承认。"

象文忙道："这事由我发起，如何能够叫你破钞？"

绮秋将一双眼睛向他微瞟了一瞟，冷笑说道："哎呀！好大一笔款项，也值得你谦我让起来？别的我不管，明天清早，我打发人送过五百块钱来，交给你代我使用。万一不够，再由你补贴出来，可好不好？"

象文笑道："五百块钱也很够使的了，怕我还可以捞摸几文上腰。"

玉痕笑道："好了，你们都抢着来做主人，唯有我是两肩荷一口，倒好跟着你们去吃白食。"

绮秋也笑道："姊姊这句话就未免太谦了。大家都是我爹的女儿，这银子一半是我的，还有一半是你的呢。"

象文大笑说道："这一分派怕不对吧，那么你们两个人不都变成了二百五？"

说得玉痕和绮秋都狂笑起来。又议论了一会儿，才定在第二天傍晚搭下水轮船。绮秋别了回去。

象文便睡在玉痕这边另外一座房间。又因为心中记挂着出门的事，兀自睡不沉着。天才破晓，他便披衣下床，在廊檐底下闲蹀，吸收那清晨空气。田妈忙着抹桌扫地，不曾隔了一会儿工夫，果不其然，绮秋已经打发人送洋钱过来。鲁德慌慌忙忙地将一束钞票递给象文。象文向他努了努嘴，说："你搁在桌上好了。"

鲁德垂手说道："这是福兴润钱庄送来的，那个懵懂老头子一定要少爷写给他一张收条。"

象文点头笑道："这个原是他们的责任，收条却是不可少的，你快出去叫他进来，让我当面交他。"

鲁德将双眉一蹙说："那个老家伙龌龊得很，少爷见了他，一定要作呕，况且他也不配和少爷厮见。"

象文急道："这是什么时代？到了你们嘴里，都得讲究个配不配。所以我常说，越是像你们这样的人，越是显分出一种阶级，共和两字可是白被你们糟蹋了。你说他不配，我偏生要敬重他，请他进来吃一杯茶，让他上首去坐地。"

鲁德见象文生气了，方才将两肩一耸，舌头一伸，飞也似的跑出去唤那个老头子去了。象文这才伏在桌上写那收条，刚抬起头，已见鲁德将那人唤至面前。象文仔细将他望了望，忽地笑问道："哎呀！你不是连老伯？怎么累起你老人家干这差事？快请上座，快请上座。"

他虽这样说，却把个鲁德气得发昏，暗想：这厮不过是我们那钱铺子里的一个清道夫，葛少爷公然称呼他老伯起来，岂不是天大的笑话？你和我赌气也罢了，又何苦甘心做这清道夫的侄儿？鲁德这时固然将两片腮颊鼓得和癞蛤蟆仿佛，站在旁边也一言不发。

至于那个老头子也吓得茫然无所措，没口子分辩说道："少爷休得认错了人，我不姓连，我名字叫作高贵。这趟差使原不派我干的，因为田相公要陪一个朋友到九华楼去吃茶，他见我坐在铺门口没事，遂将这钞票交给我送呈少爷。我取得收条，还得赶至九华楼，在田相公那里去消差。"

象文笑道："老伯休得瞒我，这内中情节，小侄打听得非常清楚。难得老伯的大驾光降，若不坐下来，我们有话也不好讲。"说着，便伸过手来，邀他上座。

那个老头子如何敢答应，吃他缠得没法，只得拿一点儿屁股尖儿搭在檐口一张小凳上，侧着身子坐下。论鲁德做大爷的身份，本来比这清道夫高得几倍，这当儿清道夫坐着，他兀自站着，魂都气得打头顶上冒出去，真是万无可忍，只得掉转身子，跑回他的那所门房，在那里唉声叹气。象文也猜到他的意思，却不去理会，转笑嘻嘻地望着那老头子说道："令郎连幻佛是常常和小侄在一处的好朋友。有一次老伯在铺门口打盹，依小侄的意见，便想过去替老伯请安。却是幻佛拦着，绕道儿向别条街上走去，老伯休得见罪。"

那老头子见象文这样谦恭，说的话又是一点儿不错，登时叹了一口气，说道："咳！少爷再休提起这事，只怪我们老了，不中用了，没有本领寻出钱来养活孩儿，当然取消这父亲的资格。承少爷盛爱，将这话揭破了，我老儿才不敢相欺。以后倘若碰见我家幻佛，务恳少爷留意，不要提起今日的事迹。他是个好胜的人，最怕人揭开他这黑幕。他目下虽不能算孝顺，然而还有一碗白饭养活他的老母，万一因这个触恼他的性子，他定然能够将他老母撵下来。我老儿又没这能耐，那时没柴没米，眼见得我这老妻就可以活活饿死。

那时少爷便不是尊敬老儿，转是坑害了老儿了。"他说到这里，止不住眼泪直往下淌，又慌慌张张地向四边望了望，站起身来要走。

象文见他说得这样恳切，倒不便再和他过去谦逊，又念他委实贫苦，顺手便在那一束钞票里数了五十元出来，连写的那张收条，向他手里一塞，笑道："这个你便拿回去买点儿柴米吧。"

老头子仓皇着问道："少爷这是给谁的？"

象文笑道："难为你老人家辛苦这一趟，这款子算是我给你的茶敬。"

老头子吓得变了颜色，说："这万使不得，好少爷，你留着老儿的性命过过吧，没的将一生的草料通同折尽，来世里还得变驴变马来偿还少爷。"

象文将手挥了挥，笑说："你快走吧，不用啰唆了，什么今生来世，你将来研究研究科学，才知道这轮回的话是断断没有的。"

那老头子一面活抖，一面在地上磕了几个响头，才转身退出阶沿，嘴里叽咕说道："阿弥陀佛，不想我连璧也有这样造化。这一来我可以和那不孝的畜生分居了，省得受他的闷气。"

象文将那钱数点了点，只剩了四百五十块洋钱，自家打算将这数目贴补起来，无如家中的款项都在他父亲手里，他轻易也捞不到手。正在踌躇，却好玉痕业已收拾完毕，盈盈地出了房门。象文便将适才的事告诉了她。玉痕不无又将那连幻佛骂了一顿，笑道："这区区款子，何必再向叔婶那边去薅呢？横竖我也带有二百块钱，一齐交给你，总该可以敷衍够用的了。世间的银子只要用得得当，莫说五十块，便加上十倍，也不为浪费。那连老头子得了你这周济，可知他心里感激得什么似的呢。"

两人正在说话，绮秋也就来了，开口便问："我那洋钱可送来不曾？"

象文忙道："早就送了来，等我捧出来给你点数。"

绮秋笑道："搁在那里吧，只要他们不短少我的，我还怕你偷用我那钞票不成？"

当天大家便在玉痕这里吃了饭。依绮秋的主意，少年人出门，原是磨炼筋骨，不合携带仆从，凡事都得由自己去照料。象文一定不肯，说："老妈子带了不免累赘，至于我用的那个金牛，却是少他不得。他年纪又轻，便是伺候你们姊妹俩都没有妨碍。"

绮秋掩着耳朵笑道："我们有腿有脚，要人伺候则甚？你毕竟是个公子哥儿，这排场是少他不得的。"

象文也只笑了一笑，随即在电话里将金牛喊来，告诉他到庐山避暑的话。

126

金牛听了，欢喜得手舞足蹈，好在他们各人只有一个提包，以外又没有行李。金牛便先赶向轮船上去定房舱，玉痕便将家中一切的事情托了陶姨。陶姨又叮嘱他们一路上务宜保重，能够早点回来最好。晌午时分，三个人步行踱到码头上面。

其时斜阳如血，照到江心里通红的，格外好看。玉痕到底不曾出过远门，无论什么事，她都茫无头绪，引得绮秋只是咯咯地笑，望着象文说道："请你照应着玉姊姊先上轮船去吧，我还得在那边买点儿食物，一会子就来。"

她说完这话，掉转身如飞地向洋街上去了。玉痕虽然走着那样极宽极阔的跳板，她还是颤巍巍地一手扶着象文臂膀，好容易走了半会儿工夫，才跨入趸船。她倒嚷起脚疼，便想在趸船上休息一会子。象文嚷道："好在这里离那江轮不远，有在这里歇脚的工夫，不如到房舱里躺下来，有多少不好？"

玉痕没奈何，只得站起身来又走，却好金牛站在那边向他们招手，复行将象文、玉痕引入房舱里。因为他们来得早，却好那两个房舱平列在一处，彼此有个照应。若再稍停一会儿，便没有这样舒齐的了。象文大喜，望着玉痕说道："绮秋的性情都有些一厢情愿，依她不带金牛，再等我们再来定这房舱，不是嫌迟了吗？"

玉痕见那舱里洁净非常，不由得喝了一声彩，此时陡然增起精神，不像适才疲惫了，强着象文带她到舱外游览游览。只见靠江那一面，沙明水净，远远的树木葱葱郁郁，江风吹拂在脸上，炎氛尽散，上船的客人还不甚拥挤。玩了好半晌，还是象文怕绮秋着急，催着玉痕进来。谁知一共还不曾见绮秋的影子。那一轮残日差不多坠入地平线下去了，眼见得离开船不远，象文急得搓手顿脚。玉痕忽地向前面指了指道："嗏嗏，不是绮秋来了吗？"

象文连连招呼，绮秋连跑带跳，走近他们身旁。象文埋怨着说道："买买物件罢咧，老赖在岸上则甚？你若舍不得离这汉口，就不消动身也好。"

绮秋轻轻向他一啐，笑道："你也不问人个缘由，开口就冤枉人。此时才七点多钟，他这船不到九点钟外就想他开轮吗？"

她说话的当儿，顺手将提包及几瓶罐头食物都把来搁在那铺板上，然后坐下来，向玉痕笑道："不想当这时代，竟还有这一种诚实不欺的君子，你们道我在岸上耽搁为什么？原来有一个中年的汉子，破衣破袜，穷得和叫花子一样。他想是在码头上闲步，无巧不巧，不知怎生给他在地上拾着一个布包儿，他当着人打开来一看，吃了一吓，里面放着好几枚钻石戒子、一副金镯、一副珍珠项圈。大家总以为这叫花子该是造化，得了这笔意外的财帛，还不是平步登天，一生一世也吃着不尽了。偏生这叫花子和常人思想不同，他拿着那布包试了试，侃然说道：'这不知是谁失落的，万一因这个送掉别人的性命，于心何忍？我虽则贫穷，这非义之财当然不能妄取，我一定在这里等候失主，把来送给他，也是一件功德。'我当时听见他发出这种议论，很觉得新鲜有趣，随即发了一口呆气，偏要站在那里瞧他一个究竟。果不其然，没有一会儿工夫，远远地竟走来一个头发花白的妇人，衣服也不大整齐，走一步向地上望一望，好像寻觅什么似的。寻了半晌，也没有影子，登时哇的一声大哭起来，抢着就待向那江心里跳。这当儿就可瞧出那汉子的好处来了，三脚两步跳得近前，问她可是失落了东西不成。那妇人抬头将他望了望，哭着说道：'我家主母叫我到质铺里赎出一包首饰，我把来挟在腋下，不知什么时便不见了，回去料想没得活命，所以寻此短见。'那汉子堆下满脸的义气，冲着她问道：'你且告诉我那包裹是几件什么东西，若是说得对，包在我身上，寻来还你。'那妇人听见这话，又惊又喜，当然一五一十便将那些首饰说出来，丝毫也不讹错。那汉子不慌不忙，从怀里掏出那布包，纹风不动地交还给她。妇人要酬谢他的钱，他又不要，只得磕了几个头，兀自走了。这时候可把两旁瞧的人引得齐喝了一声彩。但是他们喝彩尽管喝彩，却没有人肯帮助那汉子。是我大不愿意，觉得这些人未免过于凉血，立刻在钱口袋里取出十元一张钞票，掼给那汉子，也好叫别人瞧着好鼓励他们为善的念头。那汉子很感激我，还赶着问我的姓名，我笑了笑也不理他，早如飞地跑上轮船来了。"

绮秋刚在舱里滔滔不断说那故典，却好金牛也站在门外听了，只是咬着嘴唇冷笑。玉痕接着说道："这十块钱你用得再得当不过了，便是换了我也得解一解这悭囊。因为像这等事迹，当初在旧小说上或者听见讲过，至于当这时代，可就要算得是凤毛麟角了。"

金牛见他家大小姐也称赞这汉子，益发笑得弯腰打跌。象文再忍不过，便呵斥他说道："怎样你越发没有规矩了？小姐们在这里谈心，也许你这样的毫无忌惮，当笑的事笑笑也罢了，论这汉子，也没有叫你好笑的去处。"

金牛听少爷发话，方才忍而又忍，好容易装着板起那副面孔，望着绮秋笑问道："小姐，那汉子可是一只眼睛睁着，一只眼睛闭着不是？"

绮秋惊问道："怎么你适才也瞧见这汉子不成？"

金牛因为自己的话说得对卯，登时又忍不住大笑起来，拍着手掌说道："这王八蛋居然又闹这样把戏了。我猜准是他，别的人再不会学他这心眼的。

他常常在这道路使这手术。你道那个妇人是谁？便是这王八蛋的堂客。他们约好了，专拣在人烟多的地方哄骗人家的周济，吃我撞着也不止一次了。"

绮秋和玉痕听他说得这样活灵活现，也只得付之一笑。象文也笑着问道："这人敢是那刘瞎子？"

金牛笑道："少爷讲的一点儿不错，我怕他心都空了，将来还不知道怎么死呢！"

又望着绮秋笑道："好小姐，你将这钱赏给我阿牛吃酒，我总还记得你小姐的恩典。不比那个刘瞎子，领了小姐的赏，跑回家里，夫妻俩恐怕还得笑小姐老呆。"

绮秋被他这一激，不由激得脸上绯红，愤愤地说道："这万恶的社会，真个叫人防不胜防，慈善两字原是好好的名词，不料撞着这龌龊的恶奴，把这好名词都白糟蹋了。十块钱打什么紧？不过叫人想起来未免替社会上的人寒心。"

象文冷笑说道："绮秋，你太所见不广了，这些事你又何必和他怄气？我老实告诉你，拿慈善骗人的，小则是刘瞎子，大则便是葛镜清。"

玉痕向他眨了一眼，正色说道："哥哥，你嘴里说的是什么？"

象文急道："你难道没有耳朵，他葛镜清，武不能挑担，文不能提篮，赤手空拳，积蓄得十几万家私，是打哪里来的？我久已恨极了。他挂上这慈善招牌，向穷人身上剥脱棉袄，他只知道安富尊荣，其实那些流于道路、死于沟壑的，也不知多多少少。我若有一天替老百姓申讨他的罪，怕他一个脑袋也不够砍。"

绮秋指着他笑道："再加上你这一个脑袋，可好不好？"

象文冷笑道："那些报应的话，我也不来相信。不过各行其是，他做他的善人，我做我的逆子，看将来是谁占着胜利？"

绮秋点头说道："这话我很赞成。你不知道，一个人活在世上，万万不能过到三十岁外。因为他们年纪愈老，心术愈辣。我鲁绮秋万一得志，一定和你先组织一个划老团，但凡撞得这一班老奴，只消拿柄手枪，一个一个地排头打过去，将这世界打成一个青年世界，瞧瞧外人可还敢称我们是老大中国？"

他们正在房舱里大发狂论，不知不觉，那船已开行多时。一会子觉得肚腹饿起来，方才走入大餐间里去吃些西菜。夜间绮秋便和玉痕睡在一个房舱里，象文另在一个房舱里。三个人谈谈笑笑，也没有一时一刻安静。

第二天，轮船停泊九江，他们便一齐上岸，不消说得，自然有那些接客的将他们接入一座极大旅馆。象文便要去访那个熊仲奇，又因为路途不熟，便跑向账房里去询问他的住址。那个账房先生笑道："少爷可是来替熊二少贺喜的？这个再好不过。他已经租过了我们那座大厅，明天便是他结婚的日子。他们有人在那一边，少爷进去问一问好了，正不消再寻访他的公馆。"

象文大喜，便命一个茶房引自己绕转左首那个大厅，果不其然，挂灯结彩，布置得很是热闹。却好仲奇也在里面，一见了象文，殷殷勤勤地抢出来招待，笑道："你委实是个信人，毫不爽约，只是有累你的大驾，我心里有些不安。"

象文笑道："你又何必和我客气？老实说，我也不定专为你的婚事，大约后天就得去逛庐山。"

仲奇又问道："照这样讲，你这番远行定然不止一个人了？"

象文点头笑道："同来的有我那舍妹玉痕，此外还和一个女朋友鲁绮秋。"

仲奇笑问道："哦！女朋友，你可和她订婚约不成？"

象文脸上一红，笑道："这是什么话？分明告诉你是朋友，怎么又牵到婚姻上去？"

仲奇笑道："你休得骗我，我们青年的爱情结合，大都是从朋友上来的。等到你结婚那一天，我再来请问你不迟。你住在第几号房间？我陪你过去随喜随喜。"

象文告诉了他，两人也没多坐了一会儿，便都走到这一边来。象文先将巧遇的话告诉了玉痕她们，然后又替他们彼此介绍。这时候，可把仲奇这一副眼睛忙坏了，左瞧玉痕，右瞧瞧绮秋，觉得她们都和安琪儿一般无二，谈话当中，不无露出无穷羡慕的意思。象文暗暗好笑，搭讪着笑问道："你的那位新妇，生得想必是不错的了，横竖明天我们便可以瞻仰。"

仲奇苦着脸笑了一笑，说道："论她的颜色，在社会上也算得是数一数二的了。只不过比不上这两位女士。好在今晚兄弟也还闲着，意思想请吾兄和两位女士到餐馆里去吃一杯酒，不晓得可肯赏脸不肯？"

象文此时却不敢擅自做主，只把眼来望着绮秋。绮秋懒懒地说道："一路上吃了辛苦，我们身子都疲倦得很，明天再过来奉扰吧。"

象文接着说道："这话也是的，仲翁此刻不无还有些手续，转是彼此随意的好，将来聚的日子多着呢。"

仲奇见他们不肯答应，也没奈何，勉强谈了些闲话，方才告别，又叮嘱他们务必早些来观礼。

象文将他送出房外，复行转来，笑向绮秋问道："人家盛意请你们，为甚这样拒绝？可是累我这白食都没处去吃了。"

绮秋笑道："哎呀，你要吃大菜还不容易？我们一同上街去逛去，我只讨厌贵友这副脸，怎样像是被狐狸精吃了血去似的？黄得和蜜蜡一般无二，身段又矮小，瞧起人来，把黑眼珠子向额角上反插，和他坐在一处已是叫人害怕，还禁得起陪他去吃酒哩。这常女士也是活该晦气，如何竟瞧上这种猥琐的人物？若在十几年前，又该叫人骂他们是盲婚的了。"

象文也笑道："当初我们在校里同学，仲奇还长得肥肥白白，不曾隔了几个年头，瞧他竟自憔悴了许多，我怕他身子上总该带着暗病呢。且不必管人家的闲事，我们干我们的是正经。"

说到这里，他们便带了金牛，一齐出了旅馆，吃过晚饭回来，委实疲倦了。这一夜却睡得非常甜适。

第二天午后四句钟，听见那边厅上人语喧哗，鼓乐迭奏，仲奇又打发人过来催请过好几次。绮秋和玉痕便一齐打扮得花枝招展，跟着象文过来。那两边男女来宾席上，人数倒还不少，仲奇又抢过来招待，拣选一个精致的座头，让玉痕和绮秋并肩坐下。象文早混入男宾里，也有几个旧好朋友，大家会了一面，先是那一种寒喧已是叙个不了。

不多一会儿，吉时已到，门外放了一大挂鞭炮，军乐细乐如潮而起。这当儿，里边走出两个女傧相，含羞带笑地出去迎接新妇。众人眼光射处，已见那新妇花冠彩服，颤巍巍地从外边轻拢慢捻地进来。

绮秋将玉痕袖子扯了扯，低低说道："你瞧可怪吗？这新妇身段怎么比新郎转高出半截，古书上的美人常夸赞她是亭亭玉立，这新妇对这'亭亭玉立'四字，可算当之无愧了。"

玉痕也低低说道："你休使促狭，你不瞧见她这副面庞，几乎黑得没有影子了。姊姊比譬她是美人，我恐怕还是印度的异种呢。"

两人笑说着。一会子，新郎新妇已并肩站在一处，奇怪那些来宾喉咙里不约而同地都有点扑哧扑哧的笑声。当下又接二连三地行那结婚的仪式，诸事妥帖，众中便有人高声吆喝，请新娘登台演说。那新娘抬头向四边望了望，却毫不客气，真个离开那两位傧相，一拐一拐地走到那张桌子面前。

绮秋忙向玉痕低低笑道："不好，不好，原来这女士腿上还带着毛病呢。先前倒还不大显露，这时候没人扶持她，却不免露出马脚来了。"

玉痕未及回答，早见那女士向众人鞠了鞠躬，随即提着喉咙说道："解放……解放……"

叵耐那女士通同不过才说出两个大字，那些没脑子的来宾早等不得，一齐都拍起掌来，拍得满礼堂上乌烟瘴气。停了一歇，那女士又侃然说道："这解放的权利，是我们女人家拿生命争得来的。诸君若不相信，即以鄙人常月池而论，今天这一段美满姻缘，可以算得是收的解放的效果。诸君都是些文明巨子，也不消鄙人多说，不过鄙人对这解放上很有些经验，不得不略表述一二。缘鄙人未曾认识熊君以前，同我结秘密婚约的实在还有七八个少年。"众人听到这里，那掌声益发拍得厉害。月池停了停，重行笑说道："这七八个少年，可算对于鄙人都有丈夫资格的了。然而鄙人却放开眼孔，选而又选，拣而又拣，比如厌膏粱者还思鱼肉，衣锦绣者更饰珍珠。末了看中了仲奇，少不得将那一班少年一古拢儿麾诸大门之外。诸君此时不瞧见鄙人这条右腿比较左腿短得二三寸吗？这可见我冒险的精神又是爱情上的一种试验品了。因为那几个少年当中妒忌我和仲奇情好，这一天冷不防地击了我一手枪，那颗弹子直穿鄙人足踝骨而过。鄙人那时咬紧了牙齿，哼都不哼，后来吃人抬入医院里，医治了三个多月，方才痊愈。我由此得了这一种极大的纪念，心里荣幸非常。还有一句话要叮嘱诸君，这'解放'二字，纵然免不掉许多危险，然而我们总得抱着奋斗的精神，争个最终的胜利，千万不可半途气馁，要紧要紧！"

她演说完毕，复行望着众人鞠躬，然后退至原处。适才她说一句，众人便拍一拍掌，这当儿，各人的掌心免不得有些疼痛，当然一哄而散。座中只剩了几家亲戚和象文他们，由仲奇挽留下来在那里吃酒。玉痕本来不喜谈笑，又不大满意这位新妇，所以坐在新房里，只是低着头一言不发。转是那个鲁绮秋十分高兴，有一搭没一搭地和他们夫妇扯东话西，又细细地询问新妇所交接的那些少年模样怎样、性情怎样。常月池毫不隐讳，滔滔不绝地和盘托出，差不多连猥亵的话都一一把来告诉绮秋，引得绮秋又羞又笑，说道："我们在武昌也很结识了一班女友，谁也及不来姊姊爽快。今天难得幸遇，真是妹子意料不到。"

常月池见她这般赏识自己，益发眉飞色舞，格外倾心吐胆地叙述她当初的艳迹。唯有仲奇听着不大愿意，却又不敢拦住，只好避到外面去周旋男客。没多一会儿工夫，里面又有仆妇出来，传着新妇的命令，说请少爷进去，有话要同少爷面讲。仲奇不敢怠慢，飞也似的又跑入新房，只见他的夫人向他说道："难得今日我遇见这一位最有趣的妹妹，她告诉我早晚到庐山去避暑。我想我们在这蜜月里也是要旅行的，不如和他们结成伙伴，路上便不觉得寂寞，所以特地给你一个消息，让你好赶快去预备。"

熊仲奇对着绮秋她们本来不存什么好意，听见这话，你道他有个不赞成的吗？随即诺诺连声，笑眯着双眼，出来告诉象文。象文虽是不以为然，然而面子上又不好拒绝。

一直等到席散之后，大家都回了房间，象文向绮秋说道："这常女士可算是簇新的人物了，当那大庭广众之中，亏她肯宣布那一段历史，我活到这么大，真个是闻所未闻。"

玉痕冷笑说道："我怕她是一个人娇吧，偏生有我们绮姊姊还扯她当作宝贝似的，巴巴地约她一齐到庐山去闲游。"

象文笑道："原来这事还是绮妹发起的呢。老实说，我倒不讨厌这常月池。不过内中夹杂着这么一个熊仲奇，一路上怕不大方便。"

绮秋笑道："呸！这又打什么紧？当这时代，难道男女交际还避什么嫌疑不成？他的夫人还结识上七八个少年，我和玉姊姊便联络联络这姓熊的也不为过。"

一句话说得玉痕夹耳根子通红，怒道："姊姊你说话千万不要牵涉别人，你若再这样，我明天一定转回汉口。"一面说，一面兀自盈盈欲泣。

绮秋拍手笑道："哎呀！同姊姊取笑玩的，你又认真起来了。照你这规行矩步，将来如何能够在社会上去干事业？要晓得我们做女孩子的，越是落落大方的好，那断不会有人敢来欺负。"

玉痕掩着耳朵冷笑道："罢罢，我原是个没用的人，如何及得姊姊泼辣？"

象文深恐绮秋着恼，忙拦着笑道："自家姊妹，何必为这点点小事又斗起嘴来？但是和他们同行，少不得还在这里多耽搁几天，恐怕天气暖起来，路上不大方便呢。"绮秋听了，不知怎生回答。

欲知后事，且阅下文。

第七回

势利家庭逆子翻成孝子
自由恋爱情人变作仇人

连幻佛坐在办事室里，一会儿拿剪子，一会儿拿笔，忙得汗流浃背，好容易才把一天的稿件敷敷衍衍，杂凑起来。然后站起身子，擦了一根火柴，点着了一支大英牌香烟，衔在嘴里，在那边休息。延挨了好一刻工夫，只不见他那学生孙大福的身影，心里焦躁非常，纸烟已经变成了雪白的灰，还剩了二三分长的尾巴，他还舍不得搁入痰盂里。重行寻出一支竹笔管子，轻轻插入里面，又呼吸了半响，伸出左手，不住地在头发里乱抓，把五个指甲缝吃那发垢塞得满满的，搁下竹笔管，便去剔出发垢，搓成了一个团儿，差不多比梧桐子还大，权且借这个玩意儿消遣。

一轮暑日渐渐地堕向地平线下去了，这才见孙大福腋窝下夹着一束报纸包儿，笑嘻嘻地进来。幻佛正没好气，便冲着他说道："你通不知馆里事忙，转跑出去撞魂，你再不回来，我总得疑惑你在路上发了急痧呢。"

孙大福此时对待幻佛已不及前番拍马屁了，他见幻佛对着自己发话，竟不相让，便也正色说道："先生，你凡事也该打听打听，我不能像你终日困坐在这馆里，我自然有我的公干。自从春间我学作了那一篇短篇小说，外边那些大文豪没有一个不佩服我的著作，今天你也强我作一首谐文，明天他又逼我作几条笔记，弄得我应接不暇。如今又有一班朋友发起结一种小说社，邀我去入会。我实在逼于情面，推辞不得，只好勉强答应了。不瞒先生说，适才便在那里开了一场茶话会，议论进行事务。学生斗胆，已经替先生将名字加入，料想先生一定是愿意的。"

幻佛笑道："哦，小说社吗？这个当然少我不得的了。我只不相信，你是个末学新进，小说子的程度离得很远，怎么他们糊里糊涂竟把你算进去了？岂非笑谈！"

论孙大福的为人，没有别的本领，至于讲到好胜这一层，要算是他一生的惯技。这时忽然听见幻佛说出这败兴的话，急得黑脸皮里咕嘟咕嘟都冒出红光来，外面又不敢公然和幻佛反对，只见他将牙齿咬得咯吱咯吱地响，想是气急了，虽然没开口，已将那幻佛恨得切骨，背转身子，去脱他身上那一件半新不旧的华丝葛长衫。

幻佛不知就里，忙笑说道："且缓，且缓，趁这时候还早，你快将这稿子送至印刷所，给他们去排印。"

大福将袖子一甩，狠狠地说道："先生请别人去吧，我不敢预闻这事。"

幻佛怒道："奇呀，每天不都是你担任这事，怎么我才不过和你闹了几句玩笑，你就认起真来，不服我的调度？你通记不得你当初的光景，我将你提挈在社会上做了一个正经人时候，还不曾隔久，你眨眨眼就和我翻脸，未免也太没良心了。"

大福冷笑道："你弄错了，你弄错了，这当儿还提不到和你翻脸。我因为昨天在那边碰了一鼻子灰，他说我们欠的印刷费差不多离三四十块洋钱不远了，限我们今天至少要缴一半款子。你先生还是赤手空拳，叫我怎生和人家去开口？"

幻佛一听，不觉爽然变了颜色，踌躇了一会儿，也没有方法，随手将那一团发垢向地下一摔，央告着大福说道："好弟弟，还是累你去辛苦一趟，替我说好看些，请他们瞧着一年多的情分，宽限我个日子。好在耽迟不耽错，就说本报馆里的营业一经发达，当然跑去和他们清理账目。"

大福笑得咯咯地说道："连先生，我作小说的程度虽然不济，至于这几句话，程度却是很高很高，用不着你先生的教导。不瞒你说，像这种回债的论调，我都念得滚瓜烂熟，早经和他们说过了，不然还能够敷衍到今日？他们也有他们的话呢，说长此迁延下去，比如老鼠拖秤锤，越拖越重。"

幻佛明晓得他这话也是不错，然而也猜他不免故意留难，只得勉强换了一副笑容说道："千不怪，万不怪，只怪我平时挥霍惯了，以致弄得所入不敷所出。你若能替我尽力，明天不至于弄到停版，少不得我也要酬谢你的。喏喏，今天晚上有一台花酒，是个朋友约的，我因为心绪不佳，当然不愿去热闹。不过既经答应下来，爽约那是不兴，我便请你替我代表，可好不好？"

孙大福平时惯喜欢讨小便宜，没出风头地方，他也寻觅着去出风头，见幻佛托他做这吃花酒的代表，他的肚脐眼子都要笑出声来，依旧将长衫纽子一一扭好，笑嘻嘻地取了桌上那一叠稿纸。临走时候，回转头来望着幻佛笑道："大丈夫一言既出，驷马难追，不要我替你将事干妥，你便过河拆桥，取消我的代表资格。那个我可不问什么师生不师生了，简直和你拼命。"

幻佛笑道："岂有此理，你放一百二十个心，我连幻佛再怠懒些，道不得个和你抢吃这一台花酒？"

孙大福走后，幻佛坐在屋里，越想越不高兴，暗念像这样支持下去，怕也支持不到一月半月，眼见要坍台得快了。叵耐葛象文又跑向庐山去避那瘟暑，可以通融的此外竟没有一人。在这当儿，能够先弄得这么三五十元济一济急才是正办，但是到哪里去筹划呢？当下没精打采踱出报馆的门，一步懒似一步地转回他的公馆。至于他这次回去闹出这么新鲜把戏，我且缓表，倒是那个没脑子的孙大福，有几句闲话要替他交代一下子。

最好笑的，他们师生两人说了半天吃花酒，在幻佛这边，始终也不曾告诉他吃花酒的地点，偏生那个没脑子的在那时候欢喜极了，也不知道将地点问一问，这请客的主人是谁。及至从印刷所里出来，忽地跺了跺脚，自言自语地说道："不好，不好，我向哪里去撞魂呢？南城公所地方又大，牢瘟窑子又着实不少，我总不能沿门靠壁跑去询问，这不晦气吗？眼见得这一台镶边有些在嘴上晃了晃，保不住没有把握了。趁时间还来得及，只有再跑转报馆，向连先生追问一句才是道理。"

主意已定，拔起腿来就跑。叵耐道途上又挤，把一件长衫水淋淋地汗湿了半截，七喘八吼，跨上楼梯，抬头一望，叫声苦也，除得几张桌椅放在那里纹风不动，翻转过来也寻不出连幻佛的影子。孙大福这一气非同小可，把他那张臭嘴噘得起来，比鼻子还高，一屁股向椅子上一瘫，提着自己名字，暗暗嚼念道："大福，大福，命里注定你吃伙食房里的饭菜，还是臭虾子酸豆腐，将就些吧，料想那一碗清汤鱼翅也不配你的口味。"

说也奇怪，天无绝人之路，他正在那里急得汗雨交流，蓦不防那个守门的茶房一颠一簸，送上一纸请客单来。大福抢过来一望，上面可不是注得明明白白，主人的名字和吃酒的地方一丝也不讹错。大福乐得手舞足蹈，先将那单子靠近嘴唇亲了一个香吻，然后四四方方地叠成一个方胜儿，把来夹在小皮夹子里，头也不回，飞也似的赶到那个所在。我替他声明一句，像这吃花酒的玩意儿，孙大福总算得自出娘胎破题儿第一次呢。毕竟是他一灵不昧，会认得几个字儿的好处，那窑子居然不曾摸错，走进大门，说明来意，便有人将他引入一座客厅。其时席上的客已是不少了，笙管嗷嘈，衣香鬓影，正在热闹。大家见了他这巍巍身段，不由都吃了一惊，主人便走出来问他的高姓大名。他使劲将胸脯子一拍，侃然说道："我乃连幻佛先生代表是也。"主人听见这话，当然让他去上座。他也不客气，兀自猴上首席，正襟危坐，眼观鼻鼻观心地动都不动。众人因为他咬文嚼字，吐属不凡，却不敢来藐视他，少不得要请教他的大号。大福将脸色一沉，冲着他们说道："哎呀！我的名字，诸君如何会不知道？报纸上现刻着兄弟的大著，但凡眼睛珠子不曾瞎掉的，总得如雷贯耳。"

众人吃他这一顿臭骂，方才有些不大高兴，笑道："汉口的报纸实在不少，便是有大著作刻在报上也很多很多，我们如何会查得这般清楚？"

孙大福这才没法，叹了一口怨气，拿起筷子蘸着杯里的酒，在桌上写了八个字，是笔花词人、绿痕外史。又道："喏喏，但遇着小说上安上这名字的，便是兄弟。"

他说完这话，座中有个少年，撇着燕尾胡子，忍不住大笑起来，冷冷地望着那主人说道："我说连幻佛的那报近来怎么没有好稿子的，不但句调顺不下去，而且别字连天，这就不怪了，原来便是这位缠夹二先生的手笔。"

众人都点头微笑，转把大福蒙住了。因为那少年说出话来，全是闽粤一带的口音，他虽然听入耳朵里，简直和聋子一样，除得把二颗大白果子眼睛在那里翻来翻去，一句话也分辩不得。再望望他们，早又每人带上一个婊子，在那里有谈有笑，将大福搁下来，更没有人来理会。幸亏大福的宗旨只注重在那清汤鱼翅，每逢送一件菜上桌，他的筷子和雨点仿佛，吃得一个畅快，咂嘴咂舌，得意扬扬。瞧看那许多的名花，他兀自在肚皮里盘算，预备送他们一篇论赞，赠几首小诗呢。他又懂不来规矩，别人带的局，他在得意当儿，竟想和人家去动手动脚，座中没有一个人不觉得讨厌。主人格外不大高兴，便搭讪问道："外史是连幻翁的什么人？他怎么请你来替他代表？"

大福忙不迭地说道："论兄弟和幻佛名分，幻佛却是兄弟的家师，老实说那也不过是骗人玩的。论幻佛的文字，离兄弟还差得远呢。这小说便是凭据，那报纸上如何没有他的手笔呢？兄弟不久道好要和他开一开谈判，叫他将那份门生帖子交还给我，另外再补一份送过来，那才算得是名正言顺。为什么缘故呢？幻佛和兄弟在民国里都是布衣，哪里及得家父是前清宰相。哈哈！"这一句话不打紧，把在座的客人不约而同地都吓了一跳。

便有那些善拍马屁的调转风来，想和孙大福拉拢拉拢，因为他是宰相的儿子，清室虽然推翻，然而像他们这种世臣故家，一定在政府里很有些权柄。他若早说出来，我倒也不敢这般将他冷落了。当下便追问了一句，说："孙阁老如今可在不在了?"

大福正色说道:"怎么会不在呢,家父精神还很健旺。"

众人益发害怕,流水般地来捧大福,主人便命撤了这桌席,再另换一桌来,替孙少大人洗尘。

他们刚在这里闹得乌烟瘴气,还是那燕尾胡子促狭摇着头不肯相信,趁势向大福问道:"瞧你是湖北口音,至于这湖北地方,几曾出过什么孙阁老?你休得在这里招摇撞骗,吃我们查出来,那是要办你一个冒充长官的罪名。"

孙大福被他这一驳,夹耳根子羞得通红,幸亏他胸有成竹,忙接着笑说道:"兄弟的话本来还不曾说得完呢,谁叫他们这样乌乱,我原说家父是宰相的根苗呀。家父是前清秀才,这秀才不是宰相的根苗是什么呢?"

众人听到这里,方才哄堂大笑,不约而同地说道:"不错,不错,近来的秀才原很出风头,你们通不瞧见我们中国里一南一北,不都是顶呱呱的秀才在那里大掀波浪吗?"

其时座中便有一两个妓女交头接耳,指着大福笑说道:"瞧不起这孙大少,说出话来委实叫人发松,若是天老爷叫你变作我们,单凭你大少这一张嘴,还不把我们饭碗都夺了去?"

孙大福正色说道:"你们休得拿这些话来挖苦我黑脸皮子。在先我当你们这样年纪,何尝不又白又胖,在拆白党里也称得起是一个滑头。那时候便有人劝我去学花旦,我觉得唱戏这件事,虽也算得是一种通俗教育,但是远不如作小说可以移风易俗。汉口这局面太小,怕安插不得我这文豪,不久我还想到上海去走一趟呢。"

众人见他吹起牛皮来,着实讨厌,又不便上前拦阻,还是那主人忍不下去,忙搭讪问道:"连先生好端端地为甚不来,转请足下跑来代表?其实他来不来也没要紧,转闹出这代表来则甚?"

大福也不省得人家这话里含着讥讽,他转笑吟吟答道:"幻佛这两天穷忙得紧呢,牢瘟报馆既然没有本钱,便闭歇起来有多少不好,他偏生要打起脸来充胖子,东挪西借地向前死挨。"

众人笑道:"平时瞧幻佛的光景倒还不怎么样,便是到堂子里吃台把花酒,他的一件长衫倒也十分漂亮,这又打从哪里说起?"

大福急道:"你们知道什么?幻佛除得那件长衫,你要想在他身上寻出第二件没有缝补过的裤子,比登天还难。不是我们小说家说句促狭话,诸位都坐在这里呢,内中却总有几个长衫脱不下来的,你们摸一摸良心,觉得我孙大福这话可冤枉诸位不成？"

他只顾在这里七搭八搭地信口开河，真个有好些朋友吃他说得面红耳赤，把手缩到裤裆里，死命揪着那几个破洞。那些妓女笑得点头晃脑，有将桌上酒杯子泼翻了的，有躲向旁边去揉小肚子的。孙大福好生得意。我且由他在那里讨厌，倒要叙一叙连先生幻佛。

幻佛出了报馆之后，他的老规矩，依旧在米铺里量了二升白米，回去煮晚饭。平时走到自家门前，那两扇门都是虚虚掩着，只消手一推便侧身而入，今天偏又关得紧腾腾的。他正没好气，使尽平生之力，在那牢门上像擂鼓似的擂得震天价响。一会子便觉得走出一个人来开门，幻佛抬头一望，原来不是别人，正是他的生身老父，他心里已经不大快活了。偏生他那老父不知道轻重，将门开放，兀自转身便往里踱。幻佛更忍耐不得，呹喝着道："连璧，你为甚不替我将门关起来？"

连璧冷冷地说道："你随手关了不是一样？又巴巴地派遣着我。"

幻佛一听，怒发冲冠，跺脚骂道："你这老不死的奴才，你在福兴润铺子里，难道开门关门不是奴才的职任？一经回转家里，转想做起太上皇来了，你休得做梦。"

连璧见他声色俱厉，早吓得战兢兢地赔笑说道："我关，我关，你且先请进去吧。总怪我口齿不大伶俐，容易得罪了你这东宫太子。咳！别人揭我的短处罢了，我的儿子也来揭我的短处，我这条老命可是真苦。"

他一壁拿手去关门，一壁便哽哽咽咽地要哭。幻佛格外生气，指着他骂道："你说话仔细些，谁是你的儿子？你又是谁的老子？你也生着两个耳朵呢，向社会上去打听打听，可有个清道夫养出儿子来能够在报馆里做主笔？你再这样对着我没高没低，瞧我兜脸刷你两个耳光子，谅你也不敢到官厅里去告我的忤逆。"连璧这时哪里还敢开口，一步一步蹑手蹑脚地走入堂屋。

他母亲孔氏见他们父子俩倒又冲突起来，连忙过来跳个花脸，望着幻佛笑说道："好儿子，你是个办大事的人，何必同这老奴才一般见识？我告诉你一件事，叫你听了欢喜。你父亲如今不再在外边辛苦了，他向福兴润经理前业已辞了他的职务。"

幻佛听见这句话，一把无名恶火倒好冒穿屋顶，顺手将那一包米手巾向半窗里一摔，手巾散了，那米纷纷洒洒泼将出来，好比撒了一屋子的白雨，双脚齐跳，拼命地喊道："了不得！了不得！这不是跑回来要我的命？他一个人在外边，吃人家的，用人家的，虽然没有多钱回来，毕竟还累不着我。如今益发闹起辞职来了，请问他这看守大门和打扫街道是算作什么屁职？你老奶奶还和我闹这官话辞职呢，辞他妈的……”

这一句话未完，连璧早埋怨着孔氏道：“你是炒虾子等不得红，孩子刚刚回家，你就告诉他这些不兴会的话，也不怪他生气。”

幻佛冷笑道：“告诉我不告诉我却不算什么，难道不告诉我，你躲在屋子里，我便不驱逐你不成？”

孔氏因为自己闯下这样大祸，也不晓得怎样解说才好，重行颤巍巍地说道：“你且缓着生气，我的话还不曾告诉你得完呢。”

幻佛将双眼一瞪，冲着孔氏骂道：“你那些婆婆妈妈的话也不必说了，我也不愿意听，左右不过拿那些古书上的二十四孝来骗我。想骗我拿出银子来，白养你们这一对搭拉苏，这也不怪你们。近来外间讲究的那些新学说，你们做梦也不会领略得到，我略微说几句给你们听吧。像我们这班青年，是国家的国民，不能容你们霸占着的，一经过了二十岁，当然由我们去自立，你也顾不得我，我也顾不得你。比如你们若是有财产，尽管由你们的意思，把来去做公益也好，把来去赠亲友也好，我连幻佛断断不想承受这份遗产的。老牛他的遗产在哪里呢？哈哈，他的遗产只有你呻吟床褥的老蟹。谢天谢地，我但情愿老牛和我赌气，请个顶呱呱的大律师，做个证人，画个花押，将你这老蟹给别人去承受，我每年也还省得好一笔衣食赡养费。”

幻佛越说越气，将双手插在腰裤里，摆出一座花瓶势子。孔氏见他说出来的话十分刺心，也不敢再在他面前厮混，只得战战兢兢地去掳地上的米，借势躲入厨下去煮粥。连璧更不必说了，呆在那里半晌，大气也不敢出。

有人读我的小说，读到这里，不由扑哧笑起来，批驳作者形容太过。便算连老头子没用，道不得个连老子都不会做，竟由得幻佛这样无法无天，他就不能拚这老命，申饬他几句？吓得像鬼呀似的，在文字上面未免就露出漏洞来了。咳！这话我又何敢批驳诸君说的不是？不过世界上尽有这一种人，平时恨着自己不争气，不能在社会上充一个伟大人物，难得生了一个好儿子，光大门间，不但犁牛变作骍牛，而且雏凤清于老凤，论他这颗心里，早经喜欢得无可无不可，由纵容而生爱怜，由爱怜而生畏惧，所谓履霜坚冰，非一朝一夕之故了哇。

过了好半晌，连璧方才和颜悦色堆着满脸笑容，向幻佛哀告道：“这辞职的事，算我一时糊涂，但是挽回也来不及了。好儿子，你有什么法子可想？我都依你。”

幻佛见他说得可怜，这才将怒气捺下一半，冷笑说道："好呀，你辞了职，转叫我来想法子，这不是和我开心。说不得委屈了，要打发你这棺材出门。还是我来在本报上送你一条告白，上面用四个大字叫作'老奴待聘'，底下便说，'今有老奴一名'……"

说到这里，又问道："你在福兴润叫作什么名字？"

连璧忙道："他们都喊我作连二。"

幻佛又道："你的年纪呢，我也不记得清楚，你益发说了吧。"

连璧叹了一口气说道："我已枉活到七十二岁了，可怜我在四十五岁上，你妈一共还不曾生育，急得我像热锅上的蚂蚁，到处求神问卜。好容易托人在上海买了一副妇人必孕丹，那一晚逼着你妈吃下去，算是万分侥幸，随即受了胎，在第八个月上便养下了你，居然是个肥头大脸的男孩子，我和你妈嘴都笑得拢不起来，光是喜蛋足足还送了一千多个……"

幻佛兜脸给他一口吐沫，骂道："这些辰所卯年的旧话，亏你还说得出口，我如今还恨得牙痒痒的呢。要不是你们这两口子兴妖作怪，凭我连幻佛就不能投到鲁大人屋里去做大少爷，再不然便降生到葛镜清那边，也还巴结得和象文做一个嫡亲兄弟。"

连璧笑道："这些长话短话也不必谈了，懊悔究没中用，你老实往下写吧。"

幻佛想了想说道："今有老奴一名，叫连二，并不是连幻佛的父亲，活到七十二岁年纪，虽然老迈，精力却还健旺，无论看门、守夜、挑水、煮饭、爬灰、倒粪、洗前、浆裳，听凭驱遣，薪金并不计较。如有合适者，请通信至本报馆第一号信箱。不误。"

连璧皱眉苦脸地说道："哎呀！请你将挑水这一条取消了吧，这几年我的肩膀是不中用的了。"

幻佛虎吼了一声，拍着桌子喊道："中国便误在你们这一班脓包身上。大凡一个人既要在社会上做事，总须埋着头去前进，火里火去，水里水去，这才不负这竞争两字。"说着，又拿手在空中画着圈子说道，"竞争者，遇见人家便行打架之谓也。你不能打架也罢了，难不成连个挑水都要推三阻四，这就无怪乎弱肉强食天演淘汰了。"

连璧见他这样高谈阔论，自己听了去，虽然不大省得，然而总觉我这儿子发出来的论调，断断是不会错的，忙不住点了点头，说："就是这么办也好，就是这么办也好。"

幻佛见老头子非常循谨，那一半气也就消灭了。却好孔氏端粥上来，胡乱吃了两碗，垂头丧气地跑入自家房里，倒头便睡。

可怜他这一夜翻来覆去，始终也不曾合上眼睛，老在那里打算借款，想来想去，竟然想不出一个法子。自言自语地叹道："怪不得政府里那些大佬，单单为这大借款的事把他们弄得走投无路呢。我们办报的，只知道拿一支笔杆儿在那里有一搭没一搭批驳他们长短，万一叫我们身当其境，怕也免不得棘手的了。咳！处于旁观地位，谁还不说得嘴响？他们握着最好机关，尚且如此困难，那就无怪我连幻佛呼天不应、叫地不灵了哇。"

他踌躇了一夜，末了打了一个主意，还是跑到葛公馆里去打听打听象文几时回家，能够再打听出他避暑的地址，或是写一封信给他，做个将伯之呼，或者有万分之一的希望。

主意已定，清早便跳下床沿，趁他们老夫妇还不曾起身，早一溜烟赶到葛公馆门外。谁知葛公馆的家人一共也不知道他们少爷的踪迹，便告诉幻佛说："少爷近来常常住在我们大小姐那边，至于什么避暑不避暑，不独家人们蒙在鼓里，怕就是老爷太太也不会去干涉他的行动。"幻佛听见这话，不由呆了一呆，随即问他们大小姐的住址，家人们指点了她的所在。他丝毫不敢怠慢，嘀笃嘀笃，像小驴子似的，又向玉痕这边走来。鲁德因为屋里没有正经家主，他落得偷懒，日头晒到这个辰光，他老人家刚在门房里弯下腰来抹脸。一眼瞧见连幻佛的名片，触起上次连璧那件事，一肚皮没好气，叽咕着说道："这不活活见鬼吗？又是一个姓连的，敢不是那个老死鬼又来打抽丰了。"他将脸抹好，跨出房外，抬头一望，见这人并不是福兴润的那个老死鬼，才微微换了一副笑容，有气无力地问道："我们这公馆里没人，你是来寻谁的？"

幻佛欠身笑道："不敢，借问一声，葛象文葛大少爷他们到庐山去避暑，管家可晓得他住的地址不曾？"

鲁德见幻佛身上穿的衣履不很华丽，心里老大便不很高兴，况且他也实在不明白象文在江西住的地方，忙放下脸色，将个脖子使劲摇了几下，说："不知道，不知道。"又低低叽咕说道，"好笑嘛，那个姓连的骗去葛少爷五十块滴大溜光洋钱，你这厮一定来想告贷了。大清早起，谁也没有这闲工夫和你们嚼这些舌头。"

幻佛耳朵猛触进那五十块钱的话，其时他并不嗔怪鲁德说话得罪自己，转低声下气追问了一句，笑嘻嘻地说道："请问管家，哪个姓连的和葛大少借钱？"

鲁德冷笑说道："说出来想你也该知道，便是替福兴润看守大门的那个老王八蛋，他和你可是同族不是？"

幻佛连忙分辩道："不是，不是。我姓黄连的连，他姓害连疮腿的连，算得是同姓不宗。惊动，惊动，请你将门关好了吧，恕我不能奉陪。"

你道连幻佛如何发出这一种滑稽论调呢？原来他得了他父亲借钱的消息，喜得心花怒放，暗暗笑道："我好呆呀，放着现钟不扛，倒巴巴地跑来炼铜。怪道呢，我说那老头子怎么好端端地会辞起职来，原来他是发了财的人，当然看不起每月那几百文的薪水。可喜，可喜，活该我连幻佛要转运了。"

他说到这里，依旧撅转屁股，跑向自己住宅，将大门轻轻一推，侧着身子踱进来，蹑手蹑脚，走近他爹妈的房门外面。不防有一种敲击洋钿的声音，叮当丁零，直刺刺地钻入耳朵里，十分清脆好听。这也是老夫妇俩一时高兴，因为多年不曾和这洋钿打过照面，此番把整整五十块捞到手里，不但舍不得浪用，而且捧出来互相赏鉴赏鉴，赏鉴到得意的去处，便你拿一块，我拿一块，和小孩子掼钱一般，在那里弄得十分响亮。刚在得趣，猛听得外边脚步声响，吓得老两口子藏放不迭，房帘揭处，早见幻佛恭恭敬敬地直踱进来，双手垂得笔直，走近他父亲身旁，提高了喉咙，喊了一声："阿爹！"

连璧大惊，好像这一种称呼还是幻佛在地上学走的时候曾经消受过他这样荣宠，于今将近二十六七个年头，对这"阿爹"两字久违得很。你想连璧受宠若惊，他还疑惑坐在屋里做梦，连忙站起来，哈着腰笑问道："不敢，不敢，少爷请上坐地，休得折了老儿的寿数。"

幻佛不暇回答，掉转身向他母亲喊了一声妈。他母亲到底爱子心重，却不曾和他客气，兀自答应了，又笑问道："怎么你今日还不曾到报馆里去办事？"

幻佛怡色柔声地说道："儿子不曾到上房里来替二老请安，如何敢擅自到外间去走动？儿子这颗孝心，也没有一时一刻能够将爹妈放下，所以能多一刻侍奉，心里便多一刻快活。他老人家忽然和儿子闹起客气来，叫儿子如何禁当得起？"

他在那里说一句，连璧便将舌头一伸，暗自叫苦道："不好！不好！敢是我这老家伙要死了，怎生一个耀武扬威的忤逆孩儿，忽地变成了二十五孝上的孝子。事体反常，绝不是家庭中的幸事。"

连璧虽然这样踌躇，幻佛好像已经猜到他的意思一般，忙笑着分辩道："爹，千万不可记着孩儿以前的事迹，这都是你老人家爱子心切，平时将孩儿纵容惯了。孩儿说出话来，所以有些没高没低。像这种道理，爹不该埋怨别人，还该埋怨自己。"

几句话将老两口子都说得笑起来，一霎时那一座小房间，凭空地充满了无限太和元气。咳！世界上的父母没有个不爱怜子女的。连璧见幻佛这样乖巧，绝不疑惑他有什么用意，真个有谈有笑，快乐得了不得。

说话当儿，又笑着向幻佛问道："昨天晚上你替我想的那一条告白，可曾送到报馆里不曾？倒是快些发表的好，没的再被别人抢了先去，那个真要把我急坏了。我这句话并不是矫情，实在因为你越这样孝顺，越叫我过意不去，趁我筋力还支撑得起，帮你们一天忙儿，这一天我心里便觉得安慰。老实说，在昨天我还有些不大高兴，如今我却是心悦诚服的了。"

幻佛忙正色说道："爹说的是哪里话，我是一时将脂油蒙了心窍，今天说不出来的心里懊悔。哎呀！人家要儿子做什么的，不寻出钱来给老人家享用，还累爹这样大年纪去吃辛受苦，孩儿简直比畜生都不如了。爹莫要以为孩儿醉心新学，那新学上的理论如何能够成立？在社会上或者偶然随波逐流，至于家庭之中，孩儿要依旧尽我的孝道。"

他母亲越听越乐，自己又巴巴地跑到街上买了好些点心，给他们父子嚼吃。幻佛下死劲地推让，连璧吃不下，他也硬逼着他吃。老人家又却不过他这番盛意，勉勉强强，那点心虽然不大，倒好吃了二十多个，像他上了这般岁数，脾胃虚弱已极，吃下东西去是再不会容易消化的，只听见呼啦放下一个臭屁，忽然将眉头一皱，接二连三没命地嚷着要出大恭。幻佛见这模样，掩着鼻子，忍不住好笑。孔氏忙着赶过来扶了连璧，请他去坐马桶。幻佛再机灵不过，这个当儿，他早顺手将马盖揭起，拦腰一抱，恭恭敬敬伺候得十分妥帖，又不肯轻易离开。亏他竟蹲下身子，吩咐他爹将一双手搭伏在他脊背上，取个安稳爽快。弄得连璧不知所以，挣着说道："孩儿，你快走过一边去，这里腌臜得很。暑天六月，你如何禁受得起？如若弄出病来，叫我怎样放心？人家说起来，又该笑我只配儿子忤逆，一经孝顺了，我又没福消受。"

幻佛一面弯着腰低着头，一面哼哼地说道："古人还有替父亲尝粪的呢，他不是这样，如何能够流芳百世？儿子不过闻闻粪的臭味，怎么敢怨天恨地？爹放心，尽管屙出来好了。"

说也奇怪，不但连璧这时候吃他一阵鸟乱，弄得六神无主，便是那个肚腹也有些受宠若惊，所吃的点心丝毫吓得不敢出来，把个老头子急得挤眉扎眼，白坐了一会儿马桶，只得央告着他说道："好，好，你放我起来吧。"

幻佛这才站过一旁，又替他系裤带、理衣服，闹得一塌糊涂。他心里见时机已熟，暗想道：要开口，便得在这时候开口了，迟恐生变。于是故意咳嗽了两声，正待提起借款，蓦不防堂屋里已蹿进一个人来，嘴里不住地喊道："先生！先生！怎么这会子你还不到馆里去发稿子？累我好找，像没头苍蝇似的，各处都寻遍了，断断不料先生还在屋里厮缠。幸亏碰着卖冰淇淋的王灶鸡子，他说先生清早出去跑了一趟，这会子又转回来，我所以跟寻到这里。好先生，我和你错一步说一句要紧话。"

幻佛见是孙大福，恨得咬牙切齿，冲着他吆喝道："我不懂你到今日还是这样冒冒失失，我办事又没有一定钟点，迟去早去，干你什么屁事？偏又献起殷勤来，要你东钻一钻西钻一钻，倒不曾钻入赤练蛇洞里，吃他咬你一下子。"

大福笑道："如若没有事，我又何必这样着急？因为刚才得了一个消息，你那个朋友过病蝉呜呼哀哉了。"

幻佛怒道："病蝉又不是你的老子，要你匆匆地跑来奔丧则甚？"

大福仔细将幻佛脸上望了望，嘻嘻地笑道："先生敢是才出了被窝，这被窝气厉害得很呢，开口就骂人，也不成个体统。"

幻佛跳脚说道："便算是我骂了你，你待怎样？"

连璧见他们在外边活嚷乱吵，忙拦着幻佛说道："人家既然有话和你讲，你便陪他去讲讲也好。我身边有你妈照应呢，你依我的话，比孝顺我我还欢喜。"

幻佛其时正假充着孝子，听了这话，当然不敢违拗，只得换了口气，将大福带入对面自己住的那间小房里，叫他坐下，愤愤地问道："你说你说，病蝉死了，你又打什么主意？"

大福笑道："病蝉死不死，原与我们没有相干，不过他这小学教员一定是出缺了。我知道先生和劝学所长尹雄伯是至好，可能替学生去运动运动，如果能达目的，学生当然买一双缎鞋子送来做个酬谢。学生平素的脾气，先生是知道，说一句便是一句，断断不会讲谎。"

幻佛道："人家才咽气，你们就去想谋他的位置，也太没良心了。这件事我总得替你尽力，却不能忙在这一时。"

大福急道："喏喏，你老人家又来闹迂阔了，大凡谈到运动这一层，如何可以迟得一时片刻？万一吃别人占了先着，那时岂不叫学生空劳盼望？我也知道你老人家脾气，只要听见酬谢两字，便叫你去淘茅厕缸，你只消掩紧鼻子，死也不嚷嫌臭。难道学生允许送的这双缎鞋还不能满你所欲？"他说到这里，便拍手哈哈大笑。

幻佛吃他这一顿排揎，又羞又气，刚待分辩，不防连璧弯腰曲背地打里面走得出来。幻佛吓了一跳，站起来赔笑问道："这大毒日头，爹向哪里去走动？受了暑，很不方便。"

连璧笑嘻嘻地说道："本来有个朋友约我在华景街一座小酒馆里吃饭，这会子差不多快十一点钟了，我须得赶去赴约。"

幻佛无可奈何，只得勉强说道："爹和朋友吃饭不打紧，如果有人和爹借钱，千万不要答应。外面歹人多着呢，借钱的当儿，都说得天花乱坠，及至将来和他讨索，他翻转脸来，又是一副声口了，弄得不巧，还会和爹结下深仇大隙。儿子说的全是有经验的话，爹千万记着，早去早回，我和爹还有紧要的事体商议。"

连璧笑道："你也太过虑了，莫说他们未必和我借钱，便是借钱，我是一个精穷的穷人，哪里会有钱借给他们去使用？"

他们父子两在这里谈心，大福只是大咧咧地坐着，动也不动。幻佛吆喝道："你怎么见了太老师都不请叫一声儿？你瞧不起我爹，便是瞧不起我。"

大福非常惊异，笑问道："怪呀！你平时和我提起来，都说这清道夫没有做你父亲的资格，关照我们如若会了面，不必同清道夫去讲客气。这句话我牢牢记在耳朵里，怎生今天你又对我学生大大训斥起来？你还是闹着玩呢，究竟是认真？"

幻佛脸上一红，笑道："此一时也，彼一时也。彼为清道夫则清道夫了，彼为太老师则太老师了。你总得听我的调度。"

大福笑道："这个还不容易？我此时正要借重你老人家的鼎力呢，看你分上，便叫他一声太老师有何不可？"

说着，便提着喉咙喊道："太老师！"

其实那个太老师早出了大门好远，料想也不曾听见。大福便借这事重行说道："太老师算是喊过了，便请你老人家替学生勉力进行。"

幻佛叹道："大福，你抚着良心仔细想想，你以前托我替你运动的事还少吗？指到哪里，我便做到哪里，从不曾打过一句哑声儿。你如若是个有良心的，想总不能够怪我。教员这件事，怕又是个极难题目，我请问你可曾在师范学校里毕过业不曾？可曾受过检定不曾？目下外面的小学教员还少，尹雄伯巴巴地聘你这米店里倒尿壶的小官？"

146

大福怒道："笑谈了！笑谈了！你嘴里不知说的是些什么？大家在外边混世，都得你鼓吹我，我鼓吹你，方是做朋友的道理。怎么当面和我闹起倒尿壶来？老实说，若不是有借重你的地方，我使起性子，可许请你吃这家伙。"

他说这话的当儿，便将拳头对着幻佛一伸。幻佛冷笑道："哎呀！你难道还要打我？"

大福道："有什么打你不得？"

幻佛气得只是拿手揉肚子，嘴里嚷道："反了！反了！学生居然要打先生。"

大福将双臂叉了叉，冷笑道："不要活见鬼吧，师生师生，原是闹了玩的，你便认真起来，我也替你害羞。"

他一边说，一边愤愤地依旧跑回那所报馆。

幻佛见他已经走了，也没有话说，等了一会儿，还不见他父亲回来，心里便想到病蝉，大家总算得是至好朋友，既然得了他的死信，也不能不去行个礼，左右在屋里闲着没事，借此消遣消遣，也很合算。于是将长衫重行穿好，将门带上，一直便向马路上行去。

不曾走了多远，只见道旁蹿出一个少年，手里还提着一陌纸钱。幻佛起先在病蝉那边也和这人会过的，知道他是刘瞎子的令郎刘克仁，走着哭着，比他自己家里死个人还要沉痛。幻佛暗暗好笑，走上前扯了扯他的袖子问道："刘克翁，你敢也是到病蝉那边去的吗？我们一路结个伴儿可好不好？"

刘克仁穿的那件夏布长衫早已陈丝如烂草了，碰也不能一碰，不防幻佛手劲太猛，呼啦一声，袖子口早已裂开一条长缝，吓得幻佛十分慌张。幸喜克仁倒不介意，将袖子重行卷了一道上去，说："不妨事，不妨事，我这衫子原不结实，与连先生没有相干。不过连先生是遇见兄弟，算你造化，万一遇见家父，哼哼！怕你这件长衫保不住会在身上了。连先生，你瞧可伤心不伤心？昨天我在那边，病蝉还是好端端的，会说话，会吃饭，怎么隔了一夜，他就伸了大腿？我同病蝉是至好，得了这消息，至今也不曾干着眼泪，我怕他阴间没钱用，拼命同妈闹得二十个铜板，买了这物事跑去烧化，也不枉我们在世相好一场。"

幻佛心里深感激他，又觉得他说出的话难免呆气，然而倒是发于天性，和那些忘恩负义的不同，不由望着他点了点头，又道："人生在世，委实没趣得很。谁料一个活跳新鲜的过病蝉，不曾病得半年，竟自化为异物。"

克仁跺脚急道："连先生，你道过大哥他肯死吗？都是吃了那个葛小姐的亏，同他好的当儿，两下常躲入旅馆里，干那鬼鬼祟祟的不堪的把戏。后来葛小姐嫁给鲁局长做姨太太，便不大理会过大哥了。你叫过大哥如何不气？咳！朋友们相好，讲究个势利也还罢了，我只不信男女的情爱也要瞧有钱没钱。过大哥不幸穷了些，不防将性命都穷得送掉。"

幻佛笑道："你休得嚼这些舌头吧，我打听得葛小姐和病蝉并没有什么尴尬，你又何苦污蔑人家的名誉？"

克仁益发急得要死，说道："这些事迹都是过大哥亲口告诉我的，如何会假？他在前两天已经动弹不得，还巴巴地伏在枕头上，拿笔写信给葛小姐呢。要没这事，葛小姐也不会承认。"

幻佛似信不信，便微笑说道："有这事也好，没这事也好，好在与我们毫没相干。至于目下的男女，情爱还在其次，第一这金钱却是要紧，比如我连幻佛到今日还不曾娶亲，在不知道的，或者疑惑我是缺少财产。其实我也因为女人家不大好惹，所以宁可守独身主义。"

克仁沉吟一下子，愣着眼睛说道："这话却又不然，瞧来瞧去，我那母亲就与葛小姐这一种人不同。家父的穷，可算是穷得极顶了，然而我的母亲依旧和家父恩恩爱爱，也不曾见他跑出去嫁人。"

幻佛扑哧笑了一声，知道他的呆性又发作了，如果再和他谈下去，怕还有别的话要谈出来，因此不再和他开口。

两下埋着头走到病蝉那里，只见大门通同开着，静悄悄的，并没有多人，只有一个五六岁的小孩子，穿了一件白布袍儿，欢喜跳跃，蹲在一个瓦钵子旁边，在那里一张一张地烧化纸锭。右首厨房里，咪啦噼啪地有些煎炒的声音，却是病蝉的姊姊金兰揎拳捋袖地忙着弄菜。堂屋里坐着一个少年，是个生意人模样，一眼看见幻佛和克仁进门，他便起身迎接。幻佛便问他的名姓，少年答道："不敢，在下姓奚，贱字茂兴，茂盛之茂，兴隆之兴。病蝉是在下的内弟，不久还在小号里欠了半斤洋油、二百张草纸，怎么几天工夫，他便一病而亡？这也是阎王注定三更死，谁肯留人到五更。不过小号本短，将来这笔账目怕还不能够打个七五折收入呢。"

他刚在堂屋里谈病蝉的苦情，猛不防尸床旁边有个二十来岁女子掩面哭将起来，嘴里还唠唠叨叨地数说不了，听上去仿佛是哭自家的苦命，说是刚刚由嫂子替我们提起婚姻，怎么你这短命亡人便将奴家孤零零地丢下来了？今生虽然不得成为夫妻，来世里总得要求阎王，好遂我们的心愿。正哭得十分起劲，却好她哥哥进来，茂兴吃喝说道："你快让让，有客来了，好叫人家

148

到死尸前去行礼。"

那女子听见这话，方才放下手，忸忸怩怩地站过半边。幻佛留心将她望了望，原来却是一张缺嘴，鼻孔底下就白花花地露着两颗牙齿，浑身不由打了一个寒噤，远远地对着病蝉勉强鞠了鞠躬。再瞧那个克仁，早虎也似的抱着病蝉的死尸，放声大哭，还不住拿嘴凑过去和他接吻。幻佛急得了不得，忙下死劲地连拖带拽，将克仁拖到外边，冲着他说道："哎呀！你这人好生胆大，他是害肺病的，最易传染，我们躲避还躲避不及，你还赶去和他接近，这也不是卫生的道理。"

克仁糊里糊涂，他听了也没话回答。转触怒了房里那个女郎，将一张缺嘴噘得高高的，叽咕说道："谁该死，谁不该死，总是前生注定。苦鬼这痨病，哪里就会坑害了你们？你们早知道如此，也不该向这里来吊孝呀！像我呢，一直打苦鬼咽气之后，也不曾离着他半步，怎么还好端端地坐在这里，也不见得便传染了伤风咳嗽？"

幻佛听了着实好笑，也不好分辩，便向那奚茂兴问道："这位小姐是谁？在先却不曾见过。"

茂兴忙欠身答道："不敢，这是舍妹二姑娘，绝不敢当小姐的称呼。因为这边没有多人，是家岳母接她过来帮忙的。"

幻佛见他提到岳母，忙笑问道："正是呢，今天是个要紧的时候，如何不见令岳母的影子？"

茂兴又将身子欠了欠，正色说道："不敢，内弟停尸在床，家里又很拮据，有几处欠家岳母的银利，家岳母到各家讨债去了。论理在下该替他们想法，不过实在因为时局不好，南北还不晓得在什么时候统一，银根周转不灵，洋厘已经弄到七钱一分六。"

他们正在那里闲话，早见大门外面跑进一个蓬头垢面的妇人，进来劈头看见幻佛，她忽然儿天儿地大哭起来。哭了半晌，赶入房间里，开了那面抽屉，拿出一封信函递给幻佛，淌眼抹泪地说道："喏喏，这是一张纸条儿，死鬼在前几天头里便写得齐齐整整，眼巴巴地望你连先生到来。他说有话要叮嘱连先生，谁知你连先生好像死了一般，今在也不来，明天也不来，死鬼伏在枕头上只是提着你名字叫唤。他姊姊见他这样着急，倒想叫我去奉请，我因为瞧死鬼的神情也还不至于就会过世，所以一天两天地耽搁下来，哪里想到短命苦鬼便在昨天晚上阎王老爷拿帖子来请他去吃酒呢？"

她说到这里，早又拍起床边，大哭大喊道："短命的苦鬼呀！你眼巴巴盼

149

望的连先生，这时候活跳新鲜地站在你面前呢，你有什么话，为何不开口和他讲一讲？苦鬼若是有灵有圣，最好将连先生也请到阎王老爷那里，和他在一处去吃酒。"

幻佛无辜地吃她一顿臭骂，也不好分辩，只得倒抽了一口冷气，没奈何假装着笑了笑，把那封信从信封里抽出来，从头至尾读了一遍。原来这是他寄给玉痕的一封绝命情书，上面写得很是沉痛，末了缀了一行小字，大旨是拜托自己替他刊登在报纸上，好叫外人知道他们当初这一番秘史，借此可以泄一泄心中愤恨。

再说连幻佛他也是个促狭不过的少年，此时忽地打了一个转念，外边丝毫不露声色，随即将那信依旧放入信封里，折叠整齐，轻轻向口袋里一塞。刘克仁却是一个浑虫，老向幻佛追问病蝉究竟写的是些什么。幻佛一时想不出来回答，便随口答了一句说道："他这信里叙述的左右不过向我们这班朋友托孤，以外却没有瞒着人的勾当。"

克仁又直着喉咙叫起来说道："连先生你可不要拿这话来欺人，病蝉在世，连堂客还不曾娶，哪里有孤子来托给你们？便算你们办报的专会造谣，也不能连一点儿影儿都造得没有。"

幻佛见他驳得很是有理，总怪自家说得大意，刚待再拿话来搪塞，可巧病蝉的母亲听见这"托孤"两字，忽地止了哭，跑出来向克仁说道："刘少爷，你休得说死鬼没有儿子，我们正代他商议这件事呢。可怜死鬼今年也有二十外岁的人了，不过因为家寒，至今不曾替他娶得一房堂客。我做妈的想起来，很是对他不起，如何忍心眼巴巴地望着他这灵牌子上连个奉祭孝男都没有？将来逢七做佛事，叫和尚瞧了也得发笑。"

幻佛听到这里，满心快活，觉得病蝉的母亲竟会无故地替他圆了这一大篇谎，登时瞅着刘克仁笑道："如何？我可曾欺负你没有？"

克仁抿嘴笑道："奇怪，奇怪，不曾娶堂客的人也有养儿子的指望。这一来我刘克仁也不消拼死拼活和老两口子闹着要他们替我结婚的了。阿弥陀佛，将来我这灵牌子上也不愁不会热闹。"

病蝉的母亲还待往下再说，不防奚茂兴插嘴说道："那可不行吧，舍间是三代单传，目下只生了这个小孩子阿懋，平白地过继给病蝉，他的灵牌子当然是热闹了。将来我自己的灵牌子上岂不是冷冷清清，转叫和尚们瞧见了笑我，你替你的儿子打算，难道就不替我女婿打算？"

病蝉的母亲听他这话，早已十分愤怒，拍着桌子骂道："死没良心的东西，我女儿可怜我，亲口允许阿戆过给死鬼，偏生你在里边百般地阻挠。老实说，我们不过少几个钱罢啦，若是有几百亩肥田，有几十幢房屋，不怕你们不泲上水，硬把儿子送出来，好承受我们的遗产。连先生他们是在外边办理大事的，请你替我们评评这个理，外孙子阿戆虽说是姓奚，他这身子里，道好也有我女儿的一半骨血，今天便替他舅舅披一披麻、戴一戴孝，将这官司打到高等审判厅，大约也不见得便输给你。"

她一面说，一面便恶狠狠跑过来，意思想揪奚茂兴的衣领。这时候，她女儿金兰和她那缺嘴二姑娘也都拢得近前，做好做歹地从中解劝。阿戆放下纸锭，也不烧了，笑嘻嘻地牵着他外祖母的衣角跳跃。幻佛感激病蝉的母亲替他圆谎，遂笑向奚茂兴说道："罢咧！打不断的亲，骂不了的邻，你凡事也得看破些。病蝉他是死了，再不会有养儿子的造化。你呢，依旧跳钻钻地在世上活着，出了好心，一定会有好报，不消隔一年半载，包管会养出第二个令郎。不怕茂翁笑话，目下的男人，别的本领或者推扳一点儿也是有的，至于讲到制造国民，谁不是一等等的拿手好戏？今日凭着我和克仁在这边，不如请茂翁爽爽快快地写一张过继纸交给令岳母，也好叫她老人家心里欢喜欢喜。"

病蝉的母亲拍手嚷道："青天菩萨跑进屋子里来了，世界上也有肯说公道话的，像我们这位连先生。我只保佑连先生长生不老。"

幻佛只顾侃侃而谈，其时只把那个缺嘴二姑娘瞧得呆了，暗想：这位连先生真是漂亮得紧，口齿又伶俐，面孔也还生得不丑。我若能够和他自由恋爱，也不枉白生在世上。当下心里转了几个念头，正待开口想和幻佛搭讪说话，不料她的那个不做美的阿兄忽又冲着幻佛说道："先生，你这人实在不达世务，我再呆些也不能将现成的儿子送给人，倒转过来再去忙养儿子。这不是现钱不讨，倒反去赊账？"

幻佛不及回答，缺嘴姑娘狠狠地瞅了他一眼，含笑望着幻佛说道："连先生，你理他则甚？他的生意经熟得很呢，开口闭口，跑不掉现的、赊的这些讨厌口角。贵报馆在哪一条洋街上？我想抽点闲工夫过来奉访，连先生若不弃嫌，我们结一个朋友交情，可好不好？"

奚茂兴怒道："什么话？一个女孩子，如何没规没矩地向外间乱跑？"

缺嘴姑娘将个脖子一扭，冷冷地笑道："我们间壁邻居巫大嫂子，她不是个女教员？我平时冷眼替她数着朋友，足足有三五十个。她常劝我放开通些，我只恨有妈和你压在头上，不然早就和他们入伙去了。此番难得会见连先生，你又来百般地阻挠，我们哪里算得是兄妹，简直是生冤家死对头罢了。"

幻佛深恐他们因此冲突，忙劝着说道："搭朋友也不是一件歹事，奚茂翁总该让舍妹去自由。"

缺嘴姑娘笑道："好呀！这自由便是我的性命，唯有连先生能够知道我的心事。"

他们正在这里高谈阔论，其时把个刘克仁瞧得眼红起来，再也忍耐不得，也伸手扯了扯缺嘴姑娘的衣角，冒冒失失地说道："二姑娘，你要搭朋友，须得带上了我，我便住在葛善人葛公馆的斜对门，包你一寻便着，不比他那小报馆是不会有人知道的。"

缺嘴姑娘见他这呆头呆脑，芳心里很不愿意，刚待去呵斥，恰巧外边吆五喝六抬入一个白皮棺材进来，接二连三的候殓的和尚道士也到了。病蝉的母亲和金兰一齐放声大哭，缺嘴姑娘也不便再谈闲话，只得跟在里面也号起丧来了。幻佛向刘克仁使了一个眼色，从热闹里也不告辞，早如飞地跑出门外。不曾走了几步，刘克仁伸出一只大拇指，望着幻佛冷笑道："啧啧啧！不想你这熊样子，竟有姑娘们瞧中了你。老实说，见财有份，你们若是撇下了我，那个我是不依的。"

幻佛哈哈大笑说道："你爱她吗？我将她让给你好了。如果这姑娘实行来访我，我一定竭诚推荐，哄你的便不算人。"

这几句话乐得刘克仁打躬作揖，嘴都笑得歪过来。叵耐幻佛心中有事，哪有这工夫和他厮缠，穿过两条马路，遂撇了克仁，径自赶回他的公馆。

再说连璧早就回来了，夫妻俩坐在房里，商议措置那五十块洋钱的方法。依老奶奶的章程，便想零碎放给人做利债，光是利息这一项，不上半年，包可以加上一倍的进款，比较做生意又稳妥又划算。连璧正色说道："这盘剥重利，像我们这本分人家，如何可以干得？我想先拿出些钱来，你买几只母鸡，我买两口小猪，左右闲在家里，喂养喂养，一者消遣，二者这利息也很不薄。儿子今年也有二十七八岁了，娶媳妇这一件事也不能再延挨下去，我打算这媳妇便出在这鸡和猪身上。你瞧我的主意怎样？"

孔氏笑道："钱是你的，你要怎么还不由你？不过幻佛这孩子变换得太好太快，恐怕他不怀什么好意，我们总得留他一点儿心，免得后来懊悔。"

连璧急道："嗱嗱，你又来瞎疑心了。儿子忤逆呢，你又在我面前尽挑剔他的长短。如今他刚刚学做好人，你不替我欢喜，反说出这等屁话，到底妇人家没有见识。"

他们刚在房里絮絮叨叨地谈体己，不防被幻佛窃听得一个畅快，不由伸出舌头暗暗说道："好厉害的老婆子，他的见识竟比连二高得许多。照这样讲，这房间却不是谈心之所了，不离开老乞婆，这目的又何能达?"

　　想到此处，故意咳嗽了一声，吓得老两口子连忙将话咽住，悄没声地响也不敢再响。幻佛弯腰屈背走入里面，笑道："爹回来了，孩子久想和爹叙叙家常，何不到我那房里去坐一坐?"

　　连璧见他儿子这样殷勤，委实是情不可却，随即笑道："好，好，当得奉陪。"

　　说着又回头向孔氏说道："你到厨下去预备晚饭吧，我带回来的那副鸭架子可以放在锅里，煮出一锅稀饭，大家尝尝这烧鸭风味。"一面说，一面笑嘻嘻地跟随幻佛出来。

　　幻佛将他扶坐到自家床上，他才笑逐颜开地和老头子提起谈判。至于他这谈判有效无效，欲知后事，且阅下文。

第八回

尔诈我虞成恶社会
夫贤妇淑结小家庭

当那连璧进房的当儿，幻佛忙得颤巍巍地左手端了一杯半冷不热的白水茶，右手又将老头子平时吸的那根长旱烟袋顺便带入房里，将茶杯搁下，随即在烟袋上装好了一袋旱烟，又擦了一支火柴，将烟嘴子向老头子唇边一凑。

连璧忙不迭地嚷道："得罪！得罪！你让我自己来点吧。我知道你最讨厌这烟袋腌臜，原及不来你们那些纸烟，又文明又漂亮。"

幻佛一面点火，一面正色说道："爹说哪里的话？做儿子不伺候父亲，爹养我这孩儿有何用处？以后孝顺你老人家的地方多着呢，何况这区区装烟倒茶。"

连璧听见这话，浑身骨头都乐得痒将起来，抽着烟忍不住眉开眼笑。幻佛搭讪着笑问道："午间是谁约爹在酒馆子吃饭？可曾提起借钱的话不曾？"

连璧不住地摇头说道："没有这事，没有这事。这两位朋友原是我的老同伙，一个叫作邱荣，他是在本店厨房里打杂；一个叫作高二，力气蛮大，推车子向各处运款，都是他的责任。也因为我辞职不干，他们不很放心，觉得我的境遇一天是赋闲不得的，承他们盛爱，说有这么一处公馆，想雇一个年纪大些的老人照应照应门户。"

幻佛忙接着问道："爹可答应没答应？"

连璧含笑摇了摇头。幻佛心里老大不愿意，外边却不露声色，笑道："好呀！爹便答应他们，我也不依。儿子再不济些，道不得个爹妈都养不活。"

连璧笑道："我也是这般想，所以一口便回绝了。好儿子，你有这样孝顺心肠，我便坐在家里喝口白粥，比较在外边拾金豆子还乐。我适才出门的当儿，你那个学生孙大福不是和你坐在一处谈心？暑热天气，想必他有要紧的事向你接洽。"

幻佛这时候正苦路转山遥地没有机会提起那话，难得他父亲问到这里面。他登时眉头一皱，计上心来，先长长叹了一口气，然后苦着脸说道："还有什么事呢？总怪我办的这报馆发达得不好，那些有钱的富户，眼睛珠都瞧红了，你也要来买股票，他也要来买股票。也难怪他们着急，既可以按月付息，又可以坐享红利，谁也不肯落在人后。我因为本馆也不需钱用，差不多都给他们一个严行拒绝，偏生他们会想出法来运动我那学生，没日没夜地跑来和我啰唣。孙大福又不是呆子，他若非得了那些富户的好处，如何肯在这毒日里不顾性命地替他们来央求孩儿？其实我嘴里还不曾吐出一个允许的字样。"

连璧笑问道："你这股票是多少钱一份？"

幻佛道："多也不算多，每股五十块洋钱，十股便是五百块。我猜不出那些没脑子的简直好像和洋钱有仇，开口闭口至少总得一百股起码。"

吓得连璧将烟袋搁过一旁，伸出舌头笑道："想必买这股票到手，获得的利着实可怕呢。我在福兴润怪不得听见他们今天想买这种股票，明天又想买那样股票。其时我因为手里没钱，也不去注意。这当儿听见你谈起来，大略也明白这里面的利益，可惜你不肯收外股，否则我倒想……"

他的话未完，幻佛知道这时机已熟，忙说道："这却不然，与其把好处给外人去得，倒不如调剂调剂自己的生身老父。"

连璧心里动了一动，又追问一句道："比如我要买一股，几时可以付息，几时可以还本？还得请你说一说。"

幻佛正色说道："本报的股票是有章程的，一股五十块钱，先让你扣去五块钱的利息，只要净拿出四十五元，按月再付五元，不消十个月光景，本钱便到手了。其实你这五十块钱依旧是纹风不动，几时要几时拿票子去支付。便是愿意卖给别人，别人也可拿一百块钱来买你的。爹不信，再向外边去打听打听，凡各处的股票，也没有本馆的这样优待。什么养猪养鸡，凭你辛苦一世，也捞摸不着半毫的好处。"

连璧独自沉吟了一下子，暗想：他的话虽然说得过于好听，然而将银子放在孩儿身边，总要比别的地方稳妥，不如就这样办了吧。于是笑着说道："不瞒你说，我新近却得了一笔意外财帛，买你一份股票，倒还不多不少。你可怜我辛苦了大半世，不如将这好处让我享受享受。别人买你的股票，须得运动，我却老实不客气，当面要求你答应。一经答应，我便双手捧出来给你点清数目。"

幻佛故意装作吃惊模样说道："哎呀！父亲是几时得了这款子的？孩儿为何丝毫都不明白？既这样讲，孩儿少不得昧了一点良心，把这好处让给爹吧。爹先将利息五元收下，其余由我带到馆里去，交给会计员收账。过一天也由我将股票交代给爹可好不好？"

连璧连珠价地喊了一大串"好"字，兴冲冲地跑入自家房间，瞧那孔氏还在厨下烧火哩，更不去惊动，悄没声地将四十五块洋钱的钞票拿出来，当面交给幻佛。幻佛并不曾过目，随即向衣袋里一塞，掉转头对准连璧脸上噼啪一声打了一个耳光，打得连璧额角上火星直冒，嚷着说道："怎么？你打我！"

幻佛笑道："我何尝打你，适才见你额角上叮了一个大花蚊子，我怕他吮你的血，所以我连忙扑了，蚊子吃我的打，与你毫没相干。"

连璧觉得他这话也很有理，快快地退得出房。幻佛咬牙骂道："白让你这老鬼快活了一天，这个耳光算是泄一泄我胸中闷气。"

当晚胡乱和老两口子吃了晚饭，他母亲孔氏也不知道他们父子俩适才在房里干的甚事，当时也不便向他们追问。及至收拾完毕，夫妻才点着灯火进房，连璧更忍耐不得，方才将那洋钱买了股票的话一一告诉了孔氏。孔氏听毕，脸色都变成白纸模样，一句也不开口，彼此解脱衣服上床。孔氏气得颤巍巍地向老头子枕边爬得过来，连璧不知死活，还疑惑老奶奶想来和他亲热，他忙侧转身子让孔氏睡下。孔氏咬牙切齿地在他身上掐了一把，垂着眼泪骂道："你这糊涂老鬼，天老爷原想叫你发财，不想老鬼没这福气消受，转双手捧去给你儿子快活去了。他办的那个小报馆，早上起来便愁到晚上，眼看不能支持下去。不瞒你说，我有几件整齐些的衣服，通同吃他借去卖了当了，没日没夜地还百般地向我絮聒。你想想别人也不曾瞎了眼睛，如何肯拿着白白银子跑来买他的股票？他编谎骗人的本领是再好没有，不料竟有你这老鬼中他的圈套，什么利息呀、分红呀，老实说全是些梦话。怪道呢，我刚疑惑他为何转变得这样快，原来他是打的这种主意。好好，鸡也没喂，猪也没养，四十五块洋钱，我们白看了几天，到这会子，依旧还了我们这一份穷命。"

老奶奶一面说，一面泪如雨下，把个破枕头都湿得透了。可怜连璧只是大张着嘴，待信不信地安慰孔氏说道："你素来多心，凡事都不肯往好一边想。他既变作了一个孝顺儿子，断断不能够欺负我们夫妇。"

孔氏使劲将连璧一推，冷冷地说道："你还祖护着他呢，他如果真个孝顺，你明天再向他将这洋钱讨过来吧，就说这钱我们别有用处，他肯答应你，算我今夜的话是白冤枉了他。"

连璧恍然大悟，当下更不肯迟缓，随即披好了衣服，下床就跑。孔氏问道："这时候你还向哪里去走动？"

连璧道："我就依你去和幻佛讨钱。"

说毕，早跨出房，走入对面屋里，见幻佛已经睡得像死狗一般。连璧将他摇了几摇，幻佛从梦中惊醒，吆喝问道："是谁？"

连璧低声笑道："是我！"

幻佛听见他父亲的声气，勃然大怒，立刻坐得起来，便问连璧的来意。连璧没奈何，只得央告着他，叫他退还那笔洋钱。幻佛冷笑道："谁拿你的洋钱的？你的洋钱有多少数目？"

连璧见他口气不大对，又恨又怕，战战地说道："本来是五十块，我取去五块钱的利息，还有四十五块，先前亲自交给你手里。你可怜可怜我，我也不想发财了，让你爹妈将就买两口棺材防防老。"

幻佛怒极，就他的脸上啐了一口吐沫，复行将一只手向外边一伸，说道："凭据在哪里？你拿来我瞧。"

连璧拿手擦干了脸上吐沫，赔笑说道："你又来和我闹玩笑了，我们是嫡亲父子，你拿了我的钱，如何还肯叫你写凭据？"

幻佛冷笑道："父子！父子！这当儿我们依旧取消了。世界上也没有借钱给人不要凭据的道理，将来到了官厅上，既然没有凭据，便是索诈。料想你这清道夫断不会有法律的知识，我也没有工夫陪你闲谈。"说完这话，他早向床上一躺，闭起眼睛来装作打鼾。

连璧到此，真是没有法想，白瞪着幻佛一会儿，转身走入自家屋里，抱着他老妻呜呜咽咽地痛哭。孔氏其时已听得清清楚楚，晓得已经着了幻佛的道儿。她并不怪儿子狡猾，只恨老头子不争气，越想越怄，也就伤起心来，我望着你流泪，你望着我雪涕，足足闹了半夜。

连璧想到沉痛的去处，便解下裤带子来要向床柱子上自缢，又吃老奶奶拦着，哭道："你这一死不打紧，撇下我来，更要受他的凌折了。若是要死，我们都得一齐死。"由此，孔氏便不敢合眼去睡，只防着老头子短见上吊。

挨到天色大亮，幻佛再快活不过，早经收拾收拾，揣了那一叠钞票，跑出向一家茶社里去用早点，将钞票放在桌上，点了点数。自己筹划了一下子，暗想：黑翠那边所欠的酒席和下脚钱着实不少，近来很不好意思跑去走动。

目下先在这里面划出二十五元来搪塞搪塞。今晚又可以在那里打一场茶围，场面上岂不觉得光鲜些？其余便是印刷所的问题。停刻打发大福送给他们二十元收账，随后便不至停版。哈哈，一个人要走上运气，真是山挡不住，这区区进款不过算是九牛的一毛，那一件公案可就多了，多则五千，少则三千，拿得稳稳的。仔细想想，是打哪里说起呢？这不是我的造化？"

想到高兴去处，一个人坐在椅子上，只是忍不住地发笑，登时将肚腹吃得饱饱的，见时候已经近午，才跨出茶社，坐上一辆人力车，飞也似的直向报馆而来。

刚走得上楼，抬头一望，只见孙大福伏在桌上鼾呼不醒的，睡得正畅快。不过你道孙大福如何这样瞌睡呢？原来他这些时无意中却碰着一段艳史，等在下替他稍叙个大略。

幻佛这报馆，连楼连底不过只有两幢，楼后边幸喜有一座凉台，算是报馆里的一个退步。大福脸蛋子虽然长得不十分美丽，亘耐他自待却是不薄，常常拿面镜子在手里照了又照，像煞潘安再世似的。可巧那一晚又替他先生做了一任花酒代表，在他眼睛里算是大开色界，一颗心格外把持不住，弄到几个钱，兀自去买香水和雪花膏，搽得浑身扑鼻子喷香，兀自顾影自怜起来。

那个报馆，幻佛轻易也不在里面坐地，全行交给大福去看守。暑热天气，屋子里再暖不过，他一经挨到日落，少不得便跑向那凉台上去乘凉。也是孽缘相凑，隔壁有一份人家，住的却是一个蹩脚姨太太。姨太太便姨太太罢了，我为何又加上她一道蹩脚头衔呢？因为他们老爷本是一家洋行经理，不上两年，便行失败。

这姨太太名字叫作洪美凤，本是么二出身。这当儿明知她这老公养活她不起，然而一时又没有别法可想，只好将将就就，住在这小房子里挨命，所有些衣服、首饰，全行典卖罄绝，想跑出门去逛逛都没有这种机会。闷极无聊，也只有向凉台上来闲坐，当下和大福打了照面，好在彼此是紧邻，免不得搭讪说话。先前倒还客客气气，后来越谈越是入港，不晓得他们在哪一天上，两下便凑拢在一处去了。在孙大福自然非常得意，以为是生平的奇遇，巴不得逢人便行告诉，说这汉口偌大的地方，竟有这么一个标致姨太太瞧中了我这印度阿二。在洪美凤也明知道大福没钱，不能达她逃之夭夭的目的，然而拿他开心解解闷，未尝不是权宜之计。

老实说，女人家既拿着这身子去交结朋友，多少总得骗人家的银钱到手，至于那些倒贴的话，全是那一班少年不要面孔，妄自吹牛，轻易没有的事。

所以那个孙大福自从结识这位姨太太以来，皮里刮到肉，肉里刮到骨，无论这钱在油锅里，他都得想法捞出来送给洪美凤，好博得美凤一个欢心。眼看看地有些捉襟露肘，叫苦连天了。偏生昨天夜里两家头又混在一处，美凤趁势敲了他一柄大大的钉锤，吩咐大福明天替自己买一条纱裙、一件纱褂，又限他在二十四小时内答复，否则便将他驱逐出境。大福这一听，好像有许多大雷轰轰地打入耳朵，登时三魂渺渺、七魄悠悠，几乎晕倒在那一张半新不旧的铜床上面，然而外边又不敢露出丝毫神色，只得咬着牙齿，连连答应了几个"是"字。

天色一亮，他便从凉台上爬到这一边来，没精打采，仿佛害了一场大病，伏向桌上便酣呼不醒，实做那人逢喜事精神爽，恼闷愁肠瞌睡多的俗语呢。梦中忽然听见幻佛向他叫喊，他蓦地跳起身子，揉着眼睛喃喃地说道："我买，我买。"

幻佛听了丝毫不懂，开口便问他："你买什么？"

大福这才恍然大悟，不由自己也失笑起来，忙分辩道："不是，不是，学生是在这里做梦。"

幻佛啐了他一口，笑道："大清早起也不图个顺遂，你不知道我目下已经发了财了。"

说着，早将那一叠钞票全行向桌上一放。大福见这样花花绿绿的洋纸，眼睛里几乎冒出火来，若不是怕吃官司，一定伸手将幻佛打倒，好夺了这钞票就走，板着面孔只见在旁边呆望。

不料幻佛忽然将那五块钱一张的取出四张，递向大福手里，含笑说道："这款子累你至印刷所，请他们行行收账，余款随后再算。"

其时大福的一张嘴几乎笑得要裂开来，又恐怕幻佛瞧出破绽，死命地忍着，故意笑问道："先生，你这票子是打哪里弄得来的？真是造化，连学生都替你老人家欢喜不过。"

幻佛正色说："这就算数吗？我还有一笔巨款，早晚就得到手。那时不把你吓得魂飞天外，我也称不起是一个堂堂主笔。你且再等一等，我还有一封要紧的信，请你顺便带至葛公馆，比较邮局里似乎稳妥些。"

他说着这话，早向桌上取了一张信笺，拿起笔来就写。不防大福因为有二十块钱在自己手里，巴不得立刻跑向马路，拣那大衣铺子去买纱裙褂，偏生这不解事的连幻佛又吩咐他在这里稍等。他急得心坎上只是乱跳，没奈何，伸着头，踮着脚，瞧幻佛在那信纸上究竟写的是些什么。幻佛一面写，他便站在后面念道：

镜清老伯大人尊鉴：

久不来替老伯请安，心中挂念得很，总因小侄报务羁身，轻易不能越雷池一步。乃者昨日忽有人寄侄一函，上面全叙的是令侄女儿玉痕暧昧事迹，另外还有一封情书可以为证，料想不是假话也。侄因为与老伯名誉有关，权行捺下，一时未便在报纸上发表。当时便替老伯向前途接洽，意欲少与微资，弥补此事。再三申说，前途瞧弟薄面，已经认可，索价五千元，一边交款，一边将情书交给老伯焚化。事关重要，万勿轻视。

专此布达，敬候好音。

侄连幻佛立正

孙大福念到这里，把一颗脑袋几乎乱点得掉下来，暗暗喝彩，说道："怪不得他这样得意，原来敲到这无大不大的竹杠。人生在世，这新闻事业却不可不办，其中尽有偌大好处。我孙大福若是一朝得志，无论怎么，总得怂恿几个股东，开他一爿报馆耍耍。"

他刚想到这里，忽见幻佛又在信尾上缀了一行小字：

前途虽索五千，在小侄看来，老伯如能出三千块现洋，掼给小侄包办，可望不至决裂。此系实情，彼此意会。

匆匆又及。

孙大福的脑袋，这时更点得又多又快，不觉信口喊起好来，说道："这退步站得尤妙，到底先生的手段比学生高得一筹。若是我缺一个铜钞，也答应他不得。"

幻佛一面将信封得完固，一面回头望着大福笑道："你省得什么？这样的把戏，不带活动些，那就行吗？好在我们是白手求财，弄一个便是一个，又不花本钱，又没有人来分润。"

大福到此也是忍耐不住，随即嬉皮涎脸地笑道："哎哟！见财有份，先生你老人家弄得这许多元宝，难道不许做学生的啃一啃元宝边儿？大将军不遣饿兵，我替你奔走这一趟，随多随少，悉凭你老人家吩咐吧。"

160

幻佛吃了一吓，正色说道："奇呀！这事与你又有什么相干？你凭空地和我来开这谈判。"

大福央告道："罢咧，大家不过取个欢喜的意思，好在随你老人家赏赐，我又不争多竞少。"

幻佛被他缠得没法，沉吟了一下子，只得勉强说道："既是你想来染批，我也少不得破一破悭囊，同你先讲明了。如若五千元满满到手，我赏你五元，如若只有三千之数，我赏你三元，总叫你不得落空好了。"

幻佛说出这话，总以为大福定然喜出望外，不料大福只将一张嘴噘得高高的，一句也不开口，拿了那一封信，又摸摸怀里的二十块钱，转身就走。幻佛瞧他这神情，觉得不怀好意，又深恐他在其中作祟，忙将他唤转来笑道："你我是自家师弟，简直和骨肉一般，难不成还分什么彼此？你在这银钱上倒不用和我掂斤拨两。至于你谋的那件小学教员的事，我早晚便代你去说项，也算如了你的心愿了。"

大福这才换了一副颜色，趁热说道："事不宜迟，我去送信，带还印刷所的款子。这趟差使也很辛苦，你若瞧彼此情分，须索趁这当儿过江去会一会那尹先生，回来我听你的消息。"

幻佛将指头在头上搔了几搔，笑道："今天怕没这闲工夫，老实说，我身边还剩得二十五元，想去报效黑翠子一台花酒。你既着急，等我到了黑翠子那边，打电话去约他过来吃酒，当面拜托他是再好不过的了。"

大福点了点头，各自去干各的正务。

大福知道这封信很是郑重，倒也不敢大意，当真亲自送入葛公馆里，交代了门房里的大爷，还着实叮嘱了几句，叫他立刻送上去，不要误事。然后折转身子，跑入衣铺，衣服也买了，还剩得五角多小洋，他便欢天喜地地在小饭馆里饱餐了一顿，兴冲冲地赶回报馆，爬上凉台，轻轻敲了几下窗子。这是他们的暗号，美凤将他接入房间，大福像波斯献宝似的把衣裙取出来，当面一一交割。美凤自然欢喜，这且不在话下。

再说幻佛也不曾等到日落，早如飞地跑向沙家巷来会他的贵相知黑翠姑娘。黑翠见他有好几时不曾来，着人和他去讨账，他又不理，这时见了面，当然是待理不理。不料幻佛一屁股才坐下来，早将那一叠钞票向桌上一搁，说也奇怪，再望望黑翠粉脸上忽地滚下两行珠泪，指着幻佛哽咽道："我把你这没良心的，我恨不得咬下你一块肉，我知道你是抛弃我了，可怜我们全拿痴心待人，也没有一时一刻不把你这没良心的放在心坎上。谁稀罕你的钞票，便是你没钱，也该常常跑来看看我，免得我提着你的名字挂念呀!"越说越是伤心，把一方汗巾都哭得湿透了。

幻佛见她这样多情多义，说不出心里的感激，正待近前去温存她一番，却好鸨母也得了消息，没命地奔入房里，和幻佛瞎三话四。她们的语气，大都和黑翠说的有些仿佛，我也不必再来絮聒。

登时春生满室，再热闹不过。幻佛又打发人出去替他约了几个朋友，当下想到尹雄伯，便借了这边的电话，亲自打到劝学所里。幸喜尹雄伯正在劝学所里办事，听见是幻佛约他过江去吃花酒，他连忙回得一次决绝。幻佛只得罢了，准备明天亲自去和他接洽。

一宵无话，到了第二天午后，他因为想起那高徒孙大福替自己送信，以及对付印刷所的功劳，少不得要去会雄伯一趟，事之成否，悉凭大福的命运，至于我连幻佛总算得是竭尽心力。主意妥定，随即搭了渡江小轮，径自向汉阳门行来。好在尹雄伯住的地方他曾经去过的，离阅马厂不远，有一处小小洋房，便是雄伯夫妇的住宅。他不消通报，跨入内里，半芜浅绿，是一座排球的球场，倒有四五亩的广阔，左首安放一副秋千木架，右边一排是沙发椅子。上面却好有几株梧桐和榆树遮盖着。清风徐来，日色不透。

再巧不过，尹雄伯夫妇正并肩坐在那椅子上乘凉，只有一个三四岁的小男孩子，由保姆带领着，拿一柄芭蕉大扇，在青草地上赶扑那些蜻蜓玩耍。他夫人甘碧瑜女士斜睃着媚眼，望着她孩儿眯眯地笑。

幻佛远远地咳嗽了一声，惊动了雄伯，忙迎得上前，笑道："幻翁是几时过江来的? 我们倒有许久日子不见了。昨天承爱约我吃酒，我委实因为这些时各处学校纷纷忙着开课，一时一刻也不能分身，你我是至好朋友，料想总能体谅我这方命的罪，不致见怪。"

幻佛冷笑道："罢咧，我能有多大的面子可以委屈你的大驾，你把手来摸摸我这额角上看，吃你打这一下子老大的扁担，这时候还隐隐地有些作痛呢。"

雄伯大笑道： "笑话，笑话，幻翁又来挖苦我了。改一天罚我来奉请如何?"

幻佛正色说道："请我呢却不敢当，倒是像你这样假道学家的脾气，总该要改良改良才好。拘执鲜通，物而不化，目前的时势是万万行不去的。"

雄伯赔笑说道："幻翁的教训极是，只是兄弟生性很难改移，随后若得幻翁常常地指教，或者可以勉强圆融一点，也未可知。秋暑未净，屋里恐怕燥热，我们便在这院落里坐坐可好不好？"

幻佛点点头，两人便走近那沙发椅子旁边。他夫人碧瑜女士见有客来，忙站起来向幻佛鞠了鞠躬。幻佛笑望着雄伯说道："这位想就是嫂夫人了。"

雄伯笑道："正是，正是！"

当下又将幻佛的名姓介绍给他夫人。碧瑜笑道："原来是连先生，先生的大名，我们在报纸上是常常瞧见的。况且先生办的那份小报，尤其短小精悍。"

幻佛见尹夫人给他这等荣耀的奖语，欢喜得无可不可，只见他两边肩膀一耸一耸地摇摆不定。自家刚和雄伯坐下，碧瑜也坐在半边。这个当儿，幻佛便侧着眼睛对她上下打量，觉得碧瑜女士弯眉秀目，容貌清癯，两边颧骨微挺，略高一点儿，年纪比较雄伯似乎还长得一两岁，望了去，差不多有三十左右光景。身上穿的衣服虽不甚华丽，却清洁异常，随着晚风送过来，似乎还有些莲蕊的气息。幻佛一时不便提起大福的事来，兀自搭讪问道："咦！这所洋房去年还不曾造得成功，不想目下转焕然一新了。雄伯，你平时口口声声都嚷着差使不好，没有钱趁，然则你这巍巍华屋和这方偌大的地皮又打从哪里弄得来的呢？兄弟虽穷，却是一介不与，一介不取，又不来和雄哥借钱。像你这大兴土木，又何至对我们老朋友讳莫如深呢？"

雄伯被他说得脸上通红，勉强笑说道："一句话到了幻翁嘴里，便数数落落，一味批驳我的不是。其实这不是冤枉煞人。"

说着便拿手指他夫人说道："这房子全出自拙荆竭力经营，我从来不曾过问，所谓'维鹊有巢，维鸠居之'这句古诗，大可为兄弟解嘲。若说地皮呢，还是先人遗泽，并不曾拿钱去买。"

幻佛扭头笑道："这话我却不信，尊夫人的积蓄想必很是丰厚，不然怎么会这样地咄嗟立办？"

雄伯笑道："这事却非一言可尽，好在幻翁既已过江来见访，今夜便在舍间下榻吧，我们这荒园后边还种了好些山蔬野蕨，便累拙荆替我们预备点出来下酒。但是及不来你在江那边豪竹哀丝、金迷纸醉的快乐。"

幻佛笑道："使得，使得，兄弟近来在那些西菜馆里，委实吃得腻烦了，转是这么一来，反觉得别有风味。唯最不可过于破钞，叫兄弟心下不安。"

雄伯笑道："哪里有什么破钞呢？不怕你笑，我们这小家庭里，饮食宴会都有定例，久经列入预算表的。多支一角小洋，那报钞簿子上也不好填写。不过因为幻翁要询问我们这起造洋房的缘由，借这小酌当儿，好让拙荆发表出来给你听听，将来你那报纸上也好多添一点儿材料。"

碧瑜见他们谈得津津有味，不觉笑说道："这算什么呢？吃有钱的富翁听了，还要将牙齿笑掉，免不得议论我们寒酸。难不成还把这些琐屑事在报纸上发表？"

雄伯笑道："我同幻翁原是闹着玩的，他那贵报如何肯载这些没要紧的闲话？"

碧瑜这时见她丈夫留客晚膳，自己也不再坐，当下便捋掇了衣袖，大踏步径自走入后面去了。幻佛四面望了望，见没有别人在座，趁势便将替孙大福运动小学校校长的话低低地和雄伯商议。雄伯听了，早将眉头一皱，劈口就说："这事怕不行吧，自从过先生出缺之后，那纷纷的荐信已如山积，而且暑假中师范又毕业了许多学生，没日没夜地跑来和我要求位置，粥少僧多，我正在这里十分为难。再加上幻翁这委托，我待拒绝你呢，你又要怪我不讲交情，若是勉强答应下来，万一无从设法，仍旧要受你的责备。幻翁这令高足，想一定是高明的了，贵报馆也还需人很多，何不请他帮着你办办笔墨？"

幻佛将手一拍，笑道："好呀！我荐给你的人，你转而来荐给我了，哪里派这样狡猾。单就这句话而论，便该罚你多少？你若不将小徒安插一处地方，明人不说暗话，兄弟在报纸上有的和你捣蛋，请你仔细留些神吧。"

雄伯吃他说得脸上一阵红一阵白，转想不出话来分辩。幸喜那个保姆跑过来请他们到家里去用膳。

幻佛走进去，留心向四下里望了望，只见那小小堂屋，结构非常精密，所有的陈设虽不十分华丽，然而却是应有尽有，觉得另外有一种楚楚风致。中间一张餐桌，瓶里也插了几朵鲜花，一股清香直向鼻观里扑进来，自己不由喝了几声彩。雄伯的夫人碧瑜嫣然一笑，说道："连先生不要笑话，儒素家风，只许有这个模样，比不得政界里那些伟人，服御起居，都得讲究个特别精致。"

幻佛听见她这吐嘱，温婉而有风韵，比较黑翠她们一味的淫啼浪笑截然不同，不觉从心坎里发生出敬畏的意思，慌慌张张地答应了几声："不敢，不敢！"

其实他还不曾听得明白，还疑惑碧瑜是称赞自己，所以拿这不敢两字谦逊了一下子。他们夫妇免不得都笑起来，趁势便请幻佛入座。碧瑜坐在对面相陪，雄伯开了一瓶香槟酒，远远地在主席座上坐了。这时候保姆已将小官官哄得睡觉，随即一样一样地将菜端到餐桌上，内中的素菜却占着多数。

碧瑜笑向幻佛说道："我们原不懂得什么叫作卫生，但当这夏末秋初，觉得饮食上总该清洁一点。连先生随意吃吧，不要笑话则个。"

幻佛忙道："女士说哪里的话。承女士不弃，亲手在厨下忙出来，赏给我大啖而特啖，若再批驳一声不好，天老爷在头顶上呢，怕不遭雷打我这脑袋。"

碧瑜见他说出来的话着实粗鄙不堪，自己遂不便再同他多讲，转将个粉颈低垂下来，似笑非笑似嗔非嗔的，只拿眼向着雄伯斜睃。

雄伯搭讪说道："幻翁办的那报，近来销数如何？"

幻佛一面端着玻璃杯子喝酒，一面笑说道："告诉你要将你吓死呢，敝报虽然及不来上海那些大报的销数，至于每天各处来认售的，足足地有七八万份。不过销数愈好，蚀本愈多，哪里及得雄翁坐在屋里拿钱？你在学界里混了十多年，这腰包里总该塞得满满的了。不讲别的，单就这一所洋房而论，没有二三千银子，也砌造不成咧。"

雄伯笑道："幻翁又来拿兄弟取笑了。劝学所仿佛是尽的义务，每月只有三四十元，其余在一处中学校里担任了几点钟功课，所入也很有限。家用还敷衍不够，哪里谈说得到什么腰包？"

幻佛将脖子一扭，露出不然的意思，冷笑说道："照雄翁这口气，然则你这一处住宅，想必是偷摸和打劫得来的了。兄弟此来并非同雄翁借贷，雄翁又何必装出这穷抖抖的样儿，把来欺负老友？"

雄伯又羞又急，待要分辩几句，因为气堵塞着喉咙，一句也说不出，转期期艾艾的，简直和哑巴子一般无二。

碧瑜更忍耐不得，遂侃然向幻佛说道："连先生你要问这砌造洋房的原因，我家雄伯却是坐享其成。至于一切费用，却全出自鄙人的私蓄。"

幻佛惊问道："这不消说了，一定是女士的妆奁丰厚，所以才能这样大兴土木。"

碧瑜将脸一沉，正色说道："连先生这种揣测，却未免过于藐视鄙人了。鄙人自幼便持独立主义，莫说家父是一个寒儒，对于女孩子身上没有多少赔送，便算家父怜爱鄙人，鄙人也断断不肯承受的。不瞒连先生说，鄙人今年已是三十一岁，嫁给雄伯刚有五个年头。结婚那一天，谁不晓得我甘碧瑜是只身而来，恐怕除得一衾一枕而外，别无长物。"

幻佛接着笑道："哎哟！哎哟！既是这样，这所洋房一定是女士不知敲到谁的一笔大大竹杠了。"

碧瑜气愤愤地说道："敲竹杠吗？那也不是人干的事，或者那些无知识的狗彘肯施展这样龌龊手段，名誉何轻？金银何重？稍有见解的，他断不致如此倒行逆施呀！"

幻佛见她说得声色俱厉，不觉毛骨森耸，暗暗笑道："不好，不好，我连幻佛无辜地却被这婆娘骂得去了，怎么丝毫也不替我留点儿余地？"又听碧瑜说道："鄙人一生虽没有依赖性质，却有储蓄性质。自解知识以来，一直到临嫁的当儿，但凡父母亲戚所赏赐的，以及自己薪俸所入，逐年都把来存在银行里，将近有三千几百两银子，取出二千来盖造这所房屋。雄伯他一切都不曾过问，所以连先生问他，他当然回答不出。"

幻佛此时已将舌头吓出来有三四寸长，暗暗地失惊打怪，想这婆娘好大的魄力，活该是尹雄伯的造化。如若我能够娶这么一个堂客，三五千银子也不消去敲人家的竹杠了。他尽管在席间沉吟无语，又听见雄伯笑道："便这件事，我心里非常抱歉。所以我自从去年便打了一种主意，除得劝学所里的薪金把来敷衍每月的家用，其余的款项均纹风不动，一笔一笔地向银行里存放，务必达到能够偿还碧瑜的目的。"

碧瑜扑哧一笑，望着幻佛说道："连先生，你听听他这口气，我们是自家夫妇，还分什么彼此？你的便是我的，我的便是你的。若这样斤斤计较，岂不反觉得生分似的吗？偏生他这牛性子，我左说右说，他都不肯相信。"

幻佛其时不暇理会碧瑜说话，只骨碌骨碌翻着他两只老鼠眼睛。原来他听见雄伯将银子存放银行，心里不由得动了一动，冲着雄伯笑道："哎哟！好险！这银行靠得住吗？万一倒闭下来，雄翁岂不白辛苦了半世？我替你设想，还不如买他二三十份敝馆里的股票，利息又厚，红利又多，又倒闭不掉。像兄弟这等经理，外间提到我的大名，没有一个不从心坎里信仰的。因为我和雄翁是总角之交，所以才肯将这好处让你去享受。"

雄伯笑问道："这一份股票要多少洋钱？"

幻佛忙道："有限得紧，一份五十块，二十份不过一千。"

碧瑜瞅了雄伯一眼，转脸向幻佛冷笑道："连先生，再休提股票的话，我们是最不相信这种事体的。像那些交易所的股票，闹得何等厉害，愚夫妇始终不肯去冒险。银行再不济些，它毕竟有实在的资本，与那些买空卖空、设局骗人的不同，请连先生不必替我们担心。"

幻佛脸上一红，讪讪地说道："信不信还不是由你，我不过说一句要要罢咧。"他说到这里，又将个脑袋晃了几晃，低低笑道，"这才叫作天与不取，反受其咎了哇!"

雄伯已知道他夫人的用意,这时对着幻佛说的这几句话故意装着不曾听见,勉强将饭吃得完毕,又约幻佛到草地上去纳凉。碧瑜带着那保姆拷掇干净,也就坐到园子里来。幻佛因为她破坏自家的好事,很不愿意再和碧瑜去款洽。

大家说了些闲话,一直谈到二更时分,碧瑜先自上楼去安睡。雄伯将幻佛引入那座客房,现成的床帐,齐齐整整陈设着,靠窗另外有一张藤榻。雄伯便躺在上面,陪幻佛在客房里过夜。

幻佛笑说道:"这个如何使得?雄翁当然到楼上去陪嫂夫人,不消同兄弟讲客气的。不怕雄翁笑,兄弟因为不曾娶亲,尝遍这孤衾况味,那也叫作没法,像你们应该是双飞双宿。"

雄伯哈哈大笑说道:"幻翁又来取笑了。我们的小孩子已经有了三岁,与新婚宴尔不同,怎么一夜都离开不得?况且拙荆目下又怀着身孕,这胎教也不可不守,还是陪幻翁在一处的好。"

幻佛冷笑道:"原来嫂夫人倒又珠胎暗结了,这也可喜。但是她的那张嘴太刻薄了一点儿,殊非载福之相,保不住临产的当儿还会发生危险。"

雄伯同他夫人异常恩爱,此刻忽然听咒诅她,好生不悦,便闭上眼睛装作要睡,懒懒地不再和他攀谈。幻佛觉得没趣,翻来覆去,又不甚睡得沉重。一会子又将雄伯唤醒,雄伯问他有何询问,他一时又回答不出,想了想说道:"先前听见嫂夫人说是极爱读兄弟那份报纸,但不知这报每天在什么时候送来?兄弟今天不曾在报馆里发稿,由着小徒胡乱去干,恐怕闹出乱子,很不放心。"

雄伯答道:"我们这里也定了好几份报纸哩,那送报的人因为贵报销场不多,死拉活扯地每天总丢下一份,至迟明早九点钟该可以瞧见了。"

幻佛笑道:"一经送得来,务请雄翁将敝报查出,交兄弟阅看。兄弟最爱看自己的报,因为材料丰富,消息灵通,别人家万万及不来的。那送报人的屁话,如何雄翁竟肯相信?"

他说这话的当儿,雄伯模模糊糊倒又睡沉重了。幻佛没奈何,也只好一声不响。

睡到第二天近午时分,他才醒转,再望望雄伯,早已不在榻上了。保姆送入盥洗的水,幻佛收拾收拾,便问保姆:"你们先生呢?"

保姆笑答道:"先生一清早起就出门上课去了,他吩咐我请连先生在这里用过午膳再行渡江。"

幻佛笑道："你快去和你们奶奶说一句，请她将我的那份报拿进来，让我瞧看。"

保姆点了点头，不曾隔了一会儿工夫，重行转来，手里的报纸倒着实捧得不少，把来放在幻佛面前。幻佛翻腾好半晌，唯有他的贵报，左寻也寻不着，右寻也寻不着，急得汗珠子比黄豆还大，也不管三七二十一，匆匆地跑出房外，亲自问碧瑜。

碧瑜笑道："据那送报的说，先生办的那报今天并不曾出版，他虽这样说，但不知可确不确。"

幻佛拿手擦着脸上的汗嚷道："不确！不确！这准是爱读敝报的人多，不知给谁抢买去了。送报的没有法儿，只好拿这话来和嫂夫人搪塞。"

碧瑜冷冷地说道："但愿像这样才好。"

幻佛这时候委实有些心慌意乱，也不暇再和碧瑜多谈，只说了一句："雄伯回来，请嫂夫人替我道达鄙意，我拜托他的那件事务，必能满我的期望，此刻不能再在这里耽搁了。"

说完这话，随即大踏步出了雄伯的住宅，跨上人力车，飞也似的出城。跳上渡江的小轮，东张西望，见那些人多有拿报在手里瞧着的，却发得誓没有他办的那份贵报。越想越不相信，暗暗嚼念说道：若在平时，我缺少印刷所的欠款，或者会发生这样变故，断不至于我的钱送了给他，他们转反过脸来不肯替我印刷，世界上也没有这种道理。除非我那报馆被一把天火烧掉了，为何昨晚在江那边又不曾见有火警？

幻佛正在轮渡上胡思乱想，没有一会儿，早抵码头。好歹他这馆址离码头不远，不消几步，早抢入门首，早见那个看守大门的汉子坐在半边发怔。幻佛劈口就问他："我们的报纸怎样？"

那汉子见是幻佛，哭丧着脸说道："连先生你问我，我也不知道缘故。适才那个印刷所的老板巴巴地跑来和你厮见。我告诉他先生还不曾来，他只笑了一笑，说：'既是这样，我便在楼上等他一等吧。'你如不相信，赶快上了楼，准许明白。"

幻佛十分诧异，又喝问道："孙先生可在楼上不在？"

那汉子又说："什么孙先生？我怕他是孙猴子变来的，大清早起，分明瞧见他在楼上坐着，怎么眨眨眼，我送那老板上楼，忽然瞧不见他的影子？我又不曾离这门首，料想他是一定翻筋斗云逃走了。"

幻佛因为心中有事，也不暇和他辩论，三脚两步跳得上楼，已见那印刷所的老板起身迎接。幻佛怒冲冲地向他拱了拱手，冷笑道："姚老板，你来会我有什么交涉？你很对不住我，今天我吃了你的老大亏苦了。"

那个姚老板声色不动听他说话，一直等他说得完毕，然后阴扎骨地笑说道："连先生，且请坐下来歇一歇吧。先生办这贵报，也是混嘴，我们帮着先生效力，也是混嘴。老实说，彼此都要关顾着，方才可以持久。你先生凭心想想，已经有好两个月不给我们印刷费了，人工伙食，我们逐日都要开支，每逢来和先生讨索，先生都是推三阻四。不是说这一笔款可靠，便是说那一笔款归还，其实连一点影儿都没有。我们查了查账，新账旧账一共积欠得有五十多块洋钱了。你先生若是懂得事体的，至少也得先给我们一半，慢慢敷衍下去，也不至弄成彼此决裂，不料先生依旧将这事搁在脑袋背后。不瞒先生说，小店那一班工人，因为小店开支不出，昨晚便实行罢工，我也想替先生将今天的报印刷出来呢，只是苦于心有余而力不足。"

幻佛听他这冷言冷语，头脑子都气破了，跳起身子嚷道："姚老板！你满嘴里嚼的是些什么？昨天送给你们的二十块钱，难道抵不得一半的数目？你这人也太狠心了，收了我的银子，转来拿我取笑。"

姚老板素来晓得幻佛的话不能作准，此时虽然听见他有这二十块钱的话，哪里肯去相信，转放下一副温和面孔，笑嘻嘻地说道："哦？二十块洋钱，请问连先生这洋钱还是铁打的，还是铜浇的，还是纸糊的？你先生敢是从被窝里才爬起来，仔细想一想，恐怕还是昨夜做的大梦。你们这些敲钉锤的玩意儿，只可以和那些不尴不尬的人玩耍。我们做的本分生意，规规矩矩，千万不可闹这样把戏。"

幻佛见姚老板拿这话冤枉他，急得双脚齐跳，不是楼板结实，几乎吃他跳成两个大洞。姚老板觉得这情形不见得是说谎了，随即问道："连先生，你这款子是交结谁送到我们小店里去的？可收着小店的收条没有？"

一句话提醒了幻佛，又喊起来："我的学生孙大福亲自送去，那还得讹错吗？"

姚老板又笑道："可是那个黑巍巍脸皮，年纪约莫有二十来岁？不错，他还是在这半月以前，曾经替先生去讨情，到过小店一次。以后发得誓，我们不曾撞见他的灵魂。"

幻佛嚷道："怪了！怪了！偏生他又不在这楼上，不然我也得问他一问，还是他不曾送去呢，还是姚老板拿了我的钱又跑来图赖？"

姚老板并不动气，只是笑着说道："先生说的这话真好，我们开着一爿铺子，专靠着和人家图赖过日。连先生，不是我说一句压迫你的话，小店生意虽然算不得局面，然而每天出出进进，却离不掉百十块钱，倒不曾有人加小店图赖的字样。你是在气头上，我并不同你计较，如果这钱还在令徒身边，请他早点儿送给我们也是一样，明天还可以照旧替贵报效劳。"

他说着，又是一阵哈哈大笑，也就不辞而别，拎着长衫的角儿，一拐一拐地下楼。

幻佛除得乱喊乱跳，也没有别的方法，又没处去寻孙大福和他询问，急得只是在楼板上团团乱转。不料这当儿，后面凉台上一声响亮，跳进一个人来，幻佛仔细一望，不是孙大福是谁呢？幻佛对着他已是仇人相见，分外眼红，劈口便向他问道："原来你这厮还活在世上呢，并不曾死掉。我和姚老板闹得这样惊天动地，你如何躲在后面响也不响？我请问你，这时候在那凉台上干什么？"

大福虽然生性顽皮，然而心里总怀着那二十块钱的鬼胎，胸坎上不由得有些扑通扑通乱跳，见幻佛冲口问到这里，一时又不曾打算编谎来回答，脸皮子急得通红，只得随口回了一句说："刚才我在后边纳凉赏月的。"

幻佛对他啐了一口，骂道："日头快近午了，你是赏的什么月？纳的什么凉？这些闲话我也不暇和你辩驳，我只问你那个二十块钱究竟送给姚老板去不曾？"

大福一想，我若是说送了去，这话他断断不会相信，因为姚老板是个证据，不如直说了吧。打定主意，于是对着幻佛只把个脖子使劲摇了几摇。

幻佛恨极，才知道姚老板的话果然不错，不能冤枉人家图赖。到此也没有别法，只好将手向外边一伸，冲着大福吼道："不曾送去也罢，你还是交代给我，让我亲自去和姚老板算账。"

大福听到这里，晓得事体不妙，随即向幻佛面前一跪，哇的一声大哭起来。转把幻佛吓了一跳，问他哭的为甚缘故，他又不肯说，唯有像号丧似的，越哭越是沉痛。

幻佛急道："你这样伤心则甚？二十块钱非同小可，哭了也不能算数。"

大福勉强忍住眼泪，哽哽咽咽地说道："二十块钱是学生用了，但是学生用这款子也不是嫖，也不是赌，也不是抽鸦片，也不是买燃券。实在因为我的妈和我要求替她做两件衣服，我手头一时又没现款，好在先生不久便有三千五千的大宗进款。这区区几张钞票，学生便斗胆买了一件纱褂、一条纱裙，给我妈穿起来光辉光辉。我久经仰慕先生是个孝子，料想学生做的这件事，以孝及孝，先生听了一定赞成。"说毕，眼泪几乎又要落将下来。

幻佛听见他这样的口气，一时倒转拿不下脸来责备他的不是。又听他提起那五千两银子的话，心里一欢喜，把适才满肚皮的怒气不知不觉地已消除了一半，重行慢吞吞地说道："话虽是这样说法，然而这款子你都得要设法来赔偿我，不然那就不怪我的手段太辣，立刻跑到你妈那边将买的那衣衫和裙子一古拢儿索得来，由我典质或是去变卖。"

著书到此，我转要在这当儿说两句闲话。到底孙大福做人粗鲁，你既编这样的大谎，那哭的声气也该放轻一些，不要吃别人听见才好，谁叫你像黄牛般地蛮喊呢？其时早惊动了一个人，将这边一长一短听得清清楚楚，又羞又恨，随即打发了面前的娘姨，赌气将衣衫和纱裙从后面凉台上直送过来。幻佛瞧见那娘姨很有些面善，想了一想，方才恍然大悟，那娘姨也好，声色不动地将衣裙放在桌上，转身便走。

幻佛说不出来的心里快活，忍不住哈哈大笑，望着大福笑骂道："好好！你妈果然将衣裙送得来了，再也不消我过去啰唣，你真是个孝子，比我这孝子要高得几倍。"

说完这话，大声将那守门的汉子喊得上楼，命他将衣服挟到典铺去质当。又笑说道："好朋友，你千万可放争气些，切不可像我们这孙先生，再打我的偏手。"

那汉子答应了一句，这新买的两件衣服，不知不觉竟跑向典铺里睡觉去了。这时候只把个孙大福气得面红耳赤，噘起一张臭嘴，比猪八戒还要难看，老坐在旁边，一句也不开口。没多一会儿，那汉子已经走得回来，当面缴呈了一张当票，另外是十六元五角，光滑滑向桌上一摭。幻佛倒也非常慷慨，所缺的这三元五角并不来埋怨大福，由自家腰包里掏出来完成二十元整数。料想大福再不肯替他干这粗活了，他便亲自出马，欢天喜地地送给那印刷所的姚老板。姚老板见了银子，早又换了一副声口，忙不迭地说："这不要紧，这不要紧！连先生，你家又何必巴巴地送得来呢？今天的贵报出版是万来不及了，以后小店断不误事，请你家尽管放心。"

幻佛又叮嘱了几句，果不其然，在第二天上，那报依旧发现。至今汉口地方还留下一句俗语，称他那报叫断头报呢。

闲话休提。再说幻佛心里只是挂念寄给葛镜清的那封信，约莫也有了十多天光景，一共还不曾接到他答复，一时焦急起来，又深恐大福误事，不曾替他送得到地。大福急得只是赌咒发誓，又要牵着幻佛到葛公馆里去询问。

幻佛笑道："你向来说话是没有凭准的，总归叫我不敢相信。但是这件事于你也有些好处，大约总不该再和我开着玩笑。老实我们再等他几天，如若再没消息，那第一着手续，我却要在本报上略略宣布了。"

大福忙道："宣布这句话是万万使不得的，先生敲竹杠的本领，究竟离我还远。比如你一经宣布，前途便想弥缝，已是不及，弄得两败俱伤，这又何苦来呢？我替先生打算，不如再写一封信，去打个催牌，仍由学生替你送去。"

这时候，幻佛一任他在半边乱嚷乱说，自己却不动声色，转闭上双眼，像似筹划什么计策。停了半歇，忽地拿手将大福一拍，跳起身来说道："有了！有了！"

大福惊问道："有在哪里呢？难道银子已经送来不成？"

幻佛摇头说道："不是这样讲，写信是再不会中用的。我常常在报纸上瞧见那些运动大家，无论什么事，想达目的，其中必须请出一个人来运动。刘晓初和葛大人既是近邻，又系至好，若得他在里面替我接洽一下，包管这件事十有九分可望。"

大福问道："先生和这姓刘的认识吗？"

幻佛笑道："认识却不认识，然而他的令郎却是我要好的朋友。我此刻便先去会克仁。你不知道，我为这件事，心里说不出来的焦急呢。眨眨眼，这八月节的难关如何渡法？若不得这大宗的进款……"

大福不待他说完，早从鼻子里冷笑了一声，驳着说道："先生近来吹牛的功夫益发扩张起来了，凭先生这小小报馆，哪里要这许多开支？第一个我这做学生的便不能相信。"

幻佛正色道："你懂得什么？像我们这样青年，这希望是万万不可少的。款子一经到手，将来砌洋房、娶姨太太、买汽车，哪一件不需钱用呢？"

大福点了点头，笑说道："罢咧，这话说得还有些像，刘先生那边，还是你独自去呢，还是学生陪你去跑一趟？"

幻佛当时想了想，他晓得大福近来的举动很和那些流氓仿佛，无论什么事，只要有他向上一靠，随后这竹杠子有得缠绕不清，忙拦着说道："你还是在馆里坐着吧，这事与你没有相干，我去去就来。"幻佛说毕，便提了手杖，戴上草帽，出门去访那个刘克仁。

好在刘克仁的住宅与他的尊府不相上下，又浅又狭，门口叫唤一声，连上房里听得清清楚楚。克仁见是幻佛，早堆着满脸笑容，直迎出来。幻佛才跨入里面，瞧见左首那个小厢房里有个女子背面坐着，面前放了一张方杌，算是她们的餐桌，餐桌上一堆菱米、两包油炸蚕豆瓣子，还搁上一把马蹄铁的乌光漆黑酒壶。原来克仁这当儿正和他的情人小酌，他心里原想这种艳福可惜没有人瞧见，若是给人看在眼里，还不是又羡又妒，也不枉我刘克仁这么一个风流名士。所以他听见幻佛在门外呼唤，当然是特别欢迎，两只手像舞叉似的，只管让幻佛望厢房里去。那个女子倒也十分洒脱，立刻欠了欠柳腰，对着幻佛喊了一声："连先生！"幻佛大惊，再仔细一望，忍不住失声大笑，向那女郎说道："奚女士，我们倒有许久不见了，你上次曾说要到敝馆里来见访，怎么一直等到今日，也不曾见玉趾下降，如今转和我这朋友传杯弄盏？"

那女郎忽地将缺嘴一噘，指着克仁笑说道："连先生，你替我问问他吧，那一天我原想到贵报馆去奉访，也是冤家路窄，偏生打从他这门首经过，他便死拖活扯，硬生生逼我到屋里来闲话。他又告诉我说，贵报馆已经关闭，连先生因为躲债，逃得不知去向，我只不信可有这事没有。"

幻佛气呼呼地对着克仁说道："你和奚女士结交，是你们的自由，我当然不敢来干涉，但是你不该拿这些话糟蹋我。"

克仁听见他这样责备，自家的脸皮子红都不红，转嬉皮赖脸地笑道："我是哄骗雅芸玩的，你何必同我认真？老实说，我们青年既想在情场里厮混，这些呼风唤雨、撒豆成兵的玩笑，一件都欠缺不得。我和雅芸此刻已是形影不离了，凭你的本领，料想也不能夺我所爱。休得生气，这里还有一杯冷酒，请坐下来吃一杯看是怎样？"

幻佛见他这不尴不尬的模样，忍不住只得呵呵的，便随意坐下来，说道："这雅芸两字新颖得很，想必是克翁替她取的名字了。"

克仁得意非常，将头向腔子里缩一缩，咂嘴咂舌说道："先前奚女士原只有一个小名儿，那小名儿异常难听，我也不好意思替她表白。可怜费了我三天三夜的脑力，七凑八凑，然后才凑成这两字雅芸，随后你就唤她作雅芸好了，省得女士女士，觉得生分似的。"

雅芸却是微笑不语，尽管拈那豆瓣儿向嘴里去送。幻佛暗想：别的事我都见识过的，唯有这缺嘴吃东西，生平倒不曾领略。于是便细眯着一双眼睛，没命地对着雅芸赏鉴。不料克仁大起疑心，脸上便露出不以为然的形状。

幻佛知道他是误会，忙解释着说道："克翁，你请放心，我便一世觅不到女友，断断不敢来和雅芸接洽。我是因为她这一点小小樱桃，不幸被翠鸟啄了一下子，啄成一个漏洞，这豆瓣子却不大要紧，不晓得雅芸万一吃汤是否从嘴角里流露出来，那便如何是好？"说罢，又拍手大笑。

雅芸素来最恼人提她这副缺嘴，不想幻佛轻薄口角，转替她形容尽致，登时勃然大怒，跳起来破口大骂。哪里晓得雅芸越骂，克仁越是欢喜，这才拿得稳稳地在情场里占了优胜。

幻佛一句也不分辩，也知道自己的话说得过于刻薄，若再和人家一般见识，岂不是自讨没趣？再瞧雅芸越骂越恼，简直无休无歇，骂到分际上，使劲将那酒壶一推，赌气跳起来就走。她这一走不打紧，直把个克仁急得暴躁如雷，也不暇和幻佛去打交涉。说时迟，那时快，雅芸刚跑出大门，他也赶出大门，越赶越远，不知赶到哪里去了，将幻佛独自一人搁在那座破厢房里。

幻佛懊悔不迭，暗想：我原是来干正经的，怎么因为和雅芸取笑，转闹成这个局面？待转回去呢，万一误了那件事，这竹杠如何能达目的？正在胡思乱想，不防房门外边，有个汉子将头向里面伸了一伸。幻佛一眼望了去，只见那汉子在这新凉时候，依旧赤着上半截臂膀，一条短裤裤脚直齐着大腿，腰里插上一柄又粗又硬的大芭蕉扇，两只脚也没穿袜，张了大嘴的一双破鞋，有好几个脚趾头伸出头来，吸收外间的空气。幻佛见有人进来，欢喜极了，连忙吆喝着说道："呔！你们老爷可在屋里吗？"

那汉子笑道："你问哪个老爷？"

幻佛笑道："你们这里老爷难道还有几个？"

那汉子又嬉皮赖脸笑道："老爷怎么没有几个呢？喏喏，家堂上供的佛老爷，厨房里坐的灶老爷，大门外边还有一个土地老爷。"

幻佛大笑道："休得闹笑话吧，我问的是刘晓初刘老爷。"

那汉子挺身说道："你先生早说咧，老爷行不更名，坐不改姓，的的确确不会假冒的刘晓初便是。"

幻佛仔细一望，见他睁着一只眼睛，闭着一只眼睛，不由暗暗好笑，想道：适才跑掉一个缺嘴兔子，此刻又进来一条独眼龙，这地方哪里是个什么公馆呢？差不多算得是个残废局。当下装出一副正经面孔，向晓初微微欠了欠身子，笑道："原来就是老伯，这个再巧不过了。小侄原是特来奉访的，有一件事要想奉烦。"

晓初听见这口气，乐得无以复加，忙道："坐下来谈，坐下来谈。我这刘晓初，先生是知道了，但是我还不曾知道先生的尊姓大名。"

幻佛随即通报了姓名，又将这番来意详细告诉了晓初一遍。你瞧那个刘晓初因为碰着这样机会，眼睛鼻子连耳朵都笑得大动起来，先伸手将胸脯子扑通拍了一下，然后大着喉咙说道："哦！葛镜翁吗？他和兄弟最是莫逆，言听计从，我叫他东，他不敢西，我要他左，他不敢右。莫说这区区五千银子的交涉，任是再加一倍两倍，兄弟走过去，包可以手到擒拿。但有一层，兄弟那件香云纱长衫渐渐地破败不堪了，赤着膀臂，如何能去见人？先生拿出点款子来，兄弟将这长衫另置一件。那时到葛公馆去走动，庶不至叫那些势利大爷们瞧着指东画西地嘲笑。"

他说了这话，便将那只乌黑的一只手向幻佛一伸。幻佛心坎里吓了一跳，忙欠身笑道："八字还不曾见着两撇，老伯在理不能向小侄需索这许多洋钱。我们虽是初会，然而老伯出去打听打听，谁不知道我连幻佛四海得很呢？做事从来不肯虎头蛇尾，老伯若能帮着小侄将这事办得妥帖，莫说一件香云纱长衫，便再添上十件八件，小侄一定将款子送过来，誓不皱眉。"

刘晓初听了，却大大不以为然，忙冷笑说道："哎呀！朝廷还不能差遣饿兵，我姓刘的吃饱了自己的饭，转跑来跑去干你的事，世上也没有那种情理。老实说，这款子原是预先放了一个定儿，恭喜先生将来能达目的。至于那笔酬谢，一千八百也听便，三百五百也听便，兄弟断不计较。来来来！先生既然照顾兄弟这件勾当，难道还弄得决裂了不成？我再让一点儿，你再添一点儿，须索让我这打前敌的先锋心里高兴些，那事断没有不成功的道理。"

幻佛这时候转被他缠得没法，伸手在口袋内掏摸了好半晌，约莫摸出有七八个小银角子，笑嘻嘻地送过来说道："这点点薄敬，老伯先拿去将长衫赎出来，将就些穿着吧。一经等小侄银子到手，那时自然另有办法。"

刘晓初将银角子放在掌心里掂了几掂，要待退还他，委实有些舍不得，答应呢，又觉得这竹杠敲得太轻了。他想了想，扭头说道："既是这样，我若再不领先生的情，先生应该骂我这人拘而不化了。罢罢！贵报馆里印的报纸很多，可否每天匀几十份给兄弟，让兄弟上街去卖，卖出钱来，便收先生的账，将来在谢仪里扣除，谅还使得。"

幻佛没口子答应说道："使得！使得！明天就请老伯到敝馆里去领报。我那报销行是最快的，一走上街，包管吃人抢得干干净净。"

两人这才将一场交涉办得停当。幻佛也不等克仁回来，自家便告辞走了。

刘晓初也没有工夫送客，欢天喜地地捧着那小角子，笑得走进堂屋。不料他们所说的话都被老奶奶听得清楚，当下不由分说，便和晓初大闹，要拿过来赎裤子。晓初一定不肯，意思想买二斤猪肉润一润这许多时不曾开荤的馋吻。夫妻俩你争我夺，闹得落花流水，不可开交。好容易勉强议妥，晓初拿去四角，他的妻子拿去四角，由各人自行支配使用，两下不得过问。

这当儿却好克仁也匆匆地回来，大约赶缺嘴不曾赶得到，跑得满头大汗，将他那餐桌上的东西拿气摔了又摔，又直着喉咙问道："那个活畜生跑掉了吗？早不来，迟不来，偏赶在这时候来寻魂。我疑惑他有什么要紧的事呢，原来是白嚼舌头根子。"

晓初听见他儿子发话，忍不住笑说道："谁说他没有正经事的？这份财气该是我的造化。"

克仁忙问这缘故，晓初又一五一十告诉了他。克仁笑道："哦！原来他想发这一笔大财，所以巴巴地来寻我们。爹既得了他这小洋钱，谅必要替他去和葛老伯接洽一下子。"

晓初正色说道："你这孩子才糊涂呢，葛老伯久经不许我进他的大门，你叫我怎生去接洽？岂不是白碰老大钉子？"

克仁急道："爹既不能担任这事，你却不该允许他才是道理。"

晓初大笑说道："民国时代做个人，还能够讲究道理吗？道理，道理，休想吃米柴也，没得烧水，也没得洗。我已拿定主意，和那姓连的耍个花胡哨，他的钱如若拿得到手，我便自居其功。如若不能够到手呢，于我却丝毫无损。好孩子，你们年纪还轻，将来在社会上少不得要和人家共事，你须得将我这教训牢牢记住心坎上，包你不得会错。"

这一番话，听得他那个老妻点头拨脑，不住地啧啧叹羡道："克仁，你可听见没有？你是个实心眼的孩子，凡事都有些呆头呆脑，难得遇见你这阿爹肯拿这金玉般的言语随时随事感化你。什么叫作家庭教育？这就是家庭教育了哇！"

克仁听了，虽然不再开口，至于那个刘晓初，经他老妻这一夸赞，笑得他那一双眼睛里挤都挤得出水来，登时挺胸叠肚，格外拿出他做阿爹的身份。

再说幻佛一心指望刘晓初的回信，谁知一连隔了几日，只知道他跑来拿报，却不曾一见他上楼一递个信息，有时跑去和他询问，他只是含糊答应，始终也没有一种决断。幻佛心里焦急得什么似的，坐在办公室里，除得抓耳挠腮，便是大踏步在楼板上乱蹀。又因为避着他爹妈的啰唣，镇日价躲在报馆里宿歇，轻易也不敢回家去走动。

这一天，刚躺在椅子上纳闷，忽然那个守门的汉子上楼来报告，说有这么一个人前来和先生求见。他想了想，猜是刘晓初有了什么喜信了，忙不迭地叫快请快请。及至那人走上楼，原来不是晓初，却是他的生身老父。他立刻放下脸色，冲着问道："连璧，这地方你配走出走进吗？在先我们这里原挂着两扇虎头牌的，上面写着'报馆重地，闲人莫入'。因为光复之后，方才撤除。不料你连璧竟有这样大胆。"

连璧哭丧着脸，颤巍巍地说道："我哪里愿意跑来见你呢？委实经济困难，家中的日用渐渐有些支持不住。我也体贴你的困难，不敢要求还本。这一个多月的利息，请你算了给我，让我和你妈勉强度几天性命吧。你哪里不做点好事，难不成望着我们老两口子活活饿杀？"

幻佛气急脸红，指着他说道："你满嘴里说的是些什么？谁曾看见你的钱？什么叫作还本？什么叫作付息？不想你年纪虽老，这敲竹杠的本领倒还名功，快替我滚出去！若再在这里瞎三话四，我一定去唤警察办你一个讹诈罪名。"

连璧此时倒抽了一口冷气，明知那一天交钱的时候，又没有证人，又没写凭据，便和他打官司，管许直输到底，不如还是央求的好。他想着，便微微屈了屈膝，苦苦地说道："你可怜我则个。那天在葛大少爷那边取了五十块洋钱的钞票，因为你妈说这票子没有洋钱好玩，我随即又赶到钱铺里拿五元一张钞票换了现洋。当时和你妈在房里叮叮当当地敲着好玩，其余的四十五元钞票可是一古拢儿亲手交代给你。这是活口对活口做的事，我记得清清楚楚。外边的闲人不晓得头绪，还借这事驳了我一下子，说我取来的全是钞票，不是洋钱，疑惑我另外还有积蓄，这不是冤枉吗？天老爷在头顶上，你图赖别人的款子还可以，总不能图赖你的阿爹。"

幻佛越听越怒，叉手舞脚地喊道："谁是我的阿爹？世界上也没有配做我阿爹的人。你这厮不但讹诈我的钱，而且讹诈我做你的儿子。"

说着，顺手捞着他的那根手杖，举起来就对着连璧的脑袋劈下。吓得边璧抱头鼠窜，连爬带滚，下了楼梯，走至门侧，不禁放声大哭。

幻佛再也不去理会，心里只盘算那五千银子的事，暗暗着急道："万一得了这款子，我便把这老牛的四十五元还他也罢。其实赖债的也是情非得已，这叫作不怕索债的凶，只怕欠债的穷。眼见得那刘晓初是不中用了，我想来想去，只有这个办法。"

一面嚼念，一面提起笔来，打了一个稿子，交代给印刷所，叫他们用极大的铅字，印刷在自家报上。是几个什么字呢？却是：

赎回情书者鉴

下面又用双行排列着道：

限三日内将款交出，否则即将原书披露，免贻后悔，切切此谕。

第二天一早，又深恐葛镜清看不见这报，特拣了一张字迹最清楚的，用一个顶大的信封将那报封入信里，封面上写明了"葛镜清先生亲启"的字样，命看门的那汉子送到葛公馆，掼下来转身就走，休得向那些大爷们扭搭。

那汉子走后，幻佛十分得意，以为这一来可拿得把稳了。他们现干着差事的人，第一件名誉要紧，他又不是没钱的，还敢拿他的卵来碰我这石头？越想越是有趣，登时笑得拢不起嘴，盘算这样，盘算那样，依他的主张，那五十银子差不多倒要花完了。喃喃讷讷，嘴里仿佛是谵语一般，不知他说的是些什么。

孙大福虽然坐在一旁，却只拱着臭嘴赌气。因为这件事，幻佛并不曾叫他经手，又恨幻佛硬逼他将衣裙拿出来，以致在那个姨太太面前坍了台。自是以后，那姨太太便不大和他亲近，他对着幻佛已是仇深似海，以前提拔的好处，一概抹杀得干干净净。这时候巴不得幻佛在这五千银子上大大失败，好让他称心满意。

再说那个葛镜清，自从头一次接到幻佛的那封信，他本来是个老奸巨猾的人，什么事不曾经验过，况且官场里的人物，听见报界两字，便没有这等举动，头脑子还觉得生疼，所以他只大略看了一遍，早扯得粉碎，吩咐人向字纸篓里一搁。背后偶然和他夫人袁氏谈及，袁氏胆子最小，没口地劝着镜清，不如送他些银子，将这案子捏合了吧。你亲生的女儿跟人逃走，外面已渐渐露了风声，如今再加上一个侄女儿，又弄出这些不尴不尬的故事，外人不要笑你龟贵相连？大凡伤风败俗的勾当都出在你这公馆里面，便是上司听见，也得责备你家教不严。

镜清将脸色一沉，冷笑说道："你这不贤的婆娘，怎么开口出来，一毫不知道轻重？银子是什么东西做的，容容易易说送给人就送给？咳！这也难怪你们只知道坐在家里享福，哪里体谅我这老头子辛辛苦苦挣得这一份家私？比如他们既开出这盘子，若是去弥缝他们，至少须得三百五百。我有这三百五百，倒好又买得两处市房，按月还可以得着二分利息，何苦白交给他们去快活？锦儿的事，莫说我们也还布置得精密，便算吃别人晓得，我却要说一句文明话，他们两家头的恋爱，是他们的自由，我做老子的也没有干预的道理。好在如今只要戴上这文明两字的头衔，谁笑话我们，谁便是顽固。"

袁氏笑道："好呀，你忽然也文明起来了，这可怪不怪，早知这样，你平时又何必同你那儿子斤斤较量？"

镜清扑哧了一声笑道："当腐败就腐败，当文明就文明。我们这种人，若再没有这随机应变的本领，如何能够在官场里混这一碗饭吃？这是一层。至于玉痕这孩子，格外与我没有相干了，莫说她偷上一个人，便偷上十个八个，我也没曾生着耳朵去听，也没曾生着眼睛去看。"

袁氏见他说得这样透彻，也就明白过来，不再向他去絮聒。日子隔了几天，大家都渐渐忘记了。

不料这一天午饭光景，镜清正躺在炕上抽烟，忽然见那蔡妈蹑手蹑脚地上楼，见旁边没有别人，她一倚身子便倒入镜清怀里，将手里那一封信使劲地在他胡子旁边擦来擦去，擦得怪响。蔡妈忍不住咯咯地笑，又怕被人听见，那声气只在喉咙里或上或下。

镜清也不敢大声儿说话，只悄悄咬着她的粉耳朵，低问道："这封信是打哪里寄来的？"

蔡妈也低低答道："我怎么会晓得呢？上面又不曾写着寄信人的名字。"

镜清一面抽烟，一面笑道："你便替我拆开来吧。"

这一句话不防说得高了些，袁氏便赶得出房。蔡妈连忙跳下炕沿，故意叽咕说道："人家将信送进来，还要逼着人替你拆开。"

袁氏忙问道："难道又是报馆里送来的不成？老爷你也太马马虎虎了，抽烟有什么打紧？放着正经事不去瞧看。"

镜清这才跳起来，抢入手里一望，冷笑道："果不其然，这厮居然在报纸上和我闹起来了，这倒不可不敷衍他们几下子呢。"

袁氏抖抖地问道："你要敷衍他几多银子？"

镜清又笑道："他先需索的是五千银子，漫天要价，着地还钱，你替我斟酌斟酌看。"

袁氏听见他这口气，毕竟有些肉疼，然而事到其间，也只索咬着牙齿承认了，便劝着说道："罢咧，只当我们生灾害病，也要花费银子的，老爷看破些也好。"

镜清笑道："谁还不是这样讲呢？等我来先给他一封回信。"

说着，便走入房里，拿起笔来，呼呼地写了几句，重行交给蔡妈，叫她打发大爷们送到报馆。蔡妈刚接到手里，忽听见楼底下一阵喧哗，说大少爷和大小姐、二小姐都一齐回来了。

欲知后事，且阅下文。

第九回

试劣马巧遇同胞
拉包车不堪回首

前回书中说到葛镜清正在答复幻佛的那封信，至于五千元允与不允，一共还不曾揭晓，偏生外间报称象文大少爷和玉痕大小姐及阿锦二小姐都一齐回来。我知道读者诸君在这当儿，不免有些疑惑。象文、玉痕他们是和那鲁绮秋小姐一齐向庐山避暑的，如今双双地转回汉口，当然是意中之事。至于阿锦二小姐怎么会同他们闹到一处去的？委实叫人听了不大明白。

诸君且缓，既这样讲，我倒不能不将象文他们在庐山勾留的事迹先叙一叙了。

再说象文挈领着玉痕、绮秋，又加上熊仲奇、常月池这一对新婚夫妇，路上已觉得十分热闹。及至行抵牯岭，那地方全是些深林绝壑，身入其境，虽在盛夏，恍若深秋，别人还不大觉得，唯有玉痕身上有些寒浸浸起来，当下便催着金牛赶快觅了一所旅舍，住下来好加添衣服。原本定了三个房间，预备玉痕和绮秋在一处住，仲奇和月池在一处住，象文和金牛在一处住，布置妥帖。旅舍虽及不来汉口的壮阔，然而清净雅洁，别有一种风致，而且将窗子推开来，迎面便对着那一带峰峦，朝晴夕暗，时时变换。绮秋和玉痕非常惬意，日间向各处名胜地方去游玩，什么佛手岩、御碑亭、龙鱼潭、天池寺，都有她们的足迹。

到了夜深时分，仲奇有时贪恋着和象文狂谈，便不肯回转到房间去宿歇，常常地和象文抵足而眠。谁知那个常女士一夜也离不掉她这丈夫，因为瞧着象文的面情，不好使她的性子。这一晚她可忍耐不得了，先吩咐茶房去请仲奇，仲奇未及答应，她早大踏步赶过来，一把揪着仲奇的领衣说："我们出来旅行，原是亲亲密密地度这蜜月，怎么你将我一个人冷清清撂在那边，你转和别人在这里有谈有笑？"

仲奇跺脚急道："有话好说，你且将手放下来，我也逃跑不掉。这样子叫人瞧着怪难看的。"

月池怒道："难看不难看，与别人毫没相干，管束自家的丈夫是我们女人的权利，谁来调停，我便和谁厮打。"

象文先前本想分解几句，听她这样口气，转吓得缩住了口，大气也不敢出。绮秋听见这边闹得很是厉害，急忙赶得过来，帮着月池批驳熊仲奇的不是。玉痕却大大不以那常月池为然，只坐在房间里，身子动也不动。绮秋这时候做好做歹，将他们夫妇劝转回房，才算将这一场小小风波告一结束。

绮秋见他们走后，又拿指头指着象文笑道："你又何苦来呢？一点儿眼色都不懂。姓常的岂但将熊先生当作她的禁脔，而且内中恐怕还挟了些醋意。她见熊先生常常和玉痕姊姊亲近，其实玉痕姊姊哪里肯赏识这厮呢？"

象文被她说得笑起来，重又望着绮秋笑道："安知常女士不妒忌你，我瞧你和仲奇也还谈得入港。"

绮秋笑道："这个你又瞧不出神气来了。我是天马行空，不受羁绊，他尽管和我讲这件说那件，我却是指挥如意，从来不假以辞色。要晓得在今日社会上，做个女孩子，放荡固然不可，腼腆尤其不可，必先有一股侠气可以禁服得他们，然后这些安禅的毒龙才不敢兴风作浪。玉痕姊姊太怯弱了，叫她躲藏在闺阁里做个美人儿倒还使得，若讲到交际，她简直是个门外汉。你不知道那一班龌龊男子，你越发避他，他越发欺负你，所以那个常女士就免不得误会其意。"

象文笑道："舍妹她的生性便是如此，如何勉强得来？比不得你是个泼辣货。"

绮秋笑道："你休得将这泼辣货瞧轻了，泼辣货在大观园里还占着重要位置，宝钗、黛玉有谁及得她来？"

他们正在这里谈笑，其时玉痕已知道常月池离了她哥哥的房间了，方才慢慢地踱得过来，望着他们将手向外边一指，含羞带笑地说道："我委实听不入耳，他们夫妻俩还在屋里嚷吵呢，说出来的话叫人听了怪惭愧的，我所以到这一边来避一避。"

象文笑道："妹妹来得正好，她正在这里编派你呢，你替我问问她。"

玉痕冷笑道："料想狗嘴里也逬不出什么象牙，由她编派去吧。倒是有句话要同你们商议，我们出来的日子已经不少了，目下天气渐渐凉起来，所带的衣衫又不多，恐怕学校里上课的日期也是时候了。依我的意思，不如赶在明天回去吧。"

绮秋刚躺在一张睡椅上，听见玉痕嚷要回去，她举起双手，长长地伸了一个懒腰，笑道："哎呀！天快要落雪了，还怕不把他活活冻死？像这样神仙境界，便叫我在这里老住一世，我都情愿。不想姊姊炒虾子等不得红，三十晚上送灶王上天，来既来得快，去又去得快。我本还待到森林局、黄龙潭、娑罗树那一带地方玩个尽兴。俄界那边还有一座浴池，几时我陪姊姊去沐浴。"

玉痕笑道："羞人答答的，哪里好跑到外边去沐浴？"

绮秋将眼微微瞟了一瞟，笑道："我说姊姊带着三分闺阁气，真一点儿不错。外国女士当这天气，谁不向海滨一天沐浴几次？她们不害羞，你转害羞起来了。不过我们沐浴却不许象文同去。常女士如若高兴，也约她一下子。"

玉痕咬着牙齿笑道："你可饶饶她吧，她的足踝上现带着枪伤的疮瘢，脱下衣服来岂不露出马脚？"

绮秋笑道："这疮瘢她也不曾瞒人，那一天在大庭广众当中，她还侃然宣布呢，难道她还怕吃我们瞧见？"

玉痕笑道："你错会我的意思了，我觉得她的话未可全信。这疮瘢有没有，恐怕她是讲谎，所以说她要露出马脚。你想想世界上可有那样不顾廉耻的女孩子？"

象文笑道："我们这妹妹到底书卷气太重，无论什么事，都有些少见多怪。别人有没有这瘢，你们也不必晓晓置辩。倒是回家这句话，我有个折中办法，明日动身也嫌太早，若依绮秋要玩个尽兴，于学业上未免也有妨碍，最好以三日为期，你们觉得怎样？"

绮秋跳起身来拍手笑道："哎呀！只有三个日子快活了，照这样格外不能辜负，明天一定和姊姊到浴池那边去逛一逛。"

三个人当下又谈了一阵闲话，时候已经不早，方才各自休息。

第二天，大家收拾完毕，熊仲奇又踱过象文这边来。象文笑问道："我替你很有些担心，昨夜可曾吃了尊夫人苦头没有？"

仲奇脸上一红，微笑说道："她生成这样坏脾气，叫我也是没法。虽然闹了一会子，上床之后，也就言归于好了。"

象文听到这里，忍不住扑哧一笑，只好拿话来打趣他。仲奇想了想，也觉得自己说出来的话很有些语病，也便搭讪笑道："象哥，你休得这样轻薄，等你将来娶了嫂夫人的时候，才知道这闺房的法律是不容易触犯的。这些闲话我们且不去讲，但是今天做何消遣，可要再开一场茶话会？"

象文刚待回答，早见绮秋、玉痕和常月池一齐进来，金牛跳跳跃跃地跟在里面，忙着倒茶、拧手巾。他因为这一次玩得十分写意，心坎上再快乐不过，听见仲奇又提到消遣两字，他益发竖起两只耳朵，静静听他们说下去。其时绮秋提议说："已经和常月池姊姊议妥了，我们一定是到浴池那边去浏览风景，顺便洗个澡儿，洁净洁净身体。"

象文望着仲奇说道："她们既这样高兴，且自由她们去各便，我陪你到栖贤寺去随喜随喜，可好不好？寺里的那个普月长老，听人说很有些道行。上一次不曾会见，今天总好在寺里，同这些有意思的和尚谈谈，很有风趣。"

仲奇笑道："这个自然，她们既去沐浴，我们万没有和她们一齐走的道理。"

不防那个金牛忽地嚷道："小姐们洗澡，我也要洗澡哩，还是我跟着小姐她们走吧！"

他这句话才出口，早吃象文顺手刷了他一个耳光，笑着骂道："混账东西！嘴里嚼的是些什么？你自己忘却自己了？"

说得众人都笑起来。金牛还解不来象文话里的用意，只觉得嘴巴上火辣辣地生疼，又不敢哭，把适才一团高兴都消灭得干净，噘着嘴，咧着牙齿，跑向半边去发怔。

这时，大家都出了旅馆，金牛赖在那里动也不动。象文笑道："你难道还和我赌气吗，还不快替我们在前边引导？"

金牛这才一步懒似一步地随着象文出来，走向大路上，各自分散。象文和仲奇带着金牛先向别处游了一转，然后又到一处饭馆里用了午膳，等那日色略略挫了西，方才迤逦向栖贤寺逛去。只见那一带平原，两旁全栽着合抱不来的古树，从树荫里徐步，觉得凉风被体，毫不知道什么叫作暑热。远远地早露出四围红墙，那座寺门豁然显露，游人却不甚多。跨入甬道，听见檐牙上的金铃随风摇曳，方丈普月见象文他们一表不俗，当下也不敢怠慢，随邀入静室，由侍者捧上茶盘。象文的谈锋本来很好，和普月谈得甚是入港。普月又取出珍物数种，给他们赏鉴，一是许从龙绘的数十幅罗汉，笔势飞动。普月又告诉他们，曾有日本人出五千块洋钱要买这画帧，老僧未敢允许。

仲奇笑道："老和尚，你这主意却错了，他们国里常常拿货物来骗我们的钱，难得他肯出这重价买这无用之物，你拒绝他岂非失着？要是我就许卖了给他。"

那普月将仲奇打量了一番，正色说道："这画帧是敝寺珍宝，何得由老僧手里轻轻抛掷？不瞒先生说，敝寺自经洪杨兵燹，殿宇已经朽落不堪，老僧若爱金钱，早就设法出去化募，也不至到今日依然甘守岑寂了。中国古物为外人吸收而去者着实不少，不料先生的论调竟注重货贝而不注重国粹，老僧出献此画，倒未免失人了。"

一番话说得仲奇回答不得。还是象文笑道："老和尚休得生气。敝友原是和你取笑的，他也是个爱国青年，岂有不知道保存古物的道理？"

普月这才转了笑容，叫侍者将画轴卷好，重行收入一座楠木盒子里。随即又取出一片风波铜、一粒舍利子，殷殷叙述这两件珍宝的源流，因为与本书没甚关系，在下却也不替他再絮絮表白。

晚凉如水，又坐了一会儿，忽然由山门外面送进一阵喧哗笑语的声音。象文惊诧地问道："奇呀！我们先前来的时候，人迹很是稀少，如何这一会儿转热闹起来？"

普月笑道："这又是他们跑来驰马了。先生不瞧见敝寺紧紧对着那一片广场，沙土又软，青草又长得葱秀，新近有一班少年子弟，每到日落时分，他们就得到这里来操演骑术。如今时势是改变了，读书的学生不专心研究文学，将来又不去当兵，便是学会了骑马，又有什么益处？"

象文和仲奇虽然听那普月这样说法，然而心里却动了动，觉得坐在这里和这和尚絮谈，转不如跑出去瞧这一班人是谁胜谁负，当下便站起来向普月告别，普月含笑将他们送至山门外面。早见远远地有许多人影，四分五落地丛聚在一处，内中也有男的，也有女的。普月指着笑道："先生们若是会骑牲口，不妨赶到那边去试一试。"

象文点了点头，笑向普月说道："老和尚请进去吧，我们望一会儿，也就要回寓了。"

普月这才退转身子。象文、仲奇便踅得近前，在一株大槐树底下立着。果不其然，那一带平芜浅草，再加上这帽影鞭丝，仿佛身入画境。夕阳衔山，那一点点血尖儿还露在峰峦外面。其中也有会骑的，四蹄嘚嘚简直和风驰电掣一般迅速。那些不会骑的，却才爬上鞍轿，早又喊着不好不好，兀自要挫跌下来。象文瞧了十分好笑。这个当儿，忽然从人丛里蹿出一个少年，锦衣玉貌，风度翩翩，生得甚是美丽，年纪也不过二十左右，跨入那一条甬道，命旁边的马夫备一匹好马来让他来溜它一个长道儿。马夫不敢怠慢，立刻从一株柳树上解下缰绳，送上一匹雪白的阿拉伯马，浑身看了去，想一根杂毛也没有。仲奇不禁喝彩说道："好马！好马！"象文笑道："你难道是伯乐，却知道这马的好处？"

仲奇笑道："你瞧那马牵在马夫手里，它就鼓鬐扬鬣，可想跑起来必然又稳又快。"

他们刚在旁边议论，其时那少年已纵身跳上锦鞍，顺手将彩缰一拎，说也奇怪，那马只是不肯走，却在大路上团团地乱转，好像不服那少年骑跨似的。撩得那少年兴起，提起鞭子，使劲在马后股上刷了一下子。那马负痛，然后放开四蹄，豁啦啦一声，猛从斜刺里直蹿过来。站在那一边的闲人叫声不好，没命地向后面避让。象文和仲奇也退了几步，怕吃那马冲撞。但是有件事最为危险，因为那株大槐树本干不高，其余的枝叶都披披拂拂地横搁在道上，万一那马竟从这树下掠过，马纵然走得过去，人在马上却万万走不过去，若是触着那树枝子，怕不粉身碎骨？那少年也知道出了岔子，使劲想勒住那马，哪里勒得它住，不由喊了一声不好，拼命地将身子趴伏下来。叵耐任你这样，也是不济。众人瞧出这种形状，没有一个不替那少年捏一把汗，暗说：这一来可保不住性命了。

马夫见闯出这样大乱子，气急败坏地在后面追赶，哪里追赶得上。说时迟，那时快，象文陡然抱着一腔义愤，想了想，见死如何可以不救？他便奋不顾身，穿出那槐树外边，那马已飞也似的卷将过来，象文挺身上前，将双手向上一竖。那马见面前有人，它也吃了一吓，蓦地将个头往旁边一让，那脚便停住了，象文趁势抓着它的嚼环。这当儿，四面八方像春雷似的喝了一声大彩，那马夫一面喘着，一面将嚼环接在手里骂道："这畜生性子太劣，许少爷又不大会骑牲口，几乎闯出天大笑话。"

那少年按定心神，方才扶着那马夫肩膀跳落在地，知是象文救了自己性命。心里说不出的感激，忙近前深深鞠了鞠躬，笑道："适才多蒙照拂，心感无已。此地不是谈心的地方，愿借一步和先生叙一叙衷曲。"

象文笑道："许先生休得客气，路见不平，拔刀相助，原是我辈少年的本分，何况生死呼吸，若坐视不救，与禽兽何异？我们萍水相逢，不消道谢。"

那少年听见他喊自己作许先生，很是诧异，沉吟了一下，重又笑问道："先生尊姓，敢乞明示。"

象文笑道："我姓葛。"

又指着仲奇告诉他道："这位姓熊。我们不能耽搁，还得回旅馆。许先生请自方便吧。"说毕，偕着仲奇转身就走。

那少年依依不舍，毕竟问了他们旅馆的住址，然后又从怀里掏出两张小名片，递在他们手里。象文略瞧了瞧，只见上面印着几个小字，知道那少年叫作许浩，表字浩青，亦字景萍。随即接过来笑道："兄弟因为今日出门匆促，名片也忘却携带，不便转奉了，后会有期，前途保重。"

他说完了这话，偕同仲奇大踏步便走。那少年无奈，也只好怏怏而去。所有赛马的以及瞧看热闹的人登时云消雾散，将一片白茫茫的平原都显露出来。仲奇在路上没口称赞象文的神勇，说："若是我熊仲奇一个人在那里，道好白望着这姓许的遭劫，也没有方法去挽救。不信象翁竟有这样大胆，敢同那匹劣马放起对来。"

象文笑道："这算什么呢？我也是一时冒失，万一吃那马踏成肉酱，也只好怨命。"

两人一路谈着，一路走着，却不觉得路远，眨眨眼已走近旅馆门首。象文便命金牛先跑进去，瞧大小姐她们可曾回来没有。金牛跑上楼望了望，又下来告诉他们说，大小姐她们并不曾回来。象文笑道："她们真会取乐，到这早晚还赖在外边闲逛。"

当下上楼，开了房门，各自坐下来休息了一会儿。然后才听见楼梯声响，绮秋一路笑得进房，见了象文，忙笑问道："怎么你们倒回来得早？"

仲奇接着笑道："鲁小姐，你问问象文，他在今天几乎出了岔子，和你们不得见面。"

玉痕吃了一吓，忙问怎样。绮秋笑道："姊姊休得理会熊先生，他是拿我们取笑的。象文不是小孩子，难道怕他吃车轮碾了、马蹄踏了不成？"

仲奇拍手笑道："鲁小姐真是聪明绝顶，一猜便着。"

仲奇尽管在这里叨叨絮絮，却触恼了他的夫人月池，正色说道："我最讨厌人说话藏头露尾似的，我们又不来听你的鼓词，卖这样关子做甚？"

仲奇见他夫人娇嗔起来，不敢怠慢，随即将在栖贤寺门外的那件故事一一地和盘托出。

绮秋冷笑道："哦，原来是这么一件玩意儿，这也没甚打紧，到了熊先生嘴里，便做出这样失惊条怪。"

玉痕抖抖地说道："姊姊休得说这风凉话，万一那马勒不住缰，别人的性命还在其次，怕哥哥先免不掉吃那马蹄踏作齑粉，真是危险极了。哥哥下次第一要留心，这从井救人的勾当，便是圣人当日也不赞成的。"

月池拍手笑道："好呀，玉痕又引经据典起来了，若再讲下去，一定还会翻倒你这书篓子。"

象文又笑道："过去的事，大家何必争论？我转要问问你们那座华清池里的风味怎样？"

绮秋笑得弯腰屈背，指着玉痕说道："她哪里敢下去沐浴哩，刚刚瞧见那水，她早吓得要哭。"

仲奇笑问道："然则月池和你想必在那池子里洗过了。"

玉痕冷冷地说道："你问她们咧，也只好和我一般，白在那里瞧看了一会儿。"

月池笑道："叵耐那里的游人从早至晚，只是络绎不绝，哪里容得我们女人家脱了衣服下去洗澡？只就近在一家小茶社里吃了两杯清茶，后来还是绕到市镇上，觅了一家餐馆，勉强将肚皮混饱。"

仲奇望着金牛笑道："早知如此，可是白累牛二哥吃了一记耳光。"说得众人都笑起来。

第二天，约莫有午饭时辰，他们都还不曾出门，蓦见那个许景萍特地上楼来拜访，由茶房先进来告诉象文。象文望着绮秋她们顿脚说道："这厮真个缠绕得可恨，什么大不了的一件事，要这样殷勤则甚？"

玉痕笑道："你这人真不近情理，你以为不要紧，人家感你救了性命，当然要过来答谢，横竖闲着没事，你便去会会他也罢。"

象文不得已，只才怏怏地迎出房外，在一间小客室里和景萍厮见。绮秋和玉痕也趓进房门侧首，仔细瞧他们的神情，只见景萍不住地打躬作揖，道谢昨天相救的恩惠。

象文一面让他上座，一面笑答道："景翁休得闹笑吧，这也算不得恩惠，你越这样说法，越叫兄弟难受。"

景萍坐下来，重行笑问道："还有一位熊先生，如何不见？"

他刚问到这话，熊仲奇也一路笑得出来。景萍便又请教他们的表字，象文和仲奇方才各从口袋里取了两张名片，递给景萍。又问景萍想必也是来避暑的，还是踽踽独行呢，还是另外有别的朋友。

景萍欠身答道："兄弟本住在上海，家父在那边开设了一座药房，因为上海人烟稠密，消夏很不相宜，所以到这边来住了有一个多月。虽然结识了好些朋友，却都是初会。至于兄弟身边，只携了一个小妾。昨天小妾感激先生的义举，她也愿意过来求见，又不敢冒昧，派遣兄弟向先生介绍一下子。"

仲奇的为人，对于女色非常注意，此时听见景萍的如夫人要过来厮会，他早喜欢得心痒难挠，不等象文开口，忙笑说道："这个再妙不过了，我们这里也有内眷，到这里来不愁没有人招待。"

景萍笑道："小妾的举动很是文明，尊处便没有内眷招待也不妨事，何况……"

象文抢着说道："兄弟也久仰上海那地方风气开通，男女最讲究个酬酢交际，如夫人当然是超群绝俗。"

景萍笑道："然而不然，小妾却不是上海人，她却和先生们是同乡。"

仲奇笑问道："如夫人贵姓？"

景萍笑道："小妾黄氏，自幼也曾受过学校里的教育，不幸流落在敝地，境况很是窘迫，嫁给兄弟还没有多时，也算是蜜月中的旅行哩。"

象文嚷道："可惜，可惜。既这样说，我们这旅馆里也很简亵，最好拣在今晚，我们在海国春餐馆里会吧。那边座位很洁净，做的西菜也还可口。"

景萍笑道："好极，好极。兄弟原有这个意思，我也不下请帖了，务必偕同嫂夫人她们一齐过来。"

仲奇当下没口子答应，又回过头来望着象文微笑。象文羞得脸上通红，又不便说什么。其时绮秋她们站在门后，不由轻轻啐了一口，忍笑说道："这厮说话全没知道轻重，吃那马攒死了也是活该。"

玉痕笑得咯咯地说道："你怪这厮做什么？他只听见熊先生嘴里内眷内眷地闹得不清，所以把话说错了，人家哪里知道姊姊还是外眷呢！"

绮秋一把揪着玉痕的臂膀，低低骂道："你嚼的什么舌头？瞧我有得饶你。"

玉痕吃她在膀子上掐了几下，又疼又急，两人便缠向床上搂抱在一处，又不敢大声叫唤，只是低低哀告着乞绮秋饶恕。幸喜外间那个许景萍已经告别，仲奇只送至楼口，至于象文却一直陪他走出旅馆门外。说也奇怪，景萍原坐着自己包车来的，那个车夫刚斜靠着身子等候，不防一眼瞧见了象文，那车夫叫了一声："哎哟！"蓦地将车子掼下来，拔起脚来跳得不知去向，把个景萍急得什么似的，白望着车子没有人拉，又不能自己拉着车子走转回去。

象文十分诧异，含笑向景萍说道："这车夫也太荒唐了，怎么和你主人也闹这样玩笑，难道这厮连尊卑体统都不知道？"

景萍急道："一言难尽，算我撞见这样冤家。"

他们在这里嚷闹，早引了一班闲人站下来瞧看，都啧啧地说："这加级记录的车夫，我们委实不曾见过。"

后来还是旅馆里的茶房替他另喊了一个车夫，硬和景萍敲了两元，景萍没口子答应说："可以，可以。"一面又向象文拱拱手，说停会子在海国春厮会。

其时象文踱转上楼，便将适才这件笑话告诉她们姊妹听。绮秋笑道："这个不消说了，一定这车夫和你认识，保不定还是你的好朋友。不防这当儿忽然撞见你，他自然害羞，掼下车子跑掉了，也是有的。亏你还自命聪明呢，这点点事体都悟不出个道理。"

象文笑道："岂有此理！岂有此理！简直太藐视我葛象文了。我葛象文再不济些，道不得个和一个拉包车的车夫去攀相好。况且你这样奚落我，你也不见得有什么体面。"

绮秋正色说道："你这话才说得糊涂呢。一个人在世上，谁保得自幼至壮都是富贵利达，假如在半途上堕落下来，拖包车还是造化呢，进一步便可以讨饭。我说你认识他，是在他拉包车以前，不是在他已拉包车之后，什么奚落不奚落，倒吃你批驳我这一顿？"说着，脸上便露出十分不高兴，尽把那手帕子团成一条儿，在手里扯来扯去。

他们说话的当儿，玉痕只不开口，侧着耳朵静听，到这时候忽地抽身进房，向象文招了招手，象文兀自跟着她进来。绮秋见他们兄妹做出这般形状，心里越发气愤，一个人独坐在外间，止不住暗暗地流泪。

玉痕见房里没人，低低向象文说道："我瞧今天这件事很怪，那个车夫你可曾瞧见他脸蛋子没有？"

象文摇头说道："哪里会瞧见呢，如若瞧见，我倒可以认出他是谁来了。"

良久，玉痕又说道："哥哥，我们是自家姊妹，说话原没有什么顾忌的，我讲的是不是，你休得怪我。先前我听见那姓许的说，他娶的那妾是我们的同乡，我登时便吃了一吓，敢莫不是锦妹妹在上海闹出这些花样来了？"

象文听见议论，初则沉吟了一会儿，继而又笑说道："不会有这样事，你通不听见景萍说他的小妾姓黄？"

玉痕笑道："便是这一层有些叫人捉摸不定。"

象文接着说道："还有一层，他这妾如果是锦妹，怕躲避我们还来不及，怎么口口声声要来和我们厮见？"

玉痕想了想，又问道："我请问你，昨天那个姓许的可知道你叫葛象文不曾？"

象文忙道："我叫葛象文，他这却不会知道，因为我们身上没曾带着名片。"

玉痕点头笑道："可又来了，她只知道救她丈夫的是个少年，却猜不到这少年就是你。至于姓黄姓白呢，你能够禁止她不在外面扯谎哄人？"

象文吃玉痕说得将信将疑，一时委决不下，过了一会子，方才笑道："罢咧，好在晚间我们都到海国春菜馆里吃酒，是阿锦不是阿锦，一见了面，怕不会明白。咳！如果是阿锦，她这闹法就太奇幻了，难不成她又将蕉影掼在上海，不去理会人家？"

象文嘴里虽这样说，一时又未免想起绮秋来，怎么我们在这里谈心，不瞧见她的身影？想到此，忙三脚两步跑出房外，一眼看见绮秋斜着身子躺向炕上呢。象文将她袖子扯了扯，笑道："冷清清的，你独自坐在这炕上则甚？时候不早了，快起来收拾收拾，我们一齐去到餐馆。"

绮秋将手一撤，也不开口。玉痕走过来笑道："哎呀，是谁得罪你了，好端端的会生起气来？"

绮秋见了玉痕，勉强笑道："到底亲姊妹热闹呀，既然要瞒我，我也犯不着赶过来叫你们讨厌。"

玉痕笑道："你这人好不讲情理，别人家的秘密，也有告诉得你的，也有告诉不和你说的。我们兄妹俩在背后谈句心，不见得便算犯法。"

这时，象文连忙望着玉痕使了一个眼色，重行向绮秋笑道："你不要睬你姊姊，我们也没有瞒住你的勾当，你且起来，等我详细告诉你听。"

绮秋急道："谁稀罕你告诉你们的秘密，我当然不能过问。只是你们何苦又约我到海国春呢？我若连这一点儿血性没有，跟着你们跑去吃这白食，叫我立刻……"

玉痕见她要发誓了，忙拿手帕子紧紧掩着她的香口，笑得咯咯地说道："你敢瞎嚼舌头？好姊姊，算我不善辞令，得罪了姊姊，随后由我向姊姊赔个不是。"

绮秋推开她的手，冷笑说道："我再不文明些，断不至跑来偷听你们的秘密。我若是不知道眉高眼低，适才早就跑进房和你们厮缠了。老实说，你们议论的事，一定关系着那个许景萍，海国春我是断断不去，这是我自爱的地方，并非和姊姊赌气，还求你们体谅我这意思。"

象文跺脚急道："你又何苦来呢？放你一人坐在楼上纳闷，我们都跑出去开心，你若不去，我也不去。"

玉痕望着象文笑道："人家约的是你，你如何可以不去？姊姊的牛性子，是我知道的，她说到哪里，便干到哪里，是再也折转不来的。你放心，让我在楼上陪伴着她，包不会有老虎将绮秋吃下肚腹去。"

象文到此，实在没法，便没精打采地跑来和仲奇夫妇接洽。仲奇有仲奇的心事，他因为景萍的如夫人在座，他早嚷着要去。月池也有月池的心事，她因为景萍这人倒还生得漂亮，也没口子嚷着要去。大家正在屋里磋商着，谁知海国春的请帖早又来了。象文忙吩咐茶房去告诉他，说我们立刻就到。又将手表望了望，见时候已是不早，便偕着仲奇夫妇一齐出了旅馆，并不曾携带金牛，叫他在屋里伺候两位小姐。金牛吃不到这一顿西餐，当然气得在旁边噘嘴。

再说象文照着那请帖上的房间到了海国春，走得进去，侍者把门帘一揭，景萍笑嘻嘻地直迎出来。象文抬头一望，只见坐在餐桌上另外还有两个人，是一老一少，却没有他的如夫人的影子，心里不由大失所望。熊仲奇也是大失所望，唯有月池却是若无其事。彼此先分坐下来，景萍又指着那个老者说道："这位是吕先生，我们在这地方有座分行，请吕先生担任经理。"又指着那少年说："这是敝行的会计先生冯振明，兄弟因为这里人地生疏，却不曾约着多客，特地请他们二位过来奉陪。"说着，又笑向象文问道："这位女士是谁，可是嫂嫂不是？"

象文介绍说道："这是我们熊先生的夫人常月池女士，兄弟还不曾授室，在寓处里的一个是舍妹，一个是女友。"

景萍忙道："她们如何不一齐过来逛？"

象文笑道："这个不消客气，她们已经用过晚膳了。但是如夫人到此刻还不曾光降？"

景萍皱眉说道："可是不巧，偏生她又病起来，不然她是最开通的，一定要过来奉陪。我们人都齐了，就此入座吧。"

他才说出这话，偏生那个吕老头子十分古怪，他见这常月池飞扬浮躁的神情，不大瞧得入眼。况且他一生一世也不曾和女人坐在一处吃酒，登时站起身子向他们告别。景萍再留他，他也不肯，只得由他自去。

入席之后，景萍尽管拿一副眼睛去赏鉴月池，月池益发得意，便和景萍有一搭没一搭高谈阔论起来。其时只把个熊仲奇气得半死。象文心里是有事的人，一面端着酒杯，一面向景萍探问道："今天景翁可是坐包车来的？贵车夫可曾寻着没有？"

景萍拍手笑道："这件事还不曾告诉先生呢，别人总疑惑他是和兄弟闹着玩笑，其实冤枉他了。原来他是猝然腹痛，赶回去寻觅痧药，至今依旧病在旅社里，不能起床，兄弟今晚是骑着两条腿的驴子来的。"

象文笑道："病得真巧，如夫人病了罢咧，这车夫如何也病起来？"

景萍笑道："时气不正，谁保得平安无事？这也叫作没法。老实说，兄弟在上海几曾坐过这样包车？上海的包车，蹩脚的阿三才肯坐呢。可惜兄弟那辆汽车不能开到江西地方，否则又何至出这样笑话？"

仲奇坐在那里正没好气，听见他吹这样大的牛皮，便阴扎骨地故意问道："哎呀，什么叫作汽车？我们长到这般年纪，倒不曾见过。"

景萍将仲文脸上打量了一会儿，忙笑道："那汽车足足有一间屋子大，坐在里面，和驾云一样。旁边安着一管喇叭，轻轻拿手一捏，它便呜呜呜地怪叫起来，几十里外都得听见。马路上不管他行人再多些，好在撞死了人也不要偿命。"

仲奇冷冷地问道："照这样讲，不坐汽车的人总是该死的了。"

景萍道："怎么不是他们该死呢？他们如若果有造化，便该像兄弟这样有钱，大家都买一辆汽车去出出风头。告诉你熊先生还不相信呢，有一次由兄弟开那汽车玩耍，蓦不防撞死一个七八岁的小孩子，后来闹到捕房里，硬逼兄弟罚五十块洋钱。兄弟气极了，第二天吩咐车夫替我在马路上专拣小孩子去撞。哈哈！兄弟再快活不过，这一次足足撞死五十六个孩子，还带上两个妇人、一个老者。我也不等捕房里科罚，立刻命人送去二千九百五十块洋钱，照依他们的价目，丝毫不折不扣。"

仲奇见他这牛越吹越大了，刚待拿话去驳诘，转是象文排解着说道："这些闲话，我们也不必辩论。景翁既这样挥霍，不知府上的如夫人还有几位？"

景萍笑道："小妾嘛，也不过是玩笑罢咧。兄弟有一种古怪脾气，爱上一个女孩子，不消几时就得生厌，一经厌了，由她们自便，走也好，嫁也好，却从不再行过问。所以舍间除得内人和带出来这个爱妾以外，却没有别人。"

象文笑道："目下的这位如夫人，想还不曾到了老哥厌的时候呢。"

景萍还未及答应，座中早恼了那个常月池，气愤愤地冲着景萍说道："原来许先生是没有良心的人，白枉我跑来扰你的酒。况且你也太蹂躏我们的女权了，天赋我们的五官百骸，不见得比你男人家欠缺一点儿。怎么你爱上她就做你的宠姬，你不爱上她又做你的弃妇？鄙人若不因为和你是初见，就得拿这玻璃杯子砸碎你这脑袋。"

那个冯振明见势头不好，吓得抖抖地忙搭讪说道："常女士，休得和我们小东一般见识。他是说了取笑的，敢怕没有这等事。你们不晓得，我这小东和他新娶的这位如夫人，亲热得真是如胶似膝。"

景萍笑道："这也难怪我爱她，以前买的那些小姜，左右不过堂子里妓女出身，除得会唱几支小曲、猜两套拳以外，没有丝毫本领，哪里及得她受过文明教育？我懂不来的那个西皮爱底，到了她嘴里却是滚瓜烂熟。不瞒葛先生说，内人从去年便得了一个血膨，一经等内人伸了腿，我立刻将小姜扶正。那时还得请诸位到上海去逛逛，顺便瞧兄弟行正式结婚的大礼。"

象文便趁势探问一句道："然则如夫人有这样规模气度，可想家世不很微贱了。她可曾告诉过你，家里还有什么人呢？"

景萍想了想，笑说道："她有一个哥哥。"

象文听到这里，不觉暗暗好笑，肚腹里寻思说道："这哥哥定然是我了。"

景萍接着道："叫作黄干，便是昨天替我拉车，后来害病跑得回去的。"

象文到此方才倒抽了一口冷气，暗想道：这哪里是阿锦呢？可是玉痕完全猜错，我也不必再往下追问了。当时便笑说道："哎呀！妹妹已嫁给景翁做姜，她这阿兄，景翁应该提携他一下子，怎么转叫他充这贱役？"

景萍笑道："谁不是这样想呢？叵耐小姜的脾气不好，不知为什么和她这哥子曾经翻了脸后，勉强留他在屋里，便算是另眼看待。拉车子这勾当也是小姜吩咐的，兄弟不敢违拗。好在小姜有时候出去逛游戏场呀，戏园子里瞧戏呀，有她哥子拉她东奔西走，我也觉得放心。葛先生你们住在汉口，不知道上海风气最坏，什么姨太太妍识车夫，是稀松平常的事，不足为奇。他们既是自家姊妹，这一层大可不必过虑。"

月池在旁边又怒起来嚷道："你这人也太专制了，男人家准许三妻四姜，难道我们做女子的有了外好，便批驳我们不是。亏你还在上海厮混着呢，这一点点文明都理会不得！"

景萍冷笑道："像常女士这样文明，这外好一定是不少的了。"

月池拿手将仲奇一指，正色说道："鄙人当初不曾嫁给他的时候，和我打秘密交涉的，一时也说不了许多。如今我的这爱情既付托在仲奇身上，这交际公开的谈话且谈不到此。万一仲奇也像你许先生这等顽固，哼哼，我立刻能够和他提起离婚。"

一番话说得仲奇面红耳赤，勉强笑说道："你又多吃了两钟白兰地了，便这样信口开河，也不怕别人听着笑话。"

月池急道："我不醉，你才醉呢。这是光明正大的事，谁笑话我谁便是……"

象文见他们夫妇又待冲突了，忙拦着说道："膳已用毕，我们坐一会儿也得各散吧。"说毕，便站起身子向景萍道谢。

景萍忙谦逊了几句。象文临走时候，忽然想起玉痕吩咐的言语，便笑向景萍说道："舍妹她们很想过来和如夫人会一会，景翁回寓务必先行介绍。"

景萍笑道："那是再好没有了，小妾本没有什么重病，令妹她们便不肯光降，她也得过去奉访的。既这样说，兄弟回去，一定叮嘱小妾专候令妹的大驾。"

象文回旅馆，心里还怀着鬼胎，深恐绮秋恼着自己。及至一脚跨入她们的房间，只见绮秋笑盈盈地和玉痕坐在一处。绮秋见了象文，兀自先笑起来，说道："舅老爷回来了，今天这一席酒还算是会亲呢，还算是替他们补祝结婚的大礼？"

玉痕也笑问道："你会见他的如夫人，究竟可是锦妹妹不是？适才我已将这番事迹详细告诉了姊姊，免得她怪我们严守秘密。"

象文笑道："你们猜得一点儿影也没有，我说锦妹算她再放荡些，总不至肯嫁给人去做姨太太。"

玉痕惊问道："这如夫人既然不是锦妹，那个拉车子的车夫可想也不是那个黄蕉影了？"

象文笑道："车夫我也不曾看见，他这如夫人我也不曾看见。"

玉痕急道："怎么好好地说那如夫人要来向你道谢，为甚你又不曾看见呢？"

象文笑道："世上的事再没有这种巧法。他的如夫人病了，不能过来。偏生那车夫也病了，我便想认他一认，也没有这机会。"

这时候，绮秋猛向玉痕将手一拍，笑道："他们这病也太病得奇怪，怕十有九分不出我们所料。象文为人老实，人说什么他便相信，还是依我们那个办法，姊姊明天给他一个冷不防，跑到他们寓里实地侦探，是阿锦不是阿锦，包管可以水落石出。"

象文忙笑道："这个不消费心，我早就向景萍说过了，明天你们过去和他如夫人厮见，那时候自有分晓。"

他这句才说出口，绮秋不由望着玉痕急道："这可糟了，一错便错到底，你们若是早给我知道，像这等事我必预先嘱咐了象文，也免出这样岔子。"

象文听了，一时也摸不着头脑，呆呆望了一会儿，他也急将起来，向玉痕嚷道："这难道又是我错？你们既得去和人家厮见，也不合冒冒失失地跑了去。我先向许景萍介绍了一下子，这理由也很正当。"

玉痕笑道："你不要着急，我猜到绮秋的意思，恐防许先生这姨太太如果真个是锦妹，她既得了这消息，如何还肯向我们会面？"

绮秋又接着说道："岂但不肯和我们见面，而且恐怕要发生意外。"

象文怒吽吽地说道："难道还怕她寻死吗？"

绮秋冷冷道："寻死却未见得，不过她既做出这没廉耻的勾当，又怕别人戳破她这一层纸老虎，急则生变，她拔起腿来逃跑，也是意中之事。"

象文嚷道："这总怪你们硬将那个如夫人当作阿锦，所以才这样着想，如果竟不是阿锦呢？"

玉痕见他已气急脸红，忙安慰着说道："但愿不是锦妹妹也罢了，我们哪里一定要瞧这笑话？"

绮秋怒道："偏生姊姊也跟着他这样说，他到这时候还蒙在鼓里呢。世上再没有像他这样糊涂汉子。我请问你，如果不是令妹，她为什么要装作害病？你们若不相信我这话，可敢和我赌拍一个手掌？"

象文被她们姊妹你一句我一句，说得六神无主，赌气更不开口，转背着手蹩回他的卧室。玉痕笑问绮秋说道："不为这件事，我们明天倒好要回家去了，偏生又耽搁在这里，真是叫人烦恼。"

绮秋笑道："姊姊究竟忙的什么？难道家里有好东西等你去吃不成？至于要说我们学校里的功课，平时都是马马虎虎的，去不去悉听我们自由，何争乎耽搁这几个日子？"

玉痕问道："假如缺了课，岂不要扣你的分数？"

绮秋摇头说道："这更不成问题，先前校里对着学生的积分倒还认真，自从换了这位新校长，一概取放任主义。他说我们做学生的，应该有自治的能力，若是处处实行监察，便不合近时新文化的潮流，所以我们这一班同学再快活不过。一座教室里，通共不过二三十个学生，每天出席的至多也只有十人八人，其余倒有一大半镇日价在外面闲逛。"

玉痕听了，皱眉笑道："哎哟，照这样讲，先前承你的情，还想介绍我进那学校，转不如还让我坐在屋里读读教科书吧，没的白跑去挂这学生名儿。"

绮秋笑道："这话你又说错了，不将这学生的名儿挂起来，任你各种科学研究得再精些，也是没用。老实说，我们在那里混来混去，也不过想混它一张花花绿绿的文凭。文凭到手，将来在社会上便称得起是一个毕业的女学生罢咧。"

玉痕听了一会儿，也不便和她去辩驳，只是拿手支着下颏，一声儿也不言语。姊妹俩当下收拾收拾，各自上床安寝。

第二天早晨，大家坐在窗子面前梳洗，又见象文踱将进来笑问道："那件事怎么样办？你们可去不去？"

玉痕笑道："如何能不去呢？是真是假，到底走一趟，方才放心。"

象文笑道："要去便该去了，今日天气还是酷热，依我意思，出门逛逛还得趁这早凉。"

绮秋扑哧一笑说道："你瞧你这哥哥说出话来有多么傻，我也不曾见会客的要赶这样清早，恐怕人家还没下床呢，至早也得等候吃过午饭。立秋已经好多日子了，再热些总不及三伏天气，很不用你替我们着急。"

她一面说，一面早把那万缕青丝解放下来，拿了一柄扇子，对着头发使劲地扇，又恨恨地说道："这劳什子头发很是讨厌，几时引起我的性子来，拿剪子将它齐根一剪，短短地刷个博士头，何等爽快！不过我在家里刚刚提议这事，那几位姨太太死不赞成，百般地央告我不要闹这新鲜花样儿。其实什么叫作新鲜不新鲜？这全是各人的自由。比如象文他们呢，在前清时代，若是将这条豚尾去掉，好像便算大逆无道。后来一经光复，大家都把辫子光复掉了，也不见有人笑他们难看。社会上愚民太多，大都是可与乐成，难与虑始。如果有这么几个姊妹出来提倡剪发，包你不消一二年工夫，女孩子们一定没有这绿鬓蓬松、翠鬟倭堕，那些玩物的丑模样，也就可以一扫干净。姊姊你倘若和我同意，我们几时在这脑袋上也光复它一下子。"

玉痕笑道："但凡你说的话都很奇特。你饶饶我吧，我可是不敢赞同。"

绮秋急道："难不成姊姊甘心做男人家的玩物？"

玉痕脸上微微一红，笑道："你这是什么话？玩物不玩物，全关乎人的品行，与这头发又有什么相干？你白牵到它身上也是冤枉。照你这议论，那些当姑子的总该是冰清玉洁了，怎么莲慧庵里的月因小师太，据许情霞告诉我，她们在背地里很有些不尴不尬呢？"

绮秋听了，也把不住扑哧一笑，重行将头发梳掠完好。象文站在旁边痴痴望了一会儿，笑道："这些琐屑的事，也不在乎这一时争竞，请你们快快地收拾收拾，还是早点去为妙。"

绮秋因为他又来催促，正待拿话去驳诘，不防金牛笑嘻嘻地跳得进来，望着象文说道："少爷快些出去，那个跌不死的许先生又跑得来了，开口便问少爷在屋里不在。瞧他那神情，好像有什么紧要的事一般。"

这时候，象文将双手一拍，笑向绮秋说道："你可听见吗？只顾在房里磨延，他们等不及，倒又赶得来催请了。"

绮秋将脖子一扭，冷笑说道："怪呀！这也犯不着来催请，听金牛适才的口气，恐怕这其中还有别的缘故。你不用尽和我们纠缠，倒是快去见人家一见。"

象文只是待信不信，没奈何，才一步一步地踱上那座客厅。这里绮秋便将玉痕袖子一扯，笑道："我和姊姊也去瞧瞧热闹，姊姊你不相信，包管有大半不出我的所料呢。"

玉痕心里也怀着一种鬼胎，两个人真个携着手，轻移缓步地站在那屏风后面。只见那个许景萍张皇失措地和象文对面坐在椅子上，嘴里虽说着闲话，至于他的两只小眼睛珠子只是团团乱转，左顾右盼，仿佛寻觅什么似的。

象文不解其意，搭讪着问道："景翁今天起身得早，在这辰光倒出来闲逛了。昨晚一切多扰，景翁回去的当儿，不知如夫人的贵恙可痊愈了没有？"

景萍怔了一怔，勉强说道："她本没有什么大病，临睡觉的时候还吃了一碗莲羹、两枚鸡蛋。"

象文笑道："舍妹她们停刻就得过去拜见，景翁总替她们介绍过了？"

景萍刚待回答，他忽见屏风后边隐约有女子的身影，早探起身子，伸长了颈项张望，含笑问道："葛先生，这里除得令妹她们，可还有别的内眷？"

象文见他问得很是轻薄，心中老大不甚高兴，冷笑说道："还有一个常女士，昨天景翁已经会过了。"

景萍又问道："常女士以外呢？"

象文吃他盘驳得急起来，正色说道："哎呀！我们这里又不曾拐逃女子，景翁这样查问，未免太觉得冒昧了。"

景萍又将身子欠了欠，赔罪说道："兄弟没有这样大胆，敢来查问象翁，不过偶然问一句耍子。"

他说到这里，脸上神气越发难看，又不是哭，又不像笑。象文也十分奇诧，兀自追问一句，笑道："然而不然，景翁此来或者另有别故。我们虽是萍水相逢，若能帮助你的地方，无不尽力。"

景萍讷讷地说道："象翁的为人，兄弟异常感佩。我说象翁断断不会有这样事，总误在我那黄干嘴里，硬逼着兄弟到象翁这边来探听探听。"

象文惊问道："探听什么？景翁快说出来，没的叫兄弟听见这藏头露尾的话，不急死也要闷死。"说着，便将耳朵侧转过来，似乎要听景萍报告。

偏生那个景萍说了半句，倒又缩回半句，一副小白脸，只顾一片一片的红晕泛将出来，好容易才支吾着说道："今天小妾不知怎样竟独自逃走，一直寻到此刻还不曾寻着，这是很可羞愧的事。若不是因为象翁为人爽直，兄弟断断不敢跑过来薅恼。"

绮秋在屏风后面，轻轻向玉痕笑说道："如何？这准是令妹阿锦无疑了吧！"

玉痕点了点头，不由叹了一口气，说道："这丫头才呆哩，像这样逃来逃去，也不是个办法。"

他们正在这里窃窃私语，只见象文脸上也是一红，转按定心神问道："如夫人逃去，固然不怪景翁着急，但据景翁的口气，简直硬栽如夫人在兄弟的敝寓。如夫人和兄弟非亲非故，从来又不曾会过一面，难道兄弟会将她窝藏起来不成？前日因为景翁性命呼吸，所以慨然相救，原出于一时义愤，道不得个借此来掠骗如夫人的。即此一端，便想见景翁太不将兄弟当作朋友看待。"

象翁这番话说得声色俱厉，直把个景萍吓得手足无措，忙分辩说道："我适才已经告诉过象翁了，这都是那个奴才黄干的不是。自从不见了小妾，他也很是着急，后来硬逼着兄弟说，小妾要是不逃则已，既然逃了，除象翁这边，再没有别处可以容她下落。兄弟一时糊涂，便白跑了一趟，不料又因此得罪了象翁，还求象翁体恤兄弟方寸已乱，暂行恕我一次。"

象文其时心里已经恍然大悟，只是脸上不好显露出来，转正色问道："你这车夫也太荒唐了，他可曾告诉景翁说如夫人和我们这边有什么瓜葛？"

景萍忙道："这却不曾听见他提起，他只逼着兄弟说到象翁这边，一定可以寻着小妾。"

象文躇脚急道："这厮该死，景翁你快叫他进来，等我当面向这厮诘问，究竟何所见而发这种无理的论调！"

景萍也急着说道："不知为什么缘故，我命他来见象翁，他死也不肯答应。他躲在敝寓里尽哭。我逃跑了小妾，不知他为甚比我还要伤心。兄弟此时也不能再耽搁了，还得赶回去另想别法。若在别的女孩子呢，便逃跑了一百个也不妨事，不过这小妾实在和兄弟打得火热，忒棱棱地飞了，我还有什么生趣？"他说到这一句，也就忍不住潸然泪下，登时起身告别。

这当儿，绮秋在屏后转焦急起来，好在她也不畏怯生人，立刻大踏步走到厅上，望着象文说道："你何妨同这许先生一齐去走走？一者帮助帮助许先生向四下里追寻，二者到底会一会许先生这车夫，问他的令妹为什么一定下落在我们这地方。"

一句话提醒了象文，忙向景萍笑道："横竖我也闲着没事，便陪景翁去走一趟，正不妨事。"

许景萍一眼瞧见了绮秋，觉她生得秾纤得中、修短合度，一副玫瑰庞儿，似颦非颦，似笑非笑，比较自家的小妾，格外美丽得几倍，一时瞧出了神，转将寻人这件事置诸脑后。象文和他说话，他也不曾听见，一双脚好像钉在地上，身子动也不动。还是象文再三催促他走，他方才慢慢地移动脚步。

绮秋见他这色中饿鬼的模样，不由扑哧一笑，提起革履，叽咯地跑入后面，笑向玉痕说道："姊姊，你可瞧见吗？这种没脑子少年，也亏令妹居然和他发生爱情，他在这时候似乎舍不掉令妹，其实也不消隔几多日子，便再不搁在他心坎儿上了。社会上像这种男子，金钱越多，他的爱情越薄，这也是一定的公例。"两人且说且走，依旧走入她们的卧房。

玉痕也笑说道："这厮自顶至踵，要想寻出他一根雅骨来也没有，倚仗着家私富有，任意妄为，他死了我替他立个谥法，是社会之蠹。"

没多一会儿，忽见常月池匆匆地笑得进来，问道："你们在这里又议论谁的长短？"

绮秋笑道："还有谁呢？便是昨晚请你在海国春吃西餐的小许。"

月池笑道："许先生别的倒还不怎样，只是将我们人格瞧得太轻一点儿，昨晚已给我严加申斥。我又不肯过于得罪他，因为他在我们这一班人当中，要算最阔气的了，嫁丈夫能够嫁给这位许先生，她这一生的衣服首饰、交际宴会，一些也不消愁的。我们那一个……"她说到这里，便轻轻拿手向隔壁房间里一指，缩着颈项笑道，"固然是蹩脚了，便是你们家的象文，也免不掉蝎蝎螯螯地没有多少钱给你们挥霍。"

玉痕听她这番议论，早气得索索地抖，将个粉脸脸掉转过去，一句也不来理她。转是绮秋笑嘻嘻地说道："然则姊姊何妨同熊先生提起离婚，重行嫁给姓许的也是一样，况且姓许的那个如夫人如今正跑得不知去向，姊姊若过去和他打这交涉，他断没有个不欢迎的道理。"

月池惊问道："你打哪里打听得来的？他的如夫人为什么要逃跑？"

绮秋笑得前仰后合，正待告诉她这事，蓦见房门帘一掀，从外边窜入一个如花似玉的女孩子，锦衣珠串，背后松松地拖着一条长辫，左手拎了提包，右胁下还夹着一个小小锦匣子，走得气急脸红，两个小酒窝儿却微微含着笑意。因为玉痕背转身子坐着，她望了望绮秋和月池，却不认识，绮秋也不认识她，不过绮秋的为人最是玲珑剔透，触起那件心事，不免瞧科了几分，连忙向玉痕唤道："姊姊，有人来访你了。"

玉痕回过脸来，却和那女孩子打了一个照面。那女孩子失声笑道："姊姊，你们怎么高兴会逛到这地方来？这几个月里，我很是惦记你们，难得在这里碰着，说不出我心里的快活。"

玉痕这一惊非同小可，忙不迭地问道："锦妹妹，你打哪里跑出来的？难不成当真竟有这等意外的事？"

阿锦一面将手里的物件全行搁在桌上，一面便抢近前握着玉痕的手腕笑道："象文哥哥呢，如何不见他的影子？这两位姊姊又是谁？"

玉痕笑道："你且坐下来休息休息，这是鲁绮秋姊姊，和我们一同来避暑的。那是常月池女士，她住的房间紧靠着我们隔壁。"

阿锦微微一笑，又望着她们弯了弯腰，似乎鞠躬的模样。绮秋心里已经明白，唯有月池摸不着头脑，咬着绮秋的耳朵问长问短。绮秋觉得她很是讨厌，便轻轻将她袖子扯了扯，笑道："我们且到那边房里细细告诉你。"

月池吃绮秋拖得走了，这里玉痕才向阿锦说道："哎呀！锦妹妹你也闹得太不成模样了。你哥哥此时已随那个姓许的到他寓里，先前我还不大信，疑惑你断然不会这样胡闹。怎么你既嫁给他做妾，这一会儿又背他逃走，我也猜不出你打什么主意。"

阿锦将两个小眼珠子一棱，嚷着说道："姊姊，你休得乱嚼舌头，我几时嫁给景萍做妾的？我们在上海发生恋爱，后来他开口向我乞婚。他又不曾娶过妻子，我兀自答应了他，不久还在大东旅社正式行的婚礼。我委实记挂阿妈得很，却好听见你们也在这里，所以打定主意，想和你们一齐回去。"

玉痕急道："你们既是正式夫妇，你要归宁，他也没有拦着你的道理，如何又鬼鬼祟祟担着跑的名儿？叫别人听见怪难受的。"

阿锦笑道："你又来这样迂阔了，我因为近来有些不满意那厮，久想脱离这夫妇的关系，悄没声儿地一走，省得将来许多纠葛。这行动是我们女孩子的自由，他管不得我，姊姊你难道能够管得我？"说着，又点头拨脑笑了一阵，重行仰起脖子笑问道，"今天早起，那厮可曾到你们这里来寻我没有？"

玉痕笑着点了点头。阿锦拍手笑道："我这一卦是打得稳稳的。这厮虽然想不到这里，旁边还搁着一个歪嘴薄舌的黄蕉影呢，一定告诉他说我和象文是嫡亲兄妹。"

玉痕听见她提起"黄蕉影"三字，正待问她这蕉影为什么替你们拉车，不防绮秋早笑嘻嘻地打从外边跑得进房，凑近阿锦脸上望了望，笑道："哦，原来这位姊姊就是许先生的爱宠。"

玉痕笑拦着说道："你又来提这话了，我这妹子何曾嫁给他做妾？他们原是正式结婚的，叵耐那厮拿这样话来诬蔑她。"

绮秋将个粉脸一扬，笑道："做妾不做妾，也不过是名义上一种分别，原不要这般分青理白。比如你姊姊，若不亏我，到今日也做了人家好几个月的如夫人了。"

阿锦忙笑着向玉痕问道："恭喜，恭喜，原来姊姊已经嫁了姊夫，这姊夫究竟是谁？"

玉痕吃她一问，羞得夹耳根子通红，指着绮秋笑道："哪里有这样事，你休得相信她这张贫嘴。"

阿锦一时也摸不着头脑，只是呆呆地瞅着她们发笑。绮秋笑道："我来告诉你，这事很险很险。你的姊姊几乎做了我的姨娘，费了我九牛二虎的气力，好容易才夺回了她这姨娘头衔，重行做了我的姊姊。"

绮秋于是将前番那件事迹大略说了一遍，阿锦听了，不觉气愤愤地骂起来说道："我们阿爹可是越老越糊涂了，中国那些买卖式的婚姻，我已经不肯赞同，何况又将姊姊当作一件赠品。像我们这样年纪轻轻的女孩子，比如一枝花，刚在那里结蕊，便是有赏识这花的，也须瞧他可配不配，为甚和这头童齿豁的老头子做起伙伴来作践我们？比较作践什么贵重东西，罪还大些。姊姊，你休得去理我们那阿爹，谁是你心爱的人，你就和他在一处要要，庶不负老天赋给我们的这样自由。"

玉痕红着脸笑道："妹妹，像你这样自由，也太自由得过分了。我请问你，既然自由嫁给黄蕉影，为甚又自由嫁给许景萍？"

阿锦冷笑说道："提起这嫁字，我就知道你不曾彻底觉悟。这嫁字究竟怎生讲究，我们做女子的为什么要嫁？恐怕这理论在现在时代万万不能成立吧。不瞒你们说，起先我原和那个黄蕉影打得火热，只是我碍着我们爹妈，他碍着他那黄脸婆子，我便打了一个主意，除得我身上穿戴的衣服、首饰，又悄悄在妈橱柜里取了一千多块的钞票，神不知鬼不觉地搭了下水轮船，向上海一溜，过我们安稳快乐的日子。初到上海那两个月，着实出了好些风头，只恨那钞票用得太快，不多时已经告了消乏。后来当衣服卖首饰，便是冤姊姊偷去的那颗钻石戒指，也吃我换了几百银子，都把它花费得干干净净。蕉影瞧这势头不好，也拼命作了几篇小说，想售给各书局里，津贴我们两人的日用。莫说他的那小说不大高明，至多一千字卖了几角小洋，也不够我们西风一浪；便算卖得起价钱吧，然而你们想想，这样卖文为活的穷鬼，可能靠着他养活我这女朋友吗？我委实有些不耐烦了，渐渐不大去理他。说也好笑，姊姊编派我先嫁黄蕉影，后嫁许景萍，其实你还不知道，在这中间，我另外还嫁了好几个人呢。只是嫁来嫁去，这银钱上面总不能叫我称心满意。后来巧巧地碰着这位冤大头，他的家私很是不错，只恨簿籍出入，这权柄还操在他那阿爹手里。他那阿爹又生得肥头胖脑，虽然生得一种哮喘老毛病，偏生吃两剂药就完全好了。眼见得这老鬼去死还远，我若耐心等下去，恐怕我的头发等白了，这老鬼依旧新鲜活跳，我还和这姓许的卷馄饨似的老卷在一处干什么呢？好在我们家里也不是没有饭吃，在外面玩得厌了，也该回去瞧瞧爹妈。"

玉痕笑道："可想你若不是碰见我们，你一时还不想回去。"

阿锦笑道："目下这件事说起来也很奇怪，第一次听见景萍回来告诉我，说有这么两个少年救了他的性命，一个姓葛，一个姓熊。其时我虽然听见姓葛这句话，也万万猜不到便是你们。一时高兴，我打算借道谢的名儿会会这两位少年，究竟脸蛋儿生得怎样。不料景萍第二次回寓取出两张名片，那个熊仲奇我可是不大认识，至于这葛象文的字样，触入我的眼帘，我一阵心酸，几乎要哭出来。一个转念，便在肚腹里打了主意，准备走这条道路。当时便假装作有病，在不知道的，疑惑我怕和你们见面，其实一经见了面，此刻便容不得我和你们一起逃走。"

玉痕笑道："啧啧啧，瞧不出你这小心眼倒是诡计多端。"

阿锦也笑道："假如做妹子的没有这本领，还能够东奔西跑，将那一班臭男子玩诸股掌之上吗？你姊姊只知道坐在闺房里读书写字，便向世上活到一百岁，也没多大出息。"

她们刚在房里说得热闹，不防门帘一揭，象文直蹿进来，劈头瞧见阿锦，不由吓了一怔，嚷道："你怎么真个跑到我们这里？"

阿锦笑嘻嘻地说道："不跑到你们这里，叫我跑向哪里呢？我又不曾犯法，难道你做哥子的还要驱逐我不成？"

象文急道："哪里便好讲到驱逐，但是我先前对许景萍说的那番话，简直是替你编了了不起个大谎。万一你早来一刻，包管会吃景萍撞着，不显见得我们无私有弊。"

阿锦笑得咯咯地说道:"你放心,这些关系早吃我料个正着,所以我向别处打了一个磨陀,然后才来同你们厮会。姊姊刚才告诉我,说你前去瞧那黄蕉影,蕉影可曾和你嚼什么舌头不曾?"

象文叹道:"蕉影也委实很可怜了,见了面的当儿,他早羞得抬不起头来,也不敢向我招呼。我揣度这光景,他一定怕景萍识破他的形迹,我当时只装作和他并不认识,故意埋怨了他两句,兀自别了景萍回来。为今之计,这地方我们再不便多耽搁了,明天清早便行动身。"

玉痕掉转脸向阿锦笑道:"话虽如此,黄先生那里还得递给他一个消息,悄悄地带他一齐回去。你不知道我们还弄了一个累赘在莲慧庵哩。"

于是又将许倩霞的话告诉了阿锦。只见阿锦忙不迭地连连摇手,笑道:"我讨厌蕉影,比讨厌景萍还要加得十倍。景萍我尚且和他脱离,难不成无辜地还挈带这厮回里?"

玉痕冷笑道:"妹妹你也太狠心了,当初和他那样亲爱,今日又和他这样疏远,怕在情理上也讲不过去。"

阿锦恶狠狠地说道:"痴男怨女,偶然结合,还有什么情理可讲?我生是一种怪脾气,但凡心里不愿意这人,一经瞧见他,便像眼钉肉刺。姊姊如果舍不得他,便让他在这里和姊姊住在一处,可好不好?"

玉痕吃她这一顿抢白,气得半句话也说不出。转是象文排解说道:"罢罢,这么办也使得,省得惊天动地,将这风声传出去,恐怕许景萍知道了,还要发生别的谬辖。妹妹自从你偕同蕉影私逃,妈的眼泪都哭干了,又怕吃亲友们笑话,想出法子来特地买了一口棺材,停放在莲慧庵里,说你得病而死。"

阿锦又气又笑,望着象文啐了一口,喃喃地说道:"这是谁想的主意?我不死也得给你们咒死。自由恋爱,像妹子这玩意儿,社会上也不计其数,若是你也买口棺材,他也买口棺材,不白便宜棺材店里发财,还得叫我们同志的骂这一对老夫妇顽固。哥哥你也算是个时髦人物,对着他们这样举动,为何不去阻拦,转让他们胡行乱做?"

象文笑道:"以往的事,尽埋怨我则甚呢?以后妹妹如若再有这等事发生,我一定记着,断不许他们再买第二口棺材。"

说得绮秋拍手大笑。阿锦细细将绮秋打量了一番,忽地扯着象文衣袖,附向他耳朵旁边不知说了些什么,引得象文含羞带笑地举起手来要拧阿锦的

204

小嘴儿。

绮秋十分诧异，便问象文道："令妹又编派谁，你这样好笑，可告诉给我听听?"

象文摇头笑道："这话可告诉你不得，我劝你还是不要追问的好。"

绮秋恍然大悟，轻轻向地下一啐，便走过一边，帮着玉痕料理什物。当晚，熊仲奇夫妇也知道这事的底细，月池因为和阿锦初会，不便拿她取笑。

第二天，大家掳掇掳掇，依旧向九江进发。到了九江，象文又和他们夫妇告别，然后才乘轮遄返汉口。绮秋自回她的公馆，玉痕瞧着妹妹情分，所以陪阿锦一齐来见葛镜清夫妇。

欲知后事，且阅下文。

第十回

贝锦萋斐冤沉凤侣
妆台冷落议续鹍弦

尹雄伯他是个性情洒脱的人，平时对于他的职业却勤勤恳恳，非常注意，便是在学校里教授学生的功课，丝毫不肯松懈，恨不得将他全副本领都把来灌输到学生的脑筋里。所以当中有几个学生国文很是高明的，却全受的尹先生指导。

但是一层，大凡一个人在文字上感着特别的兴味，若叫他周旋世故、体贴人情，是再也不会指挥如意。古语道得好，这就叫作"予其角者夺其齿，两其翼者二其足"了哇。雄伯不但在社会上有些格格不入，便是他自家的那座小小家庭，什么琐屑米盐、料量薪水，他也从不曾偶一过问。好在他有一位贤惠精敏的夫人甘碧瑜能够替他操持家政。他也落得置身事外，干完了公务，进门便径引着他那个小儿子谈谈笑笑，真是茶来伸手，饭来张口，要算是再快活不过。

最可笑的，像他府上这份门户，每月开支大约至少也要得百元左右，偏生雄伯除去劝学所里的三十五元交给他夫人使用，其余学校里的上课薪金，他兀自送入银行里去存放，好像他的进款是再阔绰不过，这薪金是不消携入家用的。他有时也向碧瑜询问："我们所有的支入，抵消所有的支出，还是盈余呢，还是亏蚀？"那碧瑜都告诉他说："我们省吃俭用，轻易又不添置首饰、衣服，你这劝学所里的三十五元，尽够敷衍的了。你只打叠起精神来在外边干事，至于家中的勾当，正不消你烦心，一切都有我担任就是了。"

雄伯听她的这些议论，心里好生欢喜，格外优游岁月，随遇而安，享受他的家庭幸福。背地里也猜到碧瑜很有些私蓄，便算我的款子交代给她不多，然而她自会掏出她的腰包来贴补贴补，所以他们夫妇之间感情是异常亲密，从来不曾有过什么勃谿诟谇。

不料这一年夏末秋初的时候，觉得碧瑜日渐消瘦。碧瑜的身体素来怯弱，先前雄伯却也不大介意，又因为三伏天气，他们夫妇久经分床而睡，及至新凉入牖，冰簟银床，窗外的一株梧桐树渐渐有些叶子脱落下来，将那新秋一轮明月和筛银镂玉似的照入他们两人的卧室，雄伯便趁这当儿要求他夫人同宿。碧瑜哪里肯答应，一天一天地支吾下去。

又过了些时，委实吃雄伯逼迫不过，方才和他睡在一张床上，欢分蝶枕，春满鸳衾。雄伯才靠近他夫人的肌肤，不觉失惊条怪起来，问道："哎呀！你怎么剩了这瘦骨一把了？而且手心足心也是这般滚热，这是为甚缘故？你觉得哪里有什么不舒齐的地方？"

碧瑜含笑说道："你这不是瞎操心，我好端端的一个人，又不曾害病，哪里会不舒齐？你好好安歇吧，明天还得早起去上课。昨天我替你买了好些百合、山药，这秋深天气，便吃一点补品也不要紧，你在外间事体很忙，倒不要大意损坏了身子。"

雄伯这时便握着碧瑜的手叹道："咳！你劝我不要操心，然则你替我操心的地方还少了吗？比如这补品，该是你吃才好。我瞧你近来神气很不充足，脸上的血色简直又白又淡，哪里像当年的娇艳和一朵玫瑰花仿佛？其实我们是多年的夫妇，并不要你妆饰得好看，不过久而久之，像这样憔悴下去，很觉得可怕。你究竟有什么心事，不妨把来告诉告诉我。"

碧瑜听到这里，不由轻轻啐了一口，笑说道："瞧你这人说出话来，真是没轻没重。我们又不愁衣食，又不愁儿女，在社会上也算得是安乐的了，还有什么解不来的心事？我身子不结实，你是知道的，加着近来眼看离分娩不远，一个女人家怀着胎气，哪里会养得肥头胖脸呢？"

雄伯咂嘴咂舌地说道："胎气这话也不很确，若说养孩子便该消瘦，怎么那一年小铃官出世，你也不曾有这形状？"

碧瑜被他说得有些急起来，眼泪汪汪地说道："罢咧，你休得再啰唆吧，像这样编派人，没病还得吃你编派出病来呢。我便病死了，与你又有什么益处？"

雄伯见他夫人娇嗔满面，方才不敢再行开口，随即和衣倒在碧瑜脚边，一夜也不曾好生睡熟。有时坐起身子，伸手去摸摸她的额角，约莫有五更时分，觉得碧瑜身上湿淋淋地出了些透汗，四肢便不大发热。雄伯这才将心上一颗石头放落，第二天依旧出去干他的事务，心里总觉放碧瑜不下。平时下了课，都得在外面和朋友多聚一会儿，必须等到傍晚，方才回家。

此时却不肯耽搁，约莫有晌午光景，便推门进来。匆匆忙忙走得上楼，四面一望，只不见碧瑜的身影，好生着急。又赶下楼去问那个女仆，女仆笑道："少奶奶吃完了饭，将铃官交给保姆，她便出门去了，不久总该是回来的时候了。"

雄伯忙问道："她可曾告诉你们说到什么去处？"

仆妇又摇头说道："少奶奶不曾说，我们又不敢问。况少奶奶像这样走动是常有的事，也不止一次，不过少爷不曾撞见过罢咧。"

雄伯听了，好生纳闷，没精打采地向楼上去坐地，躺在一张睡椅上，手里取了一本书消遣。谁知越瞧那书越不高兴，又走近窗侧，捺了一会儿批霞娜，依然没见碧瑜回来，顿时狐疑起来，暗暗说道："奇呀，怪道碧瑜近来心神恍惚，便是吃饭睡觉都有些惊惊恐恐，见了我格外有些畏惧，好像怕我瞧出她什么破绽。一般女人家若不是因为在色欲上淘空，这身子断不会容易这样虚怯。自由自由，解放解放，难道甘碧瑜忽地换了一个人不成？"

想到这里，重行拿指头掐着数了一遍，说道："不错！不错！自从那个连幻佛来过之后，她的举止动静就入了这诡秘状态。我是在外时多，在家时少，幻佛便不亲自到来，至于私下里寄递函札，这也是料不定的。"想到这里，登时把不住心头上突突地乱跳。正不知道怎么才好，一眼瞧见橱柜旁边桌上安着一个小金漆皮箱，原是碧瑜常常搁放东西用的，随即拿手去开箱盖，却好那箱子并没锁上，揭开来一看，只有两支戴旧了的珠花，以外便是些信封笺纸，拣了拣也没有字迹在上面，几本残败的小说，颠倒价乱叠在旁边。雄伯不由扑哧一笑，暗暗说道："我可是又来瞎操心了，她如果有瞒我的秘密文件，以她的为人那般细心，如何肯明公正气地放在这里，难道不怕吃我瞧见？若叫我尹雄伯充当一个私家侦探，恐怕连一碗白饭都混不到嘴。"

他正在这房里胡思乱想，猛听见楼梯上长裙窸窣，猜到是碧瑜脚步声音，不觉转嗔为喜，跑出房来笑嘻嘻地上前迎接。耳边只听碧瑜笑说道："哎呀，你们少爷今天为何回来恁早？我真是意想不到。"

雄伯接着笑道："我回来你意想不到，你出去我也意想不到呢。你也不惜护你的身子，这时候还赖在外面，有什么要紧的事去干？"

碧瑜劈头撞着雄伯，忍不住脸上一红，觉腮颊旁边火辣辣地起来，低着脖子也不去答应。幸喜那保姆手里抱着铃官跟随自己上楼，她便将铃官顺手接过来，向椅子上一坐，拿铃官这小身体遮掩着自己脸上的羞晕，又亲亲热热和铃官亲了一个额，搭讪说："你爹独自在屋里，为甚你不进来陪你爹谈笑?"

保姆笑道："我原要抱小官官上楼，他只是不肯，赖在院子里要等候阿妈。"

碧瑜含笑说道："有其父必有其子，我简直离开你们一步不得了，万一我死了呢，看你这糊涂小东西怎样?"

碧瑜说到这里，那声气便把不住有些颤巍巍的。雄伯见她这可怜模样，心里转有些不忍起来，笑道："你又何苦来同这点点小孩子赌气？死呀活呀，叫人听着怪不高兴。我不过只问了你一句，你能够告诉我呢，便告诉我，若不肯告诉，也就罢了。我再固执些，也不能束缚你这自由行动。"

碧瑜这时依旧将铃官递给保姆，冷笑了一声，向雄伯说道："我的行动几曾瞒过你的？左右爱这深秋天气不凉不热，特地过江去访一个女友，不料吃她们留着谈天。及至进了汉阳门，天色已经不早了，在往日这时候，你也不曾回家。"

她一面说，一面便起身进房，脱换衣服。雄伯明知她这些话全是搪塞自己，虽不便和她驳诘，却不住留心窥探她的举动。只见碧瑜忽然从怀里掏出一件东西，揭开那金漆箱盖啪的一声向里面搁进去。雄伯转停了脚步，假装着不曾看见，彼此又谈了几句闲话，便催着碧瑜去预备晚饭。碧瑜和衣向床上一躺，笑着说道："我委实觉得很困，让我休息休息，吩咐仆妇她们去替你料理吧。"

雄伯笑道："便叫她们料理去也是一样，好在我对于饮食上也不计较。"

说着，他早凑近床边，挨身坐下，轻轻地拿手在碧瑜胸口上按了按，埋怨着说道："你何苦又跑过江那边去玩耍？你可觉得心坎上扑通扑通地乱跳，像你这身体，论理便该在屋里静养呢。"

碧瑜使劲将雄伯一推，笑道："你怎生这样婆婆妈妈的？静养便能够叫身体结实吗？我也略解得卫生，像出门去走走，这便叫作野外运动。"

雄伯冷笑道："运动，运动，都要等到运动出乱子来，那时你才佩服我这好话是拿金子买不来的呢。比如三五十年前的那一班老太婆，可怜闺房都不许她们跑出一步，也不曾见她们都做了一些短命女鬼。"

碧瑜明知他这话里很有寓意，一时脸上又止不住红晕起来，连忙掉转身子向里而睡，也不拿话来回答。雄伯好生没趣，只站起来长长叹了口气。不多一会儿，仆妇上来请他们晚膳，碧瑜也恐雄伯生疑，只得勉强陪他一同下楼，到餐室里坐定。自己对着这碗饭，不大吃得下去，命仆妇倒了小半杯茶，撕了一点野鸭腿子，将就把那饭吃完。一眼瞧见雄伯没精打采，又怕他心里闷出别的变故，只得有一搭没一搭想出话来和他攀谈，先笑着说道："我今天过江，倒打听得一件新闻，告诉你也应该发笑。"

雄伯见他夫人这样和颜悦色，心里又高兴起来，也笑问道："什么新闻，又是谁闹出来的？"

碧瑜笑道："还有谁呢？便是你那个朋友连幻佛。"

雄伯听她提到"连幻佛"三字，登时倒抽了一口冷气，嘴里虽不便说甚，至于这一肚皮的疑云重新触起，冷冷地问道："然则你今天是和连幻佛在一处的了？"

碧瑜哪里猜到他的心事，觉得这一句话也不过是个玩话，忙笑说道："谁愿意去和他厮见？我只是从别人口里打听得来的。江那边有一个女孩子叫作葛玉痕，你可认识她不认识她？"

雄伯冷笑道："这葛玉痕是谁？我素来对于女人这方面不大注意的，及不来你们专讲究个交际，女人家也是朋友，男人家也是朋友。这件新闻想必一定关系着这位葛玉痕了。你且往下说，我听着呢。"

碧瑜叹了一口气说道："总而言之，社会上的程度日见其高，社会上的人品也就日见其坏。据玉痕亲口告诉我，连幻佛原同她哥子相好，他哥子是她叔父生的。论她叔父的财产，倒也着实去得，只是过于悭吝一点儿，往往招人的忌嫉。幻佛办的那个报馆，左右是靠着敲竹杠度活，不知打哪里得了一封信，上面很有些事迹关系着玉痕。幻佛得了这样机会，便先通知了她的叔父，意思想叫她叔父出三五千块钱，将这封信收回。"

雄伯将个舌头伸了一伸，笑道："哎哟，好大口气，一封信便值得这一笔代价？"

碧瑜笑道："你可记得那一天他在我们这里吃晚饭，谈吐之间不是隐隐地告诉你，他指日可以发迹？"

雄伯笑道："我哪里记得这些闲话？倒是葛小姐的叔父接到那信之后，怎生发付呢？"

碧瑜笑道："告诉谁也不能相信，原来她这叔父对于玉痕久经视同陌路，加着他爱财如命，最妙不过，当时便回了连幻佛一封信，大略说玉痕偌女儿不守闺训，鄙人久思严行惩治，先生如果得了她的劣迹，务恳鼎力，赶紧在贵报上发表，能够使舍偌女儿身败名裂，鄙人感激不尽，所有印刷费用，鄙人愿担任半数。随后当命小价送番佛十尊，聊资津贴云云。"

雄伯听到这里，不由拊掌大笑说道："妙！妙！冷隽极了！这简直套的汉高祖分我杯羹那条计策，瞧不起葛小姐这位叔父，于历史上的故事倒很透熟呢。"

碧瑜笑道："他又何曾懂得什么历史？起先这人原是善棍出身，目下充当着税卡上的税员。"

雄伯凝神想了想，说道："哦，你说的便是那个葛镜清吗？他这差使是钻的鲁国香的狗洞。我们学界里提到他，谁不是嬉笑怒骂？幻佛和他弄这手段，无怪要大碰其钉子了哇。"

碧瑜笑道："连先生得了他这封信，只气得一佛出世、二佛涅槃，在第二天上，老老实实便将诬蔑玉痕的那封函札在他贵报上全行登载出来，每一句底下还用了括弧，加上按语，末了又乱七八糟地叙了一大篇，总不外对着玉痕身上发泄他的气愤。"

雄伯叹道："技止于此了，目下办报的人，大率依仗他这支笔杆儿，颠黑倒白，易春为秋，其实于人也没大损，他不晓得自己早堕落了自己的人格。不怕你生气，幻佛原是我的老朋友，自从他在报馆里当了编辑，我委实有些避若蛇蝎，何以故呢？被蛇蝎咬一口，搽一些玉树神油，便可以止了疼痛；吃他们咬一口，就得叫人引为终生之憾，是再没有药可以医治的。"

碧瑜扑哧一笑，瞅着雄伯说道："你这人说话，真有些不尴不尬。你不大愿意姓连的，好端端地要生气则甚？而且你这番话也未免是有激而谈。国度愈文明，报纸愈发达，不见得凡是办报的都和那敲竹杠的连幻佛一样。"

雄伯点头笑道："你的话也很有见地，报馆里尽有高尚的人格，不过祥麟威凤，可遇而不可求罢咧。比如幻佛干的这玩意儿，堂堂正正的报纸上可有这种笔墨没有？报纸天职，或是监督政府，或是促进社会，几曾见满篇满纸不是攻讦这个，便是诽谤那个。便算葛小姐行动上有些不大正当，这是她个人的私德，与你们有什么相干？所谓施之君子则丧吾德，施之小人则杀吾身。何况别有用心，借此觇觎人家的黄白呢？"

碧瑜将脚跺了跺，急道："你说玉痕行动上不大正当，这才冤枉人呢。她有一个兄弟，先前在一处国民学校里上学，这教师过病蝉不知怎生爱上玉痕，很想玉痕嫁给他。其实玉痕一点儿也没有这意思。后来病蝉死了，没来由留下这封情书，叙述他有愿未遂的心事，意思是想玉痕见了，体谅他用情深挚。他哪里会想到连先生拿来当作把柄？"

雄伯笑道："该死！该死！这么说起来，一点儿不错了。你知道幻佛那一天跑来干什么的？原是因为病蝉身故，他的那份遗缺，幻佛叫我替他一个学生叫作孙大福的设法，始终我不曾承认，难保他心里不和我发生芥蒂。以后我劝你对着像幻佛这一干人，总宜远着些好。"

碧瑜笑道："谁还肯和这厮们去打交涉？我是在一处地方无意中碰着那个玉痕，彼此虽系初见，不料愈谈愈觉得亲密。几时我约她到我们屋里来，你见一见她，就知道她与寻常脂粉不大相同。"

两人谈笑了一会儿，雄伯瞧他夫人的神态，觉得自己疑惑她的地方未免错误，转笑着催碧瑜上楼去安歇。

雄伯睡到半夜时分，忽然想起一件事来，见碧瑜已经睡熟，他便悄悄地起身下床，将电灯扭开，径自去揭那小金漆皮箱的箱盖，因为先前见碧瑜匆匆地搁了一件东西在里面，难保不是和人交换的什么赠品。及至翻检了一下子，除得已经看见过的笺纸和小说以外，却多了一个小手折儿。雄伯打开来一看，只见上面纵纵横横地写着按月的利息几元几角，仿佛业已涂抹了，成了废物，不由哑然失笑。这时忽听见碧瑜在床上咳嗽起来，似乎在那里翻转身子，雄伯连忙将那手折向箱子里一摔，将盖盖好，重行挨入被窝。碧瑜被他唤醒，低低问道："你又下床则甚？"

雄伯忙道："我因为要解手，向房外走了一趟。"

碧瑜点头说道："外间凉气很重，你既出去，也该多披一件衣服。我觉得喉咙里干燥得紧，不知茶壶里可有茶没有？"说着，便想拗起身子，伸手向旁边一张小桌上去倒茶。

雄伯将她按着，说道："你不要动，等我替你倒吧。"

于是雄伯又拔了鞋子，将茶倒了一钟，递给碧瑜。碧瑜吃了两口，又漱了漱嘴，吐入痰盂里，然后倚向枕上，闭目养神。雄伯见她这病体恹恹，想起适才偷窥她的秘密，心里免不得十分抱歉。比如我尹雄伯一生不善治家人生产，全亏她一人料理，办得井井有条，不但造了这所房屋，不曾使用我的银钱，而且她还有这余资可借给别的人，生出利息来，贴补逐日的用度，箱子里那个折子，一定是她向别处收回来的利钱。她既瞒着我，我也不便去问她。有这么一个善权子母的女人，也算是我尹雄伯一生的幸福了。

自己只顾思前想后，不知不觉错过了宿头，要想合上眼睡一会儿，再睡不着。秋夜又长，眼睁睁地盼不到天亮。约莫有五更光景，碧瑜蓦然哼哼唧唧地嚷肚腹里有些疼痛。雄伯猜到她是要分娩，便问她觉得怎样。

碧瑜忍痛说道："你休着慌，等一会儿再说吧。"

雄伯见电灯业已熄灭，窗子上微微透进一派清光来，更忍耐不得，立刻跳下床沿，向楼底下唤醒了保姆和那仆妇，一面命仆妇去招呼稳婆。幸喜铃官并不曾醒，保姆拿幅锦被将他裹得紧紧的，便到厨下去烧水。一会儿稳婆已到，瞧了瞧碧瑜，觉得时候还早。

没半晌工夫，旭日东升，依雄伯意思，便预备打电话到学校里去请假。碧瑜一定不肯，说："我是第二次分娩，也不会有什么危险，何必累你误了职务。况且生产的事，与你们男人家毫没相干，快休得这样婆婆妈妈的。你依我的话，我反欢喜。"

雄伯无奈，只得收拾收拾，他自到学校里上课去了。至于他心里哪里放碧瑜得下，虽然站在讲台上讲说，只把不住心坎上扑通扑通乱跳，勉强挨到午后。有一课还不曾到了钟点，偏生走过一个校役，请他到电筒那边去接电话。不知为什么，雄伯听到这一句，格外慌得手足无措，从电话里听见是保姆口气，告诉自己说少奶奶胎不曾下，已晕厥了好几次，请少爷快点回来。雄伯掼下电筒，飞也似的跑到教务室里说明这事，别人也劝他赶紧回去，这里的课毫不妨事，将课程调换一下子，明天由尹先生来补授也是一样。雄伯道谢了两句，出了校门，立刻跳上人力车，赶入家里。早见保姆他们愁眉泪眼，大家拥在房里发怔。雄伯急得搓手顿脚，也不暇和他们询问，立刻抢近床前。见那碧瑜粉颈低垂，双眉紧蹙，平时脸上本没多血色，到此格外面同黄蜡，问了问稳婆，又说不出缘故。雄伯向碧瑜安慰说道："你休害怕，我替你去请西医，可好不好？"

碧瑜微微点了点头。雄伯便在自家电话室里打了电话到那所同仁医院，说明了病势。果然不到二十分钟工夫，医院里早来了一位女医士，到房里去诊察了一会儿，出来向雄伯说道："这孩子横在肚腹里呢，由于稳婆施行手术太早了一些，以致酿此变故。我们来想个方法，但是孩子的命是保不住的了。"

雄伯忙道："内人可有碍没碍？"

那女医士皱眉说道："尊夫人身体太弱，怀妊时期又未免受了些焦急，以致血不能养胎，便不出这岔子，临产当儿，也着实危险。事已至此，只好力求尊夫人的安稳吧。"雄伯听了，向那女医士着实叮嘱了一番。女医士笑了笑，将众人都推出房外，带来的一个助手，两人在里面足足忙了一点多钟的工夫，才将胞胎取下。碧瑜又晕了过去，女医士取出药水，给她服下，方才慢慢地苏醒，又吩咐保姆他们好生伺候，这一月里，总不可再让产妇受了别的委屈，要紧要紧！医生走后，那个稳婆吃了这场老大没趣，连谢仪都不敢要，抱头鼠窜，逃之大吉。雄伯命仆妇将死胎拿去埋葬，又轻轻地问碧瑜心里觉得怎样，碧瑜有气无力地不能多和自己说话。雄伯见这情形，说不出来心里的悲痛，接二连三地在楼上陪伴，学校里有好几天不曾去上课。三日以后，碧瑜渐渐恢复了神气。雄伯有时候还和她谈到生的这孩子不育，很是可惜。碧瑜苦着脸冷笑说道："像我们这份家庭，儿女多了，负担上也嫌吃力，这点点血包子，死了倒还干净。"说着，又长长地叹了两口气。

雄伯笑道："你想是中了山额夫人的流毒了，如何又限制生育起来？我们经济上再不充足些，便是添上两个儿女，道不得便养活他们不起。你凡事总是过虑，所以这身体弄得不大结实。"说得碧瑜微笑了笑。

自是以后，尹雄伯依旧办理他的职务，但是碧瑜自从产后亏弱下来，益发形容憔悴，病体恹恹。医生吩咐她须得着实调养，她又舍不得浪费，差不多贵重些的补品不愿轻于尝试。好容易挨到满月的辰光，才勉强能吃一碗半碗粥饭。有时闲得无聊，除得和铃官消遣消遣，这一个多月以来，也不曾出着大门一步。雄伯早出晚归，已渐渐将疑惑碧瑜的心全行消灭。

也是合当有事，星期这一天，雄伯在外边逛了半日，终觉得没精打采，不如还是赶回来瞧瞧碧瑜，免得她独自坐在屋里纳闷。说也奇怪，刚刚走进大门，忽见那个仆妇在那里张望，一见雄伯的身影，掉转脚步，忙向院落里直奔，嘴里和放连珠爆一般，只顾使劲地咳嗽。第二重阶沿石上，便是保姆在那里把风，铃官站在旁边戏耍。保姆得了仆妇的咳嗽声音，她吓得将铃官一推，飞也似的奔上楼梯，不住喊着："少爷回来了，少爷回来了！"这分明是递个消息给碧瑜知道。

雄伯见她们这慌张形状，又是好气，又是好笑，偏生铃官离了保姆，他哇的一声又哭起来。雄伯震怒非常，握着铃官的小手，哄骗了他几句，遂也不肯怠慢，放下铃官，大踏步赶得上楼。却好在楼梯上和保姆撞个正着，便发话道："我回来不回来，有什么打紧？你还不快下去带领小孩子去，跌坏了他，瞧你可还得了！"

保姆也不敢分辩，只扑哧一笑，她自下楼去了。这当儿，雄伯分明听见房间里有两个人的脚步声音，像是躲避自己，及至揭起门帘进房，只见碧瑜独自坐在床沿上，鬓云缭乱，虽竭力地掩饰，然而她那脸上一朵一朵的红晕，兀自只顾向鬓角旁边溜起，见了雄伯，转把个脖子掉转过去，似乎怕吃雄伯瞧见她的脸色。雄伯从无意中撞出她这样的破绽，真个瞧科出十分，一把无名孽火止不住要从额角上冒穿屋顶，依他性子，恨不得立时发作，亘耐瞧着碧瑜这瘦骨珊珊，又着实叫人怜悯，捺着一股愤气，尽管拿眼睛向房里四下地张望。碧瑜毕竟有些心虚胆怯，勉强赔着笑面，问道："你今天向哪里去逛的，倒还回来得快？"她虽然说这话，那一种声音越显得颤巍巍的，上气不接下气。

雄伯已是恨极了，扑通一声向对面一张椅子上坐下，冷笑说道："你嫌我讨厌，将来我便死在外边，让你一个人在这屋里享受清福可好不好？"

碧瑜哽咽说道："何苦来，你又白白地和我淘气？我又不曾干错了事。我这一颗心久远下去，你总有一天会知道，总算我没有亏负你的地方。"

雄伯听到这里，暗暗说道："房里藏着汉子，还说是不曾亏负我。我待和你辩白，万一闹起来，彼此颜面都不好看。况且当这文明时代，她能够翻转面皮，说他们这等举动，各人有各人的自由。咳！什么叫作夫妻？只要这一点爱情不肯把来托付在你的身上，任你再会监察些，监察得她这身子，也监察不得她这颗心。罢！罢！比如我到今日还不曾娶亲，这独身主义也是免不掉的。我与其坐在这里叫她受窘，不如退让一步，省得再闹出别的岔子。"

主意已定，也不再和碧瑜说甚，随即拿手扑了扑衣服，站起身子来就走。走入院落里，只见保姆和那仆妇指手画脚地在那里窃窃私语，见了雄伯，大家都站起来。雄伯将她们瞅了一眼，出了大门，跑入他的那个劝学所。好在所里也安设着床铺，他老实在那里歇宿，一共不肯回来。

还是碧瑜放心不下，打发仆妇来探视，知道一时拗他不转，也只好由他自去。因为天气渐冷，将他应用的衣服什物一齐送入所里。隔不了三天五天，又拣雄伯喜欢吃的饮食亲手弄妥帖了，叠叠地往这边送，弄得雄伯茫无头绪，想不出一个缘故。要说碧瑜有了什么外遇，她对着我如何还这样地用情？但是一层，你如果坦白无私，为什么那一天支派仆妇她们替你巡逻？见我进门又流星探马地上楼去报告？我分明不是错误，那楼板上的脚步声音，和碧瑜那一种张皇形状，简直是无私有弊。便算是我冤枉了你，这几日以来，你尽可将你的隐情叫人告诉我，或是写信给我知道，那也未尝不可。怎么依旧含含糊糊地将前番那件事全不提起？照这样看来，这些殷勤作用，恐怕还是碧瑜施展的一种手段。碧瑜，碧瑜，在这女权发达的当儿，你如果不愿意和我结合，大可向官厅方面提起离婚，免得鬼鬼祟祟地转玷污了我尹雄伯的名誉。想到这里，不由一阵心酸，又触起当初夫妇间的爱情何等亲密，怎么眨眨眼弄成这样变局？可知世界上的事，全是空花幻影，再也保不住能够持久的。雄伯其时似乎大彻大悟，转觉得心地非常洁净，于是摆脱一切，连他那个心爱的儿子小铃官都不愿意回去瞧一瞧了。又因为湖北财政吃军阀搜刮得不少，至于学校里的薪水，接二连三地发生恐慌。

这一天接到县里的公事，说是业已向银行里借了一笔款项，委任劝学所所长过江向行主接洽。雄伯哪里还敢怠慢，立刻往赴汉口，刚刚将这款子磋商妥帖，便出了银行，走至马路上，忽然在人丛里瞧见他妻子碧瑜的身影，并不曾坐车，手里只提着一个极小的小皮包，情形很是匆促。雄伯这才恍然大悟，暗自沉吟道：可是呢，我不回家，倒反给她这巧当儿，任凭她东奔西跑，这一次定然又是来访她的好友了。

雄伯一面想，一面便悄悄地跟随在她后面，约莫离得有一箭多远。初则还疑惑她往访幻佛的报馆，谁知却又不是，左闪右闪，直向后城马路一带行去。雄伯格外诧异，一直追踪到那地方。只见一带树荫里，露出半截红墙，迎面有一座庵门。碧瑜将手推了推，随即进了那庵。雄伯暗笑道："我不信佛，她素来也不信佛，怎么会同和尚打起交涉来了？我偏去撞破她，瞧她拿什么话来对付我。"当下便也赶至那庵的门首，抬头一望，见上面的匾额刻着"莲慧禅寺"四个蓝字，雄伯才知道这是尼姑的住址，与和尚没有交涉，把自己的疑团又消去了一半。只不过觉得碧瑜从来不曾和我说过她同这尼姑来往，此番突然到这庵里，倒叫我着实可骇。况且这些三姑六婆，好人很少，坏人极多，以我们这份办教育事业的人家，平白地迷信释教，也未免贻人口实。雄伯想到这里，一脚已踏进门，穿过那条甬道，眼见得佛教并没多人，只有一个二十来岁的小尼姑斜倚在栏杆旁边，嗑那瓜子消遣。蓦不防瞧见雄伯进来，她兀自笑吟吟地说道："尹先生，你怎么肯到小庵里来随喜随喜？"

雄伯见她劈口称自己尹先生，益发奇诧，也就笑说道："我不曾和师父见过，你怎生会认识我的呢？"

那尼姑也觉得自己的话说得大意，脸上红了红，忙搭讪笑道："难得先生光降，便请向佛殿上坐一坐。"

雄伯摇头说道："坐倒可以不必，我是进来访一个人的。师父既认识我，便请你引导，让我和内人见一见。"

尼姑假作失惊说道："哎呀，先生这从何说起？少奶奶并没曾见她来呀！"

雄伯听见她这样支吾，老大不甚愿意，早放下脸色说道："你们休得狡赖，我是亲眼看见她进门的。任凭你再掩饰些，我也不信。"

雄伯说话的声音渐渐大了，早惊动后面那座净室里老师太圆净，她望着碧瑜跺脚道："不好，你们尹先生撞得来了，你快向后院子里去避一避，让我出去打发他走。"

碧瑜起先也觉得有些畏惧，后来一个转念，向圆净摇摇手笑道："既已吃他撞破，便让他进来不妨。若再遮遮掩掩的，转显得我们无私有弊了。"

碧瑜说完这话，她早挪动脚步，从殿后迎得出来，笑望着雄伯说道："这才算得巧遇见呢，在路上为甚不招呼人一声，偏这样蝎蝎螫螫地窥探别人的行径？"

雄伯见她这落落大方的模样，说出来的话又叫自己很有些惭愧，只得也笑说道："我也是无意和你在路上碰着，一直跟寻到这里。你近来身子想是结实了，走这么长的远道儿，倒还不觉怎么辛苦。"

碧瑜尚未答话，那个老师太早嘻天哈地地来请雄伯到净室里去休息。碧瑜在前面引导着说道："我先不是告诉过你的，我便在这庵里常常和几个女朋友厮会，今天因在屋里闲得难受，是以又过江来散散心，不料竟和你碰个正着。"

雄伯刚走入那座净室，一眼早看见有个少年女子，见他们进来，她站起身子迎接，身上穿了一件布袄，面皮黄瘦，两只深眍眍的眼睛差不多合了缝似的，对着雄伯只顾细眯着双眼瞧望，大致还未必瞧得清楚。雄伯心里估量着道："这一定是碧瑜所称许的那个葛小姐了，然而论她这品貌，碧瑜就免不得言过其实，至于她的学问，也就可想而知。怪道外间那一班名士在纯盗虚声的当儿，往往叫人闻声相思，及至晤对起来，也只是个平淡无奇。"

彼此分坐下来，圆净又忙着递茶递水。雄伯趁势向碧瑜笑道："你的贵友芳名叫作玉痕的，可是这位不是？我们倒很幸会。"

那女子听见雄伯将自己当作玉痕，不由扑哧一笑。碧瑜也笑起来，介绍说道："玉痕并不在这里，这是许倩霞女士，是黄蕉影的夫人。"

雄伯觉自己的话说得冒失，不免有些惭愧，勉强笑说道："哎哟，蕉影黄先生我是久仰他大名的，报纸上多登他的大作，可惜不曾会过一面。"

碧瑜冷笑道："你再也休提这黄先生吧，这位黄先生如今已堕落了人格。便是许女士栖身寺院，也算是出于葛玉痕的义气，虽然暮鼓晨钟，免不了凄凉况味，然而比较辗转死于沟壑，总还差强人意些。"

雄伯失惊问道："哎呀，黄先生也是一个须眉男子，怎么连一个可怜的妇人他都不能负保护的责任？"

碧瑜叹了一口气，冷冷地说道："世界上有几个须眉男子能够体贴我们妇人的苦处呢？不是我说一句奚落男子的话，越是肚腹里装了文字，他的品行就越发不堪闻问。转不如那些乡里老儿，一夫一妇，倒可以终身偕老，半路上不至出什么变故。比如乡里老儿，他又何尝知道一夫多妻违反法律，我恐怕这法律还是为懂得法律的人而设的呢。黄先生醉心自由，至于他的夫人自由不自由，他就不暇顾及了。"

当下遂将蕉影和阿锦的事迹略略告诉了雄伯一遍。雄伯也就义形于色地批驳了蕉影一顿。

他们夫妇正坐净室里交头接耳地谈论，早把外边那个月因小尼姑瞧得呆了，一颗芳心里说不出来的妒羡，暗想：同是一个人，怎么尹少奶奶刚才到我们庵里，他们少爷兀自放心不下，巴巴地寻来和她亲热？不比我们当尼姑的，朝也看经，暮也念佛，说起来都为的修修来世。其实在今世守这活寡的罪也就够人消受了，哪里管他什么来世呢？月因想到这里，觉得腮颊上很有些火辣辣地发热，不由而然地捧了一杯茶，送至雄伯身边。雄伯忙欠身说道："得罪，得罪。"

月因将个粉颈一扭，嫣然微笑道："少爷休得客气，这是小尼的一点儿敬意。"

说完这话，她便斜躲着身子，站在碧瑜背后，望着雄伯眉来眼去，在那里一闪一闪地打无线电报。碧瑜背面固然没生着眼睛，瞧不见她的神态；许倩霞又和瞎子一样；圆净老师太这时候早走入她的禅房，一手捻着佛珠，一手敲着算盘，三七二十一、四七二十八地在房里盘算她放出去的利债，还有替别的公馆里少奶奶、姨太太经手的账目，所以没有工夫陪碧瑜她们闲话。

若在别一个浮荡少年，既然撞着这多情旖旎的小尼，当然要学一学那窃玉偷香的公子，我这一部小说大可以装点装点，叙这么一篇尼庵艳史了。叵耐尹雄伯的为人再糊涂不过，他一生的爱情除得交给在碧瑜身上，至于以外的女郎，不但没有这思想，而且做梦也不曾做过这样好梦。任凭你月因在这里施展出浑身的本领，他好像不曾瞧见一般，依旧絮絮叨叨地和他的夫人说长道短，他的眼光始终不来光顾月因一下子，直把个月因气得半死，没精打采地退出室外，使劲向地上啐了一口。

再说雄伯听见玉痕救援许倩霞这番义举，心里很发出一种钦佩，随口便向碧瑜问道："你今天出门，可是来访葛小姐的不是？她怎么并不曾来？"

碧瑜笑道："我原是打算访她的，这里既不曾会着，你如若高兴，我们便一齐到她住的那个所在，和她去谈谈也不妨事。"

雄伯还未及答应，倩霞忽地笑说道："葛小姐已经不住在那里了，你们便跑了去也会不见。"

碧瑜惊问道："怎么？怎么？我刚有一个多月不曾出来，外间的事简直不大清楚。她好好地住在那里，有人替她供应房饭用度，为甚又搬了家呢？"

倩霞叹道："凡事仰仗人的鼻息，哪里能持久呢？我原想将这件事报告姊姊，不料你们尹先生来了，打了一个岔儿，便忘记提起你。你不是知道玉痕姊姊的景况？鲁大人虽说勉强看待她，都只因为她那爱女绮秋逼迫不过，到后来便一天一天地淡薄下来。玉痕和绮秋发生了什么冲突，及至转回汉口，绮秋对她便不似以前的亲密，处处憎嫌她过于拘谨，及不来女学生活泼的身份。这也罢了，偏生事有凑巧，这一天绮秋替她在学校里报了名，叫她进去求学，玉痕也有不是，她劈口便批驳那学校风纪不好，不肯前去。口气之间，大约不无又激烈了些，因此触了绮秋小姐的怒，登时拍桌掼台，说玉痕姊姊不识抬举。玉痕姊姊受了这番刺激，哪里能够再行容忍，随即将姓鲁的替她办的衣服、首饰一古拢儿交代明白，孑然一身，挈着她那姨娘和一个小兄弟，搬向别处居住。不过银钱上拮据一点儿，然而倒落得脱然无累，不受人家的欺压。绮秋原有些小孩子脾气，见这模样，她又懊悔起来，也曾央求玉痕姊姊复归于好。无如玉痕执意不肯，也只索罢了。她也常常提到姊姊，很有些放你不下，要想过江去访问，又丢不掉她兄弟和她姨娘。依我意思，不如打发人去将她请到这里来，你们可以叙叙心曲。"

碧瑜很诧异地说道："到底有钱人家的小姐，举动都出人意外，以爱始者以仇终，我替鲁绮秋很不值得。但是打发谁去请玉痕呢？"

倩霞笑道："等我去招呼佛婆跑一趟，她是认识玉痕姊姊住址的。"说完这句话，她便站起身来向外面走。

雄伯笑拦着说道："这个大可以不必吧，有我这陌生的人在这里，彼此见了面，怕不很方便。"

碧瑜笑道："你几曾见今日的女孩子怕起陌生的男子来了？还有我和倩霞在一处哩，很不用你这样蝎蝎螫螫。"

这时候，倩霞已跨出房外，走到前面殿上，低下头仔细一望，只早见那个佛婆坐在阶沿石上，手里拿着针线，缝补她自己的那件破棉袄。倩霞向她招招手，叫她去请玉痕。谁知那佛婆正眼也不瞧她，听见好像不曾听见一样。倩霞急道："难道你的耳朵聋了不成？"

那佛婆冷笑了笑，阴恻恻地说道："黄奶奶你歇着些吧，我也不曾吃着你的茶饭，像这样扬威耀武则甚？外边仆妇丫头多着呢，你要人使唤，就得拿银子出来。"

说到这里，又自言自语，低低嚼念道："这几个月来了，谁曾瞧见你赏过一块半块纸锞锭子。"

倩霞吃她奚落得差不多要哭起来，掉转身子便走，意思想进去告诉圆净师太，好来申斥那佛婆一顿。不妨在这个当儿，那佛婆忽地将手一拍，笑道："才说曹操，曹操就到。喏喏，那不是葛小姐进来了？阿弥陀佛，又省得我这两条狗腿，委实行动很有些吃力咧。"

玉痕右臂上刚套着一件小小包裹，走至佛婆身边，笑说道："好呀，你在这里又编派我什么，吃我听见了，你瞧可有得饶你？"

佛婆将棉袄放在篮子里，拍拍身上灰垢，站起来笑道："谁还敢编派小姐呢？适才黄奶奶叫我去请小姐，她的气性很大，等不及我答应，就赌气到里面去了。"

玉痕点头笑道："不怪她着急，连日北风很是厉害，没有一件两件棉衣服，如何搪得这寒气？你瞧我这包裹里是什么？特地为她送得来了。"

倩霞其时刚刚转入观音佛龛背后，隐约听见玉痕的声音，她又缩回身子，果然见是玉痕，她早满脸堆下笑来。玉痕伸手将她臂膀捏了一下子，忙道："哎呀！你怎生还穿着这布夹袄？冻出病来，不是耍子。我替你带了两件衣服，是我穿过的，你不嫌旧，权且挨过这一冬再说。"

倩霞谢了又谢，重行咕哝着说道："好姊姊，你在先给我的那几块洋钱，昨天已经用罄了，请你怎生再替我设个法才好？"

玉痕听她说到这里，忙伸手在怀里掏出十几枚小银角，低低向她说道："目下我也艰窘得很，这个你先拿去使用吧。但是我们的景况虽说不济，总还比甘碧瑜宽裕一点儿，她不是肯坐在屋里的人呀，如何这地方倒有许多时候不见她来走动呢？"

倩霞将小银角子接在手里，又取过那个包裹，向肢窝底下一夹，重行笑说道："你瞧我这人有多么糊涂，打发佛婆去请你，原是为的碧瑜要和你厮见，怎么谈谈话便将这事撇向脑后，一共不曾提起？"

玉痕听见碧瑜在这里，欢喜得了不得，也不暇再和倩霞谈论，三脚两步地跨入那座净室，笑道："碧瑜姊姊，你简直和我恼了，怎么眨眨眼倒有三十多天你不过江来逛逛？累我想念得好苦。"

她正说得高兴，蓦不防抬头一望，瞧见雄伯和碧瑜并肩坐在一处，不由吃了一吓，将脚步停住发怔。碧瑜连忙上前，携了玉痕的手，指着雄伯说道："这是我家铃官的父亲，你们通不曾会过，由我来介绍介绍，可好不好？"

雄伯趁势向玉痕鞠了一躬，玉痕也还礼不迭，微笑说道："久仰尹先生的道德学问，只恨无由晋接，难得在这里遇着，真是闻名不如见面了。"

雄伯见她谈吐不俗，心里也暗暗佩服，只是急切想不起什么话来回答，转期期艾艾地谦逊了几句，反将自己的脸蛋子涨得通红。

玉痕笑了一笑，转过头向碧瑜问道："姊姊近来益发消瘦了，这些时身体可还结实？"

碧瑜笑道："一月以来，几乎和姊姊不得相见，目下才算能够出门行动行动，只是走多路，终究有些气喘。"

当下便将分娩危险的事告诉了玉痕。玉痕这才恍然大悟，又搭讪向雄伯说道："我这姊姊病体还不曾复原，尹先生总得延请医士替她料理要紧，万一迁延下去……"说到这里，又咽住了。

雄伯不好说出和碧瑜赌气的话，只得拿别的言语来敷衍玉痕。两人又谈到教育上去，玉痕便问省里办的女学是哪几处办法完善。雄伯在教育事业上再熟悉不过，随即滔滔滚滚，说得十分详细。碧瑜见他们谈兴正豪，她却趁势走了出门，悄悄地来会圆净师太。只见圆净坐在她自己卧室里靠窗一张桌子旁边，耳边夹着一支毛笔，手里嘀嘀嗒嗒地在那里拨算盘珠儿，袖口上套着一串一百单八颗乌木佛珠，眼见着碧瑜进来，她的身子动也不动，微微嘴一噘，似乎叫碧瑜在侧首椅子上坐下。她嘴里仍旧叽里咕噜一千八百八、二千四百四地价念，然后将耳朵上的毛笔取下，正色向碧瑜说道："大奶奶，你总得和你雄伯先生说明了才好，光是这样累下去，如何说法？笑谈了，我没有个不相信你的地方。但是马姨太再精灵不过，深恐我们念佛的人将来受累。俗语说得好，老鼠拖秤锤，越拖越重。像这一百块钱，不知费了我的多少唇舌，不幸你又病了一个多月，以前的利息，一共还不曾缴得清楚。我适才拿算盘算一算，在这款里扣除了，只该找给你八十八块，你可愿意不愿意？你若不愿意呢，好在洋钱是纹风不动，我仍拿去还结马姨太也好。"

碧瑜这时候忙堆下满脸笑容，说不迭地愿意愿意。圆净点了点头，方才慢哼哼地开了橱柜，取了一叠钞票，夹七夹八，两下点明了数目，又将那支笔递给碧瑜，叫她亲自写了凭据画好花押。圆净拿在手里，又说道："趁尹先生在外边，我们也来请他添个花押吧。"

碧瑜使劲扯着圆净的大袖子央告道："这个可使不得，务请师太原谅则个。"

圆净诧异道："你这位大奶奶真怪，你全为的正用，又不是赌输了，一肩重担子不让你们先生分扛着，是何用意？即如那一次月因回来告诉我，说躲在你的楼上，几乎把她吓死了，险些吃你们先生瞧出破绽。我当时还劈头骂了她一顿，骂她太不济事，你便挺身出来，难道还怕尹先生将你当作奸夫不成？"

碧瑜急得通红了脸，叹了一口气说道："师太，你不知道，可怜我们先生终日辛辛苦苦地在外面办事，他又不大理会得家中琐务，我忍心拿这米盐酱醋饮食日用一点半点地向他纠缠？万一将他纠缠出岔枝儿来，老实说，像我们这份寒士人家，死十个甘碧瑜毫不打紧，死一个……"

她说到这里，止不住那泪点子和断了线珍珠一样，扑簌簌地直滚下来。圆净见她这可怜模样，不觉也替她有些伤感，随即笑说道："罢咧，你既这样说，我也不能苦你所难。你将钞票揣好了吧，若再耽搁久了，恐怕尹先生要起疑心。"

碧瑜十分感激，忙提起手帕将泪痕揩净，重行走入净室。雄伯见时候已是不早，望着碧瑜说道："我还有公事缠在身上呢，不能在这里久坐了，你也该打算过江，家里仆妇她们是靠不住的。"

碧瑜笑道："你几时回家去走走？铃官子很记挂你。"

雄伯道："总在早晚，我一定回来看望你们母子。"

说罢，便起身向玉痕告辞。玉痕向他也欠了欠柳脚。

雄伯走后，玉痕笑望着碧瑜说道："你们贤夫妇是一齐到这里来的？"

碧瑜笑道："他和我恼得好久了，舍间那座大门赌气不肯进去。偏生冤家路窄，今天在马路上忽然吃他撞见，一直跟踪到这庵里。足见我们女人家不能做亏心的事，凭你再秘密些，都得露出马脚。"

于是又将月因那一天躲在楼上，引起雄伯疑心的话告诉了玉痕。玉痕很替碧瑜叹息了一会儿。转是那个许倩霞笑得点头拨脑，指着碧瑜说道："这个也不怪你们尹先生疑惑，他哪里晓得这光光头是尼姑不是和尚呢？"

碧瑜也不去理会倩霞，搭讪着向玉痕问道："怎生这样巧，你也到这里走动？"

玉痕指着倩霞说道："我是为的我这姊姊，替她送了两件衣服过来，好让她度过这冬天再说。"

碧瑜听见这话，不由怔了一怔，携了玉痕的手说道："我们一路走吧。"

玉痕点点头，别过倩霞，彼此都走出庵外。那时天色渐暮，四面彤云密布，仿佛有雨雪的意思。围场外边一带树木，被北风吹得猎猎地响。碧瑜停住脚步，向玉痕低低地说道："你手头也很拮据，只顾关切着倩霞，这年残岁底，怕免不得要打饥荒，你也该筹筹款子才是道理。"

玉痕惨然说道："过到哪里再说到哪里，谁及得你这样苦心孤诣，东挪西凑，将来怎生结局？好在我们除得霆儿学费以外，也没有多大的费用。"

碧瑜忽地打开手帕，在里面拣出二十元钞票，递给玉痕说："姊姊权且拿去用吧，等到年底下，我若能够借到大宗款项，你再到我这里来，我替你设法。"

玉痕哪里肯拿手去接，说道："姊姊，你这才是从井救人呢，好容易你想来的法子，我怎生可以拿去使用？快别要如此，快别要如此。"

碧瑜见她这样严声厉色，不觉好笑起来，说道："这又算什么呢？你若过意不去，等你有了钱再拿来还我，由我还圆净师太，也是一样。如果你再拒绝，便是瞧我不起。"

玉痕不得已，在里面只取出十元一张的钞票，其余仍交还碧瑜。碧瑜觉得在这旷地上站得久了，一阵冷风钻入衣领，登时打了一个寒噤，浑身便有些发抖，忙将脖子缩了缩，说："我们快走吧，几时我再来看你。"

玉痕也道："横竖这庵里姊姊少不得要长长走动的，到时招呼我一声，我便出来和姊姊厮会。"

两人当时便分了手，玉痕打从原路走回。

这地方很是荒僻，比不得欵生路那一带热闹，刚刚绕转了一条马路，霆儿上学的那座学校看看离此不远，计算时刻，觉得霆儿也该下课了。正自沉吟，猛见那一片荒场上围拢着一大群小学生，跳跳跃跃，齐声在那里喊看决斗、看决斗，有的猴在枯树上，有的蹲在土堆上，十分快乐。玉痕瞧了暗暗好笑道："该中国要强了，这点点年纪的小孩子，居然有尚武的精神。"一时高兴，便也趑近那所在，只见那围场当中果然有两个小学生，脱掉长衣服，在那里你揪着我，我揪着你，拼命地厮打，所有他们的书包和衣服放在一处，都搁在枯草地上。玉痕不防这厮打的学生，内中正有一个是她的兄弟葛霆，那一个自己却不认识，不由勃然大怒，抢入里面，吆喝着说道："霆儿好呀！

223

下了课你不回家，转躲在这里和人家斗气，等我明天替你们去告诉老师。"

一面说，一面便拖着霆儿的臂膀，替他们分解下来。那些瞧热闹的学生听见告诉老师这句话，大家吃了一吓，登时跑得星散。便是那个和霆儿厮打的，也拣了自己的书包衣服，掉转脸还喃喃地骂了几句，然后也随着众人跑了。玉痕气得抖抖地先打了霆儿一下，指着他骂道："你是好好人家子弟，不用心读书，转一味地好勇斗狠，快跟随我到屋里去，看我有得饶你。"

霆儿平素本来惧怕玉痕，自知闯下了乱子，大气也不敢出，只得乖乖地将衣服穿好，挟了书包，踱头踱脑地跟着玉痕回家。陶氏见这情形，笑问道："你们姊弟俩在哪里碰见的？怎么这样齐巧？"

玉痕冷笑道："你问问他吧，胆子越闹越大了，派他躲在外边和同学们打架，你是没有个父亲的孩子，万一失了手，吃人家打出残伤暗疾来，怎生是好？"

玉痕提到父亲两字，止不住簌簌地落下泪。陶氏也夹头夹脸地骂霆儿胆大糊涂，顺手拿起一根裁尺，按倒霆儿，在凳上狠打了几下。

霆儿哭道："他不该骂我姊姊偷汉子，我平时都不理他，他益发骂得起劲，常常在课室里拿指头刮脸羞我。别的学生也有附和他的，唯有他最骂得厉害，我委实气他不过，才约在荒场上同他拼命。"

陶氏这才将他放下来，问道："这些小促狭崽子，哪里有这些舌头嚼？你敢是编谎？"

霆儿急道："我为甚编谎呢？他替我告诉同学，说我们先前那个过先生是他嫡亲舅舅，同姊姊很有些不尴不尬。他舅舅是害了相思病死的，你们如若不相信，汉口报纸上都刻着这话。"

玉痕听到这里，把两只衣袖已经哭湿了，站在旁边，也不好说什么。霆儿又接着说道："这小杂种只管会骂人，他也不想想自己。有和我好的同学也曾在背后告诉我，他的那姑母才醒醒呢，生成一副缺嘴，她不晓她丑鬼似的，还到处寻人去攀相好，新近不是和一个姓刘的打得火热？"

陶氏冷笑道："然则你想也骂他的了。"

霆儿哭道："他既然揭我们的短处，我也不是没长着舌头，为甚不揭他的短处？将来仇结深了，我都得同他拼个你死我活。"

陶氏掉转头，望着玉痕笑道："你瞧瞧，这班小畜生，年纪都没多大，怎么说出话来简直和成了人的一样。如今的世界可是人促天低了，我怕他们一定是反叛转世。"

玉痕此时呜咽得一句也不能回答，早转身进房，倒在床上尽哭。

陶氏不由也叹了一口气，自言自语说道："唉！办报罢咧，何苦白糟蹋人家的名誉？大小姐，你也不用这样气恼，推原祸始，这也是你叔叔作成你的。你叔叔若有拼着多出几两银子，人家又何至干这没天理的事？"

玉痕拭了泪眼，良久才开口说道："姨娘，你埋怨则甚呢？我只怨我的命，你转该叮嘱霆儿，叫他不用轻口薄舌地挑剔那孩子的姑母。虽说这些没廉耻的勾当在今日没关紧要，然而你们是捧书本子的学生，轻薄狠了，也有损自己的道德。"

霆儿在房外说道："姊姊既这样说，我都依着就是。"

玉痕这一晚没精打采的，便不曾出来吃饭。陶氏因此又触起了她的牢骚，唠唠叨叨地跑向玉痕房里，冷笑说道："大小姐，你这又何苦呢？气死了还有谁来可怜你？我早就劝过你的呀，在世上混混罢了，管他什么廉耻不廉耻。说句蠢话，女人家除得偷人养汉，其余便通融些，正不妨事。鲁大人那样看待你，他的小姐便有一言半语，你总得容纳她些好了，为什么好端端地赌气出来自立门户？眼见得离年底不远了，一件都没有钱来预备。叫你到二老爷那边去告贷几文，你又不肯。在你以为像这样才有骨气，要晓得一个人有了骨气，那便是讨饭的本根。"

玉痕因为她这一番絮聒，才想起甘碧瑜给自己的那十块洋钱，当下便从怀里掏出钞票，递给陶姨说道："姨娘姑且拿去使用着，你的主意丝毫与我不同，我也不再与你分辩，免得大家伤了和气。等过年的当儿，凡事总有我呢，绝不累姨娘受罪，而且霆儿的学费虽不算多，也须得预先打算打算。"

其时陶姨因为有了十块洋钱到手，想要和她说几句，却也不便再说了，携着霆儿到他们自己房里去睡觉。唯有玉痕思前想后，觉得做了一个女子，丝毫职业没有，也不是个办法。今年也不消说了，明春总得和那尹先生去商议商议，请他替我觅一处好好女子学校，图个下半世的自立。主意已定，也就沉沉睡去。

天寒日短，那日子格外过得飞快，有时到莲慧庵里去打听碧瑜的消息，遇着那个师太圆净，这一天忽然告诉她说："尹少奶奶的病，眼见是不能好了。她不着急，我实在替她着急呢。葛小姐这是你晓得的，光是我代她经手款项，已经离二千块洋钱不远，万一她倒下头来，这事怕就很有些棘手。哼哼！好在我们是佛门子弟，她能够少别人的钱，却一个铜钞也不能少我。"

圆净只顾唠唠叨叨说个不住，玉痕心里早吃了一吓，也不暇听她这些啰

225

唆的话，匆匆回去收拾收拾，径自过江来瞧望碧瑜的病势。

碧瑜这时候早就不能下床，房里热烘烘烧着炭火，她兀是拥被倚在枕上，一见了玉痕，欢喜得什么似的，笑道："好姊姊，你竟多情得很，巴巴地跑来看望我，随便在榻边坐坐吧。我这几天委顿非常，可是不能和你讲礼了。"

玉痕一面拿话安慰她，一面瞧她的神气，只见她瘦骨一把，比较那一次在庵里会见，形状大不相同，不由滴下眼泪来，低低问道："姊姊，你觉得心里怎么样？凡事总得打开些怀抱，这病才有恢复的希望。"

碧瑜轻轻握着玉痕手腕，惨笑道："姊姊休代我过虑，别人觉得这死是个畏途，至于妹子却不怕死，死了倒落得无挂无碍，一身干净。不过爱根未断，除得我家铃官而外，其余系念的便是我家雄伯。雄伯志大而心欠细，在社会上办事倒还不错，要叫他整顿这份家庭，怕就没有美满的结果。历年以来，我已是心力交瘁，却不料依旧将这重担子交给他去负荷，这是我死后的抱憾。然而也说不得了。我只盼望他将来再娶一房妻子，和我一样，能够叫他不在钱财上操心。"碧瑜说到这里，止不住一阵一阵喘嗽起来。

玉痕听了，好生难受，只得搭讪问道："姊姊病成这个模样，如何不见尹先生在屋里？他倒可以放心得下吗？"

碧瑜叹道："这也是一种冤枉，因为月因有一天跑来讨索利息，正坐在我这楼上。他偏生一头直撞进来，我是瞒着他的，如何能够给他瞧见月因的身影，一时情急，将月因藏在床后。他虽不曾说破，由此便生了一片疑心，自是以后，虽然勉强回来走走，对着我总是没精打采。唉！我和雄伯结婚也将近六七个年头了，我的为人，他一共还不曾谅解，你叫我瞧起来，怎不灰心短气？"说着，也就呜咽哭了。

玉痕既见她这可怜模样，又触动自家的身世，登时一阵心酸，两个人脸对脸地哭得无休无歇。仆妇拧上手巾给她们擦脸，擦过了，那仆妇依旧站着不动。碧瑜向她将手一挥，她才退出房外。碧瑜这时使劲在手指上褪下一枚镶嵌玫瑰紫宝石的戒指，递在玉痕手里，哽咽说道："难得姊姊肯过来瞧瞧，我此会之后，怕再没有见面的日子了。这戒指放在你的身边，留着做一个纪念。如果你年底不敷使用，还可将它拿去质押，随后有钱再赎出来也是一样。"

玉痕哪里肯受，忙道："姊姊，你的境况不见得比我充足，还是你留下使用吧。我们相好，也不在乎这些形迹。"

碧瑜急道："你只是不把我当作朋友看待了，我穷虽穷，衣服、首饰却还纹风不动。俗语说得好，虱多不痒，债多不愁。这戒指能值几何？我便留下来，也不够西风一浪。时候已经不早了，你快过江去吧。可惜我病得厉害，不然像姊姊到舍间来，也该留你吃个便饭才是道理。我知道你是不怪我的，回去之后，便好听我的死信。人生在世，总不免这撒手一掉，你听了千万不要伤心。"说毕，故意一笑。其实她这笑比哭还叫人难受。

玉痕套好了戒指，又安慰了她好多言语，然后才渡江转回汉口。一路上越想越惨，觉得做了一个女人，毫无趣味，比如碧瑜嫁给了尹雄伯，这段姻缘也算得是美满的了，然而她还有这般难言之隐。像我玉痕的前途幸福，也就可想而知了。回家将这事告诉了陶姨，陶姨也替她扼腕，喃喃讷讷地说道："唉！像我们这寡妇，死了倒不甚可惜。为甚有钱有势的少奶奶白白地不让她活在世上？有钱的人，可惜不能拿钱买命，否则我倒愿意去为她替死。"

玉痕也忍笑说道："幸是这样，万一有拿钱买命的希望，目下那些军阀大佬还要拼命价去搜刮民脂民膏呢。"

有话即长，无话即短，眨眨眼已过了腊月中旬。他们家里虽然没有什么债务，至于年间的一切用度，都得累玉痕自己筹划。陶姨又不时地来和她薅恼，玉痕哪里舍得去质押这枚戒指，只得从箱子里拣出几件整齐衣服，交给陶姨，听凭她或当或卖。陶姨接入手里，正待出门，忽然转身送入一张纸条儿进来。玉痕一看，正是那个甘碧瑜的报丧讣闻，轻轻将脚一跺，那眼泪便如雨而下。陶姨问她的缘故，玉痕哭着说道："可怜！可怜！甘女士竟自死了。"

陶姨冷笑道："这才不巧呢，你得着这信，少不得要过去走一趟，衣服权且留下这里给你穿吧，好在离年底还远，也不必忙在一时。"

玉痕见她这话也很有理，随即点点头，取了一件半新不旧的皮袄子套上，大踏步就走。陶姨在后面叮嘱说道："天寒水冷，你这身体不大结实，也不必在人家过于伤心。你便哭死了，还能够叫她活转来不成？"

玉痕也不暇回答，一路走一路呜咽。搭了小轮船过江，慌慌张张赶至尹宅门首，觉得门庭如故，人物已非，她含着满眶清泪，三脚两步抢入内室。只见碧瑜的尸体已安放在楼下，纸灰烛泪，绣袄锦裙，躺着一个不言不语的少妇。玉痕想起平素彼此的交谊，以及临危的那番言语，登时放声恸哭，哭得力竭声嘶，然后由保姆她们劝住，只才留神向四下里望了望。第一个便瞧见那个圆净老师太坐在右首房间里向她点头，另外还有一个妇人，带着十岁左右的小男孩子，猴在堂屋里，身边安放着饭桶什物。另外还有些污秽狼藉

227

的器具，堆得乱七八糟，像在那里住了好几天不曾回去的光景。玉痕认得她不是别人，正是专放利债那个过老师的阿妈，自家心里明白，便回头向那保姆问道："你们少奶奶是几时咽气的？怎么不见尹先生的影子，难道他还赌气不曾回来？"

那个保姆满眼抹泪地说道："回来是回来了，只是气得跳上跳下，想他一点儿眼泪也没有，闹了好一会儿，吃几个朋友将他约出去，大约是瞧看棺木去了。可怜我们少奶奶，心血直烧了一夜，挨至天亮，方才没有气息。昨晚就吩咐我们，等她死下来，才写信给你小姐。又说她的委屈，只有你小姐全行明白。"

玉痕听见这话，又忍不住哭了。铃官还小，跳跳钻钻挨近他母亲身旁，伸着小手索他母亲抱他，见他母亲不理，他便不住一声一声妈地叫喊。玉痕此时心里和刀割一般，正待上前来抚摩铃官，却好圆净也走出房，望着玉痕冷笑道："世界上竟有这种蛮汉子，堂客欠了债，他意思就想图赖。这不是一百二百的交涉，衙门也不曾关门，迟早总得扯那汉子向公堂上去走一遭呢。"

玉痕听见也没法，只得随口答应着，重行掉脸向那妇人问道："过太师母是几时到这边来的？倒起身得早。"

那妇人眼巴巴地想和玉痕讲话，只恨一时插不下嘴，见玉痕向她询问，她兀自将双手一拍，嚷道："我早就知道这不妙呀，男人躲了不见面，女的又病得半死不活。天老爷在上，我们这些念佛的人，钱就是命，命就是钱，像他们这份人家，想图赖还早呢。不瞒小姐说，我这老寡妇在十天头上便搬得来住了，两家并成一家，料想他们躲得和尚也躲不掉寺。世上欠债的，如若都像你葛小姐那样爽快，不但本钱没少分文，而且还在利息上贴补贴补我们这穷鬼。阿弥陀佛，我只保佑你小姐将来嫁一个状元大老爷，多福多寿，多子多孙。"

玉痕见她说出话来简直毫没知识，丝毫并没生气，只低下头去沉吟无语，暗暗替死者着急。怎么一会儿后边又蹿出两个妇人来，都围了玉痕，七言八语地告诉他们都是债主，所幸数目还不过巨。后来又听见圆净说，除得她们这几个人以外，还有几家钱铺，亏累的也着实不少，大约替碧瑜通盘筹算，若将各债全行还净，至少须得有三四千现银子，方才可以弥补。又说："碧瑜当初起造这洋房的时候，并没有现款，全向各处挪借得来，以至日积月累，那负担就愈过愈重。"

玉痕不由望着死尸，叹了几口气，自言自语道："碧瑜姊姊，你全被虚荣

228

心误死你了，你这样的办法，以为怜爱你家雄伯，却不道今日转比例他这等罪受。"

玉痕想了想，于是先安慰了众人几句话，意思想请他们先行回去，好让这里将丧事忙得完毕，然后再来设法。众人哪里肯承认，一齐分辩着说道："小姐说得倒还轻松平常呢，在这时候，我们一走，随后他家尹先生格外好和我们图赖了。老实说，我们的款子一天没有着落，他姓尹的一天也不好收尸。"

玉痕觉得他们的话也还有理，不便再行劝解，只得坐在旁边发怔。没多一会儿，已见尹雄伯仓皇失措地撞得进来，他一眼瞧见玉痕，止不住流下眼泪说道："葛女士，你也得到这消息了，如今死者已矣，生者又如何得了？不说别的，便是将我这薄薄财产全行抄没，也不够清理宿债。何况我们这伶仃父子，别无长物，将来怎生度活？眼见得都是一死罢了。我不料她这样聪明人，竟做出这样糊涂的事。"说毕，这才放声大哭。

可怜把那个小铃官都吓得呆了，也就哇的一声哭起来。玉痕又不便拿话来安慰雄伯，只顺手抱过铃官，搂入自家怀里，好容易哄他住了哭。正待向雄伯询问怎生料理殡殓，不防那一班妇人早拍桌搉台，大闹起来，硬要逼着雄伯还钱。圆净师太站在旁边，虽然不曾嚷吵，然而她却放下那一副姜黄面皮，嘴里只不住价念阿弥陀佛。雄伯毕竟是个斯斯文文的书生，哪里经过这样风浪，早吓得茫无所措，转跑过去抱着碧瑜的尸身，大哭说道："碧瑜，你是撒手去了，凭空掼下这重担子给我负荷。平时有你对付这一班人，丝毫不给我知道，如今瞧见得家破人亡，不晓得你在九泉底下，可能够放心我和阿铃？"越哭越是沉痛，几乎晕厥了过去。

玉痕瞧见这样惨状，心痛如割，正不知道她筹划什么，一会儿低下头，一会儿又叹了叹气，忽地挺身站到碧瑜灵床面前，指挥保姆仆妇她们劝慰雄伯且住了哭，商量大事要紧。

雄伯哽咽说道："我还有什么商议呢？便是变产还债，一时也措手不及，况且离她们这数目相差还远。"

玉痕此时也不暇和雄伯分辩，转挺转身子，侃然向众人说道："诸位嚷闹的目的，不过怕我们这姊姊死后，所有欠款便没有着落，可是不是？我却有个计较在此，请诸位暂且息一息怒气，先让尹先生将我姊姊草草殡殓。至于欠款，无论多少，凭我葛玉痕在这里做个凭证，便着尹先生重行补个笔据，全行承认下来。今年年底已无多日，准在明春二三月里，按着笔据，叫尹先

229

生拿出款子来如数归还。"

众人听见这话，还未及回答，雄伯早跳起来，含悲带泪地说道："葛女士，我尹雄伯哪里有这把握？承你的情，慨然允许他们，万一眨眨眼到了明年，叫我拿什么款子出来践约？"

众人一齐冷笑说道："你们听听他这口气，简直不想还款罢了。葛小姐虽有这主张，究竟是空口说的白话，我们承认不承认还在未定，他居然放起刁来，似乎便算到了明年也没指望。这还了得！老实说，他既这样不讲情理，那就不怪我们了。我们先进去抄掳什物，然后再拆卸他这房屋。"

众人说完这话，气势汹汹，便像真人动手模样。那妇人带来的这一个孩子尤其顽皮，早猴向桌子上，举起一根门闩来，打那堂屋中间挂的一盏煤灯。

玉痕见这势头不好，心里急得什么似的，跺脚望着雄伯说道："尹先生，请你允许了我的话吧，明春这笔款项绝不要你拿出一文半钞，全行包在我的身上。我若没有这把握，也绝不敢挺身出来担任这事，无怪师太她们笑我空口说白话了哇！"

众人见玉痕发出这样议论，不由面面相觑，大家都有些似信不信。唯有圆净素来知道玉痕的为人，与外间那些妄自夸大的女子不同，疑惑玉痕或者仰仗她的叔父葛镜清，论葛老爷的家私，凭这三四千银子，实在不费吹灰之力，遂得将计就计，借此下台，后来也不怕这葛小姐逃遁。

其时便由圆净将众人引入房间里叽叽咕咕说了一遍，然后又出来向玉痕问道："葛小姐既出来替我们做这调停，但是这笔据上，小姐可能够加上一个花押？"

玉痕毅然说道："岂但花押，这笔据便由我葛玉痕一人出名都可使得。不瞒诸位说，我和死的这尹夫人，彼此有特别的情谊，替她偿还这区区三四千金，出于我的自愿，并非别人强迫。"

众人暴雷也似的喝了一声彩，都觉得十分满意。转把保姆和仆妇这干人听得呆了，似乎猜这葛小姐有些疯病，事不关己，凭空将这重大债务揽向自己身上，便算屋里银子堆成山，谁也不肯干这糊涂的勾当。

再说雄伯听见玉痕说出这话，还猜她是用的缓兵之计，及至后来越说越认真起来，他的性情又素来方正，真是一介不与一介不取的汉子，因为自己的事累及这么一个孱弱的女郎，死也不肯答应。随即放下脸色，冲着玉痕说道："葛女士，你为甚这样冒失？莫说你的境遇愚夫妇彻底明白，便是囊橐充裕，我尹雄伯也不能觍然容你替愚夫妇还债。请你赶快收回成命，该杀该剐，

230

当然由我去承受，你千万不要介入这范围里受累！"

过师太先自开口嚷道："你们瞧瞧，这书呆子，真弄得呆到脑子里去了。别人替他出这样的力，无论谁听了，总得感激，偏生他还数数落落批驳人家的不是。我不笑死了，总得气死哩，南无阿弥陀佛。"

圆净师太也笑起来，摇头晃脑说道："真正岂有此理，怪道佛菩萨说得好，众生好度人难度，宁度众生不度人呢。怕这尹先生连那披毛带角的众生都不如。"众人你一句我一句，正骂得高兴。

玉痕不暇去理会，也就正色向雄伯说道："我是行乎心之所安，碧瑜姐姐在日，看待我是个什么样儿？仁者不以盛衰易节，我只要对得住死去的碧瑜。至于你感激我不感激我，那也不成问题。若说我的境况不好，拿不出这三四千银子，随后自有圆净师太她们和我理论，与你尹先生毫没相干。"

雄伯此时实在弄得没有法想，又禁不起众人七手八脚硬逼着他另补了笔据，加上玉痕名字，画了花押，这才一哄而散，腾出地方来从从容容殡殓碧瑜。丧中一切，布置算是粗粗就绪。

但是时光飞快，转眼便腊尽春回，那三四千银子不独尹雄伯替她悬心，便是读者诸君也恐怕着实捏着一把汗呢。自从甘碧瑜死后，玉痕隔不了三日五日，都得过江一次，帮助雄伯料理他丧中各事，凡有雄伯不大理会得的，都打发保姆她们来问玉痕。玉痕却也毫不客气，雄伯交给她的用项，她便独断独行，办理得井井有条，剩下来的闲工夫便去抚抱铃官，所以铃官虽没了他的母亲，至于他一身的饥饱寒暖，经玉痕照料得无微不至。保姆碍着这小姐的监察，丝毫哪里敢怠慢铃官。

铃官到底是个小孩子，他见玉痕身段容貌差不多和他那个母亲仿佛，也就渐渐把爱恋母亲的小心坎儿移爱到玉痕身上，隔个几天不见玉痕过来，他兀自哭着闹着索这不曾嫁过人的阿妈。因为他这张小嘴儿别的称呼有些不惯拗转，见了玉痕，他只阿妈阿妈地胡乱叫喊。玉痕常常拦他，逼他改口，他一会儿记着，一会儿又忘掉了，引得保姆和仆妇她们只是咪咪地笑。玉痕没法，只得有意无意地顺口也答应他一声。有时和雄伯会在一处，除得谈谈日常家用，闲暇时候彼此在学问上也着实研究研究，不过玉痕却从不曾在这屋里住过一夜。这一边要护持铃官，那一边又要照料霆儿，她这身子也就算得很忙的了。雄伯在背地里察勘她待铃官的神情，以及和自己的这样亲密，虽然碧瑜死了还不曾过久，然而一个男子没有家室，毕竟觉得毫无投奔，因此暗中也就生出一种幻想，而且拿得十分把稳。但是论自己的年纪已逾三址，脑筋里未免带点儿顽固气习，道不得个还来效法那一班青年轻怜蜜爱地开口去向玉痕乞婚。有时候把握不定，只得老着脸，吩咐保姆探一探那玉痕口气，若是得了她的允许，随后再请出人来替自己作伐。保姆听见这话，明知这位葛小姐一定是千肯万肯，落得在里面凑个趣儿，也好借此博主人的欢心。

这一天，玉痕却好备了祭礼来吊奠碧瑜，行礼之后，又痛哭了一场。其时雄伯在学校里还不曾回来，铃官抢至玉痕身边，伸开两臂，又阿妈阿妈地嚷着要玉痕抱。玉痕一面拿手帕拭泪，一面便将铃官搂坐在膝上，轻轻亲他的小额。保姆站在一旁，以为得了这机会，可以大开谈判了，便笑着说道："我们这小官官，合该和小姐有缘。小姐你替他想想，将来少爷免不掉是要娶人的，万一娶个不关痛痒的阿妈进门，小官官委实就可怜了。少爷这当儿原也怜爱小官官呢，只怕将来新少奶奶再养下一男二女，有晚娘就有晚老子，那时一定将小官官摒在脑勺背后，死鬼少奶奶在阴司里如何舍得下？"

玉痕一时并不曾猜出保姆的用意，随即接着说道："我瞧你们少爷的为人也还忠厚，便是续了弦，也不至累你替小官官担心。况且我也受过少奶奶的恩惠，凡事有你照应着，第一个我就放心。"

保姆笑道："话虽如此，我们究竟是个当奴仆的，早晨在这屋里吃饭，晚间保不定不在这屋里睡觉。我是个实心眼，替小官官打算，总以为少爷若是娶人，万一能够像葛小姐这样体贴阿铃，那是再好没有。但不晓得我们这小官官可有这造化没有这造化罢了。"

这一番话，把玉痕说得恍然大悟，但她却一丝并不嗔怒，转呜咽着说道："你这议论，可算是忠于你的主人了。少奶奶如若一灵不泯，她听了一定感激你。只是我有我的苦衷，万不能顺从你们这样打算。好在我一天不死，一天都看护着铃官，绝不至叫他受后母的凌折，我才对得住他已死的阿妈，也不必一定嫁给他父亲，才算不能置身事外。"

保姆见她侃侃而谈，并没有羞愧的意思，便趁势再问一句道："奇呀，小姐将来终究要嫁人的，并不是我们当奴才的敢说一句放肆的话，觉得我们少爷平时和小姐也还合得来，少爷不见得没有一片私心在小姐身上，只要小姐吐出一个肯字，这段婚姻便十有九成。一者可以安慰我们少爷的心，二者小官官得小姐做他的母亲，是何等的福分。这是两全其美的事，小姐又何乐而不为呢？"

玉痕其时已哭得泪人儿一般，只是不住地摇头，表示她拒绝的意思。保姆好生着急，便又激着她说道："哦，我也猜到小姐不愿意嫁我们少爷的用意了，好讲嫁人这一层，第一要人家财产富厚，我们少爷负债累累，这是小姐全行知道的，谁肯向火坑里跳呢？既这样说，我们如何敢委屈小姐，便搁着不谈吧，总怪我们愚蠢的人不大通达世故人情。"

保姆说到这里，轻轻偷眼去瞧玉痕，又将铃官从她膝上抱过来，摸着他小膀子说道："小官官，你放懂得眼色些，下次不可乱叫人家阿妈了。将来你这阿妈，不晓得是你的福星呢，不晓得是你的冤孽。你如果是有造化的，倒不至将你那亲亲热热的阿妈跑向阴司里去了。"说时，止不住地唉声叹气。

玉痕见她说出来的话虽说是热肠，然而毕竟有些冤枉自己，又不便和她去分辩，重行哭得抽抽噎噎，一口气几乎堵塞喉咙，晕厥了过去。那个仆妇便赶上前，扶着她敲打，又埋怨保姆："不该没轻没重地说话，以至触恼了葛小姐。其实少爷娶她不娶她，与我们又有什么相干，要你在里面费这些唇舌？"

保姆听了，也着实有些懊悔，遂也不再开口。过了好一会儿，玉痕一面抚摩着那铃官的小脖子，一面叹气向保姆说道："你全是替小官官打算，像这样的热心，我未尝不感激你。至于我们既做了一个女孩儿，叶落归根，将来总免不掉要嫁给人的。况我的境遇孤苦伶仃，自幼就没了爹妈，虽说面前有个兄弟，年纪还小。叔叔那边呢，简直将我们当作眼钉肉刺，可算是不相闻问。你想想，我要提挈我这兄弟成立，可是很不容易。论你们少爷的为人，在近日社会上，也称得起是庸中佼佼的了。便依你的话，将我这身子交付给他，亦不为唐突了。我不过有我的心事，不但你不知道，而且你们少爷也未必知道。你说我嫌他负债太多，其实我何尝嫌他负债，实在便因为负债这件事，以致……"玉痕刚说到这里，早又一阵心酸，那声气便突然咽住了。

说也奇怪，那铃官正拿眼睛瞅着玉痕，一经见玉痕哭了，他便也哭起来，没命地扑向玉痕怀里，挓开一双小手，强着玉痕抱他，又不住地用身子在她怀里揉搓。玉痕见他这亲热分儿，又喜又痛，真个叫自己说不出来的酸甜苦辣。保姆这时候虽然猜不出玉痕有什么委屈，然而见她说的话十分恳切，也就不忍和她再提及婚姻的事。后来因为时候不早，好容易将铃官哄过一边，玉痕才悄悄地偷出门外，径自回家去了。

当晚，雄伯从学校回来，勉强和铃官调笑。那个保姆便趁势将今日玉痕所说的一番话有意无意地告诉了雄伯。雄伯长长地叹了一口气，慨然说道："你们少奶奶死得未久，我再狠心些，哪里便肯急着议论续娶，我也因为葛小姐和你们少奶奶是至好，看待阿铃又非常体贴，能够得她允许，不但我们这份人家有她支持，我这重担子卸了一半。而且你们少奶奶在阴司里晓得这事，包管她也一定赞成。葛小姐既然拒绝你的主张，我们何敢相强，权且搁着不必再谈吧。咳！除了葛小姐，我尹雄伯还想再娶人吗？只好影只形单了。这一世侥幸能够将铃官领带成立，我便入山修道去了。"

雄伯说这话的当儿，掉头望了望碧瑜的那幅照片，止不住眼泪簌簌而下。那幅照片是碧瑜最近的摄影，镶在镜框里面，生前曾向雄伯嘱托，说要永远珍藏那幅照片。今日里雄伯睹景思情，哪得不感怆欲绝。

当这新年里，玉痕因为摒挡自己屋里的家务，轻易也没有闲工夫向雄伯这边走动，便是偶然碰在一处，各人心里都存了一种意见，不免有些避嫌，转及不来以前的有谈有笑。及至到二月时候，雄伯替碧瑜买了一块葬地，接二连三地忙着开吊出殡。刚刚这些事忙得完毕，那一班债务又渐渐发动了。这一天特地将玉痕请到自己屋里和她斟酌，要先卖脱这一处房子，然后再将所有的衣服什物一齐拿出来抵押。

玉痕笑道："这么一办，你和阿铃向哪里去过活呢？"

雄伯叹道："实逼此处，除得这条路也无别法可想。阿铃不幸，给我这没用的父亲做了儿子，也是他命中注定。"

玉痕又道："你且不要着忙，我在去年曾经当着众人说过的话，断没有食言而肥的道理。这几千银子，请你不必过问，一古拢儿由我拿出款子来，打发她们走路。"

雄伯失惊说道："小姐说的是哪里话？仓促之顷，承你挺身出来，原是骗她们的罢咧。杀人偿命，欠债还钱，我们的事怎么累小姐出来替我设法？"

玉痕微微笑了一笑，说道："尹先生，你这见解又未免婆婆妈妈的了。朋友本有通财之谊，况且银钱又是身外之物，算不得什么重要。我这举动，原是酬报那已经死去的甘碧瑜，与你尹先生毫没相干。我自去干我的，成固不要你感谢，不成我也不替你任咎。凭着阿铃前途的福命，勉力向前做去罢咧。"

雄伯见她说得这样斩钉截铁，又是感激，又是狐疑，便追问了一句道："小姐义薄云天，愚夫妇自然是感入骨髓。但是小姐家道本非富厚，凭何得此巨款？难不成你还为我们的事，仰着脸向令叔那里去筹划吗？"

玉痕冷笑说道："家叔为人，你久已知道，这事如何能够向他开口？"

雄伯又问道："然则小姐打定什么主意呢？"

玉痕吃他问到这里，粉脸上不由红了一红，良久说道："这话却不便和你说明，好在你随后自会知道，此时要恕我守着秘密的了。你放心，凭我这无拳无勇的一个弱女，难道还跑去打劫人家不成？"

说时，嫣然一笑，不过那笑容里面很露出一种惨淡之气。当下也不再和雄伯周旋，立刻过江，先顺道拢了莲慧寺，安慰了圆净师太，叫她不必到尹公馆里去催索，事总由自己承认。圆净自然唯唯答应。

当天晚上，玉痕坐在自己房间里，想一会儿又哭一会儿，不住地在房里团团地乱转，好像要疯狂了一般。陶姨看在眼里，非常惊讶，又不敢进去询问，只在背地里暗暗着急。及至到了夜晚，叫玉痕出来吃饭，她也似不曾听见。一直挨到二更时分，只见玉痕对着那面镜子叹了一口气，忽然在书案上取出一叠信笺、一封信套，拿着笔不知写了是些什么，然后用糨糊将信封固。第二天清早，便命陶姨拿去放入邮柜。

这一天，玉痕便着实有些没精打采，陶姨又不敢和她多话。及至等到傍晚时分，忽听玉痕在房里自言自语说道："怎么到此刻还没见来？"

陶姨便笑问道："大小姐，你的那封信是约谁的？如若怕信失落，你告诉我，我不妨替你去请这个人去也是一样。"

玉痕冷笑道："他们那公馆里，你出乖露丑去干什么呢？"

陶姨瞪着眼睛说道："这是什么话？一笔写不出两个葛字，我们再穷些，他们不能说我不是你父亲的姨娘。"

玉痕知她错会了自己的意思，不觉扑哧一笑，说道："葫芦休扯入瓜田里，我那封信是寄给鲁小姐的，与姓葛的没有相干。"

陶姨也笑起来说道："哦，这就是了，只是一层可虑。鲁小姐近来和你很闹意见，你约她，她来不来，恐怕没有把握。你这人也怪，平时既然远着人家，这会子又巴巴地写信请她到我们这穷屋子里，她肯来还好，不来也折了你大小姐的身份。"

玉痕摇头说道："绮秋为人是我知道的，她还不至于这样势利。姨娘你懂得什么？事急求人，也讲不起身份不身份的话。"

陶姨听了很是诧异，又笑道："年关已经过去了，你还有什么求人的地方？"

玉痕只是微笑了笑，也不再向她絮聒。

偏生这一天绮秋竟不曾到，一直等到第二天午后，才见那个鲁绮秋嘻天哈地地跑得进门，一路走一路笑道："我猜定姊姊又该骂我不识抬举。好说姊姊赏脸给我，我不该挨到这早晚才到。"

玉痕也忙着笑迎出房，说道："你又来客气了，我知道你事体很忙，哪里为这一点半点小事，火刺刺地跑来厮见哩？"

绮秋笑得咯咯地说道："姊姊你这话不是挖苦我，真算得是冤枉。偏生昨天有一处开会，你哥哥象文死拉活扯地叫我陪他去到会场上旁听。及至回家，丫头们才将姊姊那封信送上来，我恨不得就要连夜跑得来和姊姊叙谈叙谈。你知道我们也有许久不见了，我心里很惦记着你，我若讲谎，叫我将来将这张嘴烂成一道沟子，报应给姊姊看。"说罢，又拊掌大笑。

陶姨也陪她们笑了一阵，又亲自端茶送上，绮秋忙欠起身子接到手里。玉痕便搭讪着问道："谁又忙开会了？这开的会又是什么名目？"

绮秋笑道："开会的宗旨倒也没大研究，左右是传布他们平均主义。但是这位演说的女士，叫人瞧着将肚肠子都笑断了。老实说，我们这张嘴算得是完完全全的了，然而有时演说起来，往往还闹出笑话。不料那位女士从鼻孔底下便一直瞧见她的喉咙，似乎很透气的了，偏生闹向演说台上大出其丑，这是何苦来呢？"

玉痕指着她笑道："你还是这样刻薄，怪道适才和我发誓，忽然想到缺嘴上面，原来你是触景生情，形容那位缺嘴女士的，你可知道她是谁？"

绮秋摇头说道："我听见人喊她作奚女士，据象文告诉我，说她未婚夫婿姓刘，和象文是紧间壁的芳邻。"

玉痕冷笑道："提到姓刘的，这就不错了，他们当然要主张财产平均呀。"

绮秋笑道："姊姊这话怎讲？"

玉痕又道："这个你有什么不明白呢？我知道这姓刘的是个极穷的光蛋，比如你和我两人在这里，只有我玉痕想分你的产，断没有你鲁绮秋想来分我的产。"

绮秋大笑就道："姊姊你好，你这话难道不算刻薄别人家的？闲是闲非，我们且不去管它，我却要问姊姊为甚想起写信来喊我。"

玉痕刚待开口，不由粉脸上薄薄起了一层红晕，连忙将心神按定，款款地说道："我自从由你们那边移居出来，许久不曾替你们尊大人请安，不知道他老人家身体还好？"

绮秋一时摸不着头脑，总以为她这话也是一种寒暄套语，便笑答道："爹近来再适意不过了，今年元旦日子，大总统又赏给一道勋章，京里又有朋友写信给他，说爹不久还有国务员的指望。姐姐你道好笑吗？外间那一班泐上水的官僚，得了这消息，齐打伙地赶来替爹道喜。幸亏我们公馆那边门槛是有铁巴子护着的，不然早就要吃他踏平了。爹也就兴高采烈，几乎没有一天不摆酒请客，闹得乌烟瘴气，把人脑子都涨得生疼。我是不大高兴瞧这一班人的龌龊神气，除得在学校里混了一天半日，其余多半和象文、阿锦他们在一处玩耍。姊姊，你忽然提到阿爹，有什么意思？"

玉痕嫣然一笑说道："有什么意思呢？那一天的婚事，平白和你爹闹得决裂，我至今想起来很是懊悔。所以特地请姊姊来商议商议，如果你爹肯重践前约，横竖我也是要嫁人的，不如还是嫁给你爹的好。请你回公馆去探一探他口气，随后再来给我一信。"

这一番雷轰电掣的话，把个绮秋几乎吓煞了，先前还疑惑玉痕是闹玩笑，后来见她说得正颜厉色，转不便拿话去辩驳，忙笑问道："奇呀！姊姊难道打听出我们那位得宠的姨太太在正月里染喉疫死了不成，所以你想来填这个缺？"

玉痕摇头说道："这个我却不大明白，我不过行乎心之所安，别人是做不得主的。"

她说到这里，便流过眼波向陶姨望了一望，只见陶姨站在房外，尽对着绮秋挤眉弄眼，似乎说出玉痕绝不会有这等举动。绮秋是一面不肯相信，一面又很不以为然，当下便追问了一句说道："姊姊身体是自由的，我们原不合适来干涉。但是论姊姊的为人，似乎与这嫁人做妾的宗旨不同。况且既有今日，何必当初？前次力争上游，我替姊姊那样出力；此次出尔反尔，我又替姊姊这样出力。在姊姊或者是游戏三昧，行乎所不得不行，然而在妹子这一边，似乎不好意思再向老父去启齿。"

玉痕点头笑道："我为这件事已筹划了好几夜了。除得姊姊，还有谁能替我向老人家去说项？承姊姊盛爱，将妹子身份瞧得太高，似乎降为婢妾，便万劫不复，所以故意留难。其实我也不是白嫁给他，这身价银子却要他出一笔巨款。他能够慨然答应呢，自是万幸；如果不肯答应，则我葛玉痕依旧是葛玉痕，只好另打主意。解铃还仗系铃者，始终总望姊姊成全则个。"

玉痕尽管在这里侃侃而谈，不防陶姨听到这里，直喜得心花怒放，先前还站在房外，此时早大踏步抢得进房，笑着向绮秋说道："是的呀，我是一个没脚蟹，她的弟弟霆儿年纪又小，这几年的穷苦日子委实过够了。若不是大小姐自己发这心愿，我们做姨娘的，谁也不敢来委屈她。因为她父亲虽然是个寒士，算起来总是书香门第，不能逼她走这条道路。难得大小姐如今是觉悟了，好在我们那边二老爷先前已有过这等举动，我们不过照着旧稿儿去模仿，料想也没有责备大小姐的不是。好鲁小姐，就请你赶快回去说了吧，事成之后，不但大小姐感激你，便是我们母子也忘不了你的恩典。"说着，忙提起袖子来，不住地向绮秋福了几福，依她性子，恨不得揪着绮秋耳朵，押她转回公馆。

绮秋心里好生不以为然，随即从鼻子里哼了一声，冷笑望着玉痕说道："三日不见，便当刮目相看，古人的话真是一点儿不错。我和玉痕姊姊暌隔也有许久了，无怪你变换了一个人物。受人之托，忠人之事，我回去一定将姊姊这意思禀明了老父。"

陶姨在这当儿，不由而然地失声念了一句佛。又听见绮秋接着说道："至于老父肯允许不肯允许，我却没有把握。"

陶姨忙笑道："像我们大小姐这份人物，性情又好，模样又好，小姐你放一百个心，包管没有不允许的道理。"

绮秋又问道："至于这身价，姊姊究竟要索他多少呢？留个谱儿在我心里，我能够做主的地方，便好替姊姊做主。"

玉痕却不客气，便侃然说道："多了也没有，便叫他兑出五千两纹银。"

绮秋尚未及答话，陶姨的嘴早笑得拢不起来，在那里叽里咕噜，屈着指头数说道："柴米油盐，赎当还债，霆儿的学费，我的棺材老本，七七八八，差不多也够了。能再留一千二千银子生息生息，将来替霆儿娶一房媳妇，都是绰绰有余，这造化是打哪里来的呢？"

陶姨越想越乐，连耳朵、鼻子都笑得在那里乱摇乱动。玉痕也不去理会她这怪模样，转又说了一句，笑道："尊大人如果愿意，我还要进一步，要求这银子务必请他先交给我，随后再由我择好日子嫁了过去。他若是不放心呢，便请姊姊替我做个中保，我的为人，姊姊总还知道，总不至于卷包逃走，累姊姊为难。"

绮秋咬紧牙齿说道："姊姊这话又未免生分了。你在这义利上，分别最是清楚，何至谎骗这区区五千银子？不过在我这一边想着，唯其知道姊姊的为人，对于这事越发有些狐疑。姊姊的境况虽不大宽裕，然而也不会负累巨大债务，急着要这五千银子有什么用处？"

玉痕见她问得甚是恳切，心里一酸，那眼眶子登时红晕起来，一颗一颗水珠儿汪在秋波里莹然欲滴，轻轻拿手帕子拭了拭，强作笑容，掉头向着陶姨说道："姨娘老站在房里干什么呢？我们虽没多菜，也该留鲁小姐在这里吃一顿便饭，难道还要我帮着你到厨下去料理不成？"

陶姨这才恍然大悟，拿双手向膝头上一拍，笑得咯咯地说道："我也是欢喜疯了，几乎忘却了肚腹里饥饿。鲁小姐请在舍间稍坐一歇，让我到菜场上去买点鱼肉。"说完，转身就走。

绮秋笑道："姨娘千万不用费事，我和玉痕姊姊是不讲客气的。"

陶姨走后，绮秋将身子靠近了玉痕，附着她的耳朵笑问道："好姊姊，你休得瞒我，你的这番举动，必然别有用意，与外间那些好虚荣的女子截然不同。你如果仰慕家父的势位富厚，那一次令叔将你送过来的时候，你又不至那样严行拒绝了。姊姊如肯将妹子当作异姓手足看待，这一番的内幕务请你明白见示，可怜我今天被你这一顿闷葫芦已经急得要发狂咧。"

玉痕其时本待将实话告诉绮秋，后来一个转念，忽地咽住了，勉强笑说道："我也没有什么别的用意，不过觉得人生在世，和那萍飘梗泛一样，哪里能够预定结局？至于妻妾名分，更不成个问题。家叔卖我，我不承认，是我的觉悟。我自己卖我，我不懊悔，这也是我的觉悟。即使外间那一班文明姊妹责备我甘心堕落，然而堕落的是我这身子，却不曾堕落我这一颗心。裂肢体以喂虎豹，佛家不以为残忍；贬名分而降为婢媵，姊姊还能讪笑我残忍不成？"

绮秋听她这番议论，不住地将个头摇得像拨浪鼓似的，冷笑道："这一来更可见得姊姊是有所为而为，并非无的放矢的了。但是姊姊始终不曾明揭其旨，可想对于妹子仍以外人见待，老实说，我便在这上面有些不大满意姊姊。"

玉痕叹了一口气，说道："你这人呆到什么田地？这件事如果做得成功呢，那时候我的这番苦衷你当然是大彻大悟，万一尊大人毅然见拒，或者虽然承认，那五千银子不肯放心先交出来，这事免不得便决裂了。事既决裂，我何苦先将心事告诉了你，留下这一重痕迹，不但我对不住别人，而且对不住自己。姊姊你也是个聪明女郎，倘能真个体贴我，请你暂且不必询问我的秘密。"说着，又横眸一笑，表示她不肯欺负绮秋的意思。

绮秋也就十分谅解，毅然说道："罢罢！姊姊既这样吩咐我，我若再寻根究底，倒像不肯替姊姊出力的了。好姊姊，揣度你的用心，似乎这件事非成就不可，我当然竭忠尽智，替你去做一个说客，你后来休得懊悔，便是懊悔，那是我却不能担负这重咎的呀。"

玉痕忙将粉颈轻轻点了两下子，也就忍不住莹然欲涕。绮秋心里着实可怜她，一时又无从拿话来安慰，两个人坐在房里转面面相觑，一句话也说不出。却好陶姨已将饭菜忙得齐备，请她们出来用膳。绮秋却不客气，胡乱吃了饭，没精打采地向玉痕告别，快快回去。

至于鲁国香听见这话，还是却之不恭呢，还是受之有愧呢？作者并不能预先断定。

欲知后事，且阅下文。

第十一回

至情无情愿披肝胆
大德不德莫换头颅

葛镜清躺在烟炕上，脸庞雪白得和纸一般，瘦窄窄地差不多只有二寸来宽了，两粒金牙齿露在嘴唇外面，几根黄胡子遮掩不住，远远望了去，很是可怕，哪里及得从前又白又胖。其时那个蔡妈和他并头倚在一张枕头上，手里拈着烟签，替他一口一口地烧那乌烟。袁氏坐近侧首，愁眉不展。一间楼上静悄悄的，想一点儿声息都没有。

镜清将两口烟吸完，有气无力地向袁氏叹道："你们瞧这官场里还有什么味儿？不幸害病罢咧，哪里料到连差使都吃这病害掉。要说比较呢，在这年残岁底，数目短少一点，也是捐卡上常有的事，道不得个便借这小题目将我提得落空。我一时恨起来，便想将我前天熬出来的那两缸烟膏囫囵吞下肚里去，还落得一干二净，省得将来挨这穷苦日子。"他说着，又长长地叹了两口气，弯转臂膀来捶腰。

袁氏听到这里，已禁不住扑簌簌地流下眼泪，劝道："老爷，请你将这颗心放开来吧，留得青山在，不愁没柴烧，你死了不打紧，平白地将我们和儿女整撇下来，将来如何是好？鲁城人耳朵根子软些是有的，他听了别人谗言，都疑惑你腰包里着实捞了一笔款子，但得有这么一个人在他身旁疏通疏通，将以前的事通同说明白了，他不见得便不肯提拔你。"

镜清使劲将大腿一拍，咬着牙齿恨道："我也知道疏通呢，只是如今可寻不出这个人来了。大房里阿玉，天生成的穷脾气，去年走的那条路，她若是乖乖地做她一房姨太太，她也得了好处，我也得了好处，岂非一举两得？偏生不遂我的心愿，闹得破败决裂。果不其然，不到半年光景，我便出了这岔枝儿，这不是阿玉坑死了我？你的年纪又渐渐老上来，万一你有这本领能够到他们公馆里穿房入户，老实说，我便戴上一顶绿帽子，都打从心坎儿里情愿。"

袁氏脸上一红，将个脖子低下去，一声儿也不响。转是蔡妈搭讪说道："你又埋怨太太则甚？天下事除得死法，要想活法……"

镜清忙笑道："然则你还打算去伺候鲁大人吗？不错，不错，拿你比较太太，却标致得多了。"

蔡妈将眼珠子向镜清一瞟，低低笑道："亏你忍心说出这样话来，依我性子，就该兜脸啐你一口。我不是此刻才提起的，你的面前还有一位阿锦小姐呢。论她的年纪，也该是嫁人的时候了。玉痕小姐没这造化做鲁大人的姨太太，你何不在本山取土，托出人来向鲁大人去说合，免得又另起炉灶呢？"

镜清没命地将一口烟抢着吃完，冷笑说道："你懂得什么？我的见识比你们总该高得几倍了，我何尝不打点这样主意。但是阿锦这孩子身份固然与那个丫头不同，而且她饱饱地受了好些文明空气，开口闭口，隐隐地都要提高她的人格。做人家姨太太这句话，凭我良心，也不好向她启齿。这是一件真实凭据呀，譬如这一次她和一个男朋友向上海逛了有半年多光景，若在别的那些烂污货，早该闹出不堪的花样儿来了。偏生她是持身如玉，清清白白地出门，依旧清清白白地回里。我平时非常怜爱她，便在这些上面，她的为人既然力争上游，我做父亲的反将她向泥污里推去，恐怕佛菩萨也不能容我。"

蔡妈听到这里，把不住将脖子向高衣领里一缩，扑哧笑出声来。袁氏也就红着脸搭讪说道："提起锦儿来，她的婚事，你也该替她料理料理。她专和那些小白脸打得火热，终不是个道理。人大心大，早完结一件早放下一条肠子。你又是身不离病，病不离身，万一……"袁氏说到此处，便咽住了，不忍心再说下去。

镜清病中肝气很旺，霍地拗起身子，将烟枪使劲往盘里一掼，指着袁氏骂道："你咒我！你准备做寡妇？你以为我死了，你再好去嫁人？你做梦呢，你也不拿面镜子自己去照照。人再娶不到堂客，也不至娶你这老太婆回去做他的妈妈。"

他说这话的当儿，简直上气不接下气，眼睛暴涨得鲜血也似的通红，吓得袁氏筛糠簸战地发抖，大气也不敢出。还是蔡妈带玩带笑，轻轻将镜清往枕头上一推，说道："家常闲话，怎么又触起角来了？太太也省一句吧，老爷病到这步田地，哪里能再禁得这样气恼，你将他气出一点儿变故，好比一座高大的房屋，正梁一倒，覆压下来，大家都是死命。"

镜清听见这话，觉得唯有蔡妈知道他的甘苦，真个气往喉咙里堵塞，抖抖地嚷道："她活到这么大，哪里明白事体的轻重？上次打发她向鲁公馆里走走内线，你拿着什么乌龟身份？对着那位新姨太太，便不能够爽爽快快地叫她一声干娘。你以为她年纪轻，比你小得二三十岁，似乎不配做你的母亲，你是糊涂到脑子里去了。做小服低，是我们当小官僚的本分，可惜他姓鲁，我姓葛，这家谱上勉强通融不来，不然我便冒充鲁大人的孙子重孙子，我都情愿。这并不是自己灭自己的志气，大丈夫能屈能伸，我如若一旦得了志，外边想做我的孙子重孙子的人也就叠叠地来了。做买卖或者还有折本，这是再没有本折的。"

一番议论，说得蔡妈咯咯地笑。唯有袁氏坐在半边，违拗他不是，批驳他又不是。正在十分为难之际，蓦听得楼梯上一阵脚步声响，跳跳跃跃地钻上一个女孩子来。

原来正是她的爱女阿锦，打扮得粉妆玉琢。她也不知就里，向四下里望了望，一倚身子便倒入她父亲怀里，拿手揪着他胡子，笑问道："阿爹和谁生气？瞧你这脸都气得白了，何妨告诉告诉我，让我来替你们评评理。"

镜清不便和她说甚，也就笑说道："你将这身子离开些，又没有什么喜庆的事，白将这套闪光缎的裰裤缠在身上，岂不可惜？"

阿锦听见她父亲提到喜庆这句话，似乎触起一件心事，连忙笑说道："我正待替爹贺喜呢，玉姊姊不久就要嫁人了。"

镜清听了毫不介意，冷笑了一声，说道："她嫁人不嫁人，与我有什么相干？难道我还去替她添补妆奁不成？"

蔡妈将双手一拍，笑道："完了，完了，这一来大家都打断痴心妄想。"

袁氏也接着冷笑道："皇帝是假的，福气是真的。这玉丫头前次既错了那种机会，料想也嫁不出好人来，叫花子只配和乞丐厮混在一处。阿锦，你且告诉我们，她嫁的这人是谁？"

阿锦笑着说道："还有谁呢？是儿不死，是财不散，是婚姻拿棒也打不断。别人扶她上轿，她是哭哭啼啼，装腔作势，如今弄得自己爬入轿子里去，我替她也有些害羞。"

镜清大大吃了一惊，忙失声问道："哎哟哟！她……她是仍旧走了我的那条道路了吗？这孩子真怪……怪……怪极了！"

袁氏也笑逐颜开地追问道："阿锦，你休得捕风捉影，这话可确不确？"

阿锦急得双眉倒剔，喊道："我平白哄骗你们则甚？这是绮秋亲口告诉我的，怎样来山，怎样去水，都是绮秋一手经理。世界上什么东西可爱，只有银子可爱，绮姊姊敲了她父亲五千银子的竹杠。你们想想，这五千银子，在那姓鲁的很算稀松平常，随即满口答应，允在这几天里全数点交给阿玉。阿玉是个贫人家的女儿，得了这巨大款项，还不要趾高气扬？珍珠钻石，听凭她自去拣选。我这一来比较她，就不免有些惭愧了。嫁了过去，格外有的吃、有的穿，人说平地登仙，这就是平地登仙了哇！嫂嫂穷来无寒夏，姑姑穷来有一嫁，古人说出来的言语是再也不会错的。我还有曾和她厮见呢，将来会见她的时候，我倒得问问她。我做人家的姨太太，她笑话我，她这姨太太呢，难道是加了级的？世上的人，准许吃过头的饭，不可讲过头的话，这是由我教给她乖儿去了。"

阿锦一张小嘴儿，只顾咕咕叽叽地说得天花乱坠。及至说到末了，袁氏忙不迭地向她丢眼色，似乎叫她不要露出前番的马脚，吃你父亲瞧出破绽。其实镜清此时已经欢喜得疯了，笑得弯腰打跌，连珠价说道："如何？如何？我说这孩子生成是个福相，除得她，谁也不配去做鲁大人的姨太太。好了，我这心愿可算是遂了，这么一办，还愁鲁大人不赏给我的差使吗？"

说着，又向袁氏努了努嘴，笑道："我房里那个小皮箱子里，你替我赶快数出五百元钞票，先由我亲自送过，交结给她添补添补衣服首饰。这区区款子，她原不放在眼睛里，然而我只尽我做叔叔的一点儿穷心。她目下住在什么地方？离我们这边有多少路？快吩咐外间预备轿子，我立刻就走。"说一句，笑一句，那张尖嘴简直拢合不起来。

蔡妈笑着说道："老爷再吸两口烟吧，你的精神还不大复原，也不须忙在这一时。好在大小姐的嫁期还有几天呢。"

镜清将身子向炕上一歪，冲着蔡妈笑道："你还疑惑我有病吗？我得着这样快活消息，比吃了什么补药还有效验。你不相信，且先试试我这两条小腿，先前比棉花还软，此刻差不多和铁棍子一般挺硬了。"

他说了这话，重行跳得下炕，在楼板上扑通扑通地走了一转，果不其然，走得非常起劲。正在说得嘴响，不料身子一歪，凭空价直倒入袁氏怀里。袁氏支持不住，两个人和馄饨似的，一齐滚向楼板上。幸亏满楼都铺着地毯，不曾跌坏身体。蔡妈见这模样，将肚肠子都笑得断了。镜清和袁氏也笑个不住，阿锦笑着来扯他们。这当儿，满室春生，人人得意，个个舒眉，算起来总许是玉痕作成他们的了。

这一天，玉痕正坐在屋子里考验霆儿的功课，因为他们在学校里，这国文、习字两种学业是不大注重的。但凡霆儿放学回家，以及星期的日子，都由玉痕亲自教授一点儿，不肯放松。霆儿倒也循规蹈矩，将这姊姊当作老师一般看待。姊弟两人刚在那里咿咿唔唔地讲论，蓦听见外面人声嘈杂，吆喝着问："这里可是葛小姐的公馆？"

陶姨吃了一吓，觉得他们这份门户，轻易没有贵人来往，随即开门迎接。只见门首放着一顶挺大轿子，由轿夫问明了详细，顺手将轿帘一揭。说也奇怪，当这春和景明的时候，那轿子依旧用灰鼠皮子掩护得完风不透，脚旁边还安置着热烘烘的白铜火炉。两个家人将镜清挽扶出来，见了陶姨，他也不拿正眼去瞧，那颗脑袋仿佛轻轻点了一下子。陶姨转慌了手脚，直着喉咙，一路喊得进去说："二老爷来了！二老爷来了！"玉痕听入耳朵里，暗暗纳罕，后来凝了凝神，方才恍然大悟，不动声色将身子站起，上前迎了两步，含笑问道："二叔，你老人家怎么高兴向这里来逛逛？我们这屋子怪阴的，转叫侄女儿心里不安。"

镜清堆着满脸笑容，哼喽哼喽地说道："贤侄女儿，我也没有一时一刻不惦念你，你轻易又不肯向我们那边走动，我所以拼着老命，冲风冒冷地跑来看望看望。贤侄女儿，你近来身体还不怎样？"

他说话的当儿，陶姨早在上面楼上安放了一幅厚褥，扶着镜清坐下。玉痕接着笑说道："托庇二叔的福泽，身体倒没有不好的去处，累次也想到公馆里去替叔姊请安，又怕二叔嫌侄女儿走得腻烦，是以不免觉得疏远了一点儿。好在二叔是不计较我们这些礼节的。"

镜清将眼睛挤了挤，似乎要流下泪来，慨然说道："咳！我和你们是嫡亲骨肉，自从你父亲下世以后，但凡在人前背后，只要提到你侄女儿身上，总得抽抽噎噎痛哭几次。我常和你婶母说，霆儿年纪小，是不中用的，将来替我们死去的大哥荣宗耀祖，除得侄女儿，断然没有指望。我们在外边阅历后，说出话来是最有把握的。果不其然，侄女儿这一次不是爬上高枝儿去了吗？莫说我做叔父的在阳世里增了许多光彩，便是大哥得了这样消息，一定也许备着几百封红帖儿，上面端端正正地写着小女择于某月某日于归鲁大人国香，向十殿阎罗王和二十四司司官打个抽丰。单是这一笔贺份，足够他在阴司里做下半世的挥霍。"

玉痕见他满嘴里说出这样不伦不类的话，止不住气往上冲，又因为他提到自家父亲，一阵心酸，含泪说道："原来叔父是为着这件事来见侄女儿的。提起来侄女儿很是惭愧，倘若父亲在世，他也断断不许侄女儿这样辱身降志。侄女儿是事出无奈，好在当初又经叔父替我做过这主。"

镜清不等她的话说完，连忙将双手一拍，笑道："着呀！叔父打点的主意，还有错路给你走吗？阿锦告诉我的话不大详细，来来来，究竟你们这结婚喜期可曾确定了日子没有？"

玉痕脸上微微一红，屈着纤指数了数，说道："绮秋姊姊已经替我们双方接洽妥当，二月十五，那边将五千银子交给侄女儿，三月十五，侄女儿便嫁过去。承绮秋姊姊的感情，替侄女儿向她父亲要求，在这名分上总算是明媒正娶，不以姬妾见待。将来叔父总可以和那边认一门亲戚。"

镜清听到这里，已是欢喜得无以复加了，只见他将个脖子向衣领里一缩，放低了喉咙，悄悄向玉痕笑道："其实名分不名分，丝毫不算要紧。我以为与其做人家的太太，还不如姨太太占强。就拿眼前事迹做个比喻，你父亲在日，喜欢你的阿妈，觉得远不如宠爱陶姨。我呢，和你婶母还不是规规矩矩，转是那个蔡妈背地里打得十分火热。你们自命为文明女子，所以专在这名分上着实研究。及至嫁过去之后，万一他老人家竟将你当作正室看待，你到那时候转不能撒娇撒痴，和他索这样要那样了，这不是自寻苦吃？"

玉痕到此委实有些不耐烦了，便将脸色一沉，冷笑道："叔父教训得极是，不过人各有志，不能相强。叔父膝前也有女儿呢，像这样的庭训，最好回公馆向阿锦妹妹说去。"

镜清忙赔笑道："我不过这么说一声儿耍子，难道还有什么歹意，侄女儿何必生气？眼见喜期已是不远了，喏喏，我这里有五百块钞洋，亲自带了过来。原想替你置一份妆奁的，买了来，又恐你不大合适。你赏阿叔一个脸，收了去，随便制裁几件衣服穿扎穿扎吧。"他早从怀里掏出一个皮夹，打开来将一叠钞票放在桌上。

玉痕好像没有瞧见似的，正色说道："这个却不消叔父费心，侄女儿平时拮据，也没有孝敬叔父的地方。这款子请叔父带了回去，权算侄女儿已经收了，转送给叔父买点补品，颐养颐养身体。"

镜清嬉皮笑脸地说道："哎哟！我也知道侄女儿如今是阔气起来了，这点点款项，原不放在你的眼底。只有一层，你是我的嫡亲亲的侄女儿，嫁人又是一件终身大事，做叔父的总不能对着你一毛不拔。老实说，叔父穷则穷，道不得这区区五百块钱便贴补你不起。你也晓得各处风灾水灾又闹得五花八门的了，只消叔父在那捐款上悄没声儿地吞没一笔两笔，尽可有大宗收入，你千万不要替你叔父烦心。"说罢，又哈哈大笑了一阵，重行自言自语地说道，"做百姓的只怕地方上出事。像我们这班办善举的人，只怕地方上没事，靠山吃山，靠水吃水，也没有个白替社会上出力的道理。"

镜清正说得高兴，不知怎样忽地打了两个喷嚏，接着又是一声哈欠，先前的眼泪还是装假，如今竟自认真起来了，从眼眶里流向耳朵根旁边，刚拿袖子拭干，它会又重新浸出。颤巍巍地瞧了瞧手表，笑道："谈了有两刻多钟工夫，时候真个耽搁久了。我也没有这精神和侄女儿推让。陶姨过来，替大小姐将这钞票收拾去了吧。等到喜期那几天，再打发你那婶母过来帮忙。"

家人们听他口气，更不敢怠慢，立刻簇拥着上轿，径自回去。

这里陶姨笑容可掬，又不敢擅自做主，便搭讪着向玉痕说道："奇呀！平时没有柴米，想和二老爷那边去借三五百文，他们将脸仰得高高的，都不肯答应。怎么听见大小姐出阁，竟自几百地送过来了，这是打哪里说起？"

玉痕冷笑道："他们有他们的鬼心眼，连我也猜没不出。好在这银子是姓葛的，与我丝毫没有相干。我孤零零一身而来，依旧孤零零一身而去，万不能领他这份厚情。我已拿定办法，这五百块洋钱全行交给姨娘好生收藏着，等霆儿成立，给他做学费也好，或是给他做婚娶的费用也好。"

陶姨笑道："大小姐，你又何必这样分清理白，不久还有五千银子来呢。凭你的妆奁上，也用不了这许多。"

玉痕微微笑了一笑，一句也不回答，随即转身进房去了。陶姨虽然碰了这没趣儿，然而这一叠钞票已经完全到手，自是欢喜不尽。刚伏在桌上一五一十地数得有趣儿，不防门外边和擂鼓似的直敲起来。陶姨大惊，将钞票藏好，连忙开了门，早见先前跟随镜清的那个家人跑得七喘八吼，直撞入里面，嚷着要和大小姐讲话。玉痕不知就里，一手掀着门帘，问他又有什么事故。那个家人喘定了气，垂手说道："走到半路上，老爷忽然想起一件要紧事，叫小的赶来问大小姐一句。因为那身价五千银子，大小姐如若要存放生息，老爷有熟熟稳妥的银号，情愿替大小姐经手，包不误事。多则一分，少则八厘，那是拿得稳稳的。因为大小姐白搁在箱子里，也很可惜。不然老爷倒亲自转来和大小姐接洽了，实在烟瘾发作，不能耽搁。他老人家候小的回信呢。"

玉痕听了，好生不快，忙说道："请管家回去告诉老爷，我这银子委实有要紧用处的，不愿意放给人家生息，叫老爷不必费心。"说着，将门帘一放，也不去理会那个家人。

家人只得快快地跑回去告诉镜清。由此，镜清和袁氏他们瞎猜瞎议论了一阵。

玉痕自从向绮秋提议这婚事以后，轻易便不肯到雄伯那边去走动。唯有雄伯日间在外边干他的职务，倒也马马虎虎，将就度过这凄凉日子。但是每逢夜晚，回家宿歇的时候，觉得甘碧瑜的影像在堂，余香在室，想起从前夫妻的恩爱，免不得寸心如割，往往哭个半夜。加上铃官有时候依依膝下，一张小嘴儿动不动就阿妈阿妈地乱叫，雄伯听了，这颗心比锥子刺着还难受。至于那些债务又渐渐地逼近，穷愁绮恨一时堆集，想一个人来谈谈心事，竟是无从去寻觅。真是哀猿之肠，何止九回；鳏鱼之悲，乃真万古已。论他心理上，未尝不知道只有那个葛玉痕柔情侠骨，可以算得自家生平的一个知己。不过她是个处女，过于亲密，于彼此名誉上都有妨碍。而且那一次曾命保姆探听她的口气，她又毅然拒绝。婚姻既无可望，那形迹自然要避些嫌疑，所以玉痕虽然绝迹不来，他却能够十分体谅她，丝毫没有怨怼。不知不觉，早已过了好多日子。

这一天，忽然碰着那个连幻佛，他们是报界里的朋友，社会上的消息最是灵通。碧瑜死后，玉痕如何同雄伯打得火热，他通盘都打探得明明白白。这当儿便拿雄伯取笑说道："雄伯，我有一件事要问你，葛家那个雌儿，近来可曾过江和你亲热没有？"

雄伯是个品行端方的人，觉得这雌儿两个字何等轻薄，登时便放下一副面孔，冲着他说道："连先生，你这是一种什么口角？葛小姐和内人是生前至好，内人死后，承她竭力帮助，这事是我尹雄伯永铭心版的恩惠。你无论怎样糟蹋我，我都不怪，务必请你替葛小姐留点儿地步，不用枉口赤舌地凭空造这样蜚语。"

幻佛听到这里，将个脖子一歪，两只腿摇了几下子，阴恻恻地笑说道："雄伯，你对于这雌儿用情很深呀，原来是我造的蜚语。哼哼！只许你们做出来，不许我们说出来。天下事要得人不知，除非己莫为。你越撇清，你这一颗心越不堪问。谁不知道你和那雌儿有了首尾，连你那小儿子都承认他做了阿妈，你还在我们面前嘴犟。老实说，发奸摘伏，是我们报馆主笔的天职。我一者是瞧着平时的交情，二者你也没有什么竹杠可敲，所以像这样把戏，并不曾替你在报纸上披露。你若是一定要蒙混我，那个就不用怪我要实行我的天职了。"

雄伯此时又羞又急，勉强忍着一股愤气，拱了拱手说道："老哥，请你不要恶作剧吧。好在葛小姐近来已绝迹不向舍间去走动，难保不是听见你们这种论调。她也是个持身如玉的女子，所以一天一天地便和我疏远起来。"

幻佛不由哈哈大笑，叠着两个指头，照着雄伯的脸响了一下子，大声喊道："好呀！你还轻跌巧翻地将这风流罪过卸到我们身上来呢，给个框子你搭搭，你休得在这里做梦。她何尝因为我们讲她的歹话不去和你厮见？白鸽儿往旺处飞，她不久早又和那姓鲁的鲁大人成亲去了。亏你有这副老脸，还百般地替她撇清。适才那几句话是拿来试探你的。她又不是没生着眼睛，放着鲁国香这份家当不去做他的姨太太，倒跑转来和你这穷鬼厮混？男人家的卑鄙龌龊，我再也形容不出，只要有这么一个女郎稍微和他亲近一点儿，他便没命地往身上死拉，似乎表示他这副小脸儿是没有人不爱上他的。你刚才虽然假作推诿老实，我有两句批语，便叫作'其词若有憾焉，其实乃深喜之'。若问你那雌儿是否和你有这么一回事，我真能够替她具一道甘结，是断断没有的呀。偏生有你这傻子，转装成这样活灵活现，岂不要将我们牙齿笑掉？"

雄伯吃他这一顿当面讥诮，气得面如土色，他又不长于言辞，连一句话都回答不出。良久良久，转向幻佛央告着问道："葛小姐嫁人这话，可是当真？"

幻佛冷笑道："奇呀！她与你既没交涉，这嫁不嫁人，你当然不必过问。纸里也包不住火，到了三月十五这一天，自然有人来请你吃一杯喜酒。"

雄伯见他确确凿凿地说出喜期，可想这事并不是他们说谎骗我了。其实抚心自问，原也不想玉痕嫁了给我，不知为什么，骤然听见这事，觉得心里扑通扑通跳了一下子，真是叫人猜不出是何道理。当下便不肯久坐，怏怏地别过幻佛，他自走了。

幻佛见他已走，忽向侧首坐的那个孙大福扑哧一笑，说道："像这种假道学，若不给他兜心一拳，他还不晓得我们的厉害呢。左右不过当了一个劝学所长，眼珠子兀自插入额角上去。那一回为你小学教员的事，白受他一顿奚落，后来还和我闹花胡哨，没口子说是再来设法、再来设法。他到今日可曾替你设法没有？我只知水桶落在井里，谁料井也有落到我们桶里的时候。好便好，不好替他弄一段新闻，这丑历史宣布宣布，也算为我报仇。"

大福其时正埋头伏在案上打草稿，顺手将笔往下一掼，笑道："小学教员有我这样舒服吗？笔尖儿扫扫，便是三五千字，至少也卖得一块多钱。教员有什么趣味呢？你们说话的当儿，我早得了许多材料了，题目我也拟得现成，便叫作《雄玉姻缘记》，脱了稿还要费先生的心，拿去给葛小姐瞧一瞧，在五千银子里，便拨点儿出来算我这稿费，也稀松平常得紧。不然，我们就大刊而特刊了，传入姓鲁的耳朵里，不难起一场小小情海风波，恐怕与葛小姐也很不利。至于尹老雄是不必同他开口，他负债甚重，哪里会榨得出油水？"

幻佛一面点头，一面伸出大拇指向他笑道："瞧不出你初学作小说，倒已有这本领，去和人家闹这样新鲜把戏。我也不来打扰你，你自去将这篇小说赶紧编好了吧。字数也不必过多，这玩意儿是不和你按着字数付款的啊。刘克仁今天还请我在九华楼晚宴，不知又有什么事要和我斟酌。"

且不表他们师徒俩在这里鬼打算。再说雄伯得了这意外的消息，心里好像失掉了一件要紧东西一般，也不晓得是酸是辣，不由而然地信着脚步，绕往玉痕住的那个所在，想和她会一会面，顺便问问这喜事可确不确。叵耐他低着头，只顾往前走了去，不知不觉已错了道儿，分明迎面便是那一座莲慧寺，红墙无恙，风景依然。想起当初和玉痕在寺里第一次晤面的景况，一阵心酸，止不住滴下几点清泪。正在无可如何的时候，蓦然一个转念，暗自嘟念道："哎哟！我这人好生大意，万一再碰着圆净，她和我提起债务，我这不是自己来寻烦恼？记得玉痕的住宅离此并没多远，怎么模模糊糊地倒有些记忆不清了？"想着，调转身子又走，好容易一眼瞧见那葛霆和几个小孩子在门外踢球，忙向霆儿招了招手。霆儿见是雄伯，他却恭恭敬敬地将前面撩起的衣服重行抹下，迎得上前叫了一声："尹先生。"

雄伯堆着满面笑容问道："你姊姊可在屋里不在？若是在屋里，请你替我介绍一下子，说我特地来访她，有话和她面谈。"

霆儿笑道："姊姊在屋里呢，刚才还替我批了字本，并不曾出去。请尹先生稍等一会儿，让我去告诉她，她自然出来迎接。"

雄伯兀自将头点了一点，眼看着霆儿欢喜跳跃地跑入门里，自己站在外面。其余那几个小学生因为这尹先生是常常到他们校里去查学的，哪里还敢顽皮，一个个都装作出十分诚敬样儿，你望着我，我望着你，动也不敢动。还有胆子小的，瞄准雄伯不注意在他身上，他便悄悄地溜之大吉，一个走了，大家也就趁势纷然各散。一霎时露出一片荒地，只剩那短墙外边几株新吐嫩芽的柳树，映着斜阳，在那里随风披拂，许多小雀儿嘈嘈杂杂，争巢觅宿价热闹。不多一会儿，已见那霆儿垂头丧气地走出来，向雄伯说道："对不住尹先生，家姊已经被一个女朋友约出去晚膳，母亲又有事占着身子，不好招待尹先生进去坐地，改一天由家姊过江去谢步吧，请尹先生不要见怪。"

雄伯非常失望，随即追问了一句道："这就奇了，适才不是你亲口告诉我，说你的姊姊在屋里，并不曾出去，怎么这一会子又说被人约出去了？我又不曾离开这门一步，如果有人约她，我在此处也该瞧得见。"

霆儿想了想，登时放下一副正经面孔，侃然说道："平时老师替我上修身

250

那一课，都常常教导我们不许说谎，我们也牢记着在心里。无如姊姊她一定叫我照这样对先生讲，我又有什么法儿呢？"说完，忍不住又扑哧一笑。

雄伯听到这里，方才恍然，玉痕全是拒绝自己的意思。暗想：你便是嫁人，我又没有这权力来阻拦你，难道一经得意，便该把以前相处的情义全行抹杀，才算得爽快吗？由此可见得男女交际，大都出于一时感情冲动，日久下来，那些情投意合的话全是靠不住的。可共安乐，可共患难，大约除得自己爱妻而外，其余更寻不出第二个人来。然而我的那甘碧瑜目下又到哪里去会见她呢？辗转思维，心里已是说不出来苦恼，又恐吃霆儿见了笑话，只得勉强笑了笑，说道："请你转达令姊，她的事忙，我原不肯来惊动她。此次奉访，也由于顺路经过这里，以后也不敢劳她大驾过江，我们的交情从此便算完结了吧。"说完话，转身就走。

当晚，坐在自家屋里，越想越恨，他固然没有可谈的人，便是保姆她们见他脸上气色不好，也不敢上前来和他周旋。偏生那个小铃官儿，因为感冒了些时气，身上有些发热，雄伯好生着急，觉得一个没有母亲的孩子，这饮食衣服照料便免不得出这些岔子，少不得又埋怨了保姆几句。保姆吓得大气也不敢出，闹得半夜里都不好安睡。雄伯有时趱至铃官床边，摸摸他的额角，滚热得有些烫手，鼻息也很粗，想一点儿汗珠儿也没有，提着他名字叫喊，他又不知道答应，慌了手脚，望着保姆说道："瞧这孩子很有几分病势，我已经遭了他母亲这样大劫，难不成这点点血胞还保存不住吗？那可就要了我的性命了。"说到此，不禁泪如雨下。

保姆也忍不住哭起来，哽咽说道："等到明天，看他怎么样，请医生诊治固然要紧，但是我一个人也照应不及，而且也不敢担这样重担子。依我打算，还得去将葛小姐接来帮一个忙儿，她的心也很细，铃官又恋着她，这病好得快些也未可知。"

雄伯蓦然见她提着玉痕，不由跺脚说道："你们真个糊涂，还希望她跑来照应铃官吗？她不久便嫁到鲁公馆里做太太去了，她还肯拿正眼来瞧我们父子？你不提她倒也罢了，提起她来，叫我益发伤心。"

保姆惊问道："当真有这事不成？怎么以前并不曾听见她说起？还是葛小姐亲口告诉少爷的呢，还是少爷得诸别人的传说？"

雄伯急道："她嫁人不嫁人，与我原没丝毫干涉。不过她总不该将我推在大门外面，连一见都不肯见。"

当下便将今日去访玉痕，玉痕打发她兄弟说谎的事告诉了保姆。保姆也长长叹了一口气，说道："这个叫我们哪里去瞧人？在先她和少爷少奶奶是何等亲密，真正能够把头割下来表明她的心迹。照这样讲，那些替少爷设法还债的话，可想全都是骗我们的了。说出言语来如胶似蜜，谁知她这一颗心比冰还冷得几倍。"

雄伯气愤愤地说道："谁还要她替我们还债？我再穷些，也不至怠懒到这步田地。这是她亲口说出，你们亲耳听得的。幸亏我从不肯承认，不然还得吃她留作话柄呢，倒好说是一个男人家没有偿还欠款的能力，转累她这一个盈盈弱质的女郎。我们先将铃官料理好了，第一件便得摒挡这债务的事。老实说，这所房屋是少奶奶生前起造的，如今既保存不住，只索先将它变卖变卖，随后我们父子便是栖身在古庙里，或是倚傍在人家屋檐底下，都毫无怨恨。生成是一种穷命，哪里能够享这安居大厦的福呢？"

保姆点了点头，说道："少爷的办法固然不错，但是虽将这座房屋卖掉，对于债务上相差还远，那个又如何是好呢？"

雄伯其时只将手指头在头发里搔来搔去，想了半晌，方才说道："先拣那要紧的偿还一半，其余和大家央告央告，请她们担待一年半载，等我们中国的教育费能于扩充一点，然后凑了款子分期归还，想也没有一个不可以的吧？"

保姆从鼻子里哼了一声，不再开口。雄伯又吩咐她好好照应铃官，自己才转入卧室里去睡觉。

幸喜铃官的病倒不曾迁延下去，过了几日就渐渐好了，雄伯才将心上一块石头放落，终日价便在外间遍托朋友，在这屋子上想觅一个售主。无如急切也没有人来过问，便是有几处前来接洽，谁也不愿意出这重价。大家都想买个便宜，在价目上减了又减，削了又削。比如这房子分明要值三千，他们至多只有出一千五六百块洋钱，所以十次要弄得九次决裂，把个雄伯急得双脚乱跳，有时对着说合的人破口大骂："这班市侩，他们承受产业，原是交给子孙去受用的，像这样尖酸刻薄，不用弄得像我姓尹的一横一竖，眨眨眼就画十字，卖给别人。我情愿被天火烧得干干净净，决计不卖了，看他们怎样？"

说合的人见他这样火性暴躁，不觉失笑起来，冷冷地说道："尹先生，你休得使这公子哥儿的性子。漫天要价，着地还钱，买不买在他，卖不卖在你。我们充当房牙经纪，不过想在里面觅点儿好处。不料好处还不曾觅得到手，耳朵里转灌满了你老人家一大篇臭话，这真是哪里来的晦气？"他们说了这话，也就走了。由此你传我，我传你，都说尹先生越穷脾气越大，我们宁可关起门来喝西北风，再不愿去替他管这些闲事。

说也好笑，自是以后，雄伯这所房屋连问都没有人来问了。眼看着离那还债的日期不远，真是走投无路，再也设不出一个良策。

这一天，雄伯正坐在屋里长吁短叹，忽然由仆妇从外面拿进一封信来，瞧了瞧，分明署着玉痕的名字。雄伯触起近来的事迹，愤愤地说道："搁在那里吧，她又寄给我的信则甚？"

还是保姆笑着说道："少爷性子也太褊急，葛小姐有一千件不好，总还有一件好呢。她既然巴巴地和少爷通信，少爷也该瞧瞧她这内里说的是些什么。"

雄伯听她这话说得也近情理，才顺手撕开封皮，抽出那一张笺纸，从头至尾念了一遍。只见他始则颦眉不语，继则嘴边唇角渐渐露出些笑容来，及至看到末了，忽地咂嘴咂舌说道："这事真怪极了，怕我尹雄伯总不便承认吧。况且她哪里竟肯出这笔巨款？若果如此，我以前不是转错怪了她吗？"

保姆见他这神气很是慌张，忙问道："葛小姐究竟有甚话说？"

雄伯笑道："她约我后天到莲慧寺，由她自己拿出银子来替我开发各项债户。又叮嘱我当面去取回那些借约，免得将来发生缪辘。"

保姆吃了一吓，惊问道："当真有这等事？她敢是和少爷闹着玩笑？"

雄伯正色说道："她这信上说得规规矩矩，绝非是闹玩笑。但是她的境况也不宽裕，从前她虽说过这话，我却不很相信。如今竟自实行起来，真个叫人猜测不出。"

保姆想了想，不觉叹了一口气，冲着雄伯说道："我的少爷，你可白辜负人家的心了。怪道那一次你听见人说葛小姐要嫁给鲁大人做太太去了，你还气成那种模样。可想这笔银子定是鲁大人交给她的身价，她因为要酬报少奶奶在日和她的情义，她所以才出此下策。谁知你少爷不但不感激她，还几乎将她当作一个仇人看待，提起来便恨得牙痒痒的。莫说葛小姐，便是我们听了，也很胆寒。"

雄伯将前后事迹通盘打算，方才恍然大悟，立刻那一把眼泪便扑簌簌地直滴下来，将那信封信纸滴得湿透，重行嚷道："这个如何使得？这个如何使得？因我尹雄伯的家事，累她这清白女子沦为婢妾，我便活在世上，也无面目再去见人。你休得理会我，我自去干我的勾当。"说毕，头也不回，径自大踏步跨得出去。

保姆不知他是安的什么心，连忙上前一把扯着他，忍笑问道："少爷难道跑去和葛小姐拼命？"

雄伯连连摇头说道："她有这样恩惠给我，事虽不成，我总得感激她，如何会同她拼命起来？我此时也没有别的法子，立刻赶到江那边和鲁国香厮会，先将这话说明白了，叫他千万将银子收回，不可娶葛小姐做妾。只要保全了葛小姐身子，我尹雄伯便吃这些债户逼死了，那眼睛都闭得紧紧的，毫没怨恨。"

保姆见他这办法也还切当，便松了手，由他自去。不过雄伯虽然兴冲冲地赶过了江，及至寻到那鲁公馆门首，侯门似海，轻易哪得容你去进见。早有家人们回说："老爷不在屋里，向局所里办公去了。"

雄伯没法，又赶到局所，局所又回说："大人出外赴宴，不知道几时才可以回来。"

把个雄伯弄得像没头苍蝇似的，冤枉路也不知跑了多少，始终不曾见着鲁大人的影子。

事有凑巧，在这当儿，劈头忽然撞着象文。象文和雄伯原也认识，只是平时彼此不大往来。雄伯却是忍耐不得，一把将象文扯在路旁，冲口便向他问道："你的令妹玉痕，目下据闻要嫁给人家做妾去了。你们也算得是至亲手足，如何不设法干预，竟自容她这样胡作？"

象文见他冒冒失失地问出这句话，心里十分好笑，便冷冷地说道："尹先生，你也在教育界里混了半世了，怎么说出话来这样顽固？做女孩子的自由恋爱，虽生身父母也没有干预她的权力，怎么你转来责备我呢？我做哥子的，尚且任她去自由；你再关切些，左右不过和她是一个朋友，如何竟想束缚起她来？真真笑话，真真是天大的笑话！"象文说完了，掉转身子便自走他的路，更不屑再和雄伯多谈。

雄伯急得话都说不明白，拦着象文重又说道："我哪里有束缚玉痕的权力呢？但是她不该将这卖身银子替我还债。"

象文笑道："什么还债不还债，我丝毫都不知道详细，你告诉我也没用。"

雄伯急道："可能请你帮个忙，打消令妹这种念头？"

象文其时将雄伯上下打量了一番，不免有些诧异，只得笑说道："然则你和舍妹的交际，想是很为密切的了。舍妹为人并不很呆，她为甚平白地要替你出这样大力？有什么话你尽可和她当面谈谈好了。兄弟却没有工夫奉陪，此时还得去赴一个女友的酒召呢。"

象文走后，雄伯呆了半晌，觉得这事简直有些棘手，老赖在江这边，也不是个头路。眼见得天又黑沉下来，正不知道怎样才好，转念不如径去会一会玉痕，当面去求她改变宗旨。及至跑到玉痕那里，依旧回说玉痕不在家中，空劳往返，气急败坏地又过江回来，对着保姆她们只是跺脚叹气，再也没有摆布的法子。还是那个保姆向他劝慰道："罢咧！人家既然出了这样热心，你就听她怎生办去好了。好在不过是银钱交涉，万一你少爷将来发了迹，再按着数目，一五一十把来还她，也是一样。"

雄伯又叹了一口气说道："这种道理我岂不明白？但是葛小姐这番待我的情义，与寻常通融财帛不同。老实说，她如果能嫁给我呢，我还可以拼着香花供养，将她当作救我的一个恩人看待，我便有酬报她的去处了。如今是怎么样呢？侯门似海，眨眨眼，我这尹雄伯就做了路人。莫说穷措大没有发迹的日子，便是发了迹，偿还得她的钱，如何补报得她的恩惠？所以我想来想去，宁可辜负那一班债户，却不忍带累这柔情侠骨的葛玉痕呀。"

保姆笑道："这又有什么法子想？少爷跑了这一整天，也不曾跑出一点儿头绪，眼见得明天就到了还债日子。在这时候你总不能抢入莲慧寺里和葛小姐去翻脸。"

说得雄伯扑哧笑道："这是一件什么事，能够和人家去翻脸吗？我们念书的人，再不近情理些，总不能无缘无故地恩将仇报，等到临时再看光景吧。"

他们说话的当儿，象文正匆匆跑入一座酒馆，认明了房间，探头一望，早见绮秋和阿锦坐在里面等候自己。原来阿锦因为影戏院里新来了好几套影片，当天便逼着绮秋请她去瞧影戏。绮秋又约了象文，预备在酒馆里用了晚膳，然后再往戏院。象文坐下来，便告诉她们在路间撞见尹雄伯的事，又笑问绮秋说道："你瞧我这堂妹可古怪不古怪？把卖身的银子拿出来替朋友还债。偏生遇见这位呆鹅朋友还不肯领她这情，叫我去阻拦她。你们想想，玉痕若不是爱这朋友爱到极顶，她肯挖自己的肉去补别人身上的疮？别的我却不管，只有一件事，我很替你悬心。向尊大人面前竭力说合，全是你一手办理，并没有第二个人干预。哼哼！万一银子交割过后，舍妹除得还债以外，再和那姓尹的逃之夭夭，你可就对不住你的尊大人了。我劝你还得防备防备，不要弄到那时候叫天不应、叫地不灵，如今社会上像这样玩意儿很多很多呢。你不信，我这阿锦妹妹就算得是个前车之鉴。"说毕，哧的一声，望着阿锦笑了笑。

阿锦向他啐了一口，笑道："你休得乱嚼舌头，说起别人来，都拿我做比方。我们虽则偶然自由行动，又几曾拐逃人家银子的？玉痕姊姊她哪里能够及得我？"

象文笑道："妹妹休得嘴犟，你在九江卷得人家首饰珠宝还少？我只消写封信寄给那小瘟生，包管他会寻得来和你算账。"

阿锦其时已急得飞红了脸，将桌子一拍，嚷道："好呀！家鬼弄家人，这才是我们中国的怪现状呢。你若不写信，你便是个王八蛋、混账东西！"

象文见她破口大骂，也自忍耐不得，正待发作，却被绮秋拦着，冷笑道："偶然闲谈罢了，自家兄妹，忽然又口角起来。我说一句公平话，锦妹妹如果有不是的地方，你做哥子的只能尽劝导的责任，不该拿话来和她取笑。况且已往的事，久已没有人提及，你怎么又讲到要写信寄往上海？上海不发生变故则已，万一发生变故，你不是处于嫌疑的地位？世间冒失汉子也有，至于冒失到了你这程度，恐怕再也寻不出第二个人了。"又回头向阿锦笑道："锦妹妹，你且瞧我分上，休得和这冒失人淘气，写信替你去报告，他敢？"

阿锦也便趁势一笑说道："嫂嫂你不晓得……"

绮秋将手中一方绸帕子啪地直向阿锦脸上打来，笑道："你这称呼怎讲？我替你们调停，倒调停出不好来了。"

阿锦笑道："你只知道怪人，却不知道责备自己。如果你不以嫂嫂自命，怎么哥哥得罪我，要叫我瞧你的情分不去计较他呢？"

象文这时只管将双手拍得震天价响，流水般地喊好。绮秋也不去向阿锦辩白，转搭讪说道："我们且讲正经吧，休得在这里胡闹，吃隔壁人家瞧见，再拿出去当作笑话传说，那又成什么体统？玉痕这番举动，叫我委实也捉摸不定。她如果和那姓尹的要好呢，便不该要嫁给家父，既已嫁给家父，她这身子便不能属于姓尹的了。像这样的爱情，怕就在青年男女里寻遍了，也寻不出一个和她一鼻孔出气的。除非不出象文所料，或者竟打点了别的主意，也未可知。至于我呢，却没有什么对不住家父，以家父这般大年纪，何苦听见我提及这话，他便没口子地赞成。便是出了岔枝儿，也是他自讨没趣儿，我也管不了这许多。依象文的议论，仿佛要叫我去监察她，我固然没有这样闲工夫，而且玉痕和我也是至好，我不合先以不肖之心待她，以为人家拿了我们的银子，便不许她这身子自由起来。不瞒你们说，今天清早，我已经将五千两的支票亲自交给玉痕去了。好在至迟也只隔了十天。这十天之中，玉痕若不逃走，那时一乘轿子抬入公馆里，我便落得手续干净。"

阿锦扭头笑道："到底还有十天呢，我终觉得替你捏一把汗，你敢和我拍

256

个手掌，到了第十天上，若还有个活跳新鲜的葛玉痕交代给你，我也称不起是逃将军里的老前辈了。"

说着，又花枝招展地跑近象文身边，伏在他肩膀上，叽里咕噜不知捣了是些什么鬼。转把个绮秋瞧出气来，却好用膳已毕，她便拍拍衣服，站起来愤愤地说道："逃也好，不逃也好，若叫我鬼鬼祟祟去干预这闲事，我是万万做不到的。不是我说一句放肆的话，五千银子在我们姓鲁的家里瞧了去，也稀松平常得紧。便是家父舍不得，一定和我计较，横竖他将来要拿出奁资来给我的，我拼着叫他在这款项里开除五千银子，他有什么话说呢？"

阿锦其时向象文飞了一眼，笑说道："哥哥，你听见吗？这五千银子要算是你的损失了，你可明白这话里的用意？"

象文也是一笑。绮秋装着不去理会他，早大踏步下了楼梯。他们兄妹也就跟着出来，一齐到影戏园里去了。

再说那个陶姨，见玉痕已经得了那五千银子的身价，说不出的满心欢喜，拿得稳稳的，总以为玉痕必然将这款子交给自己。及至瞧见玉痕的情形，公然将那票子收藏起来，不像前番五百元钞票的慷慨，心里怀着鬼胎，又不便径自向她去讨索，尽管有一搭没一搭拿些话来打动玉痕，不说家中连年负累甚重，就是说霆儿全倚傍你这姊姊提携他成立。说到沉痛去处，也不免滴下几点眼泪。玉痕明知她的用意，又因为她絮聒不清，只得笑说道："姨娘，你休打错了念头，我这笔银子是要帮一个朋友忙的，能够余多余少，我当然交给你们母子去过活。你放心，有我这姊姊活在世上，总不能带累霆儿受罪。要晓得我们原是一份精穷人家，平时想得十元八元的进项都不容易。如今已有五百块钱做了根底，以后我既嫁到那边，手头少不得要宽裕一点儿，你还焦烦则甚？人贵知足，得了陇又望蜀，那就未免过于贪心了哇！"

陶姨惊问道："哎呀！帮助朋友至多百十元罢咧，照你这口气，好像要将这笔巨款全行送给别人去享用，天下也没有这种呆子。拿朋友和你嫡亲兄弟比较，又是谁厚谁薄呢？"

玉痕点头笑道："兄弟比较朋友，自然是更厚一层的了。不过事有缓急，这样道理，你姨娘定然不会明白，我此时也懒得和你多讲。今晚须索早些上床休息休息，明天有些事，很要劳精费神呢。"

她说完这话，便走近妆台旁边，卸除簪珥，解脱衣服。陶姨见这模样，也不敢再行多话，只得垂着头，噘着嘴，喃喃讷讷地自言自语，回转她自家房里面去。

第二天清晨，玉痕兀自下了床沿，也不去梳洗，尽自拿手托着腮颊，筹划了好半晌，然后又从抽屉里取出一支铅笔，在纸上左画右画，画了些数目码子，方才连那支票一齐收入小皮夹里，匆匆洗了头面，随身穿了几件半新不旧的衣服。临走时候，又催促陶姨起来替她关门。她先一径到了银行，将支票换成许多票子，复行转身，向那莲慧庵里走来。

老师太圆净见是玉痕，好像接到财神菩萨似的，眉开眼笑，迎接上前说道："小姐，你真是个至诚君子，怎么约好了这日期，一丝儿也不讹错。借钱的若都像小姐这样说一是一、说二是二，便叫我们典家堂卖祖宗拿出银子来借给人使用，也都情愿。这外间春风很大，小姐单怯怯的身子，如何禁当得起？赶快请到里面净室里坐地，我吩咐孩子们去预备茶水。"

玉痕见她这样殷勤，十分好笑，便趁势问道："师太休得着忙，转是我拜托你将各处债主约一约，你可曾替我约齐了没有？"

圆净咧开大嘴笑道："约齐了，也有亲自来接洽的，也有将全权托给小尼一手经理的。小姐请放宽心，这点点小事，我们办出来再有个一差二错，怎么对得住我们这大慈大悲女菩萨呢？"

她刚说到这里，忽地又将脸色一沉，板起面孔说道："不能告诉小姐，说出来要叫小姐气死了呢。世界上不近人情的人也有，却没瞧见这……"

说到此，她又咽住了，笑了笑道："不提他吧，我只是心直口快，没一点儿容人之量，这也不是一件事……"说着，便支使佛婆们分头去请各债户。

玉痕搭讪着笑问道："师太适才又批驳谁？怎么说了半句不说了？我知道你以为不近人情的人，个个都不是好人。其实越是不近人情，这人才不至和那些卑污龌龊的社会合同而化呢。比如我的这等举动，在师太这边看起来，自然夸赞我是懂得人情的了，其实拿这不近人情的话骂我的，也不知多多少少。"

圆净仰起脖子将玉痕望了望，重行笑着说道："然则我也不必瞒小姐咧，我恐怕说出来，小姐万一动了气，再将这银子拿转回去，岂不叫我们大失所望？"

玉痕冷笑道："师太，你未免太小觑了我呢。我既允许替他做这件事，难不成因为你一言半句，便赌气决裂了不成？快别要这样瞎疑猜，我既到了你们这座宝寺，便是插翅也逃走不掉了哇。"

说得旁边的上尼姑一齐都笑起来，说道："小姐的话真说得有趣儿，几乎将我们这些庵观寺院说成了一个强盗窟穴，那还了得？我们也没有别的来罚小姐，只罚小姐在佛灯里添供二百斤香油。"

玉痕笑道："有有有，我若是有款子余剩下来，定然给师父们买香油，在佛前上供。"

圆净将小尼姑们眨了一眼，笑喝道："孩子们休得多管闲事，小姐本来是龙女化身，她老人家与佛菩萨原是有缘的。你不瞧佛菩萨已将小姐送入鲁大人那边去享福吗？什么叫作天堂？这便是天堂了哇。"

玉痕红着脸笑道："这些闲话，师太讲它则甚？"

圆净随即顺手刷了自己一个耳光，缩着脖子笑道："该打！该打！放着正经话不谈，我也是欢喜昏了。告诉小姐吧，前两天那个书呆子尹先生忽然撞魂撞到小尼庙里来，口口声声拜托我劝小姐不用替他管这闲账，是我当时兜脸啐了他一口臭吐沫。"

玉痕皱眉说道："师太，你这又何苦来呢？"

圆净睁起怪眼说道："他说这些没魂的话，怎不叫人生气？我说葛小姐不管你这闲账也不妨事，你快将银子拿出来还我们，我们自然不向你啰唣。他听见我这口气，转又白眉瞪眼，望着我发怔，停了一会儿，方才怏怏地走了。小姐，你想这书呆子好笑不好笑？"

玉痕刚待回答，已听见外面小尼传报进来，说某奶奶某太太一齐都到了。圆净连忙撇下玉痕，抢将出去迎接。这里玉痕便由那个许倩霞女士将她请入自己房间里，倒茶拧手巾，殷勤招待，又悄悄地附着她的耳朵不知说了些什么。只见玉痕连点了点头，笑说道："你放心，我自有摆布，断不叫你落空。"

刚说到这里，忽听见外面一阵笑语声音，原来前面走的是绮秋，阿锦跟随在后。一见了玉痕，绮秋先笑嚷道："我们是特地过来瞧着姊姊做这仗义执言、扶危济困的大举动，顺便学个乖儿，将来在社会上也好做一番互助的事业。先觉觉人，自利利他，想姊姊总不至将我们摈诸大门以外吧！"

玉痕羞得通红了脸，笑道："姊姊请坐，这不过是一件随心所欲的玩意儿，算不得什么仁义，经姊姊加上这一大篇考语，不叫人笑死，也叫人羞死。"

阿锦在旁边咬着牙齿，只是冷笑。圆净因为这两位小姐大驾光降，她早撇下外边的女客，三脚两步地抢入来，向她们酬应。小尼姑和那道婆见这阿锦活跳新鲜坐在那里，想起以前那桩空棺材的案件，不由笑得咯咯的，你望着我，我瞅着你。圆净望着她们吆喝道："贵人在这里，你们嘻天哈地地成何体统？还不快替我将房里那个茶食果盒捧上来，让小姐们随便用些点心。"

小尼方才笑着走了过去。稍停一会儿，已将果盒放在桌上，里面全放的是些精致蜜饯，还夹杂着好些马玉山的糖果。阿锦跳起身来，拈了一枚，向嘴里一塞，又轻轻那圆净光头上弹了一下，笑道："你这老秃驴真会打算呢，怎么把正月里的果盒留到这时候来应酬我们？吃了你的，倒好又要来写我们的缘簿了。"

圆净将双掌一合，低声说道："阿弥陀佛，小姐说的哪里话？这的确是一位老和尚打从上海带来给我的，我留着动也不敢动，特地把来孝敬两位贵人小姐。"

阿锦大笑说道："好呀！这老和尚一定是你的姘头，你敢和我嘴犟？不然他为什么巴巴地带糖果给你嚼吃？"

一句话引得大家都哄堂大笑。圆净这副厚脸皮子变也不变，只是左一句阿弥陀佛，右一句阿弥陀佛念。转是绮秋恐怕圆净着恼，便搭讪笑说道："师太，你怎么知道我们要来，特地留着这果盒孝敬我们？"

圆净忙正色说道："小姐，你们是在家人有所不知，我们佛殿上不是供养着揭谛揭谛波罗揭谛吗？这揭谛神最灵最快，但凡有什么要紧的事，他都得在前一夜里托个梦给我。昨天夜里，揭谛神巴巴地又来告诉我，说鲁小姐和葛二小姐今天准到。小尼这才将果盒儿打点齐备，却幸不曾误事。"

绮秋见她说得这样活灵活现，只是掩着樱口微笑。阿锦笑着将绮秋袖子一扯，说道："姊姊，你休得听这老秃驴捣鬼，我们闲着没事，且和你向各处随喜随喜去。"一面说，一面便扯着绮秋，重行向那座大殿上行来。

玉痕、倩霞以及圆净老师太都一齐跟着她们在后面。阿锦一时总不肯安静，指指这座佛像，敲敲那座木鱼，闹得乌烟瘴气。

大家刚在那里谈笑，忽然从天井外边走入一个女佛婆进来，身上穿了一件粗布道袍，一个小核桃发髻伶伶俐俐地绕在头顶上，一双小脚新近放大，套着一双黄布鞋子，黑袜筒一直抹到膝盖旁边。左手捻着佛珠，右手热烘烘地烧着一大把散香，头也不抬，将那一支一支香挨次插在各香炉里。插一支香，对着佛像拜一拜，嘴里叽里咕噜的，还不知念些什么经咒。众人瞧她这模样，忍不住暗暗发笑。及至等她将佛拜完，蓦地走近玉痕身边，端着手里的香，恭恭敬敬地对玉痕福了几福，嘟念道："好个女菩萨，大慈大悲，你这件事做得功德大极了。可怜我们这银子是打从盘剥上得来的，好容易积成一百二百，不争吃那姓尹的一古拢儿吞没干净，叫我这下半世如何倚靠？我又没了儿子，眼见得吃着都没有指望了。前天我得了师太的信息，把我这几夜

260

欢喜得眼睛不能合缝。今早特地买了好些神香，一者谢谢菩萨，二者谢谢小姐，保佑小姐将来多福多寿多子多孙。"

她只顾在这里唠叨，玉痕又不好意思拿话来回答她。圆净掩嘴说道："过太太，你几时又改穿起袈裟来了？今天已经不早，别人都好道来齐了，一会子单单等候你的大驾。"

过老奶奶将双手一指，急道："我也待早来呢，只是那刘瞎子纠缠着，他少欠我八百文利息，一直闹到今日，八个纸张锞子都不曾到手。拼死拼活，适才和他打了一场，方才捞着他滴大溜光四百文铜钞。"说着，便拿手拍拍腰里口袋，果不其然，有些哗啦哗啦地响。

圆净此时已慌张起来，更不和她讲这些闲话，将人数按名一点，凡是尹家的债户，差不多都到齐了，便将来人邀入她的那座方丈室里，拖开一张圆桌，请大家团坐下来。又将各人带来的借据一张一张地点得清清楚楚，便催玉痕将银子取出来，预备兑款。玉痕皱着眉头说道："怎么这时候尹先生还不曾来？请诸位少待一会儿，等他亲自验明了借据，我的银子是现成在这里，包不误事。"

众人未及开口，圆净早直着喉咙嚷起来道："小姐你等这呆鹅等到几时呢？我们借据全是死鬼亲笔画的花押，难道还会假了不成？"

玉痕摇头说道："并不敢说诸位借据会假，不过我是替别人做事，若不等候这主人到来，冒冒失失地还了款子，恐怕将来发生纠葛。好在多的时候已经耽搁了，怎么这一会儿工夫倒反着起急来？"

众人听她这样说法，莫不面面相觑，兀自作声不得。圆净师太尤其抓耳挠腮，好像热锅上蚂蚁似的，不知怎样才好，嘴里亦不住千刀万刀，提着尹雄伯尽骂。后来还是阿锦替她们想了一个主意，笑道："急惊风撞见慢郎中，这也是一件没法儿事。你们何不打电话到江那边去催一催呢？"

圆净登时便吩咐佛婆，向外间去打公用电话。叵耐那佛婆又不知道这电话是什么东西，尽翻着一双大白果眼，身子动也不动。圆净气得乱嚷乱喊。这时候，阿锦早跳起身子说："死没用的东西，我来替你们跑一趟吧。"说着，拽起她的那条长裙，飞身就走。

绮秋见她这样自告奋勇的样儿，瞅着她只是尽笑。你道阿锦为甚这般热心？原来她因为玉痕对着这姓尹的用情如此之深，可想这姓尹的生得必非常漂亮，所以大清早起，便约同绮秋赶到莲慧寺来，瞻仰瞻仰这位美貌郎君。谁知等了这半日工夫，还不曾见着那姓尹的身影。别人着急，为的是财，阿锦着急，却为的是色。其中缘故，只有绮秋明白，她在背地里着实有些忍俊不禁。

果然不曾隔了一会儿工夫，只见阿锦花枝招展地笑得进来，拍手向圆净说道："可晦气吗？累我白跑一趟，他们在电话里告诉我，说尹先生已经过来了，大约立刻就到。"

圆净一干人听见这话，方才欢喜，那一片阿弥陀佛的声音，你一句，我一句，又嚼念起来。

再说尹雄伯，知道这件事是免不掉的了，老赖在家里，不好意思来和玉痕厮见，吃那保姆逼迫不过，好像绑他赴法场一般，挨得一刻，便算一刻。后来觉时候渐渐不早，保姆又埋怨他不该累葛小姐在那里老等。他想来想去，甚是没法，只得一步懒似一步地慢慢渡过了江。刚跨入寺门，那两个小尼姑像瞧见了宝贝，立刻飞奔进去，告诉大众。圆净冷笑了笑，过老奶奶也板起一副面孔，唯有那个阿锦忙不迭地伸头踮足，从人丛里拿出全副精神来，赏鉴这位尹先生雄伯。只见这位尹先生却是中人身材，五官也还平平整整，唯是他的那副脸皮子，黑得非常难看，再加上两道浓厚眉毛，仿佛一对板刷，笔直地安在眼睛上面，虽然不曾留起胡须，至于那些胡须根子，却和藏针一样，由腮下一直连到鬓角旁边。若是有人和他接吻，定然一戳便是一个小洞。衣服的形式又不知道研究，穿了一件三尺八寸长的黑色布棉袍，加的那件马褂子倒有二尺二三寸长短，远远望了去，简直是清朝人穿的袍褂。其时他又挟着满肚皮的羞愧，那副黑脸里再泛了些红晕，俨然堆了好些退光紫漆。把个阿锦瞧得大失所望，掉转脸扑哧一笑，又重重地向地啐了啐吐沫，自言自语地笑说道："哎哟，哪里跑得来的这等活鬼！我这玉痕姊姊真要算得是个别古董的行家，怎么将这人不要的古货吃她一古拢儿收掳得来？若是将这位尹先生陈列在博物院里，倒可以代表我们中国人的奇形怪状。"

绮秋忙拦着她笑道："锦妹妹，你少嚼些舌头吧，吃玉痕姊姊听见，瞧她来拧你的小嘴儿。"

其实这当儿，玉痕不但没曾留心阿锦的神态，便是绮秋说的话，她也没工夫去听，含笑向雄伯说道："尹先生，你怎生这样蝎蝎螫螫的？事体总是要做的，何必累诸位等得许久？所有借约，一共检齐在这里，请你细细过一过目，我们便好照着上面兑价。还有一说哩，论外间还债的规矩，大都多少有个折扣，我因为她们有大半是佛门弟子，靠着放债度活，好在我们的款项也还充裕，不如径自按照上面的数目摊还。"

玉痕才说到这里，那一片阿弥陀佛的声音又如潮而起了。从热闹里，那个尹雄伯板起一副正经面孔，荷荷地向玉痕说道："这是怎么一回事？累小姐替我这样出力，我打从前日听见这信，简直和做大梦一般，糊里糊涂的，几乎辨不出是真是假。今天果然由小姐将我唤得来，只是我呢……"他说出这四个字，把不住一阵心痛，那眼泪便直滚出来。

玉痕也不理会他这些话，只是嫣然一笑，立刻摸出许多票子，按着一张一张的借据分派，不到一刻工夫，已将各债还得清清楚楚。自己还余剩了几百块钱光景，依旧揣入怀里。然后命圆净取了一根火柴，将所有的借据命雄伯亲自烧去。烧完之后，雄伯不由分说，啪的一声，趴在玉痕裙边碰了一个响头，引得阿锦她们都哗然大笑起来。羞得玉痕满脸通红，又不便还礼，忙拦着说道："尹先生，你这又算什么呢？我一时动心，情愿替我那姊姊甘碧瑜尽这义务，与尹先生毫没干系。要知道一个人生在世上，于国家无益，于社会无益，区区此躯，幸喜还能值得这五千多银子。若使这五千银子用得不得当，我就未免负了我自己，如果用得得当，虽再赔贴些出来，我都情愿。何况还多得若干，足够我这十来天的日子使用。自是以后，你自为你，我自为我，我固然记不得有这恩惠给你尹先生，请尹先生心里也不必记着我这一番举动。流水行云，不过偶尔机缘相凑，并没有什么可以研究的价值。"

玉痕这一篇话，说得众人称奇叫怪，尤以阿锦不住地在背地里纳罕，歪了歪嘴，向绮秋笑道："你可听见吗？我这玉痕姊姊简直是个呆子，替人家做了这偌大粗活，她不但不自居为功，而且叫人家不用将这事放在心里，我不知道她究竟是安的什么心肠。若说她和这尹先生有特别感情呢，像这样丑鬼，玉痕再没生着眼睛，也不至将这厮放在心坎儿上。况且瞧他们的神情，听他们的口气，又丝毫没有尴尬。然则我前天替阿妈他们筹划的那条计策，怕又不免套人夹层子去了。"

一番话说得绮秋也笑起来，用手刮在脸上羞她，说道："你还口口声声自命为女陈平咧，我说的话如何？玉痕姊姊断不是这样人。她若是骗了我们银子逃走，与女拆白党还有什么分别？别人我不敢替他下这断语，至于玉痕，我却相信她断断不是女拆白党。"说着，又咬了咬牙齿，瞅着阿锦微微一笑。

阿锦使劲在她臂膊上拧了一下子，笑道："她不是拆白党，谁又做过拆白党来？哎，你也休得将女拆白党看轻了，这班英雄，若没有几分姿色和十分本领，便是想在这拆白党里挂个名儿，我恐怕她们党员还不准许她入籍呢。"

两人正在旁边说笑，玉痕不曾留心，一面忙着送出那些债户，一面打发尹雄伯走路。临别当儿，又问铃官子近来可还壮健，雄伯哽咽着告诉她铃官子有病新愈的话。玉痕叹了一口气说道："咳！无论保姆再关切些，哪里及得生身阿母照应妥帖？我好在还有几天耽搁，能够抽一点工夫，还得过江来看望看望。"

雄伯其时已是说不出来的心中感激，因为旁人太多，便有什么心事，也不好叙说，只得别了玉痕，径自出寺。

这里玉痕方才折回身子，进来向绮秋她们笑道："你瞧我忙得可累赘呀，马不停蹄，只顾在这搭儿奔出奔进，转把姊姊妹妹们搁在这里，连谈谈闲话都没有工夫。"

绮秋扑哧一笑，说道："我和姊姊以后聚首的时间很多着呢，也不在乎忙在这一时，倒是姊姊这番义举，叫我瞧着很是倾佩。你也休息休息吧，怕你这身子这几天以来也累够了。"

玉痕将双眼一抬，笑道："这算得什么？姊姊也拿话来和我客气，可想你还不知道我这为人。"

她说过这话，又向圆净招了招手。圆净在这当儿对着玉痕已是说不出来的快活，一听见她招呼，三脚两步直抢过来。玉痕从手巾包里拣出一张五元钞票，递给她笑道："先前令徒叫我在佛灯里添油，我也不知这油要用多少，不如折给你现款，请你替我去料理料理吧。"

圆净笑得呵呵地说道："小姐休得理会她们，这个如何使得？快将这钞票收起来，小尼断断不敢领此厚惠。"

她嘴里虽这样说，至于那张票子，手里却捏得紧紧的，死也不肯松放。玉痕笑道："我要你领我这厚惠则甚呢？我又不是送给你的，本来清净佛地，吃我们今天在这里闹得人仰马翻，佛菩萨岂不要生气？供点儿香油，也好忏除忏除我们的罪过。"

圆净听到这里，忙合起双掌，一直拱至口，打了一个稽首，笑说道："小姐既这样讲，我便替菩萨多谢小姐了。阿弥陀佛！像小姐这样的为人，方才称得起是一位大护法呢。我也没有别的报告小姐，只随早随晚，在佛菩萨面前多替小姐念几卷保寿经，保佑小姐长生不老。"

阿锦听着，忍不住好笑，便伸出一只手打着圆净，笑骂道："我把你这老滑头，你不是简直当着和尚骂秃子？我姊姊给你的钱，你就替她念经，又称赞她是一位大护法。然则我和鲁小姐都是吝啬得一毛不拔，岂不叫我们听了难受？好好，随后你若是到我们公馆里去领月支，我不吩咐家人们折断你这老鬼驴腿，我就……"

绮秋忙接着笑说道："妹妹讲话，须得分清理白，不要将我牵涉在里面。我们只可惜多进了几年学校，只晓得科学是万能的，对于这些神佛，委实有些不大相信。不是我说一句促狭话，师太虽说是替玉痕姊姊在佛前点灯，我怕这香油断乎不在灯里，一定生了两条腿，奔入厨房里替师太们去炒小菜。"

一句话说得满室里哄然大笑。有个佛婆躲在窗外咂嘴咂舌地笑道："瞧不出小姐这点点年纪，说出话来简直如同眼见的一般模样，怎么这点儿小玩意儿，她都打听得明明白白？"

圆净通红了一副脸，既要来敷衍阿锦，又须拿话去解释绮秋，弄得七颠八倒，嘈杂当中，不知怎样才好。毕竟玉痕长厚，笑向圆净说道："师太，你自有事去吧，我们这里却不消你奉陪，坐一会儿大家也该散了。"

圆净得了这道赦令，趁势含笑走得出房，嘴里还叽里咕噜地不知说些什么，别人也不暇来理会。其时阿锦见外面的人都散了，坐在这里也没有趣味，随即望绮秋挤了挤眼睛，站起身来，便和玉痕告别。玉痕留她到自己屋里去坐，她只是笑着不肯答应。绮秋也微微笑了笑，两人先自出了莲慧寺不提。

唯有那个许倩霞依依在玉痕身旁，一步也不轻易离开。玉痕知道她的心事，又拣了十元给她，倩霞这才千恩万谢。玉痕又笑问道："听说你们那位黄先生已经吃许景萍驱逐出门了，有人告诉我，说他已转回汉口，不晓得可曾到你这里来缠扰没有？"

许倩霞见她问到这里，不由脸上一红，低下头，只不开口。玉痕瞧她这模样很是可怜，遂不便往下再问。出来寻见了圆净，向她道谢了几句，然后才转回她的住宅。

说也奇怪，刚刚走到门口，只见车马成大堆地排列在这里，拥挤不开。外面站着三五个家人，一见了玉痕，忙不迭垂下了手，吆喝一声："大小姐回来了！"

玉痕心下很是诧异，便对着他们问了一句："难不成你们老爷又过来了吗？"

家人忙回道："不是老爷，是太太。"

玉痕点了点头，立刻大踏步抢了进去。那时候，袁氏已高高地坐在堂屋里，身边伺候着三五个仆妇和丫头。陶姨忙得手慌脚乱，一面敷衍袁氏，一面又要安排那一班仆从。玉痕上前喊了一声婶婶，袁氏早堆下满脸笑容，拿出全副精神来和玉痕应酬，笑说道："你叔叔不放心，恐怕这样大事，陶姨一个人支持不得，特地打发我过来帮着大小姐料理料理。"

玉痕红着脸说道："这也算不得什么，转劳叔叔和婶婶这样操心，侄女儿如何担当得起？"

袁氏笑道："哎呀，大小姐如何说出这话？我们算是嫡亲骨肉，没有一件事不痛痒相关，譬如从前大小姐住在我们那边，我们对于大小姐，真是恨不得将这颗心掏出来，这是大小姐素来知道的。我这话可有一句说谎？如今撞出这天大的喜事，我们做叔婶的万一袖手旁观，那也算不得人，简直是畜生不如了。"说着，又回头向一个仆妇发落道："你出去叫葛贵他们先回公馆吧，这边房屋小，很不用他们在这里胡闹。"

仆妇连连答应，径自转身要走。玉痕忙接着说道："刘妈，你叫葛贵他们晚饭后再来接太太回去，我留太太在这里盘桓一天呢。"

袁氏扑哧一笑说道："大小姐休得客气，我暂时是不回去的。刘妈替我吩咐他们，傍晚当儿，将我那个随身衣箱送将过来，顺便再带两床干净衾褥、梳洗家具，大小姐这里是现成的，将就使用着也还不妨。"

玉痕听到这里，不觉暗暗吃了一吓，心想：这是一件什么玩意儿咧？若说他们献着殷勤，也殷勤不到这个分际。难道其中又另有作用不成？心下虽如此着想，外面又不好露出声色，只得勉强陪着袁氏谈笑了一日。果不其然，到了傍晚，家人们又将应用物件一齐都送到这边。陶姨虽然不大高兴，然而又不敢和这位大太太违拗，兀自腾挪了一间房屋，好好安置她们主仆。接连几天，但凡玉痕有些特别行动，都由袁氏派人紧紧监察着她，大有押解犯人一般模样，把个玉痕气得半死。

你道这是什么缘故呢？原来那一天，阿锦和绮秋她们看了影戏以后，她急忙转回楼上，将玉痕打算逃走的信，详详细细告诉了她父亲葛镜清，不无又装点了许多，简直说得活灵活现。镜清一听，只吓得三魂渺渺、七魄悠悠，一口鸦片烟衔在嘴里，几乎晕厥了过去。袁氏在旁边见这模样，使劲将镜清拍得醒转，便劝着说道："老爷何必为这事着急？阿玉如果溜走，损失的是鲁大人，与老爷毫没相干。急坏了身子，岂非很不合算？"

镜清睁圆两眼，对着袁氏呵斥道："你懂得什么？我的一生际遇，以后全仰仗阿玉一人身上。她嫁了过去，我立时可以发迹，万一逃走，银钱还是小事，这……这……这……"

他说到这里，浑身有些发抖，上气不接下气，只是尽喘。阿锦也知道自己的话说得太急，忙笑道："阿爹，女儿倒有一个主意，不如由阿爹将玉痕姊姊接得过来，将她圈禁在我们楼上。到了星期那一天，由我们这里拿轿子送她到鲁公馆，这么一办，便有一百个玉痕，插翅也难飞掉。"

镜清喘定了，摇头说道："这话也难说，你接她她不肯来，又有什么法儿呢？老实说了吧，这时候只有阿玉可以得罪我，我却不敢得罪阿玉。依我不如叫你妈到那边去过个十天八天，外面假说是帮同照料，内里却实行监察，只消挨过喜期，可就安然没事了。你们大家公议看，瞧我这条计策可行不行？"

阿锦听了，将她那两只小手掌拍得像霹雳似的，不住声地喊好。蔡妈也在旁边百般地赞成，她赞成的用意，是因为主母离开这许多日子，她就可以和镜清着实亲热亲热。富贵人家的门庭，像这样把戏很多，也不足为奇的。唯有袁氏听了这话，双眉一皱，将嘴唇一撇，冷冷地说道："这件事我不敢担任，好便好，万一不好，我不是自讨没趣儿，随后还落得老爷埋怨。这趟差使请你委任别个去吧。"

镜清怒吼吼地骂道："你又来刁难了，只是我一个人想饭吃，你们都在这里坐观成败。好，好，你若不依我，我们立刻分家，各走各的路！"

袁氏还待分辩，禁不住她这位爱女百般央告，蔡妈又冷一句热一句在旁边怂恿，袁氏想来想去，真是没法，只得顺从了镜清。在这天早起，兀自坐着轿子过来。她虽然坐在玉痕室里，时时刻刻深恐出了岔枝儿，放出本领来百般监察。你想玉痕怎能自由行动呢？叵耐玉痕心坎里又蕴藏着一件要紧的事，急待出门去走一走，知道和袁氏说明白了，她一定拿别的话来阻拦，于是心生一计，从清晨时候便悄悄地下床，再瞧瞧袁氏和那些仆婢一干人都睡得和死狗一般，便连陶姨也不曾起身。她亲自从箱子里取出她所余剩的钞票，转身就出了大门，将两扇门轻轻带上，不知到哪里去了。

其时陶姨见时光已是不早，先唤醒了葛霆，替他梳洗梳洗，预备打发他到学校里去上课。没多一会儿，仆婢们也惊醒起来，忙乱了半天，只不见玉痕出房。大家总还疑惑她在床上睡觉，不敢进去惊动。及至袁氏披衣坐起，若在往日，玉痕老早进来请安了。此时并不见她的影子，心下怀着鬼胎，便问身边那个丫头说："大小姐在房里干什么呢？"

丫头忙摇手说道："这几天大小姐想是辛苦，让她多睡一会儿也罢。"

袁氏含笑点了点头，后来梳洗完毕，忍耐不得，径自踱到玉痕房里，只见锦帐四垂，寂无声息，登时吓了一跳，慌忙揭开帐子一看，哪里有玉痕睡在里面呢？袁氏直着喉咙怪叫起来。众人听这声息不好，不约而同地一哄而入，不由你望着我、我望着你发怔，一句话都说不出口。旁边有两个仆妇战战兢兢地说道："奇呀！这早晚大小姐如何便自出门，敢莫是应了太太那话了？"

袁氏又气又急，却好那个丫头还站在一旁，不由分说，先顺手刷了她一个耳光，骂道："死贱人！你说大小姐睡觉呢，不是你这贱人耽误了我，如何会闯下这样祸事？事已如此，我还有什么面目回去见我们老爷？"

她说着，兀自放声大哭。陶姨不知就里，忙跑来问长问短。袁氏一面哭着，一面便将来意一长一短地告诉了陶姨。陶姨这才恍然大悟，一时也慌了手脚，没口子喊说道："这便如何是好？太太要想法，还该早些想法，迟了怕轮船开行，便是火车站里也不可不打发人去侦探。"

袁氏哭道："我是一个没脚蟹，这等事叫我如何办理？依我的主意，还得送个信给她叔叔，你们看是怎样？"

陶姨忙答应道："这办法最好，事不宜迟，便吩咐吴妈她们到公馆里支跑一次吧。"

仆妇们听见这话，觉得军情紧急，也不再待袁氏发落，果然跳出大门，跨上人力车子，跑回去报告镜清去了。

再说镜清这几天心里很是快乐，知道玉痕那边有袁氏照察一切，料也不至发生意外。况且家里少了一个袁氏，他落得和蔡妈大张旗鼓，补偿他们平素的相思况味，终日在烟床上有谈有笑，十分写意。这当儿烟瘾过足，蔡妈正坐在他的身旁，指东画西地讲他们没要紧的闲话，蓦不防那个仆妇上楼来，禀明这事。直吓得镜清一骨碌坐好，翻着大眼吆喝道："怎么？怎么？你们太太难道是死的？她自己不晓得负的这重大责任，这还了得！我的希望，可算是一古拢儿摔入东洋大海去了！"

说到这里，他兀自暴跳如雷，两只脚将那楼板踩得咕咚咕咚价响。其时惊动了阿锦，飞也似的抢得上楼，问明这事，她不禁眉飞色舞，不住地将个小嘴儿咂了几咂，似乎卖弄她有先见之明。耳边只听见镜清将她母亲骂得狗血喷头，她也不便在里面调停，只是咬着牙齿发笑。蔡妈却忍不得了，冷冷地望着镜清笑道："咳！老爷平时提起太太来，都以为太太能够替你支持门户，凡有什么心事，没有一件不和太太商量。我们好像都是只是吃一碗闲饭的。如今弄得好，便叫去看守大小姐，她转轻轻地将大小姐放得走了。画虎画皮难画骨，知人知面不知心，你老爷休得糊涂，什么叫作结发夫妻？那是全然靠不住的！明是帮助你，暗地里却帮助别人，转不及我们这样拙口笨腮的妇人，如果把这颗心交给老爷，便拿铁炮来轰我也轰不动。并不是我在这里说一句现成话，那一天老爷万一吩咐我过去办理这事，凭大小姐生着翅膀，也飞不出我的手掌心。小姐在这里呢，你觉得我这话可有半字错？"

说着，便扭头扭颈，不得将镜清头上的无名孽火再提高三丈来，去和袁氏拼命。

阿锦笑道："蔡妈这些闲话也不必再谈了。大小姐既已逃走，可想我年纪虽轻，至于料定的事，却是丝毫不爽。为今之计，爹光是着急也没中用，趁这时候还早，赶快打发家人们向四下里堵截。还要叮嘱他们，只消见了大小姐身影，不问她怎样，捉回来由爹发落。爹不必再姑息她吧，像这样败坏门风的女孩子，便立刻处死了也不为过。"

一句话提醒了镜清，真个刻不待缓，随即将一干家人们都唤得上楼，好像差遣军队一般。众人得了这番号令，各自分头去寻觅。阿锦也自放心不下，又跑到玉痕这边来探听消息。镜清只是抓耳挠腮，连午饭都不曾好生去吃，乱嚷着心坎上疼痛，慌得蔡妈替他揉胸抹肚，乱了好半天，一直挨至日落时分。谁知那个玉痕竟吃一个家人在渡江小轮船上寻获着了。那家人不容分说，上前便同玉痕啰唣，硬逼着她来和镜清厮见。玉痕也猜到其中缘故，又是生气，又是发笑，说道："我仅过江走了一趟，要你们这样忙乱则甚？叫我去见你们老爷，正不妨事，瞧他又怎生奈何我？"

家人见玉痕肯和他同走，心里再喜欢不过，以为这场大功出自己手，少不得都该得老爷好些赏号，当下便替玉痕雇了车子，自己押在后面，风驰电掣转回公馆。

镜清得着这信，将心上一块石头顿时放下，见了玉痕，他又不敢得罪她，转换了一副笑容，问道："贤侄女儿，你可将我吓死了，怎么向别处走走，也不给我们一个信？"

玉痕正色说道："侄女儿又不曾为非作歹，行动是我的自由，何劳叔叔费这样心，遍布网罗，仿佛侄女儿要发生别的变故。究竟叔叔是安的什么意思？"

镜清吃她这一问，转回答不出，怔了好半晌，才笑说道："我因为侄女儿的喜期看看不远了，万一你竟有个一差二错，那边鲁大人岂不是问我要人？侄女儿如何怪得我着急呢？"

玉痕冷笑道："这一次喜期，是纯粹出于侄女儿自己情愿，又不是由人强迫，难道侄女儿得了人家这笔银子，转卷包逃走不成？请叔叔放心，侄女儿

269

的堕落，已很觉得对不住死去的父亲，断乎不致再弄得身败名裂，带累死者蒙羞，生者饮恨。叔叔不要将别人的举动疑惑到侄女儿身上，侄女儿便感激叔叔不浅。"

镜清见她说得这样严声厉色，又深悔自己的举动过于鲁莽，万一触恼了这位新姨太太，将来在鲁大人面前便不好希望他们的提拔了。当下殷殷勤勤，着实安慰了玉痕一顿，又吩咐厨房子里备了饭菜，亲自陪玉痕用膳。玉痕在江那边闹了一会儿，肚腹里正觉得饥饿，也不客气，径自和镜清将饭吃毕，然后才转身回自己住宅。好在这当儿袁氏已得消息了，玉痕回来，大家也不曾说甚。

这几天大家都提起精神来，替玉痕料理喜事。喜期已到，鲁国香那边特地备了花轿，娶玉痕过门。及至玉痕嫁到那边，究竟有无变动？

欲知后事，且阅下文。

第十二回

设盛筵膳夫呈异味
侍巾帻弱女答高情

当那葛玉痕未嫁鲁国香、鲁国香未曾拿花轿去接玉痕之前，其中还闹了一场小小波折。在下因为忙着叙述镜清夫妇疑神见鬼、防范玉痕逃走的事迹，旧小说上所说，一支笔写不出两边的话，是以便耽搁住了。趁这当儿，若再不赶紧补叙一下子，包管又有人要指摘这部书的漏洞。诸君猜，是哪一件玩意儿呢？

上回书中不是说及那个孙大福，处心积虑，想借玉痕和尹雄伯的交涉，编就一种短篇小说，预备把来敲一敲玉痕的竹杠。咳！立德、立功而外，古人便讲究一个立言了。立言的宗旨，不外著述有功世道的文字，降而至于小说，已属卑无高论。我辈执着一管秃笔，东涂西抹，大则维持风化，小则亦须惩奸劝善，揭开种种黑幕，俾那一班社会之蠹有所鉴戒，不敢横行无忌。再不然则是风花月露，才子佳人，虽或偶涉于轻佻，然亦无伤于大雅。若像孙大福这一流人物，学术上既无根底，他也滥窃小说家一种头衔，结构出来的笔墨，姑且不论它通与不通，即此大敲竹杠之心，恐怕也不能为清议所容吧。春秋责备，贵在贤者，在下对着孙大福无端发此一种议论，也未免觉得失之迂腐了。哈哈！

话休絮烦，言归正传。孙大福那一篇牛鬼蛇神的小说，足足够他忙了几天几夜的工夫，作就时候，十分得意，又捧来给连幻佛先生指正指正。幻佛看一句，孙大福自己便夸赞一句，又说某处很有关系，某字很有斤两，直说得手舞足蹈，口沫纷飞。幻佛将这一篇小说看完，冷冷地搁在一边，并不开口。大福嬉皮赖脸地笑问道："先生你瞧我著作怎样？有什么得意的去处？何妨批评出来，让学生听了也快活快活。"

幻佛阴扎骨地说了一句，笑道："所有的好处，适才全吃你自己批评完了，叫我还有什么说头呢?"

大福被他这几句冷言冷语，脸上也微微红得一红，便搭讪着问道:"你瞧我这办法，那是一定会有效验的，不比先生那一次白操了心，连一个钞都捞不到手。"

幻佛听见他这等说法，心里益发生气，愤愤地说道:"我哪里及得你的本领呢? 但愿你这封信送了过去，那成千成百的银子兀自滚滚而来。我们明人不说暗话，一经达了目的，你究竟分润我多少? 省得临时开这谈判，大家反伤了和气。你不要以为小说是你作的，与我没有相干。老实说，你若不是借重我这报馆名义，如何能够便会发生效力?"

大福陡地怔了一怔，没精打采地说道:"先生还想在这里面分润我的款子，这个倒未免出自我意料之外了。来来来，便请先生在我这小说后边批评一段，既然挂着一个名儿，便不算得是无功食禄。不晓得先生还以为然否?"

幻佛被他也说得笑起来，叹了一口气，说道:"我也是因为近日手头拮据，免不得要在这里趁火打劫。不瞒你说，你当初不曾拜给我做学生的时候，我但凡歪一歪嘴、咂一咂舌，那外间的银子好像生了腿似的，便直跑到我袖管子里来。该应你这晦气星进门，做一件便失败一件，弄到如今，偏生和你打这样抽丰，黄钟毁弃，瓦釜雷鸣，真个叫我懊恼已极。"

大福听了去，却不大懂得，忙笑说道:"哎呀，先生又拿着古文来骂人了。这黄钟瓦釜的话，究竟怎生个讲法?"

幻佛其时便拿出做老师的身份，正色说道:"这有什么难讲呢? 便是俗语说的满瓶不动半瓶摇罢了。"

大福好生不悦，正色说道:"骂得好! 骂得好! 我这半瓶子倒要和你这满瓶子撞一撞，看是谁胜谁负。你先生还想在我手里弄点儿好处哩，亏你忍心害理，还拿这些促狭话来骂人。"

幻佛却不暇再去理会他了，伸手便在桌上拿了一支笔，按着纸胡乱写了几句，似通非通，大约也和大福这篇小说上文字一鼻孔出气。然后由大福插入信封，粘了邮票，寄给玉痕去了。

玉痕接到这信，只嫣然付之一笑，暗想:别人的婚姻，是唯恐人家打破。至于我这一段姻事，若能够借你们这笔墨弄得破败决裂，我倒感激不尽了。莫说我面前也没剩多银子，便是有银子，也犯不着把来填你们这些无赖文人的欲望。想到这里，她早举起纤纤玉手，一张一张地撕得粉碎，投入字篓里，免落痕迹。大福等了几天，毫没消息，知道这竹杠主义又有些不妙了，飞也似的跑入报馆里，来和幻佛商议。幻佛一半失望，一半是遂心，冷笑道："哦！原来你这小说家的本领也只如此，早知道这样，我缀在后边的那几句批评倒枉费一番心力了。我的竹杠子敲出去，虽没落到银子，还承人家的情，给我一封回信，怎么你连回信都没有？这个你才知道半瓶远不如满瓶的价值了哇。"

说着，故意伸手向嘴边抹了几抹，仿佛是抹胡子一样，歪着头，搭着大腿，坐在上面椅子上尽管发笑。

大福急道："事已如此，以前总怪我的话说得不好，一切不必谈了。但是还求先生替我想个法儿，好出这口鸟气，不能白造化了这贱人。"

幻佛点头说道："一不做，二不休，姓葛的既然无情，便不能怪我们寡义。法子倒有一个，其名便叫作釜底抽薪，又叫作迅雷不及掩耳。依我主意，你再费一番辛苦，将那小说重行抄一份，径寄给那鲁大人国香。他得了这样不尴尬的消息，一定会取消前约，叫那姓葛的贱人不得称心。你想做女孩子，谁不想攀上高枝儿，她既吝惜这几百洋钱，我们便叫他白望着这姨太太的位置流一阵馋涎，她才知道我们文人的手段厉害呢。"

大福听了，非常欢喜，连声喝彩道："妙！妙！妙！我便照先生这话办理，发财是命中注定。她既死糊涂了心，不来理我们，我们便打破她的婚姻，也算不得是伤天害理。"

当下便又照那稿底另行抄了一份，依旧由邮局寄给鲁大人公馆。谁知这一着子真个被他们料定了，大大发生了一种效力。鲁国香瞧了这一篇小说，登时放沉了脸色，命人将那位令爱绮秋唤至面前。

绮秋并不知道他有什么意见，笑嘻嘻地近前说道："阿爹，眼见得离喜期不远了，这一次玉痕姊姊进门，似乎不可过于草率。这一天阿爹还该替她热闹热闹，才是情理。玉痕姊姊她也是个好体面的，我们总不能冷淡了她，叫她心坎里不大快活。"

国香冷笑了笑，顺手将那篇小说掼向绮秋身边，正色说道："你做的好事！她既有这等劣迹，我们何苦白花费这五千银子，买得她的身子，买不了她的心。将来万一闹出别的笑话，我不是拿银子买这件蓑衣往身上披？"

绮秋吃了一吓，也猜到外间又发生了什么变故了，随即笑了一笑，也不去辩白，只大略将那小说望了一遍，转笑着向她父亲说道："这等敲竹杠的玩意儿，难道阿爹还相信他们不成？"

国香手捻银须，冷笑说道："相信呢，原不一定相信，只是苍蝇不抱没缝的蛋。玉痕如果清清白白，便是别人有意诬蔑她，也不至说得这样有名有姓。况且这姓尹的我也知道，他是省里的劝学所长，他的年纪又轻，精力又壮，自然比较老夫可爱些。推己及人，老夫又何必夺人所好呢？"

绮秋笑道："这话说来也很长，若冤枉玉痕姊姊和姓尹的有什么不端的举动，女儿也是一个衔齿戴发的人，断不能将将就就赞成此事，连累阿爹损坏名誉。"

一面说，一面便原原本本地将前后事迹详细告诉了她父亲一遍。国香不由回嗔作喜，拍手称赞道："妙极！妙极！照她这样慷慨挥霍，简直是一个义侠女子了。我鲁国香能够得这种义侠女子朝夕相处，真是三生有幸。罢罢！像这一班无赖文人，他们以为借此糟蹋玉痕，其实转替玉痕增了无限身价。我一时不及详察，适才的言语不免得罪了你这爱女，请你不必怪我。我这喜期，外面多有人晓得，当然大大热闹一番，对得住玉痕，也就对得住你。我也打算过了这一天的筵席，必须摒除那些老套，另外办出一种特别的风味。停会子我便来和梁厨子斟酌。"

原来这鲁国香的为人，除得好色以外，还有一种嗜好，是专讲究口腹。他常对人说："大凡一个人生在世上，这食色天性是最迁就不得的。天生佳丽，所以供我们的玩弄。天生珍馐，亦所以供我们的咀嚼。有钱有势，在这两件上，如若稍微欠缺一点，便算得是自暴自弃。自古以来，那些饭蔬饮水的圣贤，总因为囊橐空虚，他们才装作成这个样儿，来欺天下后世。读古人书，须放出一种特别眼光。圣贤的作用，能够欺骗别人，却欺骗不得我老鲁。"

他本着这意见，每日办毕公事，遂把那些菜单食谱一件一件着实研究起来。至于他厨房里用的厨子，都是特别拣选，享着鼎鼎大名的。单就他口中适才提及的那个梁厨子而论，其先原是伺候着那安徽督军黎自充。黎督军有一次甄别厨司，曾经下了一道宪令，吩咐各道各县精选奇才异能，前来投考。这梁厨子在这当儿，却考了一个第一甲第一名，因他选制了一味雪蛆。黎督军吃了十分可口，由此大家都替梁厨子起了一个别号，叫作梁雪蛆。梁雪蛆在督军任上，不上两年工夫，足足卷了有三五万银子。他这种穷光蛋，骤然得此际遇，也可算得是非常侥幸的了。亘耐他声势既大，腰包又多，妒忌他的人也就着实不少。

可巧后来黎督军将他的太太接到任所，自己也带了一名厨子。这厨子便朝夕在太太面前媒孽梁雪蛆的短处。雪蛆不能久安其位，见机便向督军请了

274

长假。督军原舍不得离开他，无如迫于太太的阃威，只得暂从割爱。他和鲁国香也有交情，又晓得他喜研究异味，特地写了一封信，将梁雪蛆荐至鲁国香那儿里。鲁国香欢喜得了不得，以为黎督军赏拔的人定然不错，遂将厨房里的全权一古拢儿都交给梁雪蛆办理。梁雪蛆感恩知己，当然竭尽犬马，勉图报称。由此鲁国香的一饮一啄，非经梁雪蛆亲自动手，恐怕他丝毫也不能下咽。那一班僚属打听鲁大人的脾气，但凡请鲁大人赴宴，必先拿许多银子运动梁雪蛆来承办筵席。

这一次娶玉痕进门，在那半月前头，早有许多人和鲁国香带玩带笑地要求，说是喜期这一天，大人必须摒除俗套，命梁厨子拣我们不曾吃过的东西，特别点缀一两样，也好叫我们长长见识。鲁国香听到这里，正中下怀，便捻着胡须笑道："味道再没有比雪蛆好的了，况且又是梁厨子拿手好戏。你们既敲我这竹杠，我拼着花费几百银子，打发他到广东一带地方去采办可好不好？"

众人异口同声地笑道："雪蛆虽然是一种美味，然而究属跟着别人脚步子行去，弄好了也不免落了下乘。以大人这身份，必须在这雪蛆而外，另行筹划一种特别办法，方才不辜负这良辰吉日。"

鲁国香想了想，扭头笑道："这可就难了。好好好，以梁厨子的本领，他能够在一桌筵席上办就一百二十八种菜蔬，不同式样，光是鸭子一种，经他的手套起来，能套成七套，这心思也很缜密的了。等老夫来和他商议，或者总可以叫诸位称心满意。"说毕，大家笑笑，也就一哄而散。

这是前几天的事情，此番经绮秋替玉痕剖白了一切，早又提起鲁国香的兴致，不免想到办定筵席这一件事，立刻便命伺候身边的家人去将梁厨子唤入办事室里，和他有要言面讲。不多一会儿，梁厨子早跟着家人一齐进来，鲁国香歪在炕上，向他笑说道："梁厨子，你可知道新姨太太早晚要到公馆里来了？"

梁厨子将胸脯一挺，双手一垂，答应道："是。"

国香又道："那天的筵席很是不少，你可预备没有？"

梁厨子又答道："是。"

国香又道："我是个好胜的人，在这筵席上面，总要叫外客吃过了赞美一个好字，你可省得不省得？"

梁厨子又答应道："是。"

国香急道："你不须尽管是是是地和我闹这样官派，你须替我打算打算，什么样儿才能够叫人家没有批驳?"

梁厨子不敢再答应是是是了,他便滔滔不绝,说出来的菜蔬,名目足足有三四百样。国香听了,依旧摇头不语。过了好半晌,方才笑说道:"谁还同你赌背馋痨谱呢?这些花样,都近陈腐。莫说他们见过世面的人不肯称许,便是我鲁大人,在这饮食上面可算最不讲究的了,然而听了去,也觉得没有什么特别去处。梁厨子你听我讲,我请人吃酒,便是推扳一点,原没人敢怪我。但是你梁雪蛆一世英名,恐怕因此便付之流水,替你设想,也很不值得的呢。"

梁厨子吃了一吓,暗想:我的拿手好戏,适才一出一出地可算都捧将出来了,怎么大人听了去还不满意?这事委实有些棘手。但是要另想别法,一时又想不出来。

可巧因为鲁国香提及他梁雪蛆的大名,他趁势皱了皱眉头,凑近一步说道:"这除非寻点雪蛆来点缀点缀,不过时间太迫,急切没处去设法。"

鲁国香哈哈大笑,说道:"这个还等待你说吗?我早就向各位老爷面前提过这雪蛆了,他们还觉得这雪蛆数见不鲜,不能在筵席上争奇夺胜。我劝你还是另打主意,将来在这雪蛆而外,再替你换上一个名字,也未可知。"

梁厨子暗暗将舌头伸了伸,叽咕着说道:"哎呀!好大口气,连雪蛆都不放在众位老爷眼睛里,这可带累我梁厨子为难了。"心里虽这样想,面子上却又不敢拿话拒绝,只得随口答应说道:"小的沐大人恩典,由黎老大人那边推荐过来,没有一样不另眼看待。既是大人遇着这天大喜事,小的若不竭尽心力办出菜来,博取众位大人众位老爷喊一声好,难道小的没怕雷打?好在还有几天期限,让小的转回去细细斟酌,到那时候,准定叫大人知道我梁厨子不负大人的重托。"

国香拍手笑道:"好极!好极!我知道你的心孔比别人多着好些窍呢。我以后也不来干涉你的举动,你只尽心竭力,替我争个场面罢了。"

说着,将手一挥,那梁厨子便退了下去。若论这梁厨子,当初原是一个考过武举的秀才,对于文字上也很有些讲究,为人又工心计,无论什么事,经过他手里都办得井井有条。一乡之中,无不推重这位武秀才很有能耐。后来因为废除科举,穷困得着实可怜,因此便将他那一颗武秀才的金顶儿揣入荷包里,出来充当站幕。也是他合交好运,他有一个结拜的哥子,也在这署里充当厨役。他闲着没事,便和老把兄研究研究。他这老把兄却是一个诲人不倦的汉子,把所有满腹经济全行教导了他。所以那一次黎督军甄别光禄寺,

276

他侥幸便首膺其选。老实说，但凡人的鼎鼎大名，也不是侥幸可以博得来的。

他此番既已担负了鲁大人这一件重任，刻不待缓，随即回转了他的那座厨房，开了一场联席会议，将那一班上等厨司、中等厨司、下等厨司全城约齐了，差不多连那挑水打杂洗菜淘米的伙夫，全行出席。由梁雪蛆坐了主席，将适才鲁大人吩咐的话通同向众人报告了一遍，命大家想出法子来斟酌。当时你一言，我一语，滔滔不断，倒说出了许多方法。但是他们的议论总没有一件可以用得，急得个梁雪蛆汗流浃背，勉强散了会。自己又踌躇了半响，真个计无所出。没精打采地出了公馆，退转他的住宅。他那妻子柴氏和雪蛆原是结发夫妇，自幼曾经共过患难，雪蛆得意以后，发誓再也不肯娶妾，两家头过得很是恩爱。今日见她丈夫回来愁眉不展，心下早吃了一吓，便近前来问长问短。

雪蛆冷笑道："你们妇人家懂得什么？论我的积蓄，下半世足可以无忧无虑，饭碗问题原没打紧。只是鲁大人说得好，我这半生名誉，怕就要因此失败了哇。"

当下便将以上的事迹约略说了一遍。柴氏听了冷笑说道："我只不信一个人得了权势，他便没来由地从享福里头还要享福。譬如这饮食上面，他们平时也算是最讲究的了，怎么此刻又稀奇古怪地想出玩意儿来，叫别人为难。我劝鲁大人也少做些孽吧。富家一席酒，穷汉半年粮，像目下生活程度，既高且大，那些小百姓们尽有衣不中身、食不中口，忍饥挨饿的也不知多多少少，何苦为娶一房姨太太杀生害命还不算，还要争奇斗胜，想吃世界上不曾吃过的东西？我待有好话骂出他们来呢，若是换了我，好便好，不好就夹头夹脸给那姓鲁的一顿教训。不过准备卷起行李滚蛋罢咧，料不至有什么砍头的罪名。"

柴氏越说越气，却好要去小解，便去揭了马桶盖，一骨碌坐在床半边发恨。她这一番话，转引得梁雪蛆笑起来，说："你不能替我分忧也罢，怎么倒撩动你的火性来了？小百姓与你有什么瓜葛，要你愤愤地为他们抱这样不平？有钱有势的人像这样脾气，原是闹惯了的，他管什么生活不生活、程度不程度？你拿这些迂阔的话去教训他，他一定要骂你不达时务哩。卷行李来滚蛋，我哪里不曾想到，只是我的性子素来又最好胜，宁可将这件事办得妥妥帖帖，叫吃酒的众位老爷们大家喊一声好，随后我再向鲁大人辞职，倒不妨事。"

柴氏笑道："你办好了，他还容得你走吗？既这样说，我便帮着你想一想法子。"于是一手扶着脑袋，一手按着马桶，把那些龙肝凤髓、象白驼峰，和背《三字经》一般，成套话背了一大篇。

梁雪蛆一面听，一面笑着说道："不行不行，固然这些菜品没处去采办，便算采办到手，他总以为这是别人都曾吃过的，不足为奇。"

柴氏接着笑道："哎呀，吃过的便不屑吃了，这个真难呀。来来来，若是要人不曾吃过的东西，你就炒他一碟珍珠，剪他两碗翡翠，再弄他一大簏钻石，可好不好呢？"

雪蛆摇头笑道："人家心里刚怄得生疼，好奶奶，你再休和我取笑吧，我们还是讲正经要紧。"说着，他便褪下头上的帽子，拿手去拭那黄豆般的臭汗。

柴氏见他真个发急，心坎上也有些不忍，左思右想，叵耐真想不出一种善处之法。毕竟妇人家心思灵巧，却好离她坐的马桶不远，有一件陈年古代的狼抗东西搁在那里。她陡然心生一计，向雪蛆轻轻噘了噘嘴，笑道："你不会便拿这东西去搪塞他们一下子，包管他们吃了，再辨不出来是什么出产。"

雪蛆顺着她手指望了望，不觉恍然大悟，拍手笑道："使得！使得！你快来帮我将这东西抬得出来，趁着还有几天工夫，非得将它泡制透了，用鸡汤煨得稀烂，不能投他们的口味。"

柴氏见她丈夫肯用自己这条计策，心中欢喜不尽。两个人登时一齐动手，一片一片地将那东西割成四分五裂，用大小缸满满地装了清水，放在里面去漂得雪白。不上两天，那东西已经涨得异常肥大，比较那鱼翅脊又厚又嫩。梁雪蛆这才心安意稳，赶在喜期前天，便来回鲁大人的话。国香见了他，劈口便问："这大菜可曾想好了没有？"

雪蛆笑道："有了，有了，便是价钱很贵一点儿，小的情愿报效大人，将来在开销账上绝不向大人浮报。"

国香笑道："只要你办得得趣儿，钱不钱是不成问题的。你瞧我老爷在别的事件上，或者省俭些也有的，至于娶姨太太和办酒席，可曾一次吝啬过不曾？我倒是要问问你，这菜叫什么名字？"

不好了，梁雪蛆只顾将那件东西忙得个不亦乐乎，至于这菜的名字却一共还不曾打点。幸亏梁雪蛆幼年读过了几句书，肚腹里少不得还藏着几个新鲜字眼，一时情急，便顺口答道："不瞒大人说，这菜的名字叫作冰洋獭髓膏，是出在南北极的地方，轻易也觅不到手。小的有个朋友，三年前环游地球，由那里带回来这样宝贝，拿了好些送给小的。小的一时不曾想起，还是小的妻子提着这事，我想除得老爷和众位老爷们，断断不能享这种口福。况

278

且新姨太太进门，别的不打紧，若是在这酒席上面不能够叫众位老爷们喝一声彩，小的也对不住老爷。"

几句话说得国香心花怒放，连珠价喊了几声好，随即亲手写了一张字条，命雪蛆到账房里先领一只大元宝做他的赏号，所有各席的价目，随后开账再算。雪蛆忙不迭地垂手，请了一个安，拿了字条，将元宝取回家里，交给他妻子留着打首饰制衣服。

再说鲁国香因为这碗大菜如了自己的心愿，说不出来心里一种快乐，特地命那些书记先生在请帖上将这菜的名字清清楚楚写在上面。所有亲友瞧见这"冰洋獭髓膏"的字样，无不惊奇咋舌，不想来叨扰酒席的都赶过来领略这异样风味。

哈哈！在下闹了这一大篇哑谜，究竟冰洋獭髓膏是他们夫妇玩的什么把戏？再不详细叙述出来，读书诸君又要着急，雪片也似的写着信来追问了。原来这把戏实在是确有其事，并非在下杜撰，诸君如若不信，以后但凡遇着有人请客，必须在席面上留点儿神，或是有特别的异味，自己不晓得名目，那一双筷子稍微慢一慢，庶不至上了那些大厨司的老当。在下何以说这话呢？你道梁雪蛆的妻子柴氏指给他瞧的那件狼抗东西是什么呢？哈哈，老实说了吧，这东西却是雪蛆祖父遗留下来的一架白牛皮箱，这箱子跟随雪蛆东奔西走，着实吃了好些风霜辛苦，功成者退，这箱子已是破旧不堪。柴氏将它搁在马桶旁边，倒又有了好多年头了。大约里面除得放些鞋头脚脑、破布烂棉花以外，也没有一件贵重衣服能够叫这箱子负此重任。黄梅天气，轻易也不拿出来晾晒晾晒，破烂的地方，恐怕那些微生物潜滋暗长，已成了一种特别种族了。经他们夫妇剖解开来，经水一涨，肥白腻洁得十分可爱，想一点气味儿也没有，再用上鸡汤、鸡汁配就许多精美材料，骗得那一班饕餮大家对着这冰洋獭髓膏，真是钦其宝莫名其器哩。这些闲话，我且慢表。

转眼之间，喜期已届。国香这一次是明张旗鼓，不比前番鬼鬼祟祟地瞒着他家里的各位姨太太。公馆里头，这几天自然是挂灯结彩，鼓乐喧天，合城的文武大小官僚，谁不来湫个上水儿，跑向鲁大人这边贺喜？衣冠礼服，济济一堂，说不尽他们的热闹。

便是玉痕这一边，有镜清夫妇替她做主，也不惜拿出款项来点缀点缀，许多亲友愿意来巴结葛镜清的，所收的礼物也还不在少数。袁氏当晚将玉痕打扮得花团锦簇，坐在房里，等候吉时上轿。象文兄妹也在那里应酬内外的贺客。说也奇怪，玉痕临上轿的当儿，外间忽然有人送进一封贺柬，经象文拆开来一看，却不是什么钞票，内中有一张笺纸，恭恭楷楷地写了一首新诗，下面缀着尹雄伯的名字。象文笑了一笑，不敢怠慢，便亲自送到房里，给玉痕瞧看。玉痕觉得很是诧异，从头至尾念了一遍，只见上面写的是：

　　　　昨宵一梦太无因，勾起新愁忆旧鹴。薄命姻缘归造化，误人好事是清贫。深闺怨语风闻确，道路缄情露眼真。代祝郎君还似玉，莫教阿叔误卿身。

　　玉痕看完了，登时将一张粉脸涨得通红，暗暗地嚼念道："这是什么说话？他倒还会冤枉人呢。我们平时相见，大家都还厮抬厮敬，怎么他转赶在这当儿拿这笔墨来消遣我？文人轻薄，难不成这道理真个颠扑不破？有此才调，专把来在这吟风弄月上用功夫，我却解不来他们是安的什么心理了。"想到这里，心中老大不很高兴，随手将那稿子折叠起来，放入贴身一个衣袋里。
　　稍停人声鼎沸，鼓乐大作，一顶彩轿竟将玉痕抬得走了。陶姨想起玉痕平日待她的好处，却哭得十分沉痛，霆儿也站在一旁发怔。袁氏少不得也洒了几点眼泪。唯有镜清烟瘾已过得满足，一眼瞧见玉痕打扮得和美人也似的，他一双鼠眼直笑合不了缝，没口子啧啧叹羡，说："这孩子到了鲁大人那边，不愁不得大人的宠爱，我这势力也就会平白地增长十倍。普通人讲起来都说养女儿没有用处，比如我家这玉痕，这好处够多么大。"越想越乐，一经轿子出门，他便喊家人们替自己将礼服取出来，穿扎齐备，到鲁大人公馆里去吃酒。
　　袁氏笑问道："论规矩，我们是女儿家的族长，那边不曾下着请会亲的帖子，你在这时候如何可以去得？我怕你也是欢喜疯了，一头钻入他们公馆里，也叫别人笑话你不伦不类。"
　　镜清一面换衣服，一面笑向袁氏说道："呸！我们和那边做亲，本来算得是意外，还能容你讲究老规矩吗？这是一层。第二层，内中也有个缘故，鲁大人前天便打发家人们来请我，说他这一次办的筵席，怕跑遍了武汉也寻不出这样好菜，我隐约记得那菜的名字叫作什么冰洋獭髓膏，便是当初大皇帝的御膳也没有这种稀奇贵品。他叫我不要拘着形迹，请我过去替他陪客，我早经答应过了。若是拿班做势不去，不但尝不着这口福，而且还要叫鲁大人见怪。他老人家好容易买收了我的侄女儿，万一因这上面触恼了他，那才是颠倒不知道轻重呢。"

一顿话说得袁氏恍然大悟，忙转过身来吩咐外边轿夫们："将老爷抬稳妥了，老爷身子不大结实。倘若受了一点儿委屈，回来折断你们的狗腿。"其时只听见阶下和暴雷也似的答应了一句。

镜清见象文也站在那里，他便笑说道："怎么？你何妨也同我一道儿去走走？你虽然长成这般年纪，怕那冰洋獭髓膏一共还不曾尝过。"

象文板着一副面孔，冲口说道："一个女孩子，大不过送给人家去做姨太太，想起来兀自惭愧死了，还有什么威风？亏爹有这副厚脸跑去丢丑，难不成还累做儿子的来陪着你？老实说，爹这一去，见了鲁大人，恐怕要先行磕头的呀。儿子这两条腿生得挺硬，你让我在屋里休息休息也罢。"

说着，他不由拊掌大笑，直把个镜清气得要死不活，满嘴里喃喃讷讷地骂了一顿，由袁氏做好做歹，将他推入轿里。大约便跟随在玉痕背后，一径到鲁公馆里去吃那冰洋獭髓膏去了。

再说鲁国香在这一天晚上，忙着应酬宾客，已经累得汗流气喘，虽说是人逢喜气精神爽，然而毕竟上了几岁年纪，总觉得有些不济。上房里几位姨太太勉强和那绮秋小姐招待外来的女客，至于大家心坎上，总蕴着满满的醋劲。一会子听见喜轿已到，一窝蜂地拥入房间，及至瞧见那玉痕的姿容出落得异常美丽，嘴里虽故作称赞，格外加一倍恨那老畜生没有正经，何苦白糟蹋了这样的年轻女子？淫孽造多了，不知怎样现报给我们看呢。绮秋在背地里向玉痕笑了笑，羞得玉痕头都抬不起来，暗想：那一次幸亏她替我出力，打破这场婚姻。如今却是我自投罗网了，负己负人，还有什么可说？想到此处，那粉颊上不禁流下两行珠泪来。绮秋也着实可怜她，又用委婉言语安慰了玉痕一顿，又陪她坐向床边上，问她肚腹里可饿不饿。玉痕摇了摇头。且不表她们姊妹的亲密，我又要来说一说那冰洋獭髓膏了。

其时各厅上都安了筵席，众多宾客纷纷入座，光是那十六样碟子，已就光怪陆离，十分可爱。国香亲自过来向各处把了一遍酒，然后也就拣了一桌席面，自己坐入主位。他的酒量本来不错，加着眉飞色舞，众人又趁势轮流奉敬，醺然有了几分醉意。这当儿，第一件大菜便是那冰洋獭髓膏到了，大家睁圆了眼睛，不住地向那碗里张望，只听见喊了一声请，那几十双牙箸便从半空里飞舞而下，好像那雨点子一般，真个觉得那獭髓膏非同小可，肥腻得堵塞了喉咙。不多一刻，那一顶又大又笨的白牛皮箱，居然一块一块地送入众位官僚肚腹里去了。

鲁国香因为这异味很是难得，他也不和别人客气，呼啦呼啦地吃得着实不少，有些许渣滓缠在齿缝里，他兀自用牙签子剔出来，依旧咀嚼下咽，深恐将那牛皮糟蹋了可惜。众人你一言我一语，将这牛皮夸赞得天花乱坠，厨房里司务有多半不大明白。这风声传入梁雪蛆耳朵里，暗暗叫了几声惭愧，这才佩服他妻子心思细密，想出来的法子不但保全我梁厨子的名誉，而且还可以博鲁大人一份重赏。常笑那些新学家，都讲究个废物利用，像我梁雪蛆这本领，才算得起真个是废物利用呢。不但这獭髓膏的大名传播出去，万一再有别的大官僚要求我照样地办十桌八桌，这陈年古代的白牛皮箱倒还不容易寻觅呢。他虽这般设想，但是天下事要得人不知，除非己莫为。

这冰洋獭髓膏的名目不久便传遍了，一时各厨房里的厨子，谁不想争奇斗胜，千方百计打听这梁雪蛆究竟用的是哪一种手术。后来吃他们打听得清楚，于是你也买牛皮箱，他也买牛皮箱，差不多叫各处的荒货摊子凡是有老旧牛皮箱的，无不利市三倍，你道可好笑不好笑？这都是些闲文，不在本书中交代。

再说鲁国香这一顿豪宴，再加上叫了许多妓女，笙管嗷嘈，金迷纸醉，一直闹到有三更时分。大家见时候不早，那一班知情识趣的朋友便陆续起身告别，好让鲁国香进房去消受那温柔艳福。

国香等候众客散净，带着几分醉意，方才跟跟跄跄地由着那许多仆婢们簇拥着这一位老新郎，抢入绣房来，和玉痕厮见。电灯之下，照见那玉痕出落得越发比前番娇媚了，绣裙不动，妙目微低，端然坐在床沿上面。喜娘们见国香进来，少不得搀扶着玉痕，将身子微抬了抬，真乐得国香眉开眼笑，说："请坐！请坐！我们有好些时不见了，叵耐吃他们厮缠着，闹得人头脑子生疼。再不睡一会儿，怕眨眨眼天色就要发亮了。"

他虽然这样自言自语，玉痕一共都不开口。国香知道她害羞，只对面坐在那张椅子上，嚷着口渴要茶喝。仆妇们便端上那上等芽茶，国香喝了一盏，又添一盏，已经把个小肚子涨得要死。你道这是什么缘故呢？原来他因为赏识那冰洋獭髓膏，在席上不知不觉地比别人多啖了几块。老实说，这一大堆白牛皮窜入喉咙里，当时并不觉得怎样，及至经这许多热茶一灌，一块牛皮便足足抵得两块牛皮，一座五脏庙差不多撑梁抵柱，很有些岌岌可危起来。我常笑像这等牛皮，从嘴里吹起来还不要紧，若是将这吹牛皮的本领换作了吃牛皮，这危险倒很有些厉害呢。诸君若不相信，请看这位鲁大人，自从灌了好些热茶以后，把手摩了摩胸口，实在有些不大受用，延挨了好半会儿。外边家人们固然是出去各寻快活，便是那些喜娘仆婢，见他们将近入寝，忙着替玉痕解了礼服，又将衾枕铺设齐备，转身向大人叫了一声安，大家将房门轻轻掩好，一窝蜂含羞带笑跑得干净。

说也好笑，鲁国香的肚腹里，牛皮在那里作怪也还罢了，不料那几杯茶登时也一齐作怪起来，哗哩哗琅几阵响，膀胱里虚气下坠，忽然要解小手。洞房里什么陈设都有，至于这一把尿壶，我能够替他们发得誓，在这当儿都不曾预备。国香大睁着一对老鼠眼睛，不住地向四下里望了望，这撒尿的家伙再寻却寻不出，一时情急，又不便大声小气地再去招呼别人，只得三脚两步将房门开放了，一跌一撞地走出那座大天井里，站在一株蔷薇花的树底下，撸起衣服来，把那一泡尿实行解放。不好了！约莫撒了一半，老人家不知为什么打了一个寒噤，登时口眼窝斜，四肢麻木，站在那里，一动也不会动了，下边还点点滴滴地仿佛在那里榨酒。

良久良久，玉痕正倚在床栏杆上，一颗小心坎把不住扑通扑通价跳，刚是无可奈何的时候，觉得鲁国香自从出了房门，一共也不曾见他回转室内。虽说暮春天气，外间并不甚寒冷，然而夜深人静，窗纱残月，夹杂那虫声如雨，聒噪得人很是烦闷。老年人多饮了几杯酒，在天井里耽搁久了，也很叫人悬心。自家又不便出去亲自窥探，再望望身边，又没有第二个人，悄没声地踅至窗畔，从玻璃里向外面望了一会儿，乌洞洞的，又瞧不出什么动静，心下大是疑虑，总猜国香是向后边去散散步，万分料不到他闹出意外的变故。

再说那一班喜娘仆婢，因见他的主人已和新姨娘上床安寝，他们无所管束，当然是大闹怀抱，悄悄地约齐了聚在一处，将筵席上剩下来的酒坛子，又向厨房里要了几大碗残肴，嘻天哈地躲向别室里开怀畅饮。你一杯，我一杯，有一大半都喝得烂醉。至于别的姨娘们，也是各寻各的乐处，不是伙同家人们打牌，便是寻觅他们的旧相好，鸦雀无声地在房里谈个体己。绮秋小姐也不在家，据说是和象文兄妹向戏园子里瞧戏去了。

一个鲁公馆，在这时候差不多闹得乌烟瘴气，也没有一个正经主儿前来过问。仆婢队里还有几个使促狭的，仗着几分酒兴，你附着我的耳朵，我附着你的耳朵，约同了要到前边新姨娘门外来听一听房，好让他们在第二天上当作新闻传说。当时也没有不肯赞成的人，立刻推了饭碗，蛇行鹭覆地直向前，一进走来，穿过甬道，跨入天井，蹑着脚步，低着喉咙，要笑又不敢笑。内有一个仆妇，走得比别人爽快一点，却好从那一棵蔷薇花底下经过，猛不防被个黑影子一触，凭空倒栽在地上。那仆妇大怒，问这人是谁，那个人又死不开口。仆妇怒从心起，疑惑是什么小厮们和她闹这样玩笑，便跨向那人身上，噼啪噼啪对准他的腮颊，死劲打了好几个嘴巴，打得那人只是哼哼唧唧地嘶唤。后面众多女人都赶得近前，询问她的缘故。那仆妇也说不出什么，跳起来指着地下躺的那人叫他们瞧看。众人不看犹可，这一看吓得魂都出了窍，不由得大喊道："哎呀！这不是我们的老爷？为什么躺在这冰冷的地上，动弹也不动弹？"

那个仆妇听见这话，顿然觉得她这两只手和筛糠簸战地一般活抖，知道闹下这样大祸，料想老爷如何肯自甘休，随即从热闹里躲向一旁去了。

这里众人大惊小怪，外面有些不曾睡觉的家人听见这等消息，忙不迭地灯笼火把，一古拢儿摆入天井当中。再望望他的主人鲁国香，已经出气多入气少，眼见得是中风不语，派一半人到上房里去报信，留一半人在这里看守。玉痕才知道国香跑出房不曾进来的缘故，心里一急，也顾不得什么叫作新媳妇的羞耻，激灵灵地只披了一件紧身小袄，三脚两步，也赶得近前。先吩咐家人们将老爷抬入自己那座新房里，老爷已是病了的人，这冷冰冰的湿地上如何可以睡在那里受冻？众人在这当儿正苦手足无措，不知道怎生摆布，经新姨娘这一句话提醒，刻不待缓，便抬头的抬头，抬脚的抬脚，仿佛捧了一个大元宝似的，将国香安放上那座花团锦簇的牙床。仆妇们七言八语，要替老爷将帐子打掉，说是大凡一个人临咽气的时候，倘若死在帐子里，就好比罩着天罗地网，一百世也转不得人身。

玉痕听他们这些话，心如刀刺，忍不住那一行一行的眼泪扑簌簌直堕下来，又拦着他们不要大惊小怪，老爷不过略略受了些风寒，不见得便没有回生的希望。虽然在这三更半夜，必须赶紧去请医生来诊治。她一面说，一面便含泪坐近国香身边，拿着纤手去摸一摸他的鼻息，觉得微微还有一点儿呼吸，当下遂款款地去摸他胸腹脐肚。

再说这场噩耗一经传入上房，除得别有欢好的姨太太一时赶不及下床，其余有几位打牌消遣的连忙将牌桌一推，不约而同地吆喝说道："你们大家听听，老爷分明是吃那妖精缠得死了，还编出这等谎话来哄人。老爷不死则已，万一有个三长两短，我们不把这妖精活活地埋在他棺材底里，也对不住死去的老爷。"

另外有个姨娘冷笑说道："这话一点儿不错呀，老爷生前千方百计地要娶这妖精进门，睡不到三夜五夜，兀自伸腿去了，他死也放心不下。这么一办，让他们两家头向阴司里去快活快活，谁也不来吃他们这鬼门关上的醋。最可恼的，大不过买个姨太太罢咧，还有的没的闹什么獭髓膏。诸位想想，我们

284

当初进门的时候，老爷可曾闹这样排场没有？"

众姨娘越说越气，登时一窝蜂都抢入玉痕这边来探望形势。内中最泼辣的要算那五姨太太了，她也不问青红皂白，虎也似的指向玉痕脸上，千奴才万泼妇地价骂说："你这贱胚！几生几世不和男子见面了？怎么刚和老爷混在一处，便把他缠得半死？你摸摸你的颈项上安着几颗脑袋？谋死亲夫，便有几颗脑袋也不够砍呀。你那不要面孔的阿叔，死拉活扯，硬生生地将你送过来送了老爷的性命。你们瞧这贱胚，一点儿廉耻也不顾，到这地步，她还打扮得狐狸精似的，在这里和老爷卖俏呢。"

这一句话，说得满房的人哄然大笑。可怜玉痕自出世以来，哪里受过这样凌辱，又见众人没口子地拿话来诬蔑自己，心头把不住火起，侃然说道："众位姊姊休得这般枉口赤舌地骂人。你们也不打听打听，老爷因为出外去解手，受了寒气，方才酿出这种变故。不是他们闹出来，我连影子也不晓得，怎么便将这种大罪名硬栽向我的身上？我葛玉痕也是好人家儿女，自幼曾经受过教育，道不得个便不顾廉耻。你们休得拿小人的肚腹，来度君子的心。"

众人听见这话，一齐都大嚷大闹起来，说："这贱婢还了得？她简直骂我们都是小人。"

当下五姨太太不由分说，早伸出巨灵手掌，啪的一声，直向玉痕腮颊上打来，骂道："我倒要叫你尝尝我们这小人的手段！"

众人见五姨太动了手，大家也就趁火打劫，你来扯头发，她来揪耳朵，将一座花团锦簇的洞房顿时打得落花流水，所有许多的精致陈设和雪片也似的掼在地下，粉身碎骨，想一件整齐的都没有了。鲁国香其时也微微醒转，左右不过翻着白眼，望着她们热闹，说又说不出，动又动不得。以外的家人仆妇，也有称心的，也有替玉痕抱屈的，只有碍着众位姨太太面皮，谁也不敢上前来劝阻。玉痕这孱弱身躯，如何禁得起这一番狂风骤雨，身上着实吃了好几下子的痛苦，哭倒不要哭，直咬紧牙齿，拼命地忍受。

正在难分难解当儿，却好绮秋已看完了戏，打从外面回来，走进大门，便有家人们告诉她这事。绮秋芳心里扑通跳了几跳，慌不择路，径自赶入她父亲这边来了，抬头一望，正瞧见那些姨娘们揪着玉痕厮打，把不住怒从心起，连声吆喝。始则她们还装着不曾听见，绮秋急了，吩咐仆妇们一齐上前动手，自己也帮在里面和那些姨娘们敌对。仆妇们谁没有和那些姨娘们挟着仇恨的，得了小姐的号令，大家都蜂拥而上，还有拿起门闩竹竿在旁边大舞大乱。

这一次恶战格外厉害，沸反盈天，声震山岳，连厨房里的火夫打杂都赶入来瞧看热闹，齐在外边拍手打掌助张声势。好好一个鲁公馆，在这喜期里倏地变作了一所战场。好容易等到外面家人叠叠通报进来说："适才去请的中西医士已经来了好几位，都坐在厅上等候上房里的招呼。"

众人听见这话，方才鸣金收兵，偃旗息鼓。姨娘们见自家小姐祖护玉痕，谁也不愿意在这里伺候，一齐抱头鼠窜，各自转回内室。绮秋一面瞧见那玉痕姊姊吃她们打得唇青脸破，十分憔悴，心里着实可怜；一面瞧见她的父亲直挺挺地躺在床上，简直比死人多了一丝微气，又恨又急。刚待拿话安慰玉痕，不防外面有两个家人已引几位医士进来，有的是穿着西装，有的是长袍短褂，履声橐橐，一齐拥入房间。

玉痕因为自己这模样，不便会见生客，转身一闪，早躲入床背后去了，只剩下绮秋和他们周旋。医生们见这新房里纵纵横横地乱堆着无数什物，不免都有些诧异，又不好询问，只得先将病人详细视察了一会儿。内中有几位知道鲁大人今夜新娶姨太太，多半猜向那些不尴不尬的病源上面。绮秋又一时摸不着头脑，医生问长问短，她也没有话来好好回答，弄得玉痕在床背后很是着急，只好隔着帷幕，将国香如何得病的缘由大略说了一遍。医生其时只听见有人说话，却不见人的影子，心里暗暗一笑，于是你一言我一语，互相斟酌，订了一个方子，交给绮秋。大略说，尊翁这病一时尚不妨事，迁延下去，恐成中风症状，吃下这剂药再定行止。

绮秋一一答应，然后将众人送至廊下，复行转身入内。那方子便交给家人们去煎药。国香服药之后，虽没大效验，然而却渐渐地能够苏醒转来，不似先前的糊涂了。玉痕见众人都已出房，她才从床后缓缓走将出来，不由分说，上前一把扯住了绮秋的玉腕，双脚在地板上跺了一下，那两行清泪简直和珍珠一样，纷纷滚滚地湿透了衫袖。

绮秋嚷着说道："好姊姊，你快将衣服穿好了吧，外边时气不好，已经睡倒一个，再不能将你这身子再折磨坏了。我还不曾问你，好端端的，为甚闹出这样岔枝儿来？我若再迟来一刻，她们岂不要拿清水将姊姊平吞下肚腹里去？像这种闹法，哪里还成个局面？总由爹平日将她们纵容惯了。幸亏还剩得一口气哩，万一不讳，还不该让她们无故地兴风作浪！"

国香听见她爱女在这里发话，嘴里也啰啰唆唆地不知说了些什么，听去又不大清楚，只将身子在枕头上挪了挪，似乎要坐起来的光景。玉痕见这模样，也不暇再和绮秋答话，三脚两步忙赶得近前，使劲来扶国香。叵耐国香身躯很是重笨，缠了一会儿，她已是娇喘微微，额角边有些珠汗浸得出来。绮秋瞧了，很为不忍，便一迭连声地唤了几个仆妇进房，又劈头劈脸骂了一顿，吩咐她们帮着玉痕将国香扶坐好了，背后用好几幅锦被轻轻围着。国香拿眼向四下里瞧了瞧，只见所有的什物全行捣乱，恨得他只是唉声叹气，做出手势来比给绮秋瞧看。

绮秋冷笑道："爹且歇着吧，你这身子再禁不得怄气，等玉痕姊姊将这情形告诉了我，自然有我替爹做主。"

国香这时候举起两只手，对着绮秋仿佛是作揖模样，又指指玉痕，他眼睛里便汪汪地蓄了满眶清泪，似乎大有舍不得玉痕受她们欺负的意思。仆妇们见他这神气，无不掩口而笑，又恐怕吃小姐嗔骂，大家遂趁势走过去，将那些残破物件取过一边，凡有整齐些的，重新布置妥帖。这里绮秋和玉痕并肩坐在一张沙发上，由玉痕将适才的情节详细说了一遍。绮秋也很替她扼腕，叹着说道："这一来怎么好呢？爹病得如此狼狈，家里那一班姨娘们大半是只知道争风吃醋。及至叫她们来服侍病人，料想没有一个可以靠得住的。我呢，日间又得到校上课，偷得闲暇的当儿，外边还有好些交际宴会，不能分出这身子，常常在屋里照察一切。"

玉痕见她说到这里，忙接着说道："姊姊，这个却不消虑得，我既到了这里，尊大人身上的事，当然由我照管。但有一层，伶仃弱质，既无权力，又无助手，有许多事体上，心虽有余，而力所不及的地方，总得求姊姊体谅一点儿，不要过于求全责备。尊大人这病，以后若是好起来，我还有一件事要先行要求。姊姊想我初嫁的当儿，无故忽然出了这乱子，我的这命也算得是极薄的了。名分所关，虽不敢别作他想，至于青灯古佛，以后求尊大人赐我一所空屋，让我忏悔忏悔今生绮孽，料姊姊一定赞成。"

她说一句，便哽咽一句，说到末了，简直涕泪纵横，倒身在绮秋怀里，悲不可仰。绮秋也觉得十分悲痛，连连答应说道："姊姊请放开怀抱，随后都可以遂姊姊的志愿。只是爹这身子目下便全交给姊姊，姊姊能替我们做女儿的尽一番心，妹子当然感激不尽了。"

说着，便站起身子，深深向玉痕鞠了鞠躬，又唤入几名仆妇，吩咐她们："凡事悉听新姨娘调度，不可违拗。我如若察出你们有不尴尬的地方，定须禀明了老爷，严行惩治。"

众仆妇齐声答应。自是以后，玉痕便真个竭忠尽智，伺候鲁国香的病体，日夜衣不解带，目不交睫，却不曾和国香同过衾枕，她只在旁边那重套房里宿歇。这且按下不表。

再说鲁国香突然得病的风声由绮秋传入象文耳朵里，象文又把来告诉了阿锦。阿锦将这事当作一件新闻，从第二天上，便巴巴地跑上楼来，报告她阿爹知道。谁知葛镜清也正在楼上哼哼唧唧地感着不快呢。大凡吸食鸦片的人，脾胃本来异常疲弱，他那一夜偶然高兴，把那冰洋獭髓膏多吃了几块，回家当儿，肚腹里便有些作怪起来，坐在马桶上，只是泻个不住。袁氏惊得慌了，叫他延医调治，他又不肯，尽管拿那大土膏儿拼命地烧着，在那里呼吸。此番听见阿锦所说的话，直把镜清吓得从床上直跳起来，怔了半晌，一句也开口不得。

转是袁氏含笑说道："照这样看起来，玉痕这丫头，那身子还是清清白白的了。"

镜清听见她这口气，不由恶狠狠地瞅着袁氏怪喊道："你希望她身子清白则甚？她的身子既然清白，要晓得我们的局运差不多就要乌光漆黑了。我早就说过，这等丫头，生个八败命，她走到哪里，哪里便该晦气。鲁大人的躯体平素何等健壮，怎么不先不后，偏拣在喜期这一天，他老人家忽然得起病来？不是玉丫头带累他，又是谁带累了他呢？你们还不快扶起我来，让我到大人那边请请安，顺便瞧瞧他的神情可有救没救，我们好再打我们的主意。"

袁氏未及答应，蔡妈早抢得近前，正待替他打点出门的衣服，不料镜清肚腹里忽然一阵疼痛，嚷不迭地要上马桶，接二连三泻了好几遍。把个镜清泻得神昏气喘，哪里还能够到鲁大人那边去走动呢？阿锦见自己报告的这事老大讨个没趣儿，更不肯在她父亲面前流连，早笑得花枝招展地跑出大门，去寻觅她的几个男朋友，吃大菜瞧影戏去了。

事有凑巧，她刚刚走上马路，不防备从斜刺里抢出一个囚首垢面、衣服褴褛的小瘪三来，挨着阿锦身旁，低低叫唤了几声："葛小姐，葛小姐，你不认识我吗？这几天以来，我向公馆门首跑了好几趟，可恨那些家人们和狗一般地向我乱咬。我待拿我姑少爷身份和他们翻脸，又恐碍着你小姐的面皮，难得这当儿忽然碰着你，你也该可怜可怜我，提拔一下子才是道理。"

阿锦听他这口音很熟，凝神一望，不觉粉脸上通红起来，掉转身子便向前走。那个小瘪三哪里肯舍，也就大踏步赶得上前，当下紧追紧赶，赶了好一截路。马路上的行人见一个花团锦簇的女郎受那叫花子的窘迫，大家都有些不服气，又不便上前干涉，竟有好多人也跟在后面，想瞧着他们的热闹。任凭你阿锦再机灵些，终究是个女孩子，走得急了，早有些心慌意乱，没奈何，从衣袋里掏出一块洋钿，豁琅一声向地上一掼。瘪三伸手拾了那块洋钱，依旧不肯放松，还是阿锦长阿锦短在后面带喊带骂。

路见不平，拔刀相助。这时候早恼了一个少年，迎面拦着那瘪三，顺手就赏了他一个巴掌，打得那瘪三暴跳如雷。再望望那阿锦，趁热闹里早逃得不知去向。这瘪三哪里肯和那少年开交，登时扯着那少年衣领，使劲往下一扯，那少年穿的一件华丝葛夹衫，外面望了去，倒很簇崭新鲜，及至吃那瘪三撕得开来，把里边的破烂小衣都给别人瞧得清清楚楚，不约而同地大家都哄然一笑，拍手喊道："西洋镜拆穿了，西洋镜拆穿了！"其时直羞得那个少年夹耳根子通红，两个人扭作一团，滚在一处，打得不亦乐乎。然而这瘪三是谁？少年又是谁呢？

欲知后事，且阅下文。

第十三回

寻旧好大宴九华楼
遇异人就医三圣院

前回书中忽然发现的那个小瘪三，我知道读书诸君尽有明白的，猜他不是别人，恐怕就是阿锦姑娘的旧好黄蕉影。哈哈，这猜得一点儿不错，不是黄蕉影，还有谁能够和阿锦在马路上办这样交涉呢？

蕉影自从依栖在许景萍那里，虽说是替他拉车子，倒还饱食暖衣，过得十分有趣儿。不幸在九江地方出了那场乱子，姨太太卷包逃走。景萍是个少年纨绔，寻不见他的姨太太，只索罢休。混了几天，渐渐秋凉起来，他是有兴而来，没兴而返，依旧挈着那黄蕉影转回上海。眨眨眼不过半年光景，他的那份家私也不够他日夜挥霍，挨到年底，诸债猬集，除得变卖房屋典押衣饰偿还各欠户外，还倒了钱庄里有一万多元款子，吃人家在厅里一告，便在除夕这一天，派了人将许景萍羁押起来。

黄蕉影见这势头不好，他哪里还敢在上海耽搁，早一溜烟搭了上水轮船，逃回汉口。及至走近他的旧居所在，只见城郭犹是，人物已非，家主婆都不知去向了。后来向各处打听，才打听出家主婆住入那座莲慧寺里养静。他得了这消息，忙不迭地想去和他家主婆厮会。叵耐那圆净师太还不是个极势利的老尼姑，她眼睛里哪里容得这讨饭叫花子，不但佛殿上不容他脚踏得进，便是寺门外面也索赶得他远远的。因此他和那个家主婆虽然近在咫尺，却似邈若山河了。弄得蕉影没法，千方百计央告寺里那个道婆，请她送个信儿给许倩霞，哀求倩霞照顾自己。倩霞始则恨他忘恩负义，结识了阿锦高飞远走，便将自己的妻子抛撇下来。若不是玉痕小姐提拔孤寒，我这区区一身，早已委填沟壑了，因此也不肯去理会他。后来乞他厮缠不过，所以将这事暗暗告诉了玉痕，在玉痕那里需索了些款子，背地里分给蕉影去使用，如此已非一次。

这一年冬天，蕉影既无住所，他便和那些瘪三大爷混在一处，靠向一家电灯公司机器旁边，就那机器的暖气，将就度过这凄凉岁月。论他的才调，便偷着闲空，作几篇短篇小说，卖钱度活，也还使得。无如他生性又懒，许久不拿那支笔杆，恐怕到了手里，也觉得有千斤之重。一时想起阿锦，常跑去他们公馆里寻问。侯门似海，消息沉沉，始终也不曾见着那阿锦一面。有时候碰着象文，象文随意赏给他几文，无如缓不济急。挨到目下，委实有些挨不下去了，好容易今天在马路上和阿锦打了照面，你想他仿佛得了宝贝似的，恨不得阿锦顾念旧好，依旧将他收入面首之列，方才遂自己心愿。他也不想想，文明女子见好爱好，当初她和你打那秘密交涉，原不过是逢场作戏，并不算得什么真情真义。你如今既然沦落下来，她哪里还肯下垂青眼哩？出了一块洋钱的代价，原想打发蕉影走路，无如蕉影所希望的不仅在这一尊番佛，当然紧追紧赶，依旧和阿锦不得开交。

旁人虽然见这一男一女不伦不类地跑得好玩，却不便上前来干涉。不料其时触恼一位路见不平的少年。你想这少年是谁呢？原来就是阿锦的芳邻，刘瞎子的令郎刘克仁。克仁目下因为结识了那个女士奚雅芸，雅芸再不济些，毕竟她哥子开着一爿小小店铺，银钱上便比刘克仁活动得许多。两家头既然要好，这通财之谊倒不能坐视。那雅芸弄得水尽山穷，因此常常和他哥子鏖闹，捞摸出来的款项在背地里免不得暗暗倒贴克仁。只恨她自己的积蓄不多，当这暮春天气，仅能够替克仁制了一件华丝葛的夹衫，外面虽然装潢起来，至于他这身上的内容，也只好马马虎虎地由他衬了一件破紧身小袄。但凡会客的当儿，若是不把那夹衫解脱下来，谁不羡慕他也是一个翩翩浊世佳公子呢？

活该晦气，他这时候忽然撞见那阿锦小姐吃一个叫花子跟在后边给她受窘，论克仁的心理，平时也着实有些垂涎阿锦。不过苦于势分悬隔，要想巴结她恐怕巴结不上。此番碰着这机会，眼见得是给自己一条联合阿锦的道路，他哪里还肯急慢？立刻抱着一股义愤，分开大众，抢得上前，夹脸便赏给那瘪三一个耳光。在他总以为穿着这一件冠冕堂皇的夹衫，瘪三再厉害些，瞧见我是一个阔人，一吓便该吓退了，断断不敢还手。不料这瘪三也非同小可，他和阿锦的资格比你这新进末学要胜得许多，如何咽得下这口鸟气。况且当光棍的有一种讲究，拦了别人的财路，便算得是不共戴天之仇，没来由吃你无故将阿锦放得逃脱，他的无名孽火已经冒出三丈，登时不由分说，真个和刘克仁放起对来。我替克仁设想，你这瘪三便在他身上使劲擂捶几下，倒也稀松平常，千不该万不该，不该将他这一件美人赠予的春衣撕得落花流水。那件破袄无故地又在众人眼睛里现出原形，急得他活跳活喊，差不多要和那瘪三太爷拼个你死我活。

俗语说得好，无巧不成书，却好他们打架的所在正在一家小报馆门首，喧哗之际，连幻佛刚和孙大福在桌上编辑稿件，偶然听见楼底下声势汹涌，他们师徒俩不约而同地都伏向窗口瞧一瞧外边发生了什么变故。不由把个连幻佛瞧得狂笑起来，原来都是自己的老朋友，一个是黄蕉影，一个是刘克仁。想了一想，这当儿我连幻佛不下去替他们做个调人，未免就得叫人骂我是凉血动物了。说时迟，那时快，任凭你蕉影再惫懒些，毕竟是个文弱书生，肚腹里又半饿半饱，论气力，哪里及得克仁雄壮。虽和克仁战了有五六个回合，却渐渐有些招架不住，不知不觉，满嘴里要喊起救苦救难天尊来了。刘克仁若不是因为这破夹衫缠着双手，那蕉影还得吃他的老大亏苦。

克仁正在那里施展威风，不防斜刺里蹿入一个人来，一把将他双手紧紧掰着，大笑说道："哎哟，大家都是熟人，何苦斗这样闲气？且瞧一瞧我的薄面，有话都好商议。"

克仁见是幻佛，益发双脚齐跳，又紧紧地拿那破衫角将破袄子拦着，嚷道："连先生，这不干你事，你不瞧见这浑蛋撕破我的衣服，我如何能够甘休？"

幻佛笑道："罢咧，相骂没好话，相打没好拳。黄先生已穷到这个分际，叫花子打不出三碗冷饭，你不如认点晦气也罢。"

其时大福已将蕉影扯过一旁，蕉影虽则浑身疼痛，他却因为有人出来调停，还故意地在半边指天画地，装作威武的样儿，似乎表示他还有能耐，不肯下这口气。克仁骂一句，他也还骂一句。孙大福是个粗鲁性子，他又不认识这黄蕉影，只把他当作叫花子看待，见蕉影这般不识轻重，他心里也不平起来，顺手一推，又将蕉影推了一个筋斗。蕉影趴在地下，只是挣命，引得旁边的人无不哈哈大笑。

幻佛急道："大福！你知道他是谁？我在这里方才劝住刘先生，你怎么又动手动脚起来？"

大福翻圆了眼睛，说道："我认得是谁呢，马路上像这种瘪三，也不计其数。"

幻佛一手扯着克仁，一手指着蕉影，向大福冷笑道："你休得瞧不起他，你不过新近学作了些小说，谈到黄先生的著作，谁不仰慕？他是小说界里的泰斗。平时你也曾称赞过他的笔墨，怎么对着这位小说老前辈竟公然挥起老拳来，是个什么讲究？"

旁边的人听见幻佛侃侃而谈，大家都将眼光一齐射向蕉影身上。蕉影好生得意，当真挺腰凸肚，卖弄他小说家的架子出来。大福听到这里，不由从鼻子里哼了一声，暗暗骂道："原来小说家竟是这样下场，可想他们在一支笔底下挖苦人得太毒，方才有这样的报应呢。早知如此，我孙大福悔不该千方百计钻入这小说家的挡子里挂个名儿了。"

刘克仁趁他们师徒讲话的当儿，他从人丛里却好瞧见一个熟人，忙着向那人招了招手，那人便趄近他的身旁。克仁咬着他的耳朵，不知说了是些什么，只见那人拔起脚来如飞走了。

这里由幻佛他们做好做歹，将克仁和蕉影两个人都一齐扯得上楼。瞧热闹的人见没有好玩的地方，也就一哄而散，方才将马路上一片空地露得清清楚楚。克仁望着蕉影咬牙，蕉影也瞧着克仁切齿，彼此分坐在两张椅子上。幻佛便一长一短问他们厮打的缘故，两人又争先辩白，各说各的理由，丝毫不肯认错。

幻佛笑道："不打不成相识，黄先生撕破了你的衣服，刘先生也打伤了他的头脸，彼此还算个扯直。"说毕，又扭转头向蕉影问了一句道，"葛小姐给你的那块洋钱，可还在身上不在？"

蕉影伸手从衣袋里摸了摸，点头笑道："幸喜还不曾打掉，好端端地躲在我这口袋中间哩。"

幻佛拍手笑道："这就好讲了。离敝馆不远，有一座茶社，名字叫作九华楼，晚间还带卖小吃，依我主意，你不如将这一块钱拿出来请一请刘先生。我和小徒大福情愿做你们的陪客。万一这钱不够使用呢，其余由我和大福赔贴，这总算得是天公地道。我们这朋友的劲儿也就十满十足了。"

蕉影听见这话，哪里割舍得下，尽管不答应出口，迟迟疑疑坐在半边发怔。克仁拦着说道："这请客的话，先生大可以不必客气，我再不济些，也道不得个和叫花子坐在一处吃酒。"说着，站起身子，便待向外走去。

大福深恐将这一顿小酌弄得决裂，早死命拦着楼口，身子动也不动。幻佛趁势笑道："刘先生，你这又未免绝人太甚了。你别瞧别的，也该瞧我们平时相好的情分也还不薄。怎么我好意替你们做个和事佬，你转先来抹我的面子？真是岂有此理！我们好便好，不好还得罚你再出一块钱，看你可好意思拒绝？"

克仁见他连珠价的竹杠只顾敲将过来，他也知道幻佛不是好惹的主顾，只得将计就计，重行坐下来冷冷地笑道："我有什么拒绝不拒绝呢？你适才虽然说出这话，别人还不曾允许，我是翻听你们吩咐。至于钱呢，我身边却没带分文，别人还好说是藏在衣服里，我这衣服可算是通天透亮了。你们尽管到我这里来查勘查勘。"说得众人都笑了。

大福知道这一顿嚼吃业已有了头绪，喜得他心花怒放，猪癫风地在楼板上跑来跑去，只等他们一齐跺脚开步。幻佛不慌不忙，故意伸头向桌上望了一望，见稿件业已发了大半，其余的等待吃过酒回来再行料理也不为迟。当下便将身上衣服略略拂拭了一下子，然后走向梯口顿开喉咙喊道："老连，老连！"他喊了这一句，便听见楼梯上迟哼慢步地蹀上一个老头子来，走近幻佛身边，双手垂得笔直，候着他有什么吩咐。

幻佛冷冷地瞅着那老头子发话道："今天晚上有朋友请我出去宴会，恐怕一时不见得回来。这馆里的责任便全行交给在你身上，你须打点起精神来照料一切，不要点头拨脑地又打瞌睡。你知道我这箱子里洋钱钞票很多，万一溜进一个小贼，出了乱子，便将你这一副老骨头捶碎了也赔偿我不起。我这些话你可理会得没有？"

那老头子没口子答应了几个是，又瞧见有几个生客在座，早将他脸上涨得通红，急待转身下楼，偏生又吃幻佛喊着重新说道："你记着，约莫我们要散席的时候，便将这馆门拿锁锁起来，跫到那边，还有些剩鱼剩肉，说不定还有烧鸭架子。你和他们堂倌商议，用荷叶包回去，拿鸭架子煮两碗稀饭，给你和老伴儿受用受用。这是千载难逢的机会，千万不可错过，要紧！要紧！"

他吩咐完了，方才将双手一叉，向众人笑说道："请请请！也是时候了，迟去了还防那边没有好席面可坐。"

孙大福听见这话，第一个先跳起来飞跑。刘克仁也就跟随在大福后面。唯有蕉影没精打采，好像牵他到法场上去砍头一般，一步一步地挨着命向前进发。幻佛紧紧押解着他，深恐吃他逃走。

大家出了馆门，走上马路，克仁和大福厮并在一处，悄悄地向他笑问道："你们报馆里用的这当差的，面貌好熟，我记得在哪里曾经会过，只是一时记不清楚。"

大福见他问这闲话，忙回过脖子向后面望了望，见幻佛离着好远，他才扑哧一笑说道："刘大哥，你道这当差的是谁？论起名分来，算得是我的太老师，也还算得是你的老伯。"

克仁拍手笑道："不错，不错，我有一次到屋里去访幻佛，曾和这位老伯打过了一个照面，并不是我的记性不好，实在也料不到幻佛将他父亲当作仆人使用，这也未免太不成事体了。"

大福叹道："咳！这也是经济问题，我们玩这报馆，原是一个空壳子，所入不敷所出。先前那个当差的干一个月，少不得要给他一个月的薪工伙食。好在我们这位太老师，闲在家里也没有事做，连先生便异想天开，打了这么一个主意，这也是穷极无聊的办法。你装作不曾知道罢了，休得戳破他的纸老虎，叫他面子上不得下去。"

克仁听到这里，顺手将身上那件破夹衫向怀里掩了掩，正色说道："你将我当作什么糊涂汉子？像这样如何可以揭破人家的秘密。况且当这共和时代，事事须讲究个文明，也谈不到什么叫作阶级，比如儿子也可以做得老子，老子也可以算得儿子，这才叫作实行平等主义。仅仅将他当作仆从看待，也算得是客气极了。家父天生残病，可惜他瞎掉一只眼睛，又不能替我们儿女挣一份财产，若论废物利用，我也得学一学连先生，吩咐他跟随我出门使唤使唤哩。"

一番话说得大福心领神会，点头说道："人皆有老子，我独无。"

克仁诧异道："令尊大人是几时去世的？我们怎生都不知道？"

大福接着笑道："不是这样讲。你和连先生的尊翁，一个是老年多病，一个是眼睛不明，都可以把来废物利用，重新改造起来。唯有家父天生顽固，早年挂了一个秀才头衔，尽捧着那死书本子在家里做活猴狮王。你若是叫他做我这儿子的长随，恐怕他死也不肯承认，这不是有老子和没老子一般吗？不以文害辞，不以辞害意，我孙大福所以慨然兴叹者也。"

克仁笑得咯咯地说道："你有什么可叹呢？我记得孔夫子也曾劝过他那学生的，说什么四海之内皆老子也，汝何患乎无老子？"

大福使劲在他身上一扯，笑骂道："你倒会挖苦人呢，我哪里来这许多老子，除非那些大军阀大政客，堂上一呼，阶下百诺，或者可以配得上这句话。我们寒士是没有这指望的。"

他这一扯不打紧，早又将那件破夹衫扯下半边来。克仁白望他瞅了一眼，忙不迭地掩了几掩，幸喜已走近那座九华楼门首，停了脚步，等待幻佛和蕉影一齐上楼。幻佛赶近前笑问道："你们一路上指手画脚谈论些什么？敢又编派我的不是？"

孙大福瞅着克仁只是尽笑，一共也不开口。彼此谦逊着，先后步上楼梯，拣了一所洁净房间，一齐坐下。幻佛硬逼着克仁坐了首席，自己和大福侧首相陪，不消说得，那个主席自然安置那黄蕉影先生了。那些堂倌先前疑惑是来了一班好主顾，及至细瞅了瞅，不由倒抽了一口冷气，他们认得这连幻佛惯是赊账不给钱的朋友。如今益发好了，又添上一个叫花子，一个衣服不整的破落户，眼见得不是什么财爻，勉强替他们放下了杯筷，又问他们要什么下酒的菜。幻佛笑嘻嘻地说道："堂倌老哥，我知道你们这馆子资本很大，各式肴馔名目又多，你们只顾将好的端上来，吃完了一起算还你的钱，分文是不会短欠的。"

堂倌从鼻子里哼了一声，也不开口，转是那个蕉影听了，好生着急，坐在椅子上仿佛有针扎他的屁股一般，忸忸怩怩地很不安静。连幻佛他们也无暇顾他的死活，只顾狂啖大嚼，正吃得热闹的当儿，猛然瞅见那房间外面门帘一掀，气冲冲地抢入一个女子进来，怀里挟着一件半新不旧的墨色布棉袍，一眼瞅见克仁坐在那里，她早直着喉咙怪叫起来，说道："好嘛，巴巴地打发给信给我，说你是在那报馆里，及至找寻到那报馆，又不见你的影子，幸亏那个老不死的老头子指点我说你们成大伙地都上了九华楼了。累我跑得七喘八吼，不料你们却躲在这搭儿高兴哩。是哪个砍了脑袋的将你夹衫扯破？不吃我捞着便罢，万一吃我捞着，瞧我和他有得甘休！"

她说话的当儿，那一张缺嘴只不住地叽叽咕咕，又流转眼光，盯牢在蕉影身上。吓得蕉影低下脖子，大气也不敢出。还是幻佛认得他是那个女士奚雅芸，连忙将酒杯子放下，站起来笑道："这真是巧遇了，女士快请坐下来，不嫌残酒残肴，陪你多饮几杯。以前的闲话也不必讲了，蕉影已同你刘先生结成相好，你不信，蕉影在这里呢，由我来替你们介绍。"说着，便告诉了蕉影说道："这位奚女士再明白不过，他是刘先生的未婚妻子，眼见不久就有喜酒给我们吃了。"

蕉影这时候真是无可如何，只得起身向雅芸鞠了鞠躬。雅芸见他这褴褛模样，不由从鼻孔里扑哧了一声，也不拿正眼去瞧。她早啪地向桌子旁边坐下，将那件衣服递入克仁手里，笑道："你权且穿上吧，为这件劳什子，几乎累我和哥子打一场架。你道为什么呢？他的性情本来再悭吝不过，若是想他借衣服给人，比剥他的皮、抽他的筋还难得十倍。目下天气是炎热起来了，他只穿了一件短袄子，在柜台里面坐地。嫂子是个当家的人，早将他这棉袍搁在天井里晒晾。我得了你的信，急得什么似的，正苦没有法想，却好眉头一皱，计上心来，冷不防偷了这袍子直往外跑。嫂子忙喊着告诉哥哥，哥哥从柜台里蹿出来，便待和我厮打。幸喜我身段机灵，不曾吃他捞着。你将就些吧，快将那破夹衫脱下来换上，这棉的倒好不负我待你这番美意。"

克仁这时候已经有了好几杯酒下肚，那头上汗珠子比黄豆还大，没奈何依她的吩咐，将这棉袍子换将起来。可怜他热得格外厉害，众人无不暗暗好笑。孙大福早经赤着臂膊，在那里捞吃。唯有连幻佛却规规矩矩地不肯解脱他的那件长衫。雅芸是老实不客气，坐下来陪着他们狂啖大嚼。吃到分际上，又没口子招呼堂倌添菜。幻佛同大福当然赞成，只不过累着黄蕉影坐在半边生气罢了。

席间雅芸向克仁问起厮打的事，克仁喘着说道："不谈了，这件事彼此都出于误会。现在由连先生出来排解，我和这姓黄的已没有芥蒂了。但我刘克仁是个热心的汉子，蕉影当日既同葛小姐这样要好，她平白地在半路上抛撇了你，我实在有些不服这口鸟气。大家难得聚在一处，又叨扰他这顿酒席，少不得要替蕉影打个主意才好。"

雅芸听到这里，有些似信不信，扭转脖子望着蕉影，冷笑道："像你这阆茸样儿，当真葛小姐会瞧上了你？你们这些男人家，惯喜欢捕风捉影，恐怕凭你一面之词，总有些不实不尽吧。"

蕉影此时正没好气，再加上雅芸的话一激，他便鼓起腮颊，侃然说道："奚女士，你休得从门缝里瞧人，将人都瞧得扁了。我黄蕉影在先哪里像这样不济？凭我每年卖文的收入，足足有二三百金，穿起几件漂亮衣衫，加上这满肚皮的文学，谁不羡慕我是一个当今才子？但凡才子佳人，要是不凑合在一处，一经凑合，当然如胶似漆，分拆不开的了。"

他一面说，一面又将以前和阿锦逃走的话滔滔不绝地告诉了他们一遍。说到有声有色的去处，差不多连不可告人的事件都一古拢儿形容出来，引得雅芸只是咯咯地笑。其时饭已吃毕，大家都散坐在一边，幻佛躺在一张睡椅上，不住地拍掌喊好，一时大意，他忽地将两条腿跷得高高的，他的长衫虽不肯脱，不料从袍子里露出他的那条破裤。雅芸眼快，笑喊道："连先生，你放尊重些吧，论你的尊股，不见得貌似潘安、美如宋玉，何必献出来和人家打这照面呢？"

她说这话不打紧，众人都睁眼光直射过来，不约而同地哗然大笑，羞得幻佛直跳起身子，笔直地站在那里，再也不肯躺向睡椅上跷手拨脚了。后来还是由那雅芸替蕉影打了一个主意，笑道："你这才子如今已是不济了，还是我们佳人和佳人可以谈得体己，早晚让我去访一访那个葛小姐，多少总得叫她看顾你一点儿。不然我便替她宣布那以前的丑状，瞧她可要脸面不要脸面。"

蕉影见她肯这样出力，十分感激，不住地对她拱手说："一切奉托，我黄蕉影以后有生之日，皆是感德之年，决计忘不了奚女士恩德。"

雅芸笑道："什么恩德不恩德？我倒不计较这个。但是你既然捞摸到油水，我家克仁的那件夹衫是要你照样赔偿的，你可答应呢？"

大福抢着说道："这个何消说得？不但夹衫要他赔偿，而且我们还要多少地扰他几顿。好在葛公馆里银子很多，不叫他的儿女这等消耗，也不见得是天公地道。"

他们刚在这里谈笑，蓦见外面有个人伸头在那里张望。幻佛吆喝道："老连，你尽管蝎蝎螫螫则甚呢？还不快进来掳掇掳掇，没的白便宜了那些堂倌。"

老连听见这话，不敢怠慢，静悄悄地走近桌边，低头一望，只叫了一声苦，见那些盘碟差不多连骨头渣子都吃完了，哪里还剩得一点半点？可怜他只拣了些花生、瓜子壳儿，用纸包着拿回家去烤火。一会儿堂倌又进来算账，只报了一声三元五角，蕉影吓得手足无措，忙攒出那一块钱，他也不和人告别，径自跑下楼去了。克仁和雅芸见势头不好，自己取了那件破夹衫，也就扬长而去。只有幻佛师徒两个逃脱不得，好容易向那堂倌商议，叫他先收一元，其余改日到报馆里来取。堂倌没法，只得支吾了半晌，做好做歹答应下来，放他们走了。

幻佛出了门，只顾嚷着晦气。转是那个孙大福十分得意，一路走着，一路笑着，说道："先生以后像这样的调停可以多干几回，也提挈提挈学生，省得近日嘴里要淡出鸟来。"

幻佛恶狠狠地向他瞪了一眼，也不便说甚，依旧回入馆里去发他们的稿件。

再说那个阿锦，自从遇见蕉影，几乎在路上出丑，幸亏碰着刘克仁替自己挡了这场风波，虽然脱险，芳心里却把不住咕咚咕咚地乱跳，暗想：这件事很是尴尬，姓黄的一天不死，我这魔障一天便脱离不掉。万一他再将这些事传入阿爹的耳朵里，若是诘问起来，我这小姐身份便撑持不住了。

她一路走着，一路想着，好在她的熟人也很多，今天出来的宗旨也没有一定。正在没精打采，不防迎面便撞着绮秋，坐在一部包车里向她招手，喊道："锦妹妹，你可是来访我的吗？你哥哥象文在公园等我哩。你如没有别的事体，我们一齐过去坐坐可好不好？"

说着，那车夫便将车子停放在路旁，等候阿锦的回话。阿锦大喜，掳了掳衣服，便直跳上车，两人并坐在车子里面，直望公园行来。阿锦扯着绮秋的手，叫她摸摸自己胸口，说："姊姊，你瞧我这颗心到此刻还跳得不住呢，适才在路上几乎受了人家的大窘。"

绮秋惊问道："谁敢来窘妹妹？我也猜着了，总怪妹妹对于男人家都取了一个大同主义，这其中便保不住你妒忌我，我妒忌你，以致生出种种的波折。我劝你以后须得选择些，我们做女孩子的，固然不可不交结人，却也不可过于滥交。你觉得我这议论怎样？"

阿锦掩口一笑，说道："姊姊休得乱挖苦人，这窘我的并不是新近结交的朋友，依旧是那一个不顾脸面的黄蕉影。"说到这里，便将适才在路上的情形告诉了绮秋一遍，又说，"这姓黄的，我非得将他置于死地，断断不肯甘休。好姊姊，你的这颗心很算是足智多谋，请你替我设个法儿，我总不忘记你的恩惠。不比玉痕满嘴的大仁大义，像我这些事也不愿意去和她商议。"

绮秋将个舌头一伸，笑道："哎哟，谈何容易？你竟打算无辜地谋害人的性命起来了。难道你不怕国法，杀人是要偿命的呀！"

阿锦将两个小眼珠儿一瞪，恶狠狠地说道："这怕什么？民国的法律，只消我们拿出银子来，要那法律怎样，它便可以怎样。案子越做得大，那罪名越可以减轻，杀人偿命的话，都是拿那些老百姓们开心。比如政府里可曾有一件事当真照法律上去办理不曾？况且这些臭男子，他们的行为先自不正，当初平白地骗我们女孩儿，便送了他的性命，也算情真罪当，我们问心却是丝毫无愧的。黄蕉影目下已经冻馁得要死，早早送他往生天国，我们并不是造孽，简直是替他造福。"

绮秋冷笑道："我胆子小，真不敢干预你这重大问题。好在一会儿便会见你的哥哥，你去问问他，看他有什么法子可想呢。"

两人正在谈笑的当儿，那车声辚辚，已直抵公园门首，先后跨了下车，穿花拂柳地走过好几重亭院。但见斜阳如血，晚烟四流，一重一重的树木遮得和绿幕一般，男女游人穿梭价地往来不绝。靠西南角上，有一座小小花厅，陈设得十分精致，是葛象文他们一班朋友包得下来，轻易不放闲杂人等入内。绮秋和阿锦都认得这个所在，大踏步直抢入来。其中却坐着七八个少年在那里吹弹歌唱，象文斜倚在一带绿栏杆上，拿手拍着，替他们按那板眼。

阿锦一眼望了去，简直都是自己熟人，她其时却不暇和她哥哥象文搭话，早扑近一个少年的身边，紧紧握着他的一只手，哽咽说道："好嘛，你却在此寻乐呢，我在外面吃了别人的亏苦，你竟不肯赶去问一问。平时讲起来，好像都是情深义重，怎么有了事，便自各顾各，再不来理会我了？我不是因为别人在这里，待要在你肩膀上咬下一块肉来，才称我的心愿。"

她说着，兀自流下泪来。众人听她这一番没头没脑的话，也猜不出说的是些什么，也有发蒙的，也有暗暗好笑的。

再说那个少年姓萧，表字直波，在中学校里新近毕了业。先前原和这阿锦有些秘密交涉，打算向她正式乞婚，后来因为她见一个爱一个，把自家这颗心也就冷淡了。他的性情又异常孤僻，既然不大满意这人，要想他故意圆融，勉强装出十分亲热样子，那是万万做不到的。今当众目昭彰之地，忽然见这阿锦对于自己表示着不伦不类的丑状，早已满肚皮不大高兴，连忙将手夺下来，退了两步，冷冷地说道："你又吃了谁的苦头，白白地跑来埋怨我。难道我有未卜先知的法术，知道小姐遇难，便跑去救护不成？"

一句话说得众人都笑起来，接着说道："原是的呀，葛小姐又不曾将缘故说得明白，叫萧直翁打哪里去探问哩？好在大家闲着没事，你不妨诉明了这事原委，让我们来评论评论，如有能够替小姐出力的地方，赴汤蹈火都是义不容辞的呀。"

阿锦其时见萧直波冷言冷语，益发生气，已经哭得像泪人一般，低下脖子只不开口。象文也很着急，刚待开口，却好绮秋也走过来，笑道："锦妹妹委实气极了，你叫她说什么呢？等我来替她宣布。却喜众朋友都在这里，不妨开个临时茶话会，瞧这事该怎生办去。"

于是绮秋便向主席上一坐，众人也都齐齐地团坐下来，绮秋将前事滔滔不绝地说了一遍。立刻大家都抱起不平，七言八语，闹得乌烟瘴气。及至问他们办法怎样，始终又没有一个头绪。转是那个萧直波笑道："当初已种了这因，此日自宜结成这果。葛小姐若是顾念旧好呢，你便提拔提拔他，免得他委填沟壑，也见得你这为人长厚。如其不然，以后你便少向外边行动，他再愈懒些，总不敢跑入你们公馆里无理取闹。内典上所谓放下屠刀，立地成佛，我想这时候，小姐也得将这屠刀放一放了。人生不过数十寒暑，你目下尚在绮年玉貌，所以人家来迎合你。万一时过境迁，年华老大，像这样闹来闹去，将来究竟有何结局？"

萧直波说这话的当儿，声色俱厉。绮秋听了，只是点头晃脑，望着象文含笑。唯有阿锦吃他说得急起来，跳起身子指着他骂道："你是个什么糊涂蛋？怎么人欺负了我，转叫我去赔人家的不是？我闹不闹，与你有什么相干？我哥哥还坐在这里呢，他都不干涉我的事体，转要你严加训斥。照这样讲，你和那姓黄的串通一路，便由你指使他出来和我纠缠的，也未可知。我们且将蕉影放在一边，倒要先同你萧直波理论理论。"说毕，便揎拳捋袖地赶过来要揪直波厮打。

直波见她声势汹汹，不觉走过一边，冷笑道："你这又何苦来呢？以爱始，以仇终，我知道是你的生情。你不听我劝也罢了，恐怕你将来终有懊悔的日子，那时才知道我萧直波的话是良药苦口利于病，忠言逆耳利于行呢。"众人也做好做歹，将阿锦按捺下来。

象文接着说道："妹妹，你性子也太暴躁了些。他说的便不中听，你且自不去听他。你如有什么办法，何妨告诉我们，大家来替你斟酌斟酌。"

阿锦未及开口，绮秋早扑哧一笑，说道："锦妹妹的主意，要想将那姓黄的置于死地，你瞧这法子可用得用不得？"

象文摇头说道："罪不至此，罪不至此。妹妹全是一团孩子见识，想到哪里便说到哪里。他便死了，还有他妻子许倩霞，难不成不许她替丈夫报仇？"

阿锦恶狠狠地说道："那个精穷的穷女人，凭她还有什么本领敢和我们姓葛的作对？老实说，留这妇人在世上也很苦恼，不如一齐结果了也还使得。那圆净师太喜欢的是银子，只消我送给她三五百块洋钱，包管做得手脚干净。"

众人见她发出这种议论，都有些吓得目瞪口呆，一句话也不敢掺杂。再瞧瞧那个萧直波，死命地掩着两个耳朵，躲向外面阶沿底下，假装着去赏鉴晚景。

象文委实吃她缠得没法，凝神想了一会儿，随即扯着阿锦衣袖，将她引至一间小室里，笑说道："妹妹想要摆布那黄蕉影，原不很难，我倒有个好法子。你明天先去寻着幻佛的学生孙大福，只消如此一办，包管够他消受的了。"说着，便附了阿锦的耳朵，低低说了一遍。

阿锦听了，先还不大满意，禁不得象文向自己说了好些劝慰的话，方才答应下来。兄妹两人重行转出厅上，见那一班朋友多半都散得干净。阿锦忙问绮秋道："萧直波呢，怎么不辞而别，竟自逃跑了？"

绮秋笑道："谁叫妹妹说出那一番骇人听闻的话，他们胆子小，如何禁得这样恐吓，一定是怕人命干涉，他们不走更待何时呢？"

阿锦气愤愤地说道："照这样看起来，世界上还要交结则甚？自是以后，我也灰心了。"

绮秋见她兀自没精打采，忙搭讪笑道："这些闲事，妹妹不必把来搁在心上，他们走了，难道我们不会取乐？今晚由我来做个东道。"

阿锦摇头道："我的性情很偏窄，心坎上容不得一件小事。你们要取乐，尽管去方便吧。我还有我的勾当急待去料理料理呢。"她说过这话，头也不回，径自出了公园。

原来她受了象文那样密计，便把来放在心里筹划。这一天更忍耐不得了，匆匆忙忙地来寻访那个孙大福。

当晚，孙大福正和他先生幻佛对坐在一张半明半暗的电灯下，一手托着头脑，在那里构思，想作一条短评，还没寻着新鲜材料。良久良久，大福将笔向桌上一掼，苦脸说道："可不晦气吗？我在各家报纸上瞧了好几条专电，总没有一条可以助我兴味的。说来说去，左右不过是那些组阁的话，便挖苦他们几句，总觉得套着人家的脚步子走去，没有好路。先生你替我打打主意，嚼些什么舌头，才可以叫人瞧着发笑呢？"

幻佛将剪子往下一掼笑道："若论嚼舌头，再嚼不过上海报纸上那个《快活林》里的谈话了，一件事到了它嘴里，便稀奇古怪地骂得人家狗血喷头。我瞧你不如每天直抄它一篇，不比较自家去呕心挖胆还容易些？"

大福想了想，笑道："这么一办，原觉得省力，但怕人家要来责问，那便如何是好呢？"

幻佛正色说道："它的谈话上难道标明了不许别人翻印不成？莫说这小小的玩意儿，便是成大篇的说部，还有人把它拿出来换上自己的名字，送到书局里去骗钱使用呢，也不见得有什么砍头的罪名，这原是文学家的游戏三昧，丝毫不足为奇。"

大福听了这番开导，非常欢喜，立刻站起来去翻检今天从上海寄来的报纸。正忙得十分起劲，忽见那个老连迟哼慢步地直踱上楼来，望着大福说道："外边有个葛小姐，特地亲自来访先生。我叫她在楼底下等候着，不晓得先生还是去见她不见？"

大福还未及答应，不防这句话直钻入幻佛耳朵里，他也不曾听得清楚，总疑惑这葛小姐是来寻访自家的，倏地跳起身子，嚷道："死糊涂东西，这个还好回她不见吗？我早就吩咐过你的，但凡来了男客，或者还可以挡驾，若是女人家光降，无论是谁，都得殷勤招待。因为女人在社会上最尊贵不过，得罪了她们，比得罪了祖宗那罪过还要加重十倍。况且葛小姐又负着鼎鼎大名，请她还请不来。亏你一点儿心肝儿都没有，还叫她老人家在楼底下老等。"幻佛嘴里一面啰里啰唆，一面大踏步恨不插上两只翅膀，直飞向楼底下去。

老连忙接着说道："那葛小姐并不是要会你，她是特来会孙先生的，你赶了下去也没中用。"

幻佛急道："胡说！胡说！你的耳朵本来不大济事。揆情度理，葛小姐只有来会我的道理，断没有个撇了先生转和我的学生来亲近亲近。"

大福听他们父子俩在这里争论，不由冷冷地插嘴说道："先生，不是我说一句放肆的话，天下事原也难讲，各人有各人的缘法。葛小姐既瞧中了我，当然与你先生没有相干。即以年龄而论，我比先生毕竟小得好多，女孩子的一颗玲珑七窍心，她少不得自有分寸，还是赶着我这年轻貌美的少年交结呢，还是和你这老朽不堪的穷措大交结？"

大福说话的当儿，连眉毛差不多都要笑起来，再也形容不出他那一种趾高气扬的模样。直把个连幻佛气得半死，冲口说道："我是穷措大，难道你是有钱的？你也休得说嘴吧，通记不得那一次赚了我的洋钱去替相好的购办衣服，后来闹得水落石出，连我兀自替你害羞。"

大福见幻佛说出来的话有些刺心，遂也不肯相让。两人你一句我一句，便在楼上冲突起来。还是老连看不过，忙劝着说道："有客在外边等着呢，见与不见，总该回人家一句话，怎么你们先行吵闹，将别人搁在那里不去理会？依我主意，你们两人不如一齐下去，瞧那葛小姐究竟是来寻谁的，当然可以分晓。"幻佛和大福都觉得这话很是有理，于是不约而同地一齐跳下楼梯。

再说那个阿锦小姐已等得不甚耐烦了，一手支着腰胯，仰着头嚷道："怎么连人影儿都不见了？会是不会，也该给我一句回话。好大一个报馆里的编辑，也闹起这样排场来，休得引我性起，捣碎你们这牢房子，让你和我葛公馆去打官司。"

她正骂得高兴，早见幻佛和大福一齐抢得近前，你伸着头，我踮着脚，巴不得要听葛小姐的招呼。阿锦见他们出来，倒不便再发话了，随即向孙大福点了点头，说："孙先生，我是特来会你的，怎么你耽搁到这时候？累我站在这里腿都站酸了。这恐怕也不是待客的道理吧。"

大福听见她这口气，好像奉着纶音玉旨一般，喜得心花怒放，斜着眼向幻佛望了一望，似乎表明自己得意的神态。唯有那个幻佛大失所望，依他还待上前和阿锦款洽款洽，叵耐阿锦也不拿正眼去瞧他，四面一看，笑道："这地方也太龌龊，不便和孙先生谈心，我们还是向马路上去逛逛吧。"

大福没口子答应了几个是，他也不招呼幻佛，径自偕着阿锦走出门外。幻佛老大没趣儿，也只好白望着他们，一言不发，依旧踱上楼梯去了。

其时大福得了这意外的荣幸，他的身子虽然在马路上行走，却不住拿眼睛东张西望，恨不得多碰着几个熟人，好让他们知道我这孙大福也有侥幸，和这葛小姐并肩低语的造化。无如望来望去，也没见有个熟人影子，急得他暗暗发恨，以为我怎生这般倒运，前天和那些叫花子同走，偏生人都瞅着我发笑，如今伴着这袅袅婷婷的美人儿，难道你们便没生着眼珠子，怎生一点儿都不来赏鉴赏鉴？他虽然这般想，一面又要敷衍阿锦，问她寻访自己有什么用意。

阿锦笑道："我问你一句话，那个姓黄的黄蕉影，你和他有交情没有？"

大福忙道："那厮也不配和我谈到交情，不过认识罢了。我听见他告诉我，说小姐当初待他是很好的呀。"

阿锦咬牙说道："你还提这事呢，把人肚肠子都怄断了。我再不济些，总算得是一个堂堂小姐的身份，何至和这叫花子有甚交结？他借着我这名儿骗人，我恨得他牙痒痒的呢。有一件秘密，想孙先生替我出一出力，如果能达到目的，将来我自然有得酬报你。"

大福听见她香口里提及酬报两字，不由浑身骨头都软将起来，细眯着双眼，笑道："无论小姐吩咐我什么，我孙大福粉身碎骨，在所不辞。但是小姐说的这酬报的话须有保证，不可使我失望才好。"说着，他那神态便渐渐有些不大规则。

阿锦也猜到他的用意，笑道："只要你办得妥洽，将来酬报你的地方正多，你几曾见我哄骗过人的？要银子我就得给你银子。"

大福不等她的话说过，忙嬉皮赖脸笑道："银子我不稀罕，小姐快别要提起这个。"

阿锦将脖子一扭，冷笑道："你不要银子要什么呢？世上难道还有比银子再好些的东西不成？"

大福笑道："小姐这身子，比银子高贵得许多，我只指望小姐将来和我做个朋友，在社会上提起来觉得光辉一点。"

阿锦笑道："可以，可以，我的朋友可算是再多没有了。如果添上你一个，毫不为奇，你将耳朵送过来，让我将这事吩咐你。"

说着，两个人遂并肩站在一家店铺门口，叽里咕噜说了好半会儿工夫。大福的身段比阿锦高得半截，可怜他将腰弯得下来，拿耳朵去俯就阿锦的香口，若在别人或者觉得腻烦，唯有他巴不得多谈一刻，便多快活一刻。及至听到末了，大福乐得直跳起来，将个胸脯子拍得扑通扑通价响，笑道："这事包在我身上，不会误事。别的勾当我或者还有些隔膜，至于这一班开烟馆子的老板，没有一个不是我的熟人。起先我和我们家师连先生初次接洽，不是便在那地方碰头的吗？只是一层，据说那个黄蕉影也没有一定的住址，东钻一钻，西也钻一钻，委实有些不容易寻觅，这便如何是好呢？"

阿锦仰头想了想，又笑道："他左右躲在那些瘪三队里，孙先生最好访问访问那些瘪三，包管会觅到姓黄的踪迹。"

大福摇头笑道："不妥，不妥，我们是新闻记者，要算得是顶呱呱上流社会的人物，怎么好和瘪三打起交涉来？吃别人知道，岂不失了我们新闻记者的身份？"

阿锦急道："这么也不好，那么也不好，你简直是辞掉这差使，不肯去干罢了。既这样说，我便不敢劳动大驾，再去拜托别人也是一样。"说完，大踏步转身就走。

吓得大福连忙上前，一把扯着她的衣袖，赔笑说道："哎哟，我不过说了这么一句要子，小姐如何兀自生气来？我也打算着了，那一天在九华楼酒馆里，奚雅芸曾经允许替他向你说项，他听见这话，免不得要去向雅芸厮缠。雅芸和我很有些感情，由我在她那边调查调查，还怕黄蕉影能逃我的掌握不成？"

阿锦冷笑道："我既将这全权交代给你，其余的事我也没有工夫过问。怎样进行，怎样办理，悉凭你自去斟酌也好。这厮在哪一天定了监禁的罪名，只消你报告我一声，我在那一天便和你认作最亲最密的好朋友。"

她说了这话，头也不回，径自扬长而去。把个孙大福独自一人冷清清地掼在马路旁边，更不理会。

大福这时心坎里说不出来的又惊又喜。喜的是难得这葛小姐竟肯赏我这脸面，平白地和她亲近了这大半天工夫，总算得是前生的缘法。况且事成之后，还有许多的美满希望，真真出我孙大福意料之外。怪道今年正月里有人替我排了排八字，说不出半年，定有桃花星进我的命宫，一路顺风，大吉大利。可巧应在这葛小姐身上了。不过做这件事，总得先拿出些钱来活动活动，比如约那黄蕉影去吸鸦片烟，不见得开烟馆子的老板肯让我向他赊欠。我近来这小皮夹里已是不名一钱了，仓促之中，又不便向葛小姐开口，随后的饥荒倒很难打算呢。咳！且不管它，好在天气渐渐暖上来了，我身上穿的这件夹衫，拿去质押一下子，足可以有三五百文到手，用到哪里再说到哪里，线放得长，鱼才钓得大。一经和葛小姐做了朋友，还愁她的银子不流水般地送给我孙大福使用吗？想到得意去处，他便欢天喜地，一口气跑回报馆。不由那脚步子都走得十分起劲，一口气跳上楼梯，一眼瞧见他的先生连幻佛正鼓着腮颊在那里赌气哩。

大福暗暗好笑，盘旋了一会儿，搭讪问道："稿子可曾发完了没有？等学生来帮你料理料理。"

幻佛气愤愤地说道："你还料理什么哩？我只不知道你们这些年轻的孩子安着什么心理，一经听见女人家跑来招呼，便恨不得多生出两个翅膀来，跑下楼去和人家款洽。我们办报的人，第一名誉最是要紧，你同女人家混在一处，难道不防着外人的闲言闲语？比如我毕竟年纪稍微增长些，就不像你这样。"

大福听了，忍不住扑哧一笑，接着说道："这话也难讲，学生听见女人家到来，仿佛生了翅膀。其实先生又何尝不生翅膀？不过先生的翅膀不及学生的翅膀来得飞快，免不得就将先生的翅膀打折了，所以先生便垂着翅膀坐在这里纳闷。我有一句话要奉劝先生，以后无论听见这女人是谁，总得打听明白了，然后再忒棱棱地张开翅膀往楼下飞跑，不然就得讨了人家的没趣儿。"

幻佛听见他这番话，也不由得失声笑出来，说道："你休得再挖苦人吧，我若早知道葛家这丫头如此怠懒，何必匆匆忙忙地跑得下楼？不瞒你说，因为走急了些，在梯子中间还将这腰胯子闪了闪，到此刻都还有些疼痛呢。"

"她到底寻觅你有什么事件？她厮瞒我，你是我的学生，总不该也来厮瞒我。"

大福见他说得很是可怜，又想卖弄卖弄自己，遂将在马路上和阿锦所谈的话——把来告诉了幻佛。幻佛笑道："这还罢了，她和你做朋友不做朋友，道好还在未定呢。我先前总还疑惑她是约你去吃酒，累我在这里足足气了半天。我瞧这丫头也少做些孽吧，早知今日，何必当初？蕉影已经沦落到这步田地，你们还来摆布他，也未免太觉刻毒了些吧。"

大福愕着眼睛，说道："这算得是刻毒吗？姓黄的上无片瓦，下无立锥，每日三餐都混不到嘴，经我们这么一办，他便有高大的房屋住起来，又有的吃，又有的穿，哪一件亏负他？他若是明白事体的，还得感激我们的好处呢。"

幻佛将两只耳朵捂得紧紧的，冷笑道："罢罢！我是一个拙口笨腮的人，哪里辩驳得过你？但愿你好好干下去，不要上了那葛丫头的当才好。"

大福满肚皮不愿意，自言自语说道："上当不上当，替女人家做事，我是死而无怨，与你再没有相干。"

自是以后，幻佛和大福便生了好些芥蒂。大福镇日价也不来问报馆里的职务，他只是东奔西走，打探那个黄蕉影的踪迹。

这一天，他兀自没精打采来寻那奚雅芸，又不敢径自到里面去询问，只不住地在她店铺门首踱来踱去，足足走了有七八回合。雅芸的哥子坐在柜台里，瞧得委实有些不耐烦了，便开口喝问道："这厮是来寻谁的，尽管这样探头探脑地张望？"

大福巴不得有人问他这一句，他便弯了身子，赔笑说道："不敢，请问奚雅芸女士可在屋里吗？"

她哥子听了益发生气，恶狠狠地说道："什么女士不女士，我自理会不得，你向别处去问一问吧。"

他们正在这搭儿嚷闹，不防惊动了雅芸，她三脚两步抢出店外，见是大福，忙招了招手，叫他到屋里来坐地。

大福乐不可支，公然挺起胸脯子，跟着雅芸走入一间小厢房里，想是雅芸卧室了。其时直把她那哥子气得要死不活，瞪着眼向自己妻子过氏冷笑道："你瞧见吗？姓刘的以外，又跑出这么一个活猴狲来了。你替我看守着他们，不要在房里干出些没廉耻的勾当。"

过氏听她丈夫吩咐，果不其然，她便也挨身进房，坐在半边动也不动。大福勉强向雅芸寒暄了几句闲话，又问这位妇人是谁。雅芸掩口笑道："这是我的嫂子，她兄弟也是一个小学校长，不幸得了这场痨病，死得好久了。提起过病蝉的大名，你们想也该认识。"

大福笑道："怎么会不认识呢？过先生出缺之后，那个王八羔子尹雄伯千方百计托出人来和我说项，意思想要请我去补这校长的缺。我哪里肯答应呢？新闻记者的名分何等名贵，我何苦没来由去做这些猢狲王。平时的薪水又拿不到手，有点儿不到去处，还得吃那些视学员说长道短，是我毅然拒绝了那个姓尹的。那个姓尹的还没口子地叹气，说这班小学生没有造化，不能够延聘得我这学术又充足、品格又文明的好校长呢。"

孙大福只顾滔滔滚滚地吹他这样牛皮，雅芸却笑着说道："孙先生，你这论调还得待查访呢。我记得你们这个连幻佛曾经提过这事，说你曾经托他运动这校长的缺，只恨尹雄伯不肯承认，因此他们两下的交情很为这事生分起来，怎么到了你嘴里，转有些驴头不对马嘴了？"

大福经她这一驳，脸皮子红也不红，侃然说道："没有的话，没有的话。你平心想想，我在报馆里所得的编辑费，每月足足有二三百元，再加上作小说，每千字以八元计算，一天总得做上三五千字，我既有这些收入，何苦谋那校长的位置呢？"

过氏其时坐在旁边，一面侧着耳朵静听，一面替他拿手指掐算数目，又抬头望了望他的浑身打扮，觉得很是褴褛，老大有些不相信他有这许多进款，心中正在纳罕。唯有孙大福憋着满肚皮要紧的话，因为碍着过氏在座，一句也不好向雅芸开口。停了好半晌，方才搭讪着向雅芸说道："我今天特地过来和女士访问一个人，还有许多秘密进行的事件，可否请令嫂暂避一避，等我们接洽完了，她再进来不迟。"

雅芸听见这话，正待和她嫂子开口，不料过氏错会了大福的语气，好像句句都含着不尴不尬的意思，连忙将身子一场，嘴唇子一撇，冷笑说道："这个如何使得呢？你们孤男寡女，总得要避了嫌疑。我便不在这里，妹妹也该招呼我一句，让我监察着你们，才见得妹妹的为人光明正大。怎么你们倒要驱逐起我来了？况且我奉着你哥哥的命令，这位孙先生一刻不走，我一刻也不能离这房门，各尽各的义务。无论如何，那是万万不能委屈迁就的。"

她说完这话，益发腆起大肚皮，躺在椅子上面，不住地拿眼睛死盯在他们两人脸上，深恐掉一掉脸，他们就得干出什么玩意儿似的。孙大福又气又急，恨不得拿一碗水将过氏平吞入肚腹里，方才称心，但是在别人屋子里，又不便发作。

正在无可如何的当儿，忽见雅芸不慌不忙，伸手将口袋里的铜钞一摸，低着头含笑径自匆匆跑出店门。不曾隔了一会儿工夫，早转身进来，她一只手里拎了两串瓜仁冰糖球儿，那一只手里又托着一方荷叶，荷叶上面满满堆着咸板鸭腿子，那香气只顾一阵一阵地扑入过氏的鼻观。说也奇怪，她那嘴角旁边登时流出许多馋涎，点点滴滴，把那一角衣襟都淋湿了。

雅芸趁势将双手一扬，笑道："嫂嫂，你瞧这是什么东西？"

过氏不由笑起来说道："你疑惑我不识货呢，这不是瓜仁大糖球、五香咸板鸭吗？你买得来敢是请孙先生嚼吃的？"

雅芸将脖子一扭，笑道："我请孙先生则甚？喏喏喏，嫂嫂如肯做个人情，离了我这房里，这些好东西全行送给嫂嫂，拿回到自己卧室里面慢慢咀嚼咀嚼。"

过氏听了，说不出满心欢喜，一时又不便掉转口风，故意迟挨了一会儿，站起身来说道："我哪里好意思来和你们作对呢？你原是个文明女孩子，会一会客，也是你的自由。不过你那哥哥委实不懂人情，偏生派我来干这不识趣的粗活。也罢，论理我也不贪图这些小口腹，既是妹妹这样吩咐我，我若再赖在这里，别人好说哥哥糊涂，我做嫂子的也糊涂起来，那还成个什么事体呢？"

她说话的当儿，早从雅芸手里将板鸭和那糖球一股脑儿地都抢过来，走着笑着，嘴里又咀嚼着，大约等不到进她的绣房，那些食物差不多要吃得大半了。

其时将个孙大福瞧得发呆，忙问道："这是什么玩意儿？怎么也不消三言五句，就会打发你令嫂出门？"

雅芸笑道："孙先生，你懂得什么？但凡做妇人家的，只消生着这一张馋痨嘴，那是最容易害事的。我嫂子为人倒也忠厚老实，只是一层，镇日价地偷偷摸摸，五脏菩萨跟着她也不知是几世修得来的福分。比如适才瞧她的光景，若不是我花费这二三百文，哪里能够打发她滚蛋？孙先生，你有话尽管说吧，嫂子既受了我这贿赂，是断断不会再转来胡闹的。"

孙大福笑了一笑，这才靠近了雅芸身子，将来访黄蕉影的话说了一遍。

雅芸笑道："黄蕉影吗？他如今已是阔气起来了，幸喜你来问着我，若是别人，还不会晓得他的行径呢。"

大福惊问道："一个叫花子哪里会有发达的指望？我因为他居址无定，所以才跑来问你一声，照这样讲，难道他已经有了公馆不成？"

雅芸笑道："公馆呢，他却还没有这指望。我告诉你，你若是要访他，赶快到那后城马路东首一座古庙里，名字叫作三圣观。内里供的是释迦、耶稣、孔子，新近来了一个异人，住在那观里传道。这人是北边口音，年纪有五十多岁，人都称他作郝道士，善于画符治病，又能传授人的静坐方法。他观里现设着一座乩坛，判断吉凶很有灵验，有好多贵官达人都拜在坛下做徒弟。"

大福接着说道："我问的是黄蕉影，你偏路转山遥地讲上这一篇闲话，试问这又与姓黄的什么相干？"

雅芸冷笑道："孙先生，你好性急呀，一件事必有一个来源。如果与黄蕉影没有相干，我何苦白和你嚼这些舌头呢？我为你孙先生出了好多咸鸭和糖球的代价，你不感激我，转来批驳我的不是，怎么不叫人听了寒心？"

大福笑道："你不知道，我心里着急。我须赶着寻见那黄蕉影，才好干我要紧的事。你且说下去，这黄蕉影可想也在徒弟之列了？"

雅芸摇头笑道："他哪里会有做徒弟的资格呢？做徒弟的内中有鲁国香鲁大人和阿锦的父亲葛大人。你想想，这些阔人才配做徒弟，黄蕉影如何够得上做徒弟？他只是站在乩坛下首，拿一支笔，将神佛所说的话一一照誊在纸上。一天到晚，也很辛苦，然而却是有衣可穿，有饭可吃，还混得几个赏号钱使用使用。拿他当初做叫花子的时候比一比，不俨同从地狱里爬上天堂上面去吗？"

大福笑道："奇呀！他怎生有这造化谋到这里去做事的？难道是郝道士慕他的大名，特地请他进去的不成？"

雅芸笑道："郝道士气焰很是十足，他哪里会知道世上有这么一个黄蕉影？也是机缘相凑，这一天鲁大人因为病势沉重，他的新姨太太吓得没法了，有人告诉她，说这乩坛上很能够医好人的疾病。葛大人的痢疾，因为服了他两剂药，兀自霍然痊愈，所以那个新姨太太便恭恭敬敬地跑入观里，替她家大人祷告，如今听说已渐渐有了起色了。说起来也好笑，鲁大人这片肚皮里，结结实实地不知安了些什么古怪东西，从他得病的时候起，足有七七四十九天不出大恭，把个小肚子一直胀到胸口，喘气都喘不过来。中国医生拼命价拿那芒硝、大黄往他喉咙里灌，谁知却依旧是纹风不动，连屁都不肯放一个。眼看看地束手待毙，偏生郝道士有这手眼，怎么叫人在他那个劳什子香炉里掏来掏去，竟被他掏出有七八粒仙丹，鲁大人吃了这样宝贝下去，那肚皮里登时叽里咕噜唱起小曲儿来，比留音机器还加一倍好听。不多一会儿，便嚷着要上马桶，噼里啪啦足足撒了大半马桶栗子不像栗子、山芋不像山芋的物事。撒到末了，双眼反插，手足冰冷，差不多要咽气了。可怜那个新姨太太吓得慌了手脚，要扯他的头发，叵耐又剃成一个光头，只得捞着他的耳朵，带哭带拍地叫喊。到底富贵人家，银子可以买命，在这当儿，只顾将成大碗的人参汤将上来，才算将这条老命轻轻保住。后来吃他们小姐打听出，是厨子在喜期那一天做了把戏，那一碗大菜不知是什么东西制成的，但凡吃了这大菜的，十个人约莫倒病倒了九个，他们小姐非常震怒，要将这厨子送入江夏县里去照例惩办。风声才传出来，那厨子不敢耽搁，早背着人带了家眷逃得不知去向。"

大福听到这里，不由拍手大笑，说道："快活！快活！如今的这一班官僚

310

政客，除得卷地皮刮军饷，还要讲究一个口腹，每逢着运动一件事，不是你请我宴会，就是我请你大餐，你若是拘执些，不请他们吃得一个痛快，他们就得拿你开开玩笑，决计叫你不能达那目的。阿弥陀佛！我但愿叫这鲁公馆的厨子一个化成十个，十个化成百个，分派在那些酒席馆里，都用这把戏叫他们吃下去，人人生灾，个个害病。郝道士哪里来这许多仙丹哩？还怕不把这一班丧尽良心的狗才连根铲得净绝，这政府里或者还有肃清的希望。"

雅芸将缺嘴一撇，冷冷地向他笑道："你倒会骂人呢！他们死不死，与你有什么关系？要你这样张牙舞爪大抱不平？"

大福正色说道："女士，你懂得什么？我们报馆里的天职，除得骂人，还有什么作用？老实说，他们若是识窍的，或者按月送我一份干脩，或是在部里替我挂一个名儿，多少捞摸些油水。我姓孙的一般会掉转口风，替他们善颂善祷，这才叫作大丈夫能屈能伸，一支笔杆是活用不是死用呢。"

雅芸扑哧一笑，说道："孙先生的抱负真是不小，只可惜你们这报馆太不济事，恐怕政府里还不曾知道你的鼎鼎大名。老实说，你只好怄断肚肠，白白地骂他们一世吧。好在人活到一百年，都是要死的，你骂来骂去，可算是骂死了，他们吃来吃去，也算是吃死了。到那时候，这政府里不肃清也会肃清，很不要你替老百姓们过虑。"

孙大福吃她驳得满脸通红，搭讪说道："你也休得挖苦吧，说了半天闲话，还不曾说到正文哩。我问的是黄蕉影，你偏生枝枝节节，只顾绕着道儿和我絮聒。我委实有些不耐烦再往下听了。"

雅芸扭头笑道："你着什么急呢？凡事总有个根源，我若不从根源上讲起，你如何会明白这黄蕉影栖身到那三圣观的情节？自从那个鲁大人吃了这仙丹以后，效验是有了，然而这笔仙丹的代价却也不在小处。郝道士口口声声都喊着是利人济世，是不肯取人家医药费的，但是他这观里也养活着二三十名人口，他又没有那一只点石成金的指头，难不成叫他吃西北风度活？他的戏法便全仰仗在这一班大人先生的身上了，一本缘簿捧上来，你写上一千，他写上八百，大人先生们又不消自掏腰包，羊毛出在羊身上，只需在各机关里搜刮搜刮，把来孝敬吕祖爷爷和济颠和尚，便够那郝道士一生吃着不尽。我打听得鲁大人的几粒仙丹，每粒足值二千多银子，加前搭后，鲁大人已报效这郝道士有一万多了，葛镜清大人的报效还不在其内。你道他们也是些老奸巨猾，为何肯这样信服郝道士呢？原来郝道士有一种奇幻的本领，他告诉人，能够从半空里将过往神灵用照相镜把他们神像摄得下来，眉毛眼睛都可以活动。这一种风声传得出去，没有一个不惊奇诧异，都称赞这郝道士不是郝道士，简直是活神仙下凡，不然他哪里能够替神仙照相呢？"

孙大福失惊打怪地问道："当真有这事？你可曾瞻仰过这神仙的小像不曾？"

雅芸笑道："这也不难，你不信，到各家照相馆去问一问，像这些神仙的小像，各家都有得出卖，不过这价目比寻常相片贵一点儿。有东岳大帝，有黎山老母，有真武帝君，有天蓬元帅，真是须眉活现，和当日这些神圣一般无二。"

大福笑问道："当日这些神圣，你敢是见过的，他们像不像，所以你才这般明白？"

雅芸笑道："呸！谁曾见过这些神圣来？但是我们心理上都觉得这种人应该是这种模样，既然照出来，当然叫我们相信。"

大福笑得咯咯地说道："他们照相的时候，可有人在旁边监察着呢？云端里有神圣没有神圣，他们可瞧得清清楚楚没有？"

雅芸笑道："你问的这句话，真叫我没有回答了。固然照相的时候，不曾有我奚雅芸在座，便是在旁边的人，也只好白白地瞪眼望着他，照完了向那黑房里一送，总得等待三天五天，然后才可以洗出来，交给大家去赏鉴。你一定要问这其中的曲折，将来会见黄蕉影，他包可以一一地告诉你。因为黄蕉影此时算得是郝道士的心腹，不但扶乩乩来是他亲手抄写，便是这些照相的玩意儿，也有黄蕉影帮着他在里面捣鬼。"

大福点头说道："哦，我明白了，这种诀窍，便在这三天五天里做了手脚。那些醉生梦死的大人先生，他们终日价吃那利欲熏心都熏得糊涂了，哪里会猜到这其中的缘故哩？我们且不必去管他这些闲事，但是黄蕉影这叫花子如何会有这机会，竟叫那道士认他做心腹呢？"

雅芸笑道："他那观里虽然有二三十人，其实也不消这许多人使唤。不过道士既得了那些大人先生的钱，那些大人先生手底下爪牙最多，你也请托，他也推荐，道士看钱的情面，少不得要收留下来，体面阔些的呢，便多给他些薪水，其余还有些吃闲饭不拿钱的，也很不少。黄蕉影是走的鲁大人门路，据说鲁大人的新姨太太和姓黄的那个女眷叫作许倩霞的十分要好，许倩霞托了姨太太，姨太太推却不得，便将这黄先生荐入观里去了。黄先生笔底下很是来得，性情又极聪明，那些降坛的诗，有许多人都疑惑这黄蕉影捉刀的。至于真假，我们不明白，不敢代他们下这断语。但他既是心灵手敏，这神圣

312

照相的事，当然其中有他的参赞了。你要打听实在详细，我所以说是除得黄蕉影，绝不会破他们这般秘密咧。"

他们刚说到这里，她嫂子忽然又趱进来，嘴里还不住舔唇掠舌，那些板鸭腿子大约都啖完了。她重行进房的意思，以为借此还可以再敲一敲他们的竹杠。大福见这势头不好，所幸黄蕉影踪迹已被他探听出来，当下更不再坐，一径起身向雅芸告别。雅芸见嫂子站在半边，却也不肯留他，遂将他送至店门外面，两人鞠了鞠躬，雅芸然后才折转身子，想往里走。忽然见她哥哥向自己招了招手，将一副脸摆得板板六十四的，劈口问道："这汉子是谁？和你这样鬼鬼祟祟的，很不雅相。你须知道我们开店铺子的人家，不合容这一班少年来往。好妹妹，你若是替我做哥哥的保全颜面，似乎要谨慎些才是道理。"

雅芸嫣然一笑，说道："你把脚步站稳了，我告诉你这人的名姓，包管你要吓一大跳呢。他姓孙，名字叫作大福，现充当着报馆里的编辑，凡是武汉三镇的人，提着他没有一个不倾佩的。他负着重大的职务，轻易也不屑和人家往来，不过因为我是个顶呱呱的文明女子，少不得要屈点尊儿，跑到我们这铺子来拜谒拜谒。老实说，见你这笨头笨脑，便将头发混白了，也莫想有这些阔人来和你走动。我替你绷足了场面，亏你还不知道轻重，叫嫂子去监守着我们，我正气得牙痒痒的呢。触动了我的性子，只消和那孙先生歪歪嘴，立刻在县署里请两张封条，封上你这几扇牢门。"

她哥子听见这话，益发着急，跳着说道："难道民国不讲王法吗？他如果敢封我的牢门，我有本领去开商会，雪片也似的电报打到部里去，不怕这厮们吃不了兜着走。商人的势力不见得比报界推扳一点，你休得拿话来吓我。"

雅芸正待拿话来向他辩驳，还是她嫂子过氏一面剔着牙齿，一面三脚两步地跨出来，拦着说道："罢呀！自家兄妹们，有什么大不了的事，值得这样鸡争鹅斗，吃邻居们听见也要笑话。"

过氏说这话的当儿，不料一个大意，从牙齿里剔出一块肉渣子，不偏不斜正剔在她哥子鼻尖上。她哥子闻了闻，恶狠狠地指着过氏骂道："你这贱人，又偷偷地嚼吃了什么东西？别人的馋痨病都可以治得好，唯有你是病入膏肓，大约除得偷嘴，再没有别的本领。"

过氏笑道："谁曾偷嘴来？承妹妹的情，怕我坐在房里碍他们的眼目，特地买了些咸鸭子给我到自家房里去消受消受。我待不领她这情呢，又得责备我做嫂子的不懂得人事。"

她哥子到此方才明白，格外急得暴跳如雷，揪着过氏头发便来厮打。雅芸哪里忍耐得住，于是她也揪着她哥子的衣领，三个人闹得不可开交。

　　再说那个孙大福，别了雅芸之后，他心里踌躇了好一会儿，暗想：这黄蕉影已换了一个局面了，怕阿锦的那条计策急切没有效用，自己又不敢替她擅自做主，拿定主意，须得再去和阿锦接洽一下子，将这办法商议妥帖，然后才不至落人家的褒贬。况且第一件要紧的事是非钱不行，凭着自己质当几件衣服，如何可以济事？所以大福这几天很有些神不守舍，连茶饭都没有心腹去吃，坐下来兀自喃喃谵语。

　　幻佛瞧他这模样，正猜不来他有什么重大事件，问着他又不肯直说。幻佛冷笑向他盘诘道："咳！一个人再也不宜和女郎打了交涉，自从那一天葛二小姐来访你以后，你便有些失魂落魄。我劝你歇着吧，你是一个寒士，论这副面孔，也不过是阿三的哥哥阿二，阿锦再不济些，不见得便将你放在她心坎儿上。癞蛤蟆想吃天鹅肉，天鹅肉混不到嘴，恐怕癞蛤蟆的性命先要送掉，替你打算，也很不值得。"

　　大福见幻佛误会了自己的意思，心里好生快乐，他也不拿话来分辩，转装出愁眉苦脸的样儿，叹了一口气说道："这话也难讲，各人生成有各人的缘法。比如那一天葛小姐翩然下降，我们师徒俩不是一齐迎出去的？偏生她不将你放在眼里，转亲亲热热地将我约到一家餐馆，大吃特吃，吃了餐馆还不算数，特地又在旅馆里开了一所房间，说不出来我们的山盟海誓、浃髓沦肌。你叫我一时一刻如何会割舍她的恩爱呢？"

　　大福谈到这里，故意将眼睛使劲挤了挤，意思想挤出一点半点眼泪来，好叫幻佛瞧了相信。叵耐他左挤右挤，始终哪里挤得出眼泪呢？只得将个脖子向桌上一伏，听他声息，似乎有些呜呜咽咽。直弄得那个连幻佛将信将疑，暗想：他此次所说的话，和前番又有些不大对卯。随即搭讪说道："你老坐在屋里害这单相思病，有甚益处呢？我替你设想法，有这闲工夫不会到她公馆去寻她厮会？"

　　一句话提醒了大福。本来他也要去和阿锦议论蕉影的事，登时大踏步下了楼梯，径自访阿锦去了。

　　欲知后事，且阅下文。

第十四回

不肖师生情场斗智
感怀身世雨夜谈心

　　这一天，沙家巷那个黑翠姑娘房里，约莫有二更时分，她的一张床铺上亮晶晶地点着烟灯，一柄银制的茶壶和两个小茶杯搁在旁边。别的房间都是鸦雀无声，唯有黑翠和衣躺在对面炕上打盹，鸨母和几个龟子在外边照察门户。有时还悄悄踅近房门，听他们里面在烟床上睡的两人高谈阔论。你道这两人是谁呢？一个便是黄蕉影。蕉影自从和那个许景萍在上海混了些时候，便学会了抽鸦片烟。好在上海的土价比别处公道，多少青年便全都葬送在这一盏烟灯上面。后来他便向倩霞那里得了这赚钱的路子，他的手头又渐渐宽绰起来，老老实实依旧恢复原状。正过得十分得意，这天晚上，他闲着没事，刚刚换了几件齐整衣服，预备出去寻觅他的烟友。事有凑巧，才出观门没有几步，劈头忽然撞见连幻佛。原来幻佛将他的学生孙大福支使出了报馆，叫他去访阿锦，接洽那件公案。他早已打了一个主意，暗暗笑道："这畜生呆头呆脑，如何济得甚事？葛小姐将这事委托他，分明走错了道路。凭我的手段，各界里还有些熟人，如若能够夺了他这件功劳，不但博得葛小姐的爱情，而且也叫孙大福吓得一跳。这叫作迅雷不及掩耳。一个人若想在情场里占些优胜，什么叫作道德不道德？那是一概不能顾及的了。"于是趁着大福走后，他兀自向四下里布置了一切，然后才大踏步赶至三圣观里来访问蕉影。也算得是自己的造化，不先不后，竟自和蕉影扑了一个照面。他喜欢得什么似的，抢近几步，笑喊道："黄先生，你如今是阔气起来了，简直不把我们老朋友放在眼里。你倒记不得那天九华楼的菜账上还亏欠着两块多洋钱，由兄弟替你垫补，怎么你到今日也不提不问？"

　　蕉影被他说得脸上通红，连忙拱手说道："对不起！对不起！兄弟也在这里打算呢，只消手头略为松动一点，这款子总得如数送了过去，包不误事。"

幻佛扑哧一笑，说道："呸！这是兄弟和你说笑的，你便认真起来。烟酒不分家，这点点小东道，便算我请你的也不妨事，当真还要叫你拿出钱来偿还我不成？"

蕉影这才将心上一块石头放下，大笑说道："你原来不是和我讨债的。不瞒大哥说，我新近到这观里，还没有几天，以前的宿债多如山积，一时分拨不开，所以没这脸面过去奉访，请大哥千万不用见怪。"

幻佛笑道："你越说越客气了，你若再提这样话，我便得罚你。瞧黄先生这一身打扮，预备到什么地方去闲逛闲逛？"

蕉影脸上又是一红，低低附着幻佛耳朵说道："我是有几口烟瘾，瞒别人也不必瞒你。你若高兴，我们不妨同去走走，抽两口也好提进你的精神。"

幻佛听见他说出这吃烟的话，正中下怀，忙赔笑答道："我知道你们那些抽烟的地方很是龌龊，如何走得进去？我今天特地来奉约的，黑翠子那边，床铺又好，烟具又精，又没有闲杂人等来往。尽你抽个三天三夜，也不会出什么乱子，不比较那些烟馆子里惊惊慌慌的好？"

蕉影听了大喜，说道："他们那些地方倒也准许人家开灯？"

幻佛笑道："瞒上不瞒下，他们吃这一碗把式饭，各处都要例送规费的，莫说抽几口大烟，便是在那里做几件盗案，也不会吃官厅里捕捉。你放一千二百个心，这些勾当，我连幻佛可以替你保险。"

蕉影吃他说得心花怒放，嘴里勉强谦逊了几句，兀自大踏步跟着幻佛透迤向沙家巷里走来。

鸨母见了幻佛，虽然不大愿意，然而碍着他们是报界里的朋友，又不敢过于得罪他们，便将他引入黑翠的房间坐了半晌。幻佛瞧那蕉影的神气，渐渐有些伸腰扭胯，大不安静起来，再迟一会儿，恐怕就得涕泪交下。当时便向黑翠噘了噘嘴，叫她去寻觅烟具。

黑翠扭头笑道："哎哟，这东西是犯禁的，我们这里久不预备了。两位老爷若是要过瘾，最好向别处去走一趟，再到这里来坐坐也好。"

幻佛见她说出来的话与自己有些反背，不觉脸上有些讪讪的，也知道黑翠胆小做不得主，跳起身子自言自语地说道："和你讲一世也讲不明白，等我向你妈去商议商议，包管她理会得我的意思。"

说着，又向蕉影努嘴笑道："黄先生，你且歪在床上躺一会儿，我去去就来，一定叫你吸得快活。"

蕉影懒懒地点了点头，果然不多一会儿工夫，鸨母亲自捧进烟灯烟盘，又仔仔细细向蕉影身上打量了一番，笑眯眯地低头走出房门去了。这里蕉影更不客气，和幻佛对面躺下，呼呼地吸了好几口，然后才装上一个烟泡来转敬幻佛。幻佛勉强也吃了。蕉影得了这几口烟下肚，登时精神焕发，有谈有笑起来，将左腿举得高高的，搭在右腿上面，手里卷着乌烟，嘴里慨然说道："时光真是过得飞快，记得那一次我们在这里摆酒，还带了好许多局，各人都吃得酩酊大醉。这等情形如在目前，如何眨眨眼，又是裘葛几更，沧桑变换了？你瞧你这贵相知的身段，出落得比前番格外风流，连先生你真好艳福呀，我着实有些妒羡你咧。"

幻佛也笑道："我们算得什么呢？流水行云，逢场作戏，我又是个寒士，虽然和翠姑娘打得火热，要想拿出银子来替她脱籍，一时又没有这指望。翠姑不负我，我不免负了翠姑。这件事是我兄弟抱恨终天，椎心泣血的呢。细想起来，哪里及得黄先生青眼出于裙衩，红粉订为知己，绿笺飞去，红袖偕来，一见倾心，两情浃洽。蕉影，蕉影，你可记得那一次便在这地方和葛小姐初次把晤。当时真形容不出你两人的情好，此佛家所谓姻缘，耶稣又称之为博爱，不是寻常人所可望其项背的。比较我和黑翠，爱情深浅，又自不同。无怪乎巫臣挈夏姬以偕逃，范蠡拥西施而远遁，英雄儿女兼而有之，我不妒羡你也罢了，怎么你转妒羡起我来，论理要该罚你多少？"

蕉影吃他提起当日和阿锦的事迹，不由怅触旧怀，百感交集，使劲将烟枪向盘里一搁，惨淡说道："你还提这些旧话呢，我如今已是大彻大悟了。新近这一班文明女子，什么叫作情，什么叫作义，便连这肉欲二字她们都够不上。在当初的人讲起来，都说男子将女子当作玩物是不应该的。照她们的举动，简直翻转过来，将男子当作女子玩物，难道又是应该的不成？我黄蕉影做葛小姐的玩物，自问没有亏负她的去处，然而她已经觉得我这玩物不甚可喜，譬如堕甑，弃而不顾。至于我的一心一意，却还专注在她身上，世无古押衙，又有谁人能替我们重圆破镜呢？"

他说这话的当儿，尽细眯着一双老鼠眼睛，盯在幻佛脸上，似乎想幻佛立刻替自己再将阿锦唤得来，和他厮会厮会才好。幻佛暗暗好笑，只装着不曾理会他的意思，重行拿别的话来和他东拉西扯。蕉影仗着烟瘾过足，又曼声高吟道："多情自古空余恨，好梦由来最易醒。"

念一字哼一声，在他很以为可以遏行云而裂金石。鸨母在房门外面听了去，很有些不耐烦起来，将门帘微微掀起，向黑翠发话道："你这小蹄子越过越懵懂了，连老爷和黄老爷在这里清汤寡水地坐着，也不成个事体，你总得

317

上去请请示，还是约几位老爷来碰和呢，还是吩咐厨房里预备一两台酒？时候已经不早了，若不早早布置，临时弄得手慌脚乱，连老爷爱惜你，虽然不至发什么脾气，然而我们难道都是死人不成？得罪了客家，又是我的不是了哇。"

黑翠这才懒懒地抬起身子，踅至幻佛身边，似笑非笑地说道："连老爷，你家可听见吗？或是吃酒，或是碰和，悉听你家的高兴。总得预先说明白了，好让他们前去预备。"

幻佛吃了一吓，连忙分辩道："黄老爷他是个大小说家，生平专喜欢和人清谈，赌局他是弄不惯的。你适手不是听见他蚊子哼哼地在这里唱着诗玩耍呢，什么中发白东风西风，他老人家是一概不懂。"

黑翠将脖子一扬，冷笑说道："大小说家不见得能够饿着肚皮空口讲白话的。他老人家既不会赌钱，难不成也不会吃酒？既是这样，我们就关照厨房里，摆一台酒上来吧。"

鸨母得了这口风，也不管三七二十一，便一迭连声传话出去。外边娘姨们又嗷声答应，直弄得幻佛手足无措。幸喜他生成一副厚脸，与那些初出茅庐的少年嫖客不同，他在这百忙里换了一种嬉皮涎脸，扯着黑翠衣袖说道："跳起来我和黄老爷不过两个人，也不消闹这样排场。你叫他们多添两样例饭菜，送入房里来，随意小吃好了。过一天我再多约几个朋友来替你捧一捧场面。"

黑翠怫然不悦，勉强笑说道："连老爷，你这是什么说话？在我们这地方，都要讲究起人数来，那些阔嫖客一夜吃上六七台花酒的，简直都是些寿头码子了。况且你家的话向来作不得准，半年来逛了一次，今天放你家走了，大约挨到明年，一般会瞧不见你家的影子。我的场面，若是等你家随后来捧一捧，还不知道我可有这岁数等候着呢。"

一番话说得幻佛羞惭满面，若待和她发作，又恐怕将自家的那件事体弄得决裂了，只得忍着一口气，向黑翠百般央告。黑翠也怕勉强逼他吃了酒，过后这笔账也难讨索，不如将计就计，随便地端上几件饭菜，让他们将肚皮混得饱了。

蕉影他是无可不可，吃完了饭，依旧倒向床上去拼命抽那大烟。幻佛瞧壁上挂的那个洋钟，长针已到子正丑初，知道已是时候了。他忽地将双眉一皱，两手捧着肚皮，哎哟哟地叫起撞天屈来。其时将蕉影和黑翠都吓了一跳，忙问他为什么缘故。幻佛勉强拿手向床上指着，半晌挣出一句话，对着黑翠说道："请你躺在这里陪黄先生抽两口吧，适才我呷了一杯黄酒，肚腹里不争气，忽然作怪起来了，上面要呕，下面要泻。对不起，这左近地方可有厕所没有？暂且跑去方便方便，转来再和你们谈天。"

黑翠笑道："你不嫌腌臜，我这套房里有现成的净桶，也省得跑出去冒了寒气，倒反不好。"

幻佛扭头说道："我是出惯了野恭的，若是在净桶上，包管一点儿屎屑子也不肯出来，我再也不能和你扯谈了。停一刻工夫再会。"说着，攒眉蹙额，又不住地叫起哎哟哎哟。

黄蕉影在这当儿，既已有了几分醉意，而且烟瘾过得十足，他的一颗心早又缠绕到黑翠身上，只碍着幻佛坐在半边，不便和黑翠动手动脚。难得碰着这机会，他早连珠地嚷着说："幻翁尽管请去方便，有翠姑娘在这里陪着我，也是一样。"

他一面说，一面又望着那黑翠挤眉弄眼，在背后做鬼脸子，情形十分难看。幻佛分明瞧在眼里，暗暗好笑，且不去做理会，兀自大踏步跑出去了。

蕉影见房间里空空洞洞，没有别人，只剩得黑翠在电灯底下站着，他心里不由大动起来，将手在床沿上拍了拍。黑翠见蕉影生得一表不俗，比较幻佛猥琐形状高得几倍，也就嫣然一笑，在他对面平躺下来。蕉影执着她的纤腕，问长问短。后来谈到幻佛在你身上究竟使用过多少银子，黑翠冷笑道："你问连老爷吗？他是一个著名的滑光大帝。在这时候他尽会在我们屋里跑出跑进，比如一眨眼到了端午，你要寻觅他的魂灵，比鸽子还难。哪一次不漂我们些局账，白累我吃妈的打骂罢了。"说着，眼眶一红，故意提起烟签子，就灯上烧着玩耍。

蕉影见她说的话很有意思，接连心口又扑通扑通跳了几下，搭讪说道："你喜欢这个，我来替你烧一口，像这样白糟蹋了烟是很可惜的。"

黑翠摇头说道："我不吃，我又没瘾，既吃了这碗牢饭，还禁得起再加上烟累不成？那可真不要命了。黄老爷，你要吃只顾吃，休得和我客气。"黑翠说话的时候，那一张粉脸已凑得近前。

蕉影是个久旷的鳏夫，只觉得一股粉香脂气直扑入自己鼻观，把不住浑身打了几个寒噤，低低笑说道："你既不愿意这姓连的，不会把他撇掉了，拣别的好客去接？老实说，当嫖客的也许得他们跳槽呢，难不成一个姑娘只许接一个客？"

黑翠将媚眼向蕉影一瞟，冷笑道："这话也难说，心在人家腔子里，我们年纪轻，知道谁好谁不好？况且这姓连的再歹毒不过，他们仗着报馆里的势力，你有一点儿得罪他的去处，他能够瞎三话四，败坏你的名誉。善有善报，恶有恶报，我只保佑他们瞎掉了眼珠，烂掉了指头。"

黑翠啰啰唆唆，只顾说得高兴，蓦不防她妈在外在嚷道："翠丫头，快快出来，我有话吩咐你哩。"

她妈虽这样叫唤，叵耐黑翠这当儿已经软绵绵地把全副精神都用在蕉影身上，嘴里虽答应着，那身子却动也不动。加之蕉影使劲扯着她的纤腕，笑道："休理这老货，我们且谈谈体己。假如像我这等人物，你可爱不爱？若是你允许了我，不久我替你吃一台酒，结一结线头，可好不好？"

黑翠将头一扭，笑得咯咯地说道："黄老爷，你家休得拿我们小孩子开心，莫说我们粗手笨脚，看不入你家的法眼，便算承你家的情，不惜俯就，然而还碍着那个姓连的面皮。你们本来是好朋友，也不合割他这靴勒子呀？"

蕉影见她说得这样娇俏动情，说不出来心里的快乐，刚待拿出他极浓极稠的米汤，趁势再灌她一下子，不防外边忽然听见一阵脚步声响。黑翠暗暗将蕉影手腕一捏，低说道："黄老爷，你且放尊重些，姓连的敢是进来了。倘若吃他瞧出破绽，以后我们倒不好相处了哇……"

话言未毕，只见房帘一揭，进来的却不是幻佛，前面站着一个便衣少年，身后跟随着两名警士。那少年向床上一望，便指挥那警士先将烟灯烟具一古拢儿抢入手里，随即大喊那鸨母出来，说："你们胆子真大！怎么容留客人在房里吸烟？"

少年喊了一会儿，鸨母们哪里敢出来搭话，大家简直躲得一个不见面。这里蕉影和黑翠才慌了手脚，软瘫在床上动弹不得。那少年不由分说，吩咐警士先将这一双男女带入局里讯办。

蕉影急得乱嚷乱喊道："我还有个朋友连幻佛呢，是他约我到这里来吸烟的，你们不去抓他，怎么单单跑来抓我去受罪？"

那一干人笑道："谁认得什么连幻佛？我们是人赃现获，你如果有理，尽管到警厅里去辩白。警佐念你是个斯文士子，或者问你一两句便行释放，亦未可知。"

黑翠其时也啼啼哭哭地埋怨着蕉影，说道："我说这东西不能明目张胆地放在床铺上，你们兀自不肯相信。如今白连累了我，你们摸摸良心，可对得住我对不住我？"

蕉影见她这种可怜模样，心里老大有些不忍，便和那少年商议，情愿自己跟了他们走，不必再牵涉到黑翠身上。少年和警士哪里肯依，不由分说，径自带着他们一路向警局里走来。

再说那个鸨母，当那警士们走后，她方才敢探身出来询问。好在这件事由幻佛和鸨母接洽好了的，做成这个圈套，便装少年是局里一个巡长，平素原和幻佛认识，他们约定了时刻，前来捕捉蕉影。所以幻佛借着大解为名，预先避去。过了一会儿，幻佛复行笑嘻嘻地跑转屋里，不防鸨母一把扯着他的衣领，嚷道："姓黄的被捕，我们原不管这闲事，但是你不该叫他们将我的女儿都捕了去。摇钱树倒了，我只和你连先生要人。"说着，便大哭大闹起来。

幻佛听见这话，也大大吃了一惊，没口子向鸨母赔罪道："你且放心，无论如何，包在我身上，总得将黑翠子设法弄得出来。便是那警佐不瞧情面，至多不过罚金，我连幻佛情愿将报馆变卖掉了，都得拿出银子来替他赎罪。我和翠姑娘的恩爱，你们是知道的，如何肯忍心害理放她在警局里受这凌折？"

鸨母见他说得很是慷慨，倒也将手放下。大家在那里从长计议，筹划营救黑翠的方法。乱哄哄地闹到半夜，正自乌乱得不得开交，也奇怪，怎么眨眨眼，那黑翠已嘻天哈地打从外边笑着进来？身后还跟随着两名警士，将她交代给鸨母，还安慰了她们好几句，随即转身就走。

其时莫说鸨母觉得这事出自意外，便是幻佛也不肯相信，怎么并没有人前去说项，那位警佐大老爷竟自护花情重，安安稳稳地将黑翠姑娘送得回来了？大家七嘴八舌都围着黑翠，要详细问一问端的。黑翠早含羞带笑，将这内中情节一长一短告诉了众人。

原来这位警佐姓詹，单名一个晃字，年纪不过二十余岁，新近打从日本毕业回国，上峰因为他这为人精明强干，便派他当了这件差使。他在这汉口地方上，别的倒还罢了，唯最性嗜游荡，花天酒地，镇日价有他的足迹。不过他所结交的一班妓女都还是些上流人物，像这沙家巷里却轻易不曾光降过。此番听见巡记在外间捕获了一起烟犯，初则他并不介意，准备将他们先行拘留起来，明天再行讯问。不知哪个多嘴的在詹晃面前提了一句，说这烟犯里有一个标标致致的女孩子，名字叫作黑翠，倒是上三等的野鸡货。詹晃听见这句话，却十分高兴起来，登时将他们两家头带入小客室里细细赏鉴赏鉴，循例先问了他们的名姓，然后便将自己两只小眼睛子滴溜溜地不住向黑翠脸上瞧去，觉得那黑翠娇容媚态，着实可以动人怜爱，一时护花情切，随即将

321

黄蕉影呵斥了一顿，说他不该挟妓饮酒，而且又拿这违禁物品，连累到妓女身上。"我瞧这黑翠面皮，一点烟色也没有，一定是不会吸这东西的。"说着，又嬉皮涎脸向黑翠问道，"我适才所说的话，可是不是？"

黑翠子见这位老爷温言抚慰，心里感激得什么似的，忙着答道："小女子从来不晓得什么叫作吸烟，委实是这位黄先生贻害小女子的。务求大老爷开恩吧！"

詹晃笑嘻嘻地望着身边几个巡士说道："我的话如何？像这样漂亮女孩子，她们的玲珑肺腑，如何禁得起这腌臜鸦片烟将她们熏得漆黑呢？"

一面说，一面便叫黑翠具了一纸嫌疑甘结，当堂释放，还着遣两名巡士将她送得回来。只苦了黄先生，不幸做着一个男子，詹大老爷却不肯另眼看待，依照新刑律，吩咐他出二百元以上的罚金，若没罚金，便移送到县署，改为一年零一个月的监禁。

幻佛见自己的目的已达，黑翠又安然还家，大功告成，说不来的心里欢喜，准备明天去会阿锦小姐。阿锦见我替她出了这番大力，不怕她不将孙大福爱情移向我连幻佛的身上来。情场劲敌，虽父子尚且不能相让，何况师生呢？

其时只苦了那个没脑子的孙大福，糊里糊涂，一共还不知道他的先生做了这番手脚。当天晚上，听见幻佛教给他那个办法，他兀自冒冒失失跑到葛公馆门首，要求和他们小姐厮见。家人们见他这猥琐形状，也没拿正眼去瞧他，随口说了一句："小姐不在屋里，你停一会儿再来吧。"大福没法，只得转身就走。

光是这一天晚上，他像小驴子似的足足奔了有六七趟回合，一共也不曾见这阿锦身影。偏生又错过了报馆吃晚饭的机会，他只好将裤带子紧了紧，咬着牙齿，挨了一夜的饥饿。

第二天清早便爬起来，坐在楼上发怔。若在平时，他的先生连幻佛早就到报馆里来办事了，谁知等了好半晌，并没见幻佛来到这里，心里正自焦急得了不得，随又转了一个念头，左右闲着没事，不如还是踅到葛公馆那边碰碰机会也好。主意已定，重行下了楼梯，一直向马路上奔去。走了还没多远，迎面来了两个熟人，却是一男一女，彼此手挽着手，喁喁私语，好生个亲密样儿。孙大福非常艳羡，暗想：我若有这一天，和葛小姐也像这模样在马路上走来走去，便立刻死了，我的眼睛都闭得紧紧的，也不枉在世上活了一遭。这个就除非赶紧将那黄蕉影办成监禁罪名，不能遂我的希望了。他在这里胡思乱想，不防那个男的向他招呼说道："孙先生，这早晚跑向哪里去？我猜着你一定到葛小姐那边去表功了，可是不是？"

孙大福吃他这没头没脑问出这句话，一时也不及回答，尽站在半边瞅着他们哧哧地笑。那男的又向那女的说道："你瞧孙先生还和我们装憨呢，他打量我们还不知道这事。天下事要得人不知，除非己莫为，你瞒得过别人，敢是瞒不过我。"

这说话的却是刘克仁，旁边那个奚雅芸又扑哧笑起来，接着将个大拇指头向大福伸了伸，笑说道："你的本领真好，怎么不动声色，竟将那个黄蕉影办成一年多的监禁？这一来葛小姐要越发和你好了。其实这个你又何必瞒人呢？我们听了不过替你欢喜。"

这一番说话，好比那半天里的焦雷，一阵一阵直钻入孙大福的耳朵，立刻身子不禁晃荡起来，暗想：竟有这样天从人愿的巧事？我刚刚才打这主意，不知是谁竟替我干了这等事情。好在葛小姐她是蒙在鼓里，不如将计就计，我便拿着这场功绩，揽向自己身上来，也叫她佩服我办事敏捷。想到这里，便笑嘻嘻地向雅芸说道："你们的消息真是飞快，怎么我的秘密竟被你们打听着了？这也算不得什么，受人之托，忠人之事。警察和县署那一处我没有几个熟人，只消向他们歪歪嘴，谁就逃不脱我的掌握。"

刘克仁冷笑道："啧啧啧！照这样讲，我们以后还不敢得罪你呢，得罪你就得吃不了还兜着走。"

大福此时已是欢喜昏了，他也不理会话的轻重，兀自侃然说道："诚如尊论，你们大众随后都得留点心，触恼了我孙大福，却不是耍子，我是顾不得什么叫作朋友情面的呢。"

一句话说得克仁和雅芸都气愤起来，随即撇下大福，转身就走。

大福却不暇去理会他们，掉转身子，打算跑入报馆，详详细细先行写他一封长信寄给阿锦，告诉她蕉影已经被捕的话。这不消说得，当然是自己的功绩了。阿锦见了这封信，不怕她不来寻我，省得我跑去再受他们那一班大管家的闲气。筹划已定，当下不由分说，如飞地跳入报馆，奔上楼梯。蓦一留神，忽然看见他的先生连幻佛和一个女郎亲亲热热地厮并在一处。那女郎伏在栏杆上面，正自瞧那马路上的热闹。大福却不曾留意这女郎是谁，转忙不迭地向桌上去寻笔墨，头上热气腾腾的，迸出来的汗珠子比黄豆还大。幻佛见他这神气，暗暗好笑，便故意问了一句道："你打哪里跑来的？为甚忙得这样失魂落智？"

大福冲口说道："这件事告诉你，你也不会知道。我好容易费了一番手脚，现今才将那姓黄的办成一个烟犯。昨天夜里已吃县署里将那厮监禁起来了，打算赶快写封信去报告葛小姐，也叫她听了心里欢喜。"

伏在栏杆上的那个女郎听见他们讲话，倏地掉转脸来，瞅着幻佛笑了笑。幻佛也忍不住大笑起来，接着说道："你休得鸟乱，葛小姐现在这里呢，又费你的心写信报告去做甚？"

大福其时和阿锦打了一个照面，又惊又喜，忙笑问道："葛小姐，你是几时来的？这是再巧没有了。黄蕉影的那件玩意儿，料想你还不曾打听明白。咳！你小姐只顾动动嘴儿，把我这两条腿却几乎累断。托小姐的洪福，幸喜不曾有辱使命，竟将这厮办成一个永远监禁。这一来没有他碍眼，听凭小姐要和谁好便和谁好，至于酬报学生的去处，小姐是有话在先，断乎没有食言而肥的道理。栏杆口风冷，我们是借对面那个套房里去谈谈体己。连先生他是局外闲人，小姐何必去理会他？老实说，当日这件事，若是委托了连先生，怕连先生未必有此能耐吧！"说着，便趁近阿锦身边，想来携她的玉腕，那一种仓忙龌龊的神态，便是画也画他不出。

幻佛又是好气，又是好笑，轻轻地向阿锦丢了一个眼色，冷笑道："小姐，你可听见吗？请你且问一问他，他对那黄蕉影究竟怎生个办法，若有半字虚诬，不但没有酬报，而且要问他一个贪功掠美的罪名哩。"

阿锦当下站在那里，身子动也不动，只拿着一方手帕掩着樱口尽笑，半晌方才冷冷地道："奇呀！先生是这样说，学生又那样说，倒叫我辨不出谁非谁是来了。"

大福急得紫筋暴涨，跺脚说道："这事还能够讲谎吗？发生之后，通国皆知，几于没有一个人不骂我孙大福为了一个女郎甘心卖友。然而我也不暇分辩，只要小姐知道我是实心干事，赏我一个脸，什么卖友不卖友，却丝毫不成问题。"

幻佛咬紧了牙齿笑问道："来来来，你这个朋友是吃你怎生个卖法的？且说出来给我和葛小姐听一听。"

大福更不怠慢，随即指手画脚，连喘带嚷地说道："我的手头拮据，是你们大家都晓得的，原没有这闲款请他去吃大烟。后来想了想，这是葛小姐的命令，万无推诿之理，从死法里想出活法，将我穿的那件夹衫在小押铺里押了一千几百文铜钞，将那厮诳入吴大鼻子那个烟馆里，声色不动地让他躺在铺上烧着烟消遣，我便悄悄地跑至警局，等着我的那个嫡亲阿舅。这阿舅新近充当巡逻，得了我的报告，刻不待缓，当即率同好些巡士将那厮捉入县署里去了。哼哼！像这等勾当，若没有些神出鬼没的手段，如何干得这样又秘密又灵快？我是费尽九牛二虎的气力，换上别一个，怕不会有这能耐吧。"

说着，便趾高气扬地近前偎傍着阿锦，似乎要想阿锦拿几句温语抚循自己，好叫他那先生连幻佛瞧着羡慕的意思。阿锦偏生笑得咯咯地指着他们师徒俩说道："这事真叫我糊涂到脑子里去了，左右不过是一个黄蕉影，这就捕的地方，怎么一个说是沙家巷，一个又说是吴大鼻子烟馆里？姓黄的并不是什么齐天大圣，怎么会有这分身法儿呢？"

阿锦这几句冷言冷语不打紧，直把个幻佛急得要死，抱着这满腔冤愤，无处发泄，指着大福骂道："我把你这不成材料的东西，别人干好了的事，你转轻轻巧巧地跑来趁这现成。你编谎也不怕将下颏子编掉了，你拢共只有一件夹衫，如今依旧还好好地穿在身上呢，是在几时押出款子来请蕉影去抽烟的？葛小姐，你休听这厮瞎嚼舌头，他活到这么大，并没有娶过堂客，这阿舅又打哪里跑出来的？警局里充当巡逻的人很多很多，万一动了他们的公愤，齐打伙来责问你乱认人家做舅子，怕你这一层罪名就不得甘休。"

孙大福满脸涨得通红，忙着分辩说道："我这阿舅是我母亲的哥子，我不曾娶堂客，难道我老子也不曾娶过堂客不成？至于这件夹衫，昨天押出去，今天赎回来，也在情理之中。你当着葛小姐面前，为何口口声声编派我全是扯谎？我知道你久已处心积虑打葛小姐的主意，眼见得被我占据着，你便没命地吃这隔壁醋，还自命做文明大家呢，我替你羞都羞死了。"

大福一面乱嚷乱吵，阿锦听了，一面不住地点头，似乎相信大福说的这话不错。幻佛其时已是气不由命，也不暇再来分辩，恶狠狠地顺手在桌上举起一方砚石，劈头望大福掼了过去。大福将脑袋侧了一侧，那砚石已哗啦一声打在板壁上，跌得粉碎。

大福跳起来喊道："不好！不好！这王八羔子竟和我用起武来了。"他说话的当儿也不肯相让，捞着幻佛平时用的那根文明手杖，夹头夹脑，只顾向幻佛打将过来。

幻佛身上早吃了六七下子，后来吃他将那文明杖夺在手里，大福死揸住又不肯放松，两人互相厮并，都打得七喘八吼。毕竟大福力大，趁势将幻佛按倒在楼板上，撇了手杖，捏起拳头，直上直下，向幻佛浑身乱打，打得幻佛和黄牛一般地叫喊。引得那个阿锦站在旁边，笑得天花乱坠，也不阻拦，也不劝慰，只拍着纤手在旁边叫好。打到热闹分际，幻佛的父亲连璧听见声息不好，忙赶上来瞧看光景。到底父子情切，他便没命地上前攀倒大福身子，父子俩将大福重行按倒在地。幻佛只恨手无寸铁，随即拿自己的嘴，使劲向大福鼻子上咬了一口，咬得鲜血淋漓，把个鼻子竟自咬下半边来。阿锦见这场祸事越闹越大了，她怕夹在里面做人命干涉，老实轻移莲步，徜徉而去。

好在黄蕉影的那件事目的已达，无论你们师徒二人是谁干的，她也不消来细细查问。弄到末了，连幻佛只落得筋断骨折，好几天不能下床行动，孙大福不曾害着梅毒，然而鼻梁上已经开了一个透明的天窗。这座小报馆毕竟是幻佛的主任，因为和大福结了这重仇怨，后来便将大福驱逐出门，这小小编辑头衔兀自无形取消。

再说那个黄蕉影入狱以后，风声传到郝道士耳朵里，郝道士却只付之一笑，不去过问。唯有他的妻子许倩霞得着这消息，好生愁恨，因念丈夫甫经得了这安身处所，满望他稍稍积蓄起款子，准备出那莲慧庵，重行租一处房屋，好生向前度活。偏生半路上又出了这岔子，我这命也可算极薄的了，由此镇日价淌眼抹泪得无休无歇。那个圆净师太也着实可怜她，便劝着她说道："你尽哭也没有益处，拿钱吸烟，并没犯什么杀人的重罪，不过那些官厅里借此敲敲穷百姓竹杠罢了。只要你拿出银子来替丈夫赎罪，包管可以立刻放他回家。"

倩霞哭道："这赎罪银子打从哪里去寻觅呢？他每月赚来的薪资小半寄给我家用，大半倒要花费在这鸦片烟上，我逐日食用都是很拮据的，哪有银子替他赎罪？好师太，你有什么法子可想，这利息便重些，我都情愿。"

圆净听见倩霞要向她借钱，不由将舌头吓得伸出来，冷笑说道："再休提借钱的话吧，上次我吃那姓尹的都累杀了。若不是葛玉痕小姐那样热心，我便将这座庙宇变卖干净，也不够赔偿人家的本利。目下便拿着首饰以及田房契据向人家开口，人家还得推三阻四呢。况且你是个精穷的女人，将来拿什么偿还人家？老实说，我便有处可以想法，也不敢替你多管这样闲事。"

倩霞冷笑道："然则由他去监禁好了，多谢师太白白地问了我一句，倒引出师太许多唠叨，依旧不能打起脸来去充这样胖子。"

圆净也笑道："穷人气性大，怎么又怪我开口问你的不好了？主意便有一个在这里，只是要瞧你的本领去做。玉痕小姐自从嫁给鲁大人做了新姨太，据说鲁大人很是爱她，公馆里所有的金库银库那柄钥匙全行交给在新姨太太手里，她只是不肯帮助人罢了。若是肯帮助人，只消打开她的那个嵌螺钿的小金漆盒子，从许多大钻石里拣二枚极小的小钻石，你拿了来变换出款项，不但替你丈夫赎罪都有余剩，包管我身上还可以给你造几重住宅，后面开一个小小花园，呼奴使婢。那时候，你这黄公馆里还容易让我们当姑子走进走出吗？只好悄悄地敲开你那花园的后门，由丫头们带领我和太太去厮见罢咧。"

说罢，拊掌大笑，又指着倩霞住的那间小屋，笑道："佛菩萨有灵，不料我们这屋里还住着一位未来的有钱有势的太太哩。"

一番话说得倩霞心里大动起来，搭讪说道："只是羞人答答的，不大好意思再去和她开口，积年累月，玉痕姊姊帮助我的地方也着实不少了。好说你丈夫干下这样没廉耻的事，又跑来和我挪东凑西。一经翻过脸来，不但大借款没有希望，而且随后的目的因此转失败了，那便如何是好呢？"

圆净摇头说道："你放心，葛小姐她断断不是这样人。当她没钱的时候，她因为替女友设法，还不惜卖掉她这身子，白花花的五千银子到手便挥霍罄尽，她这胸襟何等阔大，她这手段何等慷慨。你在先是她救拔起来的，今日听见你丈夫出了这样变故，她不可怜你的丈夫，还该可怜你自己。只消你的嘴唇皮动了动，她若不将银子成千上万地捧出来，叫我今生今世做了尼姑，来生来世还要变作和尚。"

说得倩霞扑哧笑起来，指着她说道："和尚不见得不如尼姑，怎么你又拿和尚赌起咒来了？"

圆净正色说道："和尚及得我们尼姑吗？饶他们再会奉承巴结些，不过和那一班臭男人混在一处罢了。像我们当姑子的，穿房入户，没有一个姨太太、小姐们不爱和我们厮混。你想想同一光头，她们见了和尚便得躲避，像我们这光头，便和她们睡在一个枕头上，也没有人肯批驳她们的不是。所以世界上的艳福，唯有我们做尼姑的可以享受，和尚便白望着这一班姨太太、小姐咽咽吐沫罢了。"

倩霞轻轻拿手在她光头上敲了一下，笑说道："你这油嘴，倒会编派人呢。世界上的姨太太和小姐们不见得就没有偷和尚的，不然她们如何肯白花花地拿出银子施舍在寺院里？又是什么竖塔呀，浇钟呀，替佛菩萨装金呀。再穷些妇女，每逢着放戒的日期，她也得省吃俭用，赚下几个铜钞，买百十枚烧饼和三五斤香油，口口声声却说是与和尚结个善缘，这又是什么玩意儿哩？"

圆净哈哈大笑说道："阿弥陀佛，你这样说话，真不当人花拉子。这一班善男子善女人，他们前生都是带着宿慧来的，所以才肯这样大慈大悲，把个福田种得十分圆满，从西天来，还得从西天去，委实勉强不得。我就不服这个主子……"

她说到这里，兀自从大袖子伸出两个指头，低低笑道："她仗着老子的势力，没来由在洋学堂里混了几年，开口文明，闭口文明，见了我们便光头长光头短地拿尼姑打趣。逢时遇节，太太倒肯在缘簿上施给我们几两银子，只是碰着这二丫头，她还得枉口赤舌，批驳她娘老子迷信。我瞧她那种飞扬浮躁，第一在这寿岁上怕就要大大地打个五折六扣。咳！善有善报，恶有恶报，不是不报，不过时辰未到罢了。比如大小姐，她也上过学堂的，怎么天生的脾气就和她不同？虽然不大相信佛菩萨，却也不曾见她毁谤过佛菩萨。果不其然，她一跃就跃到鲁大人屋里享福去了。若不是佛菩萨在暗中保佑，她能够有这造化吗？"

倩霞想了想说道："这话不错，提起二小姐来，我们哪一个出了这乱子，却不应该去求大小姐，她早该挺身出来帮她一个忙，才是道理。在先不是告诉过师太的，我们这份人家弄得家败人亡，起根发苗，都由于二小姐这一个妖精。她不瞧别的，便瞧我们先生当初和她逃走的那番情义，她也不该置身事外。况且她老子在社会上势力也很伟大，你二小姐便拿他一张名片去向县署里要人，知事未必不肯答应。师太替我斟酌斟酌，这件事还是让我去求求二小姐吧，省得兴师动众，又闹到鲁公馆那里。万一大小姐的见解也同我一样，岂不是徒劳往返？"

圆净将个脖子猛地向前领里一缩，冷笑说道："大奶奶，你真个糊涂，瞧人也瞧不出个长短。阿锦二小姐模样虽说生得也还不错，只是她的那个小鼻准头太长了一点，弯弯地像个鹰嘴，而且腮颊尤大，站在她背后不曾见她的人，便见着她那两片小嘴巴。这种形状，在相法上研究起来，是再歹毒不过的。别人的把戏我不明白，唯有她干的笑话，再也瞒不过我。据她公馆里几个仆妇详细调查，她的相好情人便拿芝麻替她数也数不清楚。今天爱这一个，明天又爱上那一个，得新忘旧，见异思迁，却是她特等等的拿手好戏。差不多的轻薄少年也及不来她这样的浮躁放荡。如今益发好了，听说她把从前的那些朋友一概都谢绝干净，一心一意注重在她们一个小家人葛兴身上，两下打得非常火热。这葛兴年纪约莫有二十多岁，平时伺候她老子，拎拎水烟袋，原没有人瞧他得起。自从搭上了这位二小姐，从头至脚，打扮得比他们大少爷还要漂亮十倍。这笔用款打哪里得来的呢？可想都是二小姐实行倒贴罢了。这件事沸沸扬扬，公馆里上上下下，没有一个人不知道他们的秘密，仅仅瞒

328

瞒着老头子，弄得太太也没法，打算将这葛兴小厮先行过继在自己膝下，然后再招赘他做一个女婿。这全是二小姐的要求，将来还不晓得怎生结局哩。太太，你休得生气。黄先生已是背时的人物了，你便跑去求她，怕她一时还妨忆不清他的姓名，何苦白去碰这老大钉子？依我的主张，走千家不如走一家，除得大小姐那里，你不必胡思乱想。我们吃斋念佛的人，断不肯给苦头给你去吃。"

一番话说得倩霞笑起来，说："依你，依你。但是二小姐的为人虽然意懒，一到了你们嘴里，便益发说得不成事体了。事不宜迟，明天我便得向鲁公馆里去走一趟。"

说到这里，她脸上又微微红了一红，搭讪着向圆净说道："这便如何是好呢？我身上这件衣服，打从去年穿得上身，至今连浆洗都不曾浆洗过，衣领上两条裂缝，背后又是几个破洞，插戴的首饰更不消说得了。照这样走向鲁公馆门首，他们不把我当作叫花子，一定将我认作缝穷婆。开口闭口还说是来求见他们新姨太太的，公馆里使唤的二爷，你瞧他们的眼眶子有多么大，他肯领带你进去和姨太太厮见？道好眨眨眼不要偷了他们的东西。如今的时势，谁不是只重衣衫不重人？便是大小姐，她也要嗔怪我这熊样坍了她的台呢。该帮助我的地方，因为触怒了她，也不愿帮助我了。"

圆净沉吟了半晌，点头说道："你这话虑得极是，莫说你的这件事很关紧要，我想社会上那些青年妇女，偶然和亲友们走动走动，谁不要想出法子来捧一捧场面，没有妆饰，便得购办，没有钱购办，便得借贷，一例地打扮得花团锦簇，谁又猜到她屋里连饭都没得吃呢？只有一层，我们庙里所有的只是尼姑穿的几件袈裟，借给你也不中用。刘道婆倒有一件青布衫子，做起来拜年用的，你就套在你这破衣服上面吧，比较你这前穿后戳的尊衣，毕竟堂皇冠冕些。"

倩霞摇了摇头，嬉皮赖脸央告道："这可不行呀，青布衫子穿起来，简直和仆妇们有什么分别呢？依旧走不到他们屋子里去。好师太，你做人情益发做到底吧。上次借钱给尹先生的那位姨太太，她也是个中等富户，这衣服、首饰定然不在少数。请你替我向她借一件湖绉夹袄、玄色摹本一里圆的缎裙，簪子和手镯便是包金的也可将就使用使用。这么样一打扮，再雇上一辆东洋车子，骨碌骨碌地拉到他们公馆门首，凭那些管家们再阔些，也不敢小觑我了。好师太，你肯成全则个，我死了都感激你。"

圆净笑眯眯地指着她说道："你这个鬼灵精，真亏你想得到，便晓得我和这姨太太交情很好。但是借衣服不难，不过这位姨太太，她的算盘最打得厉害，要说是白白地借给你去装门面，她未必就肯答应。好在她是放债过日子的人，我们无论借钱，无论借首饰，都给她一个二分利息吧。"

说着，便用指头掐了一会儿，叽咕说道："衣服作二百块钱，首饰作四百块钱，二分起利，按日计算，每日便得十二块龙洋。今天借得来，明天穿戴着一个整日，后天再拿去还她，连前搭后，足足要送她三十六番。你的意思怎么样呢？我是一个佛门弟子，断不肯于中取利，你尽管放心。"

倩霞听见她开出这一篇大账，不由吓了一跳，笑道："哎呀！竟要这许多，我的力量如何能够办得到呢？"

圆净冷笑道："衣服、首饰是她的，借不借还不是由你？她的东西搁在箱子里，又不要饭吃，没来由白借给你去装幌子，衣服穿在身上，免不得风吹日晒，便是首饰经你这一插戴，至少也得减个七八成的成色。老实说，你这一次是打人家主意的，和那些无故的交游酬酢又自不同，你若是得了大小姐的银子，这区区几十块钱也甚是稀松平常。俗说是羊毛出在羊身上，不怕你大奶奶生气，若不是因为你有这指望，你叫我去借，我还得夹脸给你一顿臭吐沫，替你醒醒这场大梦哩。"

圆净这一番话说得和爆豆也似的，噼噼啪啪，一句一句地直钻入倩霞耳朵里。倩霞想了想，觉得她这话没有一字不近情理，连忙没口子答应笑道："师太怎说怎好，我再不依你，我就不懂得人事了。我一经得了手，三十六块洋钱，一块也不肯短少她的。但是借师太的金面，能够在几件东西而外，有什么小戒指再饶她借一下子，可不能又算我的银利。"

圆净这才眉开眼笑道："戒指嘛，这事包在我的身上。随后你若高兴，便加她几文也使得。倘若不高兴加她的，我也断不和你计较，暗中由我去酬谢她罢了。出家人以慈悲为本，一年到头，我们行的方便也不计其数。何况大奶奶也是一个苦人，丈夫不长进，闹出事来，还累你抛头露面向各处去讨人情，这也委实可怜极了。要吃龙肉，亲自下海。稍停由我替你去跑一趟，包管手到擒来。大奶奶，你趁时候还早，叫佛婆去烧一盆脸水，请你将自家颈项脖子着实刷洗刷洗，你的皮肤本来也还白嫩，亦是这些时被垢腻都弄得乌光漆黑了，恐怕穿起好衣服也不相称。"

倩霞吃她说得羞惭满面，当真走近她的那座妆台，从一面破镜子里望了望，真个鬓发蓬松，皱纹重叠，虽然是二十外岁的妇人，远远望了去，简直和半百的老妇不甚相远了。

圆净走后，果然依着圆净的吩咐，悄悄地洗了一个澡。单讲洗剩下来的那一盆脏水，若是灌入田里，足可抵得二三十斤肥料。她兀自叹了一口气，暗暗嚼念道："唉！想我许倩霞，当初做女学生的时候，何尝不打扮得花团锦簇，但凡走向道路上，谁不拿眼睛瞟着我，称赞我将来一定是中国的主人婆，能够在这社会上做一番事业。叵耐不自珍重，凭空和那黄蕉影发生恋爱，鬼鬼祟祟地便嫁给了他，也不曾过着一天舒服的日子。一双秋波，本来不大济事，再加上终年哭泣，无论瞧什么东西，总觉得有些模模糊糊，想配一副克罗克眼镜都没有这指望。女孩子出嫁，原打算安富尊荣，享受闺房艳福的，不料我嫁着这不成材料的丈夫，弄出事来，还要累我拿热脸去靠人家的冷脸。别人说起来，都批驳这婚姻大事不该由父母做主，但是我和蕉影又何尝不是自由结婚呢，目下可算是吃了自由结婚的苦头了。"想到这里，不由流下两行眼泪，呆呆地望着那面破镜子发怔。

幸喜没多一会儿，那圆净师太已笑嘻嘻地打从外面走进，一手拿着一个小小衣包，掼在倩霞面前，然后又从怀里掏出一个小首饰匣子，亲自打开来给倩霞验看，说："这是一副包金手镯、一支赤金簪子、一对耳环。"倩霞见那些东西，一例的金光灿烂，喜得她笑逐颜开，因为自己自从和这些金首饰分别之后，差不多有三五个年头了。如今竟又瞧在眼里，仿佛是那多年好友，久别重逢，说不出来的心里快活。末了圆净又在里面拣出一枚钻石戒指，郑郑重重地向倩霞笑道："别的还不打紧，这戒指的价目很是昂贵，你仔细收藏好了吧。我原不肯担这样沉重，只是禁不起你左右央示，特地向那边借得来给你戴出去光辉光辉。"

论许倩霞的出身，也不是什么富室子女，别的金器当初却还有几件，至于提到钻石上面，替她发得誓，委实不曾打过照面，至于真的假的，益发是个门外汉了。不过见那钻石很是陆离光怪，连自己的眼睛都有些花花绿绿起来，除得没口子地称谢圆净的好意，只把来反复赏鉴。一直等到赏鉴得兴致已尽，然后才打开那个衣包，一件缎袄、一条摹本裙子，虽不十分华丽，然而那形式却还入时，比较平时穿的那些破衣破裳，真个天渊之隔了。

圆净当时交割清楚，刚待转身出去，又回头向倩霞叮嘱道："大奶奶，你明天若是得了葛小姐的资助，这笔借款是一个缺少不得的。"倩霞忙不迭地答应了。

圆净走后，这一夜她便不曾好生安睡。又因为连日春雨，约莫有三更时分，那窗外的树木依旧被风吹得铮铮铢铢地彻夜响个不住，一时心绪潮涌，又深恐明天道途泥泞，污坏了人家的衣服。万一雨再不住，耽搁了时日，不免于蕉影的事很有妨碍。因此翻来覆去，直挨到清晓方才合上双眼沉沉睡熟。还是道婆们进房来催她醒转，好在她睡的那张床铺空落落的，并不曾挂着帐子，开眼一望，已见满窗晴日，那些穿树的喜鹊飞来飞去，尽着在那树枝头上不住地喳喳吱吱地乱叫。

倩霞好生欢喜，随即起身下床，加意修饰，将借来的衣裙穿得齐整，又插戴上那些珍饰。俗语说得好，马要鞍装，人要衣装。倩霞这一打扮起来，真个如花似玉，比较平时简直换了一个人物，引得道婆们在旁边瞅着她尽笑。不多一会儿工夫，圆净也带着她两个徒弟踅得进来，抬头一望，忽地拍手打掌笑嚷道："哎呀！这是黄大奶奶吗？我倒有些不认识她了。好一个标致女人，莫说你们那个叫花子配你不上，便是把你送给鲁大人去做一房姨太太，怕葛家大小姐也得让你夺了宠去。阿弥陀佛！大奶奶，你若能够永远这样打扮着，连我老尼姑瞧了都有些动心。"

一番话说和她那两个小徒弟无不掩口失笑。倩霞更是羞答答的，嘴里只嘤咛了一声说："师太休得拿我开心，我哪里有这福分呢？"

旁边那个小徒弟月因插嘴笑道："这也难说，文明时代，各人有各人的自由。你如果愿意做人家的姨太太，谁也不能阻拦你。譬如我们生成是个薄命，无辜地剃了头发来当姑子，似乎终身的结局就这样马马虎虎罢了。然而未来事，黑如漆，以后的变动正自说不定呢。"

圆净见她说的话太没规矩，恶狠狠地向她瞅了一眼，月因才低下头去，笑着不敢开口。圆净又回头向身边那个道婆说道："你快出去替大奶奶雇一辆车子，今日虽说是天晴，恐怕道路上泥滑滑地不好行走，没的再跌上一个筋斗，那才尴尬呢。"

倩霞听她说到这里，连忙附着圆净耳朵叽咕了一阵。圆净笑道："有有有，我早已替你预备好了。"

说着，便从大袖子里取出二百文铜角，又笑道："这个尽够使用的了，回来的时候，不怕大小姐不替你开发车钱，多带了钱去也很累赘。"

说话当儿，车子已经雇好，倩霞别了他们师徒，一忸一怩地提着长裙步出寺外，跨上人力车，一直向鲁公馆里走来。

下了车的当儿，却好门房里正坐着几位大爷。倩霞赔着笑脸近前问道："你们姨太太在屋里吗？我是竭诚来拜访的，请诸位进去替我通报一声。"

这时候，众人将她一望，见她的衣服虽然不甚褴褛，但是一个女太太出门，身边并不曾携带仆婢，乘坐的又是普通雇车，心里便有些老大瞧她不起。大家依旧在那里高谈阔论，好像不曾听见她说话一般。倩霞无奈，只得重行复说了一遍，那声气便比以前响亮了些。内中有个爷们冷笑道："你这位奶奶是打哪搭儿来的？说来的话委实叫人发笑。我们大人的姨太太也不计其数，你又不曾告诉我们明白，或是第几个姨太太。你冒失，我们当家人的不能跟着你冒失，难道把各位姨太太都请出来听你奶奶拣选不成？"

倩霞这才恍然大悟，知道适才的话太说急了，连忙分辩说道："我是来会你们新姨太太的，她娘家姓葛，她在未嫁以前，很和我要好。我因为多时不曾和她见面，所以特地跑来厮会厮会。"

那个家人笑道："好嘛，这才是个道理呢，没的含着肉吐着骨头似的叫人捉摸不定。大奶奶，你且在这边站一站，等我进去说一句，至于见不见，也只好碰你的造化。"

说着，又抽了两口纸烟，然后才慢腾腾地立起身子，将衣服上的烟灰扑得干净，打算向里面走。座中又有一个家人忽地拦着说道："张禄，你没的白跑这一趟。新姨太太多分不能见客吧。你也生着一副眼睛，早间里在不是传出话来，打发弟兄们去请医生替新姨太太看病。你想姨太太身子既不大好，何苦进去碰这钉子？"

张禄笑道："不错，不错！你瞧我这记性有多么好，医生这趟差使还是我去的呢。大奶奶，你且先请回府，等我们新姨太太的病好了，再来会她不迟。"

他说完了，复行将身子坐下，动也不动。倩霞不由吓了一怔，失口问道："哎呀！怎么好端端的她又病了？这病是几时得的？吃下药可见效没有？"

倩霞尽着在半边啰里啰唆，众人觉得很是讨厌，一个也不来理会她，当下倒有好几个踱得出去。倩霞不知轻重，依旧在那里问个不了。张禄登时急起来，放沉了脸色呵斥道："大奶奶，你当真是打从三家村里跑进城内，我们这地方敢是和府上三间茅屋篷子一样，床上有人害病，外边却打探得明明白白。老实告诉你吧，我们这所门房离姨太太住的卧室至少有七八里远近哩，况且姨太太是个女人家，我们当家人的，难不成还能够进去问长问短、问寒问燠？若是吃大人知道，岂不还要闹出别的嫌疑？大奶奶，你若再这样土头土脑的，我们老实就要得罪你了。"

一顿话说得倩霞满脸绯红，照这样情形，敢是不能和玉痕厮见了。别的不打紧，我这一身衣服、首饰是拿银子租借得来的，万一白跑这一趟，不但这一次的款项圆净师太饶我不得，便是下次再来求见，岂不又要多费一番手脚？越想越急，真是哑子吃黄连，说不出来的心里酸楚。只得老着脸不肯走，转千央万告，求那张禄务必进去替自己进去问一声儿。"如果姨太太回绝我，我便死心塌地，倘若她能够勉强和我见一见，我知道感激你张二爷的恩典。"

张禄年纪不过三十多岁，平素本来是个色鬼，见了女人，他的口涎都得流下二三尺长。此时吃倩霞缠得没法，又细细向她脸上端详了一会儿，见她打扮得虽不十分华丽，至于眉眼之间，倒还带着几分俊俏。他的这颗心便把不住有些软洋洋起来，唉了一口气说道："奶奶，你这是碰着我张禄呢，我最是心慈面软，再禁不起人家的甜言蜜语。若是换上别一个，哼哼！任凭你大奶奶将小脚站断了，也没济事。你且等着，让我进去探听探听，再来回报你。"

说毕，又不住地向倩霞脸上赏鉴了一会儿，然后挤眉弄眼，笑着进了二门。倩霞这才将心上一块石头放落，斜签着身子，在旁边一张小凳子上略事休息。

著书到此，我姑且让倩霞大奶奶在这里多坐一会儿，好在她是来专诚奉谒玉痕，也没有别的事穷忙，由她从今天坐到明天，从明天坐到后天，也不为过。我呢，我却得趁这机会，腾出笔来叙一叙玉痕得病的缘故。

原来鲁国香那一次因为多啖了几块冰洋獭髓膏，以至弄成一场大病，玉痕虽然不愿意嫁他，然而感恩知己，见他病得厉害，别的姨太太一例地都是坐观成败，玉痕便尽心竭力日夜服侍。好容易盼得鲁国香渐渐硬朗起来，生命上虽无妨碍，至于他的那半身不遂，一时却不能恢复原状。说也好笑，当国香病势沉重的时候，大家都以为没有指望，将这垂死的老头子交给玉痕去一手经理。后来见国香略有起色，许多姨太太又恐怕这番功绩吃玉痕一人包揽了去，登时你争我夺，她也要接大人到自己房里去，我也要接大人到自己房里去，论起名分，后来毕竟吃那第一个姨太太将国香抬入卧房。由此玉痕便冷清清地临风短叹，对月长吁，怀想起自家身世，将来不知做何结局。国香有时想起玉痕，也常命人将她唤至面前，着实用许多好言安慰。无如越是这样，越招众人的妒忌，简直像乌眼鸡似的轻易不容她和国香见面。只有那个绮秋小姐，在外边玩得倦了，回来时候，有时没得地陪着玉痕谈笑谈笑。玉痕见她的举止行动和自己有些反背，心里虽不大满意，至于外面却还觉得性情浃洽，有什么心事，都把来在绮秋面前申诉申诉。

这一天，忽地由大姨太太房里传出一道命令，说大人得病的当儿，曾经由大姨太太向各处神庙里允了许多誓愿。如今大人既然病愈，少不得要向各处去烧香还愿。自己因为伺候大人，分不出这身子，这件差使便委托新姨太太前去料理吧。玉痕听见这话，觉得迹近迷信，芳心里很不愿意去干这事，无如大姨太太既经吩咐下来，又违拗不得。却好绮秋也坐在她房里，便笑向她说道："你可听见吗？有病的人延医服药，这是正经的办法。药既有了效验，她们转把来归功鬼神，鬼神是没有知觉的，难道他当真能起死人而肉白骨？譬如我起先在那三圣观里求那仙丹，仙丹也是一味药剂罢了，要一定说是三圣的灵验，那我就不大相信。如今益发好了，平白地支派我去向那些土偶行礼，岂不被人家听见将牙齿笑掉吗？"

绮秋笑道："姊姊又来固执了，你若是拒绝了她们，她们不见得说你文明，又该在阿爹面前批驳你的不是。我瞧这天气也还和暖，姊姊终日拘囚在这所房里，于卫生上也很有妨碍，依我的意思，落得借此向外边去游玩游玩。和尚尼姑你不大喜欢，他们占据的那些山水名胜，不见得你也不喜欢吧。好姊姊，你若是高兴，我拼得请一天假，陪你出去走一趟，你道可好不好？"

玉痕听见她这番怂恿，心里真个畅快起来，笑道："好极，好极，我便依你这办法。请你去吩咐家人们预备车轿，过江的小轮渡人多拥挤，我是不惯和他们混在一处。可以叫人替我们雇一只红船，我和姊姊两个人坐在舱里，又清净又可以赏鉴赏鉴那些山光水色，行动比轮渡却自由得许多。"

绮秋点头笑道："就这样办最好，两个人太寂寞了些，何妨将你的哥哥和妹妹一齐都约得来，尽兴玩他一天？你如答应，我便立刻出去向他们兄妹俩接洽。"

玉痕想了一想，笑道："这大可不必吧，你和象文终日价厮混在一处，如何还玩得不够？便是因为我累你们暌别着一时半刻，也不见得就叫你心里不快活。"

绮秋脸上微红了红，笑道："约不约他们也没大关系，怎么到了姊姊嘴里说起来，便这样啰唣？你向来的脾气都是这等孤僻。老实说，逢场作戏，行乐及时，你总及不来我们热闹。你不信试对着镜子去上瞧一瞧，姊姊近来的容貌，比以前却清减得许多了。我究竟不知道你有什么解不来的心事？"

玉痕听到这里，不由长长叹了一口气，低下头去，更没言语。绮秋坐了一会儿，依旧向外边去游散游散，闹到半夜里方才回家。

第二天起了一个清早，笑嘻嘻地跑过来约玉痕，家人们已将香烛预备齐整。玉痕只带了随身的那个仆妇，偕同绮秋渡江，凡有寺院里都走了一遍。

其时正是春末夏初，天气暄热。当她们出门的时候，倒还十分晴朗，及至午后，兀自起了几阵东北风，把四面的云影吹得渐渐拢合起来，接着便是蒙蒙细雨，把街头上湿得泥滑滑的。绮秋笑道："不好了，雨来了，我们向哪里去避一避呢？"

那个仆妇早拿手向远远一指，嚷道："姨太太和小姐快走几步，前面便是黄鹤楼，那里有好几家茶社，大家且向那边去歇一歇脚。等雨势住了，再行过江不迟。"

玉痕皱眉说道："还在这里耽搁什么呢？这场雨不见得便能够住得下来，我还是赶快上船吧。"

绮秋笑道："这座黄鹤楼，我倒有好些时不来光顾了，难得打从这里经过，便上去玩赏玩赏江景，却很有趣。姊姊你不知道，在这烟雨里望那滚滚的波浪，比较晴天朗日格外好玩。"

一面说，一面早提起长裙子，大踏步往那一叠一叠的石坡走将上去。玉痕见她这样高兴，也不好拂她的意思，随即扶着仆妇，慢慢地也跟着上来。走没多远，那楼底下早露出一座茶社的招牌，上面写着"怀白茶楼"四个大金字。绮秋抢入里面，便有堂倌将她们引入一所房间。绮秋有些微微娇喘，掏出手帕来揩抹额角上的香汗。只见玉痕斜签着身子，坐向一张椅上，笑道："这山路好生难走呀，地下又滑，真个将我累得七喘八吼。"

绮秋指着他笑道："谁叫姊姊镇日价坐在屋里不出大门儿一步哩？若讲究卫生的道理，像我们这样少年孩子，每天至少须走得六七里道路，活动活动这筋络，随后无论走什么远路，方才能觉得吃力。"

玉痕点头笑道："这话也说得是，记得我们当日在学校里的时日，无缘无故地都得向外边去闲逛，如今却是疏懒了，越怕出来，简直越不能出来。"

堂倌送进一壶好茶，仆妇便在旁边替她们各自斟了一杯，自己便伏在栏杆上去瞧着江景。这当儿，茶社里吃茶的人越发来得多了，乱哄哄的，很不清净。

玉痕刚端着茶杯慢慢就口品着，忽地见那门帘一掀，有个小孩子探头望了望，不由分说，直扑进来，扯着玉痕衣袖，带笑带嚷地说道："阿妈！阿妈！倒有许多时不抱我了，我很想念阿妈呢。"说着，便往玉痕膝上猴上来。玉痕仔细一望，才认出他是自己女友的儿子铃官。只见他浑身穿戴着素衣素帽，小玫瑰脸庞依然和当初仿佛，心里不由觉得十分凄惨，便随手将他抱入怀里，哽咽着问道："铃官，你还认得我吗？你是同谁出来的？"

方才问到这里，只见接连走进那个娘姨，抬头看见玉痕，兀自笑将起来，说道："原来葛大小姐也在这里呢，你瞧我们这官官真会淘气，怎么一眨眼便不见了他，将我吓了一跳，还是堂倌告诉我，说小官官跑向这房间里来了。快下来吧，休得尽在大小姐身上揉搓，她是搁不住你这样蛮缠的。大小姐近来身子还好？怎生面庞倒不及从前丰富了？"

　　玉痕笑道："不打紧，我很爱他，让他在我膝上坐坐，正不妨事。但是这样大雨，你如何还挈带他出门？万一受了寒气，弄出病来，又该累你们烦心。"

　　娘姨笑道："谁拣着这雨带他出门呢？今天早起不是好端端的天气，他父亲领着铃官到他妈坟上去祭扫，刚刚忙毕了进城，不料就碰起下雨来，忙不迭地躲向这茶社暂避一避。他父亲因为他要买那小洋人儿，吩咐我照应着铃官，他径自冒雨到楼底下去了，这一会子差不多也要转回来了。"

　　玉痕点了点头，便抓起一把花生果儿，递给铃官小手里，笑问道："要吃什么？我叫堂倌去预备。"

　　铃官笑嘻嘻地说道："我不饿。阿妈……"

　　娘姨轻轻拿手在铃官身上一拍，笑道："谁叫你这样称呼的？仔细你父亲捶你……"说到这里，便偷偷地瞧玉痕脸色。

　　偏生那个铃官很不解事，转大着喉咙嚷道："我不，我偏要喊她作阿妈……阿妈，阿妈，你和我们一同回去吧。你在先不是很疼爱我，怎么这一会子连你的影子都瞧不见了？"

　　玉痕听见他一张小嘴叽咕叽咕地说个不住，把不住一阵心酸，几乎要流下泪来，轻轻摸着他脖子强笑道："我只恨没有这闲工夫，常常跑到这江边来瞧着你。只要你和娘姨他们过得好，我这颗心也就安慰了，倒不在乎常常和你相见。"说着，又向那娘姨笑道："你这人良心还好，自从他母亲亡故之后，眼见得没有照应孩子的人了，承你的情，竟自不肯离开铃官，伺候得十分周到。他母亲定然也知道感激你，将来这孩子身上如需什么费用，你尽管到我们公馆里来告诉我，我虽然不能多少资助，至于鞋头脚脑、衣服首饰，凭我一人都能够担负的，你们也不用和我客气。"

　　娘姨未及答应，绮秋笑问道："这便是尹雄伯的孩儿吗？生得倒还配人怜爱，比较他老子土头土脑的高得许多。"说着，便扑哧笑了。

　　娘姨忙笑答道："铃官呢，倒也罢了，平时只消有点儿玩玩吃吃，一味天真烂漫，也不知道想念他母亲。转是我们这位少爷很是可怜，自从那一次大

337

小姐出嫁，他便喃喃讷讷地独自坐在书室里，也不知道说的是些什么，一天到晚也没见他有过笑容。近来越发痴得厉害了，你叫他吃，他也吃，你叫他睡，他也睡，只是没精打采，不疯不癫。劝学所里的职务，平白地也吃他辞。至于他的形状，简直换了一个人似的，又瘦又黑，说他病，又没大病。不瞒大小姐说，我们毕竟是当下人的，便有什么话，也不敢向他询问。像这样过下去，不叫人闷死，也得叫人害怕死呢。大小姐不相信，停会子见了他便明白了。"

绮秋一面听，一面点头晃脑。唯有玉痕听到这里，心里很觉得难受，又不便答娘姨的这番话，半晌方才搭讪说道："这也难怪他的父亲呀，半路上和他夫人分手，膝前又留下这无知无识的孩子，没个好好女人替他领带。依我的意思，你们也该劝劝他早些续弦才好，延捱下去，不但一份人家撑持不起，便是他父亲……"

刚刚说到此处，底下的话似乎不好启口，停住了。娘姨接着笑说道："谁不是这样想头呀，也要他肯相信才好呢。家无主，箸帚舞，不要瞧不起我们这些女人家。一个男子若没有堂客替他料理家务，孩子的鞋头脚脑还在其次，比如一天到晚忙得下来，独自冷清清地跑入房间里，孤鬼似的，连和他谈谈闲话的人都没有，这味道也很够他消受呢。我常听见人家说，早年丧妻也罢，晚年丧妻也罢。早年呢，年纪轻轻的，还可以打扮得起来，跑向人家去做新女婿。晚年哩，筋衰力尽，也不再想打这样主意了。唯有像我们这位大少爷，不尴不尬，将这位大奶奶死掉了，固然轻易也没有人来替他做媒，便是我们偶然提到这话，他好像和人赌气一般，把个脑勺子死命价摇个不住。别人家的千金小姐，又不是萝卜青菜，难道还捧在手里给你做堂客不成？"

绮秋听到这里，把不住向地下轻轻啐了一口，冷笑说道："凭你们大少爷那副脸蛋子，恐怕也没有女孩子肯来赏识他，他还这样拿班做势，未免也太不知分量了哇。"

话言未毕，铃官忽然伏在桌上喊起来说："阿爹快来，妈在这里呢。"

他说着，早扑到门帘旁边，一把扯着他父亲袖子，直往里拖。雄伯手里刚捧着一个小洋人儿，另外还买了两枚气球。在这当儿，抬头一望，和玉痕便四目相视，打了一个照面，嘴里更不知说什么才好。还是玉痕大大方方地抬起自家身子，向他招呼一声，说道："可巧呀，我听见娘姨说你们是扫姊姊墓回来的。光阴飞快，想姊姊墓上的宿草，大约已经是离离的了。"

玉痕说到这里，那声气已十分凄楚。但是雄伯素来本讷于言语，对于女人家，尤觉得期期艾艾，此次和玉痕碰见，真出自他的意外。虽然听见玉痕和自己说话，至于他自己却一句对答不出，不知为什么心坎上一酸，登时两只眼眶子就红将起来，若不是碍着绮秋在座，他几乎要放声大哭，所以玉痕尽管侃侃而谈，他却呆立在半边，身子动也不动。偏生那个不解事的铃官，一面向他父亲手里夺那些要物，一面又阿妈长阿妈短地唤个不休。雄伯格外觉得刺心，又深恐玉痕听见着恼，他没好气地便向铃官身上轻轻拍了一下。铃官见他父亲打他，随即乱嚷乱吵，闹得一塌糊涂。娘姨趁势将他抱入怀里，笑道："我们还到那边去吃茶吧，休得引你爹生气。"说毕，便将铃官带入隔壁那座房间。

说也好笑，雄伯呆呆地望了玉痕一会儿，始终也没开一句口，懒懒地便也别过了玉痕，也跟着娘姨他们到这边来了。

约莫有日落光景，雨势稍住，玉痕和绮秋依旧下了山坡，坐着车子觅着了她们的红船，渡江遄返汉口。及至转回公馆，已是电灯齐明，差不多是晚膳的时候了。窗外几株杨柳被风吹得瑟瑟的，立刻又是一阵倾盆大雨。依绮秋意思，原想出门去寻觅象文他们玩笑，后来因为那雨落个不住，只得勉强在玉痕房间里吃了晚饭。侧耳一听，那雨点子打在窗纱上，已是半边透湿。玉痕叹着说道："这黄梅天气，真是没趣儿，还是不下雨也罢了。万一下起雨来，便会无休无歇，怪道我们先前出门的当儿，浑身觉得有些暴躁，若再在外边耽延到这会子，怕还不得回来呢。"

绮秋笑道："当真的呀，如果被雨阻在江那边，三更半夜，向哪搭儿去寻宿头呢？免不得要向贵友尹雄伯屋里去歇一歇脚了。但是这姓尹的，我对着他很不满意，怎么姊姊和他谈笑，他兀自冷心冷面，好像对着我们赌气似的，落后又将那小孩子打得啼啼哭哭，这是一种什么意思？世界上竟有这等不近人情的人，我保佑他做鳏夫须做得一世。"

绮秋说完这话，不由伏在案上咯咯地笑。玉痕叹道："这也难怪，大凡人心绪恶劣，无论处什么境界，却不得慨叹有余，欢娱不足。他又是扫墓回来，揾着满肚皮的哀情，你叫他还有甚心肠来和别人款洽？我记得我们那位姊姊在世时候，有时也和雄伯会面，他何尝不是有谈有笑。如今换了一种凄凉境况，触处都可以生感，所以别人不能体谅他，我却能够体谅他，并不是有心奚落我们。"

玉痕其时只顾高谈阔论，替雄伯分剖，不料绮秋在这当儿，忽地抬头向玉痕脸上仔细端详了一会儿，良久良久，重行笑说道："这样大雨，我也不回自己屋里去了，好在姊姊这里也还安静，我们吩咐仆妇们煮一壶好茶来，陪姊姊消遣消遣这长夜也好。”

玉痕听了，也很欢喜，于是两人在灯底下谈了好些闲话。仆妇们见小姐要在这里歇宿，便上前请示这衾枕怎生安放。绮秋笑道：“我和你们姨太太便睡在一个被窝儿里也罢。天气冷凄凄的，像这样反暖和些，这又有什么请示不请示哩?”

仆妇们笑了一笑，便将玉痕床上的那条锦被摊放下来，一面又笑说道："不是我们多话，只缘新姨太太最爱洁净。先前老爷睡在这里的时候，姨太太除得在身边伺候，至于睡觉，她老人家都在右首那个套房里，从来不曾和老爷睡过一夜。小姐虽然比不得老爷，然而我们问一问，也是我们的道理呀。”

玉痕听见仆妇尽管絮絮叨叨地在这里说些闲话，不由将眼睛向她们眨了一眨，含笑说道："一件事到了你们嘴里，便有这许多的啰唣，省一句不见得有人责备是哑巴。”

绮秋也笑得咯咯地说道："好呀，我身上是有虱子的，和你们姨太太睡在一个被里，没的糟蹋了她这干净身体。”

玉痕笑道："姊姊休得和她们一般见识，她们的话哪里算得凭准? 姊姊若不见弃，能够常常跑来和我抵足而眠，我倒感激不尽了哇。”

说话的当儿，窗外风声雨声益发来得猛烈了。玉痕皱着双眉，慨然说道："这天气真是讨厌，淅淅沥沥，没有愁恨的人还得被它勾起愁来呢。人人常说秋天夜长，难于消受。然则像这样春夜，不是一般地叫人烦恼吗?”

绮秋点了点头，也长长地叹了口气，说道："唉，什么叫作春江花月，但凡心绪恶劣，便是不下雨也没怀趣儿，何况……”

刚说到这里，忽从窗隙里尖利利地透进一阵凉风，吹得她们姊妹俩不约而同地都打了一个寒噤。玉痕牙齿战战地笑道："我们不如睡了吧，再坐一会儿，怕这身上几件单衫还禁不住这般春冷。”说着，便卸了绣鞋，钻入被窝儿里，倚在枕头上痴痴地发怔。

绮秋也在那一头坐着，仆妇们又在橱柜里取出一幅纱衾，替她们搭伏在中间，然后大家都退了出去。绮秋见左右没人，便含笑向玉痕说道："今天在怀白茶楼，不料无意中又和那姓尹的会面一次。别的我不好笑，转是那孩子一张小嘴儿叽咕叽咕地尽管喊你作阿妈，须知姊姊此时已没有做他阿妈的指望了。不怪他父亲听了生气，兀地又打起那孩子来。其实孩子们知道什么轻重呢? 打了他也算冤枉。”

玉痕听见他提到阿妈两字，把不住涨得满脸通红，半晌说道："这也有个缘故。当他母亲死后，我因为这孩子很是可怜，不时地到他们那边照拂照拂，也是有的。初则那孩子见我身段容貌和他母亲仿佛，便错认我作他的母亲，随口便阿妈阿妈地叫得不住。娘姨几次阻拦他，他一会子记着，一会子又叫起阿妈来。我又不能因为这点点小事和孩子们认真，只得胡乱由他叫喊了也罢。偏生他这小子记性真好，今天见了面，依旧不改这样称呼，哪里怪得姊姊听着发笑哩，我这也叫没法。"

绮秋扑哧一笑，说道："哎呀，别的称呼能够乱喊，这阿妈名分却不能胡乱承认的。我替姊姊设想，自从姊姊嫁到我们这边以来，不幸喜期这一天阿爹便得了这场重病，目下虽然勉强保住性命，但是这半身不遂的病症，眼见得不死，已和死去仿佛，俗说是带病延年罢了。别的不打紧，姊姊如今还在青年，白担着这虚名儿，将来究竟怎生个结局。阿爹有时清楚，背地里也和我提及姊姊，只是唉声叹气，似乎有许多对不住姊姊的去处。姊姊，你的意思以为怎样呢？"

玉痕叹道："我有什么意思？家道陵夷，嫡亲叔婶平时尚且视同陌路，承尊大人的盛情，舍弟霆儿饮食教诲都出自这边的资助，便是陶姨能够过这安富尊荣的日子，都由我按月送给款子去给他们使用。银钱上面，尊大人悉凭我取携自便，从来不曾有所诘责。别人不知道，姊姊却是知道的。尊大人待我既有这样恩惠，我何敢怀有异心？尊大人在一日，我当然侍奉他老人家一日。万一不幸，只求姊姊做主，赐我一席之地，长斋绣佛，了此余年，以外还有什么奢望呢？"

绮秋听到这里，连忙伸出一双纤腕，将自家两只粉耳朵紧紧掩着，笑说道："姊姊这议论，我是绝对不敢赞成。照姊姊这见解，是简直要效法那些和尚尼姑敲破了木鱼修修来世了。哪里来的这样顽固？我老实说了吧，便是世界上少年夫妻，死了一个，那一个还得再行嫁人呢，这叫作保持人道主义。何况姊姊这干干净净的身子，虽说和我那阿爹有夫妇的名义，却没有夫妇的实事，你难道还去替他守节？便算守一世，也没有人来替你向大总统去乞旌表呀。我不料这吸收文明空气的女子，说出话来，比他们老腐败还要腐败得几倍，这又何苦来呢？我说句笑话给你听，起先我们这汉口地方，不是有一班同学的，立了一个什么独身会。凡是入会的人员，都是立志不嫁，不肯给男人家做玩物的。当时也有人劝我入会，我却老实不客气，一口回绝了她们，说人各有志，你们不愿嫁人，我却以嫁人为终身的目的。他们听见我这话，还批驳我宗旨大错，互相嘲谑了一阵，这也罢了。怎么不到两年的工夫，那些独身会里的会员倒有一大半抱了孩儿了？所以她们这个独身会，自从成立以来，其中人数也没增加，也没减少，因为入会的尽管入会，出会的又尽管出会。"

玉痕咻的一声笑道："这又何苦来呢？一个人主意既拿不定，又何必白担着这个名儿，转吃人家听见了笑话。况且女人家嫁不嫁，问题也很重大，与其将来后悔跳出这会，何如起先不入这会也罢。"

绮秋笑得拍手打掌说道："不瞒姊姊说，我也曾经问过她们，这是一个什么缘故？她们也回答得我好，说她们在先不肯嫁人的宗旨，却实在出自本心，并非由于别人强迫。无如后来和一班青年男子交涉交涉，一旦性情投契，便身不由己，又重行想嫁起来。比如吃长斋的人，每天所嚼吃的都是些蔬菜倒也罢了，及至忽然碰着鸡猪鱼肉，不由而然地这颗心便有些扑通扑通地乱跳，要想再尝一尝异味。俗语说得好，没肉便吃斋，见了肉便把斋来开。独身会里的会员大约都抱持着这一种主义哩。不过目前的时势，各人都有各人的自由，这也责备他们不得，不过觉得手段上太圆滑了些吧。"

玉痕从丹田里叹了一口气说道："唉！圆滑二字，不知误尽了许多国事。我只知道政府里的人常常拿这手段去欺负百姓，不料我们这一班姊妹也一般地中了这毒。中国前途的危险也很可怕极了。"

绮秋笑道："谈谈闲话，又勾起你的牢骚来了。莫说我们这中国不见得一时便亡，便算亡了，像我们这份人家，道不得个便没有饭吃，很不要姊姊抱这杞人之忧。我们还是讲讲正经事吧，即拿姊姊而论，你又不曾在独身会里当过会员，年纪又是轻轻的，难不成在这里白耽误了你的下半世？我今天听见那娘姨的口气，觉得这姓尹的对于姊姊很是注意。况且你待他们夫妇的情分又与寻常人不同。姊姊若果有心，我能够在阿爹面前替你说项，放姊姊出去和这姓尹的联成伉俪。那姓尹的就无妻而有妻，便是小铃官儿也就无母而有母，岂非一举两得……"

绮秋刚说到这里，只见玉痕陡地变了颜色，急着说道："绮秋姊姊，你说的是些什么话？你简直将我葛玉痕当作一个轻薄女子看待了。天下事可以随意玩笑，难道女子嫁人也可以随意玩笑的吗？叔姊不仁，初次将我骗入贵府，承姊姊的盛情，毅然替我出力，好容易取消了这场变局。至于第二次嫁给尊大人，是完全出于我的自动，没有别人强迫的了。我既得了尊大人的银子，我这身体当然为尊大人所有。不幸尊大人猝撄重病，这是我命中注定，不但没有怨恨，而且从不曾出过一句懊悔的言语。不知姊姊何所见而来消遣我，忽然提及到那姓尹的身上？倘果如姊姊这个办法，我葛玉痕简直和外间放白鸽的妇人一般无二，堕落我的人格其事小，损失我父母的令名其罪大。姊姊万一真个爱我，千万不要在尊大人面前提及此事。老实说，便是尊大人一旦不讳，我葛玉痕孑身而来，仍孑身而去，断断不来争竞你们的财产，姊姊也可放心了吧。"

这几句话说得绮秋夹耳根子通红，使劲在被窝儿里将脚一蹬，蹬得那床柱子咯吱咯吱价响，含羞带笑地说道："哎呀！哎呀！姊姊说到哪里去了？我全是一番好意，有心替姊姊终身打算，不料姊姊转错了我的意思，说我疑惑你要夺我的财产。出了好心，没有好报，无怪世上的人越有阅历，那一腔热血自然一天一天地要凉将起来。好好，算我这人出言冒失，不曾知道轻重，无辜地得罪了姊姊，以后的事悉凭姊姊自便，我若再掺杂一言半语，叫我烂了这舌头报应给姊姊看，可好不好？"说完了，她便躺下身子，蒙被而卧，赌气再不开口了。

玉痕也悔自己的话说得太急了些，不怪绮秋动怒。她又是一个好胜的人，向来在这钱财上不大计较，我偏生拿这话来刻薄她，我说出来虽属无心，恐怕她听了却得衔之刺骨，彼此的交谊未免因这个就得生疏了哇。想到这里，伸手在她身上推了推，笑道："我适才的话，原向姊姊说了玩的，怎么你和我生起气来？快快坐起来，我还有别的心事要对着姊姊商议呢。"

绮秋听了，哪里肯来理会她，只装着鼾呼不醒，身子动也不动。玉痕觉得好生没趣儿，自家也就和衣睡在半边。一时心绪潮涌，思前想后，更没一个主意。想到困倦的时候，刚刚合上眼，又见那小铃官儿只管依在自己膝下，不住地要她拥抱。一会子雄伯也立在面前，手里仿佛拿着一剪并蒂兰花，憨憨地望着自己微笑。

玉痕蓦然惊醒，觉得一阵凉风从帐子外面直射进来，吹得毛骨森辣。当时便出了一身冷汗，再听听桌上的钟，已敲到四下。外边风雨依旧，还不曾停歇，要想重行睡熟，再也睡不着了。翻来覆去，除得自己的长吁短叹和窗子外面风声雨声相应，其余都是静悄悄的，格外叫人难受，巴不得立刻天亮。偏生那劳什子的天又不肯亮，身上的汗虽然干了，至于湿透的小衣，和浸在冷水里一样，把不住鼻塞身重，忽地又发起热来，将一只小腿轻轻地搁出被外。再拿耳朵去听听绮秋，只见她睡得很是沉重，鼻息停匀，四肢酣畅，玫瑰脸上露着深深的两个小酒窝儿，不知她梦见什么，那小酒窝子只顾笑将起来。玉痕叹了一口气，勉强重行睡下。

好容易盼到红日东升，朝烟尽洗，雨也住了，那树枝上许多喜鹊飞来飞去，聒噪得人讨厌。不多一会儿，仆妇们陆续进房来抹桌扫地，听见玉痕在床上咳嗽，便笑问道："姨太太昨夜辛苦了，睡得想不很早。这时候日头还在角上呢，姨太太再多睡一会儿不妨。"

玉痕其时已经翻身坐起，搭讪说道："原是的呀，便睡了不曾好生睡着。我觉得这当儿很有些口干舌苦，你们瞧壶里可有茶没有？"

仆妇们将茶壶提住在手里，瞧了瞧，笑道："茶还有点，只是冰冷的。姨太太先漱一漱口吧，停会子再向厨房里去取水。"

玉痕点了点头，便将口略漱了漱，随即吐入痰盂里，穿着随身衣服跐鞋下床。却好将绮秋惊醒了，揉揉眼睛问道："姊姊，外间有什么时候了？"

玉痕笑道："早呢早呢，你不妨再睡，此时起来也没有事干。"

绮秋一面掀开帐子，一面笑向玉痕说道："我几时睡着的？怎么好端端地和姊姊讲话，一会儿便糊里糊涂睡熟了？"

她说话的当儿，忽然向玉痕脸上一瞧，惊问道："姊姊，你身子觉得怎么？如何脸上烧得这样绯红？"

玉痕笑道："我也不知道怎样，头脑子重涔涔的，很不好过。姊姊你试拿手摸摸，我这额角上可热不热？"说着，便将脖子伸过来。

绮秋拿手一摸，失惊说道："怎么不热？热得很是厉害。姊姊你这是受了风寒了，快打发人出去叫他们去请医生，吃一两剂发散药便好了。"

玉痕拦着说道："也没有什么大病，何必这样惊天动地，静静地饿一天，包管没事，这是我的老法子，比吃药还要灵验。"

绮秋急道："饮食固然不能多吃，但是请医生诊治，这也是刻不容缓的。你们快到门房里去，传我的话，叫医生即刻便来，要紧！要紧！"

仆妇们见小姐着急，不敢怠慢，径自向门房传话去了。这里玉痕见绮秋看待自己十分关切，心中也异常感激，想起昨夜的情事，脸上不免觉得有些讪讪的。转是绮秋毫不介意，又随着她谈了一会儿闲话。其时已离午饭光景不远，芳心里忽然想起一件事来，随即向手表上瞧了一瞧，笑道："已是时候了，我待出去走动走动，回来再瞧着姊姊吧。"

玉痕欠起身子笑道："请自方便，我不送你了。姊姊若是会见锦妹妹他们，别提起昨天的事也罢。"绮秋含笑点头，径自转身出外。

再说那个大姨太太在鲁老头子面前献着小殷勤，很像十分关切似的。鲁老头子懒恢恢地倚在枕头上，大姨太太端了一碗参汤，就他的嘴边一口一口地哺着，等待参汤吃完，将碗盏递给仆妇手里，蓦然望着鲁老头子说道："你瞧好嘛，前天我便吩咐新姨娘去替你还愿去，一共也不晓得她可曾去不曾去。便是去呢，也该给我们一个信，不去也该给我们一个信，才是道理。怎么撇在脑子背后，连一点儿影响也没叫人知道？咳！老爷身上的事，除得我们贴心贴意地关切，其余再没有一个人肯将老爷放在心坎儿上的了。"

说着，又长长叹了一口气，便从衣袋里掏出一方粉红手帕，轻轻地揩抹眼泪。国香听了她这番言语，心里老大不甚愿意，拗着舌头解说道："玉痕是一个实心眼的孩子，你叫她怎样，她断断不会搁在脑后的。况且这事又关系着我，我料定她益发当心，你们若不相信，不妨打发人去问一声，包管她已经做过了，丝毫没有错误。"

大姨太太见鲁国香语语袒护着玉痕，不由柳眉倒剔，杏眼圆睁，勃然大怒起来，伸出手腕来使劲向床边上一拍，恶狠狠地说道："这丫头胆子可是不小，哪里肯把我们放在眼里？她就做过这事，难道回来告诉我们一句，便算给了脸面给我们不成？"

一面发话，一面又向身边那个仆妇冷笑道："你快替我到新姨娘房间请一请示，问她究竟可曾还过愿没有。她这千金贵体，纵然不屑向我们这腌臜房间里走动，服侍她的那个詹妈，你叫她过来让我问一问，道不得个便折了新姨娘的身份。"

鲁国香在床上急着说道："这也算不了一件什么大事，你何苦又白白生气？大家放和睦些，让我将这场病休息好了，随后我自然有个办法。"

大姨太太扑哧一笑，冷冷地说道："老爷的病若是完全好了，她们又该你争我夺，像捧凤凰似的将老爷捧入她们的房间，还有我们这背时人物插脚的地步吗？老爷你可抚心自问，像你病成这个模样，只有我和你像烂麦烧饼卷糊在一处罢了。混浊不分鲢共鲤，水清方见两般鱼，过后老爷少不得要知道谁好谁歹。"

鲁国香见她叨叨地说个无休无歇，待要和她分辩几句，又苦没有这气力，只得忍气吞声，将一双眼睛闭得紧紧的，倚在床栏杆上装作不曾听见。不多一会儿，果然那个仆妇已将那个詹妈带得进房。大姨太太先自劈口向那詹妈问道："怎么我叫你们新姨娘去替老爷还愿，她至今可是一共还不曾去吧？"

詹妈不知就里，忙笑着回答道："怎么不曾去呢？昨儿新姨太太在江那边整整跑了一天，凡有庵观寺院，新姨太太都跑遍了，累得雨汗交流，落后在

345

路上还遭了一场瘟雨。"

鲁国香听到这里，不住地点了点头，心里说不出来的欢喜。大姨太太诧异地说道："奇呀！这种事也不消瞒人，为甚回来时候都不叫我们知道呢？显见得你们姨太太瞧不起我们罢了，如何连老爷也都瞧不起？"

詹妈又笑道："这又难怪，回来的时候固然不早，至于新姨娘又吃小姐缠在一处，因为辛苦，大家睡得早了一点儿。新姨娘所以分不开这身子过来回复老爷和姨太太。"

詹妈只管这般说，那个鲁国香的脑袋格外点个不住，依旧不来掺杂她们的说话。只见大姨太太将脖子一扭，冷笑道："我只不信，昨天夜里便算吃小姐缠着不得分身，难不成今天她也不能抽个闲空儿跑来向我们讲个一句半句？"

詹妈忙道："说起来也很奇怪，新姨太太昨天出门还是好好的，不知为什么，睡了一夜，兀自头疼发热起来，到这时候还不曾进一些汤水。"

大姨太太连连摇头说道："好娇嫩的身子，替老爷做做事，又无缘无故地装起憨来了。你们倒是替我察看察看她的情形，究竟还是真病呢，还是假病？"

其时鲁国香在床上却忍不住了，忙问着那个詹妈道："新姨娘这病断不会假，你们也太糊涂了，怎么不赶快去替她延请医生？外间时气很是不正，迟延下去，那是了不得的！"

詹妈忙笑回道："老爷放心，小姐早就打发门房里爷们请医生去了。这会子医生敢是已经来了也未可知。"

大姨太太见国香这样关切玉痕，心里益发没有好气，冷笑道："天下断没有个去敬菩萨，菩萨转保佑她害病的道理。这一定是你们新姨娘年纪轻，平时关在公馆里，轻易没得出去，趁这机会在外面东游西荡，或是遇见她的当初朋友，谈谈笑笑，不知不觉地受了风寒，也是有的。这叫作天作孽，犹可恕，自作孽，不可活。哼哼！我怕她这条小命保不住长久呢！"

原来这个詹妈起先也曾伺候过大姨太太，她们一路神的货，无论什么为非作歹的事都是互相关切、互相掩饰。后来玉痕嫁过来，鲁国香便差遣她去服侍新姨太太去了。玉痕平时有什么举动，詹妈这小耳朵每每跑来报告一切，今日听见大姨太太这口气，知道她在老爷面前有意媒孽玉痕的短处，不防自己所说的话，好像处处袒护着玉痕，心里正在懊悔，却好大姨太太陡然提到朋友两字。她一时触起那个尹雄伯，遂故意提高了喉咙笑道："姨太太真是绝顶聪明，怎么一件事到了你老人家嘴里，一猜便猜个正着。论理这些不尴不尬的勾当，我们当奴才的不合挑三唆四。然而既已瞧入眼里，若不明白说出来，不但辜负了老爷的天恩，而且也对不住姨太太看待我们一番好处。"

大姨太太听到这里，说不出来的快乐，眉开眼笑地向詹妈说道："你说！你说！好嘛，我早就知道，新姨娘一定有新鲜把戏闹将出来。果不其然，她的把柄竟吃你们摸着了，这是人赃现获，断断不会冤枉她的呀。"

詹妈接着拿眼向鲁国香睃了一睃，只见鲁国香侧着耳朵，好像也要打探这件事似的，她便得意扬扬，笑着说道："我们也认不出这男人家是谁，只听见新姨娘嘴里称他作尹先生，两家头好生亲密，便在那座茶社里，支使我们都跑出房外，也不知道他们在里面干着什么。约莫有一句钟的光景，两人方才携手，倚在栏杆上瞧那江景。再好笑不过，尹先生带来的一个小儿子，口口声声喊着我们新姨娘做他的阿妈，新姨娘算是我们老爷的人了，怎么好端端地又到别人家去做阿妈哩？这一重绕道子的亲戚，我们委实也算不清楚。"

詹妈只顾说得指手画脚，大姨太太越听越是起劲，在这当儿，刚待再下几句谗言，好让鲁国香听了勃然大怒，当下也未曾开口，及至留心瞧了瞧那鲁国香，不料鲁国香兀自将身子坐得起来，对着她们哈哈大笑。这一笑却出自大姨太太和詹妈一班人的意外。

欲知后事，且阅下文。

第十五回

慕虚荣沉冤佛寺
私俊仆避迹乡村

大姨太太和那个詹妈两个人一吹一唱，讲得好不高兴满意。鲁国香听了这话，少不得要寻根究底，好歹在这情场里掀起极大的波浪。入宫见嫉，蛾眉不肯让人；掩袖工谗，狐媚偏能惑主。在大姨太太这方面，可算是竭尽能力，给一给苦头玉痕去吃了。巨耐说这话的当儿，忽然经鲁国香这一阵狂笑，转将大姨太太和那詹妈吓得怔住，直头猜不出大人心理上是喜是怒。要说是喜呢，世界上无论什么豁达大度的人，也没有个听见自家姨娘和别的男子不尴不尬，他转甘心将这一顶绿帽子往头上戴的道理。要说是怒哩，亏他咧开这一张大嘴咯咯地笑个不住。其时大姨太太委实有些忍耐不得了，她便放沉了脸色，趱近鲁国香的身边，问他究竟笑的是什么缘故。

说也奇怪，那鲁国香笑过之后，转有些糊糊涂涂起来，任凭你靠着他的耳朵说话，他仿佛不曾听见一般，尽拿着手指指大姨太太，又弯转回来指指自己，弄得大姨太太真个莫名其妙。瞧他这形状，依旧和前次中风不语一般模样，大姨太太又怕又急，当下再也不敢絮聒。

詹妈讨了这场没趣，也不敢再在他们房间里耽搁，一转身子仍然跑回玉痕的住宅，刚刚扬起门帘，抬头一望，却好看见玉痕对面正坐着一位愁眉苦脸的少妇，在那里和玉痕谈心呢。詹妈因为自己在那边耽搁好久，恐防玉痕要询问她，已经打叠好了满肚皮的鬼话，预备向新姨娘这里来讨好。不料玉痕一共也不提及这事，转伸出玉腕来向迎面指了指，慢腾腾地说道："詹妈，你替我将这一扇窗子放下来吧，我身体上觉得微微有些怯凉，再瞧瞧茶壶里的茶可热不热，可倒一杯来给黄少奶奶，我们向来原是不拘形迹的。"

说着，又长长叹了一口气，掉转脸望着那个妇人说道："安安静静地在观里干他的职务，有多少不好，为什么要向这些嫌疑地方乱跑？外边的流氓固

348

多，然而你姓黄的如果没有烟癖，他们也断不敢来敲你这竹杠。便算是他们有心陷害，至于到了官厅里，一验也就验出来了。既已定了有期徒刑，这便见得是情真罪当，叫我有什么法子可想呢？"

倩霞刚待回答，脸上又不觉通红起来，故意咳嗽了两声，迟延了好半会儿，方才款款地说道："如今这些长话短话也不谈了，承大小姐的情，好容易替他觅了这个位置。我的境况是大小姐素来知道的，还亏他按月取回些薪水，添补添补衣履，庵里的房租伙食到了期，丝毫不能短少。甫经有了点儿生路，偏生他不争气，平白又闹出这乱子来。他拘禁个一年半载原没要紧，这是他自作自受，但是我住的这穷乡又一天深似一天了，所以想来想去，幸喜他这罪名有了赎金便可以安然出来，仍旧干他的职务。"

玉痕点头笑道："这办法原好，但是你这份赎金可曾筹措齐备了没有？只希望他如果能够早早出来。至于道士那边，拼着再拿我们老爷的名片，跑去向他说项，不要开除掉他的职务，随后务必叫他自爱些，休得再闹出这些笑话才好。"

倩霞听到这里，她脸色益发红得厉害了，从喉咙里嘤咛了一声，勉强支吾着笑道："原是的呀，只苦这赎金没有设法的去处。幸亏那个大慈大悲的圆净师太，她说……"倩霞说到这一句又咽住了，羞得低下头，只是扯弄自己的衣角。

玉痕此时觉得脑壳子涨得生疼，身上又有些寒浸浸的，拿手托着腮颊懒懒地向她追问道："圆净师太她说什么，姊姊如何倒又不开口了？"

倩霞将嘴唇子咬了咬，急着说道："圆净师太她说这款子必须向大小姐借贷，随后由我们黄先生归还。大小姐若不见信，由我立一纸借据，存放在大小姐这边，包不误事。"

玉痕扑哧一笑说道："有什么见信不见信呢？我帮助你的去处，已是记得数不得了，哪一次叫你立过借据来的？但不知道圆净师太她告诉你这赎金需要多少？"

倩霞一想：不好了，这赎金的数目却不曾听见圆净说需要多少。一时回答不出，后来一个转念，暗想：她既允许，好在我需用的款子很多很多，不如照依圆净教给我的那番话，结结实实借她一笔大宗款项，便是余剩下来，我们就此也可以还些宿债置些产业，预备下半世夫妻享用。主意想定，不由笑逐颜开，侃然说道："大小姐，你这人真是造化，自从嫁给鲁大人做了新姨太太，我们知道鲁大人很是爱你，公馆里所有的金库银库那柄钥匙全都交给你大小姐手里。你只是不肯帮助人罢了，若是肯帮助人，只消打开你的那个嵌螺钿的小金漆匣子，从许多大钻石里拣二枚极小的小钻石，由我们拿了来变换出款项，不但能够赎我丈夫的罪……"

读书诸君莫要笑话，论这许倩霞的记性，真算得再好没有了。她把圆净背地里吩咐的言语，简直背得滚瓜烂熟，此时说出来居然没有一字讹错。但是她说到这里的当儿，再一想想，底下的话可再说不出口了。万不能直言拜上，说除掉赎丈夫的罪，还想拿这银子起家发福。所以她说完这句，又尽管支支吾吾，半吞半吐，远远听了去，既像病危的人喃喃呓语，又像关亡婆在肚腹里演习鬼话。

玉痕听她这口气，已猜测透了她的心事，虽然有些憎嫌她贪得无厌，然而面子上却不便说出来叫她难受，随即款款地向她说道："姊姊的这番来意，我已经明白了，底下的话也不消姊姊再说。但是外面不知里间的事，在别人瞧起来，都以为我们这份人家银子是成千累万，好像是取之不尽、用之不竭，其实论起实在也不过外面好看罢了。像今日的这样生活程度，无论是谁，总免不得大有大难、小有小难。自从我们老爷得病之后，使用的这笔款项真个抵得十家中人之产，告诉谁也不肯相信，近来渐渐也有些入不敷出了。况且我在公馆里，这位分是姊姊知道的，上头有老爷做主，旁边还有一班姨太太监察着，除得按月交给我几个钱零用，若有特别的开支，必须在老爷面前说明，由老爷吩咐账房先生在簿记上注得清清楚楚，然后才可以领取。哪里来的这些金库银库叫我掌管的瞎话？姊姊休听圆净师太她们的捕风捉影，莫说我没有这多首饰，便有一两件，也不敢擅自拿出去变换。"说到这里，又低低附着倩霞耳朵笑道，"这一班姨太太，谁不是自命做老前辈，平时和乌眼鸡似的，处处窥伺我的举动，恨不得拿着一件两件把柄，好在老爷面前媒孽我的短处。在姊姊打量我，总以为我在这门里享受不尽了，其实我所处的境遇，还不及小户人家一夫一妇，倒比较着来得称心些。所以姊姊今天和我商议的这件事，对不住姊姊，实在不能允许。至于黄先生这件公案，虽说他是孽由自作，然为姊姊打算，我们却不能坐观成败。好在当日我将黄先生荐入三圣观，是老爷知道的。今番说不得，让我再告诉老爷一句，或者拿老爷的名片向官厅里将黄先生要得回来。以老爷在武汉的势力，这点点小事不见得官厅里不把这面子给我们老爷，用不着赎金更好，便算非赎金不可，尽多尽少，那时听凭老爷打发人前去料理。我们落得坐享其成，为姊姊计，也很合算，不比较我们鬼鬼祟崇地干这件事，又堂皇又冠冕。"

倩霞因为玉痕说的这番话有条有理，便想再和她开口，委实想不出一句话来，低下头只管瞅着自己那一身衣服发怔，又不好明白告诉玉痕，说我这衣服、首饰的租价，还需得三四十元，真是哑子吃黄连，说不出来心里的苦楚。只见她的脸上，一会子由红而白，由白而青，仿佛在那里要开染坊铺。过了好半晌，重行苦着脸向玉痕说道："姊姊替蕉影这番打算，真是无微不至了，但是我……但是我这……"说到这句，又支吾起来，不好接着往下去说。

玉痕因为身体不大爽快，觉得有些不耐烦，趁势说道："我知道姊姊大约近来又有些手头拮据了，我多了不能帮助你，这里我还剩得十九块洋钱，你先带回去使用吧。"说着，便从枕头底下取出一个手巾包子，把来递给倩霞。

倩霞刚待伸手去接，不知她这时候瞧见什么东西，忽地直跳起来，大嚷大喊说道："不好！不好！我没有命了，我没有命了！"

她这一喊不打紧，把外边的仆妇齐齐吃了一惊，大家都奔入房里来瞧看，还疑惑姨太太和这位奶奶打起架来呢。玉痕也被她吓了一大跳，忙问她为甚事这样大惊小怪。倩霞又不开口，不住地东张西望，像是在地板上寻觅什么物件似的。

玉痕急道："你究竟失落了什么东西，告诉他们赶快帮你寻一寻也好。"

倩霞这才将右手向外边一伸，哭着说道："大小姐，你瞧我这粒钻石不知丢向哪里去了，如今只剩得这戒指子还套在手上。哎呀！这是天老爷要了我的命了！"一面说，一面放声大哭。

玉痕忙问道："你进房的当儿，我却不曾留心你的戒指，究竟那时候这钻石可在指头上没有哩？"

倩霞哭道："我只顾和大小姐央告，哪里把心放在戒指上面？这会子若不因为伸出手腕来接你的洋钱，恐怕跑回去才理会得呢。大小姐，万一我这钻石竟寻不着，我这条小命还能够活在世上吗？"说着又哭。

众仆妇们也都觉得失惊打怪，登时替她点着灯火向房里外各处都寻觅了，也没见点儿影响。玉痕见这情形，回想起当初住在叔婶那边，阿锦也为失了一枚戒指，便疑心是自己偷窃，当时自己的慌张形状也不亚于今日的倩霞，可想倩霞这当儿心里不知怎生痛苦哩。众人忙乱了一会儿，都回复了玉痕，说实在没有这钻石的影子。玉痕便安慰着倩霞，说道："姊姊，你千万不要过于着急，钻石能值多少，你这身体能值多少？如今既已失落，也是没法，便将你急坏了也没中用。"

倩霞碍着众多仆妇站在旁边，又不好意思明说出来这钻石戒指是借来的，除得张皇失措以外，也没有一句言语。大家乱着的当儿，偏生玉痕觉得身上寒战得厉害，再也禁不得再陪她周旋，一倚身倒在床上，不免有些哼哼唧唧。倩霞见这情形，越发猜是玉痕看待自己十分冷淡，哪里及得起先彼此的亲密，足见世态炎凉，什么叫作交谊，翻手为云，覆手为雨，虽在玉痕这种人，尚且不免，以外便可想而知了。我这次白跑了一趟，不但没有得着她的好处，而且闹出这场极大的乱子，早知如此，便不来和她要求倒也罢了。倩霞其时又恨又急，更不在这里耽搁了，勉强拿了那十多块洋钱，匆匆忙忙别了玉痕就走。玉痕又不能起身相送，只在嘴里说了两句安慰的话，然后命一个仆妇将她领带出去。她刚走至门房外面，先前那个色鬼张禄还嬉皮笑脸地对着她做鬼脸，若不是干碍着那个仆妇，简直要扯倩霞再到房里来和他谈谈体己呢。

倩霞心慌意乱，哪里有这心情来理会这没脑子的张二爷，只是埋着头走上马路，连人力车子都不肯去雇坐了，大踏步转回寺内。走入自己的房间，忙不迭将身上穿扎的衣裙，连各种首饰，一古拢儿都脱放在半边，和衣向床上一倒，眼睁睁地瞅着那洋钱手巾包儿发怔。一会子淌下几点眼泪，一会子又叹了几口气，也说不出心里的酸甜苦辣。

佛婆不知就里，还走近她的身边，问长问短。倩霞只有摇头点头的份儿，喉咙里堵塞着，一句话也说不出口。停了一歇，方才没精打采地问那道婆道："师太呢，你去请她进来吧，我有话要告诉她呢。"

道婆笑道："圆师太也该是回来的时候了。约莫有午饭光景，葛太太打发人来，唤她到公馆里去替老爷念几卷消灾延寿真经，晚间一样在那边吃了素斋再回来，也未可知。"

倩霞勉强将头点了点，可怜她这半天茶也没吃，饭也没吃，一颗心好比有千万把尖刀刺着一般。

好容易挨到初更时分，圆净师太方才回寺，第一件她便关心倩霞的事，连身上穿的那件簇新袈裟都没有工夫去脱，拈着一串长佛珠子，一拐一拐地赶得进来。望见倩霞懒懒地倚在枕头上，便开口笑问道："怎么我替你打的主意，一定不会错的，姨太太究竟借给你多少银子？她用不完的钻石，你便多拿她几枚来，变卖变卖，她也不能拒绝你。"说着，还拿手帕掐那佛珠子，把一双老鼠眼睛不住地在房间里东张西望。

倩霞到此，委实伤心极了，更忍耐不住，哇的一声，对着圆净大哭起来。

圆净这当儿吓了一跳，忙问道："难道姨太太竟自一毛不拔吗？你休得哄我，我断断不肯相信。凭姨太太那样宽宏大度的人，万没有个不肯救人危急的道理。"

倩霞向那一包洋钱指了指说道："师太你瞧，这是她借给我的，其余再也没有了。"

圆净将手轻轻捏了一下子，摇头冷笑道："哎呀！这是什么玩意儿，把来还这衣服、首饰的租价还差得远哩，哪里更有钱来赎你丈夫的罪？"

倩霞哭着说道："他的罪名由玉痕姊姊拿她们老爷的名片去要人了，姊姊说是不消拿银子去取赎，这十多块钱是给我做零用的。好师太，你替我想想这样事，究竟怎生办法？"

此时圆净已经放下一副铁青面孔，阴扎骨地冷笑道："亏她拿得出手，也亏你肯接到手里，要换了我，顺手便将这包洋钱对准她脑袋上掼了过去，掼得她头青脸肿，才好泄一泄我这腔子无名业火罢咧。各人有各人的交情，你大奶奶既委委屈屈地答应了她，我们出家人何苦白替你生这肝气。大奶奶，你们赎罪也好，不赎罪也好，只怪我多管闲事。这一套衣服首饰千方百计地替你借将得来，不料只上了这场结果。好好三十多块钱的租价，请你设法交代给我吧。这种没顾廉耻的勾当，难道还叫人家闹到我们寺里来讨索不成？"

圆净一面说，一面气愤愤地把袈裟佛珠都拿来，递给身边那个道婆，自己只穿了一件短直裰。道婆刚待出房，她又唤着她说道："早间买的那副猪肚子，不晓得这两个孽障可曾替我收拾干净？火候想也差不多了，叫她舀一碗白汤，抓两把炒米，先送来给我尝尝味道。看葛公馆的素菜做得怪不济的，委实叫我吃了口淡。"

道婆连忙答应了，果然没多一会儿工夫，两个徒弟一人捧着猪肚子汤，一人端着一个小暖杯，杯里烫好上等的玫瑰酒，那一股酒香直扑入鼻观。圆净不慌不忙，伸长脖子，便就徒弟手里一饮而尽。然后端过那猪肚子的汤碗，拿起一双牙箸稀里哗啦，不多一刻工夫，吃得干干净净，向碗底下望了望，忽然放沉了脸色，向两个徒弟问道："怎么这汤里一粒淡菜也没见，敢是你只失魂落智，又忘记将这淡菜放在里面了？光是猪肚子，如何能清我的肝火？不然便是你们嘴馋，在背地里偷吃了也未可知。"

圆净说话的当儿，一颗光头上已气得紫筋暴涨，也不由分说，随即将碗

353

放下，举起钵子大的拳头，只顾在两个徒弟脑袋上凿暴栗子，凿得徒弟们要哭又不敢哭，只咬紧牙齿，没口子地喊着南无阿弥陀佛。打得越重，她们的阿弥陀佛越是念得厉害。

在下也曾研究过这种道理，据和尚们告诉我，说这是佛门的规矩，但凡痛得厉害的时候，只消多念几句佛，那痛楚便减轻了好些。不过我们不曾做过和尚，像这样事，也只好置诸将信将疑罢了。再说那个圆净师太，因为手腕打得倦了，方才罢休。可怜两个徒弟抱着满肚皮委屈，含悲带泪，将碗盏什物收拾过一旁，依旧站在旁边伺候。

说也好笑，圆净师太毕竟上了几岁年纪，刚刚将猪肚子吃下去，便和徒弟们淘了一场瘟气，立刻觉得胸口有些膨胀。她老人家于是弯转身来，不住地揉抹自家胸口，抹了好半会儿，方才有些松动。只听得她小肚子底下叽里咕噜一阵子响，好容易放了几个极大的臭屁，登时间满屋子熏得臭不可耐。她还有一种怪脾气，但凡她放屁的当儿，别人是不许掩鼻子的，因为人家掩了鼻子，她的面皮上便有些很下不去，所以道婆和两个徒弟却是规规矩矩地站着不动，好像不曾闻见屁味一般。唯有倩霞她不知道这个诀窍，自己素来脾胃又弱，禁不起这臭气直向鼻孔里钻进去，不免提起袖子来，将鼻子轻轻掩了掩。圆净格外生气，换了一副老虎面孔，噼噼啪啪地追问她那衣服、首饰的租价。却好一眼瞧见那些衣服都堆放在半边，她便直抢近前，检点这样，查察那样，倒还不曾缺少一点半点，只不见那一枚小钻石戒指的影子。圆净冷笑着问道："喏喏，戒指在哪里呢？租价还没有缴清，难不成还想吞没人家的首饰？"

倩霞见她问到这里，真魂都吓出了窍，哭转不要哭，只是索索抖抖地死命不肯伸出戴戒指的那只手。圆净见事有可疑，更不怠慢，便近前来夺她的手腕，再仔细一望，见她手指上只剩了一个金箍儿，那粒小钻石已不知去向。圆净这才恍然大悟，知道她哭的缘故原来不单单地为那租价，随即皮笑肉不笑地说道："好！好！敢是你心爱上这粒钻石，想把它藏将起来，好在价目也不过贵，你只消拿出八百两银子，我替你去和那边姨太太商议，便将钻石让给你也罢。"

倩霞到此，真是万分无奈，只得哀告着说道："不瞒师太说，这钻石不知道失到什么地方去了。师太可怜我哪里有这许多银子赔偿人家，只得求一求师太开开恩典，限我十天半月，等我的丈夫出来，叫他想法子买得来交还那边，绝对不敢图赖。"

倩霞说这话的当儿，早扑通一声跪在圆净脚边，只是尽哭。圆净气得话都说不出来，先狠狠地向倩霞头脸上啐了一口吐沫，复行指着她骂道："谁叫你这贱人死要脸的，没有衣服首饰，难道便不能出去见人？平白地拿我开心，累我和人家借了这样又借那样。也罢，租价便短少些，我还可以替你设法，偏生你又不尴不尬，将这宝贝弄得遗失了。你的丈夫和叫花子不相上下，他便出来，还能够替你买这物事吗？你叫我开恩，我又叫谁去开恩？千句话归并一句话，你若没有这钻石把来交还我，哼哼！不是你死，便是我亡。这不是一文半文的东西，老实说，便将我这座庙宇拆散了，也赔偿人家不起呀。"

圆净委实是愤极了，说得上气不接下气，站在旁边的道婆和两个徒弟听见这话，都吓得伸出了舌头缩不进去。倩霞老跪在地上，她脸上的那口吐沫从额角上一直流至嘴唇旁边，她也不敢拿手去擦一擦。圆净一边数说，一边叫骂，闹得三更以后还不曾罢休。后来还是道婆做好做歹，劝她老人家回卧房去安歇。她临走的时候，又恶狠狠地向倩霞说道："权且饶你这贱人再活半夜，明天道好再来和你算账。"

众人走后，这一间静室里只剩下倩霞一人，孤鬼似的站起身来，长长地叹了一口气，不由将心神按定，想了想，觉得圆净的话虽然促狭，至于批驳我的地方，也着实不错。我本来是个贫穷妇人，衣不中身，食不中口，今天仰面去求人家帮助。若是安分守己的，便穿着我的褴褛衣服，不见得那些爷们便不许我去和玉痕姊姊厮见。偏生起了一点虚荣心，以至造出许多的冤业，钻石便不失落，这租价三十多元已经就无从措办，何况又将这贵重首饰弄得不知去向。千不怪，万不怪，总怪我浮躁的不好。丈夫不幸还陷在牢狱里面，能够要得出来要不出来还没有把握。便是出来，他还能够替我买这钻石吗？徒然受他的埋怨罢了。我自从出世以来，在学校里求学的时光何等快乐，偶缘一点爱情，便至终身堕落。茫茫前途，料想这幸福也很有限，何苦还贪恋在这五浊世界，白白吃那秃厮的凌辱？咳！倩霞，倩霞，你聪明一世，懵懂一时，像这样下场，你可懊悔不及了哇。想到这里，她的那一颗芳心转非常宁帖起来，不像先前那样地痛楚。桌上搁的一盏油灯，那光焰已渐渐挫落下去，满房里顿时呈出一种惨淡寂寞神气，又像窗子外有人向她招手，似乎要带领她向西方极乐国行去。满院子里的树木，被风刮得喊喊喳喳，隐约夹着许多鬼啸一般，她也毫不畏惧。当时不由又动了一个念头，暗想：我许倩霞固然是死了，但是社会上的贫穷妇女，和我倩霞同一境况的着实不少，万一再被这虚荣心所误，将来免不得要蹈我的覆辙。我生前既无益于世，何妨借我这一死警诫警诫后人，这也算得是我的功德。于是按定了心神，转款款地从抽屉里取出她平时所用的笔墨，铺好笺纸，就着那绿阴阴灯光底下，提起笔来，写了几句似通非通的新体诗：

　　倩霞，倩霞

　　你是一个洁净高尚的女子

　　你是一个聪明伶俐的女子

　　只因一念之差

　　遂抱终身之耻

　　生固非生

　　死亦非死

　　单只为这虚荣心误尽了你

　　前车既覆

　　后车当止

　　留此一首新诗

　　赠给我最亲爱的诸姑伯姊

　　她当时写完了，又反复念了两遍，心里愉快得什么似的。然后把来揣入自家衣袋里，仿佛做了她的一纸遗嘱。其时已三更向尽，将转四更，觉得时候已是不早，不能再行耽搁。随即在床上取了一条长汗巾，轻轻将灯吹灭，掩了房门，踅得出来，绕转那条天井，跑至前面佛殿上，就着蒲团向观音座前行了礼。好在那盏长明灯是通宵不灭的，她便在灯底下长长叹了一口气，将汗巾向佛龛角上一系，自己爬上那个大木鱼的架子，将头套入汗巾里面，扣得紧紧的，双足一蹬，那身子便悬空起来，含笑往生天国去了。

　　但凡寺院里有一种老规矩，每逢清晨天将发亮的时候，无论僧尼，都得起身，向佛前做一场早课。圆净师太她是安富尊荣，不再来吃这辛苦的了，遇着早课，都是她两个徒弟轮流值日。今天刚挨着她的那小徒弟，一觉醒转，连忙把眼睛揉了揉，跳了下床，趿着一双鞋子，从黑影里摸到佛殿上来。提起她的清脆喉咙，刚刚念了一句南无莲池海会佛菩萨。光是这一句，悠悠扬扬，要念上五分钟的工夫，实在叫人听入耳朵里，觉得异常好听。她宣毕了佛号，当然来取槌子待敲那个木鱼，不防木鱼架子忽然倒在地上，兀自有些吃惊，猜不出这架子倒下来的缘故。

说时迟，那时快，再一抬头，瞧见佛龛上趴伏着一个人，似乎还对着她点头晃脑呢。她这一吓，舌头都短了半截，掉转身子来便往里面飞跑，嘴里大喊着："有贼！有贼！"众人吃她惊醒，便问她贼在哪里。她急得又说不明白，只拿手向佛殿上乱指。还是圆净有些主意，当即领了道婆徒弟，一齐点着灯火，向佛殿上来探望。原来这贼胆子真大，见了人并不逃走，还在那搭儿飘飘荡荡，打着秋千耍子呢。

大徒弟眼快，早瞧着说道："这不是贼，是黄大奶奶，她老早跑到这里来，究竟干什么玩意儿？"

圆净喊了一声不好，说："你们休得乱嚼舌头，还不快将黄大奶奶解放下来，这是她寻了死哇！"

众人听见"寻死"两字，都吓得浑身乱抖，哪里还有气力去做手脚，只有光睁着两只眼睛，面面厮觑。急得圆净双脚乱跳，指着倩霞的死尸骂道："你这害人精，委实害死了我了。便算你赔偿不起这颗钻石，大家也好从长计议，我们是念佛的人，不见得便肯逼取你的性命。如今死了下来，难不成还累我替你去吃官司？"说着，又埋怨道婆她们不好生看守着倩霞，以致弄出这场乱子，怎生是好？

道婆冷笑道："谁也猜不着大奶奶一寻短见，师太埋怨我们也没中用。依我的意见，趁这人不知鬼不觉的时候，悄悄地将这死尸收拾干净，从今以后，再不许一个人提起，外面如何会知道这件事呢？"

圆净左思右想，实在想不出一个善处方法，只得依着道婆的话办理，沉吟了一下子，说道："我们这寺后原有一所荒院子，说不得大家要吃一些辛苦，赶快挖它一个深坑，将死尸放入里面，上边掩好了浮土，你们瞧可好不好？"

道婆摇手说道："这怕不行吧，黄大奶奶死得很是可惨，白白地将她埋入土内，连一具棺材也不给她，我们心上觉得也过意不去。"

圆净急道："这个还好惊天动地，替她出去买棺材吗？万一走漏了风声，我们依旧免不掉人命干系，那时再劳动官府跑来相验，眼看着这一座寺院还想保得住吗？"

道婆笑着说道："师太，你也是一时糊涂了，现成的有一架空棺材在这里，有多少不好借它用一用？师太通记不得那一次葛小姐假死，后来吃那些强盗将盖子挖得开来，如今还搁放在空屋里呢。废物利用，把来收拾黄大奶奶的尸体，那是再好没有的了。"

圆净拍手笑道："你瞧我这人，平时只顾看经念佛，所以这颗心都全放在菩萨身上，从来不晓得叫作什么打主意。不是你们提醒了我，便过到一百年，也想不起那架空棺材还有这等用处。这样说，事不宜迟，我们便动起手来吧，耽搁下去，不要走漏了风声，叫人家疑惑我们是谋财害命。"

说着，便指使那两个徒弟，叫她们爬上佛案去解放倩霞的尸身。两个徒弟瞧见倩霞那一种死眉吊眼，一条舌尖子向嘴唇外边露出半截，委实有些叫人害怕，于是你望着我，我瞅着你，只管迟迟疑疑，不敢动手。急得圆净双脚乱跺，骂道："这些小蹄子再坏不过，平时见了这黄大奶奶，你们都鬼鬼祟祟的，相处得十分亲热。怎么她不过少了一口气，你们又怕起这黄大奶奶来了？眼见日头快出，万一再有人来到庙里烧香，瞧见这一块死人招牌，岂不要连累我吃不了兜着走吗？你们若再拿班做势，我便一人给你们一条绳子，全行勒死了你们这些小蹄子，让你去和黄大奶奶做阴司里的伙伴。"

徒弟们见师太发话，方才战战兢兢地向那佛龛角上解脱了汗巾，只听见扑通一声，那死尸便直倒向地上。圆净见倩霞右手指上还套着那个没镶钻石的戒指箍儿，连忙替她褪得下来，咬牙恨道："都是这东西坑人，白送掉死鬼一条小命！我不知道她禁不起恐吓，便不叫她赔偿也罢。"

圆净将那戒指箍儿藏入怀里，又吩咐道婆她们在死鬼身上检点检点，也防着她写下什么冤单。果不其然，竟被道婆在她衣袋里搜出一张窄窄的纸帖。圆净抢入手里望了望，她不大懂得她说的是些什么话，老实不客气团成一个纸团儿，轻轻向字篓里一搁。后来吃她徒弟瞒着圆净，从字篓里捡起这一首新体诗，方才传播出来。

当时七手八脚，将倩霞尸体扛入当初停放阿锦灵柩的小客室里。那室里久经封锁，没有人到了，蛛丝尘网，很是荒凉。几个人将棺材盖子撬在半边，里面的瓦砾只剩了一半，却好端端正正地将倩霞捺入里面，然后将棺盖重行盖上，又取了两支长钉，咕咚咕咚地钉得完好不透。忙乱完毕，已是卯末辰初，不知不觉将一个青年少妇就这样收拾干净了。

圆净觉得这件事办得非常敏捷，心里也暗暗欢喜，所有善后的事宜，只有借来的那几件衣服首饰，好在人家并不曾讨什么租价，便是那失掉的一粒小钻石也很稀松平常。又因为听见圆净说因此酿出人命，那个姨太太吓得什么似的，终日里心绪不宁。不过倩霞失掉的这粒钻石，在我这部书中，究竟有没有下落呢？诸君休得性急，且等我慢慢叙来。

倩霞死后，约莫有五六天光景，鲁公馆门房里那位张二爷张禄，刚伙同几个朋友在那里谈天。张禄先开口笑道："但凡一个人碰着造化，那是山也挡他不住的。葛兴这小伙子，是我瞧见他头上刷着马盖顶儿长大的。小时候原就生得配人怜爱，他又善于修饰，如今益发出落得标标致致了。不怪那话和他胶漆似的，一刻也离开他不得。不久他还告诉我，说他们已经有了喜期，招赘在葛老爷膝前做个女婿。大家相好不止一日，众位弟兄们也该打算打算送他一份什么礼物才好。"

内中有一个年纪较大些的家人冷笑说道："张二爷，你休得鸟乱，这件事成与不成，还没有定准呢。便算他们太太疼爱这位小姐，凡事听凭她的主张，然而葛老爷在政界里也是一个有名的人物。她的哥子格外文明了，他们哪里便肯服服帖帖地将二小姐嫁给葛兴？你向来是一个霹雳火，凡事点不得硫黄，说是风就是雨，八字还不曾写着两撇，你倒忙着送起贺份来了。"

张禄听见他这一顿批驳，急得通红了脸，兀自将手一伸，嚷道："郁老爹，你敢和我赌拍一个手掌吗？在这一星期前，我还同葛兴在一家窑子里碰和。他背后唧唧哝哝地告诉我这些情节，说二小姐和他们太太已是千肯万肯，如果老爷有一点儿反对，二小姐打定主意，立刻偕同葛兴这小伙子远走高飞。"

郁老爹笑了笑，说道："何如？我说他们总是一厢情愿，目下还打算着逃走呢，怎么你转编派他们有了喜期，还叫我们送他的公份？公份倒还是小事，只是恐怕没有地方去送。"

张禄急道："话虽如此，但是葛太太膝下只有这一个爱女，她如何肯眼睁睁地放他们逃走？当然忙着替他们两家头预备喜事了。不怕你郁老爹生气，像我们这一班少年，无论什么事都得希望人家向好路上走，唯有你们年纪大的人全是些凉血动物，说出口的无非坏话。老实说，葛二小姐除得葛兴，只有我张老禄还配得上她赏鉴赏鉴了。便算世界上男人绝了种，她也道不得个会爱上你这郁老爹，你又何苦白在这里扰散别人家的成局哩？"

张禄说到这里，还故意地对着别人挤眉弄眼，似乎笑那郁老爹不达时务。郁老爹也不服这口鸟气，依旧想出话来，要再和张禄冲突。两个人越说越不大对了，弄到末了，几乎要扭打起来。众人恐怕他们翻脸，闹得里面知道，大家都不好看相，做好做歹，将郁老爹劝得出了门房。回头来又劝张禄，张禄冷笑道："我哪里肯和这老牛拌嘴呢，不过大家在事前计议计议，省得临时手忙脚乱。你们想我和葛兴平素的交情，这礼物轻了，如何可以送得过去？况且葛兴近来的眼孔很大，没有一点儿珍珠宝石，也讨不到他的欢喜。"

众人笑问道："照这样讲，你的礼物绝不是那些喜幛和爆竹了？你预备送什么，何妨说出来给我们听听？也好让我们照样去办一份。"

张禄将嘴唇一撇，冷冷地说道："你们休得想和我比拼，没有这财力，那是勉强不来的。我的礼物也太贵重了些，不瞒众位说，兄弟新近得了一枚钻石，价钱也很有限，不过八百块龙洋……"

他才说到这里，大家不约而同地都从鼻子里哼了一声，似乎笑他说的全是梦话。凭你张禄在鲁公馆里当了一名二等家人，每月薪工固然不多，便是捞摸些外间油水，也是数得过来的。你有多大家私能够拿出八百块钱去买钻石送朋友的贺礼？大家虽这样想，却不曾说得出口，然而那脸色就很叫人难受了。张禄又气又急，他随即向腰边摸了摸，果然摸出一枚小钻石，放在桌子上，晶光灿烂，提着胸脯子嚷道："说谎的便是你们儿子，诸位瞧这东西，可值七八百块钱不值？"

众人凝神望了去，不由有些惊奇打怪，暗想：这钻石一定是张禄偷窃得来的，虽然不值这许多银子，然而非二三百洋钱，断乎买不到手。好在不干大家的事，只得互相说道："张二爷好好将这东西收起来吧，万一失掉了，我们担不起这重大干系。"

张禄笑得咯咯地说道："咳，你们这可相信我不是说谎吧？像这样宝贝，料想没有别人可以承受得起，除得葛兴葛大哥，连我张老禄镶戴起来也不配。你们瞧着吧，我便立刻寻觅葛大哥去了。包管他得了我这份厚礼，嘴都要笑得歪了过来。"

这一天张禄起了一个清早，带了那枚钻石，果然高高兴兴跑到葛公馆这边来会葛兴。刚跨入那座门房，好在那一班家人们全都是他的熟识，大家寒暄了一套。张禄四面望了望，并不见葛兴的身影，随即笑着问道："葛兴葛二爷呢？怎么老早地倒出门去公干了？可是我来得不巧？"

众家人见他问到葛兴，忙不迭地伸了伸舌头，笑道："张二爷你问的是谁？"

张禄笑道："诸位老哥何必同兄弟推聋装哑？和你们同伙的那个小仔儿，他不是叫作葛兴？我因为有一件要紧的事，特地过来和他商酌商酌。"

内中有个家人笑道："张二爷休得见怪，你说话须得仔细些，紧防割了你的舌头。什么大名小姓的葛兴葛兴随口乱喊，老实告诉你吧，他已经不叫作葛兴了。新近起了一个大号，凡是有体面的老爷们，都尊称他作德翁。他原姓本是姓徐，奉我们二小姐的命，准许他复姓归宗。你会见他的时候，理应叫他一声徐德翁。万一糊里糊涂地再和他闹起葛兴来，他便饶你，恐怕我们二小姐也不见得肯饶你。"

张禄听到这里，慌忙站起身子，向众人唱了一个肥喏，笑道："承教！承教！弟兄们不过一个多月不曾见面，谁知道他竟这般阔气起来了。在鄙薄我们的朋友，都说我们一经当了站幕，好像便永世不得翻身。如今有了这徐德翁替我们争这口气，也叫那些一班不曾生着眼珠的人以后再不敢藐视我们。平等平等，这才真正叫作平等呢。不比外间那些空口说白话的文明家，嘴里光是讲得好听，依旧是能说不能实行。徐德翁的公馆在哪里呢？然则我不如径自去访他也罢。"

众人又笑道："提到他的公馆，此时却还不曾起造房屋，随后总有这个日子要办的。德翁目下总是住在小姐绣房里，像这辰光，一定还不曾起身，你若没有别的事体，不妨在这里稍等一等，停一会子，由我们进去替你通报。"

张禄忙道："可以，可以。好在我们那边自从老头子害了这场瘟病，弄得公馆里冰气鬼冷，哪里及得起先当着阔差的时候？一班小老爷们和蚂蚁似的跑来跑去，几乎将我们那所门房的门槛都吃他们踏穿了。如今是鬼也不肯上门，我们除得吃饭打瞌睡，直没有鸟事可干。众位弟兄们照应些则个，倘若外间有什么门路，还求替兄弟打点打点。"

众人一面答应着，一面又谈到徐德翁身上。张禄笑问道："固然是我们德翁的造化不小，天生的这副脸蛋子配人怜爱。然而论他的出身究竟和我们一样，二小姐怎生好好便瞧中了他？难道世界上标致男孩子都死绝了不成？凭我张禄也不过比他大了十多岁年纪，至于穿扎起几件华丽衣服，站在女人家面前，也还不大讨厌。怎么敝公馆里那几位姨太太都不肯赏一赏脸，怎不叫人气破了小肚子？内中尤以那个新姨太太生成一副板面孔，见了我们，连正眼都不瞧一瞧。其实你便对我们笑了笑，也不见得便会折了你的身份呀。"

张禄刚在那里高谈阔论，引得众人都扑哧笑起来，说道："各人有各人缘法，这也勉强不来的呀。比如我们二小姐，她结识的朋友真个车载斗量，不计其数，一定是她老人家玩厌了，所以在我们家人队里寻一个主顾，换换新鲜口味。牙牌神数上有两句说得好，是'听罢笙歌樵唱好，看完花卉稻芒香'。我们二小姐差不多便打的这个主意。"

张禄点头笑道："这话也说得是，只是我张老禄难道便巴结不上一个樵唱和稻芒，为何至今还是朝廷的寡人一个？"

内中有个促狭嘴笑道："张二哥，你且拿面镜子照照吧，像你这副瘦瓜骨脸，连一点儿血色都没有了，莫说小姐们见了你要害怕，便是我们弟兄也觉得你很有些难看。"

张禄听见这话，很是刺心，不由通红了脸，接连呛咳了几声，还待开口，不防里面蹿出一个小厮来，伸头向门房里一张，嚷道："小姐问你们马车可备好了呢？稍停她和徐大爷要过江去逛洪山，误了事，你们挨骂，可不与我相干。"

家人们没口子答应，又回头望着张禄说道："你听见吗？怕今天没有这工夫和你厮见了。"

张禄央告着说道："请老哥先进去替我回一句，见不见，得他老人家一句话，我才甘心。"

众人吃他缠得没法，随即打发一个人进去替他通报。没曾隔一会儿工夫，那人早笑嘻嘻地跑出来说道："活该是张二爷的造化，小姐梳洗还不曾完毕。徐大爷趁这当儿，叫我便请张二爷到房里去厮会。"

张禄好生欢喜，便随着那个家人，转弯抹角地穿入第二重房屋，隐隐听见房间里有女子的笑声。张禄停了脚步，不敢擅自进去。忽见门帘一揭，从里边跑出一个双鬟覆额的小丫头来，向他招了招手，接着又听见那个葛兴笑喊道："张二哥，你就进来吧，我们是知己相好的弟兄，并非外人，还客气怎的？"

张禄方才大着胆子，随着那个丫头进房。一眼瞧见徐大少披着小袄子，伶伶俐俐地刚歪在枕头旁边呢，下半截还覆着一床簇新西湖色的锦被。对面窗子底下安放着一张大玻璃镜子的洗脸架，那个阿锦小姐刚在那里梳头，旁边伺候着两个女仆，见了张禄，只微微抬眼笑了笑，却也不去招呼他。其时张禄这鼻孔里，只觉得粉香脂气一阵一阵地直钻进来，钻得他浑身舒畅，从筋骨里都有些麻醉起来。正在那不知所云的当儿，徐大少笑说道："随便请坐，我也不和你讲礼了，这几天阴晴不定，委实叫人难受，睡到这时候我还觉得懒懒的，一时爬不下床。亏张二哥倒还起身得早，这早晚兀自跑得出来，你会我有什么话谈，就此说明白了也好，稍停我们还有事要过江去呢。"

张禄其时已坐近他的床边，含笑说道："我知道你的事忙，轻易也不敢过来打搅。前天在一个朋友面前，听见大哥的结婚的日子已不过远了。"

他刚说到这里，阿锦忽地回过面来对他望了望，又低下脖子从鼻子里扑哧一笑。徐大少却十分得意似的，笑眯眯地说道："外间的耳风真快，怎么我们刚提议及这事，就弄得通国皆知？其实虽有这样议论，至于实行不实行，一共还不曾解决。二哥放心，如果我们有了喜期，这一杯水酒少不得要下帖子去请二哥来光荣光荣的。"

张禄扭头笑道："像这文明时代，婚姻这件事，你们当然有你们的主权，要实行便实行好了，还有什么解决不来的事体呢？"

徐大少叹了一口气，说道："谁不是这样想呢？只是我们那个老爷的牛性子，你们也是知道的，顽固到脑壳子里，好像说我不配做他的女婿。还有一件可笑的话，象文大少爷也跟在里面乱七八糟，他口口声声说要铲除阶级主义，又鬼鬼祟祟要整顿主仆名分，一口两舌，世界上再也寻不出像他这样惫懒的人物。不瞒二哥说，我们锦小姐正为这事烦恼呢，说不定要在家庭里革一革命，你道我们去游洪山是寻幽选胜吗？一者那里僻静些，可以商议人们进行的手续；二者顺便在菩萨面前求一条签，瞧这办法可吉利不吉利。"

他们说话的当儿，阿锦已经梳洗完毕，不由放沉了脸色，冲着葛兴说道："你也省一句吧，也不问是人是鬼，你只顾将你的心事滔滔不断地和盘托出。万一再传入他们父子俩耳朵里，不是徒然又添出一重口舌？说话的少，传话的多，你都将别人的心当作自己的心。如今的时势，什么叫作朋友？都是些浑蛋罢咧。你们如果有接洽的事，三言两句说了就走，我实在不耐烦听你们这样唠唠叨叨。"

徐大少爷见小姐发了脾气，方才吓了一跳，随即换转了口气，向张禄说道："二爷如没有什么要紧的事，我们再会吧，兄弟此时却没有工夫奉陪。"说着，便寻觅鞋袜，忙地要起身下床。

张禄吃阿锦这一顿指桑骂槐，把个瘦脸也涨得通红，因为要发脱那只宝贝钻石，却也说不得赌气的话，只得勉强笑说道："兄弟此番奉访，原没有要紧的勾当，不过听见大哥婚期不远，这些珠宝首饰，一定是要拿钱出去购办的。兄弟有一个亲戚，在先家道也很不错，不料去年商业失败下来，所有债务足足亏负二三十万，没奈何，把家藏的钻石拿出来变卖变卖，没有一件不是兄弟替他经手。刻下还剩得一粒小钻石，急切觅不到住户。好在价目也不很贵，想来想去，除得大哥以外的人，也没有力量出这笔款项。"

他一面说，一面忙忙从衣袋里掏出那枚钻石，递入徐大少手里。徐大少拿手掌试了试分量，笑道："论兄弟的境况，哪里有这闲款买钻石呢？既是二哥这样吩咐，却又不便拒绝，但不晓得前途要索价多少？"

张禄见徐大少肯买这钻石，心里说不出来的欢喜，叵耐自己又不知道这钻石的价目，当下便伸出一只手来，向徐大少照了照面。徐大少笑着说道："若论五百块钱却也很值……"说着，又笑嘻嘻地向阿锦道："你瞧这东西怎样？如果合适，我们便拿五百块钱买下来吧，好在将来都是要需用的。"

阿锦对于这些珠宝钻石，她是最心爱的，听见这话，便立刻接过来斜乜着眼睛望了一望，只笑得她弯腰打跌，顺手向案上一摔，啐了一口，说道："不曾见你们这些没见世面的东西，亏他竟肯拿出来卖，又亏你竟肯答应要买他的。岂不要将我的牙齿笑掉？教你们一个乖吧。这是假的，跑到那些滑头洋行里，掼出一块洋钱来，至少要买得七八只。什么五百块钱六百块钱呢，大清早起，无端地跑来做这大梦。"

阿锦一顿话，只顾叽叽咕咕地说得清脆可听，不防把他们两家头都听得呆了。徐大少羞得通红了脸，尽着埋怨张禄："不该拿这东西来和我开着玩笑。幸亏我们是老朋友，素来知道你的为人，不然还得将你当作骗子光棍看待哩。不是兄弟笑话你，恐怕二哥是打哪里偷窃得来的吧，才这样糊里糊涂地不知道这东西的真假。二哥请自方便，留着再去骗骗别人。兄弟却不来说破，彼此便算得顾全交情了哇。"

张禄这时候已经半截子浸入冷水里，一句话开口不得，懒懒地依旧将那钻石塞入自己衣袋，只得老着面皮假笑道："这是我吃了舍亲的骗了，等我跑去交还他，还得重重训斥他一顿，我便没生着眼睛，难道人家也没生着眼睛吗？他不该这样白欺负我。"

张禄且说且走，悄悄地溜出大门，连门房里都不敢再去兜搭了，一口气跑上马路。迟哼慢步，自言自语地说道："哎呀！这是打哪里说起？早知不是值钱的东西，我又何苦趁她不防备，悄悄地偷摘下来呢？倘若叫那黄奶奶知道是我偷的，少不得还要在背地里窃笑，笑我张禄没见过世面，把一枚假钻石当作宝贝似的藏入自家口袋里。怪道那时候她还装聋作哑，对着我笑嘻嘻的，简直若无其事。回想起来，这就无怪其然了。咳！黄奶奶虽说打扮得不济些，至于她的眉眼倒还生得玲珑剔透，单论她那一天和我央告的神气，又叫人可怜，又叫人可爱。最奇怪的，自从别过了她以后，我这魂儿梦里都仿佛嵌着她一个小影。说不定我和她或者还有点儿缘分，如若能够将她勾搭上手，不比较在那三瓦两舍里钻狗洞好得许多？好在她住的地方曾经亲口告诉我，离这里不远，后城马路上那座莲慧寺，是我们素来知道的。我何不将计就计，趁这当儿跑去访她一访？就说她那一天在门房里遗下这粒钻石，是我张禄拾得到手。因为这东西很是贵重，我张禄平素的为人，向不肯取这非义之财，特地亲自送还给她。我既不说破她是假的，她一定喜欢我忠厚老实，少不得要殷殷勤勤地留我在她房间里坐地，趁势我便拿话去兜搭兜搭。老实说，我张老禄别的本领没有，若讲到兜搭妇女，要算是特等等拿手好戏。比如养由基射柳叶儿，真个是百发百中。有理有理，事不宜迟，不如一径去会那黄奶奶，碰碰我们两家头的缘法吧。"想到这里，随时掉转身子，拔起两条腿，嘀笃嘀笃和小驴子似的，直望莲慧寺飞奔而来。

走入寺门，蹿上佛殿，兀自静悄悄地没见一个人影。他正徘徊的当儿，猛见佛龛子背后有个光光脑袋向外伸了一伸，瞧见张禄便失声问道："我们这里是个尼庵，例不招待游客，你先生还是来进香的，还是来寻谁？"

张禄见那说话的是一个极俊俏的小尼姑，长得眉清目秀，说起话来还深深地露出两个小酒窝儿，登时心里大动起来，两条腿便不似先前硬朗，软绵绵地倚在殿柱旁边，含笑说道："小师父，你可是不认识我，你们师太可在庵里不在？你叫她出来，我有话和她询问。"

张禄一面说，一面便伸过手来，意思想摸那小尼姑的下颏子。小尼吓了一跳，连忙转身跑入后进，告诉她师父圆净去了。

圆净这几天因为倩霞死得很惨，想起她吊挂在佛龛子上的神情，把不住有些心惊肉跳，镇日价没精打采地坐在她那静室里发怔。听见这话，免不得懒懒地踱至前殿，抬头瞧见张禄，还未及开口询问，那张禄早抢着近前说道："请问师太，有一位黄大奶奶住在这里，我是特来会她的。请师太唤她出来，或是领带我进去见一见更好。"

圆净听见提到"黄大奶奶"这种字样，心坎上早扑通扑跳了几下子，脸上的颜色倏地改变了，青一块，黄一块，好似那成了精的冬瓜，嘴里不由哆里哆嗦说道："你问黄大奶奶吗？她早经不住在我们庵里了。你要见她，可到三圣观里去问一问她的丈夫，我们出家人是不管这些闲事的。"

张禄见她这神气不大对，老大有些狐疑，忙追问了一句，说道："黄大奶奶是几时出庵的，怎么我们便不知道？"

圆净听她这口气，格外慌张起来，遂信口说道："恐怕她在这两月前头便搬了出去，我委实记不清楚。"

张禄忽地大声吆喝道:"奇呀!不过一星期以前,她还由你们庵里到我张老禄公馆里去了一次,怎么你说她在这两月前便走了呢?你休得和我瞎三话四。不瞒你说,我是她的哥子,她是我的妹妹,你若不交代我她的明白下落,我做哥子的如何可以和你甘休?"

圆净其时怀着鬼胎,深恐有人出来寻问情霞的踪迹,所以见了张禄,先行有些害怕,此刻见他和情霞认作兄妹,便扑哧一笑说道:"你先生姓张,黄大奶奶母家姓许,你究竟然他哪一门的哥子?休得在这里讨野火吃。葛公馆、鲁公馆两处的老爷,都是小庵的施主。鲁公馆里的新姨太太,尤其和我是至好。好便好,不好我能够跑去砸碎你们的饭碗。"

张禄经圆净这一顿驳诘,心里觉得非常奇怪,暗想:这老秃厮真个有未卜先知的神术,怎么她会知道我是鲁公馆里的家人,兀自拿这样话来吓唬我?

哈哈!张禄真算得是一个浑人,情霞向鲁公馆里去走动,由于圆净指使,你既说明了情霞在这一星期前到你公馆里去过一次,自己又口口声声称作张老禄,圆净再精灵不过,她焉有个不察破你这形迹的道理?他还糊里糊涂地在这里编派圆净有什么先知之明,岂不可笑?

闲言休叙。再说张禄吃这圆净师太抢白了一顿,他早面红耳赤,忙不迭地向她分辩道:"也罢,你因为我姓张,不承认我作黄奶奶的哥子,不过我和黄奶奶是姑表兄弟,或者是姨表兄弟,亦未可知。她既不在你们庵里,我便另行去寻觅她,也是一样。惊动惊动,得罪得罪。"

他说了这话,立刻飞奔大吉。叵耐他这一颗心总觉得放那黄奶奶不下,他真个依着圆净吩咐,跑到三圣观来会蕉影,想趁势探听黄奶奶在那里不在。至于蕉影这时候可否由监狱里释放出来,以及他妻子情霞踪迹他可否知道详细,见了张禄的面,究竟做何说法,万一知道情霞生死不明,怎生跑去和圆净交涉,这回书中却没工夫交代,只得仍照编小说的老法子,叫作暂且按下不表。

我所欲急急表述的,却在阿锦和葛兴这一段奇奇怪怪的婚姻。因为他们闹的这出把戏,说出来既叫人可恨,又着实叫人好笑。

你道张禄今天早间在阿锦绣房里,听见葛兴告诉他,说是预备过江游逛洪山,一者商议他们进行的手续,二者求求佛菩萨的灵签,殊不知这一番话全是他们两家预备出来哄骗人的。因为阿锦其时和葛兴的爱情真个打得十分火热,在她意思里都以为海枯石烂、矢死不移,倘若不达她的目的,一定要以身殉。像阿锦抱的这样宗旨,便在旧时代也要算得一个多情女子了。几次三番向她母亲要求，请她母亲转禀老父，如果一经老父许可，便好择定日期，在他们公馆里行正式结婚的大礼。袁氏最是溺爱这位娇女，平常无论什么事，都得千依百顺，又知道她在外间名誉很是不好，万一实行招赘了一个女婿在家里，便可以羁绊着阿锦的脚步，不至再向外边去拈花惹草。这也是做母亲的一片苦心，背地里也就委委屈屈地拿这些话去劝镜清。无如镜清他也是一个有体面的小官僚，便论她哥子象文，也曾经在大学校里修过业的，自家的女孩子出嫁，纵然不想攀附高门，也断不能纡贵降尊，把一个拾水烟袋子小伙儿叫他来祖腹东床。听见这话，把他老人家真气得手脚冰冷，两眼直翻，没头没脸将袁氏重重申斥一顿，连那些上梁不正下梁歪、跟娘脚步照娘行的七字小说都一齐引证出来。似乎说阿锦的举动悖谬，大半都由于你母亲不善教训，亏你还有这副老脸来替她说项。

袁氏吃了这顿骂，倒也忍气吞声，不敢有半字和镜清计较。等到镜清的气略平了些，趁他躺在烟床上抽那大烟抽得高兴的时候，她早又堆着满面笑容，款款地向镜清劝说道："罢咧！我记得人家有两句老话，说是什么将相本无种，男儿当自强，谁又都是天生成大富大贵的？亏老爷还在政界里混了半世，你便没福气和那些阔人往来。单是在那报纸上瞧起来，身份越高的，他们出身偏是越低，什么背篓子卖大饼的也有，扛担子卖大布的也有，在妓院里充当大茶壶的也有，在衙门里充当打更夫的也有。一经时来运到，谁不是轰轰烈烈？文的是权操政柄，武的又手握兵符。便有知道他们底细的，哪个还敢在这当儿去揭他们的短处？比如薛平贵呢，他不是破窑里一个穷叫花子，后来他居然立下功劳，做到皇帝。先前我在戏园里瞧这出戏，还有些似信不信。如今常常听见别人谈论到我们民国这些伟大人物，方才恍然大悟，说不定这班人恐怕便是薛平贵转世投胎。只要这葛兴小伙儿福气好，一经给你老爷提拔起来，既做了你我的女婿，他在公馆里逛出逛进，当然人都尊称他作姑少爷，断没有这糊涂崽子还去叫他拎水烟袋子的道理。咳！我们夫妻俩已经年近花甲，媳妇呢，一共还不曾放聘，膝下不过只有这一个心爱的女儿。你再负了她的意思，万一她赌气走了，或是生了短见，再去寻死觅活，剩下我们老两口子孤零零的，更有什么趣味？"

袁氏说到这里，声气顿时呜咽起来，随即提起衣角，揩拭眼泪。在袁氏这番做作，总以为她的表情十分圆满，不怕不把老头子这颗心说得软化了。偏生遇着葛镜清使起牛性子，忽地将烟枪向盘里拼命一掼，拗起身子，拍手冷笑道："啧啧啧！太太，你的这番口角算是再灵巧不过。我要想拿一句话来驳你，也驳你不倒。也罢，女儿是你养的，我做得一半主，既然太太觉得这件事很可以干得，我又何苦在这里面白做这冤家？你一边招赘女婿，我一边便去削尽头发，寻一座深山古庙去做和尚。这叫作眼不看为净，耳不听不烦。好在我苦苦挣来的这份家私尽够你们女儿女婿将来过日子，左右不过多嫌着我这一副老骨头罢咧。咳！采尽百花成蜜后，为谁辛苦为谁甜？我不料我葛镜清干了半生慈善的事业，纵然不想天老爷给我的好处，居然还落得这样悲惨结局。岂不叫世界上热心慈善的人瞧见我这榜样寒心？"说也奇怪，镜清讲到这里，也一般呜呜咽咽哭将起来。

袁氏的眼泪从半路上撞着镜清的眼泪，不由吓了一跳，登时缩了身子，依旧向眼眶里紧紧躲着，慌忙换了一副笑容，说道："老爷何苦来又这样伤心呢？你的身子不大好，再禁不起受着一点儿半点儿委屈。我不过和老爷商议罢了，老爷如果一定不答应，我们难不成当真敢和老爷倔强，怎么又要做起和尚来？"

镜清接着叹道："家庭里的勾当，我若一味独断独行，他们又得编派我是家主专制。君主专制，尚且吃那些革命党推翻，我这家主专制，老实说，还能够在这文明社会上存立吗？所以不是他们让我，便是我们让他。我和太太做了四十多年的夫妻，自来也不曾红过眼斗过嘴，如今没来由为着儿女的事，转弄得鸡争鹅斗，你不惭愧，我还惭愧呢。你叫我不走和尚这条路，还有什么别的路可走？"

说时，却好那个蔡妈也坐在炕沿上，镜清又向她笑了笑，说道："蔡妈，你是最明白的，觉得我这话可说得是不是？"

不料蔡妈在这当儿，听见镜清左一句右一句要做和尚，她听了兀自心里和刀剜的一般，也刚在那里提着袖子擦眼泪呢。蓦见镜清向自己说话，她才放下袖口，悲悲咽咽地说道："老爷的主张，谁还能够批驳你的不是吗？太太对于这件事，也须得斟酌斟酌。俗说一床儿女，不抵半床夫妻。太太替小姐打算，也要替老爷打算，当真将老爷逼出一个三长两短来，叫我们这份人家靠着谁去养活？小姐她也是一个明白事体的人，平素又极其孝顺，让我去劝一劝小姐，包管她会打消这个念头，那就保住了一家安然无事。"

镜清见蔡妈对于自己这样关切，心里也十分感激，把不住也就老泪婆娑，良久说道："到底蔡奶奶见事明白，句句话都打入我的心坎上。这件事就托你去向小姐疏通疏通。她如果将我这老子当人看待呢，请她便立刻取消前议，随后由我替她觅一份好好婆家，包她嫁过去享福。她若是执拗不服，老实说了吧，我葛镜清这颗脑袋可断，总不能允许她和葛兴小伙子结婚。言尽于此，以后你们也休得再来向我絮聒！"蔡妈当时没口子地答应。

在读书诸君的理想，一定是蔡妈衔着镜清的使命，跑去阻止阿锦的了。哈哈！果不其然，隔了一夜，在这第二天清晨时分，蔡妈知道镜清正在熟睡的当儿，袁氏也还不曾起身下床。蔡妈在她自己房里，早打发一个小丫头去请小姐和那葛兴赶快来开一场秘密会议。那时阿锦听见这信，早欢天喜地地率同葛兴跑来和蔡妈厮见。

阿锦开口便问道："老头子那边，承妈妈的情，允许替我们撮合，大概总该有点儿眉目了。"

蔡妈红着脸冷笑说道："世界上顽固的人却也很多，却不曾见过你这位生身老父。我为小姐这件事，昨儿足足劝了他一夜，你不信，试瞧瞧我这张嘴，至今还觉得口干舌燥。叵耐他执定了牛性子，只有摇头的份儿，简直没有转圜的指望，还扑簌簌地说了一大套的厌话。"

说着，便将镜清昨夜的谈论复行告诉了他们一遍，说得那个葛兴小伙子垂头不语，脸庞上登时表现出一种愁苦颜色。阿锦听到末了，真个应了小说上那两句俗话，叫作"柳眉倒剔，杏眼圆睁"，跳起身子，破口大骂道："哦！他公然拿出做家主的身份前来压制我们这些文明子女，我倒要问一问，世上做父母的，谁不是替儿女做着牛马？他休得倚仗他挣了这份家私，他也不摸摸良心，凭他这赤手空拳，武不能挑担，文不能提篮，那银子又不曾生着脚跑到他的屋里，左右不过是借那办慈善的名儿，今天吃这份赈款，明天吞那份赈资，只索外间出了什么水旱兵灾，那就是他的造化来了。别人不晓得，我却在暗中打探得清清楚楚。论起他这罪名，莫说去做和尚，便将他绑起来枪毙，也很觉得情真罪当，没有冤屈他的去处！别的青年姊妹口口声声要实行讨父，或者他们父亲还没有可讨的罪。至于我葛阿锦，一经竖起这一面讨父旗帜，包管是登高一呼，万方响应，连各报馆里的公电都不消打得的。蔡妈你等候着吧，不消三五日工夫，若不叫这老头子死在我手里，我便称不起是个葛阿锦！你的年纪还轻，姿首也好，老头子死后，你只消将那交际公开一开，还愁没有第二个葛镜清和你姘识吗？"

阿锦越说越气，提起衣角，跷着右脚，摆成一种金鸡独立的身段，叉手舞脚的，只少一份锣鼓，差不多在蔡妈房里要唱起武旦戏来。蔡妈见她闹得有声有色，也忍不住十分好笑，忙冲着她说道："小姐，休得这样乱七八糟。讨父是一件事，嫁人是一件事，混在一处，倒反叫人不好替你打主意了。老头子既已和你决裂，为今之计，只有走我们先前筹划的那条道路，等待生米煮成熟饭，那时候随他们做和尚也好，绑出去枪毙也好。若依小姐这样办法，还是杀了老子再去吃官司呢，还是契着徐大少实行你们的正式婚礼？天下事也没有可以两条的道理呀！"

葛兴哭丧着脸，接着说道："蔡妈妈的话一点儿不错，好小姐，你便依着她老人家的吩咐吧。你们父女万一闹出岔枝儿来，不但我娶不成小姐，而且我这条狗命恐怕也保不住呢！"

阿锦刚将那只右脚放落在地，顺手在葛兴脑袋上击了一下，扑哧笑了笑，说道："哎呀！倒把你吓死了，天掉下来有我这长子去挡呢，道不得个忍心叫你去受罪，委实叫我着呕。男子里面也不曾见过你这种脓包，姑且瞧你的分儿上，让这老头子多活几日。蔡妈妈，那边你可曾接洽妥了没有？不要临时累我们空劳往返。"

蔡妈笑嘻嘻地说道："阿弥陀佛，像这样才称得起是个聪明伶俐的小姐呢。请你放一千二百个心，我家哥嫂他们都是老实人，自从那一天我将小姐的事吩咐了他们，敢莫在这几日里，各事都预备停当。他们住的房屋虽及不来我们公馆里堂皇富丽，然而乡里鼓乡里敲，我叫他们将后面三间屋子腾了出来，再配上小姐的箱笼什物，也就陈设得十分好看了。小姐几时打算过去，我便先寄个信儿给我哥子蔡茂昌，他会亲自过来迎接你们上路。这事倒不必瞒着太太，背地里告诉她一声，也叫她好替你们欢喜。"

阿锦沉吟了一下子，然后扭转颈项望着葛兴，笑问道："你瞧这事怎么样办？"

葛兴忙不迭地答道："就这样办也好，我只希望和小姐过了明路儿，总比这鬼鬼祟祟混在一处好得许多。结婚之后，再请回明了老爷，他再顽固些，未必能够不承认我做他的女婿。"

阿锦冷笑说道："只要你心里愿意，我也没有什么别的要求，不过论我这堂堂小姐的身份，今天嫁人，是何等一件重要的事。偏生不能让我们冠冕堂皇，大大热闹一番，转这样冰气鬼冷地跑入乡村里去，行这结婚的大礼。想起来，总觉得有些不大快活罢了。不是我打趣你，你毕竟是一个小当差的出身，没见过多大世面，万一当着许多来宾面前，叫你上讲台去演说，恐怕你要夹耳根子通红，把个乌龟脑袋缩入腔子里，一句话也开不得口，转不如秘密些躲入蔡妈妈家里，由你去摆那龟架子，可是不是？"

葛兴吃她说得羞惭满面，怔了半响，也笑说道："小姐，你也省着些吧，尽管拿这些话来消遣我则甚？比如小姐当初也曾和别人家结过婚的，谁不是都像这样鬼鬼祟祟，几曾见你大张旗鼓热闹过的？记得小姐那一次溜往上海的时候，太太和老爷急得没法。不瞒小姐说，那一口棺材还是我替你买的，价钱是一百三十三块，如今还是搁在莲慧寺里哩。等待小姐百岁归天之后，我这乌龟还不是在你坟上替小姐驼一世的石碑罢咧。各人都有各人的把柄，大家盖了盒子摇，好多着呢，免得揭开来，徒然叫人家听见了笑话。"

阿锦听了并不生气，笑着说道："呸！我说你没见过世面，这句话一点儿不冤枉你。我们做了一个文明女子，像这样玩意儿也算是家常便饭，不见得是什么可耻的勾当。若不是恋爱自由，凭你这拎水烟袋子的小厮，如何能够巴结我得上？人说蛤蟆想吃天鹅肉，我这天鹅肉公然落到你蛤蟆嘴里来了。你这造化，不知是哪里得来的？你抚着良心想一想，也不该拿这些旧话来消遣我呀！"

蔡妈见他们你一句我一句地顶撞，深恐他们翻了脸，忙拦着说道："你们真是一对淘气桶子，放着正经事不去料理，转跑来这里斗嘴，我委实听去不大入耳。俗话说夫夫妻妻，都要和和气气。像你们这样乌眼鸡似的，将来的打架日子还在后面呢。闲文休表，言归正传。倒是我哥子蔡茂昌那里，打发谁去招呼？我觉得这件事愈快愈好，如若延挨下去，走漏了风声，那便更费手脚了。"

阿锦笑得咯咯地说道："打发谁去呢？依我的主张，便叫他去辛苦一趟。便是新房里的器具什物，由他拣好的买好的，彼此也省得埋怨。"

葛兴涎着面孔笑嚷道："哎呀，由这里到富兴集，约莫有三五十里路程呢，跑来跑去，兀地不苦了我这两条小腿？"

蔡妈向他脸上啐了一口，笑骂道："几天的小蛋黄子，你转拿班做势起来了。我请问你，当初小姐不曾爱上你，每逢老爷出门，你还不是跟在轿子背后，跑得上气不接下气。如何目下的这两条腿又十分娇贵起来？"

阿锦拍手大笑道："蔡妈妈说得真个爽快，你今天的两条腿还不是和当初的两条腿一般无二，怎么好端端地怜惜它则甚？"

蔡妈接着笑道："徐大少，你便委屈些吧，好在这也是你分内的事，与我们也没有相干。"

大家计议已定，葛兴没奈何，只得承认下来，由阿锦拿出银子交给他去办理各事。

371

葛兴当天便跑向富兴集去寻蔡茂昌。茂昌久已得了他妹子的报告，觉得这件事与自己也很有利益，那一班乡村妇女得着这样消息，巴不得这位葛小姐早早过来结亲，好让她们大开眼界。登时你传我，我传你，把一座富兴集闹得无人不知道这事。茂昌又是一个大胖子，忙了几天，忙得他歇在树荫底下，伸着舌头只是喘气。有人问他这位小姐为何跑来你们这里出嫁，他又腆起大肚皮，指手画脚，告诉人说这阿锦小姐是他妹子在私下里和葛老爷养的。"论名分，我总算得是小姐的母舅，外甥女儿到舅舅屋里来嫁人，也是寻常事体，不足为奇。"众人将信将疑，也没有人一定去寻根究底。

再说蔡妈替他们将各事料理完毕，等镜清醒转吸烟的当儿，她便赶至面前来伺候。镜清想起昨天的话，便问她可曾劝过小姐没有。

蔡妈笑道："早经劝过了，凭我这三寸不烂之舌，好容易左说右说，才将小姐说得回心转意。如今她已拿定主意，不再嫁给葛兴了，请老爷放心吧。"

镜清听了，好生欢喜，吸了几口烟，慢慢地点头说道："我说阿锦这孩子平时对着我这老父再孝顺不过。她哥子象文有时还和我硬头硬脑，她都批驳她哥子的不是，遇着我有什么烦恼，只消见了阿锦，立刻便化得无影无形。何况像这样终身大事，她焉有违拗我的道理？我家太太，她不大明白事体，还无故跑来替她说项，引我生气，这是打哪里说起呢？难为你替我出了这番力，改一天我打一副赤金手镯送你，算是谢仪。你休得嫌菲……"

他刚大声说着，不防袁氏已从房里蹑得出来，笑问道："你又打金镯送谁？顺便也替我带一副回来。板凳桌子一般高，休得显分厚薄呀！"

镜清见了袁氏，脸上觉得很有些讪讪的，正待拿话来解释，不防蔡妈早望着袁氏丢了一个眼色，扬着喉咙说道："太太休得错会了意，老爷因为我去劝化小姐，如今已将小姐劝化得回心转意了。他老人家一时高兴，便拿这打金镯的话来和我开心。其实野鸭子还半天里飞着呢，我们道不得个预备下咸菜。"

袁氏听见这话，很为诧异，忙笑说道："锦儿当真不愿意嫁给葛兴了吗？这真是我们一家子的造化。既是这样，老爷打副金镯酬谢你真是应该。我呢，却是无其功者不敢食其禄。适才算我是放了一个臭屁，蔡奶奶休要计较我的不是。"

镜清哈哈大笑地说道："着呀！着呀！我们在外边办理大事的人，一举一动总得有个斟酌，不是可以马马虎虎的。锦儿这番打消嫁人的念头，其功出自蔡妈，不但我感激她，便是太太也应该感激蔡妈。你且将告诉我那番说项再告诉太太一遍，让我在此静一静。平时吃这鸦片烟，多少都得消耗些精血，此时却不然了，吃一口，当然脸上要添得一块肥肉。"说毕，他便重行躺下身子，呼呼地尽去抽那大烟。

蔡妈得了这巧当儿，遂扯了扯袁氏衣袖。两人走入房里，由蔡妈将这秘密进行的方法详细告诉了袁氏。袁氏将舌头一伸，两边肩膀一耸，失惊说道："哎呀，这办法好生危险呀！怪道呢，我说阿锦这孩子，她是个铁头戴毡帽，再也不肯听人劝说的，怎么会好好服从你的言语？原来你们早有了你们鬼打算了。事已如此，你务必去替我叮嘱他们，能够将就些便将就吧。第一不可大张旗鼓，倘若吃她老子知道，又该白累我受罪。养儿养女，在别人瞧起来，都说是我们的福气，其实福在哪里呢？只落得一个气字，和我做母亲的淘个不了。昨天你不是听见她父亲的口气，好像女儿的不是都硬派我做娘的教导坏了，这才冤枉呢！"

蔡妈听她这样说，便假意安慰了两句，又说："太太叮嘱的话，我们自理会得。倒是太太要严密些，不要一时大意，扑簌簌地在老爷身边露口出气。"

袁氏冷笑道："这个我还要你过虑吗？但凡一个家主，他越是专制，别人防范他越是严密。俗语说得好，不痴不聋，不做家翁。其实他又何尝真个痴聋呢？他有眼睛，不叫他瞧见，他有耳朵，不叫他听见，不痴不聋，也就得派他痴聋了。他们还不落得拿这话松松脾胃。"

这一番事迹全发生在那张禄未曾来访葛兴以前，及至张禄这一天来托销那粒假钻石，葛兴告诉他说是要和阿锦径赴洪山游览，立刻便要过江，这句话原是哄骗张禄的。无巧不巧，他们刚择定了这一天跑向富兴集去结婚。因为各事已经办得妥帖，蔡茂昌腾出的那三间房屋裱糊得十分光洁，虽说是秘密进行，不去告知大众，然而有钱的富户那些场面却也不可草率。茂昌毕竟替他们在城里雇了一班军乐队，当晚大吹大擂，非常热闹，轰动了满庄的人都挤来观礼。大天井里摆设着十多张白木板凳，算是来宾的座次，安插不下的，还有好多人猴在碌碡上，还有趴在树顶上向底下观望的。四周的土墙簇拥着一排一排的人头，那墙头凭空便高出二三尺来。一对新人打扮得花团锦簇，按着礼单行礼。行礼已毕，葛兴小伙子又闹起新鲜花样儿，要请来宾上来演说。诸位想想，这时候的来宾大半都是土头土脑，腿上的黄泥还不曾洗刷得干净，他们瞧见这姑娘又不闭眼睛、又不顶红巾，已是觉得闻所未闻、见所未见。大家躲在旁边交头接耳地纷纷议论，你叫他们演说，他们究竟说什么呢？白乱了一会儿，也没有一个人敢走得近前。

阿锦见这模样，知道他们没有演说的指望，又是好气，又是好笑，自家更忍耐不得，于是捏着拳头，挺起胸脯，她早叽叽咕咕摆起演说架子。先把旧式婚姻骂得一个狗血喷头，然后又历叙自己以前许多历史，大旨不外劝乡里这班妇女都得交际公开，学她左一个右一个去和男子打那秘密交涉。凭她这一番苦口婆心，原想借这现身说法，好趁此改良改良社会。无奈乡村里那一班男女蠢物，十个人倒有九个伸出舌头来缩不进去。还有许多年纪大些的男妇，在背地里叽里咕噜，简直疑惑她不是世界上的凡人，恐怕是什么酆都城里放出来的人妖。幸亏阿锦嘴里还夹杂许多新名词儿，他们听去理会不得，登时就一哄而散。至于那个蔡茂昌，起初原也觉得阿锦的话听去不大入耳，然而因为她是一个宦族千金，她的见解毕竟高人一等，勉强跟在里面拍了一顿手掌，算帮她场面的意思。礼毕之后，阿锦和葛兴当然是欢天喜地进入洞房，消受他们的艳福。只是苦了蔡茂昌夫妇以及他的儿女，既然腾出屋子来安置他们一对新人，屋子前面一片空地却没有他们的安身去处，权宜之计，只得钻入那个猪圈里委委屈屈地铺下一堆稻草，做他们夫妻儿女的床铺。

如此过了下去，约莫有一星期之久，葛公馆里大家都知道这件事了，唯有镜清和象文通同蒙在鼓里，一点儿影响都不晓得。镜清是终日蜷卧烟床，女儿不来见他，他也不愿意见这女儿。象文没有一天不和绮秋混在一处，早晨出门，夜深方才回来，更没有瞧见阿锦的时候。

也是合当有事，他的芳邻刘克仁先生，近来虽说和那奚雅芸女士打得十分火热，叵耐两家头的经济都是很窘，不但谈不到正式结婚，便想这样鬼鬼祟祟，一天一天支持下去，委实都有些捉襟露肘了。雅芸还不时地和他要求这样、需索那样，逼得克仁六神无主，间或跑来敲敲他老子的钉锤。无奈刘瞎子在外面所干的那些把戏全行吃人识破，像汉口这样通商大埠，差不多已没有他觅钱的地方。父子俩往往因此发生冲突，家庭里布满了愁云惨雾。每逢他们父子揪打起来，可怜克仁母亲都赶在里面，替他们调停。

克仁这一天瞧见他的母亲，陡然福至心灵，知道他有个舅舅在武昌城里开了一爿小押铺子，专收贼赃，目下很弄得有点儿积蓄。往常因为刘瞎子夫妻两人常常跑去和他打那抽丰，一而再，再而三，把他的舅舅逼得急了，落后彼此大骂了一顿，再也不许刘瞎子夫妻俩进他的大门。你道刘克仁这当儿打点什么主意呢？他打听得过病蝉死后，他家里的人曾经做了一件白布孝袍子，预备给雅芸的阿侄穿起来，充作病蝉的孝子。后来发生冲突，这件白布孝袍如今还搁在过太太家里。克仁便和雅芸商议，要借这件袍子来暂用一用。雅芸也猜不出他葫芦里卖什么药，情不可却，遂向过太太那边将白布袍子借来，交给克仁。克仁大喜，拣一个僻静地方，将那孝袍子向身上一披，但是尺寸短了些，只遮得一个上半截身子。另外买了一根草绳、一双麻鞋，悄悄地渡了过江，一直抢入他舅舅店铺门首，伏在地上，磕了几个响头。他舅舅刚坐在柜台里面，劈头瞧见克仁这个形状，不由吓了一大跳，便问他是谁死了。克仁满意要装作假哭，只恨急切没处寻这副急泪，勉强苦着脸哀告道："不瞒舅舅说，我妈昨夜得了一场吊脚痧，天明就咽了气了。家中境况是舅舅知道的，衣衾棺木一无所有，不得已，特地来求舅舅，瞧我死去的母亲分儿上，多少帮助几两银子，免得我妈死在床上白睁着眼望那屋梁。"

他舅舅原是个老实经纪人，听见这话，虽说平时和他们夫妻不睦，然而当这时候，在理不忍坐视。况且又有这外甥来报丧，料想不是假话，随即在抽屉里数了二十块现洋，哽咽说道："这点点款子，你赶快拿回去收拾你妈的死尸吧，只恨我店里不能分身，不然也得过去行个礼才是道理。请你替我向你妈灵前祷祝，叫她在阴司里休得怪我这做兄弟的寡情。"说着，便也流下几点眼泪。

克仁将洋钱接得到手，跳起身子笑道："多谢舅舅，舅舅千万不要过去。这吊脚痧最会传染人的，靠近了她便没有活命，我一定替舅舅祷祝好了。"

他舅舅忙点了点头，克仁得了这样彩头，欢天喜地转回汉口，连忙将孝袍子脱下来，卷作一束，挟在腋窝底下，草绳麻鞋都抛在路旁不要了。他一面寻着雅芸交还她的孝袍，一面陪雅芸到酒馆子里大吃大喝，整整乐了一天，当晚又手挽手向洋货铺里买了许多东西，剪了一身衣料。

到了次日，依旧赤手空拳，一贫如洗，依旧打起饥寒来了，愁眉不展地坐在屋子里纳闷。却好雅芸过来访他，见他这样没精打采，便问他又有什么心事。克仁叹了一口气说道："我还有别的心事吗？只不过这穷字叫人难受。"

雅芸冷笑道："你也太没志气，汉口地方遍处是钱，你只没有本领去拿罢了。我且告诉你一件事，你可晓得，葛家二丫头新近已和人家结婚了，嫁的是一个小厮，名字叫作葛兴。"

克仁笑道："人家结婚不结婚，与我们有什么干涉？况且不提起结婚两字也罢，提起结婚来，我便觉得有些对不住你。几时能够发一注横财，我们也来玩玩这样把戏，也不枉人生一世，草生一秋。不怕我爱笑话，鄙人近来的际遇，越发一步一步地走入窘乡里去了。一个母亲只骗得二十块洋钱，也不过救了一时之急，这玩意儿也不是可以耍得的。我爱，你也该可怜可怜鄙人，真是日坐愁城，一筹莫展。政府里的诸大伟人，虽说穷困，然而他们还有大借款可借，只是我刘克仁呢……"

他说到这里，便使劲握着雅芸的手腕，表示他一种亲爱的意思，接着就要流下泪来。雅芸其时将缺嘴一噘，望着他笑道："哎哟！一个男子汉大丈夫，为甚要装出这阒茸样儿，叫人听着心里难受。我适才不是说过的，外面满地都撒着金豆子，只是你不会去捡拾罢咧。光这样蝎蝎螫螫，长吁短叹，也叫作没有志气。老实说，我告诉你阿锦结婚，原不是一句闲话。他们的事，已吃我打探得清清楚楚。原来他们干的这把戏，是瞒着她父亲和哥子的。你若能够吃趟辛苦，跑至富兴集，向他们开口借个三百五百，他们断断不敢打你的扁担。况且阿锦的私蓄何止万金，区区款项，也不过和拔她一根汗毛似的。你去敲她，不为伤廉；她拿出银子来应酬你，也不为伤惠。一经达了我们目的，手头活动起来，我们的婚姻也就可以借此热闹热闹。事不宜迟，休得再吃别人捷足先得。你过这愁苦日子，不但你自己着急，便是我这颗小心坎里也替你十分凄楚哩。"

克仁听见这话，乐得直跳起来。他也顾不得什么叫作商量，拼命将雅芸向旁边一推，站起来就待向富兴集飞跑，嘴里乱七八糟地嚷道："有这样好机会，你何不早说？等我捞了他们的银子回来，再陪我爱到九华楼去吃晚饭。"

雅芸笑得咯咯的，一把将他扯住，说道："你这人真是冒八冒九的兄弟转世，听见风就是雨，你也不看看日头差不多已经挫西了。从这里到富兴集，至快也要走得大半天的路程，难道还趁这黑夜里跑去和人家打劫不成？你且将心神定一定，明天起一个清早，赶到他们那里也不为迟。"

克仁搓手顿脚地沉吟了一会子，说道："我爱此话虽然不错，但是我得了这样好消息，你再拦着我，不要把我急坏了，怎生好好地挨过这一夜哩？"

雅芸歪着脖子笑道："这也不难，今晚我也不回家去了，陪你坐谈一夜，可好不好？"

克仁笑道："也好，也好，但是清汤寡水，怎么好留我爱在这里过夜？等我来设法买点酒菜回来，和你消遣消遣这长夜吧。"

克仁虽这样说，再伸手摸摸自己的衣袋，连半个铜钞都没有了，好容易踱来踱去，两只贼眼直望着屋里盘算主意。冷不防趁他母亲在厨下烧火，他见神座面前还搁着一座乌光漆黑的锡香炉，悄悄地挟入腋窝底下，出门押了几百文铜钱，买了些熟菜，还带了两包瓜子、核桃糖、五支大英牌的香烟。雅芸却毫不客气，早拈了一支香烟，放在缺嘴里氲氲氲氲抽个不住。好在他们的老规矩，停会子端上两碗薄粥，两人对面喝一个不亦乐乎。至于晚饭以后，他们两家头是否坐着清谈，著书的不曾身当其境，却也不敢替他们妄下断语。果不其然，天色才亮，克仁早跳下了床，连脸都没工夫去洗，苦苦地向雅芸借了几文盘费，拔起两条狗腿，一直赶向富兴集来会阿锦。

再说阿锦住在那个穷乡僻壤，虽说是新婚燕尔，然而却沉闷得要死，鼻子里闻的是些猪尿牛粪，耳朵里听的是些犬吠鸡鸣，眼睛里瞧的是些麦垄秧田，心坎上也就满储着是些酸甜苦辣。挨了几天光景，赛过挨了几年。除得葛兴小厮在面前替她开开心，其余更没有丝毫乐趣。她原是一个天马行空、放荡不羁的女孩子，哪里受过这样委屈？几次三番埋怨葛兴，说他不争气，白累自己在这里受罪。葛兴到此也就没法，正不知道怎生叫这位小姐快乐快乐才好。

这一天吃了午饭，阿锦正闷得慌，勉强把她置的那座风琴哆咪嗦啦地在房里捺着玩耍。左右邻居也不曾看见过这样好东西，倒有一大半披头散发的男女围拢在门口，侧耳静听。刘克仁虽然赶到这地方来，正愁一时觅不到他们的住处，蓦地顺风吹过来这一阵一阵的风琴声音，满心大喜，料定这村庄里不会有别人弄这玩意儿，不是葛家二小姐是谁呢？更不怠慢，分开人丛，直挤进去，大声吆喝道："二小姐好乐呀，我是特来替你们贺喜的，怎么不出来迎接我呀？"

其时蔡茂昌正在猪圈里喂猪，听见天井里有人说话，他忙赶过来询问。一眼瞧见克仁穿的衣服很是褴褛，他早有些看不起他，兀自拿出他做舅舅的身份，呵斥着说道："这是什么地方，容得你们这些人大呼小叫？"

刘克仁见面前站着一个大胖子，忍不住好笑，忙道："你快替我去禀明二小姐，你认不得我，他们见了我自会认得。"

蔡茂昌见他这等大模大样，心里好生不快，正待开口，不防房里的琴声戛然而止，第一个便是葛兴直跑出来，笑着招手说道："原来是刘先生，你来得正好，我们二小姐正苦没有一个熟人陪她消遣，请你到屋里坐吧。彼此畅谈畅谈，二小姐一定是欢迎你的。"说着，便将克仁带入他们住的那座房间。

克仁和麻雀子似的跃起，斜签着身子，见了阿锦，便就地大鞠其躬，笑嘻嘻地说道："恭喜！恭喜！二小姐，你们做这件大事，怎么不早把个信儿给我们，好让我们来扰一杯喜酒？你们贤夫妇眼睛里太瞧不起人。这是应该要罚多少？"

阿锦素来大不满意这刘克仁，因为他和那缺嘴奚雅芸相好，鄙薄他没有长进。况且他父亲刘瞎子常常跑至她们公馆里去讹诈，阿锦也是知道的。此番见克仁满嘴里似乎要敲自己竹杠，听了格外不大愿意，当时便冷言冷语地说道："耳报神好快呀！你怎生会打听出我们的事，打从老远地跑来讨喜酒吃？你可知道我们的喜期已经过得好久了，倒不曾见你没送贺份，反来责备我们的不是？"

克仁见阿锦说出来的话十分强硬，不由也就生起气来，放下脸色说道："我也打算送你们的贺份呢，只可惜小姐办这件喜事，瞒得人紧腾腾的，恐怕令兄他们都还蒙在鼓里。你若是个懂得事的，应该想出法子来，运动我刘克仁，替你们严守秘密，不该再这样扬威耀武，开口闭口得罪我们斜对门的乡邻。"

阿锦听他这口气，直羞得脸上通红，使劲拿手向桌子上一拍，喊道："哎呀！你敢是要出首我？你仔细出去打听打听，我葛阿锦生成是个天不怕地不怕，我愿意嫁谁就嫁谁，是我的自主之权，道不得个乡邻能够来干涉我？"

葛兴见他们你一句我一句两下冲突起来，只吓得自己把不住活抖，正待近前去扯劝，不料克仁早换了一副嬉皮赖脸，笑着说道："笑谈了，笑谈了，我不过和小姐闹两句玩话，大家借此开开心，怎么二小姐竟自认起真来？总怪我拙口笨腮，赶来拍马屁的，转拍到马腿上去了，带累小姐生气。我们有话好讲，谁再提什么秘密不秘密，叫它立刻变作癞头鼋，叫打鱼的穿起鼻子来带入城里去游街示众。"

原来刘克仁原先打算拿几句话诈一诈阿锦，万一阿锦害怕，便可借此敲她一笔竹杠，不承望阿锦不但没有畏惧自己的意思，说出来言语比生铁还硬。他也是个混江湖的朋友，随即见风转舵，换了一副口气。巨耐阿锦生成骄倨，无论软硬她都不受，凭你刘克仁再说得婉转些，她益发板起面孔，大声呵斥道："姓刘的，你如若强硬到底，我转佩服你这人是个好汉子。你既这样脓包似的和我闹这样胡哨，我这绣房里却不能容你坐地，快替我滚出去！若再在这里撒泼，我定然将你送到区里去当光棍惩办。"她说完这话，早斜着身子，依旧去捺她的风琴，把个克仁直撺下来，羞得他要死不活。

还是葛兴见他这阄茸模样，委实有些过意不去，背地里悄悄将他袖子扯

378

了扯，笑道："这屋里闷气得很，我且陪刘先生到外面广场上去坐坐，那里空气很是清洁。"

克仁无奈，只得将计就计，跟着葛兴一步一步踱出房门。此时他的神气却不像麻雀子了，简直是一个斗败公鸡，低头垂翅走到那个大天井里，和葛兴并坐在一张白木板凳上。葛兴埋怨着他说道："我道先生跑来可以替小姐散散心，不料你转触了她的霉头，连我面子上都很不好看。我猜着先生此番到来，定然另有一种用意，绝不是专为贺我们的喜事。你不妨明白告诉我，如若能够替你帮忙，我没有不尽力的。我们小姐的性子，她是连娘老子都要让她几分，你何苦跑向这老虎头上来拍这苍蝇呢？"

克仁到此，已是哭笑不得，听见葛兴的话还说得婉转，他只得老着面皮将雅芸叫自己来借贷的话说了一遍，引得葛兴拍手笑道："哎呀，刘先生，你真是一个黑漆皮灯笼、冬瓜撞木钟。大凡仰面求人的人，谁不要虚心下气？总得叫人听着可怜你，方才可以达你的目的。我不料你好像带着底契来成交似的，一开口就得罪了债主，便算这债主银子堆出大门，她也没有丝毫撙出来给你去使用呀。我也知道先生的景况不好，既然老远地跑到这里，白叫你空手回去，也吃你那贵相知笑话。我们小姐那里是不消去说项了，便说了，她也绝不肯答应。我这里却好还藏着五百文铜钞，如今先借你拿回去挥霍挥霍，你却不要嫌弃。"

克仁将舌头一伸，哭丧着脸说道："不瞒老哥说，我一路赶到这里，船价车资，以及路上吃的干馍馍，花费了也不止五百铜钱。与其这样，我倒不如不吃这一趟辛苦了。"

葛兴扭头笑道："这也难说，你是愿意来的，我们又不曾下帖子去奉请。你若不领我这情分，我也没法，只得由你再和小姐去告贷，可好不好？"

克仁忙不迭地摇了摇头，死也不肯进去再向阿锦开口。后来磋商了好一会儿，还是那个蔡茂昌做好做歹，另外掏出三百文来交给克仁。这一夜克仁便在猪圈旁边蹲了一夜，第二天日头尚未出山，他早一溜烟跑回汉口去了。他这一去不打紧，由此便闹出掀天波浪，这叫作小人可远而不可侮，星星之火，可以燎原，涓滴之波，可成江河。阿锦这一班人原不足责，然而士大夫立身处世，稍涉疏忽，则祸机可以立至，你道可怕不可怕呢？

克仁转回汉口，挟着这一肚皮的闷气，第一件要事便赶去寻觅雅芸，把以上的事迹原原本本告诉了雅芸一遍，不无还装点了许多谎话，说阿锦怎生骄倨，怎生看不起你，以为我这世家子弟和你们开店铺子的女郎结婚，不免折了身份，因此她的银子再多些，也不肯把来供给我们挥霍。我爱也不必生气，照这样看起来，我虽然白跑了这一趟，却并非我的本领不济，内中情由恐怕还受了我爱的影响呢。

克仁此时只顾说得好玩，不防把个奚雅芸嘴都气瘪了，白睁了一会儿眼睛，重行拿手指着空中破口大骂道："好一个不识羞耻的浪蹄子！她还拿话来编派我？我哥哥是个经纪本分人，又不做龟做鳖，如今的时势，无论什么重要事件，我们商界里都得占着一大部分的势力。比如政府里有了非法举动，只消各处商会集合起来，打个通电，他们还得退让几分。阿锦平时也自命开通，怎么转鄙薄我们商家女孩子起来？她休得在我面前嘴犟，她老子左右不过是个高等游民，仗着积蓄了几个造孽钱，别人也就溅上水儿顺口喊她作一声小姐好了。小姐加级，渐渐要变作大姐了。她若是肯替她老子保全体面，便不该偷偷摸摸地嫁给一个拎水烟袋子的小厮。她既无情，我也无义，总要叫她认得我奚雅芸的手段，委实不是一个好惹的主顾呀！你这混账行子也太没志气，要换上我，早该将这八百文劈面掼向她的脸上，也不该领她这情分，才是道理。"

克仁哭丧着脸说道："你说得倒还轻巧呢，我也知道不该拿她这区区款项，但是拍拍腰包里，一文也没有，难道打从富兴集还一路讨乞回来不成？如今也剩得有限了，便给你拿去买一瓶雪花膏，可好不好？这总算得是我敲竹杠的一种纪念。"

雅芸把个紫猪肝色的面皮涨得通红，不住地摇头说道："你留着用吧，我不稀罕这个，我便是没有雪花膏，自会和我嫂子去啰唣。"

克仁乐不可支地笑道："也罢，你既不愿意拿这钱，我便去买升半糙米和我爹妈喝一顿饱粥，度过今天再说。为今之计，总不甘心白饶了这一对贱人！等我去觅着葛象文，好揭开他们的黑幕，让他们家庭里闹一个天翻地覆，我和你坐在云端里看厮杀，倒是一件极有情趣的好玩意儿呢。"

雅芸沉吟了一会子，冷笑说道："不济，不济，象文也是一个假文明家，万一他听见这事，不甚介意，我们不是枉费唇舌？我倒有个计较在这里，你也不必来管我，由我去相机行事，大约不走这一着儿，决然不会激起他们的风潮。"

克仁听了，便不敢往下再问，只笑着说道："我原是个粗心浮气的人，凡事及不来你的老谋深算，这出好戏，你既肯担任了去，我只好躲在你背后唱唱双簧吧。"雅芸也只笑了一笑。

过了一天，她便去寻觅绮秋。原来绮秋每逢闲暇的时候，都在公园里和人家击网球取乐。有时雅芸也和她在一处比赛过的。这一天，绮秋正和几个女孩子在那里比赛，雅芸走过来便要加入。绮秋正忙得娇喘微微，抬头见了雅芸，便笑道："姊姊来得正好，我便让给你来，且容我在旁边休息一会儿也罢。"

　　雅芸兀自冷笑了一声，说道："好呀，怎么瞧见了我，你便要闪开去了？我原不配和小姐在一处戏耍，兀的不要折了你的身份。"

　　绮秋本是一个胸无城府的女孩子，她哪里会猜到雅芸是有心寻衅来呢？忙笑着分辩道："我因为已经玩了好半晌工夫，觉得有些困倦起来，并非是有心奚落姊姊。请姊姊稍待一待，我再来陪姊姊也不为迟。"

　　雅芸见她说的话很是婉转，一时又翻不转脸，只得勉强和别人击球，然而她却处处留心瞧着绮秋。只见绮秋弹了身子，躺在一张睡椅上，取出手帕来拭她额角上的香汗，身上穿着一件藕荷色的纱衫，丰容盛鬋，楚楚动人，比较自己的衣服，越显得郊寒岛瘦，心中又是羡慕，又是妒忌。说也可笑，大凡缺嘴的人，那鼻子里鼻涕也别比人容易出来些。她拍球拍到分际，不知不觉，那一搭儿黄脓鼻涕差不多要流向她嘴唇旁边来了。别的女孩子也有些憎嫌她，只是说不出口。雅芸将鼻孔向上边凑了两凑，叵耐那鼻涕依然嗅不进去。说时迟，那时快，她腾出一只手来，向嘴边抹了一抹，哗嗒一声，不偏不斜，却好把那搭鼻涕直抹向绮秋衣襟上，吓得绮秋从椅子上直跳起来，嚷道："哎哟！姊姊也太不仔细，你瞧我这衫子吃你弄腌臜了，怎生是好？"

　　雅芸掉头一望，不慌不忙，冷笑说道："这又打什么紧呢？拭去就完事了。"

　　她说完这话，依旧若无其事地拍球。众人见她这大模大样，都替绮秋很抱不平，赶拢过来不去理会雅芸。绮秋生性非常爱洁，瞅着这一搭黄脓鼻涕，哪里肯拿手去拭？几乎连吃下去的午饭都要吐出来，急得只是要哭。幸喜旁边走过一个侍者，先用一张纸将鼻涕抹净，然后又递过热手巾来，让绮秋自己去慰那痕迹。绮秋一面慰着，一面埋怨道："活该是我晦气！这件衣裳今天才穿上身，不承望便遭了这污点。这衣服我也不要了，回去赏给叫花子去穿，只是这当儿叫人瞧着难受。"

　　雅芸正把那球击了过去，抬头一望，见众人都跑得干净，心里正没好气，又听见绮秋嘴里叽里咕噜，她忽地将那球拍往下一掼，噘起她的那一张缺嘴，恶狠狠地望着绮秋，冷笑道："什么大不了的事，要你急成这个模样？我们不提起闲话来也罢，若提起来，你姊姊身上的污点正多着呢，这点点鼻涕也不见得就糟蹋了你。"

绮秋经她这一激，格外气得面红耳赤，回头向大家说道："诸位姊姊可听见吗？她冒冒失失地污坏了人家衣服，兀自不肯认错，还枉口赤舌地编派我的不是。我鲁绮秋一生清白，从来不曾干过什么不尴不尬的事体。雅芸姊姊，你若不当着大众还出我一个污点的证据，你便损失了你自己的人格，从今以后，我们就休得在一处玩耍。要晓得含血喷人，在寻常没有知识的妇女还不肯随意出口呢，何况你雅芸姊姊勉强也受过文明教育？似乎不至这样对着姊妹们任意诬蔑。"

一班女郎听了，都赞成绮秋的说话，相与笑问道："是的呀。雅芸，你有什么不满绮姊姊的去处，不妨老实说出来，让大家评论评论。这件事确与我们没有干涉，然而公道自在人心，若容你含糊下去，恐怕绮姊姊心里也不肯甘服。"

雅芸其时不慌不忙，歪着脖子，冷冷地向绮秋问了一句道："绮秋，你是不是要和葛象文结婚？"

绮秋急道："和象文结婚不结婚，难不成便吃你捉着这样把柄？无论结婚这事我们还不曾开着正式谈判，便算将来我愿意嫁他，他愿意娶我，这全是我们的自由，你指摘我的短处，想必就在这上面了。哼哼！男女交际，是法律所许，与当初那些逾墙钻穴的劣迹大不相同。雅芸姊姊，你须得放尊重些，不要叫人笑话你头脑顽固。"

别的女郎听到这里，也异口同声地笑将起来，都说道："哎哟，像我们在座的诸位姊姊，谁没有几个男朋友？若照雅芸的话，好像大家都因此受了污点，真算得是奇谈了！我们也打听得那个刘克仁，他和姊姊也很亲密呢，以小人之腹度君子之心，就姊姊这番议论揣测起来，想必姊姊和那刘先生背地里定然有不可告人之隐了。"

众人你一句我一句，喧哗笑语，还有拍着手喊好的。因为这件事动了公愤，雅芸处于孤立的地位，她们便成大伙儿地奚落她，顺便替绮秋出这一口闷气。雅芸拿定主意，却不和她们分辩，等她们说完了，她方才阴恻恻冷笑道："我的话还不曾讲得完呢，哪里跑来这一群驴子，拼命价在这里放屁？刘先生虽则境况贫寒，然而他却家世清白，举止纯良，不失为一个守身如玉的好青年。我奚雅芸将一片至坚至洁的神圣爱情托付给他，这才可以算得男女交际的正轨。绮秋姊姊将来嫁给了象文，我请问诸位，那个阿锦是不是她的小姑？诸位试猜一猜，她的这姑夫是谁呢？说出来恐怕要吓你们一跳。原来她这姑夫，便是起先替她老人家拎水烟袋跟在轿子背后充当三等小厮的那个葛兴。咳！一个鲁大人公馆里的小姐，平白地跑来和那三等小厮认作亲戚，究竟可是污点不是？"

雅芸说话的当儿，将舌头一伸，又长长地竖起一个大拇指，表示她一种轻薄绮秋的态度。大家在先原也知道阿锦有下嫁葛兴的消息，总以为她未必遂成事实，因此便拿话驳着雅芸道："这也不过是阿锦姊姊一种理想罢咧。阿锦原是一个好闹玩笑的女孩子，她左右是说说罢了。你也不可竟把来当作话柄。"

雅芸到此方才急着说道："你们道我是捕风捉影吗？哈哈，你们还一共蒙在鼓里呢！等我来告诉你们，也叫你们知道社会上竟有这种不识羞耻、只贪恋爱的女郎，把她父兄的体面都剥蚀殆尽了。"

雅芸一面说，一面指手画脚，将阿锦如何带领葛兴躲向富兴集结婚，蔡茂昌如何替他们料理婚事，只把刘克仁跑去借钱的话却一共不曾提起。末了又笑着拍手说道："不怕她娘老子再管得紧些，你有你的关门计，她有她的跳墙法。若不是我奚雅芸多管闲事，把他们的这重黑幕揭得通光透亮，怕要等到他们生下小娃娃来，方才请你们诸位姊姊吃喜蛋哩。"

她这一顿话把大家说得目瞪口呆，虽然有人在里面似信不信，然而听见她说得这样原原本本，也料定她不是全然捕风捉影的了。内中尤以那个鲁绮秋又羞又气，光坐在半边发怔，一句也不开口。众人恐怕绮秋脸上没趣，便将她扯过一边，拿别的话来向她解释。至于雅芸已经遂了她的计策，心里十分快慰，飞也似的出了公园，寻到刘克仁谈笑去了。绮秋勉强和大家周旋，众人见她没精打采，各人也就悄悄散走，剩下绮秋独自坐在一块太湖石底下，暗暗发恨。

这个当儿，却好象文打从外面进来。他们原是约定在公园里聚首的，在网球场上寻了一会儿，只不见绮秋影子，他重行分花拂柳，向四下里来寻觅她，一眼瞧见绮秋正坐在石上呢，满脸堆着娇嗔，不似平时的模样，见了象文，也不抬身招呼。象文不免有些狐疑起来，忙赔笑走得近前，低声问道："怪呀！好端端的，为甚又烦恼起来？一定是网球又输给人家了。这也算不了一件重要的事，随后等你练习好了，有赢她们的日子呢。"

绮秋见他说的驴头不对马嘴，格外生气，重行将身子扭转，拿脊背朝着象文，也不回答他什么。象文好生慌张，又绕转她的前面，笑道："我们刚才会面，自问又不曾有什么得罪你的去处，你无故和我做这嘴脸则甚？便算你心里有什么委屈，也该明白说来，好叫人死心塌地。光是这样，我便立刻死了，也是一个糊涂鬼，总得等待你将这事宣布，然后我才可以超生。"说着，满脸上便露出一种凄惶样子，像是要哭光景。

绮秋到此，这才万无可忍，立即站起身子，走着说道："你也不必和我闹这把戏，你们家里干的玩意儿，自然心里明白，左右不过瞒着我一个。从今以后，我走我的路，你走你的路，我也不承认你做我的朋友，省得人家谈论起来，连我都拖入浑水里，怪难受的！"

她说完这话，兀自扬长走去，将象文整撂下来。可怜象文一些也摸不着头脑，呆呆地站在一株蔷薇花底下，细细猜测绮秋的语气，正不知自己做错了什么事，或者妨害了自己的名誉，以致绮秋都不愿意和我做朋友，可想那个婚约益发无望了。平时相处，我们虽然也小有冲突，总不像这一次决裂得厉害。况且绮秋的为人，我是知道的，她虽说系出名门，却从不曾拿出贵族身份，若非受了极大的刺激，何至气成这个模样？越想越急，心下仿佛有十五只吊桶在那里七上八下，头顶上又像轰轰地劈着焦雷一般。先前要哭，还有一半装作，到了这地步，想起将来的婚姻幸福，真个忍不住眼泪簌簌地流下来了。又恐吃人瞧见笑话，尽着提起袖子来在那里揩抹。

事有凑巧，却好远远地走过一个女郎来，这女郎先前原和绮秋在一处击球的，奚雅芸说的那番话，她们都听得清清楚楚。此时瞧见象文这样神情，知道绮秋便为这件事一定质问过他了，所以他才躲在这地方发怔，于是走近了几步，笑着道："咳！你们那个令妹，却也太放荡了些，不怪人家把来当作笑柄。绮秋姊姊素来心高气傲，她既和你要好，你想她听见别人含讥带笑，她有个不惭愧的道理吗？你若因这个再和她赌气，她有九分不是，你便免不得占着十分。"

象文听到这里，心里方才明白了一半，顿脚说道："好呀！你便有什么不惬意的心事，也该向我说出来，好让我有个解释的机会。"

那女郎笑道："这有什么解释呢？令妹有没有这样劣迹，你总该彻底晓得，你不去阻止令妹，便想出一百句话来解释给绮秋姊姊听也没中用。"

女郎说着，又将奚雅芸怎生奚落绮秋的话详细告诉了象文一遍。急得象文双脚跳嚷道："我若知道舍妹一点儿消息，叫我立刻出了公园便被人拿手枪打成七八个透明窟窿。"

那女郎笑道："哦，原来你还一共蒙在鼓里呢。这也不是赌咒的事，家庭里发生这样丑历史，你和你们尊大人不免总担着一个昏聩糊涂的罪名，不但你不能怪绮秋姊姊，就是雅芸有意挑唆，这也是木腐虫生，苍蝇不会抱没缝的蛋。老实说，文明世界，这阶级主义虽然不妨铲除，然而以令妹这样人才，一定要下嫁这葛兴小厮，还是他的学问足以叫令妹折服呢，还是他的品行足以叫令妹倾佩呢？我恐怕别人议论起来，总得耻笑她是专于肉欲，不一定为情义结合的吧。绮秋姊姊正在气头上，你此时也不必再去和她纠缠，得着空儿由我们替你去疏通疏通。你倒是赶快跑回公馆，调查这件事究竟是虚是实。万一是奚雅芸信口开河，那就不谈了。如果实有其事，你们若再没有解除他们婚约的方法，哼哼！不但绮秋姊姊不肯和你认作朋友，便是我们这一班人，随后见了你也只得背道而驰，做个尹邢避面的了。"

这一番话说得象文如痴如醉，更答不出一句话来，尽管把他手里握的那根司狄克死命在湖石上击了几下，脚底下好像抹了油似的，随即奔出公园，大约是转回他的公馆去了。

若论象文的心理，对于阿锦身上的事，他却毫没成见，至于她嫁葛兴不嫁葛兴，另是一种问题，似乎与他做哥子的无甚关系。不过他此时一心一意正专注重在绮秋身上，两人又打得十分火热，巴不得绮秋允许他的婚约，他这美满姻缘也就畅心遂意了。叵耐绮秋忽然因为阿锦不惜名誉，牵累到他自己，眼见得这番好事全要误在阿锦身上，所以把一腔的无名孽火提高到三十三天，气喘吁吁地走入公馆，跑上了楼，正遇着他父亲和他母亲一齐坐在烟炕上闲话。他也顾不得什么叫作父子名分，登时放沉了脸色，冲着他父亲问道："阿爹，你只顾终日价躺在这里抽烟，我却有一件事要责问阿爹，你可知道锦妹妹如今已嫁了人了？这件婚事还是阿爹主张的呢，还是锦妹妹实行解放？你休得和我推聋装哑，纸里包不住火，无论再秘密些，只瞒得我葛象文，却瞒不得外人的耳目，委实可耻极了！人都晓得葛兴做了阿爹的爱婿，像这样的玩意儿，也只有我们家里干得出来。阿爹，你可以老着这面皮出去见人，只是我葛象文呢……"

他还待往下再说，其时直把个袁氏吓得面如土色，只顾挤眉弄眼，望着象文做手势，似乎拦阻他不要多管这样闲事。

再说镜清蓦地将烟枪向下一掼，大翻着白眼，乱嚷道："象文，你敢是吃醉了？大清早起满嘴里说的是什么梦话？你锦妹妹好端端地坐在屋里，几曾有嫁人的消息？"

袁氏忙接着说道："可是的呢。阿锦昨天还在我面前讨了五十块钱，她说要到马路上去购买衣料，便是嫁人也没有这等飞快。你休得听别人乱嚼舌头，白糟蹋我们家的好儿好女。"

象文拍着手掌，大笑说道："日头已是挫了西了，阿爹嘴里还说是大清早起，我不曾做梦，恐怕你们老夫妻的大梦都不曾醒呢。阿锦昨天还和你们讨钱，我只知道她的身子还在富兴集，你们瞧见的一定是她的灵魂。可怕呀可怕！其实阿锦嫁人不嫁人，却不干我的屁事，但是因为她没长进，破坏了我和鲁小姐的婚约，我捞不着她，只和你们老两口子算账！"

镜清听见"富兴集"三字，他已经有些彻底明白，忍着一口愤气，冷冷地掉转脸向袁氏问道："这富兴集不是蔡妈的老家吗？他们鬼鬼祟祟跑去，干这样败坏门风的事，管许也是有的，象文不见得冤枉他们。好在你将实话告诉了我，我不生气就是了。万一连我都蒙在鼓里，你们岂不是罪上加罪？"

象文听到这里，他的手掌益发拍得厉害了，笑得咯咯地说道："好了，第二剂药吃下去，真个醒转过来了。阿妈你从直供招吧，若有半字虚言，谨防老人家拿出家法来，使劲地将你十个指头着实拶你一拶。"

袁氏瞧那镜清脸上神气，觉得他很是和颜悦色，万分无奈，刚待说出详细，又想了想，只不晓得怎样启齿才好，一句话说了半句，重行咳嗽了两声，迟迟移移，像是鬼挨磨似的。偏生这个当儿，那蔡妈打扮得花枝招展，一步一步地上楼，耳朵里分明听见他们议论这事，她老实便上前来，自告奋勇，笑嘻嘻地瞅着镜清说道："老爷，你听我说。"

镜清冷笑道："好好！你说你说！"

蔡妈扭头扭颈，将两只手高高地举起来，比给他看，笑道："提起这件事，大少爷便不来报告，我和太太偷着闲空儿总得要叫老爷知道的。一家有一个主，一庙有一个神，瞒得过老爷一时，终究瞒不得老爷长久。小姐如今已人大心大了，她既然爱上这个人，我们一定违拗了她，也就过于固执了。我在背地里便和太太商议，说小姐毕竟是太太生的，她也能够做一半儿主，不如委屈将就由他们混在一处去吧。我哥子蔡茂昌，他虽说是一个黄泥腿的乡下人，然而却素来热心，对着小姐的喜事没口子赞成，特地腾出房屋来给他们结婚。哈哈哈，老爷权瞧我们分儿上，饶恕小姐这一次罪名，不但小姐感激你，便是我……"

蔡妈原仗着镜清平时十分怜爱，又见袁氏坐在这里受窘，她所以撒娇撒痴，故意要这一出花脸儿，将这事索性说明，省得藏头露尾，随后破露出来，大家反担待着不是。料定镜清万拿不下这面皮，肯和自己翻脸。谁知镜清对着他这爱女无论在外面拈花惹草，身败名裂，他倒反若无其事，唯有彰名较著嫁给葛兴，他死也不肯允许。既怪袁氏和蔡妈妄自做主，适才又无辜地吃了象文这一顿抢白，立刻心头火起，不等她的话说完，跳下炕沿，也不问青红皂白，提起右脚来，直向蔡妈踢去，踢得蔡妈杀猪似的喊叫，趁势往地下一倒，滚来滚去，和个花绣毯一般，煞是好看。镜清又顺手捞着那根烟枪，赶着袁氏便打。袁氏眼快，早躲入房里，将房门关得紧腾腾的。合该那根烟枪晦气，足足在房门上搥了有三五十下。象文见这势头来得汹涌，他也防着老头子拿他出气，冷不防从热闹里提着他的司狄克，如飞下楼，跑得一个无形无影。楼底下众多仆妇，听见上面闹得沸反盈天，不约而同地赶上来扯劝，只见蔡妈还赖在地下哀哀哭骂呢。众人兀自畅快，假意劝着镜清。论他们心上，巴不得镜清再踢她几下，才出得她们这一班平时的胸中恶气。镜清见仆妇们都一齐上楼，他又恨又急，随即披了长衣服，一迭连声命外面家人替他预备轿子。家人们没口子答应着。不多一会儿，镜清大踏步坐入轿里，吩咐轿夫抬至警察公所。

警佐陈佐庭原和镜清相好，接见之下，见他满脸堆着泪痕和怒意，便笑问道："又是谁得罪镜翁了，为何气成这个模样？其实也不消镜翁亲自光降，只要将一张名片来，叫兄弟办谁，兄弟就得办谁。我们多年老朋友，是不拘形迹的。"

镜清一面摇手，一面待要开口，只苦气堵塞着喉咙，一时说不出话来。佐庭忙从仆人手里端过一盏茶来，让他吃了几口。他将心神按定，然后望着佐庭说道："家丑不可外扬，兄弟委实是再忍耐不得了。这件事务恳老哥鼎力帮忙，替兄弟多派几名警士，赶至富兴集，将舍间使用的那个小厮葛兴捕捉到署，严行惩办。"

佐庭惊问道："这贵管家是不是偷窃了贵处珍宝卷包逃走？镜翁是几时得信的？如果这厮还在富兴集，我派了警士前去，一定可以手到擒来。但怕日子多了，他已闻风远扬，那可就大费周折了。"

镜清凝神想了想，觉得他女儿的事委实有些不好意思出口，既是佐庭误码认作盗窃，不如就将计就计，马马虎虎随口答应道："这厮决计躲藏在富兴集，兄弟已经打听得清清楚楚，他拐逃的东西，如果不甚要紧，兄弟倒不来麻烦老哥。实在因为这东西万一寻不回来，兄弟的脸面和性命就没有了。事不宜迟，老哥就打发人快去吧，只消觅到这厮，无论如何，便拿一根铁链子将他锁回贵署。随后再由兄弟到县长那边去递一份公函，虽然不将这厮办成

387

死罪，也得办他一个无期徒刑，永远监禁起来，方才泄兄弟胸中一口愤气。"

佐庭当时见他所说的话有些没头没脑，若论小厮们偷窃主人物件，也道不得个便定成死罪，这其中显见另有暧昧。但是他既不肯说出口来，我又不便询问，好在我只替他捕获人犯，一经捕获到手，还不是交代给他，由他自去向县署里接洽，死罪也好，活罪也好，与我便没有相干。好在我总算替朋友尽了心力，留着这份人情，将来我若有什么事要求他的地方，想他也不能回绝我哩。

当下又敷衍了镜清几句。镜清起身告别，又作了几个揖，坚嘱他赶紧派人前去，不要给这厮得了消息，闻风逃遁，切托切托。佐庭满口答应，一直将镜清送出门外，转身入内，方才唤过两名警士，吩咐他如此如此，将镜清的话又复述了一遍，那两名警士得了这样好差使，心里再快活不过。他们久知道葛老爷富有资财，如果将这事干妥当了，不愁他没有重重酬赏的，于是收拾收拾，等到第二天清早，一直赶向富兴集而来。

再说镜清当晚出了警署之后，左思右想，觉得自己这份家庭糟到这步田地，委实有些心灰意懒，再不愿意回去和袁氏她们会面。当时赌了一口气，便命轿夫抬自己到一家大旅馆里宿歇。好在那里饮食起居非常顺便，而且鸦片烟也可以设法，不愁没有过瘾的机会。家人们不敢违拗，竟将这位葛老爷送入旅馆里去住下了。

再说袁氏躲在房里的时候，后来听见镜清预备这样、预备那样，愤愤地坐着轿子出门，她然后才敢开了房门。那蔡妈已吃众人劝住了哭闹。袁氏第一件关心的事，很不放心镜清，还深恐他出去寻死觅活，立刻差遣着别的家人，随在镜清轿子后面，打听他的下落。袁氏将蔡妈望了一望，见她闹得披头散发，好像一个活鬼模样，心里又是好气又是好笑，勉强拿了几句话来安慰她。蔡妈将手一拍，说道："太太，这事怎么好呢？我做梦也料不到老爷这一次会如此地决裂。他向来疼爱小姐惯了的，小姐要上天，他就得去掇梯子；小姐要月亮，他就得爬上梯去摘那月亮下来。这葛兴小伙子，也不知前世里和他老人家是什么生冤家死对头，小姐已经嫁了他了，老爷依旧饶恕他不得。我挨老爷打，倒没有什么羞愧。世界上男女既然混在一处，谁没讲究个打情骂趣，踢几下子也不过表示老爷的一种爱情罢咧。为今之计，倒是小姐的事，太太不可不留一点儿心。老爷这一来，气得出去，包管是想出法子来和葛兴作对。他再不济些，官场里总有一大半是老爷的熟人，只消老爷告诉他们说小姐被葛兴拐逃走了，他们一定帮着老爷去捉人，那时闹出大乱子来，不但小姐他们有性命之忧，这一来我们这份人家也就休想安稳过日子了。"

袁氏吃她这一番话提醒了自己，登时吓得面如土色，索索地抖着说道："这个怎么好呢？那个小冤家现今已弄得不尴不尬，这个老冤家又居然硬头硬脑起来，内中只难为了我一个人。罢咧！劝你你也不听，劝他他也不听，活该要倒霉了！死不息事的那个小畜生，无巧不巧，偏赶在这会子跑来嚼这舌头，如果老爷不晓得阿锦他们的下落，还可以另想别法。小畜生又告他这富兴集的地名，他按着这地方去捉获这一对小夫妻，还怕他们飞得上天吗？我已打发葛贵他们暗暗跟在老爷轿子背后，去探他的行动，只好再等一等，得着确实消息再说吧。"

蔡妈平素最是诡计多端，到了这当儿，也就束手无策。大家只静悄悄地白眼对着白眼，再也开口不得，连饭都没心肠去吃。好容易等了一会儿，葛贵他们方才匆匆地跑回公馆，也等不及叫仆妇传话，自己便大踏步抢了上楼，报告袁氏说："老爷向警察局里走了一趟，如今赌气住向旅馆里去了。"蔡妈忽然听见镜清赌气去住旅馆，止不住一阵伤心，那眼泪和断了线珍珠似的滚滚滴滴湿透了半边襟袖，冷冷地叹了一口气，说道："咳！好狠心的老爷，你竟舍得抛下我走了。"

袁氏对着这件事倒不介意，唯有听见镜清到过警局，她知道一定是捕获她的女儿、女婿，格外吓得牙齿乱战，一时想不出主意，只拿眼呆呆地望着葛贵。葛贵笑道："事体很是危急了，太太光是害怕也没中用。家人倒有一个计较在此，说出来不知太太可还赞成？"

袁氏急道："好好，你们有什么法子，尽管把来教导我，再不要这样规规矩矩地闹这主仆的身份吧。我此时已和没了头苍蝇似的，简直不知道怎样办法才好呢。"

葛贵正色说道："开弓没有回头箭，老爷既决意和小姐们作对，便是挽回也挽回不来。太太若是可怜小姐，也没有别的方法替小姐们打算，只有三十六计走为上计。好在警局里派人去捉葛……"

说到这里，他忙改口说道："即使派人去捉徐姑少爷，至早也得等到明天清晨，方才可以上路。我们趁这当儿，给他们一个迅雷不及掩耳，连夜地跑到富兴集，告知小姐，吩咐徐姑少爷将小姐带往别处去躲一躲。警士们捕获不到人证，也只索罢休。随后等老爷消一消气愤，再由太太和蔡奶奶劝慰劝慰他老人家。虎毒不食儿，难道老爷便不能够回心转意不成？照这样办理，若在兵法上，便是一条缓兵之计。太太什么事情不曾经历过？不过一时惶急无主，想不到这里罢咧。"

袁氏听一句，点一点头，还未及开口，蔡妈早从旁边跳起身子，指着葛贵笑道："你葛大爷真是一个鬼灵精，这条计是再好没有的了。你不说出来，我也得劝太太照这样去办呢。来是是非人，去是是非者，你葛大爷既想得到，便做得到。这一趟辛苦，老实便累你跑向富兴集去告诉小姐他们知道吧。"

葛贵也望蔡妈回眸一笑，接着说道："我们吃的是太太的饭，当然替太太吃这一趟辛苦，正不消你蔡奶奶推荐。但有一层，家人的两条狗腿跑来跑去原不足惜，而且断不敢领太太的重赏。不过凡事必算万全，须得和太太斟酌一下子。太太想小姐这一次在富兴集结婚，手边料想没有多钱，逃向外方居住，又不是一天两日可以回来的。你叫他们拿什么东西去使用？万一我去见了小姐，小姐再向我问到这一句要紧的话，家人便是飞毛腿，也来不及再回来向太太筹款。到那时候岂不有误大局？家人是知无不言，言无不尽，想到哪里，便应该说到哪里。太太若疑惑家人怀着什么歹心，家人便立刻拔步就走，只算在楼上多放了几个挺尸屁。"

袁氏到此，方才拍手说道："阿弥陀佛，你这人真是我们母女的救命王菩萨，无论什么事，都被你筹划得详详尽尽。委实不错呀，锦丫头那里所有的不过是些衣服首饰，以及粗重什物。若在平时呢，还可以变出价来做他们的用度。目下的事真是急如星火，还能容得他们从从容容地去布置一切？身边若没带些现钱，一出了富兴集，两小口子便该上街去讨饭，变作叫花子了。姑少爷还在其次，我那娇生惯养的一块肉，倘若走到这步田地，叫我做娘的这心坎上岂不像是刀剜斧削一般地痛苦？罢咧，她父亲前天交给我一千块钱的钞票，当时还笑着告诉我，说是本省的督军生日各机关送来的贺份。那位督军大人收是虽然收下来，都支派到各处去做善举。这一千块钱是她父亲运动得来，面子上说是资助贫儿院的学款，其实贫儿院哪里能够得这实惠呢？左右给她父亲存放在银行里去生息。事不宜迟，我权且拿出来暂为济一济急。随后等她父亲问到这笔款子，我再来向别处设法弥补这亏空，毫不为难。咳！在家千日好，出外一时难，葛贵你去见了小姐，便告诉她一句，以后这款子如若用完了，只要他们暗暗报告我一个住址，我一定可以常常寄钱接济他们的。"

袁氏一面说，一面匆匆忙忙抢入自己房里，开了铁柜子，取出一大叠钞票，也不暇点清数目，直向葛贵手里一递，那眼泪便直流下来。

其时葛贵早义形于色地说道："太太，千万不用愁坏了身子，家人既担任这事，是绝不会稍有差失的。趁这时太阳还没有下山岗，家人便急急地赶得去，连夜便该赶到，至迟在明天早饭时候回来报给太太的喜信。"

说完这话，将钞票向腰里一塞，随即转身下楼。蔡妈笑着说道："葛大爷，路上仔细些，你拿着这许多洋钱，不要撞着瘟强盗，吃他们捞得一个干净，那时不但连累小姐，恐怕你的性命还很危险哩！"

葛贵笑道："出门总得图个吉利，蔡奶奶你哪里来的这些晦气话？我不见得便遇着强盗。倒是老爷回来，要送掉你的性命。"

两人打了一起诨，就此分散。葛贵便独自一人去了。

欲知后事，且阅下文。

第十六回

巧言如簧怒生比舍
残灯似豆祸起萧墙

阿锦小姐和葛兴在富兴集那边度蜜月，不到半个月，这蜜月的蜜竟改变了滋味，宛比大大的一颗黄连丸，外面包着薄薄的一层糖衣，上口的当儿，觉得滋味甜津津的，舌头才轻轻地搅得一搅，那一层糖衣早已化为乌有，满嘴里都是苦，不晓得苦到何年何月何日何时才能罢休。还加着这个冒失鬼刘克仁气吁吁地跑来敲竹杠，虽没有给他分文半钞，然而自己的面子总觉有些下不过去。她想：我本是个喜捧场面的千金小姐，无论跑到哪里去，总有三三五五的漂亮男子排队也似的欢迎我这文明女郎，大家还得祝颂我一声社会之花。不料近来只是搁霉头，卑田院里死不完的瘪三码子，偏生跑来惹我薅恼。一个瘪三早被我弄到监狱里去，却另行跑出一个瘪三来。哎！瘪三横行，还成了什么世界？若要南北统一，共和巩固，除得把这些没出息的瘪三码子一古拢儿绑到法场里，噼噼啪啪地都枪决了，此外再没有第二条的治国良策。

阿锦气愤的当儿，随手把一面象牙框子的小圆镜子使劲地向着桌子上一掼，镜框里很脆薄的玻璃，怎样禁得这一掼，早已掼出了一条裂缝，不偏不倚，不歪不扯，恰恰把这面明月也似的圆玻璃划分了两半，敢怕玻璃店里的伙计量着米达尺、用着金刚针，也没有划得这般地凑巧。这一掼不打紧，直把那位新姑爷葛兴小厮吓得一跳，忙道："小姐，何苦呢？没来由和这面镜子斗什么气？我们好好地在这里度蜜月，总得讨个团圆的口彩，你把这面镜子掼破了……"

话没说完，阿锦早冲口说道："掼破了镜子便怎样？你又要婆婆妈妈地说出什么迷信话来？我讲给你听吧，当初我家老子娘参天拜地洞房花烛的当儿，闹房的亲戚朋友挤满了一屋子，人多手乱，误把镜台上的一面芙蓉宝镜碰落在地，砸个粉碎。众人见了，都吐出了半个舌头，以为大非佳兆。直到如今，他们老两口子依旧好好地活着，这些迷信之谈有什么凭据？要是有了凭据，这很惹厌的老两口子早该呜呼哀哉了。那不遂了我们的心愿吗？要怎样便怎样，也不会躲到这田头村脚憋着这一口闷气。"说着，眼圈儿一红，险些要淌下这几颗鲛泪来。

葛兴笑嘻嘻地说道："小姐，你不用忧虑咧，你道他们真个把你抛撇在这里吗？你是他们亲生的女儿，自己的肉自己疼，看来不出十天八天，老爷太太一定雇着全班军乐，备着花花轿，欢迎我们小夫妻回去。"

阿锦把脖子一扭，冷笑了几声道："好！好！你连个岳父岳母都不会唤，却唤起老爷太太来了，你也不爱惜自己的身份，你真是奴才的根、奴才的性，妍皮包着丑骨头，三句不留意，露出马脚来。你敢再唤着老爷太太，我便给你尝几下很松脆的耳刮子。"

葛兴歪着头颅，把面皮送得过去道："好小姐，费你的金手，赏我几下耳刮子吧。我挨你这几下耳刮子，面皮上便觉得异常舒服，比着六月里把热手巾擦面爽快得万倍咧。"

这几句话才引得阿锦扑哧一笑，轻圆流利地骂了一声俏冤家，说："你这吹弹得破的嫩脸蛋子，打了也叫人心疼。"

小两口子正在调情的当儿，外面早三三五五地跑进了一队村姑子，论她们的名字，无非是长姐短姐、金妹银妹，著书的也不细细交代。她们趁着田功余暇，一轮赤玉也似的落日还没有匿入云屏深处，便呼姊唤妹地跑得过来，嬲着葛小姐捺那腊沙腊沙的风琴。

著书到此，先有一段补叙文章，顺便做个交代。

阿锦那天在婚筵上面叽叽咕咕地一阵演说，乡间妇女听了，个个摇头吐舌，暗地里都说："这位葛小姐，敢怕是鄞都城里放出来的人妖，当着大众说出这不要脸蛋子的话，人家听了，谁也不起着满身的鸡皮疙瘩？"

然而以上的批评，都出于中年以上的妇女，她们和阿锦的感情很淡漠，平日疏落不大上门。至于中年以下的妇女，却另换了一种心理，她们觉得很冷僻的富兴集里，来了一位浓妆艳抹的葛阿锦小姐，宛比小鸡窠里飞来了一只五彩羽毛的凤凰，便不可思议地崇拜起来。少年人都富于模仿性，对于阿锦的一举一动，当然要十二分地注意。

那天婚筵上的一席话，果然句句入耳，只是阿锦嘴里夹杂着许多新名词，她们总有些理会不得，过了几天，便上门来向阿锦请教。阿锦好不起劲，便利用这个时机，传布她的文明自由，一是一，二是二，交际公开是怎么讲，男女的秘密交涉是怎么讲，滔滔汩汩，讲个彻底。讲到末了，还竖起一个指头向着这个鹰嘴形的小鼻准头上一指，道："你们要讲究文明，但把我葛锦姑娘做个榜样，见着男子不要蝎蝎螫螫，存什么瓜田李下的嫌疑，心里爱着谁，便和谁去亲热，接一回吻也不妨，握一回手也不妨。须知接吻和握手，都是天赋女子的自由。你们也不用害什么羞，须知做女子的抱着一个羞字，便倏地降低了自己的人格。男女公开社交，女子见着男子，非但用不着害羞，并且要使做男子的对着我们文明女子，反而羞羞答答不敢抬起头来，这才叫作文明达于极点咧。"

乡间妇女自经这位葛小姐灌输文化，直闹得乌烟瘴气。王二瘸子的娘子在田岸上碰见了前村的张小哥，不问情由便捧着小哥的面和他接吻，恼得王二瘸子愤火冲破了天庭，抢着木杖一瘸一拐地来打娘子。他娘子冲口骂道："天杀的，你敢打人？这是葛小姐传授我的文明自由。"

卖鱼娘许翠姑，平日卖鱼回来，每每带些酒肉教敬她的哑巴老子。这一天翠姑竟文明起来，把她的老子推推搡搡逐出大门，嘴里喃喃讷讷地骂道："你这老厌物，人人都会说话，你出世以后，一共不曾说过半句话，你怎配做人？只算是个下等动物。"

左右邻居见翠姑变了常态，都赶得过来好言开导。翠姑阴扎骨地冷笑道："你们理会得什么？这是我的文明自由。"

你也文明自由，我也文明自由，瞧不出这阿锦竟有移风易俗的绝大能力。这些都是近数天内的事。

这一天，长姐短姐、金妹银妹一辈女孩子，都来嬲着阿锦捺风琴。阿锦正觉得心头烦闷，谁耐烦弄这玩意儿，把这头摇得拨浪鼓似的。

葛兴涎皮赖脸地劝道："好小姐，你便瞧我分儿上，捺一曲《秋之夜》给她们听听也好。"

阿锦冷笑道："弹琴要觅知音，没的对着一群矮克生叫我弹起琴来！"

葛兴曾在阿锦那边读过半本泼喇吗，他晓得矮克生便是牛，把不住地扑哧一笑。长姐他们懂什么矮克生、矮克死，依旧在新房里面嬲个不歇。

阿锦道："也罢，你们要听音乐，还不如听演说，今天左右没事，我便把许多文明的道理讲给你们知晓，也好使这乡村里面多几个彻底文明的新学家。但是房里面地方浅狭，空气又不充足，要讲到大天井里去讲，可好不好？"

众人都一迭连声地唤好，霎时间一哄出房，忙忙地到大天井里去预备开会，搬板凳的也有，掮桌子的也有，只要人手多，牌楼抬过河，不消五分钟，早把这临时会场安排得井井有序。许多小姊妹挨挨挤挤地坐在板凳上面，专候这位文明女士葛锦姑出席演讲。葛兴格外会讨好，阿锦出房，他便跟随在后面，手里还提着一柄纹银茶壶，预备阿锦讲得口干舌燥，便把这龙井茶来解渴。

阿锦才跨到大天井里，那白木板凳上坐着的七八个乡下姑娘都噼啪噼啪地鼓起掌来。她们怎懂得鼓掌？也是葛小姐传授之力。阿锦听得这一阵鼓掌声，宛比吃了一帖兴奋剂，不由她不十二分起劲，皮鞋咯噔噔跳上一只圆形的讲台。这只圆形讲台是何时建筑的？阅者诸君料想还记得阿锦结婚的那一天，有许多观礼的来宾，都猴在石碌碡上瞧热闹，这块石碌碡当时充得观礼席，现在改作演说台。石碌碡上还安着一张小小的白木方桌子，阿锦跳上石碌碡，葛兴便在石碌碡旁边一站，手里兀自捧着这柄纹银茶壶。

阿锦道："几天前讲的是女子家要打破一个羞字，今天讲的是女子要打破一个贞字。什么叫作贞？便是世俗所说的一马配一鞍，一女配一夫。这两句荒乎其唐，误尽了古今来多少女同胞。今天也是你们小姊妹有缘，遇着我这文明女郎，唤醒你们的迷梦。凭我这三寸不烂之舌，管叫说得这个贞字连半个鹅眼钱都不值，这叫作一拳头打破贞节问题。"

说到这里，便捏着一个搓粉也似的嫩白拳头，向着空气里一扬，激得金钏珠钏叮叮当当地响。小姊妹听得这般很激烈的开场白，以为今天定有轰轰烈烈的大演说，谁也不是伸长着耳朵听个仔细？谁料东边黄土墙上探出一个花白胡须的头颅来，瞧了瞧板凳上的女郎，喊道："长姐、短姐，你家妈妈正在四下里找你们，说有很紧要的事情须得和你们相商，快快回去吧。"

长姐、短姐不高兴回去，叵耐墙外的张老头儿一味催逼，没奈何，只得走了。这时，葛兴正高举着这柄纹银茶壶，送到阿锦樱唇边。阿锦喝了一口，漱着嘴，正待要往下讲去，又谁料西边黄土墙上探出一个鹤发鸡皮的头颅来，口口声声喊着："金妹、银妹回去烧晚饭。"

金妹、银妹哪里肯回去？叵耐墙外的老祖母紧紧相迫，没奈何，也只得走了。

这么的两番挫折分明是两勺冷水，把阿锦的文明热度浇得和死灰一般冷。大天井里只坐着三四个黄毛小丫头，有些在那里咬指甲，有些在那里挖鼻涕干。又听得黄土墙上面一阵叫唤，索性把这三四个黄毛小丫头一古拢儿都唤了出去。大天井里，光光地只剩着几条白木的板凳，饶你这文明女郎有满肚皮的新鲜道理，一句都不能出口。

阿锦没精打采地从石碌碡上跨得下来，自回绣房。葛兴知道小姐不起劲，跟踪到房里，挨着阿锦坐了，托着茶壶，喂给她吃。阿锦骂道："你这没出息的崽子，她们要向外跑，你合该从中拦阻，一个也不许跑，也好捧捧我的场面。怎么这般没出息，光提着茶壶向人家呆瞧？"

葛兴涎皮赖脸地说道："小姐，你莫道提茶壶的没有出息，不提大茶壶，哪有督军做？小姐，小姐，你难保不是将来的一位督军夫人。"

这几句俏皮话才引得阿锦回眸一笑。大天井里的板凳桌子兀自纵横地放着，倒累那大胖子蔡茂昌费尽手脚，一一搬归了原处。胖子不耐劳苦，早已是额汗涔涔，喘得和吴牛一般。偶然抬头，却见黄土墙上面有一个半老妇人向他招手。茂昌认得是东邻张大嫂，急忙赶得出门，踅入东隔壁屋里。张大嫂已在天井中等候，喃喃地向茂昌说道："蔡大叔，今天亏得你通知得早，我们老头儿才爬上墙头，把这妖怪演说吹散了。唉！我们村庄里来了这玉面狐狸，把富兴集里的风水都弄坏了。这妖怪端的哪一天可以离开这里？要是一天天地住得下去，我们村庄里再能够寻出一个黄花闺女吗？请你蔡大叔赶快催逼他们动身。他们肯走，自然没话说，倘然不肯走，那么敬酒不喝要请他们喝罚酒，我家老头儿便要筛动小锣，召集全村的男男女女，把这小厮和这玉面妖狐轰出富兴集，永远不许再来，免得妖言惑众，害人不浅。"

茂昌赔着笑脸说道："请大嫂不用着忙，包管在这几天内催逼他们上道。"

当下又道些闲话，茂昌自回家里。吃过了晚饭，便和他老婆儿女钻入猪圈里，在稻草铺上度夜，翻来覆去，只是睡不沉着，暗暗地嚼念："这位葛小姐再不动身他往，难保不惹动众怒，闹出乱子，却不是个儿戏。待要劝她动身，葛小姐又不是好惹的，敢怕话没出口，早吃她叽叽咕咕狗血喷头的一顿臭骂。乡绅家里的小姐，又不敢得罪，东邻西舍的说话，又不能不依。中了山客，不中水客，这便苦煞了我蔡茂昌也。"正在盘算的当儿，猛听得村庄里的几条狗叫得怪响，茂昌心里一动，深更半夜，村狗乱吠，敢怕村庄左近有什么举动。想到日间张大嫂所说的话，不禁栗栗畏惧。偏生这狗叫得益发响亮，接着一阵脚步声愈逼愈近，还夹着嘈嘈的人语。茂昌唤声"哎呀"，推醒了老婆说："你听你听，这是什么声音？敢怕要到我们家里来？"

果不其然，两扇白板门竟砰砰地敲得和登闻鼓一般。茂昌慌得什么似的，一面唤老婆点火，一面忙忙地披短衫。说也稀奇，两只手穿入袖里，这个脑袋再也钻不出来。老婆点着一段半明不灭的残烛，把丈夫照得一照，不禁扑哧地好笑起来："你这冒失鬼，怎么把我外罩的一条夹裤当作短衫穿？"忙乱了一会子，夫妇俩才出得这个猪圈，紧走两步，赶到前面。老婆掌着马口铁烛台，茂昌便问叩门的是谁。门外人答道："我是琵琶庙里的小道士，同着庙祝都在这里。蔡大叔快快开门！"

茂昌暗想：今天是琵琶大王的圣诞，我们夫妇俩都曾进庙去烧香，又不曾少给了香金，半夜三更来打门做甚？正待要动问，门外的小道士兀自等得不耐烦，连连声唤道："蔡大叔，怎么还不开门？外面又没有打家劫舍的强盗，你怕他做甚？"

茂昌满肚子疑惑，开出门来看时，却见琵琶庙的灯笼照得雪亮，门外一共三个人，除得小道士和这五十左右年纪的庙祝都是本村人，还有一个外来的面皮白净小伙子，急忙凑着这灯笼光一看，认得是葛公馆里的小当差葛贵。原来茂昌常向葛公馆里探望他妹子蔡妈，因此和葛贵相识。三个人一哄而入，茂昌随手闩上了门。茂昌的老婆已引着三个人到里面坐定，明晃晃的两碗琵琶道院的灯笼在破纸窗上挂着。茂昌随后进来，正待要动问来意，葛贵早嚷着："我家二小姐和这个徐大少在哪里？怎么还不出来？没的大祸临头，兀自睡得稳稳地做那交颈鸳鸯？"

茂昌大吃一惊，忙问这话怎讲。葛贵道："快去请了二小姐出来，便有话讲。"

茂昌的老婆听了，早急匆匆地跑到里面去敲阿锦的房门。这里茂昌又问着葛贵端的是什么祸事。葛贵含糊回答，只不肯便说。又问着小道士，小道士道："这个我可不知道，今天小庙里逢着老爷的千秋圣诞，音乐款神，闹了半夜才散，正待要关闭庙门，却见葛公馆里的当差哥哥气喘吁吁地跑到门前，问我蔡茂昌住在哪里，立逼着我做他的引导。我因葛太太也是小庙里的施主，公馆里的当差哥哥，我怎敢得罪他。又因深更半夜，陪着他走，也有些胆怯，便拖着庙里的香工同走。三个人一伙儿行，打着灯笼，才觉得不害怕。偏生半路上又蹿出几条狗，不问情由地向人乱吠。"

小道士说话的当儿，蓦见那灯光照耀，从里面直射出来。茂昌的老婆捧着新房里一碗白瓷罩的保险灯，一面走，一面唤道："二小姐出来了。"

葛贵他们都一齐站将起来，早从灯光里面照见这位阿锦小姐，云鬓蓬松，星眸饧涩，身上这件衣衫还没有扣得整齐，下边只穿单衩裤儿，手扶在葛兴肩上，软塌塌地从里面出来，分明和酒醉的杨妃一般，见了葛贵，便问道："你半夜里敲门打户，跑来干什么？"

葛贵忙禀道："小姐，不好了！小姐在这里结婚，不晓得哪个耳报神报与

397

老爷知晓，老爷勃然大怒，登时坐着轿子拜会警察公所里的警佐老爷，声请这位警佐老爷明天派着通班警察，带着一条胳膊粗的大铁链子下乡来捉人。太太得了信息，哭得死去活来。转是家人想出主意，好歹总得向小姐那边给一个信，三十六计，走为上计，也好叫小姐带着徐姑少爷到别处去躲这一躲。太太听了，便打发家人连夜赶到这里来报信。”

把阿锦听得柳眉倒竖，杏眼圆睁，樱唇里面连迸出几个呸字：“呸呸呸！这老畜生的胆子比着磨盘还大，怎敢撩蜂挑蝎，欺侮我葛阿锦？警察下乡来捉人，待捉谁去？我们小夫妇堂堂正正地结婚，须不犯什么法，这是天赋我们的自由。我葛阿锦偏生不走，明天坐候着他们来捉人，看他们敢也不敢！老畜生！老畜生！你便是个刑事犯，又是吞没赈款，又是私抽大烟，吃我葛阿锦告发了，你便两罪俱发，敢怕这条大铁链子须得锁上你的头颈，推入死囚牢里，一粒卫生丸断送你这一条狗命！”

阿锦夹七夹八地混骂，却把这位徐姑少爷葛兴小厮吓得屁滚尿流，扑通地跪在阿锦脚边，抱着阿锦的一双小腿，索落落地抖个不住，鼻涕眼泪成串地挂得下来，嘴里还哭喊着：“小姐救命！”把旁人都瞧得呆了，又觉得可怜，又觉得可笑。

阿锦道：“你哭什么？有我在这里呢，怕他们怎的？”

葛兴垂着眼泪说道：“小姐是金枝玉叶，他们奈何你不得。我是个低三下四的人，被他们捉到官里去，要杀便杀，要剐便剐，休想再有命活。小姐你听着葛贵哥哥的话，快快收拾行李，明天大清早带着我同走，才能保全我这条狗命。”

茂昌他们也从旁相劝说：“小姐休得固执己见，明天警察到来，你果然不要紧，却是害了徐大少受苦。”

葛兴又号天啕地地哭个不歇，鼻涕眼泪黏黏地滴落在阿锦脚背上面。阿锦方才匆促下床，只赤脚穿着皮鞋，没有套上丝袜。情人的涕泪点点都沁入肌肤，却把这颗芳心皱得百皱，没奈何，只得拖着葛兴起立说：“你不要害怕，明天便带着你同走。”

葛兴才苦着脸从地上站起。茂昌探听葛贵说哪个耳报神在老爷面前兴风作浪，葛贵不敢说是象文大少爷，只推托不知，免生口舌。

阿锦扭着头道：“我也没工夫来盘问谁搬的唇舌，只是明天动身，最要紧的是一笔旅费。葛贵，你带来的银洋有多少？没的打发我们动身，却不把银洋带来使用！”

葛贵把手在脖子里一摸，失惊倒怪地唤道："哎呀！家人怎么这般糊涂？一奉了太太的命令，拔腿便跑，却不曾在这层上打算。便是太太也哭得泪人儿似的，怎么意乱心慌，也不曾把银钱交给家人带来做使用？亏得小姐把来提理了，待过今夜，家人便起个大清早，跑回公馆里取盘费，小姐你要多少银钱？只要有了银钱，便可走到天边。小姐还得向太太索个三千五千，多带些钞票在身边，便在外面住个一年半载也没紧要。料想太太疼爱小姐，绝不在银钱上斤斤计较。"

阿锦还没有说什么，葛兴却急得要死道："好小姐，这是不行的，我们坐候着银钱，只怕银钱没有来，大铁链子早向我脖子上紧紧套住。好小姐，银钱事小，我的性命事大，明天动身时，只好暂时把首饰充作盘费，待到我们的住处有了着落，然后悄悄地派个得力人向太太要钱，也不为迟。"

葛贵把手掌一拍道："着啊！亏得徐姑少爷想得周到，若照家人方才说的办法，险些又要误事。小姐，你连夜收拾收拾，动身以后，有了着落的地点，你只吩咐徐姑少爷他通个信给家人知晓，家人便禀明太太，赍着银钱，不论路远路近，前来供给小姐的费用。家人吃了主子的饭，便忠于主子的事。小姐在患难中，家人不出些死力，要我们做奴才的何用？"

这几句话说得阿锦连连点头，旁边蔡茂昌夫妇也没口子地称赞，说："葛贵这小当差，端的是忠肝赤胆，不愧义仆。"

琵琶庙里的小道士和老香工都催促着葛贵快走，原来葛贵来时，曾和他们说定今夜在庙里过宿。葛贵便向阿锦他们告别说："今夜在庙里过宿，这琵琶庙算得是乡间的旅馆，常有过往行人在庙里借宿，家人胡乱过了夜，明天再来送小姐和徐姑少爷动身。"

小道士和老香工取下纸窗上挂的灯笼，弹了弹烛煤，照着葛贵出门。将出未出的当儿，阿锦忽又把葛贵唤得回来，问道："真个太太没有把银钱交给你带来？"

葛贵把手向上一指道："小姐，头上有天咧，家人有几个头颅，敢做这昧良的勾当？"

葛贵他们去后，茂昌夫妇闩上了大门，自回猪圈里度宿。葛兴把房里的细软东西捭掳掇掇，准备明天动身。阿锦兀自喃喃地骂那老畜生。著书的且略过不提。

回转笔尖儿，再说葛贵。他们到了琵琶庙里，小道士引入一间客房，请当差哥哥在里面度夜，点上了一支残烛，床上放了一副干净被褥，说："时候不早了，当差哥哥跑了大远路，躺一会子歇歇力吧。"

　　说着，含笑出房，临走时还拽上了房门。小道士自和老香工去归寝。葛贵哪里就肯安睡，瞧了瞧这间客房，倒也还算洁净，六扇纸窗，有四扇是新糊的，靠边两扇，纸条破碎，风吹着窗纸忒棱棱似蝴蝶扑翅。张眼在纸缝里望这一望，外面仿佛是个院落，黑魆魆瞧不见什么，只有摇摇的几个影子，料想是树影不是鬼影。那时约莫子尽丑初，人声都绝，只觉得这间屋子里有些气象阴森，不由得打了一个寒噤。烛台上这支蜡烛又是昏昏地不吐火焰，便把指尖儿弹去了烛煤，寻得一根门闩，把门紧紧拴上了。照了照窗，五扇都有搭纽纽住，只有一扇失落了鸡骨。他便把烛台放在沿炕的一张桌子上，然后从怀里掏出这一叠钞票，暗暗地嚼念：我葛贵合该要发财了，凭你这二丫头玲珑乖巧，毕竟也着了我葛贵的道儿。你们私逃在外，我隐藏这笔钱，再也不会破露，便是将来二丫头写信来索费用，这封信也得经我的手，只要我轻轻捏住了，这桩事依旧不会破露。当下便把钞票数这一数，都是汇丰、麦加利十元、五元的票。数到中间，却夹着一张黑字朱印的文件，方方地折着，暗暗奇怪道：这是什么文件夹杂在里面？正待要打开一看，叵耐这支残烛已烧到了油干心尽，窗纸缝里又透进一阵冷风，闪得那烛跋化作惨绿色，摇摇欲坠。葛贵便把这一叠钞票塞在枕头底下，和着衣上炕睡倒。这支残烛也就灭了。葛贵自念：这是什么文件？且待来朝看个明白。登时睡思沉沉，不到五分钟，早已睡个沉着。哎！葛贵，葛贵，你没有瞧见窗外的情形，所以抚头便入睡乡。要是你瞧见了，你哪里便敢安睡？

　　原来葛贵检点钞票的当儿，院落里早立着一个鲜黑眼睛的汉子，凑着破窗纸，把里面的情形瞧个仔细。这个鲜黑眼睛的汉子是谁，列位想该记得当年莲慧寺盗棺，一脚踢死呆狗的郭雀。

　　欲知后事，且阅下文。

第十七回

露机关大善士丢脸
索棺木老师太惊心

　　葛镜清负气不回家，住在这一家大旅馆里度夜。他本是个久病之躯，怎禁得起这胸头闷气？昨夜大嚷大闹，骂袁氏，打蔡妈，接着坐轿子拜会警佐，都仗着这一股怒气在那里用事，才能发奋这一回最后的精神。待到身进了旅馆，躺在一张铁床上，早已上气不接了下气，除得哼喽哼喽的声音，再也没有半句话说，连得这支翡翠嘴的鸦片烟枪捏在手里，也觉得有千钧之重，烟斗不对了火门，索落落抖个不住。亏得带来的两名随身小厮，一个替他装烟，一个替他揉胸，才觉得胸膈间略略宽展，然而千愁万虑奔上胸头，精神上兀自万分痛苦。他在这张铁床上翻来覆去，只是睡不沉重，却见两名小厮倒在旁边一张炕床上睡得和死鼠一般。他叹了一口气，暗想：我葛镜清做了一世人，直落得如此结局，儿子是这般，女儿是这般，妻子和那姘妇又是这般，看来我吞没了许多赈款，天老爷并没瞎眼，罚我受这孽报。哎！从此以后，我当改过自新，洗心革面，力图晚盖，做一个乡里善人。想到这里，数十年处心积虑的罪孽，果然吐了一线的光明。

　　恍恍惚惚的，似梦非梦，却见他一个老年的哥哥迎上前来，唤一声："兄弟，你把我的孤儿寡妇照看得怎么样了？"他不禁心头一跳，吓出了满身冷汗，睁眼看时，哪里有什么哥哥，原来是两个小厮一纵一横地在炕上打鼾。

　　那时，玻璃窗上已露着熹微的天光，旅馆里昼夜莫测，不闻人声，只听得马路上面辘辘辘的车轮声响，大约是洒水车和垃圾车在那里洒扫街道。镜清见时候还早，重又沉沉地睡去。这一忽何时醒觉？醒觉的时候，早已是红日满窗。瞧了瞧烟盘里放着的这只金表，约莫是巳末午初。镜清向例兀自不起身，今天约的是陈佐庭警佐在这里相会，商量处办葛兴的方法，因此不敢耽搁着，忙忙地漱洗完毕，仍由那个小厮装了一会子的烟，还没见佐庭到来，镜清有些焦急。

小厮道："警察下乡捉人，一来一往，至快也要下午一二点钟才能到局子里销差。"

待到下午二句钟，佐庭依旧没有来，镜清益发忐忐忑忑，这颗心在腔子里七上八下。

约莫又过了一点钟光景，才见小厮跑来禀报，说陈佐庭陈老爷到。镜清道了一声请，又吩咐另一个小厮把烟具藏匿了。这是官场中掩人耳目的勾当，镜清吸烟本来不瞒人，然而旅馆里摆设着烟具，请这位警佐老爷相见，生怕和佐庭的面子有关，因此吩咐撤去了。布置才毕，早见佐庭揭起门帘，大模大样地跨将进来。镜清慌忙站起相迎，不由得身子晃了几晃，几乎栽倒在地。

佐庭忙道："熟不拘礼，镜翁不须劳动。"便叫镜清仍在床沿上坐着，自己拖了一张椅子，靠近床沿也坐了。

镜清正待唤茶房送茶，佐庭乱摇着手道："不用送茶，兄弟有桩重要事件和镜翁商议，休说茶房不用进来，便是尊价也得暂时回避。"

镜清心头几跳，料定阿锦的丑历史给他知晓了，两片面皮和火烧一般热，向小厮们做了一个手势。小厮们会意退出，却把耳朵贴在板壁上，窃听这桩新鲜奇闻。

房里坐的佐庭皱着眉头，手捻着菱角髭须道："镜翁，这事真越闹越糟了。"

镜清搭讪着答道："穷遮不得，丑遮不得，家门不幸，出了这个不肖女，真丢尽了兄弟的脸面。种种仰仗老哥，快把这奸夫送到县长那边，判个重罪。至于破坏家声的不肖女，兄弟自有家法处置。"

佐庭冷笑一声道："镜翁，你在这些上却不须着忙，自由恋爱已成了近世青年的公例，俗语道得好，不痴不聋，不做家翁，你只装痴作聋便好了。唯有……"说到这里，便沉吟不语，似乎万分为难的模样。

镜清摸不着头脑，颤巍巍地问道："难不成其中还另有别情？"

佐庭又把眉头一皱道："琵琶庙闹出命案来了，这件事很和镜翁的前程有碍。兄弟虽谬附知己，却也智尽能索，爱莫能助。"

镜清慌慌张张地问道："什么琵琶庙？什么命案？兄弟却一些儿不知晓，怎说和兄弟的前程有碍？"

佐庭瞧了镜清一眼，微微地叹了一口气，便道："兄弟也知镜翁还瞒在鼓里咧。兄弟倘把这事报告出来，不免要惹起镜翁的懊恼，但是懊恼也没用的，总得想个方法，赶快把这事弥缝一下子，大事化作小事，小事化作没事，才是好呢。"

镜清益发着急，气喘吁吁地说一句："请……道……其……详！"一共四个字，却分作了四起说。

于是佐庭不慌不忙地报告道："兄弟受了镜翁的嘱托，连夜吩咐两名警士，挨着今天大清早，便下乡去捉人。警士怎敢怠慢，天色未明便动身，赶到富兴集蔡茂昌家里，约莫在巳正时分，却扑了一个空。令爱和这葛兴早已预得了消息，高飞远引，不知去向。听说隔夜去报信的却是尊府的管家葛贵。"

镜清老大诧异，唤了一声"来"字，门外跑进了一名小厮。镜清怒道："昨天葛贵还好好地在公馆里，谁差他到富兴集去报信？"

小厮不敢隐蔽，便把太太吩咐葛贵赍着一千块钱的钞票，连夜下乡的话说了一遍。又说："葛贵临动身时，亲口叮嘱小的说，这是太太瞒着老爷的事，千万不要走漏风声，因此不敢告禀老爷知晓。"

镜清气得面色铁青，大翻着两只白眼，一迭连声地说："该死！该死！"

那个小厮依旧退出了房外。佐庭又续说道："单是连夜报信，不把银钱带去，还没有事件发生，这祸根都在这一千块钱上。葛贵昨夜报信时，存心吞没这笔银钱，并未交给令爱，径向琵琶庙里去借宿。却给歹人露了眼，五更时分，翻窗进去，攫取这一千块钱的钞票，从枕头底下掏得到手，却把葛贵惊醒了，大喊有贼。歹人着了慌，拔出凶器，把葛贵结果了性命，挟着赃款便逃。庙里人听得喊声，知出了乱子，筛着小锣报警，齐声捉贼，亏得天已向明，这歹人逃不到二三里路，却被前面的乡民截住，人赃俱获，解到县公署来审问。兄弟派的两名警士赶到富兴集时，乡间人早已三三五五传播这桩新闻。警士们怎敢怠慢，赶回局子里，从实报告。兄弟知道这桩命案和敝局派警捉人的事有连带关系，忙忙地去拜会县长，探问底细。县长见了兄弟，提起这桩命案，便唤着镜翁的名字一顿痛骂。"

镜清气急败坏地问道："他怎样辱骂兄弟？"

佐庭捻着髭须道："说了怕镜翁生气，然而又不能不说。这位县长口口声声，只说镜翁办的善举不实不尽，说镜翁是个伪君子，说镜翁吞没的赈款委实不在少数。说话中间，还夹杂着许多丑诋之语。兄弟忙替镜翁声辩，县长一阵冷笑，取出一件东西给兄弟看，说这便是吞赈的真凭实据。兄弟揭开看时，原来是本省督军的一纸公文，明明白白地写着寿筵费一千元，拨充贫儿院常年经费，上面还盖着一颗督军关防。据县长说，这纸公文从琵琶庙行凶的犯人郭雀身边搜得。这一叠钞票，表面的一张也盖着督军公署副官处的小钤记。可见这一千元钞票确是督军大人补助贫儿院的款子，大人的寿诞已过了一个月，怎么这笔赈款还没有交付贫儿院？这不是葛某吞赈的确据吗？听说明天县长下乡验尸以后，还得将这事禀告督军，究个水落石出。这不是和镜翁的前程有碍吗？命案事小，吞赈事大，镜翁须得早早弥缝，才是道理。要是不想法弥补……"

话没说完，忽听得镜清道一句："吾命休矣！"登时两眼反插，向着床上便倒。

佐庭忙唤着葛氏管家快来施救。两个小厮便都跑得进来，揉胸脯，掐人中，镜清才回转这口气来，只是嘴里哼喽哼喽，不会讲话。佐庭连连嗟叹，自回局子里去办事。

那时袁氏已得了消息，忙唤着大轿，把镜清接回家去医治。镜清已不会坐轿，却由小厮们把他抬上藤榻，两名轿夫前后扛着回公馆。中西医生同时请到，却都乱摇着头，谨谢不敏。袁氏到此田地，才懊悔自己忒煞鲁莽，昨天开铁柜子取钞票不曾检点一下，竟闹出这般的乱子。

谁料福无双至，祸不单行。葛贵的母亲平氏得了凶耗，披头散发，跑入公馆里，要和袁氏拼命。亏得蔡妈从中劝住，许她一笔抚恤费，而且备着一具价值一百三十三元的上等棺木，明日用船载往富兴集，收殓她儿子的尸首。平氏擦着眼泪，才没话说。

且住，棺木尚没购备，蔡妈怎知道这具棺木的价值，不多不少，恰是一百三十三元？列位读过第十五回，想该记得，葛兴曾向阿锦说过，"莲慧寺里那一口棺材是我替你买的，价钱是一百三十三元"。现在蔡妈提起的便是那一口棺材。她以为与其搁在庵里空着不用，何如做个人情，给葛贵享用了。当下便吩咐小厮快到莲慧庵圆净师太那边通知一声，说这具空棺材，明日大清早便要装载下船，到富兴集琵琶庙里去收尸。

著书的写到这里，便该借此过渡，把莲慧庵里的圆净提起。圆净自把许情霞威逼致死，心里不免怀着几分鬼胎。过了几天，晓得黄蕉影并未出狱，玉痕又害着小恙，不出绣房，便暗暗侥幸，念一声观世音菩萨佛法无边，神通广大，包管这桩事永远不得破露。

那天张禄上门来闹了一阵，吃圆净几句抢白，把张禄轰退了，心中好生得意。除得鲁公馆里的新姨太太，再也没有第二个敢向我要人。便是新姨太太向我索起人来，我只说这一天黄大奶奶进了你公馆，并没回庵，料想是新姨太太把她留住了，因此不曾把她寻访，我只消如是这般几句话，便可以推却得干干净净，丝毫不负责任。

匆匆又过了数天，蓦地里来了一个管家，说是奉了鲁公馆里小姐的命，来见师太。圆净知道是绮秋那边差来的，怎敢怠慢，合着掌，笑盈盈地出来相迎。那管家见面以后，便道："我家小姐遣我来通知师太，那天黄大奶奶进公馆来访问小姐，曾经丢掉了一粒仿真的钻石。小姐当时打发众仆妇们点着灯火向房里房外寻一个遍，也没见点儿影响。小姐好生过意不去，今天无意之中却得了这粒仿真钻石的下落，小姐本想把原物亲自送到庵里，交还黄大奶奶，也好叫她放心。只为病体新痊，我家大人不放小姐出外冒风寒，才把这粒仿真钻石交给与我，另外还有洋三十块、书信一封，一共送上黄大奶奶。请大奶奶亲写一纸收条，我便好回公馆里去销差。只因为认识黄大奶奶，所以先见着师太，请师太到里面去通知一声，把黄大奶奶请得出来，以便当面交付。"

圆净听着，心坎里扑扑扑地乱跳，正筹算把什么话来对付，又因那个管家口口声声只是小姐长、小姐短，心里老大诧异，便道："管家的说话有些不明不白，那一天黄大奶奶进公馆，是拜会新姨太太，不是拜会你家绮秋小姐，便是黄大奶奶回到庵里，也不曾向我说……"说到这里，把话缩住了，知道出了一个漏洞，却又没法把来修补，只有干咳了几声嗽。

那个管家笑道："师太的说话真有些不明不白呢。你道我是绮秋小姐差来的吗？那便驴唇不对马嘴了，我是玉痕小姐差来的。玉痕小姐便是我家大人的义女。"

圆净扑哧一笑道："孔夫子不说隔年话，从前的玉痕小姐是鲁大人的义女，现在的玉痕小姐是鲁大人的新姨太太，你管家怎么还说是义女？"

那管家道："这桩事讲来话长，缓日再向师太细谈。现在这'新姨太太'四个字是取消了，公馆里上下人等都唤她一声小姐。要是再提起'新姨太太'四个字，我家大人便大发雷霆，取出家法板来重处。你师太也得留意留意，倘到公馆里，莫把新姨太太混叫了，便是讨打，只怕你吃不了兜着跑咧。"

圆净哈哈大笑道："阿弥陀佛，不当人花拉子，闲话少说，我有正经事问你，端的这位玉痕小姐因甚的取消了新姨太太的资格？"

那管家焦急道："谁有闲工夫和你讲家常？你快请黄大奶奶出来，把这东西交给了，这便是我的正经事。"

圆净被逼不过，只得支吾着说道："管家你又来了，这位黄大奶奶还是在你们公馆里呀。她那一天拜会你家的玉痕小姐，直到今朝，一共没有回过庵里来。你要寻黄大奶奶，却不向公馆里寻。"

那管家跺着脚道："师太，你是吃素人，怎么这般说话不当真？你方才还说黄大奶奶回到庵里，怎么又说一共没有回过庵里来？"

圆净被这一驳，正急得没有话说，忽听得道婆唤道："师太，有人来瞧你咧。"

圆净回头看时，进来的恰是黄大奶奶的丈夫黄蕉影。圆净待要逃避，早吃那蕉影跑得上前，劈胸脯一把扭住，喝一声："贼尼！再休想躲避，你把我的娘子交了出来，再放你走！"

圆净明知冤家路狭，今日里再也不得过去，然而祸到临头，却还有几分急智，可以勉强对付。她便向蕉影一声冷笑道："姓黄的，谁告诉你说我把你的娘子藏起？佛殿上面，把我出家人拉拉扯扯，成什么体面？你要娘子，我便交给你一个活活的娘子。"

蕉影听得圆净的口子很硬，自想：莫非娘子不曾死，我误会了？当下把手一松道："只要你交给我一个活活的娘子，我便没话说！"

圆净把衣领整理一下子，且整且说道："黄大奶奶不过卧倒在小楼上，无力下床，你们要和她厮见，我便去搀扶她下楼。"说罢，转身便走。

蕉影却也机警，追上去一把扯住道："且慢！且慢！待我们把这前后看守住了，再放你上楼。"

圆净只得钉住了脚不敢走。忽然一阵脚步声，跑来三四个轿夫，说奉了葛太太之命，前来搬移那一口停寄的空棺材，搬到庵门口，以便明天大清早容易下船。

圆净到此田地，便知道最后的日期到了，苦着脸说道："你们要看守前后门，只管去看守，我把黄大奶奶搀扶下楼，再和你们讲话。"

蕉影却也老实不客气，回头向鲁公馆里的管家说道："费心大哥把前门守住，休放这尼姑逃走，我自去守后门。"

那管家见圆净这般藏头露尾，正自诧异，便道："我不见她把黄大奶奶搀扶下楼，也不放她出门。"

小尼姑月因、月喜，还有那个道婆，都和圆净有些恶感。月因、月喜暗道："这一会儿，她该命尽禄绝了，她跑到藏经楼上去做甚？难不成观世音菩萨变化了一位黄大奶奶，跑下楼替她来解围？"道婆肚里转念："今天这老光头可是说嘴不响了，看她可有闲工夫稀里哗啦喝这碗平肝火的淡菜猪肚子汤？"

葛公馆里的几名轿夫乱七八糟地嚷道："师太不要上楼，先把那一口空棺材指给我们看，再上楼去不迟，我们没工夫守候，抬了空棺材，还得去抬轿！"

圆净气吁吁只向楼上走，蕉影和那管家把前后门紧紧守住，几名轿夫嬲着月因她们指点这停棺的所在。月因道："你们忙什么？停一会子，师父便下楼，自有空棺材指给你们看。"说时，捂着嘴只是好笑。

良久良久，只不见圆净下楼来，众人都等得心头焦急，便催着小尼姑上楼去看动静。月因、月喜上得楼来，却见这间藏经楼紧腾腾地关着，连唤几声师父，不听得半声答应。月因、月喜知道有些不妙，忙从窗槅子里瞧。这一瞧，不瞧犹可，瞧了时只吓得魂飞魄散，屁滚尿流。原来这位圆净师太也在那搭儿飘飘荡荡，打着秋千耍子，那一种死眉吊眼，一条舌尖子向嘴唇外边露出半截，与倩霞上吊的光景一般无二。

月因、月喜哭喊着："不好！不好！师父上吊死了！"

欲知后事，且阅下文。

第十八回

兴教育乔扮黄冠
警痴顽高谈玄理

从来造恶的人，终不信头上顶着这一块湛湛的青天，只道一辈子横行不法，天老爷害着目疾，终古不会睁开眼睛瞧这一瞧。哼哼！真个天老爷终古不会睁眼，只怕早化作了妖魔世界、豺狼乾坤。莽莽四海，哪里再找得出半个人影儿？俗语道得好，人有千算，天有一算，这两句虽是老生常谈，直到如今，却依旧颠扑不破。诬人盗贼的恶侦探，他的结局便是死于身做盗贼。把人暗算的阴谋派，他的下场便是死于受人暗算。这不是著书的硬拉杂凑，向诸位谈着些迹近迷信的因果，这都是信而有征的。诸位但看一年的报纸里面，总有几桩大快人心的新闻，使大家信着天老爷的眼睛兀自炯炯地张着。

本书中圆净这般结局，阅者诸君料想也该拊掌一回，唤几句"死得好，死得好"。三面受逼，躲避不得，圆净上楼，早抱着一个死字。诸位不待看到这里，料想早已瞧科了八九分。圆净死后，少不得也是两个徒弟打开了房门，去解放她的尸身。莲慧庵里闹得乌烟瘴气，众人盘问根底，月因她们便把那一夜威逼倩霞，闹出命案，没奈何，借着阿锦小姐的空棺材盛放尸首，以图掩人耳目，一一地说了。

蕉影听着，直痛得双泪直流，呜咽说道："我得了这一首新体诗，原知道事有诧异，急急地跑来，痴心未死，还想和吾妻会面，谁料……"

说到这里，苦痛塞住了咽喉，思前想后，都是自己不成才，生生地把倩霞折磨到这般田地。吾虽未杀伯仁，伯仁由我而死。越想越悔，越悔越痛，便倩着道婆做个引导，引导到当初停放阿锦灵柩的小客室里。那室里蛛丝尘网，满目凄凉，中间端端正正地搁放着一具棺材，钉得紧紧的，完风不透。薄幸人良心进现，便伏在那一口阿锦灵柩上面，号天嗬地地哭那柩中人许倩霞。

原来，那一口棺材早经着人家三次挥泪。第一次，袁氏哭阿锦，一声儿一声肉，这叫作假哭；第二次，过病蝉扶病入莲慧庵，在灵枢前栖栖惶惶哭玉痕，这叫作误哭；第三次，才有黄蕉影来哭倩霞，抚棺一恸，泪竭声嘶，便那是个真哭了。倩霞死于非命，死得可怜，却能够安安稳稳享用这一百三十三块钱的棺材，还能够赚那薄幸郎的一副眼泪，也算是不幸之幸。只可叹倒运的葛贵，迟死了这几天，好好的棺材被倩霞占了去。这不是叫作捷足先登，却该唤作捷尸先躺了哇。

鲁公馆里的管家连连嗟叹了几声，自回公馆，向玉痕小姐那边复命。葛公馆里的几名轿夫都喊了一声晦气，也向自己公馆里去报信。唯有那黄蕉影，兀自伏在枢上，哭个不歇。哎！蕉影，蕉影，早知今日，何必当初？你便哭断肝肠，著书的也不来瞅睬，尽放着你在尼庵里哭枢。

著书的且抽出余闲，把上文不曾叙清的事交代一个明白。今天莲慧庵里的一场哄闹，除得公馆遣人运枢，上文已有了线索，不得复叙。怎么鲁公馆里的新姨太太又恢复了小姐资格？怎么张禄手里的仿真钻石会到玉痕手里？怎么身在囹圄的黄蕉影会得跑向庵里来？怎么倩霞的一首绝命诗会到了蕉影手里？其间头绪繁多，著书的便要一桩桩补叙出来，也须寻得了一根线索，才好下笔。

这根线索在哪里？便是第十四回书的结尾，大姨太太和詹妈在鲁国香面前媒孽玉痕的过失，国香兀自将身子坐得起来，对着她们哈哈大笑。涵秋先生写到这里，却卖起一个关子来，竟不说明国香大笑的缘由，而下着两行批评道："不独大姨太太不知他葫芦里卖什么药，便连读者到此，也猜不出他葫芦里卖什么药。"

涵秋先生这个批评，实在敏妙之至。这葫芦里的药，除得涵秋先生，再没别人知晓。也许是涵秋先生纵笔至此，聊作停顿，留待以后发生文字，葫芦里卖什么药，便连涵秋先生自己也不得知晓。可惜他老人家一瞑千古，这个闷葫芦带到阴司去，永远不会披露。单苦了小子，只得搜索枯肠，猜测这闷葫芦里的药品。

诸位诸位，鲁国香因甚大笑，是否和前次中风不语一般模样？却是老大的不然。鲁国香那时早已大彻大悟，从人生观上得了一种透底的见解，觉得生平障碍涣然冰释，方寸之间融融泄泄，自有一种忘形的快乐，因此哈哈大笑，笑得嘴都合不拢来。大姨太太兀自诧异，定要问个水落石出。鲁国香便和她斗机锋地参起禅来，尽拿着手指指大姨太太，又弯转回来指着自己，其间包蕴着几句哑谜，叫作"尔为尔，我为我，尔有尔的心思，我有我的见解；尔不能强我从尔，我也不能强尔从我"。鲁国香这时自命为苏东坡，却把大姨太太当作朝云看待。着个朝云女居士，佛桑底下共参禅。

鲁国香自思：这几句浅近禅机，看她可能参透我的意思，下一句意味深长的转语。叵耐大姨太太是个涂脂抹粉的猪猡，除得饮食男女，理会得什么来？要她参透这禅机，真叫作擀面杖吹火———一窍不通。鲁国香对了这蠢如鹿豕的大姨太太，益发意懒心灰，索性给她一个老不开口。大姨太太见鲁老头子如痴如呆，只道是中风疾又将发作，怎敢再来絮聒？

却不料鲁老头子心地清凉，早已悟得了一种祛病延年的秘诀，他想生平的病根，都在这食色两个字上。只为食欲上太讲究了，才吃那梁雪蛆的冰洋獭髓膏，弄成一场大病，险些送了老命。只为色欲上太认真了，既得陇，又望蜀，欢欢喜喜地金屋藏娇，想在温柔乡里度这一生。谁料锦被未温，罡风遽起，白白地把这虚名儿耽误了人家冰清玉洁的好孩子，想起来真是何苦？老头子自怨自艾，恨不得立把那莺莺燕燕的群娇一古拢儿都解放了，拼着一个蒲团一个磬，消遣这桑榆晚景。然而一个转念，又受了食色两字的包围，难不成这个颓唐病体永没有霍然告痊之日？要是一旦病好了，那食前方丈侍妾数百人的快乐，毕竟胜过了蒲团清磬。想到这里，清凉的心地又复蓬蓬勃勃起来。似这般的天人交战，不知战过了多少回合，有时天理得了胜仗，有时人欲又唱起凯歌来，只落得互有胜负，到底不能有个最后的解决。

鲁国香是个迷信神权的人，他的彻底透悟，却也仗着神权的力。古来有个以毒攻毒的方法，鲁国香的豁然梦想不是以毒攻毒，却是以迷信破他的迷信。提起这段事，却不得不把三圣观里的郝道士表明来历。

三圣观里的郝道士，仅在奚雅芸嘴里说得活灵活现，毕竟郝道士是个什么样的人，因甚来到这里画符治病？只怕雅芸这张缺嘴里面说来，总有些残缺不全。

提及那个郝道士，却不是个江湖道士，却是一位教育大家。他单名一个奇字，别号唤作大可，原籍北通州。前清时代是一名拔贡生，曾任七品小京官之职，光复以后，这七品小京官便变作了一品大百姓。他在本籍无事可为，便组织了一所小学校，倒也生徒济济，声誉鹊起。他既无志出山，落得把全副精神都用在教育事业上面。十年以来，学校里的生徒逐年增多，学校里的程度也是逐年加高。初办时是国民小学的性质，后来添办了高等小学，再隔几年，又添办了中学。郝先生不但牺牲了全副精神，便是祖传的几百亩良田，也都牺牲净尽。然而这颗办学的热心兀自达于沸点，只为规模阔大，经费浩繁，个人财力上面不免有些左支右绌。只得备了几份乞款兴学的副启，持向京津一带的势要人物那边登门乞募。叵耐这些大人物只懂得揽权纳贿，造洋房，讨小老婆，要他们助些学校经费，谁也不把头摇得拨浪鼓似的。郝先生枉自赔贴了许多旅费，跑来跑去，一个鹅眼钱都没有募化到手，郝先生怎不气恼？

一天，某要人的门下有两个募捐的人，一个便是募学费的郝先生，另有一个却是募修吕仙庙大殿的邯郸道士。那要人和郝先生无缘，和邯郸道士却是有缘。募捐的结果，郝先生依旧空空两手；邯郸道士的捐簿上面，大书特书地写着大人捐洋五千元，太太捐洋三千元，姨太太捐洋二千元，少爷小姐合捐洋一千元。邯郸道士不费什么气力，却募得了一万一千块的钱。

郝先生垂头丧气地回去，几乎要气出一场大病。后来打听得这位要人是吕仙坛下的弟子，平日为着老师分儿上，早花了好几万银圆，区区一万一千元的修殿费算得什么？郝先生得了这个消息，气愤尽消，反而哈哈大笑。他想：原来要人的金钱只肯花在迷信上面，不肯花在教育上面，我何妨如法炮制，用着迷信的名义骗些钱来，用在教育上面。这叫作悖而入者义而出，借这不正当的金钱，归作正当之用也，是教育史上破天荒的佳话。当下打定了主见，便把校里的一切职务委托了几位教务主任，只说到江南去调查学务，多则半年，少则三个月，一定可以遄返原籍。

摒挡行李，匆匆就道，除得著书的，便是郝先生的至亲好友也不知他在三圣观里做道士。他在光复以后，自托先朝遗臣，原不曾剃去发辫，现在改扮道装，很是便利，更不易看出破绽。他本熟谙医理，还参考些旁门左道的符箓秘诀，果然装龙像龙、装虎像虎，却把江夏县里的许多绅富人家，没有一个不称奇道异，崇拜那一位仙风道骨的郝道士。他的治病药方都借着乩坛披露，无论患什么疑难杂症，只要详细周密地写一张得病理由书，交给郝道士过目以后，向香炉里焚化了，那时乩坛上判出的药方无不对症发药，效验如神。四方远近，不知医好了多少人。遇着贫病相连的，郝道士不索分文。唯有达官富绅来疗病，乩坛上判出的酬金不是一千定是八百，大大地被他得了一笔教育基本金。

便是那天玉痕奉了鲁老头子的命，到三圣观里乞求仙方，也曾详细周密地写了一纸得病理由书，却由玉痕执笔，怎样地择期纳宠，大排筵宴，怎样地厨子献媚，特进佳肴，怎样地新婚宴尔，变生意外，怎样地撑肠拄腹，积食不化，怎样地事机破露，牛皮作祟，这理由书上都写得明明白白。郝道士看了一遍，把鲁老头子的病源看得洞若观火，开出的仙方当然加倍灵验。还另赐了七八粒仙丹，说这仙丹有起死回生之效，非同小可。其实这仙丹治不得病，治病的良药全仗这一剂对症发药的仙方。但是鲁老头子哪里知晓，衔恩感德，只说是仙丹的效力非同小可，这笔酬费也曾孝敬了郝道士二千多银子。风声传布，远近皆知，落到缺嘴姑娘嘴里，便说每粒仙丹足值二千多银子，鲁大人一共报效了郝道士一万多银子，未免言过其实。著书的不喜撒谎，须得代为更正。

郝道士扶乩时候，也曾用着几个助手，但是都不甚得力。自从鲁国香从了玉痕之请，把黄蕉影荐入三圣观，郝道士便异常得用，视蕉影如左右手一般。唉！这位青年小说家黄蕉影先生，只为一念之误，堕落到这般田地，从小说家一变而为车夫，再变而为瘪三码子，他的人格可算是堕落得至矣尽矣的了。偏生这位小报馆大记者连幻佛先生兀自在报纸上和他开玩笑，说什么风闻青年小说家黄蕉影氏，抛去三寸毛锥子，慨然有封侯之志，曾任庐山车骑将军，现又升任汉口伸手大将军，热嘲冷骂，把蕉影挖苦得不留余地。其时蕉影正在饥寒交迫的当儿，再没有闲钱买报纸看，所以这篇挖苦文章没有被他瞧见，要是被他瞧见了，怕不和幻佛扭个你死我活，再也不会和幻佛到沙家巷去访黑翠，落这圈套。这是余文，表过不提。

再说郝道士既把蕉影做个得力的伙伴，见面以后，未免要动问蕉影的身世。蕉影却也不瞒着人，一是一，二是二，把生平的经历倾筐倒箧，讲个透彻。郝道士很具着一片救人的热肠，便再三告诫蕉影，说："少年不慎，一朝堕落，这是常有的事，不足为病。唯有堕落以后，力自振拔，洗心革面，把已失的名誉一一恢复起来，重做一个有名的人物，才算是大丈夫的举动。你现在已得了振拔的好机会，倘能斩断邪魔，不向脂粉场中行走，再把这口劳什子的乌烟戒绝了，怕不轰轰烈烈做起一番事业？"

蕉影听了，把不住连连点首，说一句："小子愿安承教。"

郝道士又从蕉影那边得闻葛玉痕的许多惨史。怎样的叔婶不仁，卖作姬妾；怎样的绮秋仗义，奋臂相救；怎样的碧瑜相会，订为同志；怎样牺牲一身，以纾友难。原来这许多话都是倩霞告诉蕉影，蕉影便把来告诉郝道士。郝道士听了，竟失声地夸赞道："不道恶劣社会中竟有这般的好女子，正所谓天下之大，未尝无人，但不幸而未彰于世耳。"

他又想到那天鲁国香的得病理由书，明明说是结婚之夕，尚未归寝，便害起这一场怪病。照此说来，这位葛玉痕女士还是无瑕的太璞，都只为天鉴其忧，才有这一番变端。梁雪蛆的一味冰洋獭髓膏，虽无功于在席诸君，而实大有造于玉痕者也。放着我郝大可在世，无论如何，总得把葛玉痕援救出险，总得把尹雄伯、葛玉痕二人判合而成夫妇。

鲁国香饮药以后，泻去了腹中的冰洋獭髓膏，病势日有起色，当然要感谢这位郝道士。郝道士也持着缘簿上门来见这位鲁大人，两人相见以后，谈得十分入港。鲁老头子虽是个腐败官僚，胸中也有几本书册子。郝道士生平博览，也曾读过《道》《藏》诸书，谈吐中间，援引出许多仙人来，什么纯阳子、正阳子、钟离子、赤松子、思真子、妙素子，滔滔汩汩，讲个不辍。讲得鲁国香津津有味，兀自扯开了这张笑口。

鲁国香病中不见客，唯有郝道士上门，也总得扶病相会，研究《道》《藏》中的原理。相会的地方，是在一间净室里面，这间净室是从前鲁国香的结发太太诵经之所，太太殁后，一向封闭，现在要接待这位有道之士，除得这一间净室，其他的都不甚相宜。郝道士来时，鲁老头子便令人开了净室，先请郝道士到里面打坐，自己坐在藤椅里，吩咐两名家丁把他抬入净室里，和郝道士促膝对坐。两人谈话，总得屏退了从人，一心一意地研究那玄妙功夫。

郝道士道："你老人家若要灾退身安，恢复从前的原状，须得在食色两个字上做一番克制功夫。旨酒珍馐者，伐性之戈矛也；淫声美色者，破骨之斧锯也。你老人家爱在戈矛刀锯里讨寻生活，没怪要害这一场重病。悬崖勒马，未为晚也。你若听从我的劝告，还是趁此洗手，以涵养天和，葆其令名，不知你老人家以为然否？"

欲知后事，且阅下文。

第十九回

赌遗容阃训森严
听祝告神经错乱

    鲁国香生平有三怕，一怕亡过的大太太，二怕绮秋小姐，三怕阎罗大王。大太太在日，素性佞佛，夫妇俩的性情本来有些不大合适。大太太亡过以后，鲁国香宠爱偏房，把大太太的遗女绮秋十分冷待，一天夜里，偶然把绮秋拍了一个脑瓜子，陡听得院子里有个女人喝道："谁打我的女儿?"听这声音，宛然大太太的鬼魂作祟，直吓得面色如土，从此有人提及大太太，总得带些栗栗畏惧。其实哪里有什么鬼魂出现? 只是大太太的一个随嫁佣妇，听得鲁大人打小姐，心里不平，便趁着大黑夜装神装鬼地吓他一吓。有了这第一怕，才有第二怕的，怕着绮秋小姐。后来吃了梁雪蛆的冰洋獭髓膏，一条老命几乎不保，又有第三怕的，怕着阎罗大王。

    这回郝道士拿来的乩语和摄影，恰是那位亡过的大太太临坛乩语，又似佛偈，又似歌谣，说的是：

> 善哉善哉，鲁国香，汝今仔细听端详。汝的生平最贪色，宜乎上天降灾殃。葛玉痕和尹雄伯，金童玉女配成双。汝把玉痕纳作妾，违犯天条命该亡。色即是空空即色，汝把此语细思量。全人夫妇成人美，增寿二纪信安康。拆散人家好夫妇，汝命该休在端阳。谁把此言告汝晓，汝的前妻韦四娘。

    鲁老头子本怕着亡过的太太作祟，又怕着阎罗大王来相招，这纸乩语恰是投其所怕。况且"韦四娘"三个字，知道的人是很少的。韦氏亡过十余年，她的闺名久已没人提扩，乩坛上判出姓名，当然是太太临坛，毫无疑义。这一纸抄出的乩语，比着印铸局发布的大总统命令更有效力。大总统命令不出国门一步，任凭词严义正，鲁国香只有付之一笑，断没有丝毫忌惮。唯有亡过的太太在阴司里行使那训夫的职权，鲁老头子怎不吓得屁滚屎流？况且这一幅摄出的鬼影，风鬟雾鬓，确是韦四娘生前的肖像，因此呆了半晌，开口不得。这时候离着端阳为期很近，大约两月不足，一月有余，倘不及早回头，阎罗大王的勾魂票不比大总统的命令可以随时拒绝。

郝道士瞧出鲁老头子的惶急情状，又冷冷地从旁说着几句危悚之词，说什么人鬼关头，不宜自误，勘得破便有二十四年的清福，勘不破却只有一月有余的残喘，何去何从，你老先生自己打算吧。说毕，拱手作别。

郝道士回到三圣观里，兀自得意，正待和蕉影商议个进行方法，这天恰是连幻佛把蕉影诱到沙家巷黑翠家里，一夜没有回来。到了来朝，有人来传说，蕉影犯了烟禁，吃警察捉去了。郝道士却不着急，只是微微一笑。论郝道士的势力，把蕉影援救出狱，却不费什么吹灰之力。只为连番苦口劝蕉影莫在脂粉队里打转，莫抽这劳什子的乌烟，诲之谆谆，听之藐藐，以致闹出这场乱子。这是咎由自取，合该吃一场官司。郝道士心里要待蕉影受了些囹圄痛苦，然后再把他援救出狱。吃一次苦痛，受一次教训，或者蕉影有痛改前非的希望，所以郝道士的微微一笑，不是真个把蕉影抛在九霄云外。

蕉影进狱以后，郝道士也曾替他打点使用，遣人入狱传语，只要肯把这口乌烟戒绝了，老法师总得设法救你出险，所以蕉影在监狱里一切费用却也不消愁得，只有烟瘾来时，鼻涕眼泪挂得满腮满嘴，觉得翻肠搅肚，异常的难过。他到这田地，早存了一个决志，拼着死熬活挨，总得把这口乌烟戒绝，放下烟枪，立地可以成人。他又悟以这场苦痛，都吃在幻佛身上，不知他图些什么，却设这圈套来害人。将来出狱以后，定要扭着幻佛，拌一个你死我活。

三圣观里少了一个黄蕉影，扶乩摄影少了一个熟手，郝道士当然要感受不便，然而郝道士却不甚措意，在这几个月里，借着扶乩请神符箓治病，早掳括了无数金钱。除得鲁国香的药费和捐款以外，还有某督军、某省长、某镇守使、某道尹的捐项，掳掳掇掇，总共在三四万元左右，早把这笔款项陆续汇到北通州原籍，教育经费从此不虞缺乏。他便想抽身回籍，丢掉那精神召鬼的生涯，重理那黑板白粉的事业。只为尹雄伯和葛玉痕还没有成就好事，黄蕉影又没有断瘾出狱，因此把行期稽迟了。

这几天来，郝道士常到鲁公馆里和鲁老头子在净室里谈《道》《藏》，借此可以探听这消息。

一天，鲁老头子道："老夫自从得了亡妻的警告，从前种种譬如昨日死，此后种种譬如今日生，方寸之间，豁然开朗，须得痛自改悔，消除生平的罪孽。葛玉痕这孩子，本是个大有根器的人，动不动便有鬼神在暗地里扶助。老夫第一次想纳她做妾，斜刺里跑来一个小女绮秋，把这亲事拆散了；第二次想纳她做妾，又吃了梁雪蛆的亏，把这好事蹉跎了。这不是鬼使神差，要保全这孩子的贞洁吗？她和姓尹的既是金童玉女降凡，老夫又怎敢逆天行事，受那阎罗大王的冥谴？现在距着端阳又不到一个月了，老夫心里急得什么似的，因此吩咐着小女，瞧个机会，悄悄地探听玉痕的口风，要是玉痕果和姓尹的有情，老夫愿赔贴妆奁，完全这一桩好事项。"

　　过了几天，郝道士又去访鲁老头子，相见以后，鲁老头子道："前夜小女和玉痕联榻，曾向玉痕试探口风，无如玉痕是个实心眼的孩子。她存心要报我的恩，不肯和这姓尹的订婚。她向小女说，一俟尊大人病痊以后，一定要长斋绣佛，忏除薄命人的罪悔，万无和这姓尹的订婚之理。小女再三相劝，她只斩钉截铁，毫无动摇。小女把这情形悄悄地来报告了，老夫便不免老大的恐慌。从前玉痕将近进门的当儿，原有许多无根之语，说玉痕和姓尹的有些瓜葛，老夫那时不免带些疑虑。后来听得是完全捏造，方才消释了这一条忧虑。不料此一时彼一时，从前但愿玉痕和姓尹的没有瓜葛，现在又深虑玉痕和姓尹的没有瓜葛。要是玉痕真个和姓尹的没有瓜葛，金童玉女便不能配合成双。这端阳日的大限怎能够躲避得过呢？近日偶然听得佣妇报告，说玉痕出门还愿，和姓尹的邂逅相逢。姓尹的儿子唤作玉痕阿妈，玉痕和姓尹的喁喁情话，异常莫逆。老夫听了这一席话，倘在平时，岂不要打翻醋罐，大大地闹这一场？唯有现在听了，兀自大彻大悟，说不出的快活。端的佣妇之言真实不虚，金童玉女便可以配合成双，老夫宛比得了鬼门关上的赦书，从此延年却病，有二十四年享受清福的希望。乐极忘形，不由哈哈大笑。后来问及小女，佣妇这话可是真的？谁料却又不然。这天，小女和玉痕同在一家，尹姓的家里误唤阿妈确有其事，玉痕和姓尹的喁喁情话完全是子虚乌有，老夫岂不又担了心事？当下委托小女再三和玉痕商议，要取消新姨太太的名义，仍做老夫膝下的义女，由老夫主婚，备着妆奁，把她嫁给姓尹的。小女说得舌敝唇干，玉痕只允许得一半，愿做老夫膝下的义女，一辈子不嫁，以保全自己的人格。小妮子这般执性，冰清玉洁，心地光明，当然要令人起敬。然而却苦了老夫，限期逼迫，一抹头便是端阳，那可要了老夫的命了。没奈何，又委托小女，和玉痕的哥哥象文再四地向她劝导，不知可有效验没有。"

鲁老头子说到这里，愁眉苦脸，连连地把头颅摇个不住。郝道士道："老先生，为山九仞，休得功亏一篑。这位玉痕小姐，虽然秉性坚贞，只要有人晓以利害，终有回心转意的日子。"

鲁老头子道："这也难说，实心眼的孩子，打定了主意，九牛二虎都拉不回，况她又病倒在床，旁人又不便十分强迫，惹她不快活。"

郝道士听了，嗟叹不已，又道了些闲话。正待告别，鲁老头子猛想着一桩事道："仙翁，贵庙里的黄蕉影怎么吃警察抓去了？日前蕉影的妻子前来央求玉痕，要设法把她丈夫援救出险。玉痕向老夫说了，老夫正待要写信向县长那边去讨人，恰恰仙翁来了，信还没有寄去。"

郝道士道："老先生且慢发信，蕉影是有烟瘾的，大约只在这几天以内，蕉影便该断瘾，瘾断以后，再发信不迟，借这挫折，把乌烟戒绝了也好。"

话分两头，书却平行，丢下郝道士在鲁公馆里谈话，再说三圣观里几个助手，扶乩画符都没有黄蕉影这般熟悉。蕉影在观时，遇有来问休咎的人，先把来人的请愿书瞧了一瞧，放在炉里焚化了，掌着乩笔，嗖嗖地在沙盘里写个不停，所下的判语，都和那请愿书里的说话针锋相对。现在却不然了，遇有来问休咎的，不但要备着请愿书，并且要把请愿书里的内容喃喃讷讷在乩坛前报告一遍，说得轻了是没用的，须得句句清楚，字字着实，才生效力。扶乩的听在耳朵里，胸中有了些把握，所下的判语才有了着落。

这天，三圣观里跑来一个三十多岁的男子，跑得气喘吁吁，头上汗点子挂得满嘴满脸。这几个助手远远地望见了，知道又有什么生意到手。比及跑得近时，助手里面有认得来人的，忙道："张禄哥，什么风吹到这里来呀？听说你家鲁大人病体可大好了。你气吁吁跑得来，可是要讨什么仙丹？"

张禄把头一扭道："我不要什么仙丹，我是来找黄大奶奶的丈夫的，诸位里面，哪一位是黄大奶奶的丈夫？我有要话和他讲呢。"

说得那个助手都扑哧地笑了，便道："怎么没头没脑来找黄大奶奶的丈夫？黄大奶奶是谁？她的丈夫又是谁？"

张禄却被他们问得呆了，伸手在脖子后面一摸，暗暗地道了一声："哎呀！我怎么这般粗心，临走时却不曾向老师太打听一声，黄大奶奶的丈夫端的姓甚名谁？"

沉吟了片晌，便道："黄大奶奶的丈夫，我不晓得唤作什么。只是这位黄大奶奶很有几分姿色，模样也很不弱，一向在莲慧庵里居住。"

那助手道："这么说来，你便是来找黄蕉影了？蕉影已不在这里，他在沙家巷私吸鸦片，吃警察捉了去，移送县公署，判定一年零一个月的有期徒刑。"

张禄惊问道："捉去有多少日子？"

那助手正待回答，却听得外面一阵吆喝，四平八稳地抬进一乘大轿，轿后面又跟着一乘小轿，两乘轿都落了地，小轿里款款盈盈地走出一个俏丫鬟，走到大轿前面。那轿夫忙卸去了轿帘，俏丫鬟从大轿里面扶出一个半老徐娘，年纪约莫四十以外，兀自浓妆艳抹，和二八佳人一般。助手们见是公馆里的眷属来了，忙忙地都上前去打个招呼。张禄独在靠墙的一条长凳上坐着，两眼骨溜溜只向俏丫鬟的身上打转。却见俏丫鬟一手扶着那妇人，一手提着香烛篮，缓步轻移，竟向殿上而来。那妇人在乩坛前站住了，俏丫鬟替她焚香燃烛，一一完毕，然后退立在一旁。张禄涎皮赖脸把手向长凳上一拍道："姐姐这里好坐。"

俏丫鬟向他瞟了一眼，睬都不睬，远远地走向那壁厢去了。张禄讨了没趣儿，也不觉得羞愧，瞧不见俏丫鬟，便去瞧那妇人。只见那妇人风韵已过，毫无动人之处，唯有身上的衣裙花花绿绿，端的可耀人眼睛。张禄暗思：倘把这套衣裙穿着在黄大奶奶的身上，多少是好，那么和我会在一处，益发要使我神魂颠倒，骨头都减轻了分量。正在这般呆想的当儿，那妇人已把请愿书放在炉里烧化了，跪伏在蒲团上面，清清楚楚地祝告起来。祝告的第一句便是说的为着莲慧庵里一桩事，叩求仙人解除冤愆。

张禄听得"莲慧庵"三个字，不由得十二分注意，侧着耳朵，听她下文说出些什么来。

又听得那妇人祝告道："只为莲慧庵住着一位奶奶，某月某日，出门拜客，恨身上衣衫褴褛，见不得人，央托老师太向我告借几件光鲜的衣服、几件包金首饰，和一只假钻石的戒指。"

张禄听到这一句，心头扑扑地几跳，益发全神贯注听这下文。

"我和老师太素来熟识，便把衣服、首饰、戒指都交付与她，言明三日以后，便来归还。过了三天，老师太还我东西，别件不少，只少了戒指上的一颗假钻石。"

张禄益发大惊，兀自凝神细听。

"这颗钻石不值几多钱，丢掉了稀什么罕？只是那天借给老师太时，我不曾说明是假钻石，老师太便把来当作真的看待。她见那奶奶遗失了钻石，不免把奶奶埋怨了几句，那奶奶偏生执性，乘着半夜三更，竟寻了短见。这桩命案都由钻石而起。千不好，万不好，都是我少交代了一句，便闹出这个乱子。我为着这事，心绪不宁，因此叩求仙人替我解除冤愆。"

张禄听完这祝告，竟似法庭上面宣布他的罪状判决书，一溜烟窜出这座三圣观，肚里怀着鬼胎，把不住地心惊肉跳。

那时天色已晚，路上的电灯早开了火，张禄眼睛里望去，只觉得灯光都有些惨绿色。有时迎面来了什么俊俏妇人，若在平日，张禄便要迷花着这一双色眼，凑得过去瞧一个仔细，现在却又不然，低着头再也不敢把眼皮抬这一抬。只为他的眼光里望去，无论什么妇人，总觉得影影绰绰，宛像那死鬼黄大奶奶。

后来经过一条巷，可巧有一家夫妇俩在那里口角。那妇人喃喃讷讷地骂道："天杀的呀！你生着这般的黑良心，再休想活着这条狗命呀！阎罗大王在那里翻着你的造恶簿，黑白无常手执着勾魂簿，在黑暗里跟着你走呀！"

张禄暗暗喊声："不好！莫非是黄大奶奶的鬼魂附在那妇人身上，宣布我的罪状？"当下越想越怕，一口气跑回公馆。晚饭都没有吃，一纳头便倒在床上，头脑涔涔，背脊上似浇着冷水。夜阑人静，有些恍恍惚惚，宛见床头坐着一位黄大奶奶，愁眉苦脸地向他说道："还我命来！"

一连数天，张禄便神经错乱起来，在白昼里也掏弄这颗假钻石，嘴里乱七八糟，只是黄大奶奶长、黄大奶奶短。

本来那天倩霞遗失这颗钻石，里面的仆妇们个个知晓，现在听得张禄这般说法，怎不诧异起来？自有耳报神报给玉痕知晓。玉痕听说，猛想起那天倩霞失落这件东西，喊一句我没有命了，看来这只钻戒或者向他人借取而来，所以这般着急。我只为连日病倒在床，又加着绮秋她们百般地向我絮聒，叫我嫁给尹雄伯，也不顾着我的人格，我被她们闹昏了，竟不曾差人去瞧瞧倩霞。

当下差遣詹妈把这颗钻石取了来，见是西贝的，把不住微微一笑，又扶病写了一封信，除得送还这颗假钻石，还附着三十块钱的钞票。信中写的无非是寻常通问语，其间有一句最紧要的话，就是已曾托有力分子去向当地县长申述蕉影的一案，是应判审明白，不可使无辜受冤。该县长初尚犹豫着，并不表示什么，可是后来经不起地方绅士的再三叮请和相当运动的代价，直是财可通神，不论天大的事，只要孔方兄大驾一到，没有什么大不了的。所以他发信到县公署去讨人，县长登时允许，说明天便把他释放出狱。玉痕听得这个消息，便在信里面提及一句，也好叫倩霞见了欢喜。

蕉影那边也早得了明天出狱的消息，暗暗快活，预备着出狱以后，先到三圣观里拜谢这位郝道士，再往莲慧庵探望倩霞，然后去访那位报馆记者连幻佛，非但不和他拼命，还得谢谢他的盛情厚意。我在戒烟中间，备尝痛苦，把幻佛恨得咬牙穿龈，握拳透爪，现在把这劳什子戒绝了，脱离黑籍，都是连先生玉成之力，吾不谢他却去谢谁？

到了来日，约莫午时一二句钟，果不其然，来了两名法警，把蕉影引领出狱。蕉影才出得狱门，却见四五名警士拥着一个罪犯，径向那狱中而来，那罪犯用铁链子锁着，垂头丧气，一步一挨地行走。走得近时，蕉影惊喊道："哎呀！这不是连先生吗？"

连幻佛闻唤，见是蕉影，登时面红颈赤，只少个地洞可以容身，却还勉强吹牛道："吃官司是报馆记者的天职，但看缔造民国的伟人，十个里面倒有六七个是坐过监狱的，报馆记者……"

蕉影再待问时，幻佛一干人早进了狱门，只得问那同行的法警："这连先生犯的是什么罪？"

法警道："听说是谣言惑众、扰害治安的罪名，至少也须监禁个三年五载。"

蕉影连连嗟叹，便不再问。著书的从此也不再把这位大记者提起。

法警把蕉影引入法庭，具了一纸悔过书，恢复自由，便脱离了这囹圄生活。蕉影径到三圣观里，却没有和郝道士会面，郝道士早到鲁公馆里谈道去了。转是几个助手见了蕉影，说了许多慰问的话。又取出一封书信，说这信是寄给你的，搁在这里已好多日子了。蕉影把信皮望了望，认不出是谁的手笔，拆开看时，不看犹可，看了只叫得一声苦。原来里面封着的正是倩霞的一首绝命新体诗。蕉影知道事有诧异，便急匆匆地奔向莲慧庵里，向着圆净师太要人。

这天莲慧庵里三面夹攻，鲁公馆里的管家索黄大奶奶，黄蕉影索妻子许倩霞，葛公馆里的轿夫索阿锦小姐空棺材，不约而同，无端凑合，著书的早已一一地补叙清讫。

再说黄蕉影伏在灵柩上哭了多时，少不得月因她们从中劝解道："黄先生也不用哭了，老师太逼死了大奶奶，自己也落得一个悬梁高挂，可见恶人自有恶报，天老爷绝不把他轻轻放过的。你也该回去想个法儿，早早把灵柩扛出庵门，择地安葬，也好叫大奶奶入土为安。你单在这里号哭是没用的，难不成会哭成一条河，把大奶奶的灵柩漂到坟地上去？"

蕉影果然不哭了，又问了些那天威逼的情形，又埋怨着尼姑不该不把个信给他。月因笑道："谁说不把个信给你咧？庵里出了事，我们便瞒着师太，从字纸篓里拣起这一首新体诗，套着信封，私下里寄给你，敢莫有十天左右了，你不该到了今天才来。"

蕉影恍然大悟，原来这封信是月因她们寄来的。当下也不说什么，愁眉泪眼地自回三圣观里去。

欲知后事，且阅下文。

第二十回

小疑团画里摄真容
大结穴镜中留人影

葛玉痕得了倩霞的死耗，十分伤感，本来病已离床，经了这刺激，又是昏昏沉沉，懒得起床。

鲁国香也知道尼庵里这桩命案祸从张禄而起，便把张禄送往官厅惩办，拘留了几个月，张禄忽在看守所里发狂自尽。

玉痕又得了镜清病殁的消息，不禁老大伤感。叔父虽然不仁，毕竟是自家骨肉，待要扶病去送他入殓，觉得头脑昏沉，挣扎不起，也只索罢了。

著书的顺便又要提及镜清的这笔捐款，凭据既落在县长手里，足见得吞赈非虚。那县长正要借这题目向镜清大大地敲一下竹杠，谁料镜清禁不起恐吓，得了这警告，只隔得一天，便伸伸腿走了。那县长见镜清已死，便也不为已甚，单把这笔捐款送入贫儿院，由院里出了领纸，作为完案。事后，葛公馆里另送了县长五百块钱，作为酬谢。

数年以后，阿锦堕落到勾栏院里。这些都是后话，表过不提。

至于玉痕，论理呢，涵秋先生一支笔，把玉痕折磨得也够了。在下的继续这一部残稿，倘不在笔尖儿上告个奋勇，把玉痕援救出来，非但著书的存心太忍，便是阅书的也得感受不快。

前两回书中，在下竭力替郝道士补作一篇小传，无非替玉痕乞得一支得力的救兵，以便出奇制胜，把玉痕援救出险。果不其然，郝道士略施神通，鲁老头子便回心转意，巴巴地把玉痕嫁给尹雄伯，只待玉痕樱口里面轻轻道出一个诺字，这部《镜中人影》便不愁没有圆满的结局。然而玉痕的生平宗旨，已在那夜和绮秋联床抵足的当儿，明白表示：我心匪石，不可转也；我心匪席，不可卷也。玉痕这几天来，依旧抱定着这个宗旨，丝毫不肯变动。无论旁边做说客的说得唇焦舌敝，徒劳无功。硬是著书的写到这里，秃尽毫尖，也没法转移玉痕的心理。绮秋劝了好几回，都被她严词拒绝，便没的什么可说。鲁老头子便怂恿着大姨太太来做说客，大姨太太道："好小姐，休使这牛性子，你便从了你干爷的主意吧。你说嫁了姓尹的，对不起你干爷。哼哼！你不嫁姓尹的，那便对不起你干爷咧。伸手抡指头，离着端阳节只有三个礼拜，阎罗大王不容情，你干爷尚有三长两短，这条老命岂不活活地被你害死了吗？"

玉痕道："姨娘放心，那些江湖道士，无非是一味捣鬼，全然当不得真。义父的病体日有起色，断没有意外奇变。自古道：见怪不怪，其怪自止。包在我葛玉痕身上，待义父快快活活度那端阳，那时再去打那妖道的嘴。要是在这当儿，义父果有三长两短，我葛玉痕请先死在义父面前，以正我罪。"

大姨太太见没话可说，愤愤地回复鲁国香道："这贱人不受人抬举，好好相劝，吃她拒绝。不如唤姓尹的备着一乘轿，用着强权抬得去，看贱人再有什么话说！"

鲁国香忙把双手掩着耳朵道："你别混话，她是上界的玉女下凡，得罪了玉女，禁不起又有灾晦临头。"

大姨太太劝导无效，又请出陶姨来相劝。陶姨道："大小姐，你这七曲八绕的心思，任是仙人也猜不出。道你和姓尹的无情，怎么那天的五千银子巴巴地替姓尹的去还债？道你和姓尹的有情，怎么现在鲁大人皇恩大赦，开笼放鸟，情愿赔贴嫁妆把你嫁给姓尹的，你又是执意不肯？"

玉痕惨声答道："好姨娘，你也是这般说，无怪谣诼繁兴，谤言纷起，都说我和尹雄伯有了情愫。我哪有什么七曲八绕的心思？我只有一条热肠，替亡过的甘碧瑜姊姊解除困难。我得了人家五千银子，要是又嫁了雄伯，又骗了人家的嫁妆，我便是双料的女拆白党，还有什么颜面立于人世？我这一颗洁净的心，除得亡过的碧瑜姊姊，还有哪个知晓？"说着，把不住一阵心痛，眼泪便滚滚而下。

陶姨见话不投机，也只好搭讪着自回家里。一辈来一辈去的说客，直把玉痕这颗芳心说得千皱百皱，她虽没有什么大病，然而经这种种烦恼，只落得一天离床，一天又睡倒了，三好两歹，和病美人一般模样。鲁国香见玉痕这般地斩钉截铁、矢志不移，心里虽钦佩不已，然而长绳不能系落日，日子和飞一般快，眨眼睛早到了四月下旬。抡指算端阳，整整地只有十天光景。公馆里忙着裹粽子，画灵符，预备那端阳节景。

鲁老头子触目惊心，仿佛阎罗大王已下了勾魂票，丧门神在那里唱欢迎

423

歌。病理和心理本有密切关系，鲁老头子镇日夜地心绪不宁，便觉得自己的身体一天不似一天，看来这端阳大限一定难逃。

大姨太太和几个妈子商议妥帖："要是到了端阳日，老头子这条性命果有什么三长两短，我们便该捉住这个贱人，紧紧地用麻绳绑了，抽着粗藤条，精皮肤一顿痛打，直把那贱人活活打死。"

妈子们听得吩咐，麦秆当作了令箭，有几个加倍拍马的，四处去觅取粗藤条，预备端阳日把来使用。也有风声传到玉痕耳朵里，玉痕却不着慌，明知妖道谰言，断无丝毫价值，我义父一定可以安安稳稳度那端阳。待到过了端阳，我便要禀明义父，安置我在一个清净所在，长斋绣佛，度那一辈子的苦恼光阴。唉！玉痕玉痕，你哪里知道郝道士为了你的前途幸福，尽心竭力地所以在孽海中间要把你救拔到一条安乐的路上，你兀自妖道长妖道短地骂他。不但郝道士听得了定要气个半死，便是在下的写到这里，也要替那郝道士愤愤不平。

话休絮琐，再说郝道士连日到鲁公馆探听消息，兀自不能满意，北通州那边又雪片也似的电报打过来，催他回去办理教育。那时郝道士的来踪去迹已早向黄蕉影一一说了，蕉影自经挫折，一心归正，倩霞的那口棺材早已择地安葬，一切的葬费都是玉痕所出。临葬的当儿，蕉影尽哭了一场，纸灰化作白蝴蝶，血泪染成红杜鹃，说不尽的凄凉况味。蕉影葬好了倩霞，原拟随着郝大可到北通州去干教育事业，叵耐玉痕这桩公案还没有到圆满结果，只落得行期屡改，迟迟登程。郝大可以为玉痕纵然执性，经人家绝力相劝，总得有些活动，却不料越说越僵，竟是南山可移，此心不变，北海可摇，此心不动。

转眼端阳节又将到了，自己怎好在三圣观里耽搁，那乩坛上的几个离奇怪诞张韦四娘的鬼影，本是自己和蕉影两个串的鬼戏，要是过了端阳，鲁国香向我质问，怎么乩坛上的判语毫无影响，我把什么话来回答？况且玉痕现在已脱离了姬妾名义，我干的这桩义举总算有了一半的成绩。至于她和尹雄伯毕竟有缘无缘，我可没工夫来顾问了。打定了主意，便收拾行李，带着黄蕉影离却这座三圣观，径向北通州而去。

郝道士去了，这部书里还有一个小小疑团尚没打破。那天郝道士和黄蕉影合串的鬼戏毕竟用些什么法术，须得交代一个清楚。

阅者当该记得郝道士每到鲁公馆里，总在一间净室里和鲁国香谈话。那间净室又是太太太生前焚修之所，郝道士到了，先在净室里打坐，然后鲁国香出来会客。郝道士有这机缘，才觅得了串演鬼戏的材料。他见墙壁上挂着一幅大太太的遗容，凤鬟雾鬓，很是朴素。又私翻书架上的经卷，封面上都写着"信女子韦四娘盥沐谨诵"，他便知道大太太的闺名唤作韦四娘。一天，他私带了一具袖中摄影的装置，乘着左右无人，便把壁上遗容摄取一个小影，回到三圣观交给黄蕉影，悄悄地加些云烟布景，制成一张鬼的摄影。至于这几句俚俗不堪的乩语，也出于黄蕉影一手包造，更不费什么吹灰之力。

乘这补叙的当儿，著书的又要把这位悼亡感逝的尹雄伯先生提这一提。雄伯自从那天和玉痕邂逅相遇，回到家中，只是郁郁不乐。独坐在一间房里，对着一盏电灯，喃喃地自言自语："唉！我尹雄伯怎么这般地糊涂？我从前和她相别后，满肚皮藏着许多感恩知己的话，以为他日倘有机会得与玉痕相见，我便要把满肚皮的说话倾筐倒箧，一古拢儿都剖诉出来。怎么到了相见的时候，我嘴上没贴着封皮，竟一句不能出口？唉！天许我以邂逅相遇之缘，天却靳我以从容谈笑之权，天实为之，谓之何哉？"说到这里，长长地叹了一口气。偶然抬眼，却见壁上挂的这幅碧瑜小像兀自向他秋波凝睐，微微欲笑。因把这幅小像取了下来，仔细端详，隔着玻片，吻了几吻。又想到好好的一位贤德夫人，竟自舍我而去，鼻子里一阵作酸，把不住颗颗眼泪都汀落在玻片上面。想到碧瑜生前把这一幅小影很珍重地交付与我，说："这是无价之宝，你须好好地收藏着，别失掉了。"那时，碧瑜还没有病倒，操劳家政，和平日一般。我没有悟出言外微旨，只道是别无深意，不过一种爱情的表示罢了，因此含糊答应，不曾研究她的命意所在。到如今凤去楼空，人亡物在，我那最可爱、最可敬的碧瑜姊姊，一缕香魂早到了缥缈之境、虚无之乡，人天永隔，再没有相见之期。除得这幅小像，还从何处觅取她的深颦浅笑和那明眸妙睐？碧瑜说的无价之宝，言外微旨，才被我个透彻。

那时玻璃窗上滴滴沥沥洒了一阵雨点子，院子里的几竿凤尾竹摇得飔飔地响，愁人听了，益发愁绝。面前这一盏电灯似乎也失了光彩，昏昏沉沉，只是不肯吐焰。其实却冤枉了这一盏电灯，只为雄伯的心灯不明，遂觉得电灯也失了光彩。再看玻璃照架里的碧瑜，也是盈盈欲涕，不胜凄怨。正在无可奈何的当儿，猛听得一阵阿妈阿妈的哭声送入耳朵，直刺到心坎里面，宛似万千把钢刀，把这整颗的心刺得粉碎。

那个保姆把铃官抱得过来，向着雄伯说道："大少爷，怎么今天的小官官只是睡不沉重？翻来覆去，要向我讨还阿妈。好容易地百般抚拍，又呜呜地唱着山歌，引得他眼皮合了缝，沉沉睡去。忽又从睡梦里哭醒，连嚷着还我阿妈。我不知他要哪个阿妈，若说亡过的阿妈，叫我从哪里去还他？或者不是那个阿妈，是日间遇见的阿妈，这不是真个阿妈，益发没有法子把来还他。"

说时，嗅着铃官的小颊，问道："好官官，你向我讨还哪一个阿妈？"

铃官却不说是谁，兀自乱喊道："还我阿妈来！还我阿妈来！"大哭大喊，扯开着小口，哭得面孔都红了。

雄伯忍着悲痛，手捧那碧瑜小像，授给铃官瞧着道："铃儿，你要寻阿妈，且瞧这玻璃镜架里面的，便是你的阿妈。"

铃官听说，果然止住了哭声，一手擦着眼泪，一手取这镜架，看了一眼，忽又大哭道："这不是我的阿妈，我的阿妈会抱我，我的阿妈会和我讲话，我的阿妈会和我在今日里相见。还我阿妈来，还我阿妈来！"哭时把手乱捽，几乎把这面镜架捽去。亏得保姆抢住了，把来还了雄伯。

雄伯才明白铃官要的阿妈便是玉痕，益发回肠荡气，泪如雨下。

自此以后，铃官天天在家里哭闹，只要讨还那个阿妈，闹得饭食都减少了，好好的肥胖孩子，竟逐天逐天地消瘦起来，慌得雄伯延医调治，只是没甚效验。从来赤子之心，和那忠臣孝子义夫贞妇之心，一般无二。他牢抱着这个宗旨，无论怎么样，只是不肯改变。

雄伯瞧这情形，再有什么法子可想，终日里唉声叹气，乱搓着手掌，只在几间屋子里打转，喃喃自语道："哎呀，我可活不成了。碧瑜身后只留着这一块肉，倘有三长两短，我只有拼着一死，免得挨磨这苦痛日子。"说时，乱跺着脚，跺得地板上腾腾地响。

保姆抱着这可怜孩子，赶得过来道："大少爷不须焦躁，便是焦躁也没用的，心病必须心药医，小官官既然渴念着葛大小姐，我便渡江过去，把葛大小姐请得过来。要是葛大小姐不肯过来，我拼着磕头礼拜，把头皮磕破了，好歹总得屈她走一趟。小官官和她见了面，包管这心病可以医好，身体会渐渐发胖起来。"

雄伯听了，还没说什么，转是小铃官乐得什么似的，一迭连声地喊着："好！好！快把阿妈请得来！阿妈来了，我快活！"说时，竟嘻嘻哈哈地笑将出来。可怜的小铃官，许久没见他的笑容，这番才博得他的开怀一笑。平时一笑，小颊上便有圆圆的两个酒窝儿，这番瘦得面颊上只有一张宽皮，任凭嬉笑也不会起着酒窝儿。

雄伯瞧这情形，又不免潸然泪下。

保姆渡江去请玉痕，雄伯陪着铃官在家里坐。这天的铃官比平日增添了许多兴致，一会儿说："阿妈来了，爹爹须请她吃好茶。"一会儿说："阿妈来了，爹爹须请她在房子里坐。"一会儿说："阿妈来了，爹爹须把前后门紧紧关着，任凭一千年一万年，总不要放阿妈出去。"

雄伯虽然含糊地答应着，然而方寸里一阵乱搅，搅得脏腑都痛。想玉痕一入侯门，此身怎能自主？保姆跑这一趟，也不过徒劳跋涉罢了。她便肯来，姓鲁的或者不放她来，便是姓鲁的肯放她来，到了这里，也不过略略探问，道几句安慰的话，转眼便得归去。来时小孩子欢喜，来而又去，小孩子又要号天唰地，哭个不歇。似这般的空欢喜，欢喜煞也是有限，别时容易见时难，看来这条小性命能活不能活，只怕尚在镜中。

铃官又偎着雄伯要索取这镜架里的阿妈。雄伯道："痴孩子，你说镜架里的不是你的阿妈，你又巴巴地要这镜架做什么呢？"

铃官扭头扭脑地说道："镜架里的是我的阿妈，今天要到我家来的也是我的阿妈。我有两个阿妈，一个阿妈挂在壁上，一个阿妈会得从门外走来。一个阿妈不吃饭，一个阿妈会得说、会得笑。"小嘴里叽叽咕咕，和山歌般地唱起来。

雄伯纵然牢愁填胸，听这膝前雏凤一片清声，也不禁破颜一笑。小铃官一会儿瞧瞧镜架，一会儿又回头看看门外，一会儿隔着玻片把小颊偎偎镜架里的阿妈，一会儿又侧着耳朵听听门外的阿妈可来不来。

墙上的日光一寸一寸地移去，约莫五句钟光景，门外的足声兀自寂然。小铃官待人心急，不禁有些焦躁起来，恢复他的愁眉苦脸，眼眶里包着莹莹的泪，只是要哭将出来。慌得雄伯百般地抚慰他，叫他不要焦急，再等一会子便来了。铃官哪里肯信，只说阿妈再也不会来的了，扯开了小嘴儿，哇的一声，竟跺着脚放声大哭。哭声响处，蓦听得门外面一阵嘈杂，双扉推动，竟抬进两乘轿来。轿儿落地，一乘里走出款款盈盈的葛玉痕，一乘里走出的便是那个保姆。

保姆先自急匆匆跑得进来，一面跑，一面唤道："小官官不要哭，葛小姐来了！"

铃官眼泪没有干，竟自嘻嘻地笑出声来。雄伯理一理衣襟，正待出接，玉痕已跑得入门，和雄伯略略招呼了，便把眼光注射到小铃官身上，唤一声："铃官好孩子，你怎么消瘦得这般模样了？"说时，把不住两颗眼泪堕落衣襟。

铃官张着两手，跌跌撞撞地扑将过来，嘴里兀自乱嚷着："阿妈！"玉痕

427

迎步上前，双手捧住了，抱得起来，就近在一张椅子上坐定了。仔细瞧那铃官的面庞，禁不住心头疼痛。铃官擎起着两只小手，捧着玉痕的面庞，叽叽咕咕地说道："阿妈到了这里来，我一定不许你回去，和你在一起吃饭，一起睡觉。爹爹房里有一张大床，床上挂一只大花篮，花篮里放着鲜花，阿妈可肯和我同睡这张床？"

慌得保姆忙来掩嘴说："小官官，休得夹七夹八地乱嘈。"

玉痕嫣然一笑道："管什么呢？小孩子的嘴，本来是百无禁忌的。"

又回头向雄伯说道："尹先生，我想碧瑜姊姊身后只留得这个孩子，他既恋恋于我，我拟把他暂时携带回去，引逗他玩笑，恢复他的从前光彩。待得肥胖了，那时再送回府上，可好不好？要是尹先生不放心，可派遣保姆跟着我去。"

雄伯很局促地答道："若得这般，很好，只是你家鲁老先生……"

话没说完，保姆早抢着说道："好叫少爷得知，葛小姐已不是鲁公馆里的新姨太太，她依旧是冰清玉洁做那鲁大人的女儿。"

雄伯听了很奇怪，正待动问，那小铃官听得玉痕要带他回去，欢喜不迭，忙从玉痕身上扭得下来，连道："阿妈带我去，我便跟着阿妈去。我还有一个阿妈，也跟着阿妈去。"

说时，急急地走到那桌子旁边，伸手去取那镜架里的阿妈。谁料一个失手，啪的一声，竟把那镜架里的阿妈跌落在地。保姆抢步上前，忙去拾取这个镜架，镜架拾了起来，里面这幅小像依旧脱落在地上。铃官小眼睛直射到这张照片上，失声喊道："哎呀！这便真个是我的阿妈！"

保姆随把这照片拾了起来，也失声喊道："哎呀！这不是亡故的大奶奶，却是现在的葛小姐。"

雄伯也凑身来看道："哎呀！这是哪里说起？"

玉痕听他们称奇道怪，忙把这照片讨来看时，照片上的人影，明明是自己的最近小照，上面还写着几行字，认得是甘碧瑜的亲笔，心坎里一阵酸痛，点点眼泪直向这照片上打来。

这个闷葫芦且待著书的把来揭破了吧。原来这幅照片，两面都糊着小像，正面糊的是碧瑜小像，背面糊的是玉痕小像，中间只隔着一层硬纸，一向装在镜架里，只见正面，不见背面。所以碧瑜生前叮嘱雄伯珍重这幅照片，雄伯未识内容，竟会悟不出碧瑜的言外微旨。这番被小铃官一个失手，跌落在地，却把这背影豁然呈露，才知道碧瑜暗藏这幅玉痕小影，实存着一番深意。

她自料不能永年，此身一死，雄伯这个家庭当然不堪设想。除得葛玉痕，谁也不能弥缝她身后的缺憾，因此在五个月前，曾向玉痕乞得一幅最近的摄影，悄悄把摄影从硬纸上揭下，糊在自己照片的硬纸后面。还在硬纸四围写着几行嘱咐雄伯的遗笔，写的是：

雄伯吾夫鉴：

吾握管时，自知离此躯壳无多日矣。我死君必悲怆，然悲怆亦殊无谓，死一碧瑜，而有才德十倍于碧瑜者，以弥此缺憾，则破涕为笑，君亦可以无恨。其人为谁？即镜中所藏之玉痕吾妹也。

我死之后，能整理我家庭者，唯玉痕吾妹。能抚育吾铃儿者，唯玉痕吾妹。能使君专心教育事业，绝无内顾之忧者，唯玉痕吾妹。

君苟发现此镜中人影者，亟掬热忱，乞婚于吾妹，并以此数行绝笔为绍介。幸而得请，则门户赖以支持，遗雏赖以覆育，吾夫前途之幸福正未有艾。瑜在九原，亦当含笑。

不幸而不得请，则尹氏门庭危乎岌岌，曙后孤星，何从托命？吾夫郁伊憔悴，长作伤神之奉倩，吾不永年，君亦可虑。嗟乎！嗟乎！长逝者之魂魄，永永不得宁矣。

碧瑜绝笔

阅者记取，自从发现此镜中人影以后，不到一个月，尹氏这座洋楼上面满布着温馨的空气，微风过处，隐隐有笑语之声吹度墙外。每逢三五良宵，月光如水，常有新郎新妇并倚着碧油栏杆，指着天边圆月，细语喁喁。蜜月中的种种欢喜，读者强半过来人，何待细表。

除得雄伯、玉痕夫妇俩，还有一老一小，也是陪着他们欢喜。小的当然是小铃官，老的是谁呢？便是增寿二纪的鲁老头子。毕竟增寿二纪这句话可有效验，著书的现在却不便判断，且待过了二十四年，再向诸君报告，可好不好？

图书在版编目（CIP）数据

镜中人影／李涵秋，程瞻庐著. — 北京：中国文
史出版社，2019.3

（民国通俗小说典藏文库·程瞻庐卷）

ISBN 978 - 7 - 5205 - 0903 - 9

Ⅰ.①镜… Ⅱ.①李… ②程… Ⅲ.①长篇小说 - 中
国 - 现代 Ⅳ.①I246.5

中国版本图书馆 CIP 数据核字（2018）第 272226 号

点　　校：清寒树　旷　野

责任编辑：牟国煜

出版发行：**中国文史出版社**

社　　址：北京市海淀区西八里庄 69 号院　邮编：100142

电　　话：010 - 81136606　81136602　81136603　81136605（发行部）

传　　真：010 - 81136655

印　　装：廊坊市海涛印刷有限公司

经　　销：全国新华书店

开　　本：720 × 1020　1/16

印　　张：28　　　　字数：467 千字

版　　次：2019 年 3 月第 1 版

印　　次：2019 年 3 月第 1 次印刷

定　　价：85.00 元